Le vrai Canard

DES MÊMES AUTEURS

Ouvrages de Karl Laske

Le Banquier noir : François Genoud, *Le Seuil, 1996*

Ils se croyaient intouchables, *Albin Michel, 2000*

Des coffres si bien garnis, *Denoël, 2004*

Nicolas Sarkozy ou le Destin de Brutus, *collectif, Denoël, 2005*

Machinations, anatomie d'un scandale d'État, *en collaboration avec Laurent Valdiguié, Denoël, 2006*

Putsch au PS, *collectif, Denoël, 2007*

Ouvrages de Laurent Valdiguié

Un maire au-dessus de tout soupçon, *Albin Michel, 2000*

Notre honorable président, *Albin Michel, 2002*

Nicolas Sarkozy ou le Destin de Brutus, *collectif, Denoël, 2005*

Machinations, anatomie d'un scandale d'État, *en collaboration avec Karl Laske, Denoël, 2006*

Karl Laske et Laurent Valdiguié

Le vrai Canard

Stock

Ouvrage publié sous la direction de
Hervé Hamon

ISBN 978-2-234-06078-4

« Je crois que les lecteurs du *Canard*
supporteraient facilement un canard
plus agressif. »

Cabu (interviewé par Bernard Baissat
dans le film documentaire
Aux quatre coin-coins du Canard), 1987

« Nous critiquons les autres,
donc nous sommes critiquables. »

Roger Fressoz, *Télérama*, 18 janvier 1995

« Un pays vaut souvent ce que vaut sa presse. »

Albert Camus
Son premier éditorial de *Combat*, 31 août 1944

Avant-propos

Un barrage. Les journalistes dirigeants du *Canard enchaîné* n'ont pas voulu nous accorder d'entretien. Lorsque nous les avons contactés, fin juillet 2008, ils ont réagi à la façon de ces ministres qu'ils interrogent si souvent. « Envoyez-nous une liste de questions... », a répondu son rédacteur en chef, Claude Angeli. Ces questions ont été envoyées et la direction du *Canard* y a répondu par écrit. Michel Gaillard, le directeur qui s'était déclaré prêt à « envisager un entretien », n'a pas donné suite, se contentant de l'envoi de réponses laconiques et sibyllines [1]. Le journal de l'enquête se protège donc lui aussi des interviews et des questions imprévues. Certains journalistes ont promis de nous voir et n'ont pas donné suite. « Ce n'est pas dans l'usage du journal de raconter son fonctionnement, nous a déclaré Frédéric Pagès. J'ai mon avis, mais je n'ai pas envie de l'étaler. » Alain Guédé a exigé d'enregistrer l'entretien. Hervé Martin ne voulait répondre que par écrit, ce

1. Les réponses de Michel Gaillard et de Claude Angeli ont été intégrées aux chapitres correspondants. Michel Gaillard nous appellera brièvement le 29 octobre 2008, au moment de boucler le livre, pour s'étonner qu'on évoque les relations du *Canard* avec l'équipe Sarkozy.

qu'il n'a finalement pas fait. Une ancienne comptable a raccroché, paniquée. Des témoins qui nous avaient parlé ont rappelé pour exiger que leurs réponses ne soient pas publiées. Le *Canard* dissuade. Des amis journalistes invités à participer à ce livre ont décliné l'invitation sur le même mode : « Je n'attaque pas mon propre camp. » « Je vais perdre des amis. »... Certains journalistes du *Canard* nous ont aussi parlé sous le couvert de l'anonymat[1]. Les témoins plus libres ne manquaient pas de conclure : « Attention, je ne veux pas me fâcher avec le *Canard* ! » Le *Canard* n'est pas commode. Nous le savions déjà. En 2005, ayant réuni un collectif d'enquête sur Nicolas Sarkozy[2], nous avions, dans un livre, d'une phrase ou deux, parlé de l'hebdomadaire dans le chapitre consacré aux médias. Nous avions écrit : « Le président du conseil général des Hauts-de-Seine met également un point d'honneur à soigner deux autres médias : *Le Monde* auquel il accorde souvent des interviews et l'hebdomadaire satirique *Le Canard enchaîné* qu'il “nourrit” chaque semaine en échos livrés par quelques correspondants de sa garde rapprochée. Résultat : la page 2 du *Canard* regorge de coups bas dirigés contre le clan Chirac. Des méthodes qui rappellent celles qui furent utilisées par un certain Chirac dans les années 1970 pour flinguer Giscard ! » Il nous est revenu, par nos amis à l'intérieur, que nous « attaquions » le *Canard*... ! Le volatile est susceptible. Écrire sur lui est périlleux. La dissuasion fonctionne. Peu d'articles. Deux livres seulement, en trente-cinq ans, sur le sujet : *Messieurs du Canard*[3], de Jean Égen, ancien collaborateur de l'hebdo, et une importante histoire du *Canard enchaîné* par Laurent

1. Leurs déclarations figurent dans ce texte sans références précises à nos entretiens.

2. Victor Noir, *Nicolas Sarkozy ou le Destin de Brutus*, Denoël, 2005.

3. Jean Égen, *Messieurs du Canard*, Stock, 1973.

Martin[1]. Deux livres aussi passionnants que bienveillants[2]. La critique n'a pas cours. Le lecteur aussi redoute qu'on fasse du mal à son *Canard*. Autant le dire tout de suite, au préalable, personne – parmi les auteurs – ne veut la peau du *Canard*. Pour nous, il a son rôle à jouer. Perturbateur. Démocratique.

Il est bientôt centenaire et, à certains égards, c'est un modèle pour la presse. Son fondateur, Maurice Maréchal, s'était lancé le défi de montrer qu'un journal « pouvait paraître et vivre des seules ressources de sa vente, sans compromission d'aucune sorte ». Il y est parvenu, et le *Canard* a maintenu cette politique, contre vents et marée, jusqu'aujourd'hui, dans un paysage médiatique où les journaux gratuits financés par la pub envahissent le marché. Ce modèle économique miraculeux – qui s'appuie sur une équipe et une pagination minimales – était celui de la PME familiale du fondateur avant que les journalistes dirigeants n'en deviennent, en quelque sorte, les dépositaires. Son modèle n'est pas irréprochable socialement, loin de là[3], mais le *Canard* est resté indépendant vis-à-vis des groupes financiers et industriels massivement engagés dans la presse.

Aujourd'hui géré par ses dirigeants journalistes, il n'en doit pas moins prouver comme les autres son indépendance. Sa liberté de plume. Son insolence vis-à-vis des pouvoirs. Cette liberté, les lecteurs du *Canard* l'apprécient, l'évaluent aussi. Ils se posent la question comme nous nous la sommes posée : ce journal, économiquement libre, est-il tout à fait libre politiquement ?

---

1. Laurent Martin, *Le Canard enchaîné, histoire d'un journal satirique (1915-2005)*, Nouveau Monde éditions, 2005. Réédition revue et augmentée : *Le Canard enchaîné ou les Fortunes de la vertu, histoire d'un journal satirique (1915-2000)*, Flammarion, 2001.

2. Un troisième livre, écrit par Christian Plume et Xavier Pasquini, *Une enquête de police sur Le Canard enchaîné*, Jean Picollec, 1980, présentait l'intégralité d'un rapport des renseignements datant de 1972.

3. L'absence de structure représentant le personnel en est l'illustration la plus criante.

Et cette question nous est revenue souvent, ces dix dernières années. Elle est à l'origine de ce livre. En voyant le *Canard* revendiquer haut et fort son « amitié » avec un président du Conseil constitutionnel mis en examen. En le voyant douter, sous Mitterrand, des écoutes de l'Élysée, lui qui avait tant dénoncé les micros posés au *Canard*, sous Pompidou. En le voyant faible avec les puissants, et dur avec les petits juges trop fouineurs. Comment ne pas s'interroger ? Dans les années 1970, le journal satirique s'était mué en journal d'investigation, délaissant un peu la satire fondatrice, mais il jouait des deux armes, questionnait durement les présidents et les ministres.

Indépendant, sans publicité, sans actionnaire extérieur, il a sûrement sacrifié une part de son indépendance politique dans le combat contre Giscard, en accueillant des journalistes de *L'Unité*, le journal du Parti socialiste, et suivant bien des conseils de son avocat, l'un des plus proches de François Mitterrand. Par ses flèches, le *Canard* remplissait le carquois de l'opposition. Roland Dumas nous dira lui-même que l'affaire des diamants offert par l'empereur Bokassa à Giscard avait été une « formidable campagne ».

L'institution s'était transformée en machine de guerre, subtile, efficace.

Le *Canard* serait-il capable de tirer contre son propre camp s'il parvenait au pouvoir ? Cette question a fait débat au sein même de l'hebdomadaire. Puis, sans qu'elle soit tranchée, on s'est bien aperçu que quelque chose avait changé avec l'élection de François Mitterrand. L'appareil d'État ayant changé de mains, le *Canard* était désormais renseigné par le pouvoir ! Ses ventes ont baissé. En interne, on a expliqué le phénomène par une désaffection du lectorat de gauche lassé des critiques incessantes contre les nouveaux dirigeants. Possible… « Ce fut une leçon de finalement garder notre indépendance après 1981, assurait l'ancien directeur Roger Fressoz en 1995. Et pourtant en chacun de nous vacillait une petite flamme de sympathie pour la gauche qui ne voulait pas s'éteindre. Beaucoup de lecteurs n'ont pas compris cette indépendance. Certains nous accusaient d'être devenus des serviteurs de la droite[1]. » Mais Fressoz lui-même admettait que la position du journal s'était infléchie. « Nous n'avons pas été assez sévères, c'est certain. Sur Mitterrand lui-même, c'est vrai[2] », reconnaissait-il.

Cet infléchissement mettait en rage Jean Clémentin, l'un des rédacteurs en chef chargé de l'investigation dans les années 1970. « Le journal doit être cruel, mais non méchant. Or, dans les années Giscard, nous avons manqué à cette règle d'or, a-t-il expliqué dans un texte interne, rendu public en 1994. Cruels certes, mais méchants, voire haineux, jusqu'à heurter les sentiments de nos lecteurs, qui ont constaté dans les premiers mois du nouveau règne (celui de Mitterrand) la mansuétude du *Canard* à son endroit. Ces lecteurs ont été les premiers à s'éloigner[3]. » Conclusion de Clémentin : « Que peut faire un journal satirique s'il ne s'attaque pas au pouvoir sous toutes ses formes et au pouvoir par excellence qu'est le gouvernement ? C'est la moelle même du journal de s'être toujours attaqué au pouvoir dans l'esprit d'Alain. »

On attendait du *Canard* une indépendance irréprochable, mais pas seulement. Pour l'historien Laurent Martin, le *Canard* avait été « plus engagé, plus mordant ». « Pour moi, un journal doit prendre position plus fermement sur certains sujets, juge-t-il. Et il y a un moyen terme entre le journalisme déclaratif et un journalisme de neutralité. Cette neutralité n'est pas tenable. On ne peut pas se contenter de compter les points. En 1936, les journalistes du *Canard*

1. Propos recueillis par Antoine Perraud, dans « La patte du *Canard* », *Télérama*, 18 janvier 1995.

2. *Ibid.*

3. Jean-Pierre Lursat, « Quelques vérités inconvenantes », *L'Esprit libre*, novembre 1994.

défilaient dans la rue avec leur banderole du *Canard enchaîné*. Le *Canard* de Maurice Maréchal serait descendu dans la rue en 2002 contre Le Pen [1]. »

Même en 1936, les journalistes manifestants ne manquaient pas d'humour. Ironisant sur le mot d'ordre « Des soviets partout », ils revendiquaient « Des soviets par-ci par-là ! » Plus récemment, les dirigeants du *Canard* préféraient dire à Laurent Martin qu'ils n'avaient « pas de ligne politique » : « On est ni à droite, ni à gauche. » « Jusqu'en 1981, le *Canard* est un journal de gauche qui s'affirme comme tel, estime l'historien. Il y a un recentrage dans les années 1980, pour des raisons commerciales et idéologiques. Ils ont pensé qu'ils ne pouvaient pas "tenir" en tant que journal de gauche. Treno prenait des positions à gauche, une gauche anarchisante, très hostile aux communistes [2]. »

Selon Jean Égen, l'anarchie inspirait plus Maurice Maréchal que la chronique de la coulisse gouvernementale. « Il était anarchiste, parce qu'il détestait le désordre et la violence. La violence et le désordre organisés par le gouvernement [...]. Maréchal avait quelques raisons de se méfier des gouvernements, écrivait Égen. Il a créé le *Canard* pour contester leur "science" et leur "vertu", et le moins qu'on puisse dire c'est que ses successeurs sont restés fidèles à l'anarchie (orthographe proudhonienne) du fondateur [3]. » Il n'est pas sûr que les actuels dirigeants s'y retrouvent. Pas plus qu'ils ne peuvent sérieusement se retrouver dans l'éditorial du deuxième numéro, le 19 septembre 1915, sobrement intitulé « Coin ! Coin ! Coin ! » : « *Le Canard enchaîné* a décidé de rompre délibérément avec toutes les traditions journalistiques établies jusqu'à ce jour. En raison de quoi, ce journal veut bien épargner tout d'abord à ses lecteurs le supplice d'une présentation. En second lieu, *Le Canard enchaîné* prend l'engagement

1. Entretien avec l'auteur, 10 juillet 2008.
2. *Ibid.*
3. Jean Égen, *Messieurs du Canard*, *op. cit.*

d'honneur de ne céder, en aucun cas, à la déplorable manie du jour. C'est assez dire qu'il s'engage à ne publier, sous aucun prétexte, un article stratégique, diplomatique, ou économique quel qu'il soit. Son petit format lui interdit, d'ailleurs, formellement ce genre de plaisanterie. Enfin, *Le Canard enchaîné* prendra la liberté grande de n'insérer, après minutieuse vérification, que des nouvelles rigoureusement inexactes. Chacun sait, en effet, que la presse française, sans exception, ne communique à ses lecteurs, depuis le début de la guerre, que des nouvelles implacablement vraies. Eh bien, le public en a assez. Le public veut des nouvelles fausses... pour changer. Il en aura. »

Comme l'a signalé l'historien Stéphane Audoin-Rouzeau, le *Canard* se présente alors comme « un modèle de contre-propagande [1] ». En tout cas « vivant, propre, et libre ». Libre, la première obsession. Et si le *Canard* était né « enchaîné », c'était pour stigmatiser la censure exercée par le pouvoir d'alors [2]. À la levée des mesures de surveillance de la presse, il choisit même de s'appeler *Le Canard déchaîné* en octobre 1919. Mais de nouvelles poursuites engagées contre lui conduisent ses dirigeants à revenir sur leur décision : le *Canard* reste donc « enchaîné ». Symboliquement dressé contre les entraves à la liberté de la presse, il entraîne bien des journalistes, des écrivains, des dessinateurs. Les cultures politiques s'y rejoignent, s'y côtoient, s'y affrontent. Le *Canard* n'échappe pas aux grandes blessures françaises. On y découvre des plumes pacifistes qui s'engagent dans la collaboration après la suspension du titre sous l'Occupation. Et,

1. Stéphane Audoin-Rouzeau, « Le *Canard* s'envole des champs de bataille », *Le Monde*, 17 août 1994.

2. Une référence au journal de Georges Clemenceau, *L'Homme libre*, fondé en 1913, rebaptisé *L'Homme enchaîné* en octobre 1914, en réaction à la censure d'un article par les autorités. Il redeviendra *L'Homme libre* en novembre 1917, au retour de Clemenceau à la présidence du Conseil. Lire à ce sujet Laurent Martin, *Le Canard enchaîné, histoire d'un journal satirique (1915-2005)*, *op. cit.*

après guerre, d'anciens journalistes collaborateurs rejoignent l'équipe refondée autour de Jeanne Maréchal, la veuve du fondateur.

« S'il faut trouver un clivage [au sein du *Canard*], ce serait plutôt entre la tradition libertaire – anarcho-syndicaliste – et républicaine, analysait Fressoz. Je fais partie de la seconde qui défend le "lampiste" (le petit contre l'énorme), la liberté individuelle et certains principes[1]. » Interrogé sur la position du *Canard* pendant la guerre du Golfe, l'ancien directeur confiait avoir « pris parti, modérément, pour l'expédition », mais sans regret. « Aujourd'hui, notre antimilitarisme se fait folklorique », jugeait-il. « Le *Canard* ne prendra plus parti, nous explique Roland Bacri, mis à la retraite d'office, en 1999. Il ironisera légèrement. Il ne faut déplaire à personne, tout en déplaisant à tout le monde. » « *Le Canard enchaîné* ne profite peut-être pas assez de sa liberté, estime Laurent Martin. Dans le domaine culturel, il y a un suivisme, un conformisme, dans le choix des livres, des pièces de théâtre, des films. Mais le *Canard*, par principe, ne veut pas offrir un point de vue trop savant. C'est un peu l'homme de la rue qui s'exprime. Et quand vous faites la liste des œuvres dont ils parlent, il s'agit des œuvres dont tout le monde parle. Il y a une méfiance à l'égard du point de vue des élites[2]. » Dans une chronique méchamment titrée « Un canard déplumé », Delfeil De Ton, ancien d'*Hara-Kiri* et de *Charlie Hebdo*, s'est plaint du silence du *Canard* dans l'affaire des caricatures danoises. « Il n'y eut qu'un hebdomadaire qui s'abstint, dont on pouvait s'attendre qu'il se porte au premier rang. C'est *Le Canard enchaîné*. Le champion autoproclamé du combat anticlérical, lorsqu'il faut prendre un risque, il disparaît. Haro sur les soutanes qui n'existent plus. Sauve qui peut devant les turbans aux

1. Antoine Perraud, « La patte du *Canard* », art. cit.
2. Entretien avec l'auteur, 10 juillet 2008.

couteaux entre les dents. Toutes les semaines, ça donne des leçons aux autres journaux[1]. »

Nous avons choisi d'ouvrir un débat tabou : celui de l'indépendance et de la servitude du *Canard*. Cela supposait de revisiter ses enquêtes à partir des années 1970 – lorsqu'il était devenu investigateur – jusqu'aujourd'hui. Sans prétendre être exhaustif : c'était impossible. Nous devions commencer par écouter le *Canard* d'aujourd'hui dans ses relations avec la présidence et l'équipe de Nicolas Sarkozy. Une partie des lecteurs vient chercher dans le *Canard* des échos du pouvoir. Ils les trouvent souvent. Mais ils n'imaginent pas toujours comment le journal est allé les chercher…

1. *Le Nouvel Observateur*, 16 février 2006.

1

Sarkozy dans la mare

« On sait très bien qui vous a informés », lance le juge Cassuto à des journalistes du *Canard*, en pleine perquisition, vendredi 11 mai 2007, cinq jours après l'élection présidentielle. Chargés, depuis un an, d'une enquête pour « violation du secret de l'instruction » en marge de l'affaire des faux fichiers de Clearstream, Thomas Cassuto et Françoise Desset, magistrats du pôle financier, entreprennent une double perquisition au siège du journal et dans les bureaux de l'avocat du nouveau président de la République, Me Thierry Herzog. Rarement soupçon judiciaire aura été aussi explicite. À la recherche du fil invisible reliant Sarkozy et le *Canard*, le juge Cassuto était sur place vers 9 h 30, accompagné de policiers et de représentants du parquet. Puis les journalistes sont arrivés. Ceux du *Canard* et tous les autres, envoyés par leur rédaction pour couvrir l'événement. Le magistrat s'installe durant près d'une heure au premier étage, celui de l'accueil et du secrétariat. Puis il requiert, sans succès, un serrurier pour perquisitionner l'étage de la rédaction. Si l'enquête des juges vise dix-huit articles de presse et plusieurs journaux ayant publié des extraits de procès-verbaux ou d'autres informations du dossier d'instruction de Clearstream[1], seul le *Canard* est dans le collimateur ce jour-là. Et un seul journal va d'ailleurs subir une perquisition. L'opération du juge Cassuto revêt un objectif précis. « Il s'est fait envoyer depuis le télécopieur du cabinet Thierry Herzog, où se trouvait au même moment sa collègue Françoise Desset, trois pages de procès-verbaux extraits du dossier Clearstream, rapporte le journal une semaine plus tard. À quoi rime cette étrange opération ? Très simple. Des relevés fournis aux juges par France Télécom ont permis de remarquer qu'un fax avait été émis en mai 2006 depuis le cabinet de l'avocat vers le *Canard*[2]. »

Le *Canard* ne conteste pas le fait. C'est le 8 mai 2006, la veille de l'audition de Nicolas Sarkozy, partie civile dans l'affaire, qu'un fax serait parti du cabinet de l'avocat vers l'hebdomadaire. Deux jours plus tard, le *Canard* publiait un article intitulé « Du faux compte Sarkozy au vrai compte Chirac » avec un extrait inédit de l'audition du général Philippe Rondot, révélant l'existence d'une enquête sur un compte bancaire de Jacques Chirac au Japon. Pour autant, le relevé de France Télécom ne donne aucune indication sur ce qui a été transmis – excepté, peut-être, la durée de la communication. « Le *Canard* a reçu un fax d'Herzog ; et alors ? réagit un journaliste. Qu'est-ce que ça prouve ? Il a pu nous faxer le menu du restaurant d'en face…[3] » C'est cette recherche de la preuve qui conduit les juges à reconstituer l'envoi d'un fax. Vers 9 h 45, ils font une tentative de transmission, mais le résultat du minutage ne coïncide pas avec celui du relevé.

« Pour que le test ait été concluant, il aurait fallu que les deux fax – l'émetteur et le récepteur – soient les mêmes à

1. Sont visés *Le Monde*, qui révèle la quasi-intégralité du procès-verbal du général Rondot, *Le Canard enchaîné*, *Le Parisien*, *L'Express* et *Libération*. Une douzaine de journalistes de différents médias vont être entendus.

2. « État de siège au *Canard* : le film en VO », *Le Canard enchaîné*, 16 mai 2007.

3. Dans *Libération*, 12 mai 2007.

l'époque de l'échange suspect, fanfaronne le *Canard*. Le juge n'a pas semblé remarquer que notre télécopieur sentait encore le plastique neuf. Ce qui rend son expérience menée avec le plus grand sérieux complètement bidon [1]. »

Le juge tente d'obtenir l'ouverture du deuxième étage, mais la rédaction résiste. « Ce document, on ne l'a plus, et si on l'avait, on l'aurait mangé, lance Claude Angeli, le rédacteur en chef du *Canard*. – Écoutez, je veux juste voir le procès-verbal que vous avez publié le 10 mai 2006, déclare le juge. Tout va bien se passer : vous me le montrez et en dix minutes tout est fini. » Les journalistes maison circulent. Les autres, caméras, photographes, demandent à entrer. La tension monte. « Je ne cherche pas vos sources. Je sais déjà qui vous a remis ces documents », plaide une dernière fois le magistrat, avant de quitter les lieux sous les quolibets de la presse. Dans les heures qui suivent, les médias et quelques associations professionnelles [2] s'indignent de cette tentative de violation du secret des sources des journalistes.

Tout en s'amusant de l'épisode, le *Canard* feint la surprise : « En examinant les échanges de fax entre le cabinet de l'avocat de Sarkozy et le *Canard*, les magistrats suggèrent clairement que le nouveau président a pu monter une manœuvre contre Chirac, en nous faisant passer un document compromettant sur son compte bancaire au Japon. Rien que ça ! [...] avec dans le rôle du manipulateur pervers, Sarkozy en personne. »

Le journal n'épilogue pas sur cette hypothèse, ni sur ses liens avec le nouveau président de la République. Il préfère s'interroger sur les motivations des juges. Ne sont-ils pas un peu inconscients ? « Les auteurs de ce scénario ébouriffant ont-ils bien mesuré les conséquences politiques d'une telle

1. « État de siège au *Canard* : le film en VO », art. cit. Les citations suivantes sont tirées du même article.

2. L'Association de la presse judiciaire, la Fédération nationale de la presse française, le Syndicat national des journalistes, Reporters sans frontières.

révélation quelques jours après l'élection à la présidence de la République du présumé coupable ? C'est à n'y rien comprendre. » Les magistrats n'ont prévenu le parquet qu'au dernier moment, et ils n'ont de toute évidence pas le soutien de leur hiérarchie. Quant à leur perquisition, elle était d'autant plus vouée à l'échec, d'après le *Canard*, que le journal avait « procédé à un ménage soigneux » dès l'annonce de l'enquête pour violation du secret. « Alors ? À quoi riment ces simagrées ? Si ce n'est pas une manipulation d'État, c'est peut-être le simple coup de chaud de deux "petits juges" qui voudraient devenir grands. Il ne faut jamais négliger, dans une enquête sérieuse, la piste de la sottise. »

Transformer une perquisition embarrassante en « simagrées »... C'est tout le talent du *Canard*, au moment où débute le quinquennat de Nicolas Sarkozy.

L'affaire est vite oubliée. Les pages faxées n'ont pas été retrouvées... Rien ne prouve que l'avocat de Sarkozy n'ait pas envoyé le menu du restaurant d'en face au *Canard*. Et on ne peut pas faire grief à un journal de recevoir des informations...

Un déjeuner, justement, a plus embarrassé le *Canard*. Celui d'un de ses journalistes avec la femme du président. C'est *L'Express* qui a mis le feu aux poudres. Dans un article sur les « secrets » de la « com » de Carla Bruni [1], Élise Karlin révèle en avril 2008 l'existence d'un déjeuner secret.

« Pas de doute, elle sait y faire. Il y a quelques semaines, Carla Sarkozy a invité un journaliste à déjeuner. Elle ne le connaissait pas. C'est un ami commun qui, à la demande de la femme du président, avait organisé la rencontre. Elle les a reçus chez elle, dans sa maison parisienne, comme deux vieux copains. Sans chichis, jusque dans l'habit : elle portait un pull-tunique sur un collant. Elle a préparé le repas, servi à

1. *L'Express*, 3 avril 2008. Les citations qui suivent sont extraites du même article.

table, elle a papoté, elle a blagué, elle a raconté un peu l'Élysée. Sa simplicité, son naturel ont laissé le journaliste absolument sous le charme. Voilà qui tombe à pic, il est rédacteur en chef au *Canard enchaîné*. »

Pour le *Canard*, ce déjeuner faisait mauvais effet. « Non que les Sarkozy comptent désormais un allié dans la place », précise *L'Express*. Simple constatation : « À peine plus d'un mois après son mariage, madame a noué un lien direct avec l'une des plumes du *Canard*. » De plus, Bruni « apprécie depuis longtemps la prose du volatile ». « Elle n'a jamais caché qu'elle "rigol[ait] bien" en lisant, chaque semaine, "Le journal de Carla B.", chronique imaginaire de sa vie à l'Élysée publiée à la une. D'ailleurs, Carla Sarkozy avait eu, déjà, l'idée d'un cliché diffusé dans *Paris-Match* : assise sur le banc d'un jardin public, elle lisait *Le Canard*, sa guitare posée à son côté. »

Et on s'en doute, l'épouse de Sarkozy ne feuilletait pas « le volatile » par hasard. Elle faisait un clin d'œil au « journal de Carla B. ». Dans un premier temps, le *Canard* a démenti « catégoriquement » le déjeuner. Mais le site d'« Arrêt sur images » met fin aux spéculations en révélant que Jean-Michel Thénard, journaliste au *Canard* et ancien de *Libération*, a bel et bien été régalé par la femme du président. Au comble de l'embarras, le journaliste refuse de confirmer ou de démentir. « En tant que journaliste d'investigation, j'estime qu'on doit rencontrer tous les politiques, y compris les épouses de politiques, si elles jouent un rôle politique elles-mêmes, explique-t-il au site indépendant. Il ne s'agit pas de leur servir la soupe, mais de s'informer. Personnellement, je m'interdis les dîners avec les politiques, mais pas les déjeuners, ce n'est pas la même chose[1]. »

Comme le précise « Arrêt sur images », Thénard, ancien de *Libération*, n'a pas le titre de « rédacteur en chef » au sein

1. « Bruni tente-t-elle d'apprivoiser le *Canard* ? », « Arrêt sur images », 3 avril 2008.

de l'hebdomadaire, même s'il était directeur adjoint du quotidien... Ce qui permet au *Canard* de démentir ce détail inexact, comme le font tant de politiques quand ils sont épinglés. « Aucun des deux rédacteurs en chef du *Canard* n'a déjeuné avec Carla Sarkozy et n'en est donc sorti "sous le charme", fait savoir l'hebdomadaire. Pour autant, le fait qu'un journaliste politique rencontre l'épouse d'un président de la République n'est pas un crime, ni un délit de connivence[1]. » Un « journaliste » a bien déjeuné avec Carla Sarkozy concède le *Canard*, qui précise que d'autres avaient déjà pris le thé ou le café avec des premières dames, Danielle Mitterrand et Bernadette Chirac.

« Bien sûr, cette invitation ne signifie pas que l'hebdomadaire satirique écrive désormais sous la dictée de Carla Bruni ou de la communication de l'Élysée », précise « Arrêt sur images ». Les lecteurs sont un peu déchirés sur la question de savoir si Bruni tentait ou non « d'apprivoiser le *Canard* ». Certains tombent des nues de voir le *Canard* victime du « piège de la connivence ». « Les bras m'en tombent : le *Canard* qui serait en train de se laisser amadouer et de tomber dans le jeu de la connivence ! *Le Monde*, *Libé* ou *L'Express*, passe, on en a pris l'habitude, mais le *Canard*, cette institution, c'est plus que surprenant. »

On s'en doute, le *Canard* n'a pas apprécié ces discussions. « Ce déjeuner avec Carla était impossible à assumer par rapport à la légende interne selon laquelle on se brûle en s'approchant trop près du pouvoir », glisse un des hommes de l'hebdomadaire. Dans le passé, la doctrine du *Canard* était sans ambiguïté. L'ancien directeur Roger Fressoz l'avait très clairement signalé, en 1989 : « On récuse les institutions par principe, ce qui explique au passage pourquoi on ne peut pas en devenir une nous-mêmes. Ce qui explique également pourquoi on refuse tout contact avec lesdites

1. *Le Canard enchaîné*, 9 avril 2008.

institutions : pas de dîners en ville, pas de voyages officiels[1]. » « Il y a une sorte de vieille règle implicite selon laquelle on ne doit pas se compromettre en s'affichant, résume un journaliste du *Canard*. Chez nous, les chefs n'aiment pas les dîners, en tout cas, il ne faut pas trop dire qu'on en fait, c'est mal vu… Comme si l'indépendance chevillée au corps du journal était incompatible avec toute promiscuité avec les politiques. Mais cette règle imaginaire est devenue totalement hypocrite. Depuis des années, le journal ruse avec cela. »

Quelque chose a changé dans le rapport au pouvoir. Il suffit pour s'en convaincre de feuilleter les vieux exemplaires du journal. Dans le passé, l'esprit satirique du *Canard* offrait aux lecteurs un flot ininterrompu de dessins et de textes vachards. Rien n'échappait au *Canard*. « La Cour » puis « La Régence » – deux rubriques de Roger Fressoz – ou la page 2 offraient un décryptage au vitriol des mœurs propres au pouvoir. Les coulisses du Château. La vie des courtisans. Le luxe. La démesure. L'obscénité du pouvoir vue de près. Force est de constater qu'avec la présidence Sarkozy, le *Canard* est en dessous de la main. Pourtant, tous les ingrédients sont là. Puissance mille. Le *Canard* d'avant n'aurait rien laissé passer. Il aurait grossi le trait. Tiré à boulets rouges. Plus maintenant. Certains journalistes ont une discrète sympathie. « Est-ce qu'il y a des gens séduits par Sarko ? C'est possible », explique le journaliste Claude Roire. Selon ce dernier, Nicolas Brimo, administrateur délégué du journal, a eu de l'admiration pour Sarkozy. « Nicolas n'est pas sarkozyste, poursuit Roire. Mais il trouve que Sarko a du culot, de la présence d'esprit. Qu'il est assez énergique[2]. » La page 2, que Brimo dirige avec Michel Gaillard, s'en ressent. « Lorsqu'on analyse "La Mare aux

---

1. « Un *Canard* atypique dans la mare des médias », *Stratégies*, 6 février 1989.
2. Entretien avec l'auteur, 12 septembre 2008.

Canards", on s'aperçoit que ces brèves sont souvent à décharge de Nicolas Sarkozy, estime un pigiste politique. Les histoires sont montées en épingle. Personnellement, je n'ai pas constaté l'ombre d'une divergence entre Matignon et l'Élysée sur l'administration et l'orientation de la gestion des affaires. Mais c'est la logique de Sarkozy lui-même que de livrer une impression d'affrontement permanent. Cette guerre avec tout le monde est une mise en scène, une fabrication médiatique. »

Pâle copie de ces vieilles rubriques d'autrefois, « Le journal de Carla B. », en pied de page 2, tient lieu de chronique de la vie à l'Élysée sous Sarkozy. La formule décline « Le journal de Xavière », qui avait été mis au point dans les derniers mois de la régence Tiberi à l'hôtel de ville de Paris. Un faux journal méchant. « C'est moi qui faisais les dialogues, nous révèle aujourd'hui Jean-François Probst, alors communicant des Tiberi à la Mairie de Paris. J'avais quelqu'un du *Canard* tous les lundis au téléphone et je lui racontais la semaine des Tiberi, avec les textes qui allaient avec. J'en profitais pour glisser des vacheries sur nos ennemis du moment. Jean et Xavière en raffolaient [...]. Cela me permettait de faire passer des messages et c'était totalement sous contrôle. » Bien sûr, Jean-François Probst exagère. Les spécialistes des affaires de la Mairie de Paris au *Canard* avaient aussi leurs propres réseaux au sein de l'Hôtel de Ville, et notamment leurs propres contacts avec Bertrand Delanoë, pour ne pas se fier au seul Probst afin d'écrire Le journal de Xavière. Mais c'est tellement plus simple d'avoir une source interne, au cœur du système, quitte à lui concéder, en échange, quelques renvois d'ascenseur...

Pour « Le journal de Carla B. », le *Canard* a repris la même recette. Pas très méchante. La vraie Carla adore. Pierre Charron, le plus vieux conseiller de Sarkozy, redevenu en cour après le départ de Cécilia, et attaché à la communication de la nouvelle première dame, se charge de certains dialogues. « Il m'arrive de faire passer des messages dans “Le journal de Carla B.”[1] », admet-il volontiers. Quand le déjeuner de Jean-Michel Thénard à l'Élysée a été révélé, Pierre Charron a même dû se faire petit. « On m'a fait comprendre qu'il fallait que je me mette en veilleuse, admet-il. Cela n'a duré que quelques semaines[2]. » Déjeuner avec une première dame n'était déjà pas anodin, mais associer un communicant de l'Élysée à la rédaction d'une chronique, ça l'était encore moins.

La fâcheuse indiscrétion passée, la circulation d'infos a repris de plus belle. « C'est le vrai journal de Carla, assure François-David Cravenne, conseiller ministériel du premier cercle sarkozyste. Carla Sarkozy demande directement à Charron de faire passer ceci ou cela dans “son” journal. On raconte qu'elle le lit tous les mardis soirs à Sarko[3]. » Le *Canard* est en effet diffusé dès le mardi après-midi dans les principaux lieux du pouvoir, y compris aux journaux.

À l'Élysée, Pierre Charron a une place singulière. « C'est un personnage de l'ombre qui n'a pas d'ombre, confie l'éditorialiste Philippe Reinhard. Il est inexistant, mais de temps en temps, on apprend qu'il est puissant. Il correspond à la définition du bouffon du roi. »

Dans les relations entre le *Canard* et Sarkozy, Pierre Charron joue un rôle clé. Et cela remonte à loin. Rond, rigolard, et pas rancunier, Pierre Charron a tous les atouts pour traiter les journalistes efficacement sur la durée. Toujours prêt à rendre un service, toujours prêt à aller vérifier une info, connaissant tout Paris, aussi bien le Paris des élus, des people que celui des patrons du CAC 40. Charron a même élargi son carnet d'adresses, grâce à son passage place Beauvau, en se rendant indispensable à la carrière d'une foule de policiers de

1. Entretien avec l'auteur.
2. Entretien avec l'auteur. Les citations suivantes viennent de la même source.
3. François-David Cravenne est actuellement conseiller technique de la ministre de la culture. Entretien avec l'auteur, 17 octobre 2008.

France et de Navarre. Il adore les secrets. Il n'a peur de personne, et en a tellement vu que plus rien ne l'étonne. Sa spécialité ? Le coup de pouce dans le bon sens. Faciliter la diffusion d'une info. Ou l'empêcher de sortir. Quand Rachida Dati est tombée enceinte, et n'a plus pu cacher sa grossesse aux objectifs des photographes, fin août 2008, c'est lui qui s'est chargé d'appeler qui il fallait pour retenir l'info encore une bonne semaine. Il a convaincu les rédactions que Rachida pouvait faire une fausse couche... Pendant la campagne présidentielle, en revanche, Charron, sur commande, était toujours très bien informé des aléas de la famille Royal. Les cambriolages à la maison, les accidents de scooter du fiston, et les ennuis judiciaires du frère. Ça aide les journaux.

En 1979, Sarkozy n'était pas encore maire de Neuilly-sur-Seine que le chabaniste Charron était en poste à l'Assemblée nationale, auprès de la présidence. « J'ai vu arriver Brimo à l'Assemblée. C'est moi qui lui ai obtenu son accréditation... » Les deux hommes sympathisent. Impossible d'ailleurs de ne pas sympathiser avec Charron. « On a eu aussi des histoires personnelles qui nous ont rapprochés », glisse-t-il dans un sourire mystérieux. Les années galopent. Chaban a disparu de la scène et voilà Sarkozy, son nouveau mentor, ministre du Budget du gouvernement Balladur. On est en 1993. À l'époque, Sarkozy, jeune ministre du fisc, vit avec Cécilia qui n'est pas encore divorcée de Jacques Martin. « Brimo m'appelle, se souvient Charron, pour me dire qu'ils avaient appris que les huissiers de Bercy appelaient Cécilia "Mme Martin" quand elle entrait dans une pièce. Cela faisait très mauvais genre... » Pierre Charron intervient : le *Canard*, qui s'apprêtait à faire un papier rigolard, le jette à la poubelle.

Quand Sarkozy reviendra aux Finances, sous Raffarin en 2004, Charron n'empêchera pas cette fois le *Canard* de sortir l'affaire des écrans plasma. Ce papier du 5 mai 2004 [1] est bien la seule enquête du *Canard* embarrassante pour Sarkozy

1. Alain Guédé, « Les Sarkozy débarquent en fanfare à Bercy », 5 mai 2004.

cette année-là : les fonctionnaires de Bercy ont dû acheter cinq téléviseurs à écran plasma, à 3 000 et 5 000 euros pièce, que « réclamait Cécilia Sarkozy ». « Destination : les chambres des appartements dans lesquels sa petite famille s'est installée. » Le *Canard*, qui se défend d'évoquer jamais la vie privée, décrit l'installation de Cécilia Sarkozy et de ses enfants à Bercy, sans omettre qu'un appartement a été affecté à « l'une des filles de Cécilia – d'un premier lit ». L'enquête mettra le camp Sarkozy dans l'embarras. « 80 % de l'article est faux » assurera Cécilia à l'AFP. Claude Guéant se chargera d'un communiqué en réponse, démontant pied à pied les infos du *Canard* – qui les maintiendra la semaine suivante.

« Il s'en est fallu de peu, soutient un journaliste de l'hebdomadaire. Lorsque Alain Guédé a apporté l'histoire des écrans plasma, il en a parlé à la conférence de rédaction dans un silence lourd. Brimo et Gaillard n'avaient pas l'air très chauds. Guédé s'est battu jusqu'au vendredi pour les convaincre et s'est appuyé sur Angeli pendant le week-end. Courageusement. Le premier papier a été casé en haut de page 4, ce qui est un compromis. La page 4 est une façon de mettre les choses moins en avant qu'en page 3. La suite, la semaine suivante, alors que la polémique avait pris, a été placée en pied de page 4. C'est l'endroit qu'il faut regarder attentivement. Il accueille presque toujours les papiers “gênants” en interne, ceux qui passent au forceps. Il y a souvent des perles. »

L'étouffoir ne marche pas à tous les coups. Mais au moins, les écrans plasma n'auront pas eu l'exposition maximale. Dans la foulée, l'hebdomadaire sera quand même « bien servi ». Dans son édition du 15 février 2005, le *Canard* déclenche une tonitruante polémique sur l'appartement d'Hervé Gaymard, nouveau ministre de l'Économie et des Finances. Avec son épouse et ses huit enfants, le protégé de Chirac était logé dans un duplex de 600 m^2 aux frais du contribuable. Contraint à la démission, Gaymard s'en retourne dans sa Savoie natale. À qui devait-il le coup ? « Quelque temps auparavant, Nicolas Sarkozy m'avait demandé si j'étais avec lui. Je lui avais rappelé ma fidélité à Jacques Chirac. Il m'avait répondu que, puisque je n'étais pas avec lui, c'est que j'étais contre lui, et qu'il en tirerait toutes les conséquences. Peu après le *Canard* sortait l'affaire, je démissionnais du gouvernement et Brice Hortefeux se vantait lors d'un dîner d'avoir organisé l'opération[1]. » Hortefeux dément. « Ni de près ni de loin je n'ai suivi cette affaire, je n'avais aucun élément d'information ni aucun motif de m'en prendre à Hervé Gaymard[2] », assure-t-il. Charron n'en dit rien.

Si son nom est prononcé, c'est que Brice Hortefeux est effectivement une « source » de première importance pour *Le Canard enchaîné*. Le copain d'enfance du président, devenu ministre de l'Immigration et de l'Identité nationale, s'est rapproché du journaliste Frédéric Haziza, l'un des pigistes de « La Mare aux *Canards* ». Ces contacts sont devenus notoires parmi les journalistes après qu'Hortefeux a fait un bon mot au sujet d'Haziza lors d'un déplacement en province : « J'ai décidé de demander un pourcentage à Haziza pour tous les échos que je lui file. » Il plaisantait bien sûr… au sujet de son pourcentage. Mais Frédéric Haziza est l'un des très discrets chasseurs de la page 2. Et il est assez proche d'Hortefeux. « Une fois sur deux, quand mon portable sonne, c'est Haziza », a confié le ministre à un journaliste politique. L'échotier du *Canard* a écrit plusieurs livres politiques : *Le Roman de la présidentielle*, une fiction, en 2001, et *Chirac ou la Victoire en pleurant*, en 2002[3]. Longtemps chef du service politique de Radio J, dont il anime toujours le forum dominical, il présente deux émissions sur La Chaîne parlementaire (LCP Assemblée nationale) : « Parlons-en », le dimanche, et « Questions d'info », le

---

1. Propos rapportés par Michel Feltin dans un « Indiscret » de *L'Express*, 28 août 2008.
2. *Ibid*
3. C'est aussi le coauteur avec Marie-Noëlle Lienemann de *Ma part d'inventaire*, Ramsay, 2002.

mercredi. Haziza est surtout l'un des échotiers du *Canard*. C'est le « loup blanc » assure un pigiste. À telle enseigne qu'on lui a attribué, en interne, la paternité de l'affaire Gaymard, mais par un autre canal sarkozyste, celui d'un ancien conseiller de Patrick Devedjian [1]. Au sein du *Canard*, on dit aussi que c'est Delambre, l'un des dessinateurs du journal, qui avait entendu parler de l'appartement Gaymard par un ami à lui. « Il a apporté le truc à Nicolas Brimo qui s'est chargé de vérifier et d'obtenir des détails », précise-t-on.

« Haziza passait voir Hortefeux tous les dimanches soir, à Beauvau », se souvient un membre du cabinet Sarkozy au ministère de l'Intérieur [2]. C'est un secret de Polichinelle dans le cercle du président que le ministre de l'Immigration et de l'Identité nationale fournissait de bons échos à la page 2 du *Canard*. Hortefeux a été un temps brouillé avec son pigiste pour un écho mal contrôlé sur Cécilia. Comme Pierre Charron, quand l'ex-épouse du candidat est partie une première fois à New York avec son publicitaire, Brice Hortefeux a plutôt sympathisé avec la compagne d'alors du ministre de l'Intérieur. « Charron et Hortefeux se sont éloignés de Cécilia sur la fin, quand elle s'est mêlée de politique. Une fois partie, ils ont eu l'impression de revivre. Et elle l'a su », raconte un homme du clan. Évidemment, quand elle est revenue, Charron a été exilé dans les mines de sel. Il a dû attendre le nouveau départ de Cécilia et l'arrivée de Carla pour récupérer un bureau à l'Élysée. Et lors de la constitution du gouvernement Fillon, qui s'est déroulée à La Lanterne en présence de Cécilia, Hortefeux, le plus vieil ami de Sarkozy, s'est retrouvé pendant une heure sans aucun ministère. « Il s'en est fallu d'un cheveu », a-t-il admis. Des

---

1. Le conseiller, discrètement désigné par Jean-François Coppé comme la source du *Canard*, dément farouchement. Il admet par contre que l'affaire lui a valu bien des ennuis au sein du microcosme UMP.

2. Frédéric Haziza n'a pas voulu confirmer ses « visites du dimanche ». « Je n'ai rien à dire sur mes sources ni sur M. Hortefeux », a-t-il déclaré aux auteurs, 28 octobre 2008.

histoires de vie privée... Le *Canard* ne s'en mêle pas. « On s'en gargarise entre nous, c'est tout », s'amuse un journaliste de l'hebdomadaire.

Au sein du *Canard*, l'épisode Gaymard a eu lieu à un moment particulier. Plusieurs journalistes, en interne, trouvaient le *Canard* « trop mou ». « On ne sortait plus rien. À quelques-uns, on a eu des velléités de se réunir pour rédiger une lettre à Michel Gaillard. L'idée, c'était justement de pouvoir organiser des réunions, des *brainstormings* entre nous, pour mettre un peu d'émulation et échanger nos infos dans un univers cloisonné, chacun dans son coin. On était plusieurs à en avoir marre de cette culture du secret et des décisions arbitraires, sans aucun débat. Finalement, l'initiative a tourné court. À la deuxième ou troisième réunion, il n'y avait plus personne. Tout le monde s'était défilé... Du coup, pour Gaymard, la version officielle a été celle de l'info apportée par le dessinateur, mais personne n'était dupe. Et tout est reparti comme avant. »

Les sources du *Canard* sont très convergentes. « C'est la deuxième fois dans son histoire, depuis François Mitterrand, que le *Canard* a des liens si étroits avec la présidence, estime un journaliste. Tous les mardis soir, Michel Gaillard offre une coupe de champagne à quelques amis choisis au bar du Normandy (l'hôtel voisin du *Canard*), poursuit-il. C'est la “bulle” du directeur. On est parfois convié. L'homme de communication Jean-Noël Tassez ou le journaliste Philippe Reinhard viennent souvent. » Tassez ? « Dans le sérail, il aime dire qu'il voit les gens du *Canard* tous les mardis », assure un conseiller ministériel. « Jean-Noël Tassez est extrêmement lié à Hortefeux, confie Philippe Reinhard. Leurs femmes, Charlotte Rampling et Valérie Hortefeux, sont assez proches. Les deux couples passent souvent une partie des vacances ensemble. » Ancien responsable du quotidien communiste *La Marseillaise*, puis de *Radio Monte Carlo*, devenu proche des Mitterrand – de Jean-Christophe, puis du clan tout entier –, Tassez a rencontré Sarkozy pendant sa traversée du désert.

« Aujourd'hui, il est *persona grata* chez Sarkozy, c'est clair », commente Reinhard. Parole d'orfèvre. Passé par *Le Quotidien de Paris* puis *L'Événement du jeudi*, et après avoir été conseiller du Premier ministre sous la première cohabitation, Reinhard est l'un des rares énarques passés au journalisme. Successivement éditorialiste au *Télégramme de Brest*, à *L'Union* de Reims et aujourd'hui à *L'Éclair des Pyrénées*, il s'est lui aussi spécialisé dans la sarkozie. Il a même trois livres à son actif dans cette catégorie. *Chirac Sarkozy, mortelle randonnée*, publié en février 2005 [1] où l'on trouve au passage quelques brèves transmises au *Canard*. *Brice Hortefeux, le mécano de Sarko* [2], en février 2007, un livre ému dédié au parcours du futur ministre de l'Immigration. « C'est un ami très cher et depuis longtemps », confie-t-il. Enfin, *Président ! Histoires secrètes d'une élection* [3], publié en mai 2007, et dont la couverture montrant Nicolas Sarkozy acclamé par des mains anonymes se passe de commentaires. Le journaliste obtient d'ailleurs la Légion d'honneur le 14 juillet 2008, une distinction historiquement bannie du *Canard*, qui en a même fait un motif d'exclusion dans le passé [4]. Mais Reinhard n'est officiellement qu'un ami du directeur… Michel Gaillard complète encore son dispositif présidentiel avec la collaboration de Bruno Dive, le correspondant parlementaire de Sud Ouest, auteur d'*Air Sarko, Chronique des voyages présidentiels* [5], un « portrait du chef de l'État en Phileas Fogg » [sic]… « Il faut être proche et éloigné pour bien connaître les choses [6] »,

---

1. Philippe Reinhard, *Chirac Sarkozy, mortelle randonnée*, Éditions First, 2005.

2. Philippe Reinhard, *Brice Hortefeux, le mécano de Sarko*, Le Cherche-Midi, 2007.

3. Philippe Reinhard, *Président ! Histoires secrètes d'une élection*, Éditions First, 2007.

4. Le journaliste Pierre Scize, futur chroniqueur judiciaire du *Figaro*, a été licencié du *Canard* en 1933 pour l'avoir reçue.

5. Bruno Dive, *Air Sarko, Chronique des voyages présidentiels*, Éditions Jacob-Duvernet, 2008.

6. Cette communication a eu lieu le 29 octobre 2008.

explique Michel Gaillard dans un bref entretien téléphonique, « sidéré » qu'on soupçonne « le moindre sarkozysme dans les colonnes de la page 2 », quelles que soient les sources ou les relations personnelles des uns et des autres.

« Il s'est passé quelque chose au *Canard* au début de la campagne présidentielle, raconte un journaliste. D'abord sont arrivées au sein du journal trois personnes de *Libé*, Dominique Simonnot, Didier Hassoux et Jean-Michel Thénard. » À leur arrivée, ces trois-là ne connaissent pas bien les « codes » qui régissent la maison : « Hassoux et Thénard parlaient beaucoup politique en réunion et s'attendaient à des prises de décision collégiales. Les autres se regardaient en écarquillant les yeux. Hassoux ne se rendait pas du tout compte qu'il faisait là quelque chose de tabou au *Canard*. Les trois chefs, Gaillard, Brimo et Angeli, le regardaient en silence. Sans faire exprès, il avait à leur égard un courage héroïque qui consistait à dire tout haut ce qu'il pensait. » Venus de *Libé*, ces trois journalistes sont plus proches du PS que de l'UMP. « Leurs prises de parole ont un peu secoué tout le monde. Au *Canard*, la majorité silencieuse était plus proche de Royal que de Sarkozy, c'est un fait. Le lectorat aussi d'ailleurs. Dans les premiers mois, Gaillard a tranché en faveur de Royal, en tout cas, c'est l'impression qu'on a eue. Il a fait un titre "Facho-Sarko" qui semblait aller dans ce sens. Puis il y a eu l'affaire Clearstream, et le *Canard* s'est retrouvé privé de procès-verbaux. Tout passait par les autres journaux, on n'avait rien [...]. Gaillard a piqué une crise et il a fallu se tourner à nouveau en direction du camp Sarkozy qui était bien placé pour livrer des infos sur cette affaire. »

Au même moment, deux journalistes du *Canard* se lancent sur la piste de l'appartement Sarkozy à Neuilly-sur-Seine. Nicolas Beau et Hervé Liffran dénichent à force de persuasion des documents sur la façon dont l'appartement a été payé. « Ils ont eu du mal à imposer leur histoire, admet un de leurs collègues. Nicolas Brimo a imposé un compromis : d'accord on s'intéressait à Sarko, mais il fallait faire quelque chose sur Ségolène Royal la semaine suivante. » L'article, la première semaine, est plutôt assassin pour le candidat de la droite... Le 28 février 2007, la page 3 du journal titre : « La belle affaire immobilière de Sarko ». « En 1997, le maire de Neuilly a été choyé par le principal promoteur de la ville. Nicolas et Cécilia ont économisé, grâce à lui, au moins 2 millions de francs (300 000 euros) pour acheter leur duplex et réaliser des travaux d'aménagement. Les veinards. » En bas de page 3, un petit texte encadré en gras : « La semaine prochaine, la suite de notre enquête sur le patrimoine des quatre grands candidats : après la bonne affaire immobilière de Sarko, les mystères de l'ISF de Ségolène et François... » À peine le nouveau scandale immobilier du candidat de l'UMP lancé, le *Canard*, contrairement à ses habitudes, promet des révélations tout aussi fâcheuses au sujet de la candidate du PS. Une méthode d'autant plus curieuse qu'aucun journal, *a fortiori* hebdomadaire, ne dévoile ses scoops à l'avance. « On n'a jamais annoncé une enquête une semaine à l'avance, reconnaît un journaliste du *Canard*. Ça mettrait les autres sur la piste et leur donnerait la possibilité de trouver avant nous... »

Chez Sarkozy, comme au lendemain de l'affaire des écrans plasma, on décide de réagir aux infos du *Canard*. Campagne présidentielle oblige, il faut étouffer le dossier dans le classeur. Les déclarations outragées se succèdent : « accusations infamantes », « malhonnête », « mise en cause scandaleuse », « attaques indignes » pestent les hommes de l'UMP. « C'est vrai qu'on a de bonnes relations avec eux, admet un des communicants du président. On sait que si on leur parle, ils utiliseront ce qu'on leur donne. » Sarkozy écrit donc au journal de la rue Saint-Honoré une longue lettre en réponse en quatre points. Un démenti formel dans le numéro suivant, et aucun autre journal ne se lancera plus dans cette enquête dangereuse.

« Sauf que Nicolas Beau, qui était déjà méfiant de nature – d'autant plus que c'était lui qui était chargé de l'affaire Elf au sein du *Canard* – est devenu ultraprudent, limite parano. Il n'a dit à personne qu'il avait des documents en sa possession, raconte un de ses collègues. Du coup, quand Sarkozy a envoyé son droit de réponse au journal suite au premier papier, Beau a sorti ses billes. » La suite du feuilleton occupe la page 3. À gauche, sur une colonne, le texte de Sarkozy. Découpé en quatre articles, comme les quatre thèmes de sa réponse, Beau persiste et signe : « Un audit inexistant », « Des prix fantaisistes », « La preuve par la facture », « L'esprit d'escalier ». Le titre général : « Les calculs tordus et les trous de mémoire de Sarko ». « Cette suite n'aurait jamais eu lieu sans le courrier en réponse de Sarkozy, admet un proche de Beau. Et si Sarkozy avait su que Nicolas Beau avait ces documents, je doute qu'il eût fait ce courrier. » Drôles de conditions pour faire sortir une affaire.

Sur Ségolène le *Canard* ne déclenchera aucune nouvelle polémique. La page « Le trop bel ISF de Ségolène Royal » reprend des informations qui étaient toutes plus ou moins sorties depuis des mois dans les autres journaux… notamment sur le prix de la villa de Mougins. « C'est bien la première fois qu'on devait se forcer à tirer à la ligne avec des infos déjà parues et si ouvertement. Comme si, à l'époque de Giscard, il avait fallu alterner les pages sur l'"ex" et sur Mitterrand », raille un vieux de la vieille. Mais « l'équilibre » de la copie consacrée aux deux gros candidats était respecté.

À la veille du premier tour de la présidentielle, le même Nicolas Beau reviendra à la rédaction avec en main, à la virgule près, les montants des honoraires de Me Sarkozy au sein de son cabinet d'avocats. Des chiffres ultraconfidentiels. « Angeli était pour qu'on les sorte, et Gaillard et Brimo ont réussi à différer le papier. Ils étaient certains que Sarkozy serait élu président […]. À ma connaissance, il n'y avait pas d'autre motif pour mettre cela sous le coude. Nicolas Beau en a gardé une vive amertume. C'est une des raisons qui l'ont poussé, quelques mois plus tard, à quitter le journal. Il n'en pouvait plus », raconte un de ses amis.

2

La cour au *Canard*

« Il faut parler du pot du *Canard* ! » C'est un journaliste qui le recommande. Un « ami du *Canard* ». Un travail sur l'hebdomadaire ne saurait ignorer le rituel qui fédère tous les ans la maison *Canard*. « C'est un concours des élégances. Y être c'est bien, ne pas y être, c'est un signe de disgrâce, parfois très mal vécu. » Dans la foule qui s'y presse, parmi les proches du journal et leurs familles, se faufilent les fameuses sources de l'hebdo. Petits et grands amis. Des stakhanovistes de la page 2, des courtisans bavards, quelques maîtres de l'intrigue. Et des balances occasionnelles. Des notables plus brillants, de l'édition ou du show-bizz, attirent heureusement l'attention. « Un cahier circule quelques semaines avant, et on peut y inscrire ses invités. Et parfois rayer des noms. Certains se retrouvent blacklistés. » Michel Gaillard et ses rédacteurs en chef ont, seuls, cette faculté de rayer des noms. Dans Paris, certains sont discrètement avertis qu'ils figurent sur « la liste ». « La question devient : "Est-ce que je vais être barré ou pas ?" » s'amuse un autre habitué, journaliste. Un investigateur parisien longtemps invité s'est vu soudain privé de carton parce qu'il n'avait pas relayé une enquête du palmipède. Il s'en amuse lui aussi. Mais le *Canard* est pointilleux à ce sujet.

C'est au 217, boulevard Saint-Germain, à la Maison de l'Amérique latine, que le *Canard* régale ses invités. L'hôtel particulier de Varangeville, et celui d'Amelot de Gournay, relié au précédent par les salons du rez-de-chaussée et les jardins, offrent un décor ministériel. Celui de Gournay a été construit par un marquis, puis racheté par un duc de Luxembourg, et plusieurs comtes et comtesses. Celui de Varangeville a servi de bibliothèque au Dr Jean-Martin Charcot, fameux neurologue passionné par l'hystérie. Les salons sont Louis XV, les boiseries précieuses et souvent dorées. Les buffets, eux, sont pantagruéliques. Pour faire bonne mesure, le *Canard* a eu l'idée de poster, en haut de l'escalier d'honneur, un huissier à chaîne, ancien du Sénat. Un « aboyeur » comme on dit, mais qui, au *Canard*, se contente de rester au garde-à-vous.

Comme l'a expliqué Jean Égen, dans *Messieurs du Canard*[1], l'ancienne équipe se voulait « dionysiaque » par militantisme et gardait le culte des « communions gastronomiques ». « C'est autour d'un souper que le *Canard* a pris forme », rappelle Égen, signalant les plantureux déjeuners pris au Bougainville, estaminet voisin du *Canard*, où l'on pouvait voir la rédaction « puiser de nouvelles forces dans le quincy, le juliénas, la cochonnaille, et le gigot ». « Le père du *Canard* savait combien le *vinum bonum* et la *cara bona* entretiennent l'amitié, signale Égen. C'est une joie d'entendre le glouglou des lampées, le carillon de rires et le vol des calembours. De temps à autre, une main d'artiste (je ne dirais pas laquelle) abandonne un instant sa fourchette pour prélever, entre le pouce et l'index, un peu de beauté sur les rondeurs de la serveuse. Le niveau des bouteilles décroît, le contenu des plats s'amenuise, la félicité de la table grandit. Elle n'est plus qu'un corps à douze têtes, qu'une âme en douze copains qui met toute l'auberge en état de jubilation[2]. »

---

1. Jean Égen, *Messieurs du Canard*, *op. cit.*
2. *Ibid.*

C'est Ernest Raynaud, dit Treno, rédacteur en chef de 1947 à 1969, qui a mis sur pied « le cocktail du *Canard* ». Le premier a eu lieu dans les salles du Pavillon Dauphine, avenue Foch. Le fils de Treno, Marcel Raynaud, se souvient d'une « grande table de buffet avec un tonneau de juliénas. Y venaient des artistes, des hommes politiques ». « Le cocktail rassemblait aux Centraux [la maison des anciens élèves de l'École centrale], les "copains", rapporte la femme de Gabriel Macé, l'un des rédacteurs en chef d'alors. Un buffet somptueux. Une fois, le cocktail a rassemblé 1 000 personnes [1]. »

On peut apprécier la notoriété de certains invités du *Canard* dans une liste que Laurent Martin a publiée dans sa thèse [2] :

Le réalisateur Claude Autant-Lara, l'écrivain Marcel Aymé, la chanteuse soprano Mathé Altéry, Hubert Beuve-Méry, le fondateur du *Monde*, l'historien Alain Besançon, l'écrivain Lucien Bodard, Georges Brassens, l'ancien résistant et journaliste Claude Bourdet, fondateur du PSU, les photographes Henri Cartier-Bresson et Robert Doisneau, l'universitaire et éditeur Michel Chodkiewicz, le réalisateur et producteur Henri-Georges Clouzot, l'écrivain Pierre Daninos, « De Beauvoir S. » aussi, l'universitaire et juriste Maurice Duverger, l'écrivain Max-Pol Fouchet, le dessinateur Jean Effel, Robert Escarpit, journaliste et billettiste du *Monde*, Jacques Fauvet, journaliste et directeur du *Monde*, André Laurens, ancien patron du *Monde* également, le poète Jacques Prévert, l'historien Claude Manceron, futur conseiller de Mitterrand, lors de ses campagnes de 1965, 1974 et 1981. Parmi les invités politiques, on trouve « Hernu C. », Henri Yrissou, un ancien inspecteur des Finances, ex-député Indépendants et Paysans qui rejoindra le Front national. L'écrivain et cinéaste Marcel Pagnol, l'écrivain Roger Peyrefitte,

1. Indications de ce paragraphe données par l'épouse de Gabriel Macé et par Marcel Raynaud et recueillies par Laurent Martin.
2. Citée en annexe (t. III) de la thèse de Laurent Martin, janvier 2000.

Yves Montand, Simone Signoret, Jean-Paul Sartre, Jean-François Revel, l'écrivain Emmanuel Roblès, Jean Rostand, Henri Salvador, Norodom Sihanouk, roi exilé et futur chef de l'État cambodgien, l'acteur et metteur en scène Jean Vilar. On en passe...

La tradition s'est perpétuée. « C'est le plus beau buffet de la place de Paris, s'enthousiasme un journaliste. Cette année [1], il y avait quatre saumons différents, quatre foies gras différents. Et des toasts de toutes les couleurs, de petites galettes indiennes, et toujours à volonté. »

La dernière invitation a vu passer plus de people qu'à l'accoutumée. On y a aperçu Guy Bedos, Robert Charlebois, Vincent Lindon, Antoine de Caunes. Un des collaborateurs du « Coin-coin de variétés », Albert Algoud, a coécrit des sketches dans l'émission « Nulle part ailleurs ».

Le dédale des salons, l'ouverture des jardins, permettent à ceux qui le veulent de s'éviter. Mais pas toujours. Ainsi le directeur général des impôts (DGI) a-t-il rencontré le président du Syndicat national unifié des impôts (SNUI) non loin de Nicolas Brimo, qui s'est vanté de contribuer ainsi à régler un conflit social dans l'administration « grâce au pot du *Canard* ». En 2006, certains repèrent au buffet un jeune homme, un peu emprunté. Un fonctionnaire ? Presque : c'est David Martinon, conseiller diplomatique du ministre de l'Intérieur Nicolas Sarkozy, promis à une fonction de porte-parole de l'Élysée [2]. On chouchoute les seconds couteaux. Lorsque l'ancien Premier ministre Pierre Mauroy était venu, sans invitation, mais en accompagnant son chef de cabinet Jean-Michel Rosenfeld, les patrons du *Canard*, dit-on, n'avaient pas apprécié. Michel Charasse, par contre, est venu souvent, avec son propre carton. Jean-Noël Tassez aussi, avec ou sans sa femme, Charlotte Rampling. « *A priori*, c'était le

1. Le dernier pot a eu lieu le 28 mai 2008.

2. En 2008, Martinon ne survivra pas à sa tentative de conquête de Neuilly : il quittera l'Élysée.

pot des copains et des informateurs, ça devient le pot de ceux qu'on protège », rumine un journaliste. En 2008, peu de politiques se sont déplacés. Le député socialiste André Vallini a été vu. Parmi les magistrats connus, Louis Joinet, de la Cour de cassation, ancien conseiller justice de tous les Premiers ministres socialistes entre 1981 et 1995, Jean-Paul Jean, ancien président du Syndicat de la magistrature, le concepteur du pôle financier, aujourd'hui avocat général à Paris. Les avocats amis étaient, eux, présents en nombre : Me Yves Baudelot, Antoine Comte, Christian Charrière-Bournazel, Jean-Marc Fédida... Ces deux-là ayant souvent représenté l'hebdomadaire ces dix dernières années.

Le *Canard* dévoile discrètement ses amitiés. Paulette Decraene, la secrétaire particulière de Mitterrand, a été vue tous les ans, au bras de son mari, un ancien journaliste du *Monde* passé au Centre des hautes études africaines et malgaches. Naviguant entre les buffets, les plus radieux et les plus nombreux sont les journalistes. « On trouve un certain nombre de journalistes dont on n'imagine pas qu'ils sont des informateurs... signale Philippe Reinhard. Il suffit de voir qui s'accroche à Nicolas Brimo et Michel Gaillard. C'est surprenant. »

Le pot du *Canard* est un peu la tournée du patron. L'académicien Robert Sabatier, l'auteur des *Allumettes suédoises*, en profitait tellement qu'il avait beaucoup de mal à en repartir. Par tradition, la soirée finissant, les journalistes les mieux en cour se regroupent autour de leurs chefs, dans une pièce de l'entresol. Là où Fressoz aimait déguster des écrevisses. En 2008, le pot du *Canard* a été déserté plus vite qu'à l'accoutumée. « Tout le monde semblait un peu fatigué », résume un invité. « Ce n'était pas la grande forme », approuve un autre.

3

Le président au concert de M. Guédé

C'est une photo qui a fait la une du *Parisien dimanche*, le 11 mai 2008. On y voit Nicolas Sarkozy serrant la main d'une jeune fille de couleur, à l'occasion de la commémoration de l'abolition de l'esclavage. Un officiel grisonnant semble faire les présentations, il tient l'épaule de la jeune fille, en adressant un regard amical au président. C'est l'organisateur de cette belle journée. Son nom n'est pas indiqué sur la légende du cliché. Mais ceux qui le reconnaissent sursautent : c'est Alain Guédé, journaliste au *Canard enchaîné*, qui joue le maître de cérémonies de Nicolas Sarkozy. En une du journal ! À l'intérieur et dans l'article, impossible de savoir à quel titre l'investigateur, naguère spécialisé dans les dérives de la « chiraquie », se trouvait là. « Nicolas Sarkozy qui participait pour la première fois à la journée de commémoration de l'abolition de l'esclavage a promis que cette période serait introduite dans les programmes du primaire », explique *Le Parisien*, qui a suivi par ailleurs la marche des libertés.

L'AFP en dit un peu plus : « Le chef de l'État présidait dans les jardins du Luxembourg, sous un ciel radieux, les cérémonies de la journée nationale de commémoration des “mémoires de la traite négrière de l’esclavage et de leurs abolitions”, instaurée en 2006 par son prédécesseur Jacques Chirac. [...] évoquant l’esclavage des Noirs, “blessure profonde qui pèse encore sur les consciences”, “crime contre l’humanité”, M. Sarkozy a exhorté à regarder “cette histoire telle qu’elle a été”, “lucidement”, car “c’est l’histoire de France”. Auparavant, devant une foule rassemblée autour d’une sculpture – *Le Cri, l’Écrit* – de l’artiste français Fabrice Hyber, constituée de trois maillons d’une chaîne brisée, M. Sarkozy avait visité l’exposition en plein air consacrée au chevalier de Saint-George. Des œuvres de celui qui fut, au XVIIIe siècle, le premier compositeur noir de l’histoire de la musique occidentale ont été interprétées par Les Archets de Paris. 300 enfants – dont la moitié venant de Seine-Saint-Denis – ont aussi interprété un chœur d’opéra de Saint-George : *Aimons-nous.* Le président était accompagné des ministres Michèle Alliot-Marie (Intérieur), Christine Albanel (Culture) et Yves Jégo (Outre-mer). »

Sur une vidéo de la cérémonie, on peut suivre également Alain Guédé durant sa visite de l’exposition en compagnie de Nicolas Sarkozy et de Patrick Karam, délégué interministériel à l’égalité des chances des Français d’outre-mer. Alors que la plupart des journaux reprennent sans s’interroger la « nouvelle » de l’enseignement de l’esclavage, Sébastien Ledoux, chercheur associé à l’Institut national de recherche pédagogique, signale dans une tribune sur le site Rue89 [1], que « les programmes de 2002 du primaire ont déjà officiellement introduit cette page de notre histoire comme jamais auparavant [...]. Derrière ces annonces en fanfare faites au nom de la mémoire... l’oubli. Oubliés les dizaines de milliers d’enseignants qui enseignent l’esclavage depuis plusieurs

1. www.rue89.com.

années[1] ». *Le Canard* n'en a pas dit un mot. Son investigateur, trop occupé avec le président, non plus.

Il faut se rendre sur le site du Premier ministre pour apprendre que c'est Patrick Karam, le délégué interministériel pour l'égalité des chances, « qui a choisi l'association Le Concert de Monsieur de Saint-George de M. Alain Guédé » pour animer la cérémonie « autour de comédiens et de l'orchestre Les Archets de Paris ».

Saint-George ? Un des personnages les plus étonnants du XVIIIe siècle, qui pourtant n'en manque pas. Son vrai nom : Joseph Bologne de Saint-George. Né des amours d'un planteur guadeloupéen et d'une esclave, il va conquérir Paris par ses talents multiples : escrimeur, séducteur, musicien... Métis mais affranchi, il fut le premier homme de couleur initié en maçonnerie, le premier à diriger un bataillon de la garde nationale, le premier à briller dans les salons. Alternativement surnommé le « Mozart noir », le « Voltaire noir » ou encore le « nègre des Lumières ». Un authentique personnage de roman. De nombreux livres lui ont été consacrés. *Monsieur de Saint-George, le Nègre des Lumières* écrit en 1999 est d'Alain Guédé[2]. Saint-George est son violon d'Ingres, la face cachée – et tout à fait charmante à l'origine – d'un journaliste en charge d'affaires de corruption. Mais Saint-George est aussi devenu sa chose, au grand agacement des autres spécialistes du personnage.

Au *Canard*, Alain Guédé, surnommé Guédébrume[3] par ses camarades, fait partie des enquêteurs. Longtemps chargé

---

1. « Esclavage : Sarkozy et les médias ont la mémoire courte », *Rue89*, 12 mai 2008 ; « Sarkozy : l'esclavage enseigné à l'école », *Le Journal du dimanche* ; « L'histoire de l'esclavage sera enseignée à l'école primaire », *Le Monde* ; « L'esclavage enseigné en primaire à la rentrée » *Le Nouvel Observateur* ; « La traite des Noirs enseignée en primaire, annonce Sarkozy », *Libération* ; « L'histoire de l'esclavage enseignée en primaire », *Le Figaro*.

2. Alain Guédé, *Monsieur de Saint-George, le Nègre des Lumières*, Actes Sud, 1999.

3. Quai des Brumes...

du social (bisbilles patronales-syndicales, trou de la Sécu, manipulation des statistiques du chômage…), il s'est spécialisé dans les affaires de financement du RPR, en tandem avec Hervé Liffran. Au *Canard*, la une du *Parisien dimanche* est passée entre toutes les mains, au surlendemain de la cérémonie du Luxembourg. Certains réprouvent l'affichage d'un journaliste du *Canard* avec le président de la République, mais ils ne s'expriment pas, en tout cas pas très fort. « Il n'y a eu que des ricanements, et des blagues de potaches, assure Alain Guédé. J'ai pris la parole pour dire que je ne rigolais pas avec ça [1]. » Depuis une dizaine d'années, le journaliste s'est engagé à sa façon. Alain Guédé dit que son projet s'est concrétisé quelques jours après un meeting de Le Pen dans les années 1990. « C'est avant tout pour moi un engagement antiraciste et citoyen, assure-t-il. C'est pour ça que le passage par le politique est primordial. Mais nous travaillons en totale indépendance. » Après son livre, il crée et préside son association, Le Concert de Monsieur de Saint-George. Le 4 février 2002, Alain Guédé pose aux côtés de Bertrand Delanoë. Toujours en maître de cérémonies… Ambiance festive et conviviale. Il s'agit cette fois de commémorer le changement de nom de la rue Richepance (général napoléonien qui, sur les ordres de l'empereur, a rétabli l'esclavage aux Antilles en 1802) devient la rue du Chevalier-de-Saint-George. Et avant encore, en 2000, il avait aussi rencontré Chirac. « J'inspirais, simultanément, à la publication d'un CD de quatre concertos de Saint-George enregistré par l'Orchestre de la Suisse italienne (chez Forlane), raconte-t-il sur son site. À plusieurs c'est mieux. Avec une poignée de copains et copines bien décidés, nous avons alors créé cet exceptionnel outil que l'association "Le Concert de Monsieur de Saint-George". C'est notre équipe (et personne d'autre) qui a permis le baptême d'une rue du Chevalier-de-Saint-George dans le centre de Paris, qui est à l'origine de

1. Entretien avec l'auteur, 22 octobre 2008.

milliers de concerts en France et dans le monde grâce à la distribution gratuite de partitions, qui a permis des centaines d'heures d'émissions sur les radios et les télévisions. »

Chez les musicologues, les historiens, les Antillais, le débat fait rage : Alain Guédé y est plus connu pour la polémique entourant Saint-George que pour ses articles dans le *Canard*. On l'accuse de s'être trompé sur trois points essentiels de la biographie de son héros : sa date de naissance, le nom de son père et l'origine de sa mère.

Pour Guédé, Saint-George est né en 1739. Cette date figure d'ailleurs sur la plaque qui lui est dédiée, inaugurée par Delanoë. « Il a pris la date de sa mort, 1799, qui est certifiée ; puis comme on disait à l'époque qu'il est mort à soixante ans, il a enlevé soixante », raille Claude Ribbe, auteur du *Chevalier de Saint-George*[1]. Pierre Bardin, auteur de *Joseph de Saint-George*[2] a retrouvé dans les archives la fiche de débarquement de la famille Bologne de Saint-George, en 1748 au port de Bordeaux : elle mentionne la présence d'un « petit mulâtre, nommé Joseph, âgé de deux ans ». Puis il a exhumé un acte de janvier 1746, déclarant sa venue au monde. À part Alain Guédé, tous les biographes s'accordent sur sa naissance : autour de noël 1745. En Guadeloupe, la plaque d'une rue portant son nom (bien avant Paris) mentionne également cette date.

On pourrait y voir du pinaillage de spécialistes, si Alain Guédé n'avait pas utilisé sa notoriété d'investigateur pour populariser son travail.

L'origine de sa mère, Nanon, est encore moins anodine. Alain Guédé affirme qu'elle a été raflée au Sénégal à l'âge de six ans, puis transférée aux Antilles – sur le navire *L'Union*, détail précieux – pour y devenir esclave. Le journaliste du

1. Claude Ribbe, *Le Chevalier de Saint-George*, Perrin, 2004.

2. Pierre Bardin, *Joseph de Saint-George, le chevalier noir*, Guenegaud, 2006.

Canard sera, sur ce détail, invité par le gouvernement sénégalais pour une cérémonie du souvenir… Les autres biographes s'en tiennent pourtant à ce que livrent les archives disponibles : Nanon y est mentionnée comme « Négresse, créole de cette Isle », la Guadeloupe. Que l'on soit noir, blanc ou métis, créole a toujours signifié « né aux Antilles ». Pierre Bardin s'étonne qu'on puisse prétendre autre chose : « Elle est créole, donc née en Guadeloupe, nom de Zeus ! » En voilà un qui ne sera pas invité au Sénégal…

Plus gênant encore, Alain Guédé affirme, avec moult détails biographiques, que son père serait un dénommé « Guillaume-Pierre Tavernier de Boullongne, lointain cousin de Georges Bologne ». Cette fois, c'est Gabriel Banat, ancien premier violon de l'orchestre philharmonique de New York qui montre au créneau : « Même le collaborateur d'un journal satirique comme *Le Canard enchaîné* devrait savoir que des cartes d'accès à des factures de photocopies ne sont pas acceptables comme justificatifs. Il faut citer les documents, et correctement. Mais je crains que cela ne change rien aux idées d'un auteur qui a consacré des dizaines de pages à détailler l'histoire de la famille Boullongne, qui n'a rien à voir avec le chevalier de Saint-George. » La fausse piste semble provenir d'un roman de Roger de Beauvoir, proche de Balzac et Dumas (qui eux aussi évoqueront le personnage), publié en 1840 : *Le Chevalier de Saint-Georges*. Il est aujourd'hui admis par tous, prouvé par de nombreuses archives, que son père est bien un Bologne, pas un Boullongne, l'un et l'autre ayant ajouté « de Saint-George » à leur patronyme (simple mention du lieu-dit où ils habitaient, et non une particule de noblesse).

Ces imprécisions font mauvais effet. Alain Guédé défend ses sources et précise qu'il a proposé un débat à ses contradicteurs, qu'ils ont décliné. Dans l'épilogue de son livre, titré « Black-out », Alain Guédé affirme que Saint-George était tombé dans l'oubli : « Le 20 mai 1802, Bonaparte rétablit l'esclavage. C'est la seconde mort du "Mozart noir" […].

Les Noirs de nouveau ravalés au rang de bétail sont jugés, par décret, inaptes à toute création. Il faut impitoyablement bannir ceux qui par leur exemple et par leur œuvre pourraient administrer la preuve du contraire. Commence pour Saint-George une longue nuit de deux siècles [...], il devient l'un des grands naufragés de l'histoire de la musique [...]. Le temps est venu d'écouter sa musique pour entamer un procès en réhabilitation. Il sera gagné lorsque les grands interprètes et les chefs renommés oseront enfin s'afficher avec le Nègre des Lumières. »

Sur le site Internet de son association, Le concert de Monsieur de Saint-George, organisatrice d'événements musicaux, Alain Guédé revendique un peu plus l'exclusivité de sa redécouverte : « Vous êtes ici sur un site fondateur, celui du vaste chantier de réhabilitation du chevalier. C'est le 1er mai 1996 que j'ai inauguré ce chantier. Saint-George était alors totalement inconnu. Trois ans plus tard, mon livre était édité en France puis aux États-Unis. »

Un bref sondage auprès de mélomanes amateurs suffit pourtant à établir que le compositeur métis n'a jamais vraiment quitté les mémoires – de vieux 33 ou 78 tours, en parfait état de marche, en font foi. Chez les musicologues professionnels, c'est la consternation.

Bernard Thomas, ancien chef d'orchestre parisien, raconte sa propre rencontre avec Saint-George. Elle remonte à 1974. « À l'époque, j'enregistrais chez Arion. La maison de disques me suggère de dénicher un auteur méconnu. Je vais à la Bibliothèque nationale consulter le fonds musical. À la lettre C, comme chevalier de Saint-George, je tombe sur une partition intrigante : le violon solo était très virtuose, bien au-delà des canons de l'époque. On a enregistré six concertos, donné un concert à l'église Saint-Louis-en-l'Île. Plus tard, je les ai présentés à Frédéric Lodéon, animateur d'une émission de musique sur France Inter, en lui parlant d'un Mozart noir. Un journaliste du *Canard enchaîné* entend le programme. Il s'est branché sur cette histoire et d'un seul coup s'en est présenté comme le découvreur. »

S'agissant des livres, Odet Denys, avocat parisien d'origine créole, peut également revendiquer la paternité de la « redécouverte ». En 1972, il publie *Qui était le chevalier de Saint-George (1739-1799) ?*[1], préfacé par Pierre Cot. Bien sûr, Denys se trompe lui aussi sur la date de naissance. Mais tout le monde lui pardonne : son livre est présenté comme un mélange de réalité et de fiction, une biographie « où l'imagination se greffe sur l'érudition » – un « romanquête » avant la lettre. En 1990, Gabriel Banat, reprenait le flambeau en rédigeant une première monographie, « Le chevalier de Saint-George, un prodige du XVIIIe siècle », dans le *Black Music Research Journal* de Chicago. Disant s'inspirer d'une première étude de 1962 sous l'égide de l'Institut de musicologie de Paris, il transformera l'essai en une véritable biographie en 2006.

« Au début, j'ai été amusé par la façon dont M. Guédé avait "commercialisé" le chevalier, qui est l'un de mes principaux sujets de recherche, philosophe Gabriel Banat. Mais à la longue, ces fausses pistes et cette autopromotion ont épuisé ma patience. » Dans la blogosphère, des internautes mélomanes se posent la question : mais quelle mouche a donc piqué Alain Guédé ? « Sa contribution pour diffuser les œuvres musicales de Saint-George n'est contestée par personne, à cet égard il mérite des louanges. Ce qui est présomptueux, c'est de feindre d'ignorer ou peut-être d'ignorer tout court que des chercheurs, des historiens, d'éminents musiciens et musicologues ont joué sa musique ou écrit sur lui bien avant Alain Guédé. Il se proclame interlocuteur majeur sur la question et se comporte comme un enfant gâté qui a trouvé un beau livre – assimilable à un conte de fées – qui entend être le seul habilité à en parler. »

---

1. Odet Denys, *Qui était le Chevalier de Saint-George (1739-1799) ?*, Le pavillon, 1972.

Jusque-là, *Le Canard enchaîné* s'est tenu à l'écart de ces polémiques qui concernaient les loisirs de son collaborateur. Jusqu'en novembre 2001, en pleine « bataille de rue ». Guédé milite alors avec abnégation, talent et entregent pour rebaptiser la rue Richepance du nom de Saint-George, face à des associations antillaises favorables à la mulâtresse Solitude. Fort du soutien de Bertrand Delanoë, maire de la capitale, Alain Guédé s'oppose frontalement à l'élu socialiste du 4e arrondissement de Paris, Alain Le Garrec, lequel considère que Saint-George est un oublié de l'histoire « par bonheur et pour son bien »... Embarqué à son tour dans une folle spirale, Le Garrec va jusqu'à écrire à la direction du *Canard*, accusant Saint-George d'avoir été un esclavagiste, et par ricochet Guédé – son principal propagandiste – d'être partisan de l'esclavage... « Le but est évidemment d'obtenir le licenciement du président du Concert de Monsieur de Saint-George, s'indigne l'association. Pourquoi cette haine, ces méthodes incroyables pour un simple nom de rue ? Nous tenons ce courrier à la disposition de nos adhérents. »

On cherche encore, outre une sincère fougue mélomane, pourquoi un journaliste du *Canard* se retrouve embarqué dans un tel déchaînement. L'origine en est la franc-maçonnerie. Comme Saint-George en son temps, Alain Guédé est membre du Grand Orient de France. Mais si Guédé est un maçon lambda, quoique « vénérable » de sa loge Pierre Mendès-France et parfois délégué au convent annuel du GO (parmi un millier de représentants des loges), Saint-George fut un maçon exceptionnel : le premier homme de couleur à passer sous le bandeau (suivra peu après la première femme initiée au GO). On sait qu'il fut membre de plusieurs loges de l'époque, Les Neuf Sœurs, L'Olympique de la Parfaite Estime et Le Contrat social. Trois ateliers consistant essentiellement en des orchestres : chacun comprenait une cinquantaine de « francs-musiciens », une autre cinquantaine de mécènes éclairés, plus une centaine de frères invités à des concerts privés. Mais aucune preuve ne l'attestait vraiment, Saint-George ne figurant sur aucun des listings de l'époque. Et pour cause : l'initiation d'un métis n'étant pas encore dans les mœurs, ses frères ont opté pour la discrétion. Pas de trace écrite.

En tant que membre du GO, Alain Guédé possède un avantage sur ses biographes concurrents. C'est le seul point sur lequel son livre les surpasse. Il y glisse ce qu'il qualifie lui-même de « scoop », dû à Alain Le Bihan, historien de la maçonnerie, qui lui-même le tient d'un particulier détenant à titre privé les archives de la loge du Contrat social : le compte rendu d'une cérémonie du 13 décembre 1780 (« en ce treizième jour du douzième mois de l'année 1780 de la vraie lumière »), décrivant l'élévation de Saint-George au 30e degré du rite écossais (sur 33), dit « de l'aigle noir ». Preuve formelle est enfin apportée qu'il fut bien membre – et de longue date – du GO.

Au sein du Grand Orient, le travail de mémoire entrepris par Alain Guédé n'est pas passé inaperçu. Dans les loges, plusieurs planches (des exposés faits par un frère) ont récemment été consacrées à Saint-George, redevenu héros maçonnique, « premier Noir initié ». L'une d'entre elles, en décembre 2006, devant l'atelier Rouget de Lisle[1], le dit « né le 25 décembre 1739 », fils de « Guillaume-Pierre de Boullogne » et d'une mère « esclave venue du Sénégal ». Reprise sans distance des trois boulettes d'Alain Guédé, mais bien enrobées : « Le plus beau cadeau que l'Afrique fît à la France. » Pour confectionner sa planche, l'orateur avoue bien volontiers avoir « abondamment pillé dans le livre écrit par notre frère Alain Guédé », après avoir été « ébloui par un spectacle organisé par le Grand Orient à la Sainte Chapelle en octobre 2000 ». Et de confirmer son rôle de redécouvreur du frère Saint-George : « Un black-out de deux siècles a fait le silence total sur l'homme et sa musique.

1. Comme Mozart ou Haydn à l'époque, le compositeur de *La Marseillaise* était maçon.

L'association Le Concert de Monsieur de Saint-George est là pour le faire revivre. »

La musique adoucit les mœurs, croit-on. Pas dans le cas d'Alain Guédé. Sa propension à se muer en « éditeur » incontournable de l'œuvre de Saint-George agace parfois. Pour le chef d'orchestre Bernard Thomas, « il n'a aucun droit, c'est du domaine public ». Pierre Bardin l'exhorte ironiquement à « produire le testament de Saint-George qui l'institue légataire universel ».

C'est qu'Alain Guédé ne se contente pas d'éditer un « catalogue raisonné » des nombreuses compositions du chevalier, le plus exhaustif possible. Il s'est également hissé au rang de « coauteur » en plaquant – inventant – des paroles sur l'un de ses opéras, à l'occasion d'une représentation, à l'opéra-théâtre d'Avignon, en coproduction avec le festival de musique ancienne d'Avignon et en partenariat avec l'association Le Concert de Monsieur de Saint-George.

« La vie de Saint-George constitue un magnifique opéra, signale le site de l'association. C'est ce constat qui a conduit Alain Guédé à construire un livret d'opéra sur la vie de Saint-George et sur sa musique. Raymond Duffaut, directeur des Chorégies d'Orange et âme de l'opéra d'Avignon a été d'emblée enthousiasmé par cette idée et a consacré des moyens exceptionnels à sa réalisation. [...] Dix-huit mois ont été nécessaires à Alain Guédé pour sélectionner, classer, parfois harmoniser les airs lyriques de Saint-George. Puis écrire un livret dont les paroles pouvaient être très différentes de celles qui existaient au départ. Toutefois, l'auteur du livret s'est imposé une gageure : respecter “la musique des mots” des œuvres dont étaient tirés ces airs. Ainsi, les *incipit* et parfois les refrains sont identiques. C'était le prix à payer au respect de l'œuvre de Saint-George. »

Un *pasticcio*, à la manière galante du XVIIIe siècle.

LOUISE, SAINT-GEORGE
Ah, quel trouble ! Quel trouble m'agite !

LE DUC
Ah, quel trouble, quel trouble les agite

LOUISE, SAINT-GEORGE
Mon cœur, mon cœur palpite
Et mes pas sont tremblants

LE DUC
Et leurs pas sont tremblants. [...]

LOUISE
Bonheur suprême, Saint-George m'aime

SAINT-GEORGE
Bonheur suprême, Louise m'aime

LE DUC
Bonheur suprême, ces deux s'aiment

On imagine bien Alain Guédé s'amusant à faire des rimes, glissant ici ou là des contrepèteries. Mais certains mélomanes, exaspérés par son accaparation de Saint-George, ne lui font même plus le crédit du second degré : « Une évidence s'impose à la lecture de ce livret. Pour ce *Nègre des Lumières*, M. Guédé eût été inspiré de faire appel aux lumières d'un nègre. »

L'histoire ne s'arrête pas là. À la suite de la cérémonie de commémoration de l'abolition de l'esclavage, le 10 mai 2008, l'administration reparle d'une demande de subvention gouvernementale en faveur de l'association Le Concert de Monsieur de Saint-George. Le dossier a été officiellement déposé pour obtenir un soutien dans « la diffusion de l'opéra *Le Nègre des Lumières* ». L'administration accorde à ce titre 24 000 euros à l'association d'Alain Guédé. Mais, et cela figure en toutes lettres sur la liste de proposition de subventions aux associations culturelles du délégué interministériel Patrick Karam, le journaliste avait une demande supérieure.

Et Karam, très reconnaissant de la prestation d'Alain Guédé, s'est fait fort d'y revenir très explicitement.

« Nom et porteur du projet : Alain GUÉDÉ. Montant demandé : 35 000 euros. Le délégué propose de donner l'intégralité du montant demandé (sur un budget total de 130 000 euros). Alain Guédé a organisé le 10 mai et n'en a retiré aucun bénéfice pour un travail considérable. Il serait paradoxal qu'il soit pénalisé. »

Un quasi-ministre qui reconnaît « le travail considérable » d'un journaliste du *Canard*, ce n'est pas tous les jours que cela arrive. L'administration juge le montant de 24 000 euros suffisant voire imposant. « C'est une grosse subvention. D'autant que l'association d'Alain Guédé n'avait pas l'intégralité des frais à sa charge, signale un fonctionnaire. C'était une manifestation officielle. » L'organisation par Patrick Karam de la commémoration avait été très discutée, dans les milieux gouvernementaux, et au-delà. Le Comité pour la mémoire de l'esclavage (CPME), associé les années précédentes, avait été tenu à l'écart. « Nous n'avons pas compris pourquoi le délégué interministériel à l'égalité des chances des Français de l'outre-mer s'est chargé de la commémoration, explique l'historienne Françoise Vergès, vice-présidente du CPME. Sa mission n'a rien à voir avec la mémoire de l'esclavage. Et cette commémoration dépasse la question de l'outre-mer. C'est une réflexion nationale sur l'histoire française. »

Incidemment, l'association d'Alain Guédé jouait donc les trouble-fête, dans le sillage de Patrick Karam, ancien porte-parole des comités de soutien de l'outre-mer à Nicolas Sarkozy. En tout cas, l'administration a été diligente, et le versement de la somme de 24 000 euros a été effectué pour Le Concert de Monsieur de Saint-George, et acté au second trimestre pour le financement de l'opéra. Un autre versement a été effectué pour la prestation du 10 mai. « La manifestation du 10 mai a été organisée à prix coûtant, commente Alain Guédé. Nous avons reçu une subvention spécifique, partagée entre les ministères de la Culture et de l'Outre-mer[1]. » Ce n'est pas tous les jours que des ministères sarkozystes ont l'occasion de contribuer aux bonnes œuvres d'un journaliste du *Canard enchaîné*. « Le choix de M. Guédé pour l'organisation du 10 mai a été validé par l'Élysée, c'est une certitude », commente un fonctionnaire. Alain Guédé, lui, se déclare sûr d'être resté « complètement étanche » avec le pouvoir politique.

1. Entretien avec l'auteur, 22 octobre 2008. Alain Guédé a refusé de nous divulguer le montant de cette seconde subvention. « Je suis tenu par une certaine forme de secret », a-t-il jugé.

4

Cette fameuse page 2

Le *Canard* est fier de sa mare. « Notre deuxième page, “La Mare aux *Canards*”, qui est la plus lue, traite de la politique par des anecdotes plus significatives que bien des éditoriaux, signalait l’ancien directeur Roger Fressoz [1]. Nous bénéficions d’un travers de la nature humaine : quiconque sait quelque chose veut qu’on sache qu’il le sait, donc il le dit ! Mais nous ne sommes pas une simple boîte aux lettres. Nous vérifions tous les échos qui nous parviennent. L’information n’est jamais neutre : on nous la donne soit pour se valoriser, soit pour déprécier un adversaire, ou pire, un ami ! »

Cette page clé est tenue par l’actuel directeur, Michel Gaillard. Et ce, depuis son arrivée au *Canard*, au début des années 1970. « Gaillard a pour hantise la page blanche, explique un journaliste. Mais il fait peu de choix et il a du mal à hiérarchiser les choses. Il raisonne comme un secrétaire de rédaction, c’est-à-dire qu’il attend de tout lire et, après avoir assemblé, il redécoupe. Il n’y a pas d’AFP au *Canard* et pendant longtemps, jusqu’à assez récemment, il

1. Antoine Perraud, « La patte du Canard », art. cit.

n'y avait pas d'ordinateur. Pas d'Internet. Chacun a plus ou moins ses archives. Le rapport à l'actualité n'est donc pas terrible. Personne ne coordonne vraiment, et ne se prépare à monter ou mettre en avant quelque chose. Il n'y a aucune logique, aucune hiérarchie. Parfois, certaines infos sont déjà sorties, ou sont carrément n'importe quoi. »

Constat brutal. « La 2 est immuable, rectifie un pigiste. On commence, à gauche, par la présidence de la République ; on continue par le Premier ministre dans la deuxième colonne, puis on décline les partis, les opposants. Les gens attendent de la page 2 ce qui se passe au plus haut niveau de l'État, et ce qui concerne le plus puissant. » « Le fond de notre réussite, c'est d'être portés par la bonne vitalité de la vie politique française », estimait Michel Gaillard[1] dévoilant un peu sa stratégie en 2005. « Il nous faut des personnages, de vraies teignes intéressantes, pas des ectoplasmes. [...] Le problème du moment, c'est que Raffarin tout le monde s'en fout », jugeait-il. Il en va tout autrement de Sarkozy...

Pour autant les échos ne viennent pas tout seuls. Le pigiste de la page 2 est parfois un chasseur à l'emploi du temps bien réglé. Chacun ses techniques. Mais l'occupation du terrain est le point de départ. « Le mardi et le mercredi, c'est l'Assemblée, explique l'un d'eux. Et le jeudi, c'est le Sénat. Le Sénat est l'un des meilleurs endroits pour choper l'info. Il y a peu de journalistes. Tu vois les ministres très facilement. Le cadre est décontracté. Le Sénat, c'est bien connu, est le seul club privé dont les membres sont rémunérés [...]. Dans ton carnet d'adresses, tu dois avoir quatre ou cinq députés sûrs, deux ou trois membres de cabinet aussi. Tu les appelles deux ou trois fois par semaine. Ils savent ce qu'ils vont te donner. Ils prévoient de te donner quelque chose. Certains se créent une notoriété de cette

1. Emmanuel Lemieux, « Ce *Canard* qui est enchaîné à sa liberté », *Le Nouvel Économiste*, le 11 mars 2005.

façon. » L'échotier de la page 2 pourra être journaliste, et même rubricard dans d'autres journaux. « Au départ, tu es mal payé, et puis, mieux payé, au fur et à mesure. Mais tu ne sais jamais à quoi correspond l'argent que tu reçois. Ça n'est jamais en proportion du nombre d'échos, ou de l'importance des infos. »

« Dans la page 2, on ne pouvait pas se permettre de dire tel ou tel ministre a dit ceci ou dit cela, on aurait eu plein de démentis tout le temps, explique un ancien échotier de la page 2, Roland Jacquard. Donc, les échos ne sont pas sourcés. Et c'est la chute qui fait passer l'info [1]. » « Quand c'est vraiment faux, on a un "Pan sur le bec", mais personne ne fait de procès pour un écho de la page 2 », juge un pigiste.

Selon leur importance, ces informations sont parfois vérifiées, « recoupées » par Michel Gaillard ou Nicolas Brimo. « Il est difficile de distinguer ce qui est vu par Michel Gaillard ou Nicolas Brimo, remarque un journaliste. Ils sont comme un vieux couple. Leurs bureaux sont voisins. Ils s'envoient des vannes et se complètent. »

Ces échos font parfois le tour du Tout-Paris politique. Ce sont comme des échos de cour. Plusieurs versions peuvent arriver au *Canard*. Claude-Marie Vadrot se fait raconter par Huguette Bouchardeau, alors secrétaire d'État à l'Environnement, une méchanceté de Mitterrand lors d'un Conseil des ministres. On cherchait un nom pour le nouveau ministère d'Haroun Tazieff. Quelqu'un propose « le ministre des Catastrophes [2] ». Mitterrand se tourne vers Pierre Mauroy et réplique : « Nous avons déjà le Premier ministre pour cela. » De retour dans les locaux du *Canard*, Vadrot constate qu'un confrère répète l'anecdote. Le *Canard* publie évidemment. « Le *Canard* sert beaucoup à faire passer ce genre de message politique », constate Vadrot. Les mises au ban comme

---

1. Entretien avec l'auteur, 19 juillet 2007.
2. Tazieff est nommé secrétaire d'État chargé de la prévention des risques technologiques et naturels majeurs en 1984.

les répudiations se doivent d'y figurer. « J'ai pu constater que les échos politiques étaient quelquefois faux et souvent manipulés », déclare même Vadrot à l'historien Laurent Martin. Interrogé en 1989 par *Stratégies*[1], Claude Angeli réagit vivement à une remarque de Michel Polac au sujet des échos politiques.

Question de *Stratégies* : « Au *Canard*, on distingue souvent les pages d'info pure des pages plus légères. Michel Polac qualifie les échos de la page 2 de "politicailleries". »

Claude Angeli : « Polac dit une imbécillité. Le *Canard* c'est un tout : un ensemble fait d'infos, d'ironie, de satire, d'humour... Il y a les unes dans les autres et l'inverse aussi. Cette fameuse page 2, c'est quand même grâce à elle, et alors que tout le monde faisait le black-out, qu'on a pu apprendre que Pompidou était malade. C'est encore grâce à elle qu'on a commencé à savoir, Chirac étant Premier ministre de Giscard, que le couple battait de l'aile. »

Aujourd'hui, la page 2 n'est plus vraiment la page des scoops. C'est plutôt celle de la bouche du cheval. « La page 2, Hollande et Sarkozy l'ont beaucoup utilisée, assure un pigiste. Il y a une réunion du PS tous les mardis, et Nicolas Brimo a les informations aussitôt après par François Hollande. Sarkozy s'est servi de la 2 tout au long de la campagne électorale pour motiver ses troupes et faire passer des messages. »

Les échos sont surtout écrits et mis en scène par des rewriters. Jean Avran, ancien prof de lettres, s'en est chargé longtemps. « Il grattait toute la journée sur des astuces, pour trouver le bandeau, se souvient Jacquard. Il en avait dix ou vingt et l'on choisissait à la dernière minute. Avran a joué un grand rôle aussi dans la page 2, en écrivant les chutes. C'est la chute qui fait le style du *Canard*. » Les journalistes ont du mal à supporter. « Le rewriting me choquait profondément, se souvient Vadrot. On nous mettait dans un moule. Ça ne

1. *Stratégies*, 6 février 1989.

m'était jamais arrivé auparavant. Tous ces gimmicks me semblaient ridicules, et on me répondait souvent : "C'est ce que demande le lecteur." C'est ce que les industriels appellent "le goût suivi". Ça laisse peu de surprise finalement. »

Le maintien à leurs postes de certains journalistes de soixante-dix à quatre-vingts ans n'est pas pour rien dans la pérennité du style... Le *Canard* fait cohabiter jusqu'à trois générations de journalistes : trentenaires et quarantenaires, quinquagénaires et proches de la retraite officielle, et les autres. Des journalistes qui ont débuté dans les années 1950. Et qui, pour la plupart, écrivent toujours leurs articles à la main, comme Claude Roire, ou Claude Angeli. « On sait jamais si les papiers ou les échos passent ou pas, rapporte un journaliste. C'est la surprise du mardi. Chacun traîne pour faire son travail de lobbying auprès des uns et des autres. C'est un peu chacun pour soi. C'est une confrérie. Il faut des années pour être accepté. Je vois des anciens qui ont parfois cinquante balais, qui sont là depuis dix ou vingt ans, et qui continuent d'avoir un comportement un peu infantile par rapport aux trois "chefs" : Claude Angeli, Michel Gaillard et Nicolas Brimo. »

« Au *Canard*, tout est réécrit, pour ce qui est des pages 2, 3, 4, explique Alain Grandremy, secrétaire de rédaction de la maison pendant vingt ans. Beaucoup de rédacteurs en souffraient. Passé la réécriture, le secrétaire de rédaction du *Canard* corrigeait les fautes mais ne touchait plus à la copie. Le SR du *Canard* n'est ni un correcteur, ni un vrai SR. C'est lui qui met en pages, et encore sa mise en pages est soumise à l'appréciation [1]. »

De nombreux rewriters sont passés par l'hebdomadaire. Parmi les plus connus, Jacques-Laurent Bost, journaliste et secrétaire de Simone de Beauvoir et de Jean-Paul Sartre, Gérard Guégan, écrivain prolifique, Gérard de Sède, auteur de nombreux ouvrages sur l'ésotérisme et les templiers,

---

1. Entretien avec l'auteur, 2 août 2007.

Patrick Rambaud, journaliste, écrivain, prix Goncourt. Pour ces mercenaires de la plume, les contraintes sont minimales. Être présent du lundi matin jusqu'au mardi après-midi. Les rewriters n'écrivent pas d'articles, ils ne sont pas en concurrence avec les journalistes. « Je n'imaginais pas que l'on réécrivait les papiers à ce point, dit l'un des rewriters. On m'a donné de la copie, en me disant : "Tu fais ce que tu veux." Je cherchais à comprendre ce que je lisais. Je préconisais des phrases simples. Des articles étayés. Le style blagueur, plus propre à la page 2, me passait au-dessus de la tête. »

Si on normalise l'écriture, c'est pour la bonne cause. Mais ce n'est pas sans conséquences. L'historien Laurent Martin l'a constaté. « Pour faire ce genre de journalisme mordant, il faut laisser aux gens une grande indépendance, y compris par rapport au style, juge-t-il. Il faut accepter ce qui sort un peu de l'ordinaire. Quelqu'un de trop original, d'esprit trop indépendant qui voudrait conserver son style serait mal à l'aise, et poussé vers la sortie. Ce n'est pas seulement parce qu'on est un brillant journaliste que l'on peut y rester, il faut s'intégrer à l'esprit du journal, et accepter le rewriting. C'est une forte différence avec les années 1950. Le *Canard* laissait s'exprimer les différences, les personnalités, les plumes même si Treno exerçait une sorte de dictature. Alexandre Breffort par exemple ou Pierre Châtelain-Tailhade. Aujourd'hui, ce n'est pas facile d'y garder sa personnalité [1]. »

1. Entretien avec l'auteur, 10 juillet 2008.

5

Un conte japonais

Chirac a-t-il jamais eu un compte japonais ? La vérité finit toujours par filtrer. Il suffit d'attendre. « À la limite, on s'en fout de savoir si Chirac a eu un compte. » Ce 24 mars 2008, Nicolas Beau est content et tape un billet sur son blog, justement intitulé « Un conte japonais ». La veille il est passé chez Laurent Ruquier pour la promotion de son livre[1]. Sur son blog, il décrit les coulisses de l'émission : « Ruquier est regardé par 5 millions de téléspectateurs. Le lendemain, au bistrot, les gens vous reconnaissent. On a beau dire, ça fait plaisir. [...] Encore et toujours, admet-il, la même question est revenue, cette fois sans malveillance : "Avez-vous la preuve de ce compte ?" Comme si des journalistes, qui ne sont ni des flics, ni des juges, pouvaient, devaient, apporter la preuve comptable de l'existence de ce compte. Notre but est de décrire une belle estampe japonaise, peuplée de belles galeristes, de banquiers condamnés pour faillite à de la prison, de billets d'avion payés en liquide, de yachts et de palaces, et d'anciens criminels de guerre. Avec en toile de

1. Nicolas Beau et Olivier Toscer, *L'Incroyable Histoire du compte japonais de Jacques Chirac*, Les Arènes, 2008.

fond, la politique étrangère de Chirac instrumentalisée par ces fréquentations douteuses. À la limite, on s'en fout de savoir si Chirac a eu un compte. »

Donc, c'est dit, il s'en fout. Les internautes, pourtant assidus de son blog sur Bakchich, n'en reviennent pas eux-mêmes. « Il faut être gonflé pour écrire une ânerie pareille, réagit un internaute, surtout quand on dénonce les "roman-quêtes" de BHL... Basé sur une telle conception de l'information, finalement, qu'est-ce qui distingue Bakchich.info du blog de Morandini ? » Un autre renchérit : « À la limite, on s'en fout de savoir si Chirac a eu un compte : Ça c'est très étonnant alors ! Magnifique tirage de balle dans le pied. Si on s'en fout, franchement, quel est l'intérêt de votre livre ? À part de vous faire débattre avec Steevy, je veux dire. Si c'est pour révéler que l'autre président descendait dans des hôtels fastueux et médaillait ses potes, ça fait cher le scoop, non ? » Ces internautes n'ont pas tort. En signant cet aveu, bien involontairement sûrement, Nicolas Beau a fini par admettre ce que la plupart de ses anciens collègues du *Canard* pensaient : « Cette histoire de compte japonais était une impasse. » « Je me souviens de Nicolas à la conférence de rédaction parler de "son" affaire submergé par l'émotion, explique un journaliste. Il disait qu'il était suivi, qu'il risquait quasiment sa peau avec cette enquête. Il en avait fait une cause personnelle et plusieurs, autour de la table, en étaient gênés. Il y avait avec cette histoire un gros sentiment de malaise. » « Nicolas était possédé par cette affaire. On était plusieurs au journal à penser que c'était totalement bâti sur du sable », ajoute un autre. « J'étais de ceux qui lui disaient : "Ça repose sur quoi ?", confie le journaliste Claude Roire. J'étais septique[1]. »

Nicolas Beau a fini par quitter le *Canard*, en bons termes, d'un commun accord, pour lancer son site Internet Bakchich.

1. Entretien avec l'auteur, 12 septembre 2008.

Et le *Canard* n'a plus écrit de papier sur le compte du bout du monde.

Depuis 2006, pour Nicolas Beau, l'affaire japonaise était devenue une obsession. Entré au *Canard* en 1996, passé par la presse économique, ce grand gaillard ressemble à Jacques Higelin. Des nuits sans sommeil ont creusé son visage. Son éternel long manteau sombre lui donne l'allure grise d'un fonctionnaire. Beau a eu du mal à s'intégrer à l'équipe. Il a d'abord touché à l'affaire Elf, qui était pour lui un supplice. Son journal avait dans ce dossier plusieurs fils à la patte. Mais il lui manquait « son » scoop. Son tatouage de guerre qui aurait fait de lui au sein du *Canard* le « M. telle affaire ». Comme Hervé Martin avait le prêt Bérégovoy, Hervé Liffran les dossiers de la Mairie de Paris, Nicolas Brimo l'affaire Papon, ou Claude Angeli les diamants de Giscard. Pour Nicolas Beau le « scoop » est venu le 10 mai 2006. Ce jour-là, le *Canard* titre : « Du faux compte Sarkozy au vrai compte Chirac ». « Encore une bombe cachée jusqu'à présent dans la déposition de Rondot, selon un document de la DGSE, Chirac disposait d'un magot de "300 millions de francs" au Japon », prévient le sous-titre, sans conditionnel. Quels sont donc les éléments sur le « magot » ?

Nicolas Beau signe un article dans lequel il révèle un passage inédit de la confession du général Philippe Rondot datée du 28 mars précédent. Ce jour-là, le général a été interrogé par les juges de l'affaire Clearstream sur des documents saisis chez lui en perquisition. Dans ces documents, une chemise, « L'affaire du président », relate une enquête du général sur un dossier de la DGSE au Japon. Devant les juges, Philippe Rondot explique qu'il a mené une contre-enquête sur des investigations de la DGSE concernant un compte hypothétique de Jacques Chirac au Japon. Dans son audition, Rondot évoque les soupçons passés de la DGSE sur l'éventuelle existence d'un compte au nom de Jacques Chirac dans une banque de l'empire du Soleil-Levant. Extraite de son contexte de l'affaire Clearstream, cette affaire dans l'affaire peut s'emballer. Et les ventes du *Canard* aussi. Jusque-là, en pleine tempête Clearstream, et ses révélations quotidiennes tant sur les opérations judiciaires des deux juges que sur les déclarations de leurs mis en examen, le *Canard* était resté assez à l'écart. Les quotidiens, *Le Nouvel Observateur*, *Le Point*, *L'Express* avaient eu leur part de révélations sensationnelles, promptes à faire bondir les radios du matin. Mais pas trop le *Canard*. Avec ce morceau de P-V et cette nouvelle « affaire Chirac », l'hebdomadaire revenait dans la course. Six jours auparavant, *Le Monde* avait publié le contenu du procès-verbal Rondot du 28 mars, en détaillant le texte sur son site Internet. Mais le quotidien avait précisément occulté le passage évoquant le compte Chirac. Dans son édition suivant la publication de l'extrait par le *Canard*, le quotidien du soir s'en explique : « *Le Monde* avait choisi de ne pas citer ce montant pour une raison simple : les faits auxquels il se référait, sans lien avec l'affaire Clearstream, n'étaient pas avérés et renvoyaient à 1992. Le général Rondot parlait ainsi, dans son procès-verbal, d'une somme totale évaluée par les services de la DGSE à 300 millions de francs, sans dire si ce compte avait ou non existé. Et pour cause, il semble qu'aucune enquête véritable n'ait été menée sur le sujet. » Prudent, le quotidien avait donc choisi, délibérément, de ne pas ouvrir ce nouveau front. « Une enquête interne des services de sécurité de la DGSE a conclu que jamais le service n'avait mené de recherches actives sur ce compte », précise même au journal l'ancien patron de la « Piscine », Jean-Claude Cousseran.

En fait, cette affaire de compte japonais n'était pas nouvelle. À la fin de la cohabitation Chirac-Jospin, elle avait même donné lieu à un bras de fer, rendu public à l'époque, entre l'Élysée et Matignon. C'est un capitaine de la DGSE, par ambition personnelle (il voulait une promotion et une croix d'officier de la Légion d'honneur), qui avait monté un dossier. Dans un « mémorandum » rédigé durant l'été 2001, ce capitaine faisait état d'une prétendue enquête secrète sur un compte Chirac au Japon, menée au sein de la DGSE par des espions socialistes. Son texte se retrouva entre les mains de Bernard Pons, puis atterrit sur le bureau du président de la République, qui appela son Premier ministre sur-le-champ et lui passa un savon mémorable. Jospin retraversa la Seine, furieux, puis demanda à son tour des explications à la DGSE sur cette enquête japonaise dont il n'avait jamais entendu parler. Une enquête officielle fut ensuite conduite au sein de la Piscine pour savoir qui s'était intéressé à un compte de Chirac au Japon. Chirac, depuis l'Élysée, commandita aussi une enquête discrète au général Rondot, qui à son tour dédouana la DGSE. Le général, après avoir entendu le capitaine aigri à l'origine de toute cette tempête, proposa même sèchement qu'il ne soit pas promu au grade d'officier de la Légion d'honneur. Fin de la non-affaire ? Pas tout à fait. Réélu en 2002, Chirac remercia le patron de la DGSE. Entre temps, la rumeur avait fait son chemin dans les salles de rédaction. Jusqu'au *Canard enchaîné*. À la date du 26 novembre 2001, le général Rondot note dans ses carnets : « Entretien avec Claude Angeli. À l'occasion de cet entretien consacré à l'Afghanistan, évoque les "affaires" de JCM [Jean-Charles Marchiani] puis parle de "celles" du Psdt Chirac : un compte au Japon. Y aurait un fils dont la mère travaille à l'ambassade de France. » Après la rumeur du compte, celle du fils caché !

On n'aurait jamais plus entendu parler de compte japonais si le dossier d'enquête n'avait été découvert chez Rondot, parmi tant d'autres, dans le cadre des perquisitions Clearstream. C'est ce dossier que le *Canard* « réveille ». Le 17 mai, sur la lancée, Nicolas Beau signe une nouvelle page : « Le dossier japonais de Chirac donne la migraine au général ». Dans l'intervalle, le général Rondot, dans *Le Journal du dimanche*, a nié la réalité de ce fameux compte. Pourtant, le *Canard* continue d'assurer que « les juges se passionnent pour les documents saisis chez Rondot et relatifs à ses enquêtes sur la DGSE, le compte Chirac et son banquier véreux ». « Rondot craint que les magistrats ne lui posent de nouvelles questions sur le compte japonais de Jacques Chirac », poursuit le *Canard*, là encore sans conditionnel sur la réalité du compte. « Déjà “harcelé” de questions sur le président et sur ses aventures nippones par les juges, poursuit-il, le général Rondot pouvait s’attendre à pire [...]. Pour tout simplifier, ces magistrats, visiblement passionnés par les imprudences de Chirac, ne se sont pas saisis de cet aspect japonais de l’affaire. Ce qui, par parenthèse, annonce de belles bagarres juridiques et procédurales. » Nicolas Beau a donc décidé que son volet de l’affaire allait passionner les juges. Le 23 mai, il l’assure : « Chirac rattrapé par l’histoire de son magot japonais ». « L’ancien président devrait être convoqué en juin pour s’expliquer sur les nouvelles bombes du dossier Clearstream : des relevés bancaires et des notes inédites du général Rondot. » « Les deux juges de Clearstream sont aujourd’hui persuadés de la réalité du compte japonais de Chirac », écrit Nicolas Beau en citant « un magistrat du pôle financier ». « Avec ces documents, les juges ont la charpente du dossier. Reste à faire sortir les termites », poursuit-il en citant cette fois « un grand flic de la place Beauvau ». « Sous réserve de vérification des documents, il y a là matière à ouvrir une nouvelle information judiciaire pour abus de confiance ou pour recel de corruption », ajoute « un magistrat tout esbaudi du contenu du dossier ». « Les juges d’instruction ont désormais tout ce qu’il faut pour remonter les filières et lancer des commissions rogatoires internationales. » La chute de l’article est explicite : « La température pourrait encore monter d’un cran à partir du 17 juin au matin. Ce jour-là, l’immunité pénale accordée au président sortant prendra fin, et les juges semblent décidés à convoquer dans leur bureau le simple citoyen Jacques Chirac. » La suite judiciaire de l’affaire Clearstream prouvera que ces spéculations relevaient du pur roman de gare.

Le 7 juin 2006, le *Canard* remet le couvert : « La DGSE conserve la trace du compte japonais de Chirac à Tokyo ». L’article assure qu’un « message » du « chef barbouze à l'ambassade de France » aurait bien été adressé au siège de la DGSE à Paris. Pour l'heure, le *Canard* ne connaît pas le contenu de ce mystérieux « message ». Les documents en possession des juges restent au secret. Mais que contient exactement ce dossier saisi chez Rondot ? Il sortira en détail en novembre 2006 dans un livre sur l'enquête Clearstream [1]. Tous les télex de la DGSE saisis par les enquêteurs y sont publiés et notamment le télex initial, daté du 11 novembre 1996, numéroté 422. Dans ce document, une source, simplement désignée sous le nom de Jambage, jamais identifiée à ce jour, fait état d'un supposé compte « de 300 millions de dollars ». Rien dans tout le reste du dossier n'indique que le soupçon initial de Jambage, sur les « 300 millions », n'ait jamais été recoupé.

D'ailleurs, dans le télex initial, l'agent traitant de Jambage semble prudent devant ces informations. Les autres documents du dossier relatent simplement l'enquête du général Rondot, sur ordre de l'Élysée, sur l'enquête de la DGSE... Mais au-delà de la phrase initiale mentionnant un compte d'un montant de 300 millions de francs, rien.

Machinations en main, à la terrasse du Café de la Paix, Nicolas Beau éructe contre l'un des auteurs du livre. « Vous êtes nuls, c'était un scoop d'enfer d'avoir eu ces documents, vous n'auriez pas dû les planquer en fin de livre... Tout le monde cherche ces pièces depuis des mois, c'est de la dynamite... » Le journaliste du *Canard* est persuadé qu'il y a eu des « pressions » pour « planquer » le dossier. Dans le numéro suivant du *Canard*, Nicolas Beau signe une demi-page 4 : « Le document de la DGSE sur le compte de Chirac au Japon ». « L'affaire Clearstream en cachait bien une autre, japonaise celle-là », assure-t-il en commençant son article. Comme si, pour les lecteurs du *Canard*, la chose n'était pas tout à fait acquise... Nicolas Beau, documents à

1. Karl Laske et Laurent Valdiguié, *Machinations, anatomie d'un scandale d'État*, Denoël, 2006. Voir chapitre 41 : « L'affaire du président ».

l'appui, avance que les « patrons du service secret ont tout fait, ensuite, pour décrédibiliser cette révélation ». Pas étonnant dès lors que rien d'autre, parmi tous les documents trouvés chez Rondot, ne vienne étayer la phrase initiale de Jambage ! Un encadré annonce l'existence d'autres « mystérieux dossiers ». Pourtant, aucun d'entre eux non plus ne contiendra de révélation venant étayer l'existence d'un compte.

Maintenant que le dossier est clos, c'est une certitude, les juges de l'affaire Clearstream n'ont jamais enquêté sur l'existence de ce prétendu compte japonais. Malgré les affirmations du *Canard*. Malgré la machine à fantasmes sur le sujet entretenue par le journal. Pour une raison simple : rien dans leur dossier ne leur permettait d'ouvrir cette piste.

Nicolas Beau, sur son site Internet Bakchich, a fini par l'admettre. « Jacques Chirac ne paraît pas devoir être inquiété dans le dossier Clearstream, tant les juges d'Huy et Pons ont pataugé lamentablement durant toute leur instruction », écrit-il dans son blog le 7 août 2008. Voilà l'ultime explication : si les juges n'ont finalement pas enquêté sur le compte japonais, alors qu'ils semblaient « persuadés de la réalité de ce compte », selon le *Canard* du 7 juin 2006, c'est qu'ils sont « nuls ».

Dans son livre sur Chirac, *L'Inconnu de l'Élysée* [1], Pierre Péan, qui a apporté tant de scoops au *Canard*, tord le cou à la rumeur japonaise en dix pages. « Autrement dit, il n'y a eu "d'affaire" nippone que dans la tête de Nicolas Beau et dans celle de certains de ses confrères qui préfèrent accumuler et distiller des on-dit non vérifiés afin de mieux "porter la plume dans la plaie", pour reprendre la fameuse formule d'Albert Londres, plutôt que de se plier à l'exigence de la vérité. Compte tenu de l'image détestable qu'ils ont du chef de l'État, ils estiment que les faits véhiculés par la rumeur sont probablement vrais, et ils passent du probable au

1. Pierre Péan, *L'Inconnu de l'Élysée*, Fayard, 2007.

plausible, puis au certain, sans que des faits solides et dûment vérifiés permettent d'opérer une telle translation. Ils se lovent ainsi dans l'amer grief de Balzac selon qui "pour le journaliste, tout ce qui est probable est vrai". » Difficile de faire pire critique du *Canard*.

Reste la rumeur dont Jacques Chirac, aujourd'hui à la retraite, essaye de se débarrasser comme d'un vieux sparadrap. Fin janvier 2008, Jean Veil, son avocat, tente de trouver une parade. Me Veil a en main un dossier contenant des courriers adressés par le président de l'ordre des avocats de Tokyo à la Tokyo Star Bank. À la demande de Jacques Chirac, ces échanges de courriers et cette enquête informelle avaient pour objet d'interroger officiellement la banque pour qu'elle dise si oui ou non il existait un compte à son nom. Drôle de démarche. Mais c'était la seule à la disposition de l'ancien président pour tenter de prouver qu'il n'avait jamais eu de compte dans cet établissement. Le document venu du Japon adressé à Jacques Chirac mentionne qu'il n'a pas été trouvé de compte à son nom, ni un compte plus ancien qui aurait été clôturé avant la faillite de la banque. « Ceux qui veulent douter peuvent continuer à le faire, estime Jean Veil. Personne ne pourra en tout cas contester notre bonne foi. En activant cette procédure nous ne savions pas les questions qui seraient exactement posées à la banque ni *a fortiori* les réponses qui y seraient apportées. Pensera-t-on sérieusement que nous aurions pris le risque de provoquer nous-mêmes la révélation d'un compte dont M. Chirac n'a cessé d'affirmer qu'il relevait du pur fantasme [1] ? »

Trois mois plus tard, le *Canard* reprendra l'information. Mais en chute d'un petit article flatteur pour le livre [2] de

1. Hervé Gattegno, « Chirac, le compte et la légende », *Le Point*, 31 janvier 2008.

2. Nicolas Beau et Olivier Toscer, *L'Incroyable Histoire du compte japonais de Jacques Chirac*, *op. cit.*

Nicolas Beau sur le compte japonais : « Comptes et mécomptes de Chirac au Japon ». Hervé Liffran, qui signe la critique du livre de son ancien collègue, écrit que « la Sowa Bank vient de certifier qu'elle n'avait jamais accueilli de compte au nom de Chirac. Encore perdu, ajoute-t-il aussitôt. L'établissement qui a changé de proprio s'avoue en réalité incapable de répondre à ce genre de question ». Décidément, les lecteurs du *Canard* n'auront droit qu'au doute… Mais après tout, comme a fini par admettre Nicolas Beau : « On s'en fout de savoir si Chirac a eu un compte. »

I

Le journal qui s'engage (1970-1981)

C'était la fin des années de Gaulle. Pompidou à l'Élysée. Un banquier d'affaires. Les scandales immobiliers. Les micros du Canard. *C'était la naissance de l'investigation. Puis, un président trop jeune aux allures de châtelain. Ponia. Un ministre se suicide dans un étang. Le* Canard *accusé de meurtre. Et le feuilleton des diamants. C'était le temps d'un journal d'opposition. Franche et massive. Les amis du* Canard. *L'Union de la gauche. Puis la désunion, jusqu'au 10 mai 1981.*

6

La nouvelle stratégie

Pour le *Canard*, les années 1970 auront été un eldorado. Parti d'un tirage moyen de 422 481 exemplaires en 1970, le journal finit, à coups de révélations, par se hisser à hauteur de 731 917 exemplaires en 1981, gagnant parfois plusieurs dizaines de milliers de lecteurs par an. En 1973, l'affaire des micros lui fait dépasser le million d'exemplaires pour la première fois. Le *Canard* s'affirme en investigateur. Il l'était déjà un peu. En 1967, l'un de ses journalistes, Jean Clémentin, publie *L'Affaire Fomasi*, un roman dénonçant les « mœurs voyoucratiques » de la bonne société. On y découvre un juge, un député et une journaliste qui, entraînés dans une affaire de fausse facture, terminent tous corrompus, et le banquier assassiné. Il y est question, déjà, de bureaux d'études, de mystérieux cabinets distribuant l'argent secret et la manne patronale aux partis politiques… C'est lui, Clémentin, qui est à l'origine d'une « nouvelle stratégie » du *Canard*, bien résumée par Jean Égen : « Fini les combats singuliers, les pamphlets incendiaires. Il ne s'agit plus de pousser des cris. Il faut faire la lumière. Braquer le projecteur du *Canard* sur le festin des rongeurs. On ne polémique plus avec des mots. On polémique avec des faits.

L'information devient la force principale du *Canard*[1]. » Et ce changement s'est imposé par la force des choses.

En quelques mois, le *Canard* s'est trouvé décapité. Le 31 décembre 1969, Ernest Raynaud, dit Treno, le directeur, décède à Neuilly-sur-Seine lors d'une opération chirurgicale. Il était entré au *Canard*... en 1924. « Son dernier billet, c'était il y a quinze jours. Il me l'avait fait porter le mardi matin à l'imprimerie », raconte Roger Fressoz, à la une du *Canard*, le 7 janvier 1970. « On m'a donné des trucs pour roupiller, avait écrit Treno. J'ai fait ça les yeux à moitié fermés. Mais ouvre-les bien pour le lire, élaguer, améliorer, surtout la chute... Et au besoin en l'air ! J'en peux plus, bonjour aux copains. » « Quand il prit seul la rédaction en chef du *Canard* en 1953, ce dernier tirait à 101 000 exemplaires et paraissait sur quatre pages. Il paraît aujourd'hui sur huit pages et tire à 450 000 », poursuit Fressoz, saluant celui qui avait « maintenu, relevé, rénové, multiplié » le *Canard*. « Comme l'a dit *Combat* dans un article à sa mémoire, Treno aura haussé le *Canard* au niveau des grands journaux, réussissant cette gageure d'en augmenter à la fois le tirage et la qualité en en préservant l'honnêteté. D'en faire pour tout dire un grand journal qui soit resté un journal propre. »

Six mois plus tard, le 4 juillet 1970, c'est Morvan Lebesque qui meurt d'un infarctus, dans la rue, à Rio de Janeiro. Entré au *Canard* en 1952, il écrivait encore « au Cocotier », au coin droit de la page 2. Quelques mois après, c'est Henri Jeanson, dialoguiste et journaliste – au *Canard* avant et après la guerre – qui s'éteint le 9 novembre 1970, victime d'un œdème du poumon, lui aussi toujours en pleine activité. Une page se tournait. Une génération, celle qui avait connu le premier *Canard*, passait la main. En 1967, Jeanne Maréchal, cofondatrice et directrice en titre, décède, laissant ses parts d'actions à ses nièces et le *Canard* déjà orphelin. En

1. Jean Égen, *Messieurs du Canard*, *op. cit.*

mai 1968 et février 1969, Roger Salardennne et René Buzelin, deux autres fameuses plumes de canards tirent aussi leur révérence.

Les disparitions provoquent la mue. Les journalistes se réorganisent. « Un trio s'est alors mis en place, formé par Jean Clémentin, Roger Fressoz et André Escaro, et derrière eux Gabriel Macé, raconte le journaliste Henri Deligny, venu à la rédaction en 1962. Il fallait un nouveau directeur. Clémentin et Escaro représentaient un courant. De l'autre côté, Fressoz et Macé en incarnaient un autre. Macé était de la vieille tradition canardesque, pamphlétaire et aussi très buveuse. Fressoz assurait sa chronique de La Cour, puis de La Régence. Clémentin a laissé à Fressoz le poste honorifique de directeur mais il a pris la rédaction en chef des informations, dans l'idée de devenir le vrai patron, en développant dans le *Canard* la partie informations [1]. » La lutte pour le pouvoir n'est pas encore engagée. C'est un *statu quo*. Jean Clémentin devient corédacteur en chef des informations. Gabriel Macé, corédacteur en chef s'occupant des chroniques.

Pour les jeunes journalistes, Clémentin a conquis un capital de respect considérable. « C'est un mistigri, sympathique, très fin, dit l'un d'eux. Il ressemble à un chat. Il sait tout. » Il a débuté en 1957 au *Canard*. Fils d'agriculteur normand, il a fait une école de commerce, où il a rencontré le dessinateur André Escaro, qui entrera au *Canard* dix ans avant lui, en 1947. Clémentin, engagé en 1945, à la 3e division d'infanterie coloniale de Saigon dans des circonstances plus ou moins troubles, a rejoint la mouvance anticolonialiste au début des années 1950. Son adhésion à l'association France-Vietnam et à un Comité pour la paix, font rapidement de lui un sympathisant communiste aux yeux des autorités. Il collabore aussi à *Libération*. Dans le *Canard*, sous le pseudonyme de Jean Manan, Clémentin tient la chronique « Allô, ici Bidasse » dès 1957, grâce aux messages, notes et informations transmises par les appelés

1. Entretien avec l'auteur, 9 juin 2008.

d'Algérie[1]. Ses sources intriguent. Et certains de ses papiers provoquent même des enquêtes internes au sein de l'armée.

« La position politique de Clémentin était la bonne, c'est-à-dire qu'il n'en avait pas, rapporte Escaro. [...] La bonne voie, c'est de n'être ni de droite, ni de gauche. Les fois où le *Canard* a été mauvais, c'est quand il a trop penché d'un côté. C'est vrai qu'à un moment, il y a eu la tentation d'équilibrer les attaques, un petit peu d'un côté, un petit peu de l'autre. C'est le plus mauvais truc. Si, à un moment donné, un camp fait pire que l'autre, il ne faut pas hésiter à le dire. Le *Canard* se doit de donner des infos à gauche, et à droite[2]. » « Clémentin était sur une position anarchiste, juge Deligny. Pour lui, le pouvoir corrompt. Il était antipouvoir, se méfiant des partis, et aussi des tuyaux que certains voulaient refiler au *Canard* pour cirer le passage des autres[3]. »

La réorganisation du *Canard* va provoquer un tournant éditorial. Une nouvelle stratégie s'élabore. « Dans les années 1960, le *Canard* vivait de l'antigaullisme, mais l'information était peu développée », poursuit Deligny. Clémentin ouvre la voie. De son passage à l'armée, il a gardé des réseaux. Dans les services de renseignements. À la sécurité militaire. Il cloisonne parfaitement.

Clémentin constitue son équipe. Rapidement, ils sont trois. Arrivé comme pigiste en 1962, Henri Deligny, ancien correspondant régional du *Monde* dans le Nord, suivait l'Assemblée nationale comme journaliste parlementaire. Sous le nom d'Hervé Terrace, il signait déjà des enquêtes au *Canard*. À l'automne 1970, Clémentin lui demande de remplacer Morvan Lebesque au « Cocotier ». Deligny quitte *Le Monde* pour le *Canard*. Michel Gaillard, le futur directeur, est dans les murs depuis 1966. Embauché à la demande de son père Robert Gaillard, un ami de Treno, il a débuté, sans expérience

1. Ses mémoires de bidasse paraissent chez Julliard en 1963.
2. Son entretien avec Laurent Martin, juillet 1997. Annexe de sa thèse.
3. Entretien cité.

journalistique, en assistant le secrétaire de rédaction Max de Caminel, en s'occupant du courrier et de l'accueil, puis il s'est passionné pour les échos politiques. Le troisième homme, c'est Claude Angeli. Collaborateur du *Nouvel Observateur* depuis cinq ans, il a derrière lui vingt bonnes années passées dans le sérail communiste – de quinze à trente-cinq ans, lorsqu'il quitte *Nous les garçons et les filles*, le journal de la JC, en 1964. Ses réflexes sont militants, ses relations aussi. Et ses pratiques passent, aux yeux de tous, pour staliniennes même quand elles ne le sont pas. Angeli a rompu avec le Parti, il collabore à *Politique Hebdo* en 1970, fréquente le Secours rouge et *La Cause du peuple*, il publie chez Maspero *Les Polices de la nouvelle société* avec René Backmann, fin 1971. Il signe ses premières enquêtes dans le *Canard*, à la demande de Clémentin, courant 1971. Clémentin voit en lui une tête brûlée. Et il n'a pas tort.

L'autre force de Clémentin, c'est ce que le *Canard* appelle à l'époque « ses consultants ». « Il y avait un "marché du lundi", raconte Jean Deligny. Une "foire aux nouvelles". Des gens passaient au journal pour proposer des échos, des documents, des photocopies. C'étaient nos consultants. Certains passaient dès le vendredi soir [1]. » Parmi ceux-là, Claude Paillat, un journaliste collaborateur de *Paris-Match*, ancien correspondant en Algérie, réputé pour ses sympathies OAS, et auteur de plusieurs livres très informés. Un ami de Clémentin. « C'était le journaliste qui faisait des dîners en ville, se souvient Deligny. Il en rapportait des anecdotes. Il dictait de longs feuillets à une des secrétaires, dont parfois on publiait quelques lignes. » Certains consultants avaient plusieurs casquettes. Et cherchaient à savoir ce que le *Canard* préparait. Deligny s'amuse à annoncer faussement à l'un d'eux une enquête sur Achille Peretti, le maire de Neuilly-sur-Seine, président de l'Assemblée nationale. Dans l'après-midi, Angeli reçoit un appel de Jacques Derogy, l'investigateur de *L'Express*, venant innocemment

1. Entretien cité.

aux nouvelles… Deligny reproche d'ailleurs à Angeli de trop s'appuyer sur les consultants, et de venir systématiquement au « marché du lundi ». « Il prenait trop souvent la balle au bond, dit Deligny. J'avais tendance à me méfier. » La « nouvelle stratégie » du *Canard* consiste effectivement à ouvrir tous les robinets possibles. Ceux de la droite comme ceux de la gauche. À utiliser les antigaullistes contre Pompidou. Les gaullistes contre Giscard. En courant d'importants risques de se retrouver manipulé soi-même.

Recommandé par Raymond Tournoux de *Paris-Match*, Roland Jacquard, classé à droite et futur spécialiste institutionnel des réseaux terroristes, devient l'un des « consultants » clés du *Canard*. Dans le jargon maison, qui reprend celui des services secrets, on dit qu'il est « traité » (c'est-à-dire utilisé) par Gaillard puis par Angeli. Rue des Petits-Pères, les locaux sont exigus. Le jeune pigiste est émerveillé. « C'était une fourmilière incroyable, se souvient Jacquard. Il y avait des bouteilles sur toutes les tables. Des journalistes écrivaient à un bureau, se levaient, et d'autres prenaient leur place. J'étais tombé sur une cour des Miracles[1]. » Jacquard débutait. Pour *Match*, il n'avait fait que de petits échos politiques. Il commence donc à en fournir au *Canard*, jusqu'à obtenir une pige fixe. « On avait l'impression d'un bateau ivre, qui voyageait sans direction, mais qui arrivait à bon port, sans que l'on comprenne vraiment pourquoi. » Les lecteurs apportent leur contribution au *Canard*. Certains découpent dans *Sud-Ouest* des déclarations de tel ou tel sénateur. D'autres envoient des documents. Des lettres anonymes. Des fonctionnaires, de diverses administrations, alimentent secrètement le *Canard*. « On pensait que le *Canard* avait des informateurs partout. Certains s'adressaient aux journalistes. Cher *Canard*, je t'ai envoyé un document. Je suis un caneton. Fais un signe, je t'enverrai la suite. Et souvent le *Canard* publiait un truc. » Les photocopies arrivent. « Jean Clémentin faisait deux pages du

1. Entretien avec l'auteur, 19 juillet 2007.

Canard à lui tout seul, se souvient Jacquard. Il avait d'importants contacts partout. Il était extrêmement discret. C'était un électron libre. Un chasseur d'infos. Il partait toute la journée. Il arrivait, puis il s'enfermait avec Fressoz. Il dictait ses informations à un journaliste qui les mettait en forme[1]. »

Le *Canard* attire aussi les informateurs interlopes. Certains rasent les murs avec des lunettes de soleil. Un ancien inspecteur des impôts attire l'attention. Il porte un costume gris, n'attache jamais ses chemises et surtout n'a pas de lacets à ses chaussures. Il a été viré de l'administration pour avoir « levé » l'histoire du clan des ferrailleurs qui finançait l'UDR. « Il se trimbalait avec une sacoche remplie de documents de la Direction générale des impôts, se souvient Jacquard. Personne ne le prenait au sérieux, mais il apportait plein de documents. » Jacquard aussi en fournit. Il offre ses révélations à *Minute* et au *Canard*. C'est lui qui informera les deux hebdomadaires au sujet de l'affaire Boulin en 1979. Si *Minute*, le journal fondé par l'ancien patron de *L'Aurore*, Jean-François Devay, en 1962, n'est pas le journal d'un parti d'extrême droite en particulier, il est déjà investi et animé depuis 1965 par des journalistes d'extrême droite[2]. Mais ces doubles collaborations ne gênent pas le *Canard*, tant qu'elles restent confidentielles. C'est le principe même de la « foire aux nouvelles ».

En 1973, Jean Clémentin contacte Jean Montaldo, chroniqueur à *Minute*, et futur spécialiste des finances du Parti communiste français et des turpitudes de la mitterrandie. « Clémentin avait imaginé de faire du *Canard* un journal transcourant, explique Montaldo. Il voulait que toutes les familles de pensée s'y expriment. Il ne faisait que s'inspirer de l'orientation de *Combat*. Il m'a fait venir chez lui en banlieue,

---

1. *Ibid.*

2. Roland Gaucher et François Brigneau, tous deux anciens collaborateurs condamnés à la Libération, et futurs fondateurs du Front national – en 1972 – et du Parti des forces nouvelles en 1974, y tiennent la rubrique politique depuis 1965. Brigneau y restera éditorialiste jusqu'aux années 1980.

un dimanche. Michel Gaillard était présent. Clémentin m'a dit : "Voilà, nous vieillissons. Est-ce que tu aimerais travailler au *Canard* ? Viens chez nous." Jean Clémentin voulait des chiens truffiers. Son idée était d'avoir les meilleurs à droite et à gauche. Il embauchait des mecs très engagés, c'était le cas de Claude Angeli. Nous, on ne l'était pas. François Caviglioli, c'est plutôt un anar. Moi, j'étais un non-conformiste, de droite, mais nous ne militions nulle part[1]. » Après un passage à *Combat*, Caviglioli pigeait lui aussi à *Minute*, et au *Nouvel Observateur*. Il restait marqué à droite pour avoir commis dans sa jeunesse quelques articles dans *Nation française*.

Montaldo avait déjà dix ans d'expérience. Il avait suivi l'affaire Ben Barka, sorti l'affaire du fichier des téléspectateurs et de la publicité clandestine à la télé. « À l'époque, le chef du service politique de *Minute* collaborait au *Canard*, se rappelle Montaldo. Tous les articles qu'on nous retoquait, on les donnait au *Canard*. En septembre 1972, j'ai constaté que l'extrême droite voulait prendre le pouvoir à *Minute*. J'allais me retrouver au milieu d'un combat politique qui n'était pas le mien[2]. » En 1971, Montaldo avait aussi publié son premier livre, *Les Corrompus*[3], sur les relations entre la justice, la police et le milieu lyonnais. « Le livre a provoqué l'incarcération du chef de la brigade criminelle. En enquêtant sur des réseaux de prostitution, j'avais obtenu la fermeture de bordels. *Minute*, dont j'étais l'un des chroniqueurs, voyait d'un très mauvais œil ces attaques contre la bonne société lyonnaise. Le *Canard* est le seul journal qui m'a soutenu. » En 1973, Montaldo pousse un peu plus loin la provocation et se présente aux législatives contre Édouard Charret, dit Serre-la-Louche, un député gaulliste emblématique. « C'était une campagne anticorruption. Je disais aux gens votez à gauche ou à droite, mais ne votez pas pour le député sortant que j'accuse de

1. Entretien avec l'auteur, 7 juin 2007.
2. Entretien cité.
3. Jean Montaldo, *Les Corrompus*, La Table Ronde, 1971.

corruption. J'ai eu trois attentats. J'étais accompagné d'un ami journaliste qui, persuadé qu'on allait m'assassiner, voulait raconter ma mort. Et effectivement j'ai été attaqué à la barre à mine en sa présence. » Montaldo fait annoncer par l'AFP un grand débat avec l'adversaire gaulliste. « J'appelais les gens à venir à ma réunion publique dans un théâtre, tout en signalant que j'accusais Charret d'être un député corrompu. J'avais acheté des épingles à nourrice et, sur le rideau rouge du théâtre, j'ai accroché des documents, en proposant au public de les consulter. Les membres du gang des Lyonnais étaient des gens du Service d'action civique (SAC). J'expliquais tout cela, quand soudain j'ai vu Claude Angeli dans la salle [1]. »

La collaboration de Montaldo passe mal auprès de certains journalistes. « Je n'ai jamais compris pourquoi Montaldo avait été choisi comme collaborateur, assure Deligny. Il s'installait certains soirs, pour téléphoner à droite et à gauche. Je ne lui faisais pas confiance. » « Moi quand je voyais Jacquard ou Montaldo, des gens notoirement de droite, je ne comprenais pas » [2], commente aussi Dominique Durand, entré au *Canard* vers 1973.

Parallèlement, des journalistes de gauche grossissent les rangs : Nicolas Brimo, futur administrateur, un pilier de *L'Unité*, le journal du Parti socialiste, fait son entrée en 1975. Autre transfuge de *L'Unité*, l'un de ses rédacteurs en chef, Serge Richard, avant la campagne présidentielle de 1981. D'autres journalistes de gauche sont intégrés : Claude-Marie Vadrot, de *Politique Hebdo*, fin 1975, plus tard Georges Marion, ancien journaliste à *Rouge*, en 1980. Ils retrouvent des journalistes issus du PCF – outre Angeli : Claude Roire, Jean Avran, Michel Hincker. « Angeli est un bon professionnel, juge Montaldo. Habile, efficace, rapide. Mais, et c'est ce qui a ruiné le *Canard*, il était secrètement militant, scientifiquement

1. Entretien cité.

2. Entretien de Laurent Martin avec Dominique Durand, octobre 1998, cité en annexe de la thèse de Laurent Martin.

militant. Initialement, Angeli est un révolutionnaire professionnel. Un bon révolutionnaire professionnel. Et en face, il a ses ennemis naturels avec lesquels il peut s'entendre. »

« Le *Canard* a changé d'échelle à partir du moment où il a été lu par plusieurs centaines de milliers de lecteurs, analysait Roger Fressoz, en 1995. Comment répondre à l'attente de publics forcément hétérogènes, comment garder ses lecteurs aux attentes différentes ? Comment sauvegarder l'esprit du *Canard* ? Cela a toujours été mon obsession [1]. » L'exercice est difficile. Dans sa fabrication, plusieurs *Canard* pouvaient coexister – de gauche, de droite, ou d'ailleurs, et comme des poupées russes, former un seul objet journalistique. Aligné sur un objectif protestataire.

« Je n'avais jamais vraiment lu le *Canard* avant mon arrivée, à ma grande honte, raconte Claude-Marie Vadrot, j'ai donc commencé à le lire [2]. » Vadrot avait été grand reporter à *L'Aurore*, membre de l'équipe de *Politique Hebdo* où il avait croisé Angeli, et aussi partie prenante de l'Agence de presse Libération (APL). Autrement dit, Vadrot était un soixante-huitard, libertaire et surtout écologiste. Le *Canard* espérait, à tort, que Claude-Marie Vadrot ramènerait des échos politiques pour sa page 2. « Je suis passé à l'Assemblée pour me faire accréditer, et là j'ai appris qu'ils imposaient le port de la cravate. C'était stupide. Pour moi, ça s'est arrêté là, pour ce qui était de suivre les jeux du monde politique. »

« J'y venais pour me consacrer aux questions de société, dans le cadre d'une réflexion sur l'ouverture du *Canard.* J'ai donc fait la chronique des incidents du nucléaire. » Alors qu'il le croyait anar, il découvre un journal finalement « très conformiste ». « Je croyais entrer dans un journal où l'on devait bien se marrer, eh bien ! pas du tout. C'est chiant, finalement, le *Canard*. Très chiant. C'est une société fermée. » Il

1. Entretien de Laurent Martin avec Roger Fressoz, juin 1995, cité en annexe de la thèse de Laurent Martin.

2. Entretien avec l'auteur, 7 mai 2008.

est surpris d'y trouver autant de journalistes passés par le Parti communiste. Il comprend encore moins ce qu'y font les pigistes classés à droite, comme Roland Jacquard, ou encore plus à droite, comme Jean Montaldo. « Je ne fréquente pas ces gens-là, dit Vadrot. Ils représentent la face du *Canard* que je n'aime pas. Ils représentent la face du *Canard* manipulé. »

« Nous étions des journalistes de différents horizons qui cherchions à faire notre métier comme nous en avions l'idéal, corrige Henri Deligny. Dès la présidentielle de 1974, nous nous posions des questions. Et si Mitterrand l'emportait contre Giscard, serons-nous impartiaux ? Ou soutiendra-t-on la politique de la gauche[1] ? » Giscard gagne l'élection. Et repousse la question du *Canard* à plus tard.

1. Entretien cité.

7

Un permanent exemplaire

« ICI ON NOIE LES ALGÉRIENS », l'inscription s'étire en majuscules, quai de Conti, à Paris, en face de l'Institut. À la peinture blanche. Longue comme une banderole. Le 17 octobre 1961, la police parisienne a raflé les Algériens manifestant dans Paris et en banlieue parisienne, et des dizaines de corps sans vie ont été repêchés dans la Seine, tués par balle ou noyés. L'inscription a été faite durant la nuit quelques semaines plus tard. Rapidement effacée par les services de la préfecture. Mais, dans l'intervalle, une photo a été prise. Deux chercheurs, Vincent Lemire et Yann Potin en ont écrit l'histoire. Retrouvant les militants grapheurs, membres du Comité pour la paix en Algérie du quartier, et surtout l'auteur de la photo, Jean Texier, dont le nom n'apparaissait jamais sur les crédits. Texier, photographe durant vingt-neuf ans à *L'Humanité*, était à l'époque bénévole à *L'Avant-Garde*, le journal des jeunesses communistes. Claude Angeli, le futur rédacteur en chef du *Canard enchaîné*, était l'un des piliers de cet hebdomadaire de trente pages, diffusé exclusivement par les militants – parfois à plusieurs dizaines de milliers d'exemplaires.

L'inscription « ICI ON NOIE LES ALGÉRIENS », c'est Angeli qui l'a vue en allant au siège de la JC, à l'automne 1961, au petit matin, dans la 2 CV du mouvement.

« Arrivé au journal, Claude m'appelle et me raconte ce qu'il a vu, et il me convainc de prendre l'inscription en photo, se souvient Jean Texier. Il me dit : "C'est vachement bien, ça correspond complètement à ce qu'on dit. Si tu veux, je viens te chercher, prépare-toi, j'arrive[1] !" » Texier et Angeli sont tous les deux militants depuis longtemps. Texier, trente-deux ans, a été secrétaire fédéral de la JC de la Seine-Sud. Il vit à Joinville-le-Pont. Angeli, trente ans, est né à Champigny-sur-Marne. Il habite Le Perreux-sur-Marne où il a été responsable des jeunesses communistes, et où il s'est marié. Il a déjà un enfant. Leurs femmes se connaissent. Et ils font souvent la route ensemble. Angeli passe donc chercher Texier à Joinville. Direction le centre de Paris. Les quais. « Arrivés quai de Conti, on passe au ralenti devant l'inscription. Un flic se tenait là, pour éviter un rassemblement peut-être. On s'éloigne et on refait un tour. Revenus sur place, notre voiture s'approche doucement, j'ouvre la porte, je saute de la bagnole, je prends deux photos. Le flic me voit, se met à gueuler, mais je suis déjà remonté et Claude appuie sur l'accélérateur[2]. »

La photo n'a pas été publiée par *L'Avant-Garde*. Les risques de censure et de saisie étaient trop importants.

Une autre photo, datant de 1961, montre l'équipe de *L'Avant-Garde*. Cette photo est prise par Gérald Bloncourt, le photographe professionnel du journal. Bloncourt est l'un des fondateurs du PC haïtien. Son frère, Tony, est l'un des fusillés du mont Valérien. Expulsé d'Haïti, Gérald est entré au service photo de *L'Humanité* en 1949. Il a rejoint *L'Avant-Garde* où il a mis en place l'impression offset en 1957.

---

1. Entretien avec l'auteur, 16 mai 2008.
2. *Ibid.*

Sa photo : dans la grande salle de la rue Humblot, vingt jeunes militants, en veston, souvent en cravate, prennent la pose autour de la table, en fin de repas. À gauche, mains dans les poches, c'est Paul Laurent, futur secrétaire du Comité central du Parti. Au milieu, Claude Lecomte, rayonnant, qui sera journaliste à *L'Humanité*. Derrière lui, Pierre Sotura, futur trésorier du PCF. Souriant, fines lunettes sur le nez, cigarette à la main, Claude Angeli est en bout de table. À côté de lui, Paul Mercieca, futur député de Vitry-sur-Seine.

C'est avec Claude Lecomte qu'Angeli partage son bureau. « J'étais venu pour m'occuper de l'administration, et puis comme j'aimais écrire, j'ai remplacé un rédacteur, raconte Claude Lecomte. Angeli avait été embauché en même temps que moi par *L'Avant-Garde* pour s'occuper de la publicité en 1957. Très vite, il s'est mis à participer aussi à la confection du journal tout en faisant rentrer de la pub [1]. » « Claude s'est occupé de faire entrer de l'argent, explique Texier. Il démarchait la publicité, non sans mal. Il faisait nos salaires. Nos salaires étaient proportionnels au nombre d'enfants qu'on avait. Il ne s'occupait pas des payes, mais il nous disait combien il avait apporté. »

Jean Texier ouvre sa collection reliée de *L'Avant-Garde* à l'année 1961. Il montre un petit encart. « "Buvez le vin des Rochers, le velours de l'estomac", c'était Claude. "La première exposition nationale de l'URSS", Claude aussi. [...] Ce qu'il faisait, il n'y a que lui qui pouvait le faire, précise Texier. Il avait un don : il savait s'imposer. Il avait des résultats, comme militant. » À la JC, c'est Robert Gerber, le permanent, l'éminence grise, qui repère Claude Angeli et lui met le pied à l'étrier, en 1954. « C'était ce qu'on appelle un bon militant. Il n'était en aucun cas un journaliste, raconte-t-il. Je l'avais fait venir au comité de rédaction de *L'Avant-Garde*. Il s'est trouvé très à l'aise. Claude avait cette

1. Entretien avec l'auteur, 22 mai 2008.

particularité d'être partant pour n'importe quoi, touche à tout, bon esprit. Comme il était débrouillard, il a commencé comme ça, en s'occupant de la publicité [1]. »

La pub est quand même rare. Du matériel Trigano, des vacances proposées par Tourisme et Travail, et des boissons Ricard… L'avionneur soviétique Aeroflot vend aussi des Paris-Moscou. Le premier papier d'Angeli date de décembre 1957. C'est l'interview d'un militant sur l'utilité du journal pour préparer la réunion du cercle des JC [2]. Angeli s'occupe aussi des souscriptions. L'hebdo des JC s'implique particulièrement dans les mouvements de protestation des jeunes rappelés en Algérie. La chronique de la guerre y est tenue par Claude Lecomte. Et Claude Angeli, dont la signature revient régulièrement en 1958, s'intéresse à d'autres fronts. En mars, il dénonce des accidents du travail : « Oui, il s'agit de crimes », titre-t-il. « Cette photo est une preuve [3] », assure-t-il en détaillant les défaillances d'un système de sécurité qui a coûté la vie à un jeune. « On a vraiment les yeux très secs dans les salles de rédaction des journaux de la bourgeoisie », s'indigne-t-il au sujet d'articles parus dans *Le Figaro* et *Le Parisien libéré*. « La mort d'un jeune travailleur n'est pour eux qu'un fait divers. Ces journalistes n'ont pas le droit d'accuser un patron. Ce serait en effet accuser le capitalisme qu'ils ont pour tâche de défendre », écrit-il. Claude Angeli s'intéresse déjà à la « grande presse » sur laquelle il va faire une série d'enquêtes un peu spéciales. Dans un style inattendu : « Comment les rédacteurs de *L'Avant-Garde* ont dîné aux frais du *Parisien libéré* [4] », annonce-t-il en avril 1958. « Pourquoi *Le Parisien libéré* ? C'est lui que les patrons utilisent pour distiller aux

1. Entretien avec l'auteur, 11 juin 2008.
2. *L'Avant-Garde*, 4 décembre 1957.
3. *L'Avant-Garde*, 5 mars 1958. Les citations qui suivent sont extraites du même numéro.
4. *L'Avant-Garde*, 30 avril 1958. Les citations qui suivent sont extraites du même numéro.

travailleurs sous une apparence apolitique les mensonges les plus gros. »

« Il fallait bien sûr, un prétexte pour pénétrer dans la place, écrit-il. Un coup de téléphone : “Allô, *Le Parisien libéré* ? Passez-moi la rédaction en chef. Monsieur, nous préparons une conférence sur la presse dans notre amicale d'anciens élèves de lycée. Pouvez-vous nous permettre de venir nous documenter sur place ?” Ils ont accepté. Tans pis pour eux ! »

Claude Angeli est bien accueilli, voit les responsables, se fait expliquer par le menu le fonctionnement du quotidien. Il collecte les « aveux ». On lui confie qu'un journaliste dispose d'un bureau à la préfecture de police. « Nous nous en serions doutés », commente-t-il. Mais il obtient plus : « Les différentes façons de fabriquer mensonges et anticommunisme. »

« Le journaliste accrédité auprès de la présidence de la République, en période normale, il suit Coty partout, lui explique-t-on. Chaque fois que le président fait un pet, on le sait... D'abord, il faut être bien avec les ministres. Souvent nous les tenons au téléphone et, de temps en temps, nous déjeunons avec eux. » Angeli découvre, écœuré, la presse bourgeoise et ses choix. « Le sang à la une », « Les scandales », la « République responsable » de tous les maux. Il est invité à dîner. « À table nous pensions à notre journal, notre beau journal, celui à qui aucun millionnaire ne dicte son article politique. » Les articles continuent. Angeli surprend et dénonce la remarque raciste d'un patron de presse. Puis il s'en prend aux « marchands de soupe » de *France Dimanche* : et c'est Pierre Lazareff, un « petit homme », l'ancien patron du *France-Soir* de l'après-guerre, futur créateur de « Cinq Colonnes à la une », qui se fait épingler au passage[1]. Un peu plus loin est reproduit un article de l'écrivain André Wurmser qui explique comment

1. *L'Avant-Garde*, 23 juillet 1958.

« la presse ment par nature, par intérêt ». La même année, Angeli tente d'installer une chronique antipresse, « Les porte-voix du Général [1] ». Et c'est – déjà – un *Canard* coiffé d'un képi de général qui illustre ce papier.

Claude Angeli se fait une spécialité d'ouvrir les portes généralement fermées à la presse communiste. « Claude était le champion de l'organisation des coups qui sortaient de l'ordinaire, se rappelle Texier. Pour entrer à l'usine Schneider du Creusot, on s'était fait passer pour deux journalistes qui collaboraient à un journal allemand. On avait été reçus en grande pompe, pour la visite de l'usine, et à midi on était venu nous inviter à déjeuner avec le directeur. On s'est retrouvé au château, avec tout un aréopage de gens qui puaient le fric [2]. » Il travaillait sans carte de presse – un laissez-passer réservé à Gérald Bloncourt et au rédacteur en chef Pierre Gillet. Pour approcher Brigitte Bardot, avec Gérald Bloncourt, Angeli utilisera le même stratagème, en 1964, dans le mensuel qui succède à *L'Avant-Garde*, *Nous les garçons et les filles*. « Claude a téléphoné à l'attachée de presse de Bardot en se faisant passer pour un journaliste polonais, raconte Bloncourt. Il m'a dit : "Et toi, tu es muet !" Il avait pris un accent polonais, et avait dit à Bardot que j'étais sourd-muet. On a rapporté des photos splendides [3]. »

Angeli parvient à infiltrer le très huppé bal des débutantes, en contactant de jeunes étudiantes. « Claude m'avait prêté un imperméable pour que je puisse entrer, au bout d'un moment je m'étais fait jeter, se souvient Texier. Mais il avait un aplomb extraordinaire pour nous faire entrer sans invitations [4] ! » Sur une des photos de Gérald Bloncourt, on

1. Les 17 septembre et 1er octobre 1958.
2. Entretien avec l'auteur, 28 mai 2008.
3. Cet article paraît dans *Nous les garçons et les filles* en février 1964.
4. Entretien avec l'auteur, 28 mai 2008.

le voit accompagnant une jeune fille au « bal des débs ». Il fait semblant d'accepter l'interview de deux militants.

Sur les sujets politiques, l'exercice est plus risqué, mais tout aussi tentant. « Il a interviewé le Dr Jean-Pierre Profichet, qui se présentait contre Jacques Duclos à Montreuil, en se faisant passer pour un jeune gaulliste, se souvient Lecomte. Il a ramené une interview rocambolesque qu'on a publiée intégralement. Mais on se méfiait un peu de ce genre d'exploit. Il fallait quand même éviter de se retrouver devant les tribunaux[1]. » Chaque semaine, un comité de rédaction se réunit, le soir. Quand le journal est terminé, vers 2 ou 3 heures du matin, Angeli décroche le téléphone. « Il faisait croire à une marquise que son cousin avait été arrêté. Ça nous détendait bien. Claude était un blagueur de première importance. J'ai ouï dire qu'il l'a été beaucoup moins par la suite. »

En 1959, Angeli ose un reportage non conventionnel : « Une heure avec une bande du quartier ». « On n'a pas le mal de vivre, mais du mal à vivre », titre-t-il. Les jeunes racontent les descentes de flics incessantes, les bandes de riches dépouillées… « Nous avons pris le parti des jeunes et des “blousons noirs”, se souvient Robert Gerber, et cela a déclenché un conflit. » Les dirigeants des jeunesses communistes sont convoqués à Goussainville, dans la propriété de Maurice Thorez.

« Nous nous faisions l'écho de l'ennui, du désespoir ou de la révolte que ressentait la jeunesse, écrit Gérald Bloncourt. Le secrétaire de la fédération de la Seine-Sud, Georges Marchais, attaqua nos initiatives. Maurice Thorez, Jeannette Vermersch (sa femme) et Georges Marchais nous convoquèrent pour une journée au « château de Maurice ». C'était le nom que nous donnions entre nous à la résidence de campagne de Maurice Thorez. Je me souviens qu'outre Paul Laurent, Robert Gerber, Paul Gillet et moi, il y avait Jean

1. *Ibid.*

Rabaté, Claude Lecomte, Pierre Sotura, Claude Angeli. On nous passa un savon. Paul Laurent et Robert Gerber tentèrent en vain de justifier notre démarche, notre orientation. Georges Marchais fut le plus acerbe. Selon lui, il y avait bien une crise, mais ce n'était pas à celle de la jeunesse ouvrière que nous devions nous attaquer, mais à celle du capitalisme. Nous étions naïfs, présomptueux. Thorez d'une voix presque inaudible, ponctuait la discussion avec paternalisme. Pour finir de nous humilier et de nous montrer que nous n'étions qu'une bande de p'tits jeunes [pourtant tous âgés de plus de trente ans], une partie de volley fut organisée dans le parc, sous l'arbitrage de Maurice Thorez installé dans son fauteuil roulant[1]. »

Ils ont formé les équipes. « Certains, Gillet et moi-même, n'avons pas voulu jouer mais Angeli a tapé dans la balle, arbitré par Thorez[2]... », assure Gérald Bloncourt, amusé. L'avertissement est reçu cinq sur cinq. Les jeunes communistes sont disciplinés. Ils n'osent pas sortir du rang. Thorez noircit d'ailleurs régulièrement les colonnes de leur journal.

À l'été 1959, Angeli couvre le festival mondial de la jeunesse de Vienne, et raconte par le menu les activités de la délégation soviétique. En septembre, il rencontre l'animateur Léon Zitrone, pour son livre *Léon Zitrone vous parle de l'URSS* : « Voilà un pays qui avance à pas de géant, lui confie Zitrone. Le trafic des camions est fantastique. Les gens croient en ce qu'ils font, ils ont confiance en leurs dirigeants. Je souhaite vraiment à beaucoup de gens d'y partir trois semaines[3]. » En 1960, il fait paraître une interview de Jean-Paul Belmondo, à qui il assure que son dernier film *À bout de souffle* est peut-être un chef-d'œuvre mais surtout « une histoire démoralisante ». Le moral des jeunes

1. Gérald Bloncourt, *Le Regard engagé, parcours d'un franc-tireur de l'image*, Bourin, 2004.
2. Entretien avec l'auteur, 28 mai 2008.
3. Entretien de Claude Angeli avec Léon Zitrone, 7 septembre 1959.

communistes est important. À *L'Avant-Garde*, on rêve surtout très fort, et tout haut, de l'Union soviétique. La vie des « jeunes Soviétiques », « c'est bonjour bonheur ! » En 1961, le numéro spécial : « Voici venu le temps du communisme » sera conçu et réalisé par Claude Angeli. On vante l'héroïsme des « soldats soviétiques ». On salue la victoire de la fusée russe Lunik II. Et quand Khrouchtchev vient, au printemps 1960, en visite officielle en France avec son gendre Alexeï Adjoubeï, *L'Avant-Garde* écrit « Bienvenue, M. K. ! » et lui consacre trois numéros consécutifs. Cela donne une idée de farce à Angeli. « Il a téléphoné à Hélène Luc, future sénatrice, qui était responsable des jeunes filles de France, en prenant un accent russe, raconte Bloncourt. “Allô, ici ambassade soviétique. Aujourd'hui, c'est anniversaire d'Adjoubeï.” Il suggère de venir remettre des cadeaux d'anniversaire à l'ambassade. Hélène Luc, interloquée, appelle aussitôt le Comité central. Mais avec la complicité du standard, Angeli reprend la communication en déguisant sa voix. Il approuve l'initiative : il faut apporter des fleurs et de petits cadeaux à l'ambassade. Hélène Luc réunit des camarades, fait quelques courses, et se rend à l'ambassade chargée de cadeaux. Elles sont reçues par Adjoubeï. Hélène Luc lit un message de félicitations qu'elle a préparé. Personne ne les a détrompées, pas même l'interprète, et elles sont donc revenues enchantées de l'ambassade[1]. »

Un jour, un trésorier disparaît avec la caisse. « Claude a pris la tête de ce truc-là, se souvient Bloncourt. On a formé un commando. Claude a dit : “Cherchez la femme.” Il a fait une filature. On a retrouvé le mec. Ils sont arrivés à quatre ou cinq pour le kidnapper. Ils lui ont dit : “Tu vas nous suivre”, et finalement, ils lui ont fait signer sans difficulté les papiers pour lui faire rembourser l'argent. » L'histoire est restée dans les mémoires. « Le caissier s'appelait P., il jouait et il prenait des sous, à l'époque c'était une grosse somme, se

1. Entretien avec l'auteur, 28 mai 2008.

souvient Robert Gerber. On voulait régler l'affaire entre nous. Claude s'est livré à une vraie enquête, mais comme un flic, un très grand flic. Ça a commencé au standard sur les numéros que P. appelait, et il a remonté la piste, parce que P. avait quitté son domicile. Ça s'est fini en face de l'endroit où il vivait. On ne lui a pas fait mal, ni donné aux flics, mais il n'a plus remis les pieds dans les organisations démocratiques. » En 1961, une signature apparaît, celle d'André Rougeot, futur journaliste du *Canard*, qui signera parfois André Palot. À la rubrique « Libre-Service », il vante les nouveaux produits de consommation. « La gabardine » par exemple, qui est « à l'imperméable ce que la bicyclette est au vélomoteur »...

Durant la guerre d'Algérie, les principaux reportages sont consacrés aux blessés rapatriés, aux morts et aux familles endeuillées aussi. En novembre 1961, Angeli prend la plume contre l'OAS, pour dénoncer le « danger fasciste », mais aussi « l'antisoviétisme des généraux » et « leur volonté de participer à une attaque contre l'URSS [1] ».

« Il faut bien voir à qui nous avons affaire, écrit-il. À des capitalistes qui pensent que leur avenir de capitalistes est compromis s'il n'y a pas la guerre contre l'URSS, s'ils n'arrivent pas ainsi à rayer le système socialiste de la carte. À des militaires arrogants, ambitieux, qui croient en cette victoire. Des fous, quoi [2]. »

Les militants communistes appellent à la paix et à l'autodétermination de l'Algérie, mais – guerre froide oblige – ils se mobilisent plutôt « contre la mort atomique et le fascisme ». Ils ne sont pas partie prenante des cortèges d'Algériens violemment réprimés le 17 octobre 1961. Ils dénoncent les faits une semaine plus tard, sous la photo d'un jeune Algérien blessé. « Ce visage saigne. Nos cœurs saignent aussi. [...] Avec 30 000 de ses frères, il avait voulu protester

1. « Le temps des assassins », *L'Avant-Garde*, 20 novembre 1961.
2. *Ibid.*

contre le couvre-feu, signalent les JC. En cortèges puissants mais pacifiques, ils ont voulu plaider pour leur dignité d'hommes. La police a chargé. Bilan officiel – on sait la modestie coutumière en pareil cas des bilans officiels : quatre morts, plusieurs centaines de blessés, 13 500 arrestations, dont 1 000 femmes et 500 enfants [1]. » La police parisienne a fait, en réalité, plusieurs centaines de morts.

Quatre mois plus tard, le 8 février 1962, une manifestation contre la guerre s'achève encore dans le sang à Paris. C'est Charonne. Boulevard Voltaire, le préfet donne l'ordre de charger. « J'ai vu une rangée noire se déplacer avec des bidules à la main, c'étaient les brigades spéciales, se souvient Lecomte. J'ai évité le métro. Je suis remonté vers Père-Lachaise, et je suis revenu rue Humblot. J'ignorais qu'il y avait des morts. » À l'entrée du métro, huit manifestants meurent sous les coups et des grilles d'arbres qui sont jetées par des policiers. Il y a plusieurs centaines de blessés. Gérald Bloncourt est sur place. Il fait des photos du début de la charge. Avec le militant qui l'accompagne, il se dégage à coups de barre de fer sur les gardes républicains. Lorsqu'il revient rue Humblot, une violente déflagration secoue l'immeuble. Une bombe a été jetée côté cour. Des morceaux métalliques des volets se sont plantés dans les murs. Il n'y a pas de blessés. Dans la nuit, l'équipe de *L'Avant-Garde* édite un numéro spécial sur Charonne.

À l'époque, les étudiants communistes installés dans le même immeuble prennent des libertés avec la ligne du Parti. Après avoir été à Prague, l'un des permanents de l'Union internationale des étudiants, un jeune ingénieur de vingt-huit ans, Serge Depaquit, a rejoint la rue Humblot en 1957. « Durant cette période, deux événements ébranlent le communisme français, explique Depaquit. Au XXe congrès du Parti communiste de l'Union soviétique, en 1956, c'est le rapport Khrouchtchev. J'ai su qu'à Leningrad, on avait érigé

---

1. *L'Avant-Garde*, 25 octobre 1961.

un monument à la mémoire d'un membre du Bureau politique fusillé sous Staline. Et la guerre d'Algérie. Initialement le Parti communiste cherchait plutôt un accord avec Guy Mollet, et il avait même condamné les premières actions du FLN[1]. » Depaquit, informé de ce qui se passe à Moscou, soutenu par les premiers rénovateurs du Comité central, Laurent Casanova et Marcel Servin, organise la mobilisation étudiante, avec succès. « Casanova nous avait dit : ouvrez le débat dans *Clarté* (le journal de l'UEC). Sur cette ligne, Depaquit obtient un fort soutien chez les étudiants communistes et chez les intellectuels. Côté finances, *Clarté* a moins de mal que *L'Avant-Garde*. Il s'autofinance en obtenant des tableaux d'artistes sympathisants, et non des moindres : Max Ernst, Picasso, Calder, Édouard Pignon... L'œuvre paraît en couverture de *Clarté* en quadrichromie. Et les tableaux sont revendus. Depaquit se charge aussi de l'organisation des manifs interdites contre la guerre d'Algérie. En février 1961, au XVIe congrès du PCF, la direction dénonce le complot ourdi par Laurent Casanova, membre du Bureau politique chargé des intellectuels, avec la complicité des Yougoslaves. « Il n'y a jamais eu de complot, dit Depaquit. Casanova avait seulement l'esprit ouvert[2]. » L'UEC continue sa résistance, moyennant une autocritique calculée. « Claude était le seul avec qui l'on pouvait parler à la JC. Mais ce n'était pas un idéologue, ni un leader. Il avait énormément d'humour, mais ce n'était pas le gars qui allait exposer une ligne politique. »

En 1962, *L'Avant-Garde* cesse de paraître. Les communistes ont un nouveau projet de presse pour les jeunes : *Nous les garçons et les filles*, inspiré du succès de *Salut les copains*, avec le même poster couleur d'une vedette encarté au milieu. « On nous a demandé de faire un numéro zéro, raconte Texier. *L'Avant-Garde* était un seize pages hebdo. On va faire

1. Entretien avec l'auteur, 21 mai 2008.
2. *Ibid.* Les citations suivantes sont extraites du même entretien.

un mensuel de soixante-quatre pages couleur. Le zéro est présenté au Bureau politique et aux jeunesses communistes. Il y a huit pages de mode. Dans le premier numéro, on a titré “D'où viens-tu Johnny ?”, son premier film dans la Camargue. Il allait se promener dans les roseaux avec une fille. J'ai pris des photos de dos. C'était Sylvie Vartan. C'est le dernier truc que j'ai fait avec Claude. » « La guerre d'Algérie est derrière nous, la jeunesse cherche autre chose. D'où l'idée de faire un grand journal populaire », raconte Lecomte, déjà recruté par *L'Humanité*. Dans *Nous les garçons et les filles*, Angeli interviewe Johnny (« Autre chose qu'une idole »), en juillet 1963. Un numéro spécial guitare, en janvier 1964. Il réussit « Charmante Bardot », en février 1964, se faisant passer pour un journaliste polonais. Puis une interview d'Anthony Perkins. Il figure dans l'équipe du journal jusqu'en septembre 1964. « Il est entré un peu en conflit avec la direction des JC, explique Lecomte. Il n'a pas été rédacteur en chef de *Nous les garçons et les filles*, alors qu'il aurait pu l'être… »

Angeli s'interroge. « Je lui ai dit, il faut que tu partes, se souvient Depaquit, parce que si tu ne pars pas maintenant ça sera très difficile. Tu n'arriveras pas à trouver du boulot. » Les rapports policiers signalent son exclusion du Parti en 1964, mais aucun militant n'en témoigne. Lui-même assure avoir été en « dissidence intense à partir de 1960 » et « licencié puis exclu du PC en 1964 [1]. » Claude Angeli a pu être exclu par sa cellule du Parti communiste français, sans que les JC en soient informées. « Pour moi Claude n'a pas été exclu, dit Jean Texier. Il s'est rapproché des étudiants communistes. Il était d'accord avec eux et il en avait marre de faire entrer de l'argent, et dieu sait qu'il en a fait entrer. » « Claude nous approuvait, mais il ne s'est pas mouillé, se souvient Jean Schalit. C'était un type qui était très sceptique. Nous, on voulait changer le Parti, dans l'esprit des Italiens, mais il n'y croyait pas. Il est parti en douceur, en oblique. Il

1. Courrier aux auteurs, 17 octobre 2008.

nous disait de faire attention. Il était très isolé. Nous, avec l'UEC, on avait une organisation indépendante, on pouvait faire ce qu'on voulait. On était des étudiants, on était des chiens fous. Sans le savoir, on était l'un des creusets de 68. » L'éminence grise de *L'Avant-Garde*, Robert Gerber, cadre de la fédération d'Angeli, a été témoin d'une procédure disciplinaire interne, plus tard, mais avant 1966. « C'était une mise en garde adressée à Claude Angeli et Paul Gillet, l'ancien rédacteur en chef de l'*Avant-Garde*. Ils ont d'ailleurs écrit un livre ensemble par la suite [1]. Ils ne voulaient pas quitter le Parti. Ils revendiquaient le droit de travailler où ils voulaient. Ils n'ont peut-être pas repris leurs cartes, mais ils n'ont pas été exclus formellement [2]. »

Claude Angeli a pourtant tourné la page. En 1997, il résume son parcours devant le chercheur Laurent Martin : « Je suis entré aux jeunesses communistes en 1957. J'ai été exclu du PCF quelques années plus tard pour avoir cru en sa transformation de l'intérieur. [...] Le *Canard* faisait le journalisme dont je rêvais, dans la continuité de mes engagements – même si le communisme fut vite renié comme une illusion, du moins sous sa forme temporelle. J'ai adhéré après la mort de Staline, je suis devenu stalinien. Ça a duré trois ans [3]. » Vite résumé. En réalité, Claude Angeli a passé sa jeunesse au Parti, dont sept ans comme permanent politique (de 1957 à 1964). Pas de quoi rougir. Mais il sait cloisonner. Il doit cloisonner.

« Plus tard, j'ai revu Claude au Quartier latin, se souvient Gérald Bloncourt. Je lui ai fait signe, mais il ne m'a pas répondu. J'ai crié : “Claude ! C'est Gérald” ! Il m'a serré la main, et il m'a dit : “Excuse-moi, j'ai un rendez-vous.” »

---

1. Claude Angeli et Paul Gillet, *La Police dans la politique (1944-1954)*, Grasset, 1967.
2. Entretien cité.
3. Entretien de Laurent Martin avec Claude Angeli, 4 juillet 1997, cité en annexe de la thèse de Laurent Martin.

8

C'est la fête à Chaban

C'est un militant de la Ligue communiste révolutionnaire qui a fait tomber Chaban. Secrètement. Quand le *Canard* publie, le 3 novembre 1971, la feuille d'impôts du Premier ministre Jacques Chaban-Delmas – avec 16 806 francs seulement à payer –, les observateurs du pouvoir s'interrogent. D'où vient le coup ? Qui a tiré « le missile » ? Certains, aujourd'hui encore, attribuent cette révélation à Valéry Giscard d'Estaing, alors ministre des Finances, ou encore à Jacques Chirac, secrétaire d'État au Budget de 1969 à janvier 1971. D'autres jugent « probable » également une « intervention à quatre mains » de Pierre Juillet et Marie-France Garaud, conseillers du président Pompidou, eux aussi déterminés à écarter Chaban[1]. Rien de tout cela. « On avait un militant à la Ligue communiste révolutionnaire qui était huissier dans un ministère, se souvient Georges Marion, futur journaliste au *Canard* et au *Monde*. Il a vu arriver ce courrier, destiné à Jacques Chaban-Delmas, mal domicilié. Il l'a ouvert. Découvrant le document, il l'a apporté à l'organisation. On en a discuté, et on a décidé de

1. Philippe Madelin, *Les Gaullistes et l'argent*, L'Archipel, 2001.

filer ça au *Canard*[1] ». Marion, qui est alors chercheur à l'École des mines, apprend qu'une enquête administrative a été ouverte. « Ils sont tombés dessus. Le militant a été pris et condamné, et viré de la fonction publique. Les ennemis politiques de Chaban n'y étaient pour rien. C'est la trahison d'un petit fonctionnaire. »

C'est Claude Angeli qui reçoit le document. Il est là depuis quelques mois tout au plus. Il est encore un peu à cheval entre la rédaction du *Canard* et celle du *Nouvel Observateur*. Interrogé par l'historien Laurent Martin, Angeli confie involontairement qu'il a reçu un original : « Quand la feuille m'est parvenue, j'ai décidé d'en faire une photocopie. On avait, rue des Petits-Pères, une photocopieuse humide qui nous obligeait à faire sécher les copies sur un fil. Pour ce document, j'ai préféré aller juste à côté, au *Nouvel Observateur*, rue d'Aboukir, et utiliser leur photocopieuse. Après j'ai montré les copies à un ami, syndicaliste aux impôts, qui s'appelait Albertini, pour me faire expliquer toutes les astuces. Il m'a dit : "Y a du progrès !" Chaban payait 12 000 francs d'impôt, l'équivalent d'un médecin de campagne, alors que sa fortune était notoire. Plusieurs jours après, je suis retourné voir Albertini, pour qu'il m'en dise plus. Et alors il m'a dit que, pendant plusieurs années, Chaban n'avait pas payé d'impôts du tout. Nous, on publie ça, en disant simplement : "Des gens des impôts prétendent que, etc." Et ça ne fait pas plus de bruit que cela[2]. »

Peu après la publication de la feuille d'impôts, la Direction générale des postes écrit au *Canard*[3]. « Dans le numéro du 3 novembre de votre hebdomadaire, vous avez publié la feuille d'impôts de M. Jacques Chaban-Delmas. Les services

1. Entretien avec l'auteur, 21 juillet 2008.

2. Entretien de Laurent Martin avec Claude Angeli, 28 juillet 1999, cité en annexe de la thèse de Laurent Martin. Cet extrait n'est pas repris dans son livre.

3. Ce courrier est publié dans l'édition du 10 novembre 1971.

du Premier ministre m'ont fait savoir que la lettre contenant cet avertissement a bien été expédiée fin juillet par la trésorerie principale du 16e arrondissement, mais qu'elle n'est jamais parvenue à son destinataire. La publication de ce document dans vos colonnes peut donc laisser supposer que ladite lettre a été détournée au cours de sa transmission par l'intermédiaire des services postaux. J'ai l'honneur de vous faire connaître que mon administration a ouvert une enquête en vue de déterminer s'il y a eu ou non détournement de correspondance. » La poste demande au *Canard* s'il a des infos… « Nous nous perdons en conjectures », commente l'hebdomadaire. Le *Canard* reconnaîtra plus tard que Chaban ayant « fait suivre son courrier personnel » à Matignon, « les PTT se plantent, et par erreur la feuille d'impôts du Premier ministre arrive dans un autre ministère[1] ». Là, un fonctionnaire « piqué par la curiosité » ouvre et découvre la feuille d'impôts de Chaban. « Il la remet à un ami qui la fait parvenir au *Canard* », signale le palmipède.

En plein mois d'août, le *Canard* avait déjà publié un article annonçant l'affaire Chaban : « Au bout du compte, la fraude fiscale est bien plus lourde que les scandales actuels de l'immobilier. Si un vent frais se mettait à souffler dans la sombre maison de Giscard, on n'en finirait pas d'engranger du monde dans les prisons de Pleven[2]. Rien que du beau monde d'ailleurs[3]. » Signé Angeli. Le nouveau du *Canard* signale « un pavé dans la mare » lancé dans l'indifférence par un syndicaliste, François Albertini, dirigeant du Syndicat national unifié des impôts (SNUI) – celui-là même qu'il présentera comme un ami : « Il ne se passe pas de jour, avait dit Albertini, sans que tel parlementaire, telle autorité préfectorale, tel attaché de cabinet, tel ministre nous demande par téléphone de faire preuve à l'égard de tel ou tel contribuable

1. Supplément au *Canard enchaîné*, 5 mars 1986.
2. René Pleven, le garde des Sceaux.
3. « Les pique-assiette de l'impôt », *Le Canard enchaîné*, 25 août 1971.

d'une certaine bienveillance. » Commentaire d'Angeli : « Les journaux ont réglé la question en trois lignes. Une toute petite citation. Pourquoi ? C'est un rigolo, ce type ? Pas du tout. Et Giscard n'a pas protesté, et personne n'a osé poursuivre ce méchant fonctionnaire pour dénonciation calomnieuse. »

Le *Canard* chauffe la salle, et la feuille d'impôts de Chaban – disparue fin juillet – est vraisemblablement déjà entre ses mains. « Si les syndicalistes ont à ce point le verbe haut, c'est qu'ils ont plus d'une preuve dans leur sac, poursuit Angeli. Un monceau de preuves même. Une enquête intersyndicale menée dans toute la France leur a permis de bien garnir leurs dossiers. Les réponses des fonctionnaires des impôts – beaucoup ont accepté de se "mouiller" – sont très instructives. [...] L'enquête a permis de découvrir les noms de bon nombre de contribuables protégés sans oublier bien sûr les jolis noms de leurs protecteurs. Bref, une enquête et des résultats qui devraient passionner la justice. Compris, Pleven ? »

Mais le « combat » est encore à « fleurets mouchetés ». Les fonctionnaires sont tenus au secret professionnel. Pas question pour eux de « balancer toutes les irrégularités qu'ils ont constatées ». Le *Canard* a donc fait son « enquête parallèle », et il signale « la combine légale » pour « garder les poches pleines » : l'avoir fiscal. « On a spécialement fabriqué une loi en faveur des économiquement forts. Paraît que c'est fait pour relancer la Bourse. Exemple : vous avez un portefeuille d'actions qui vous a rapporté cette année 20 000 francs nouveaux en revenus de valeurs mobilières. Vous avez donc automatiquement le droit de déduire de vos impôts 50 % de ces revenus. Dans votre cas vous déduisez 10 000 francs. Pas mal joué non ? »

Angeli signale le cas d'un « homme politique de la majorité dont la déduction était si forte qu'il avait même le droit de réclamer des sous à l'État ». Pas un mot encore de Chaban. Mais c'est bien la « combine » de l'avoir fiscal qui allège, comme le *Canard* va le révéler, l'impôt du Premier ministre.

La « radioscopie du contribuable Chaban-Delmas » par le *Canard*, en novembre 1971, n'est encore rien. En janvier suivant, l'hebdomadaire peut annoncer, déclarations de revenus à l'appui : « Chaban : quatre ans sans payer d'impôts ». Selon Angeli, le Premier ministre est un « acrobate de l'impôt », un « partisan de la mention rien à payer » : l'impôt qu'il a acquitté en 1971 – 16 806 francs – n'était qu'un « accident malheureux ». De 1967 à 1970, il n'a pas payé d'impôts du tout alors qu'il était président de l'Assemblée nationale puis Premier ministre. La « combine légale », encore une fois. Mais cette fois, les déclarations d'impôts – quatre – ne sont pas tombées d'une camionnette de la poste.

Quinze jours après la publication de la première feuille d'impôts de Chaban, le cabinet du ministre des Finances, Valéry Giscard d'Estaing, annonce le limogeage et l'inculpation de l'inspecteur central des contributions du 16e arrondissement, Édouard Dega. Ce dernier était « chargé de recevoir et de vérifier les déclarations de contribuables du quartier Chaillot, dont certains ministres et Chaban lui-même », et son frère, Georges Dega, conseiller fiscal, « a été membre du cabinet de Chaban pendant plusieurs années ». « Georges Dega conseillait les contribuables que son frère imposait », explique Angeli[1]. Ils sont officiellement soupçonnés de « fraude fiscale », mais le *Canard* y voit quelque chose d'autrement plus important : « Giscard fait la fête à Chaban ». Pour la Direction générale des finances qui avait déjà les frères Dega dans le collimateur, la révélation de la feuille d'impôts n'était qu'un « joli prétexte », assure Angeli. « Giscard a brusqué les choses. Il a décidé qu'il y aurait plainte déposée auprès du parquet et tout de suite. Et il l'a

1. *Le Canard enchaîné*, 24 novembre 1971.

fait savoir à la presse. C'est Giscard qui a voulu le scandale [1]. »

Claude Angeli s'en délecte. « L'enquête bat son plein avenue Kléber, dans le service que dirigeait Édouard Dega, raconte-t-il. Les fonctionnaires de "l'inspection des Finances" épluchent les dossiers des contribuables, parmi lesquels ceux de quelques ministres comme Jacques Duhamel et Jacques Chirac. Des dizaines de personnalités et de notables tremblent et s'interrogent sur les suites possibles. Après Chaban, Giscard voudrait-il faire la fête à quelques autres notables UDR [2] ? »

« Chaban, c'était mon contribuable, se souvient aujourd'hui Édouard Dega. J'allais faire sa déclaration à l'Assemblée nationale. Je l'avais alerté. Je lui avais dit qu'il n'était pas normal de faire des déclarations presque négatives. Il me disait : "C'est la fiscalité." C'est moi qui ai fait entrer mon frère aux impôts, puis au cabinet de Chaban. Il est resté plusieurs années à son cabinet, avant de s'installer comme conseil [3]. »

Aussitôt inculpé, l'inspecteur des impôts est incarcéré quinze jours plus tard, le 4 décembre 1971. « L'enquête sur la collusion des frères Dega tourne court, résume un autre investigateur, Jacques Derogy. Sur les 500 clients du cabinet de Georges, le conseiller fiscal, huit seulement figurent parmi les 5 000 contribuables du secteur d'Édouard, l'inspecteur, et encore cinq d'entre eux faisaient-ils déjà partie de la clientèle rachetée avec le cabinet [4]. » « J'étais vulnérable, poursuit Édouard Dega. J'étais fonctionnaire. On a estimé qu'il y avait eu un enrichissement dans mes comptes. J'avais fait des spéculations sur de l'or, et les trois lingots trouvés

1. *Ibid.*

2. « Giscard fait la fête à Chaban », *Le Canard enchaîné*, 24 novembre 1971.

3. Entretien avec l'auteur, 7 mai 2008.

4. Jacques Derogy et Jean-Marie Pontaut, dans *Investigation passion, enquête sur trente ans d'affaires*, Fayard, 1993.

dans mon coffre en étaient un résidu. » « Est-ce qu'on a voulu faire pression sur mon mari pour enfoncer un peu plus Chaban[1] ? » s'interroge Muriel Dega, l'épouse de l'inspecteur.

Le bruit court, chez les journalistes, que Georges a « de la dynamite », « des dossiers en lieu sûr », et que « l'affaire n'a rien à voir avec la fiscalité[2] ». Claude Angeli fait la navette entre Muriel Dega et son beau-frère, resté en liberté. Il obtient de quoi faire rebondir l'affaire. Le rédacteur en chef du *Canard* révèle lui-même à Laurent Martin, en 1999, que Georges Dega aurait été sa source. « Édouard Dega, inspecteur des impôts, est en prison pour avoir arrangé les affaires d'un certain nombre de riches et influents citoyens, résume-t-il. Son frère, Georges, conseiller fiscal, a peur. Il sait des choses et pense qu'il pourrait lui arriver malheur. Je le rencontre. Après notre rendez-vous, je reçois les déclarations de revenus de Chaban-Delmas sur quatre années – l'envoi était anonyme –, mais c'était Georges Dega qui m'avait envoyé cela : il voulait se protéger[3]. » Angeli réitère cette confidence dans le film de Roger Fressoz et Alain Dhénant, *La Mare au Canard*, en 1994.

Georges Dega échappe à la prison. Aujourd'hui âgé de quatre-vingts ans, il ne revendique pas d'avoir transmis les documents au *Canard*... Au contraire[4]. Après soixante-cinq interrogatoires et quatorze mois de détention pour son mari, Muriel Dega envoie une lettre ouverte à Giscard, en février 1973 : « Pourquoi ne poursuivrait-on pas plutôt les ministres et anciens ministres dont la fraude fiscale est sans

1. Entretien avec l'auteur, 7 mai 2008.

2. Jacques Derogy et Jean-Marie Pontaut, *Investigation passion, enquête sur trente ans d'affaires*, *op. cit.*

3. Cet extrait d'entretien a été publié par Laurent Martin, *Le Canard enchaîné, histoire d'un journal satirique (1915-2005)*, *op. cit.*, mais très discrètement, en note p. 686.

4. Il n'avait « rien donné au *Canard* », selon son épouse. Entretien avec les auteurs, 17 octobre 2008.

comparaison avec celle du plus important des coïnculpés de l'affaire Dega ? Je ne puis me résoudre à cette terrible injustice qui fait de mon mari un horrible criminel et du ministère des Finances, grand maître des interventions, l'ange purificateur[1]. » Des extraits de procès-verbaux qu'elle dévoile désignent six personnalités politiques comme bénéficiaires de transactions, et deux membres du gouvernement comme intervenants. Rien n'y fait. C'est à la suite d'une grève de la faim qu'Édouard Dega sortira de prison, après dix-huit mois de détention[2].

Entre-temps, le Premier ministre Jacques Chaban-Delmas a été remplacé par Pierre Messmer, durant l'été 1972. Il se prépare pour la présidentielle, mais son avenir politique s'est obscurci. « Le problème n'est pas d'être parfait, analyse Marie-France Garaud. Mais vous ne pouvez pas faire une campagne électorale avec, dans chaque salle, quelqu'un qui vous dit : "Eh monsieur ! Votre feuille d'impôts ?" C'est physiquement impossible[3]. »

---

1. Jacques Derogy et Jean-Marie Pontaut, *Investigation passion, enquête sur trente ans d'affaires*, *op. cit.*

2. Ces dix-huit mois de préventive couvriront entièrement sa condamnation.

3. Entretien avec l'auteur, 28 avril 2008.

9

L'archange aux mains pleines

« Le 11 septembre 1972, un petit monsieur à l'air anodin se présente aux bureaux du *Canard* avec une grosse valise à la main. Ce quidam s'appelle Gabriel Aranda : c'est un haut fonctionnaire au ministère de l'Équipement d'Albin Chalandon. Sa valise ? Une valbombe ! » Voilà comment le *Canard*, dans un supplément publié en 1986[1], rapporte l'origine d'une de ses premières « grandes affaires » des années 1970, l'affaire Aranda. Membre du cabinet d'Albin Chalandon pendant un an et demi, Aranda a quitté le ministère, en juillet 1972, avec les photocopies de nombreux documents – pour l'essentiel des lettres d'intervention, ou des demandes de passe-droits émanant de ministres ou de hauts responsables du parti gaulliste (l'UDR). « Un archange passe au *Canard*. Il s'appelle Gabriel, ce qui, en hébreu, veut dire "force de Dieu". Il est chasseur de diables et en a rabattu un assez joli troupeau pour les tireurs du journal, explique Jean Égen, dans *Messieurs du Canard*. Le *Canard* publie les révélations d'Aranda et provoque un des plus beaux carambolages de sa carrière. Le désastre est si

1. Supplément anniversaire au *Canard enchaîné*, 5 mars 1986.

spectaculaire que le président de la République passant par là quelques jours plus tard doit emprunter, selon son expression, les accotements [1]. »

Un « archange », rien que ça ! Le surnom vient du *Canard*. L'investigateur Henri Deligny, sous la signature d'Hervé Terrace, l'emploie dès la publication des premières révélations d'Aranda. Dans un éditorial, il évoque une « étrange opération Archanges ». Pour justifier son intervention, Aranda a évoqué le rôle de la France dans le conflit israélo-arabe. « Il ne s'agirait rien de moins que d'obtenir du gouvernement français qu'il renonce à livrer des Mirage à la Libye et même qu'il rapatrie les trente appareils qui ont déjà été livrés, écrit Deligny, le jour des premières révélations. Le levier que le groupe des Nouveaux Archanges saisit : la corruption du régime. Par des hommes bien placés dans les cabinets et les ministères, il a constitué un trésor de guerre : des lettres, des notes, des rapports, des dossiers… [2] » En les divulguant, il entend « mouiller », compromettre, déconsidérer certains hommes qui parlent et agissent au nom de la France, servent des intérêts privés ou mercantiles, abusent le peuple… « Et ça continuera jusqu'à ce que les "Mirage" soient entassés sur la place de la Concorde ! ». Étrange, effectivement.

« On ne savait pas vraiment à qui on avait affaire, a confié Michel Gaillard au sujet d'Aranda. C'était un personnage bizarre, qui tenait des propos curieux sur Israël. Mais ses documents étaient irréfutables [3]. » Tellement irréfutables qu'une information judiciaire est rapidement ouverte à Paris contre X pour « vol de documents, complicité et recel », et qu'un des premiers actes d'instruction du juge Pierre

---

1. Jean Égen, *Messieurs du Canard*, *op. cit.*

2. Hervé Terrace, « Opération Archanges : une odeur de pourris », *Le Canard enchaîné*, 13 septembre 1972.

3. Laurent Martin, *Le Canard enchaîné, histoire d'un journal satirique (1915-2005)*, *op. cit.*

Galmiche consiste à délivrer un avis de recherche contre l'« archange ». « Il est là, avec sa calvitie précoce, un costume sombre agrémenté d'une pochette blanche, ressemblant presque à la caricature d'un membre de cabinet ministériel, rapporte Thierry Pfister, dans *Le Monde*. Il ne joue même pas à la clandestinité et on est tenté de se demander s'il se cache vraiment. Il désire simplement ne pas prendre le risque de coucher en prison, tant que l'opinion n'aura pas compris ce qu'il tente de faire. [...] Il sait également qu'on cherche à le faire passer pour fou ou à le présenter comme l'instrument d'un complot politique dont l'origine reste mystérieuse et qui se situerait, selon les uns, en France, selon d'autres, en Israël[1]. » Le parcours professionnel d'Aranda intrigue tout autant ses interlocuteurs. Élève pâtissier, puis employé de banque, il est devenu journaliste économique ; il a même dirigé les services économie des hebdomadaires *Entreprise* et *L'Actualité*, avant de rejoindre le cabinet de Chalandon. « C'est un homme de droite qui a le sens du travail, de la propriété, mais aussi du service et de l'honnêteté », assure Thierry Pfister. En tout cas, Aranda est persuasif.

Le Monde : « Pourquoi avoir lié la divulgation des dossiers au retour des Mirage livrés à la Libye ? »

Aranda : « Je suis très réaliste. Je sais que, sur ce point, le gouvernement ne reculera pas et c'est très bien ainsi. J'ai le sens de l'autorité et de l'État. Cela dit, je pense que la livraison de Mirage à la Libye est une erreur. Alors puisque j'étais décidé, après plusieurs mois de réflexion, à mettre un frein aux scandales de toutes sortes, je me suis demandé si, en même temps, mon geste ne pouvait avoir une autre utilité. J'aurais pu, par exemple, demander que l'obélisque de la place de la Concorde soit peint en rose. J'ai préféré déposer une fleur sur tout ce tas de fumier. Maintenant, de toute manière, le problème de livraison des Mirage à la Libye est

1. *Le Monde*, 17-18 septembre 1972.

posé, alors qu'il y a dix jours personne ne s'en préoccupait. Personnellement, je n'appartiens à aucun parti. Je ne suis pas juif. Il n'y a d'ailleurs aucun juif, ni aucune puissance étrangère dans cette affaire. Je suis un catholique et, à l'exception de ma mère qui est bretonne, nous sommes parisiens depuis plusieurs générations. J'ai terminé ma lettre par "*Shalom*", c'était un mot gentil, cela peut se traduire par paix [1]. »

Aranda assure qu'il est gaulliste, et se dit persuadé qu'il faut « assainir » la vie politique. Mais il n'a pas fini d'intriguer. Malgré l'image de rond-de-cuir ou de fonctionnaire au cartable qui sied au feuilleton relaté par la presse, Aranda est surtout journaliste. Il n'a travaillé qu'un an et demi au ministère de l'Équipement, où il était chargé de la communication. Il n'est pas « haut fonctionnaire ». Il a été journaliste pendant plus de dix ans… Et dès le mois de novembre 1972, il publie, en 300 pages, un récit haletant de son aventure : *L'État piégé* [2]. On ne saurait mieux dire.

Contrairement à ce que l'on aurait pu croire ou attendre, Gabriel Aranda ne se livre pas à un examen approfondi des mécanismes révélés par les documents qu'il a sortis du ministère. Non : il écrit surtout le film de son « piège ». « Je disposais de 138 documents répartis en 367 photocopies et je devais les cacher, explique-t-il. Certes, le paquet n'était pas si gros et la bombe était miniaturisée. Mais où cacher tout cela ? Et d'abord pourquoi ? Ces documents étaient d'une part la garantie de ma sécurité et d'autre part, ils devaient servir à alimenter régulièrement la campagne que j'avais entreprise pour dépiéger l'État. » Aranda a donc cherché un abri pour son « trésor », un lieu secret et inviolable mais aussi accessible à d'autres, en particulier aux journalistes. « Il devait y avoir plusieurs endroits de même type mais tels que la découverte de l'un, ou de deux, ou de trois n'entraîne pas

1. *Ibid.*

2. Gabriel Aranda, *L'État piégé*, Stock, 1972. Les citations qui suivent sont extraites du même ouvrage.

automatiquement la neutralisation de tous les autres. » Selon une méthode finalement ancestrale, Aranda a donc enfoui son trésor sous terre. « Je décidai de creuser huit trous dans le jardin de la France, au pied de huit arbres. » Il s'est procuré de « petits cylindres étanches » qu'il a remplis de photocopies, avant de les refermer avec « un dispositif de cire à cacheter ». Il les a enfouis du 6 au 9 septembre 1972, au petit matin, un peu partout.

Quelques jours plus tard, le lundi 11 septembre, Gabriel Aranda se rend rue des Petits-Pères, au siège du *Canard enchaîné*. C'est la journée du bouclage et l'équipe est plutôt débordée. *A priori*, personne n'a le temps de le recevoir. C'est Roland Bacri qui, s'attardant avec lui, découvre que le visiteur promet d'énormes révélations. « Je suis monté voir Angeli et Fressoz, et je leur ai dit : ce type a des bombes, alors soit vous le voyez, soit je l'envoie à Montaldo et il publie tout dans *Minute*[1]. » C'est à Henri Deligny qu'Aranda présente finalement quelques-uns de ses documents. « Ils ont parcouru les photocopies, parmi lesquelles trônait en bonne place une lettre de M. Tomasini (alors secrétaire général de l'UDR) demandant au ministre un marché de gré à gré pour une entreprise privée[2]. »

« Mais vous allez vous faire abattre... », souffle Deligny après les avoir feuilletés.

Le journaliste offre la protection de l'anonymat à Aranda, et propose de publier les documents sans en dévoiler l'origine. Mais le justicier refuse. Il revendique son action, et il la justifie, bizarrement, par sa désapprobation de la vente de nouveaux Mirage à la Libye. Roger Fressoz vient à son tour, et murmure : « Ils ne vont pas l'abattre, ils vont le faire interner. » Aranda n'épilogue pas. Il a mesuré les risques. Il relativise. Il se dit que « le revolver n'aboie pas si facilement

1. Entretien avec l'auteur, 25 juin 2008.
2. Gabriel Aranda, *L'État piégé*, *op. cit.* Les citations qui suivent sont extraites du même ouvrage.

dans les allées du pouvoir ». Il court sûrement le risque, par contre, de se faire « passer à tabac », et plus sûrement encore d'être interpellé et mis à l'ombre. Mais il est très prudent. Il a presque tout envisagé. Tout prévu. Même son passage au *Canard*. « J'avais minuté mon apparition au *Canard*. En passant la porte du journal, je franchissais le Rubicon. » En professionnel averti, Gabriel Aranda savait parfaitement qu'il venait le jour du bouclage, et ce, assez tôt pour permettre aux journalistes de bouleverser leur numéro. Il prévoyait aussi que les Renseignements généraux pouvaient être informés de sa venue en temps réel. « Je ne pense pas que mes amis du *Canard* m'en voudront d'avoir agi comme s'il pouvait se trouver parmi eux ce qu'ils nommeraient eux-mêmes un "poulet". En tout état de cause je devais faire comme si, une heure ou deux après mon arrivée rue des Petits-Pères, la place Beauvau était au courant de mon action et se préparait à riposter en conséquence. » Il disparaît dans Paris. Mais là encore, astucieux, il part s'enfermer sous un faux nom, dans un palace parisien, le George V.

Dans sa chambre d'hôtel, il attend la sortie du *Canard*. Il songe à la réaction des journalistes devant les consignes qu'il leur a laissées :

« Pour trouver les documents sur les scandales, vous prenez l'autoroute du Sud, vous sortez à Ury, vous suivez la route de Fontainebleau, vous faites 2,5 kilomètres, vous tournez à droite en direction de Thomery, vous roulez 350 mètres, vous apercevez à droite une clairière, vous stoppez, vous descendez de voiture, vous trouvez un petit chemin indiqué par une pancarte fixée sur un arbre : "chemin des chênes au chapon", vous empruntez le chemin des chênes au chapon, vous marchez 200 mètres, vous découvrez sur votre gauche un superbe chêne marqué de deux bandes blanches et d'une bande rouge – c'est le seul marqué ainsi sur tout le chemin –, vous remarquez enfin un arbre situé à gauche du chêne et un peu en retrait, vous prenez votre pelle et vous creusez au pied de cet arbre, face au chemin, vous remuez 50 centimètres de terre, pas plus, et vous découvrez un joli petit container. Les photocopies sont dedans... Voilà ! »

Les journalistes ont ouvert des « yeux ronds ». « C'était la première fois qu'ils allaient chercher leur copie dans un trou, comme des scouts jouant à la piste, s'amuse Aranda. Cependant les gens du *Canard* – Hervé Terrace, Claude Angeli – n'avaient pas pris à la légère cette première expédition. Ils y allèrent nombreux, en famille, par plusieurs itinéraires – certains même en faisant du stop comme des campeurs. Ils n'ignoraient pas qu'ils seraient surveillés par la police dès le moment où l'archange Gabriel, comme ils disaient déjà, avait fait entendre sa voix. » En réalité, personne n'est suivi. « Toujours est-il que mes scouts-journalistes trouvèrent la cache du premier coup », se félicite Aranda. La deuxième cachette était située près de Rouen, au pied d'un châtaignier. « Je suis allé ramasser les containers à Fontainebleau et près de Rouen[1] », confirme Henri Deligny, qui a d'ailleurs conservé l'un des containers.

L'archange se révèle un très bon manipulateur. De ses « scouts-journalistes » et d'autres. Il le dit lui-même : « L'horloge Aranda serait une belle mécanique, avec des doubles détentes, des pièges, des fausses pistes, un casse-tête. J'espérais avoir prévu toutes les failles, pensé toutes les situations, inventé toutes les parades et toutes les dérobades[2]. » Il avait vidé son appartement, tout en y glissant des fausses pistes. Y compris quelques billets de consigne de gares étrangères. Il avait aussi confié à des amis qu'il partirait en vacances en Israël, histoire qu'ils fassent courir la rumeur.

« Eux-mêmes, les gens du *Canard*, ont dû penser qu'il y avait dans cette opération une manœuvre très compliquée, suggère-t-il, un règlement de comptes à l'intérieur de la

1. Entretien avec l'auteur, 9 juin 2008.

2. Gabriel Aranda, *L'État piégé*, *op. cit.* Les citations qui suivent sont extraites du même ouvrage.

majorité : au bout de la longue corde tenue par le berger Chalandon, le mouton Aranda, par exemple. Ils ont peut-être imaginé derrière l'ancien conseiller technique de cabinet ministériel certaines personnalités, animées de noires intentions. Peut-être des hauts fonctionnaires favorables à la cause d'Israël. Voyons ! Cet Aranda est un agent du Shin Beth, le service secret israélien ! Les Israéliens ont le meilleur SR du monde. Depuis des années, ils ont préparé Aranda à sa tâche et ils l'ont infiltré dans la haute administration française. Le moment venu, l'agent secret Aranda fait son coup et disparaît. »

Plus sérieusement, Aranda dit qu'il sait ce qui intéresse le *Canard* : « C'est pouvoir démasquer les affairistes. » « Partout, ils flairent le scandale et ce n'est pas au parfum de la rosière que leurs narines frémissent. » « À une variante près, la formule a servi à l'un d'entre eux pour titrer un film dont il avait fait les dialogues », explique encore Aranda. Les « machiavels de couloir » qui écrivaient, chuchotaient, piégeaient, ce n'était pas ça qui manquait.

« Je le répète le plus tranquillement du monde : on piège. C'est le mot-clé de la technique de la compromission : on piège. Très peu par les femmes, un peu par les fréquentations, beaucoup par l'argent et énormément par le silence. »

Le lendemain de la parution du *Canard*, Aranda contacte *Le Monde* pour remettre sa note d'explication dont l'hebdomadaire satirique n'a publié qu'un extrait. Il sait qu'ainsi *Le Monde* prendra utilement le relais du *Canard*. Puis il s'en va remettre une lettre au secrétariat d'Albin Chalandon, son ancien patron. Il veut « lui faire comprendre les motifs » de son action. Et en même temps la revendiquer complètement, et lui assurer qu'il ne lui fera pas porter le chapeau.

Dès la parution du *Canard*, Chalandon se déclare « stupéfait » de « l'initiative » prise par son ancien collaborateur. « Son initiative me paraît témoigner – en raison notamment de ses affabulations – d'un état mental dépressif », fait-il savoir. C'est de plus un acte qui lui semble « tomber sous le coup de la loi ». Rapidement aussi, Chalandon utilise le courrier, sans toutefois le rendre public. « Selon ses dires, je lui avais écrit qu'il était la victime d'un noir complot, explique Aranda, et que j'allais le venger. Sous-entendu : le cher Gabriel est atteint du délire de la persécution. »

« J'ai remis ce courrier au juge d'instruction, se souvient Albin Chalandon. Dans cette lettre, Aranda fustigeait la façon dont j'avais été écarté du pouvoir quelques mois plus tôt[1]. Mais cela faisait partie du jeu politique. J'étais fidèle à Jacques Chaban-Delmas. Aranda avait voulu se venger, et il m'avait écrit : "Je vous venge"[2]. » Pour *Le Monde*, « le peu de rapport entre les moyens employés (révéler des scandales) et le but qu'il s'est fixé (aider Israël), ainsi que le chantage puéril qui en résulte », donnent quelques crédits à l'hypothèse de « l'état dépressif ».

On s'en doute, Aranda n'apprécie guère que Chalandon fasse mine de douter de sa santé mentale. Dans son livre, il explique avoir aussi « gentiment piégé » sa lettre à Chalandon. « C'était le verso de la lettre qui était piégé : il contenait quatre lignes, quatre petites lignes, qui eussent pu très bien être absentes, car elles n'avaient aucun rapport avec le reste, mais dont la présence avait le grand mérite de rendre la lettre impubliable. Je garderai le silence sur ces quatre lignes. Elles ne concernaient qu'une affaire confidentielle, nullement contraire à l'honneur ou à la probité d'Albin Chalandon, mais qui ne regarde personne. [...] Nous étions amis, mais dans cette première page, j'assenais une vérité douloureuse : si les dossiers restent étouffés, d'une part c'est réellement scandaleux, et d'autre part en ce qui vous concerne, vous n'avez plus aucun avenir politique. Faites ce que vous voulez, pour ma part j'ai décidé d'agir. Quoi qu'il

1. En juillet 1972.
2. Entretien avec l'auteur, 20 mai 2008.

en soit je lui enjoignais de ne rien dire contre moi. C'était un simple conseil d'ami[1]. » L'archange est machiavélique.

« Les gens avaient l'habitude d'intervenir auprès du ministère, se souvient Albin Chalandon. Il m'arrivait d'en plaisanter. Alors est-ce que nous avons un courrier de Tomasini aujourd'hui dans le courrier[2] ? » Témoin des soubresauts de l'affaire, Jean Chapon, ancien directeur de cabinet d'Albin Chalandon, minimise aussi la portée des révélations d'Aranda : « Aranda manifestait beaucoup d'admiration pour Chalandon. Ce dernier ayant été remercié, toutes ces révélations étaient faites pour le venger. Ses dénonciations partaient du fond du cœur, mais elles provenaient aussi de son ignorance des règles administratives, ou des dossiers qu'il avait eu entre les mains. Il dénonçait les interventions du secrétaire général de l'UDR René Tomasini auprès du ministère en faveur de telle ou telle entreprise, mais Aranda ne disait pas quelle avait été notre réponse. Nous ne donnions pas de suite favorable à ces interventions. Nous répondions que ces entreprises n'avaient qu'à proposer la meilleure offre. Donc nous n'avions rien à nous reprocher. Nous n'étions pas inquiets[3]. »

En réalité, les documents sont assez accablants. En juillet 1971, c'est une lettre de Tomasini adressée au ministre : « Mon cher Albin, je crois devoir attirer tout spécialement ton attention sur le groupe L'Entreprise industrielle. Ce groupe avait concouru pour les autoroutes alpines [...]. L'opinion unanime de tes services fut que son éviction avait été injuste [...]. Je te serais vivement reconnaissant de bien vouloir envisager la possibilité de donner au groupe L'Entreprise industrielle le contrat pour l'autoroute Narbonne-Bordeaux, via Toulouse[4]. » Le ton comminatoire du

1. Gabriel Aranda, *L'État piégé*, *op. cit.*
2. Entretien avec l'auteur, 20 mai 2008.
3. Entretien avec l'auteur, 28 juin 2008.
4. Un courrier repris dans *Le Monde*, 14 septembre 1972.

secrétaire général de l'UDR n'y a rien fait. L'entreprise n'a décroché aucune concession d'autoroute. Autre révélation, un rapport d'enquête sur la catastrophe survenue à Val-d'Isère en février 1970 concluait que des constructions avaient été autorisées sur des couloirs d'avalanche, connus et répertoriés. « Cela pour de l'argent », assure Aranda.

L'horloge Aranda continue de tourner. « Grâce au *Monde* qui avait enchaîné sur le *Canard*, cette opération quittait le domaine de la polémique pour entrer dans celui de la politique, explique-t-il dans son livre. Ce n'était plus une "affaire Aranda", mais déjà une affaire de gouvernement[1]. » François Mitterrand est l'un des premiers à entendre la voix de l'archange. « L'affaire Aranda fait la démonstration que la Ve République patauge dans l'immoralité, déclare-t-il. Je souhaite que l'on retrouve M. Aranda et surtout qu'on le retrouve vivant[2]. » « Tout cela nous donne une impression de pourriture exceptionnelle au point que l'on peut se demander si M. Pompidou, en parcourant les salons feutrés de l'Élysée, n'a pas l'impression de marcher sur de la paille souillée[3] », dénonce Jacques Duclos, au nom du Bureau politique du PCF. Jean Lecanuet, président du Centre démocrate, en appelle à des élections anticipées. Dans ce concert de réprobations, l'intervention de Pierre Bérégovoy, membre du bureau exécutif du PS, passe inaperçue. « Une société où l'argent étale sa toute-puissance n'est pas une société libre, lance-t-il. Une société qui étale ses vices, une société où la corruption gangrène la police et l'État est une société condamnée[4]. »

Fidèle à son tempo, Aranda décide de quitter son refuge de l'avenue George-V. Il se rend au cabinet du juge Galmiche accompagné de son avocat, Me Floriot, le

1. Gabriel Aranda, *L'État piégé*, *op. cit.*
2. Cité par *Le Monde*, 17-18 septembre 1972.
3. Cité par *Le monde*, 19 septembre 1972.
4. *Ibid.*

18 septembre. Il en ressort libre, mais inculpé de vol de documents. Une suite paraît dès le lendemain, dans un *Canard* qui se déchaîne. « Aranda : les documents », annonce le palmipède. « Le régime est toujours de boue ! » ironise sa manchette. Pompidou est représenté avec des sourcils en balayettes. Escaro a dessiné « la gangrène » : la semeuse républicaine a perdu ses bras. La devise de la Ve : « Surtout ne remuez pas la merde. » Quant au poème de Bacri, il est titré « Les écuries » : « Ces écuries étaient vraiment trop sales... ». Des fac-similés de photocopies remplissent des pages intérieures. Château Chirac – c'est le surnom de Jacques Chirac à l'époque – a transmis à Chalandon un dossier des Grands travaux de l'Est pour l'autoroute Paris-Metz. Aucun rapport avec sa circonscription, alors « Pourquoi cette petite lettre ? » s'interroge le *Canard*. L'ancien ministre Michel Habib-Deloncle, député UDR, secrétaire général du parti gaulliste, met son grain de sel dans le raccordement entre le périphérique parisien et l'autoroute de l'Ouest. Pour une entreprise encore. L'ancien ministre du Travail (UDR), Joseph Fontanet, aurait soutenu l'entreprise industrielle, comme Toto – c'est le surnom de Tomasini. Fort de ces archives, le *Canard* se fait mystique : « Combien de légions d'anges se lèveront pour porter la lumière dans ce monde de ténèbres ? » écrit Deligny.

L'Unité, le journal du Parti socialiste, suit de près les révélations du *Canard*. François Mitterrand y commente chaque semaine l'actualité. Mais c'est Nicolas Brimo, futur journaliste et administrateur du *Canard*, qui commente l'affaire Aranda dans l'hebdo socialiste. « Gabriel Aranda n'était pas un de ces conseillers techniques aux tâches imprécises, écrit Brimo. Il était aux côtés d'Albin Chalandon bien plus que cela. C'est à lui que le ministre de l'Équipement confie le soin des rencontres discrètes avec tous les clans de la majorité. Dans le cabinet Chalandon, Aranda est le "politique"[1]. »

1. Nicolas Brimo, « Salut les coquins », *L'Unité*, 22 septembre 1972.

« Ce n'est pas un hasard si *L'Unité* ne publie cette semaine aucun document exclusif ou interview d'Aranda. Nous n'avons pas passé la semaine dernière à courir après son ombre avec des confrères soudain affamés de révélations. Les bagarres et les règlements de comptes entre grands et petits requins du régime ne nous concernent pas. Aranda s'est d'emblée situé dans le camp de la majorité, par ses déclarations successives. Il compte sur Georges Pompidou pour "couper les branches pourries". C'est son droit. Nous lui laissons ses illusions[1]. » Brimo, qui juge difficile d'apprécier les « mobiles » d'Aranda, se demande « à qui profite le scandale dans la majorité ». Mais il n'a pas de réponse…

Devant l'ampleur du scandale, le président de la République Georges Pompidou s'exprime, et s'en prend à Aranda : « Il paraît qu'on peut entrer de libre volonté auprès de quelqu'un, d'un ministre par exemple, travailler en pleine confiance avec tout le monde, et puis, à un moment ou l'autre, peu importe, prendre des documents, repérer des lettres, les soutirer, utiliser la photocopie, se constituer des dossiers, et à la sortie distribuer ces dossiers, les distiller par l'intermédiaire de feuilles spécialisées. Je trouve cela déshonorant[2]. » L'archange ne sort pas complètement indemne de la conférence de presse. Pompidou rappelle qu'Aranda avait fait une demande de port d'arme à Matignon alors qu'il préparait un livre[3] sur la stratégie secrète des Soviétiques pour se rendre « maîtres de la terre ». Mystérieuse démarche. « Il s'était empressé d'aller en parler à l'ambassade des États-Unis, raconte Pompidou. On lui avait dit que le président des États-Unis allait être mis au courant d'extrême urgence. Mais il se rendait bien compte qu'il manquait à son affaire une preuve évidente. Alors il avait trouvé la solution : il avait fait une lettre à M. Khrouchtchev en lui disant : "J'ai

1. *Ibid.*
2. *Le Monde*, 23 septembre 1972.
3. Gabriel Aranda, *La Stratégie soviétique dévoilée*, Fayard, 1962.

découvert votre secret, les Américains le savent, le président est au courant, le dossier va sortir, il y a un scandale à éviter, convoquez-moi et je m'en charge." Il est allé à l'ambassade d'Union soviétique, il a remis sa lettre. [...] À quelque temps de là, quelqu'un est venu le trouver à la sortie de son journal et lui a dit : "Écoutez vous avez parlé de cela à beaucoup de gens ?" Il a dit : "Non. Aux Américains seulement. – Eh bien nous avons lu la lettre à M. Khrouchtchev. Un conseil, un ferme conseil, tenez-vous-en là." Et M. Aranda s'en était tenu là. Jusqu'au moment où un événement est survenu : l'assassinat du président Kennedy. Le monde entier se posait la question : pourquoi ? M. Aranda avait compris : c'était à cause de son dossier. Et il se mettait à avoir peur et il est venu demander à Matignon de l'aider à obtenir un port d'arme[1]. »

France-Soir révèle qu'Aranda a utilisé ses fonctions au sein du cabinet Chalandon pour régler un différend personnel au sujet... de sa Jaguar. Propriétaire d'une Jaguar EV 12, deux fois accidentée, et, d'après lui, mal réparée par son concessionnaire, Aranda avait, en 1971, pris sa plume – et le papier à en-tête du ministère – pour menacer la firme British Leyland d'un refus d'homologation. Se plaignant de manquements aux conditions de sécurité, il avait convoqué ses responsables, demandé un rapport... Aranda réplique à *France-Soir*, par un communiqué, qu'il avait trouvé scandaleux que la vie des automobilistes soit « mise en danger ». De son côté, la « feuille spécialisée » paraissant le mercredi répond au président de la République et s'empresse de le surnommer « Pompiboue ». « Vos copains et vos coquins, s'ils mettent quelques jours "le régime représentatif" en danger, c'est parce que, en quatorze années de règne sans partage ni contrôle, ils ont creusé les ornières du "sale chemin" où vous les retrouvez[2]. »

1. *Le Monde*, 23 septembre 1972.
2. *Le Canard enchaîné*, 27 septembre 1972.

Les motivations d'Aranda restent obscures. L'archange garde son secret. Dans ce type d'affaire, le choix de l'avocat est parfois le signal d'une stratégie. Et justement, Aranda veut changer de défenseur. Un peu clandestinement, il demande conseil à une avocate stagiaire chez Roland Dumas, Michèle Schor-Attali. La jeune femme a connu Aranda lorsqu'il était journaliste à *Entreprise* et *L'Actualité*. « Il m'avait donné rendez-vous au rayon boutons, chez Brumel, se souvient l'avocate. Il était venu grimé, avec de fausses moustaches et des lunettes. Il cherchait un nouvel avocat. Roland Dumas lui semblait trop marqué à gauche. Il craignait que cette désignation ne soit interprétée politiquement[1]. » Mais Roland Dumas est déjà l'avocat du *Canard*. Début décembre 1972, l'archange désigne donc Roland Dumas et Michèle Schor-Attali comme ses avocats. Dans la presse, ce changement passe inaperçu ou presque.

Pourtant, il est l'indice d'une autre hypothèse. Roland Dumas rapproche Aranda d'un grand personnage du gaullisme immobilier dont il est l'avocat : Raymond Vulliez. En conflit avec l'État UDR, mais très proche de Jacques Chirac, ce promoteur a embauché Gabriel Aranda. Selon Jean Montaldo, alors pigiste du *Canard*, Raymond Vulliez aurait même embauché l'archange avant le scandale. Alors qu'il était au ministère de l'Équipement.

« J'ai recueilli à l'époque les confessions d'un employé de Raymond Vulliez qui m'avait été présenté par un confrère, journaliste à *L'Aurore*, explique Montaldo. Vulliez était entré en conflit avec la Banque de l'Indochine concernant la construction de l'immeuble France. Sa société avait demandé l'arbitrage du gouvernement français. Albin Chalandon, ministre de l'Équipement, avait botté en touche. Matignon faisait la sourde oreille. Voilà pourquoi Vulliez avait eu l'idée de recruter Gabriel Aranda, alors que ce dernier était au cabinet de Chalandon. À l'époque, Aranda a été

1. Entretien avec l'auteur, 25 juin 2008.

recruté sous le faux nom de Jacques Daumier par une société suisse de Raymond Vulliez. Je l'avais vérifié à Genève. Simultanément, Vulliez avait embauché quelqu'un pour lui faire écrire un livre sur son adversaire, la Banque de l'Indochine. Le livre s'intitulait *Histoire d'une banque coloniale, la Banque de l'Indochine*, il devait paraître aux éditions de La Table Ronde. Cet ouvrage, dont j'ai conservé précieusement les épreuves, n'est jamais paru [1]. Vulliez tentait d'exercer une pression sur l'État pour obtenir gain de cause [2]. »

Près de trente-cinq ans plus tard, Roland Dumas, son avocat, confirme l'embauche d'Aranda par le promoteur, mais seulement après l'affaire : « C'est moi qui ai obtenu de Vulliez, qui était mon client, qu'il prenne Aranda à ses côtés, comme conseiller financier. Tout le monde criait à la menace. Tout le monde craignait pour sa vie. Aranda était à la rue. Par la suite, j'ai rencontré Aranda chez Vulliez en Suisse, où il s'était réfugié. Vulliez était généreux, mais il ménageait ses intérêts [3]. » Roland Dumas confirme aussi le changement d'identité de l'archange, qui se faisait appeler Jacques Daumier.

Le promoteur Raymond Vulliez, aujourd'hui décédé, n'est pas inconnu des milieux gaullistes [4]. Plusieurs années plus tard, sous le titre « La face cachée de l'entreprise Chirac », le *Canard* lui consacrera une pleine page [5]. Le promoteur est présenté comme une très ancienne relation de

1. Document en possession des auteurs.
2. Entretien avec l'auteur, 23 avril 2008.
3. Entretien avec l'auteur, 24 juillet 2008.
4. Albin Chalandon assure l'avoir rencontré chez Marie-France Garaud, alors conseillère du Premier ministre Jacques Chirac. Une seule fois, cependant. Marie-France Garaud, quant à elle, confirme seulement la mauvaise impression laissée par le promoteur au sommet de l'État. Elle mentionne une lettre de Jacques Chirac, Premier ministre, à M. Poniatowski, ministre de l'Intérieur, pour lui préciser que « M. Vulliez devait être traité avec la plus extrême prudence, et vigilance, dans les affaires immobilières qui concernaient l'État ». Entretien avec l'auteur, 19 mars 2007.
5. *Le Canard enchaîné*, 23 février 1977.

Chirac. Sa « grande prouesse » serait « l'immeuble France », mentionné par Montaldo : « Vulliez ne l'a toujours pas payé, mais il en tire 2 milliards anciens de loyer par an. » Selon le *Canard*, Vulliez, après dix ans de litige, venait précisément d'être condamné à rembourser 13 milliards d'anciens francs à Suez.

Aranda a-t-il donc été l'instrument secret d'un promoteur ? Le porte-flingue d'un courant gaulliste ? Ou un électron libre ?

« Je ne comprenais pas très bien, admet Thierry Pfister. Je sentais qu'il y avait une manipulation interne au monde gaulliste. Mais c'est l'essence même de cette profession d'être manipulée. Par conséquent, cela ne me gênait pas [1]. » Pour le journaliste Philippe Madelin, l'affaire Aranda a permis de constater la pénétration de la corruption dans le système d'État. « Tout y passe, explique-t-il, les programmes géants de construction de logements au cœur de villes et en banlieue, les zones d'aménagement concerté (ZAC), dérogatoires par définition, tout comme le vaste programme autoroutier en cours de lancement ou de développement, le petit jeu consistant à faire fi des procédures d'adjudication en "recommandant" des entreprises amies sous prétexte de défendre l'emploi. Tout se débat, tout se marchande. [...] Si Gabriel Aranda permet de lever un coin du voile, documents à l'appui, la dénonciation est à l'image de la spéculation et relève de l'amateurisme [2] », juge Madelin. « C'était la première fois que le *Canard* se trouvait au cœur de l'interventionnisme de l'État UDR, approuve Roland Jacquard, alors pigiste de l'hebdomadaire. Cette histoire donnait l'impression d'être inépuisable. Elle marque aussi le début de la source photocopieuse du *Canard*. À partir de là, des gens ont compris la valeur de ce qu'ils

1. Entretien avec l'auteur, 17 juillet 2008.
2. Philippe Madelin, *Les Gaullistes et l'argent*, *op. cit.*

avaient entre les mains, qu'ils pouvaient photocopier et transmettre au *Canard*[1]. »

Après d'interminables vérifications, Gabriel Aranda obtient finalement un non-lieu. « Nous avons plaidé que, s'agissant de photocopies et d'archives qui avaient été transportées dans un établissement bancaire lors du départ du cabinet de M. Chalandon, il ne pouvait s'agir d'un vol[2] », se souvient Me Schor-Attali.

En 1975, un livre consacré aux affaires de la Vᵉ République, *Dossier C... comme combines*, assure qu'Aranda est « entré cette fois dans une véritable clandestinité en changeant d'identité et en portant perruque » – il est vrai qu'il était chauve. « L'archange se consacre dorénavant aux affaires économiques et financières, assurent les auteurs. À Wall Street, il a fait la connaissance d'un milliardaire américano-suisse, propriétaire de la tour France à la Défense, dont il est devenu le chef du service financier. On peut le rencontrer à Zurich ou à Genève où sont installés ses bureaux[3]. »

L'archange est d'ailleurs resté en Suisse, où il n'a plus fait reparler de lui. Il est resté le petit rond-de-cuir légendaire du *Canard enchaîné*.

---

1. Entretien avec l'auteur, 11 juillet 2008.
2. Entretien avec l'auteur, 17 juillet 2008.
3. Nicolas Fournier, Edmond Legrand, *Dossier C... comme combines*, Alain Moreau, 1978.

10

« On est Watergâtés »

C'est un mot qui obsède le *Canard*. Watergate. En 1973, le cambriolage du siège de campagne du Parti démocrate[1] fait, c'est sûr, « d'énormes vagues aux États-Unis. [...] Pensez donc, l'entourage immédiat de Nixon, compromis dans l'espionnage par micros et tables d'écoute de l'état-major du Parti démocrate, est compromis encore dans l'étouffement de ce scandale[2] », écrit le *Canard*, en avril. On s'étonne, outre-Atlantique, que les Français en parlent si peu. « En France, ce genre d'affaire ne nous épate pas. S'il fallait provoquer un scandale chaque fois que les princes qui nous gouvernent font écouter par la police, et à leur profit, les chefs de l'opposition, les journalistes, leurs propres amis politiques... et les différents chefs des diverses polices, on n'en finirait pas. »

Exemple ? « On a inauguré un nouveau central d'écoutes téléphoniques, dont la quasi-totalité est illégale. Et ce, bien entendu, sans qu'aucun journaliste, aucun parlementaire,

---

1. Révélé par les journalistes du *Washington Post*, le cambriolage dans l'immeuble du Watergate a lieu la nuit du 17 juin 1972.

2. « À travers l'écoute », *Le Canard enchaîné*, 25 avril 1973.

aucun haut magistrat (on en oublie) n'ouvre son large bec. » « Il faut être américain pour se scandaliser de si petites choses », conclut le *Canard*. « L'ambiance de la Maison-Blanche : un micro climat », titre le volatile, envieux, début mai. Et aussi : « Écoutes ! Écoutes ! » Sans oublier : « On est Watergâtés... »

Un mois plus tard, soudain, l'obsession devient réalité. Le *Canard* du 13 juin s'ouvre sur un surtitre spectaculaire, inattendu : « Watergate en France ». Le titre central prévient qu'il s'agit d'un scoop : « Le "*Canard*" à la table d'écoute [1] ». Il ne s'agit pas encore de l'affaire des micros posés par des agents de la DST au siège du journal. Non. Ces micros-là sont pour décembre. On est encore en juin. Mais c'est déjà très grave. L'hebdomadaire rend publique « la transcription manuscrite » d'une écoute téléphonique enregistrée le 27 avril 1973, à 13 h 45. Six feuillets portant un tampon « source secrète ». Et l'espionné n'est autre que Claude Angeli, journaliste maison depuis deux ans seulement, dialoguant avec l'une de ses sources, Gaston Gosselin, journaliste économique. « Condé » serait le nom de code du *Canard*. L'intégralité de l'écoute n'est pas révélée. Seulement le début :

« Bonjour, c'est Angeli. »

Gosselin : « Bonjour, comme va ? »

Angeli : « Je viens vous demander un tuyau. Connaissez-vous l'OGA ? »

Gosselin : « Oui, l'Office général de l'air ? »

Angeli : « Oui. »

Gosselin : « Le président est Sainteny. C'est une des deux boîtes chargées de l'exportation de matériel aérien et des systèmes... »

« Les téléphones du *Canard enchaîné* sont écoutés depuis des années, ainsi que les téléphones des autres journaux, sans

1. *Le Canard enchaîné*, 13 juin 1973. Les citations qui suivent sont extraites du même numéro.

qu'aucun juge n'en ai donné l'autorisation à quiconque[1] », s'indigne Jean Clémentin, le rédacteur en chef. En pages intérieures, Angeli a trouvé la matière d'un dossier intitulé « Comment le pouvoir vous écoute ». « Pour la première fois en France – au *Canard* on aime les inaugurations –, un service de police est pris en flagrant délit d'espionnage politique en France, lance-t-il. Depuis des semaines, on se demande si une affaire du style Watergate pourrait éclater en France. Question naïve car des opérations d'espionnage politique du genre de celles pratiquées par l'équipe Nixon sont également à la mode ici. » Outre sa propre écoute, le journaliste révèle que « plus de 2 000 téléphones sont surveillés dans la région parisienne », et « près de 3 000 en province ». « Dans la région parisienne, plus de la moitié des 2 000 "tables d'écoute" sont utilisées pour la surveillance politique des Français, précise-t-il. La proportion est encore plus forte en province où près de 2 000 élus, militants politiques, syndicalistes, etc., ont leurs téléphones espionnés par les Renseignements généraux. »

La révélation fait un flop. Aucune reprise dans les médias. « Ma propre écoute téléphonique, je l'avais obtenue d'un copain flic qui l'avait piquée sur une pile, dans les bureaux de la 2e section des RG[2] », confiera Angeli par la suite. Il ronge son frein devant l'inertie des confrères. « C'était la première fois que la preuve d'écoutes sur des journalistes était faite. Eh bien, la presse dans son ensemble n'a rien dit. Ce n'est qu'au bout de cinq jours que Guillebaud, m'appelant au téléphone, m'annonça que *Le Monde* se décidait enfin à faire un papier sur cette affaire d'écoutes, qui paraîtrait en pages intérieures[3]. » Roger Fressoz dénonce « le silence total et l'indifférence affectée[4] », derrière lesquels se

1. « Ici l'ombre », *Le Canard enchaîné*, 13 juin 1973.
2. Entretien de Laurent Martin avec Claude Angeli, 4 juillet 1997.
3. *Ibid.*
4. « État flic, État UDR... », *Le Canard enchaîné*, 20 juin 1973.

sont barricadés le Premier ministre et le ministre de l'Intérieur. « La vie policière est intense. Il paraît qu'elle s'exerce même sur le téléphone interministériel. Espérons tout au moins que le président Pompidou n'est pas écouté, en particulier quand il est en conversation avec son médecin. Ça intéresserait tellement de monde [1] », lâche méchamment Fressoz – Pompidou est déjà malade.

Mais Angeli, qui prévoyait de feuilletonner son « Watergate en France », dégaine, une semaine après la parution de son premier article, un deuxième épisode haut en couleur. « Police : courrier volé et camions espions [2] », titre le *Canard*. Cette fois, Angeli est allé plus loin. Il s'en souvient comme « le coup des fourgonnettes des Renseignements généraux ». L'article a certainement, pour lui, un peu la saveur de ceux qu'il produisait quand il était militant communiste. Tuyauté par ses contacts sur les lieux de stationnement des fourgonnettes des RG, Claude Angeli les a filochées dans Paris. « Les Renseignements généraux utilisent des camionnettes banalisées toutes équipées d'émetteurs-récepteurs, écrit-il. Le *Canard* en a "piégé" une dizaine à Paris. Des estafettes Renault et des fourgons Citroën gris, garés devant la préfecture de police, équipés parfois d'aérateurs sur le toit ou le côté de la carrosserie. Autant de caches pour les limiers des RG en mission [3]. » Et Claude Angeli de livrer la liste des immatriculations, les lieux de stationnement et donc de mission des fourgonnettes. Le 14 juin, l'une d'elles s'installe pendant une heure, rue de la Tour. Angeli publie aussi des photos. « Samedi 16 juin, trois journalistes du *Canard* et un photographe se sont rendus sur place. Objectif : démontrer que sous la plaque habituelle se cache un second numéro. Pas très légal, le procédé. » Explication d'Angeli plus tard : « Pendant que

1. *Ibid.*
2. *Le Canard enchaîné*, 20 juin 1973.
3. « L'État espion », *Le Canard enchaîné*, 20 juin 1973.

la femme du photographe Paul Gray, qui était hôtesse de l'air, attirait l'attention des flics en faction, Michel Gaillard et moi avons dévissé les plaques des fourgonnettes et Paul Gray les a photographiées [1]. »

Au passage, Angeli explique, dans le *Canard*, les techniques de reconnaissance de ceux qu'on surnomme alors aux RG les « tontons macoutes », chargés des missions spéciales. « Quand il s'agit d'un bureau à visiter, la question est simple. On travaille de nuit. En revanche, quand il s'agit d'un appartement, la visite doit, la plupart du temps, s'effectuer de jour [2] », note-t-il. Les camionnettes banalisées sont aussi « équipées en véritables petits studios d'enregistrement » afin « de jouer le rôle de "centres d'écoute" ambulants ». « Au départ, il y a la pose discrète d'un minuscule micro émetteur à haute fréquence, soit sur l'arrivée d'une ligne téléphonique (au bas d'un immeuble), soit directement dans un appartement ou dans un bureau. Ce micro peut être relié à un magnétophone que l'on installe dans la cave, dans un appartement voisin, dans une chambre d'hôtel proche, ou dans un local appartenant aux Renseignements généraux. Mais ce n'est pas toujours possible. C'est alors qu'entrent en scène les camionnettes que nous avons photographiées. On les gare à proximité du local "piégé" par le micro espion. À l'intérieur de la camionnette, les flics des RG disposent d'un récepteur enregistreur et d'un casque qui leur permet de pratiquer ainsi l'écoute directe des conversations téléphoniques de la personne espionnée [3]. » Par une étrange prémonition, Claude Angeli décrit ainsi le plan élaboré quelques mois plus tard pour espionner *Le Canard enchaîné*, dans ses propres locaux. Mais le « coup des camionnettes » passe encore totalement inaperçu dans les journaux.

1. Entretien de Laurent Martin avec Claude Angeli, 28 juillet 1999.
2. « L'État espion », *Le Canard enchaîné*, 20 juin 1973.
3. « L'État espion », art. cit.

L'équipe du *Canard* travaillait encore 2, rue des Petits-Pères, près de la place des Victoires et des jardins du Palais-Royal. À l'étroit : dans deux grands appartements bourgeois, dont les pièces avaient été réaménagées en bureaux. De nouveaux locaux avaient été achetés, plus d'un an auparavant, sur trois étages, au 173, rue Saint-Honoré. Les travaux devaient commencer en septembre 1973. Le déménagement et l'installation dans les locaux rénovés étaient prévus entre le 15 décembre 1973 et le 15 janvier suivant.

Hélène Gallais, soixante-dix-huit ans, une petite retraitée habitant le futur immeuble du *Canard*, s'était préparée à du remue-ménage. Mais les événements dépassent, et de loin, toutes ses prévisions. Surtout la nuit venue. Les fenêtres de sa chambre à coucher donnent sur la cour intérieure, et offrent une vue imprenable sur celles des futurs bureaux du *Canard*.

« À partir de la mi-novembre, j'ai vu, par mes fenêtres de chambre, plusieurs individus qui sont venus non pas chaque soir mais très souvent travailler dans les bureaux du *Canard enchaîné*. Ces individus, qui étaient au nombre de trois ou quatre, arrivaient vers 20 h 30, toujours après le départ des ouvriers du chantier et repartaient dans la nuit vers 2 ou 3 heures[1]. » On imagine la vieille dame captivée par ces allées et venues, derrière ses rideaux. Ces visiteurs du soir étaient « assez jeunes, de corpulence moyenne, et avaient des cheveux bruns ». Ils pouvaient venir en bleu de travail comme en costume de ville. « Ils étaient tous vêtus de costumes sombres », confie-t-elle. Mme Gallais finit par les espionner à plusieurs reprises. « Ils s'affairaient surtout au deuxième étage de l'immeuble, raconte-t-elle. Ils évoluaient dans les différentes pièces des deuxième et troisième étages en s'éclairant à l'aide de lampes de poche. » Une nuit, vers la

1. Extrait de l'audition d'Hélène Gallais par la police, 13 décembre 1973. Les citations qui suivent sont extraites de la même source.

fin novembre 1973, la vieille dame s'est courageusement approchée. « J'ai vu ces trois hommes travailler plus spécialement au deuxième étage, dit-elle. Ils étaient accroupis au sol contre le mur et s'éclairaient cette fois avec une forte lampe électrique, du genre "baladeuse". J'ai cru que ces hommes installaient un téléphone pour *Le Canard enchaîné*, car je les ai vus très distinctement manipuler des câbles et des fils électriques, et je les ai vus également soulever la moquette qui recouvrait le parquet. » La nuit encore, mais à l'extérieur de l'immeuble, elle a vu passer des câbles entre le deuxième et troisième étage. Elle a entendu « des coups sourds frappés dans les murs ». Elle s'est dit que ces coups pouvaient provenir du laboratoire mitoyen que *Le Canard enchaîné* avait déjà fait installer. Quand ces messieurs venaient, elle voyait souvent de la lumière dans ce laboratoire. « Lorsque j'étais couchée, je les ai vus souvent s'approcher des fenêtres du *Canard enchaîné* et regarder vers les fenêtres de mon appartement. » Elle était d'ailleurs couchée quand ils repartaient. Elle les entendait s'en aller. Et seulement après, elle pouvait s'endormir. Hélène Gallais n'avait pas lu les articles d'Angeli dans le *Canard*. Elle ne connaissait pas encore l'existence des « tontons macoutes ».

C'est André Escaro, dessinateur et administrateur du journal, qui les surprend en pleine action dans les futurs bureaux du journal, le lundi 3 décembre, aux alentours de 22 h 15. C'était un soir de bouclage. Il était allé au Studio Haussmann voir *Dracula 73* d'Alan Gibson. Christopher Lee y jouait le comte Dracula reprenant vie à Londres grâce à une bande de hippies. En revenant du cinéma, il a flâné jusqu'au parking voisin des futurs bureaux du journal où il avait garé sa voiture. Arrivé à l'angle de la rue de l'Échelle et de la rue Saint-Honoré, il a croisé, sans y prêter vraiment attention, deux policiers en faction, de simples agents de la circulation avec des cirés noirs. Plus loin, alors qu'il s'approche des locaux du *Canard*, il voit un troisième gardien de la paix, portant képi, ciré noir, et talkie-walkie en sautoir, devant le Spoutnik Bar. À cet instant, d'un mouvement de tête, il fait basculer l'histoire – au moins celle du *Canard* – en apercevant à son tour les ombres auxquelles s'est presque habituée la petite retraitée du 173.

« Je suis passé devant le n° 173, et machinalement, j'ai levé les yeux vers nos futurs bureaux, rapporte-t-il par la suite, et alors j'ai remarqué que, au troisième étage, les deux fenêtres du futur bureau de notre directeur étaient éclairées. J'ai pensé au travail des peintres, mais une de ces fenêtres était occultée partiellement par un rideau noir. Derrière ce rideau, je voyais des ombres se projeter au plafond, témoignant d'une activité humaine. J'ai également vu au deuxième étage, et juste au-dessus de la fenêtre occultée, des ronds de lumière de lampes électriques se projetant au plafond, à travers une fenêtre du deuxième étage[1]. » Intrigué, et sans réfléchir, Escaro traverse la rue, et s'engouffre sous la porte cochère du 173.

Il grimpe les escaliers « en allumant la minuterie » et trouve la porte des bureaux du deuxième étage fermée. Il monte encore jusqu'au troisième étage, dont la porte est également fermée, et il frappe.

« J'ai entendu des bruits de voix de l'autre côté de cette porte, qui s'est entrouverte, raconte Escaro. Un homme en civil, assez chevelu, âgé d'environ trente-cinq, quarante ans, est apparu. Il portait un costume marron gris, peu élégant. Il m'a dit : "Qu'est-ce que c'est ?" J'ai répondu : "*Le Canard enchaîné*" et j'ai ajouté : "Vous travaillez encore à cette heure-ci ?" Il m'a répondu : "Oui, nous travaillons au chauffage central." Cela m'a surpris parce que je savais que les travaux de chauffage central étaient terminés, et que le chauffage fonctionnait depuis trois semaines. »

1. Audition d'André Escaro par le juge Alain Bernard, 5 décembre 1973, surlendemain des faits. Les citations qui suivent sont extraites de la même source.

Escaro le sait d'autant mieux qu'il est celui, parmi les dirigeants du *Canard*, qui se charge de superviser les travaux. À plus de quarante-cinq ans, dont vingt-cinq années de collaboration au *Canard*, il a de l'assurance, et aussi de l'allure. Sa barbe de sapeur de la Légion n'y est pas pour rien.

« Dans ces conditions, j'ai poussé la porte et j'ai senti que quelqu'un se tenait derrière le battant. Quelque chose de l'autre côté de ce battant est tombé à terre et je pense que c'était la clé. L'homme qui se trouvait derrière s'est alors baissé pour la ramasser, et j'ai vu cet homme. J'ai alors complètement ouvert la porte sans me heurter à aucune résistance et j'ai questionné à nouveau. L'un des deux hommes m'a répondu : "Tout doit être terminé pour le 15 décembre." J'ai alors demandé : "Qui vous l'a dit ?" Il m'a répondu : "C'est M. Omini." » C'était le nom d'un des employés de l'architecte.

« Je suis alors entré franchement dans le couloir, en passant entre les deux hommes et je me suis dirigé vers la pièce du fond qui était brillamment éclairée. L'entrée de l'appartement était dans l'obscurité, et j'avais vu les deux hommes à la lueur de la minuterie du palier. J'ai débouché dans le futur bureau du directeur. Derrière moi, les deux hommes ont refermé la porte et m'ont suivi. Une fois dans le bureau, j'ai vu dans l'angle de cette pièce et près de la fenêtre occultée, trois hommes en combinaison de travail bleu clair. Un était accroupi et les deux autres debout. L'homme accroupi s'est levé quand je suis entré. L'un des deux autres a retenu mon attention parce qu'il était très grand, plus grand que moi. Il était très fort, très athlétique. »

Ils sont donc cinq autour d'Escaro. Plus un mot n'est échangé. Le dessinateur se contente d'observer leur travail. Il remarque qu'au sol « deux ou trois lames du parquet avaient été retirées » près de la fenêtre occultée. Il voit « deux postes radio à antenne déployée, postes émetteurs-récepteurs posés sur le sol », mais « silencieux ». Là où l'équipe s'affairait, au-dessus des plinthes, des « boîtes avec des fils électriques » laissent partir « un fil gris et mince » jusqu'à l'endroit ou les lames de parquet ont été enlevées. Escaro n'a pas besoin d'un dessin. On est en train d'installer des micros espions. Il se contente de dire à voix haute : « C'est très, très intéressant », puis il tourne les talons.

« Je suis reparti vers la porte suivi par l'homme qui m'avait ouvert. Arrivé sur le palier, je me suis retourné vers lui et je lui ai demandé : "Au fait, pour quelle entreprise travaillez-vous ?" L'homme m'a paru très gêné et m'a répondu : "J'ai oublié, je ne me souviens plus du nom de l'entreprise." Et il a ajouté : "Quel est votre nom ?" Je lui ai répondu : "Vous le saurez demain." J'ai descendu l'escalier et j'ai gagné la rue. »

Dehors, Escaro croise encore l'un des policiers en faction. « Lorsque je suis passé à sa hauteur, son talkie-walkie s'est mis à fonctionner et j'ai entendu dans le poste les paroles suivantes : « Allô numéro 2, allô numéro 2, suivez le type qui sort d'ici, on décroche, sauve qui peut, sauve qui peut. » Escaro ne se retourne pas. Il traverse la rue et s'éloigne au contraire d'un pas assuré. Arrivé place du Palais-Royal, il fait le tour d'une fontaine pour constater qu'il n'a pas été suivi, puis il s'engouffre dans un café. Au bar, il demande un demi et des jetons de téléphone. Il appelle d'abord « Auteuil 29-95 », Roger Fressoz, le directeur, à qui il raconte toute l'histoire. Puis « Observatoire 44-72 », Jean Clémentin, le rédacteur en chef. Et enfin Claude Angeli, dont la ligne est occupée. Ce dernier, prévenu par Fressoz, est déjà en route. À l'heure où le Théâtre-Français se vide de ses spectateurs, Escaro sort du bistrot puis retourne prudemment rue Saint-Honoré. Les policiers ont disparu. À l'étage, les lumières sont éteintes. « Après avoir attendu sur le trottoir, j'ai vu arriver la voiture DS de Fressoz qui était accompagné de ses deux filles, explique Escaro. Puis Angeli, Clémentin, et un photographe requis par Angeli sont arrivés. »

La concierge est réveillée. Elle conduit la petite équipe jusqu'au placard à fusibles où les ouvriers avaient pour consigne de ranger les clés. Elle en trouve quatre au lieu de trois, ouvrant chacune un étage. Un double avait été fait et laissé sur place. Tous montent au troisième. Avec une lampe baladeuse du chantier, ils pénètrent dans le couloir obscur, et éclairent le bureau du directeur, déserté par ses visiteurs. Boîtiers électriques, fils, postes radio ont disparu. Les lames de parquet ont été remises en place, mais elles tranchent avec le reste du parquet couvert de gravats. Sous les lames, ils découvrent un trou percé dans le plâtre. *Idem* au-dessus de la plinthe. Un trou « du diamètre d'un pouce » avait été rebouché avec du mastic frais. Un fil de fer s'y enfonce sur 80 centimètres. Plus près de la fenêtre, Angeli découvre un second trou, plus petit, mais « identique en profondeur ». Au deuxième étage, un escabeau semble désigner d'autres perforations, dans le bureau des rédacteurs en chef. Après avoir tout passé au crible, et prévenu Roland Dumas, ils quittent les lieux vers 1 h 30 du matin. Escaro rentre chez lui. Mais les uns et les autres continuent de travailler. Maintenant, il faut ameuter Paris. Les sources. Les confrères. Dumas réfléchit à la formulation d'une plainte. Et il faut aussi préparer l'édition du lendemain. Par chance, le *Canard* se boucle mardi matin à l'imprimerie.

La manchette s'impose d'elle-même. Ce n'est plus « Watergate en France » c'est encore mieux, c'est « Watergate au *Canard*[1] ». Le journal interpelle Raymond Marcellin, le ministre de l'Intérieur. « Oh ! Marcellin, quelle Watergaffe ! » Des photos montrent les lames de parquet soulevées, le trou dans le plancher, Escaro aussi désignant un trou dans le mur, et un groupe de journalistes venus sur place. En une, Escaro livre un récit factuel – « Ce que j'ai découvert » – de sa rencontre nocturne avec les ouvriers sonorisateurs. Roger Fressoz – « La

1. *Le Canard enchaîné*, 5 décembre 1973. Les citations qui suivent sont extraites du même numéro.

République des microcéphales » – annonce que le journal porte plainte. « Et d'abord tous nos compliments à M. Marcellin, notre ministre microcéphale, sous la caution – doit-on dire sur l'ordre ? – duquel s'est déroulée cette noble opération de promotion microphonique. Les lauriers du Watergate l'empêchaient de dormir : il a voulu montrer qu'en France on faisait aussi bien ? Désolé, c'est raté. » Claude Angeli revient sur les méthodes des « tontons macoutes » qu'il a si bien pistées en juin. « L'enregistrement de nos conversations téléphoniques ne suffit donc pas. Marcellin et ses hommes veulent aussi savoir ce qui se dit dans les bureaux du *Canard.* On a vraiment affaire à des maniaques », commente-t-il.

La presse, cette fois, s'enflamme et pour quelques semaines : « Les oreilles de Pompidou surprises au *Canard enchaîné* » (*Libération*), « Inadmissible et grotesque ! » (*Le Figaro*), « Flagrant délit d'espionnage politique » (*L'Humanité*), « L'affaire du *Canard* espionné, les experts sont sur une piste » (*France-Soir*), « Un dispositif d'écoutes était bien en place au *Canard enchaîné* » (*Le Monde*)...

Dès le 5 décembre, au lendemain de la plainte déposée par Roland Dumas, le juge Alain Bernard se rend au 173, rue Saint-Honoré, pour les premières constatations, après avoir interrogé longuement André Escaro. Il revient les 7 et 8 décembre, avec des experts, et il requiert l'intervention des pompiers pour inspecter le toit et les cheminées de l'immeuble voisin. Sur place, il va de découverte en découverte. Ceux qu'on va surnommer « les plombiers du *Canard* » ont laissé beaucoup d'indices derrière eux. Dans des bureaux, au premier étage de l'immeuble voisin, le juge relève dans l'âtre d'une cheminée, « la présence d'un fil gainé de matière plastique, assez mince, de couleur grise, enroulé en paquet sur le sol, s'élevant dans la cheminée par ses deux extrémités[1] ». C'est un « câble de sonorisation » qui a été

1. Ordonnance de non-lieu, 29 décembre 1976. Les citations qui suivent sont extraites de la même pièce.

descendu dans la cheminée, lesté par un aimant, retrouvé sur place. Le câble était à 40 centimètres des locaux du *Canard*. Côté journal, la perforation était inachevée, mais les experts ont imaginé comment le câble aurait pu circuler : une fois passé le trou, il pouvait « emprunter la petite gaine verticale aménagée derrière la plinthe, passer sous le parquet, traverser le plafond par le trou minuscule qui a été observé, pour être ainsi amené derrière la moulure du plafond du bureau du deuxième étage ». Au niveau du toit, un sapeur-pompier récupère sur la souche de la cheminée « la culasse d'un petit haut-parleur entourée d'un ruban collant noir ». Sur les toits, les pompiers trouvent aussi un journal, et « des traces relativement fraîches de pas ». Chez un autre voisin, les experts découvrent « divers fils électriques d'apparence neuve et sortant d'un plancher pour y disparaître à nouveau et en ressortir plus loin ». Explication du *Canard* : « Dès lors on comprend le mécanisme utilisé : plusieurs micros, dissimulés dans les murs, sont reliés par des gaines, à travers des cheminées non utilisées, à un système d'enregistrement. C'est un appareillage sûr, capable de durer des années et il suffit de passer régulièrement relever les bobines d'écoute ou en cas de besoin de relier le dispositif à des lignes téléphoniques spéciales remontant par la cheminée du dernier étage. Écoute permanente donc, enregistrée, et, en cas de besoin, instantanée[1]. » Il s'agit bien, selon *L'Express*, « d'un matériel d'installation d'écoute clandestine de fabrication française récente. [...] Le fil de sonorisation aurait permis leur transmission sur deux fréquences, soit vers une ligne téléphonique, soit vers un appareil enregistreur[2]. »

Dès les 12 et 19 décembre suivants, *Le Canard enchaîné* est en mesure d'identifier les acteurs de l'opération : « Ceux qui ont fait le coup ». « Des espions qui sont venus de la

1. *Le Canard enchaîné*, 12 décembre 1973.

2. Jacques Derogy, « *Canard* : l'affaire s'embrouille », *L'Express*, 7 janvier 1974.

DST[1] », annonce en titre l'hebdomadaire. Selon Claude Angeli, l'opération aurait débuté dès l'achat, en octobre 1972, de ses nouveaux locaux par le *Canard*. « On s'intéresse déjà beaucoup à la configuration des lieux et à la date de leur occupation par l'équipe du *Canard*. Certains policiers évoquent déjà une éventuelle pose de micros espions. Finalement ce travail sera réservé aux gens de la DST sur ordre personnel de Marcellin, transmis au préfet Henri Biard, directeur de la DST. L'objectif est de "sonoriser" – c'est le terme technique – les bureaux du directeur, des rédacteurs en chef et de la rédaction[2]. » Angeli révèle que l'opération a été montée par la division III, chargée du communisme international, et la section technique de la DST. Il donne les noms et les spécialités de cette « équipe de "monte-en-l'air" et de "plombiers" ». « Les membres de la DST cités ici n'ont pas tous participé à l'opération contre le *Canard*, précise Angeli, mais il serait bien étonnant qu'ils n'aient pas tous été informés des développements de l'affaire[3]. » Il est en mesure de préciser que l'inspecteur Laborde, membre de la division III, chargé de l'équipe de protection de l'opération, était sur le terrain, à proximité du *Canard*, dans l'une des estafettes du contre-espionnage. Il livre le nom du commissaire Jacques Neveu, spécialiste averti de la pose des micros, à la section technique. Le *Canard* reproduit même un croquis du visage de ce dernier, avec la mention « *Wanted* »... Trois semaines plus tard, c'est Jean-Marie Pontaut, alors investigateur débutant au *Point*, qui dévoile la photo d'un des agents, qu'il a pisté puis fait identifier par la concierge de l'immeuble du *Canard*[4]. Le journaliste a obtenu l'adresse personnelle de Laborde en

1. La Direction de la surveillance du territoire.
2. *Le Canard enchaîné*, 12 décembre 1973.
3. « Ceux qui ont fait le coup II, les plombiers en fuite », *Le Canard enchaîné*, 19 décembre 1973.
4. Cet épisode est relaté dans Jacques Derogy et Jean-Marie Pontaut, *Investigation, passion*, *op. cit.*

appelant la Fédération française de karting : on lui avait appris que le policier venait parfois au ministère de l'Intérieur avec un kart sur le toit de sa voiture[1]. La photo est prise lors d'une « planque » à la sortie du policier de son domicile. Comme la concierge n'est pas très sûre de reconnaître son « plombier », Pontaut l'emmène encore dans une nouvelle série de filatures. Elle l'identifie alors formellement. « Elle le confirmera devant le juge », se rappelle le journaliste.

Ces infos sont bonnes. Pour « ceux qui ont fait le coup », c'est dur à avaler. Le commissaire Jacques Delebois, membre de la division III, est l'un des hommes grillés par Angeli, même si son nom apparaît légèrement déformé en « Delbois » dans le *Canard*. Il était sur place en début de soirée, le 3 décembre, puis il a pris en charge l'un des habitants du 173, rue Saint-Honoré. « C'était un vieux monsieur qui habitait en haut de l'immeuble, raconte-t-il. On devait utiliser son appartement, car c'était l'un des endroits où passaient les fils. Je l'ai invité au restaurant, puis au cinéma pour que l'équipe technique puisse opérer chez lui[2]. » Lorsqu'il reprend contact avec ses collègues, c'est pour apprendre la débandade. « Un camarade m'a dit : "Tout est foutu. On nous a vendu", se souvient l'ancien commissaire. Nous avons su dès le départ qu'on avait été donnés. L'homme du *Canard* n'est pas passé par hasard. D'ailleurs, pourquoi la sécurité n'a pas réagi ? Il aurait dû être assommé, emmené dans le bois de Boulogne, et il se serait réveillé dans les champs... Au lieu de cela, les noms des gens ont été divulgués. On s'est rendu compte que quelqu'un balançait et balançait bien. Nous soupçonnions un de nos agents, un Corse, qui faisait partie de l'équipe de filature. Il a été placé

1. Entretien avec l'auteur, 4 septembre 2008.
2. Entretien avec l'auteur, 28 juillet 2008.

tout de suite sur écoute, et il a eu la maladresse d'appeler le *Canard*[1]. »

Les journalistes du *Canard* ont-ils été alertés avant le passage d'Escaro devant leurs futurs locaux ? Les déclarations très précises du dessinateur, le fait qu'il se soit trouvé seul sur place, rendent cette hypothèse peu vraisemblable. Qu'*a posteriori*, le *Canard* ait bénéficié des confidences d'une ou plusieurs sources internes à la DST est en revanche tout à fait possible. Reste à connaître l'objectif poursuivi par le pouvoir dans cette opération. Après avoir crié au « canular », les autorités vont nier jusqu'en janvier toute implication dans la « sonorisation » du *Canard*, mais ils commencent à livrer confidentiellement des explications. Dès le 19 décembre, l'hebdomadaire lui-même fait état de la « rumeur qui commence à courir sur les informations concernant la défense nationale, les ventes d'armes et diverses questions secrètes dont le *Canard* serait trop friand. [...] De là à dire que ses journalistes sont à la limite des "agents subversifs" ou des espions en puissance sinon en réalité et à justifier ainsi l'intervention de la DST, service de contre-espionnage, il n'y a qu'un pas. Certains sont déjà prêts à le franchir. Preuve que la connerie n'est pas leur moindre défaut ». L'avertissement n'était pas inutile.

Contraint de répondre au juge, début janvier, le patron de DST, Henri Biard, lui signale que l'organisation de ses services est couverte par le secret-défense. Mais il communique une lettre sous enveloppe, estampillée « confidentiel-défense ». Sans que personne n'y ait accès, le courrier réveille la rumeur. « Il y serait question d'une surveillance dont feraient l'objet certains collaborateurs et informateurs de l'hebdomadaire satirique soupçonnés de contacts suivis avec des "agents d'une puissance étrangère[2]" », assure

1. *Ibid.*
2. Cité dans Jacques Derogy et Jean-Marie Pontaut, *Investigation passion*, *op. cit.*

L'Express. D'autres relaient : « Cette note accuserait le *Canard* de subversion et de sympathies pour une puissance étrangère » (*Le Figaro*) ; « Éléments de rapports de police sur les activités de divers collaborateurs du *Canard*[1]. Il serait reproché à l'un d'entre eux des relations avec les pays de l'Est » (*Le Monde*). L'hebdomadaire satirique signale au passage qu'un obscur bulletin, *La Lettre de Bruxelles*, évoque la « curieuse carrière » de deux journalistes du *Canard* présentés « comme des espions[2] ». La campagne d'explication officieuse de la DST semble porter ses fruits.

Des questions se posent. Claude Angeli a lui-même révélé que c'était à la division III, chargée du communisme international, qu'avait été confiée la réalisation de l'opération. Mais alors pourquoi *Le Canard enchaîné* a-t-il été ciblé par des contre-espions ? Le *Canard* n'a-t-il pas lui-même expliqué, avec moult détails, comment les Renseignements généraux s'acquittaient très bien eux-mêmes de ce type de besogne ?

L'affaire des micros nous rappelle qu'à cette époque, la guerre froide n'est pas terminée. Dans le rapport de synthèse établi par les Renseignements généraux en juin 1972 sur les collaborateurs et les sources du *Canard*, il est fait grand cas de l'engagement communiste d'Angeli. Sur quatre pages entières, les RG – dont c'est la spécialité – recensent ses diverses responsabilités militantes, sa présence aux festivals mondiaux de la jeunesse (dont deux à l'Est : Bucarest en 1953 et Varsovie en 1955) le début et la fin de ses collaborations de journaliste à *L'Avant-Garde*, au *Nouvel Obs*, à *Politique Hebdo*, ainsi qu'à quelques publications d'extrême gauche éphémères, notamment *Front*, sans oublier quelques

---

1. Le rapport des Renseignements généraux sur *Le Canard enchaîné* sera rendu public dans Christian Plume et Xavier Pasquini, *Une enquête de police sur Le Canard enchaîné*, *op. cit.*

2. La « note secrète adressée au juge » par la DST est « une machine à fabriquer les espions », signale *Le Canard enchaîné*, 9 janvier 1974.

procédures judiciaires, essentiellement pour diffamation publique. « Depuis quelques mois, il collabore au *Canard enchaîné* », notent les policiers en 1972. Sur une fiche de deux pages, les RG signalent que Jean Clémentin, corédacteur en chef du *Canard*, qui avait passé cinq ans au Vietnam de 1945 à 1950 – comme volontaire à la 3e division d'infanterie coloniale de Saigon –, avait été affilié au « groupe culturel marxiste », membre de l'association France-Vietnam et qu'il était « secrétaire du Comité pour la paix et le rapatriement ». Suspect aussi. Beaucoup plus grave, on écrit noir sur blanc qu'André Sauger, soixante-seize ans, collaborateur du journal depuis 1945, aurait été en contact avec un agent de l'Est. « Il a attiré l'attention des services de la Direction de la sûreté du territoire pour avoir été, en 1953, en relation avec le nommé Fedor Ballo de l'ambassade de Tchécoslovaquie », indiquent les RG. Une vieille histoire qui n'est pas de celles que le contre-espionnage oublie, tout au contraire.

Pour Jacques Delebois, membre de la division III, généralement chargé de la surveillance des membres du corps diplomatique étranger en France, il ne fait aucun doute que l'opération est effectivement liée à l'activité de contre-espionnage de la DST : « Dans la phase de préparation, on s'étonnait qu'on nous fasse travailler sur le sujet. Les gens de la DST regardaient plutôt avec mépris les gens qui espionnaient nos concitoyens pour des raisons politiques. Moi, je m'occupais du communisme international, et j'ai su qu'un fonctionnaire avait signalé le changement des locaux du *Canard*, mais aussi qu'une autre division avait eu communication par les Américains de photographies d'un personnage du *Canard* en compagnie d'un agent de l'Est à Genève. La décision – d'origine politique – de le surveiller dans son emploi a été prise. Nous faisions donc d'une pierre deux coups. Même si leurs activités ne relèvent pas du secret-défense, les journalistes peuvent devenir la "cible" de services étrangers dans la mesure où ils sont en relation avec des gens qui sont en position de parler[1]. » De ses conversations avec d'autres responsables de la DST, Roland Jacquard, ancien collaborateur du *Canard*, a acquis la certitude que les micros étaient bien une opération de contre-espionnage : « La DST avait soupçonné des journalistes du *Canard* d'être en relation avec des pays du bloc de Varsovie – les services secrets tchèques et polonais. Ils s'étaient polarisés sur Jean Clémentin et Claude Angeli. Pour le contre-espionnage, il suffisait de rencontrer une personne pour être à son tour suspecté. C'était un vrai contexte de guerre froide. Angeli et Clémentin avaient des réseaux partout. Dans la police, l'armée, dans les milieux de gauche comme de droite. Je ne crois pas que cette opération ait eu pour but de trouver les sources du *Canard*. À l'époque, les sources étaient connues des RG et de leurs informateurs. Marcellin voyait le *Canard* comme un nid de rouges, mais Jean Clémentin appelait régulièrement son chef de cabinet, Vilatte. »

On s'en doute un peu, ce soupçon n'amuse pas du tout le *Canard*. D'ailleurs, un peu affecté par ce retour de bâton, pourtant plus politique qu'autre chose, il va cesser d'évoquer le spectre du « Watergate ».

« *Le Canard enchaîné* a divulgué à l'époque des documents qui étaient protégés et venaient du ministère de la Défense, précise Jean Baklouti, ancien sous-directeur de la DST. Pour identifier l'origine de ces fuites, la DST a tenté de sonoriser les bureaux, le fait est clair. Mais comme les travaux ont duré trop longtemps, les choses ont semblé faciles, et la vigilance s'est relâchée. La compétence de la DST a été déclencheuse. Il s'agissait d'éviter que des informations classifiées soient publiées, ou partent ailleurs[2]. »

Par la suite, Claude Angeli s'est lui aussi dit convaincu que la pose des micros était une réaction à la publication d'informations secrètes par le *Canard*. « Pour la sonorisation du

1. Entretien avec l'auteur, 28 juillet 2008.
2. Entretien avec l'auteur, 15 juillet 2008.

Canard, c'est le couple Juillet-Garaud[1] qui l'a décidée, accuse-t-il sans conditionnel, avec peut-être aussi une intervention de Galley [Robert Galley, alors ministre des Armées]. Marcellin m'a affirmé par la suite qu'il n'était pour rien dans cette histoire, que c'était Galley qui avait tout décidé. Mais il avait quand même participé à la prise de décision. Cette décision venait après une série de fuites, notamment à propos des manœuvres de l'armée française[2]. » « J'ai plusieurs fois écrit que Pierre Juillet et Marie-France Garaud avaient demandé qu'on mette "le paquet" sur "le *Canard*", précise aujourd'hui Claude Angeli. D'où le recours à la DST. Marcellin n'est pas à l'origine de cette "certitude" que j'avais obtenue de bonne source, comme on dit[3]. »

Marie-France Garaud, quant à elle, se déclare complètement étrangère à l'affaire. « Nous avons appris l'affaire des micros après qu'elle a été révélée, assure-t-elle. Et nous avons mis quarante-huit heures à avoir le fin mot du ministère de l'Intérieur. Le *Canard* avait publié des documents secret-défense. Pour nous, cela entraînait le départ de Marcellin. Le président Pompidou était furieux. Mais la bêtise était faite[4]. »

Alors que les policiers identifiés appliquent à la lettre leur consigne de secret, Raymond Marcellin abandonne effectivement le ministère de l'Intérieur pour celui de l'Agriculture, dès le mois de février 1974. L'instruction se termine par un non-lieu prononcé en décembre 1976.

Et la question des fuites reste finalement ouverte. Le 16 mai 1973 d'abord, le *Canard* publie la photocopie d'un rapport du Service de documentation extérieure et de contre-espionnage (SDECE) sur les « activités gauchistes en

1. Pierre Juillet et Marie-France Garaud, conseillers du président Georges Pompidou.

2. Entretien de Laurent Martin avec Claude Angeli, 28 juillet 1999, cité en annexe de sa thèse.

3. Courrier de Claude Angeli aux auteurs, 17 octobre 2008.

4. Entretien avec l'auteur, 28 avril 2008.

relation avec Cuba dans le sud-ouest de la France[1] ». Adressé aux RG et à la DST, il arbore un tampon « source secrète ». Plus tard, le 10 octobre, Angeli évoque, comme il l'a signalé, les manœuvres MANAT 73 dans un papier consacré à une rencontre de François Mitterrand avec quelques généraux. Ces déploiements militaires qui s'étaient déroulés du 16 au 25 juin 1973 avaient un « thème » secret : « Une crise internationale est ouverte après la mort du maréchal Tito. Les troupes soviétiques ont pénétré en Yougoslavie et y installent un gouvernement satellite de l'URSS. Au même moment, les communistes prennent le pouvoir en Italie. Que doit faire l'armée française[2] ? » Angeli en reparle deux semaines plus tard, en signalant un rapport remis à Robert Galley concernant MANAT 73. Ce document, qui n'est pas reproduit en fac-similé, déplore l'insuffisance de données sur l'« adversaire intérieur ». Cette allusion est donc peut-être à l'origine de l'« opération des plombiers ». « C'était Hernu qui m'avait transmis les informations[3] » a confié Angeli. Charles Hernu, que d'anciennes archives exhumées ont d'ailleurs présenté comme un agent de l'Est…

---

1. « Larzac, capitale de la Havane », *Le Canard enchaîné*, 16 mai 1973.
2. « Mitterrand en patrouille », *Le Canard enchaîné*, 10 octobre 1973.
3. Entretien de Laurent Martin avec Claude Angeli, 28 juillet 1999, cité en annexe de sa thèse.

11

Le siphon du problème

Un coup de sang. Henri Deligny est descendu jusqu'au café d'en dessous, sans réfléchir. Passant le porche du journal, il s'est retrouvé au bar-tabac Jean Nico en deux secondes. Roger Fressoz y jouait souvent au flipper.

« Je faisais la page 2 et on m'avait donné le papier d'Henri, se souvient Alain Grandremy, qui venait d'entrer au *Canard* comme secrétaire de rédaction. Ça concernait la révolution des Œillets. Deligny disait qu'on avait écrit beaucoup de conneries ici et là, à propos des militaires, mais qu'un militaire serait toujours un militaire. Le "ici" visait ce que le *Canard* avait écrit. Son développement n'était pas en harmonie avec ce que pensait Angeli. Angeli est venu me voir et m'a dit : "Voilà le papier de Deligny, tu le composes, mais tu ne le passes pas." Ça arrivait souvent. Mais Henri est passé aussi et m'a demandé : "Où tu le places mon papier ?" Je lui ai dit : "Je ne sais pas s'il va passer..." Il m'a demandé si Angeli l'avait lu. J'ai répondu que je ne savais pas. Il est descendu au café d'en bas. Fressoz faisait un flipper, et il n'aimait pas qu'on l'emmerde quand il était au bistrot. Deligny était assez agressif. Il lui a demandé des éclaircissements. Et Fressoz lui a répondu en substance : "Ton papier, il passera pas, parce qu'il est pas dans la ligne." C'est là que Deligny s'est emparé du siphon d'eau minérale. Le siphon a atterri sur la tête de Fressoz… Le dentier de Fressoz est tombé dans la sciure. C'est Jacques Lamalle qui l'a ramassé et qui l'a nettoyé. Et Fressoz a été conduit à l'Hôtel-Dieu [1]. »

« Dans le bistrot d'en bas, Terrace se saisit d'un siphon, relate *Libération*, le vide sur Fressoz, et le lui balance au visage. Fressoz s'effondre, évanoui [2]. »

À la suite de cet événement, le 21 juillet 1975, Henri Deligny, l'investigateur le plus chevronné du *Canard*, connu des lecteurs pour signer aussi Hervé Terrace, doit quitter le journal. Il est licencié avec effet immédiat pour « voies de fait » et « agression » du directeur. L'incident a eu lieu en l'absence de Jean Clémentin, parti pour Rome. Deligny s'en va passer quelques jours dans le Larzac, mais il ne veut pas en rester là. Il veut expliquer, témoigner. Il cherche une tribune, et choisit *Charlie Hebdo*. Il obtient une double page pour publier sa version de l'incident et l'article censuré, le tout signé Hervé Terrace, comme au *Canard* [3].

« La censure existe, je l'ai rencontrée, écrit-il. Après vingt-cinq ans de journalisme, pour la première fois, j'ai rencontré la censure. Ça mérite un papier non ? D'autant que la rencontre n'a pas eu lieu n'importe où – du moins pour moi. J'ai rencontré la censure au *Canard enchaîné*. Ce qui ne m'avait jamais été demandé dans la grande presse, on a voulu me l'imposer, le lundi 21 juillet au *Canard*. Accepté le matin par le rédacteur en chef, Gabriel Macé, et par le directeur Roger Fressoz, un de mes papiers, "Portugal militaire", a été retiré du numéro sur l'intervention d'un tiers. Sournoisement, puisque personne ne m'en aurait rien dit si, au début de la

1. Entretien avec l'auteur, 2 août 2007.
2. *Libération*, 1er août 1975.
3. Hervé Terrace, « Le siphon du problème », *Charlie Hebdo*, 31 juillet 1975. Les citations qui suivent sont extraites du même article.

soirée, par le hasard d'une conversation, je n'avais appris le sort réservé à cet article. Était-ce tolérable ? Non. Ni pour la ligne que j'ai toujours suivie dans ce métier. Ni pour le contrat qui me lie avec mes lecteurs. Ni pour l'idée que je me fais du *Canard*.

« Trop souvent nous avons dénoncé la censure, relevé les atteintes à la liberté d'expression, fustigé les confrères qui cédaient à des pressions pour que, demain, au *Canard*, j'accepte de telles pratiques. »

Deligny résume son échange avec Fressoz :

« "Quand on est directeur du *Canard* on doit avoir le courage de ses opinions. Au moins pour affronter ses collaborateurs. Tu lis un papier, tu l'acceptes et, trois heures après, sur l'intervention d'un tiers, tu le retires. Au juste, tu es quoi ? Menteur le matin ? Lâche le soir ?

– Ou tu te soumets, ou tu t'en vas", a dit Fressoz. »

« Après tout, le *Canard* est un journal qui vise la drôlerie : soyons drôle, poursuit Deligny. Il y avait, sur le bar, un siphon d'eau de Seltz. Mon interlocuteur ne me paraissait plus avoir les idées claires sur divers sujets : la pratique de la censure, le respect de la "voie hiérarchique"... J'ai saisi le siphon sur le bar. Roger a reçu une bonne douche et quand la bouteille a été vide, il l'a prise sur la figure pour le compte. Mes amis non violents me pardonneront-ils ? Je m'inquiète. »

Voyant que Deligny rend l'incident public via *Charlie Hebdo*, Roger Fressoz riposte sur Europe 1. « Lorsque mon agresseur m'a frappé au visage avec un siphon, ma lèvre a éclaté, il a fallu d'ailleurs sept points de suture pour la réparer ; mon sang a giclé, je me suis effondré à terre puis évanoui, et c'est alors que ce forcené au siphon a essayé de parachever son œuvre qu'il considère comme héroïque, en projetant sur moi un autre objet lourdement contondant qui se trouvait sur le comptoir [1]. » Fressoz juge les accusations

1. Le récit de Fressoz sur Europe 1 est repris dans *Le Monde*, 2 août 1975. La citation qui suit provient de la même source.

de censure « dérisoires ». « Je n'ai jamais essayé de supprimer son papier, se défend-il. Je lui avais demandé de le réduire, d'en changer le ton, l'argumentation, parce que ce n'était pas tout à fait dans le style du *Canard*. Il n'en a absolument rien fait. Finalement, je me suis aperçu que la première phrase de son article (c'est-à-dire : "Les âneries qui avaient été écrites ici") visait un des collaborateurs de notre journal. De quel droit, au nom de quel magistère se permettait-il une attaque injurieuse, et en plus sournoise ? » Fressoz prétend au passage qu'au *Canard*, personne ne soutient Deligny. Une preuve, selon lui, que ses accusations sur la censure ne tiennent pas la route.

Le *Canard*, Roger Fressoz et Claude Angeli, bénéficient aussitôt du soutien de *Libération*. Sur sa une, le quotidien désapprouve la publication du papier de Deligny par *Charlie* : « On a les scoops qu'on mérite et celui-ci est un peu attristant. » Le papier en question « n'était pas très solide », selon *Libé*, et « en plus une attaque perfide était balancée contre un des collaborateurs ». Sur le fond, l'article est qualifié de « consternant » : « Renouant avec les grands ancêtres du *Canard*, Terrace met dans le même baquet Lénine, Hitler, Allende en invoquant les militaires du MFA, assure approximativement *Libé*. Quoi qu'il en soit, ce genre de conflit se résout généralement par la discussion dans une rédaction. Nous, à *Libé*, nous nous sommes engueulés quelquefois, mais jamais à coups de siphon. La grande presse va s'empresser de se faire les gorges chaudes de "cet attentat limonadier" à la liberté d'expression et il est dommage que *Charlie* se prête à cette besogne. [...] Rue de Lorraine, nous n'aurions pas laissé la parole à l'iconoclaste [1]. »

Charlie Hebdo ripostera [2]. L'article de Deligny n'a, d'ailleurs, rien de « consternant ». C'est un vrai papier

1. « Du siphon comme argumentation », *Libération*, 1er août 1975.
2. « On nous cherche », *Charlie Hebdo*, 7 août 1975.

antimilitariste, dans la veine du *Canard*. Qu'est-ce qu'a vraiment écrit Deligny ?

« Désolé ! Je trouve qu'on écrit beaucoup d'âneries, ici et ailleurs, sur le Portugal. Tout ça pour masquer une évidence : à cause de l'armée, la démocratie est impossible. Au Portugal, comme ailleurs. Et ça personne ne veut le dire. À droite comme à gauche.

« D'accord ! Au Portugal, l'armée a tiré un trait sur Salazar et ses succédanés. Ce haut fait lui donne-t-il des droits sur la patrie reconnaissante ? Vous ne la jugez pas encombrante, cette soldatesque MFA, depuis le dernier para qui règle la circulation dans la rue jusqu'au camarade général qui joue au Premier ministre ? Pourquoi ne pas renvoyer tout ce petit monde à la caserne ? Ou – mieux – dans ses foyers ? »

Deligny souligne que l'armée, « rempart de la société libérale » ou « expression de la volonté populaire » reste un « bâton du pouvoir », un « corps indigeste pour la démocratie ».

« Toute faction qui tient le pouvoir ou aspire à s'en emparer considère l'armée comme la trique qui fait marcher le peuple droit. Vrai pour tous les régimes ! Vérifiez. Si vous aimez résoudre les équations algébriques de l'histoire, vous constaterez que Lénine, Hitler, et Allende ont fait entrer le facteur militaire dans leurs calculs. »

Puis Deligny s'en prend aussi directement au PC portugais. « Au Portugal, le PC dispose d'un point d'appui : l'armée. Avec ce point d'appui, il peut faire basculer un monde. Supprimez le point d'appui et la manœuvre s'effondre. » Au passage, et c'était peut-être son sacrilège, Deligny interroge aussi les « bons penseurs de gauche » plus qu'admiratifs de l'« expérience » portugaise : « Un parti de gauche peut-il s'appuyer sur l'armée pour s'imposer au pouvoir, et s'y tenir ensuite par la force militaire et policière qu'il aura maîtrisée ? [...] Il n'y a pas d'armée "loyaliste", “populaire” ou “républicaine”. Au Chili, Allende voyait ses généraux “loyalistes” et ils ont eu sa peau. »

Si l’action des militaires portugais divise le *Canard*, c’est que, sous la plume de Claude Angeli, devenu l’un des investigateurs du journal, frétille toujours la mémoire ouvrière de l’ancien permanent communiste qu’il a été. Début mai, il avait obtenu de partir en reportage pour le Portugal. Son papier s’intitule « La peur des militaires les rend plus civils [1] ».

Il commence fort : « Il y avait à Lisbonne un lycée où tout allait de travers : on a envoyé un officier en prendre la direction. Non loin de la capitale portugaise, un autre établissement scolaire tournait plutôt mal : une tête galonnée est allée s’y installer. Les militaires jouent les hommes orchestres et leurs casernes sont pavées de bonnes intentions. Pour les officiers du Mouvement des forces armées (MFA), le pays est un peu à l’image de ces deux lycées. » Tout en rapportant les craintes du PC et du PS devant les officiers, Angeli s’extasie devant le défilé surréaliste « d’un millier de joyeux marins » défilant aux cris de « Socialisme, oui ! Militarisme, non ! » et sur le nouveau mot d’ordre des militaires : « Production ! Production ! » Claude Angeli termine son reportage sur la « nouvelle idée » qui circule : « Il faudra peut-être nommer des officiers à la tête de certaines entreprises et administrations. À moins que socialistes et communistes ne se dévouent pour retrousser les manches de chacun. »

La « ligne » d’Angeli est assez claire. Elle l’est encore plus, à la mi-juillet, après la démission des socialistes portugais du gouvernement. Dans un nouvel article – celui qui provoquera la riposte de Deligny – « Le Portugal reprend du galon [2] », Angeli flatte le Conseil de la révolution, au sein

1. *Le Canard enchaîné*, 7 mai 1975. Les citations qui suivent sont extraites du même article.

2. Le *Canard enchaîné*, 16 juillet 1975. Les citations qui suivent sont extraites du même article.

duquel « les majorités se suivent et ne se ressemblent pas ». « Un officier ou deux qui se ravisent parmi les 28 qui forment cette instance suprême et tout peut changer au Portugal. Même la composition de ce fameux conseil d'ailleurs. C'est cela la démocratie galonnée », assure Angeli.

Antimilitariste, cofondateur du *Réfractaire*, et récemment impliqué dans les luttes contre le camp militaire du Larzac, Deligny ne pouvait pas laisser passer. Il écrit donc son papier. L'article est censuré après l'intervention d'Angeli. Survient la bagarre.

Une semaine après l'incident, pourtant – alors qu'il n'est pas rendu public –, l'un des rédacteurs en chef du *Canard*, Gabriel Macé, prend sa plume pour paraphraser l'article censuré de Deligny. Sous la signature de Jérôme Canard, il s'en prend durement aux militaires portugais : « Ils sont gâtés, les Portugais : trois généraux pour assurer leur bonheur, alors qu'un seul suffit généralement : Franco en Espagne ; Pinochet au Chili ; Mobutu au Zaïre ; Amin Dada en Ouganda ; Bokassa en Centrafrique, etc. [...] Le fait qu'il y ait trois têtes au pouvoir, c'est le fameux "pluralisme" assuré non ? Entre nous, voilà une drôle d'expression : "militaire de gauche" ! Un militaire reste d'abord un militaire, et son premier boulot est de mettre les pékins au pas. [...] En tout cas, devant ce qui se passe au Portugal, nous ne pouvons que reprendre notre antienne ; "Mais quand en aurons-nous fini avec ces putains de généraux !" Il y a cinquante ans que le *Canard* dit ça. Faut pas se lasser [1] ! »

L'article est une forme d'aveu : l'empressement à publier la thèse de Deligny montre bien qu'elle était finalement plus conforme à l'histoire et à la vraie « ligne » du *Canard*.

1. « Triumvirat troïkanon ou le guet pour les Portugais », *Le Canard enchaîné*, 30 juillet 1975.

Dans un long droit de réponse adressé à *Charlie Hebdo*[1], Roger Fressoz s'en prend pourtant aux « affabulations de l'homme au siphon » qui voudrait donner « une dimension politique aux faits qui ont entraîné son départ ». Il ironise à son tour sur le récit de Deligny : « On croirait entendre un sous-officier para de retour d'une expédition punitive. C'est la première fois dans les annales de la presse qu'un journaliste écrit un article pour se flatter d'avoir cassé la figure – avec quel panache ! – d'un journaliste appartenant à la même équipe. » Fressoz justifie le licenciement et conteste la censure. Il parle d'Angeli : « Il n'est pas recommandé surtout de profiter d'un article pour régler sournoisement un compte avec un autre membre de notre équipe. »

L'incident cristallise les luttes d'influence internes au *Canard*. « Deligny s'est imaginé qu'il allait devenir rédacteur en chef, assure le nouveau directeur Michel Gaillard, au chercheur Laurent Martin, en 1998. Il avait une grosse capacité de travail, une vraie stature. Mais il buta d'abord sur Angeli, sur Fressoz ensuite. Il cherchait l'affrontement. D'où la bagarre avec Fressoz. Deligny aurait ensuite regretté l'incident. Il me déclara qu'il voulait juste faire peur à Fressoz et que, dans l'empoignade, il l'avait involontairement blessé[2]. » La réalité est autrement plus complexe. C'est Jean Clémentin, l'homme du nouveau *Canard*, celui du *Canard* investigateur, absent au moment de l'incident, qui voit voler en éclats l'équipe qu'il a installée, quatre ans plus tôt, pour y développer l'enquête. Un « triumvirat » constitué par Michel Gaillard, Claude Angeli et Henri Deligny, qu'il imaginait « tournant » tous les mois, et qui n'avait pas vraiment fonctionné. Gaillard avait préféré s'occuper des échos de la page 2, et Deligny de ses enquêtes,

1. « L'affaire du *Canard* », *Charlie Hebdo*, 7 août 1975. Les citations qui suivent sont extraites du même article.

2. Entretien de Laurent Martin avec Michel Gaillard, 27 mars 1998, cité en annexe de la thèse de Laurent Martin.

laissant Angeli aux commandes. « Michel Gaillard travaillait plus sous la direction de Roger Fressoz que de Jean Clémentin, commente Henri Deligny. Pour ma part, je ne tenais pas à faire travailler les autres. Claude Angeli s'est installé progressivement à ce poste. Mais nous n'avons jamais été en concurrence. D'ailleurs, jamais Angeli n'avait relu un de mes papiers [1]. » Le licenciement de Deligny va mettre fin aux ambitions de Clémentin. Par contre, il ouvre toutes les perspectives à Angeli. « Il n'y avait pas de rivalité entre moi et Clémentin, ni entre Clémentin et Fressoz, assure pourtant Angeli à Laurent Martin. Clémentin était malheureux. Il voulait écrire des livres. Il n'avait aucune envie d'être rédacteur en chef et encore moins directeur. Il a joué un rôle essentiel dans le tournant de l'information [2]. » Clémentin passera la main un an plus tard, au profit de Claude Angeli. « Jean Clémentin m'a confié qu'il avait démissionné de son poste parce qu'on m'avait éliminé, signale Henri Deligny. Il m'a montré une lettre qu'il avait écrite à Roger Fressoz pour me défendre [3]. »

Un procès s'engage devant les prud'hommes. Silencieusement, les anciens collègues de Deligny suivent l'événement. Seul le dessinateur Vazquez de Sola se manifeste ouvertement. Le vendredi suivant, il arrive au *Canard* portant un pull jaune. « Tu fais le Tour de France..., lui fait-on remarquer. – Non, rétorque-t-il, j'ai un copain licencié, et comme je viens travailler, j'estime que je suis un jaune. » Au *Canard*, chacun sait que la direction se débarrasse à bon compte de l'élément le plus turbulent. L'un des rares syndiqués. Deligny était intervenu en faveur des trois correcteurs du *Canard* qui demandaient à être plus correctement payés, au lieu d'être simplement à la pige. Il était d'ailleurs

1. Entretien avec l'auteur, 9 juin 2008.
2. Entretien de Laurent Martin avec Claude Angeli, 4 juillet 1997, cité en annexe de sa thèse.
3. Entretien cité.

l'ami de May Piqueray, militante libertaire, membre du Syndicat des correcteurs de la presse parisienne, avec laquelle il publie *Le Réfractaire*, en 1974. Le *Canard* avait répondu aux correcteurs que la situation financière ne permettait pas de mieux les rémunérer...

Derrière le licenciement d'Henri Deligny, il y avait une ou deux autres histoires. C'est le journaliste qui le confie, trente ans plus tard. En juin 1975, il s'était illustré lors d'un conseil d'administration annuel en proposant d'affecter une partie des réserves au soutien de journaux naissants. Dans la foulée du *Réfractaire*, Deligny s'est impliqué dans la lutte contre les installations militaires du plateau du Larzac. Il a obtenu le numéro de commission paritaire pour *Gardarem lo Larzac*, et il entraîne plusieurs dessinateurs du *Canard* dans l'aventure : en juillet 1975, Moisan fait un dessin en une ; Vazquez de Sola et Roland Bacri collaborent aussi. La direction du *Canard* voyait d'un mauvais œil la constitution amicale et informelle d'un pôle, d'un courant, de la rédaction, autour de Deligny.

Mais il y avait encore autre chose. Un secret. Une enquête. Henri Deligny avait été contacté confidentiellement par une journaliste de l'Institut national de la consommation (INC). Le scénario de cette affaire était pour ainsi dire écrit pour *Le Canard enchaîné*.

En avril 1975, un petit article publié dans *50 Millions de consommateurs* met le feu aux poudres. Illustré par la photo d'une bouteille d'eau minérale, son titre est accrocheur : « Des larves dans Vittel ».

« Vittel est une des eaux qui pénètre le plus facilement à l'intérieur des cellules, affirmait la publicité. C'est apparemment ce qui s'est passé pour les familles Novion et Gerson de Roissy-en-Brie (Seine-et-Marne). Mais au lieu de chasser les toxines, de mauvais éléments renfermés dans cette eau minérale ont contaminé ces consommateurs. En effet après avoir bu le 8 février de cette boisson, cinq personnes dont un enfant sont malades : des larves blanchâtres flottaient allégrement dans la bouteille en verre. »

Explosif. Analysée par deux laboratoires, dont celui des Fraudes, la bouteille se révèle transporter différents bacilles pathogènes (*Esherichia coli*, *Proteus*, *Klebsiella*...). L'eau n'est pas potable. Une plainte est déposée par les consommateurs intoxiqués.

Aussitôt, Deligny s'est mis sur l'affaire. D'autant plus qu'il a déjà dévoilé, l'année précédente, les difficultés rencontrées par les producteurs d'eau minérale avec les associations de consommateurs au sujet des défaillances des premières bouteilles en plastique. Il reprend donc *in extenso* de longs extraits de l'article de *50 Millions de consommateurs* dans le *Canard*. Il dévoile simultanément les pressions exercées sur le journal de l'INC. « Bien étrangement, la haute direction de la Société des eaux de Vittel eut connaissance de l'article préparé par la rédaction du magazine avant la mise en vente de l'exemplaire, écrit-il. On jugea que ce texte était encore plus "imbuvable" que l'eau de la bouteille. Une intervention pressante fut conduite en direction du ministère de l'Économie et des Finances. [...] On fit savoir combien une telle information pouvait être catastrophique, car une baisse de la commercialisation de la flotte minérale entraînerait immanquablement des licenciements et du chômage technique dans l'embouteillage[1]. »

« Entre le chômage et l'hygiène, on a vite choisi », assure Deligny, qui précise que le ministère a rapidement fait connaître sa consigne au patron de l'INC : « supprimer cet article ». Mais trop tardivement. Une partie des abonnés avaient déjà été livrés. Impossible d'arrêter la machine.

Quinze jours plus tard, Deligny annonce dans le *Canard* que, à l'INC, on n'a toujours pas digéré l'article sur Vittel : « On envisage de faire préparer à l'avenir les articles de ce

---

1. « Une histoire d'eau qui fait des salades », *Le Canard enchaîné*, 2 avril 1975.

genre par des avocats : par exemple, Me Badinter, pour Vittel, aurait son mot à dire sur la copie à publier. On réaliserait du même coup des économies dans la rédaction[1] », ironise-t-il.

Début mai, *50 Millions de consommateurs* complète encore son information, d'autant plus que la Société des eaux de Vittel ne s'est pas privée de riposter médiatiquement. « Vittel a rejeté la responsabilité sur le restaurateur en expliquant qu'il avait la mauvaise habitude d'ouvrir à l'avance les bouteilles et que, par conséquent, des germes pathogènes auraient pu y tomber », explique la revue. Cette observation n'était pas celle des familles qui avaient vu « le restaurateur ôter la capsule métallique juste avant de servir ». Mais pour en avoir le cœur net, *50 millions de consommateurs* transmet les analyses à plusieurs experts, qui concluent que « la présence d'autant de souillures ne pouvait s'expliquer que par une pollution fort ancienne (au mois 15 jours) ». Le magazine suivait l'affaire... Mais la contre-attaque de Vittel commençait à peser.

En juin, un droit de réponse de Guy de la Motte-Bouloumié, P-DG de Vittel, annonce dans la revue de l'INC la saisine d'un juge pénal, et le dépôt d'une plainte en diffamation avec constitution de partie civile. L'artillerie lourde. La bouteille a été apportée ouverte à table, martèle Guy de la Motte. On ignore pendant combien de temps et dans quel milieu elle est restée ouverte avant d'être servie. Toutes les bouteilles saisies étaient fermées, et l'eau de qualité irréprochable. Parmi les consommateurs, un seul est tombé malade, et ce, pas plus de quarante-huit heures. Chez Vittel, l'embouteillage est irréprochable. Contrôlé en laboratoire. *50 Millions de consommateurs* a imputé à Vittel la responsabilité de l'incident et de ses conséquences « de manière à faire croire que l'eau de Vittel est habituellement souillée ». Conclusion : « Le préjudice est considérable. » Des experts

1. « Vittel trouble l'eau », *Le Canard enchaîné*, 17 avril 1975.

s'expriment encore dans la revue de l'INC. Un professeur de l'Institut d'histoire naturelle exclut que les bactéries en cause aient pu se développer en une demi-heure – éventualité totalement écartée pour des flagellés et des hématodes. Il ne reste qu'une seule explication possible : « Les germes ont préexisté dans la bouteille avant l'introduction de l'eau. » Pour les scientifiques, il ne peut s'agir que d'un retour de consigne. Une bouteille souillée qui, revenue dans le circuit normal, aurait échappé à la désinfection. Le dossier passionne les lecteurs de *50 Millions de consommateurs*, qui apportent d'autres bouteilles qui se révèlent non polluées. Finalement, une contre-expertise confiée par Vittel à l'Institut national de la recherche agronomique donnera raison à la société d'eau minérale. « L'Inra a prouvé que l'asticot ne pouvait pas être dans l'eau de Vittel, assure Guy de la Motte. En réalité, le restaurateur débouchait à l'avance ses bouteilles sous le comptoir [1]. » Vittel gagnera son procès.

De son côté, Henri Deligny apprend qu'un syndicat de Vittel a contacté un homologue à l'INC, et fait pression au nom de l'emploi. Le journaliste s'intéresse désormais à des achats de terrains opérés par Vittel en relation avec la municipalité. La fédération du Parti socialiste est d'ailleurs sur l'affaire. La journaliste de *50 millions de consommateurs* confie à Deligny qu'elle craint d'être licenciée, et elle lui annonce en même temps qu'il ne pourra plus enquêter sur ce dossier. La Société des eaux de Vittel, qui a pour avocat habituel le cabinet de Mes Robert Badinter et Jean-Denis Bredin, aurait contacté Me Roland Dumas « pour avoir la paix avec le *Canard* ». « Le *Canard* ne parlera pas de cette affaire, puisque Roland Dumas a accepté de s'en occuper, s'imagine la journaliste de *50 millions de consommateurs*. Vous dénoncez la censure, vous la subirez au *Canard.* » Deligny connaît bien Dumas. Il l'a connu député de Brive-la-Gaillarde. Il l'a parfois conduit jusqu'à Bordeaux en

1. Entretien avec l'auteur, 27 août 2008.

voiture. Dumas a plaidé aussi des plaintes en diffamation déposées contre les articles de Deligny. « Roland Dumas m'a suggéré, effectivement, d'oublier l'affaire », explique le journaliste. « Roland Dumas, qui était l'avocat de la chambre syndicale des eaux minérales, était intervenu auprès du *Canard*, et cela s'était arrangé [1] », confirme Guy de la Motte-Bouloumié.

C'était mal connaître l'investigateur. « Je suis allé voir Fressoz, se souvient Deligny, et je lui ai dit que si Roland Dumas estimait pouvoir prendre un client qui faisait l'objet d'une enquête du *Canard*, il fallait choisir entre Roland Dumas et l'information que je présentais [2]. » Deligny rend compte à Jean Clémentin, qui le soutient dans l'idée que « l'histoire mérite d'être sortie » [3]. Mais Fressoz est d'un autre avis : « Roland Dumas est un ami », aurait signifié Fressoz à Deligny. « On ne publiera pas le papier », conclut-il. « Je lui avais répondu : "Si on ne publie pas ce papier, je donne ma démission" », se souvient Deligny. Puis un lundi soir, il s'aperçoit que son papier sur le Portugal a disparu de la maquette. Il cherche Fressoz dans les bureaux. Puis il descend au bar-tabac Jean Nico. Après lui avoir dit quelques mots, il asperge Fressoz d'eau minérale.

---

1. Entretien avec l'auteur, 27 août 2008.
2. Entretien avec l'auteur.
3. Claude Angeli, dans son courrier du 17 octobre 2008, nous a indiqué qu'il n'avait « jamais entendu parler » d'une intervention de Roland Dumas sur les enquêtes d'Henri Deligny concernant Vittel.

12

En suivant Mitterrand

Contraste. Nicolas Brimo est passé directement de *L'Unité*, le journal du Parti socialiste, à l'hebdomadaire satirique paraissant le mercredi. « C'est vrai qu'il a été la voix du PS au *Canard*, admet Claude-Marie Vadrot. Ça a influencé le contenu du *Canard*[1]. » Il en est devenu l'administrateur en 1991, et sûrement le plus politique de ses dirigeants. Son embauche survient en 1975[2], après le départ mouvementé de l'investigateur Henri Deligny. Brimo n'a que vingt-cinq ans. « On est arrivés relativement jeunes, toute une bande, déclare-t-il. C'était le moment où, dans toute la presse, un renouvellement de génération s'opérait[3]. » Brimo avait fait la connaissance de Claude Angeli au *Nouvel Obs*, où il faisait des piges et rêvait aussi d'entrer. « Je lui ai donné des informations, rapporte Brimo, la première fois pour le congrès d'Épinay du Parti socialiste [en 1971], sur la combinaison

1. Entretien avec l'auteur, 7 mai 2008.
2. L'historien Laurent Martin comme certains médias (*Le Nouvel Économiste*, 11 mars 2005 par exemple) indiquent par erreur qu'il y arrive en 1971, mais c'est seulement comme pigiste.
3. Entretien de Laurent Martin avec Nicolas Brimo, avril 1994.

mise au point par Mitterrand. Je me souviens de l'incrédulité de Jean Daniel[1]. » Nicolas Brimo avait déjà collé les affiches de François Mitterrand lors de la campagne présidentielle de 1965. La politique est une passion de famille chez les Brimo de Laroussilhe. Le père, Albert Brimo, prof de droit, a été, dans les années 1950, dirigeant du Centre national des indépendants et paysans (CNIP) et conseiller technique de plusieurs ministres[2]. Malgré les échos politiques qu'il amène, Nicolas Brimo n'est pas intégré à la rédaction de l'*Obs*. « Il en voudra toujours à Jean Daniel de ne pas l'avoir embauché », raconte un ami.

Il n'a d'ailleurs pas encore fini ses études. En 1972, il soutient son mémoire de maîtrise à Nanterre : « Un mécanisme d'information politique : la presse confidentielle sous la IVe République ». Comme dans la famille Brimo on est aussi amateurs d'art et antiquaires[3], Nicolas Brimo collectionne très jeune les livres sur le surréalisme. Vivant chez ses parents, rue de Longchamp, à Neuilly, faisant occasionnellement des piges au *Canard*, Brimo intègre l'équipe de *L'Unité*, dès sa création en janvier 1972.

« Nous étions cinq ou six, se souvient Claude Estier, son directeur, et j'avais fait venir Serge Richard qui avait été à *L'Express*, et Nicolas Brimo, qui n'était qu'un jeune débutant. Il était plein d'idées, et extrêmement actif. *L'Unité* était le journal du parti, mais ce n'était pas le journal de la paroisse[4]. » Ancien journaliste au *Progrès de Lyon*, au *Monde*, à *Libération*, à *France Observateur*, élu député pour la première fois en 1967, Estier a obtenu le feu vert du bureau exécutif du PS pour le lancement d'un hebdo. « Je proposai le titre de *L'Unité* qui me paraissait être le mot-clé

1. *Ibid.*

2. De 1952 à 1958, Albert Brimo a été successivement conseiller technique au ministère des PTT, aux Affaires étrangères, et à la Défense.

3. Une galerie est restée dans la famille : Brimo de Laroussilhe, quai Voltaire.

4. Entretien avec l'auteur, 10 juillet 2008.

pour symboliser à la fois ce que nous venions d'accomplir, entre socialistes à Épinay, et ce que nous désirions réaliser entre partenaires de la gauche [1] », rapporte Estier. La petite rédaction s'installe dans une librairie, rue Violet-Leduc, à quelques centaines de mètres du siège du PS, alors cité Malesherbes, dans le 9e arrondissement de Paris. Par la suite, lorsque la direction déménage place du Palais-Bourbon, *L'Unité* s'installe cité Malesherbes avec d'autres satellites du parti. « Le collaborateur le plus prestigieux de *L'Unité* n'était autre que François Mitterrand lui-même, dont la chronique "Ma part de vérité" nous a valu dès le départ une audience nationale et internationale, raconte Estier. C'est bien ce que j'espérais lorsque j'avais proposé au premier secrétaire de tenir cette page hebdomadaire qui constituait notre principal atout face à la concurrence des grands magazines politiques. » Le bloc-notes de Mitterrand est souvent cité dans les revues de presse. Et Mitterrand en utilisera la matière pour deux livres successifs, *La Paille et le Grain*, en 1975, et *L'Abeille et l'Architecte*, en 1978 [2]. Avec 10 000 abonnés, 40 000 exemplaires vendus en kiosque ou sur les marchés par les militants, et aussi grâce à la publicité, le journal trouve son équilibre financier. « *L'Unité* avait bénéficié de l'élan de la campagne de 1974 et les 49,30 % de suffrages réunis sur le nom de François Mitterrand avaient donné au parti lui-même », analyse Estier. « Le lien de *L'Unité* avec le parti passait bien sûr par la gestion, se souvient Guy Perrimond, rédacteur en chef de la partie politique, transfuge de *Politique hebdo*. Estier me disait : "Voilà le budget dont tu disposes." Et on piochait dans les commissions du parti pour trouver des collaborateurs [3]. »

1. Claude Estier, *J'en ai tant vu, mémoires*, Le Cherche-Midi, 2008. Les citations qui suivent sont extraites de la même source.
2. François Mitterrand, *La Paille et le Grain*, Flammarion, 1975 ; *L'Abeille et l'Architecte*, Flammarion, 1978.
3. Entretien avec l'auteur, 15 septembre 2008.

Outre Serge Richard et Nicolas Brimo, on découvre logiquement dans l'équipe de *L'Unité* des hommes et des femmes qui serviront le pouvoir socialiste après 1981. Guy Perrimond, le rédacteur en chef de l'hebdo des socialistes, deviendra conseiller de Pierre Joxe au ministère de l'Intérieur et à la Défense. Le journaliste du *Point* Jean-Loup Reverier ira durant deux ans occuper la fonction de conseiller à la communication de Joxe. François de Grossouvre, « conseiller technique » de *L'Unité* – un poste plus honorifique qu'autre chose – fera du chemin chargé des services spéciaux à l'Élysée, puis des chasses présidentielles, sous Mitterrand. La journaliste Christine Cottin, qui sera longtemps la compagne de Brimo, est dans l'équipe elle aussi. C'est la future conseillère image de Mitterrand. En 1981, on la verra réaliser l'interview de Mitterrand dans son film de campagne. Puis elle rejoindra l'Élysée, aussitôt après l'élection présidentielle. Une autre jeune journaliste, Michèle Kespi-Backmann, rejoindra quant à elle le cabinet de Pierre Bérégovoy, au ministère de l'Économie. La documentaliste de *L'Unité* et du PS n'est autre que Véronique Neiertz, future ministre. C'est elle que Mitterrand met à contribution pour rédiger ses articles.

On relève aussi la signature, rare, de la future épouse de Brimo, qui sera attachée de presse de Mitterrand en 1988, la journaliste Kathleen Evin.

En janvier 1972, le premier article signé par Nicolas Brimo dans *L'Unité* s'intitule « Policier et citoyen », et il est dédié à un syndicaliste policier qui deviendra, une fois la gauche au pouvoir, le responsable des finances occultes et des fausses factures du PS, Gérard Monate.

« Mai 1968 : pour les policiers, des nuits de charges, de bagarres, et l'impression d'être les mal-aimés du pays. Ils en sortiront traumatisés et les pouvoirs publics, Raymond Marcellin en tête, ne feront pas grand-chose pour atténuer ce malaise.

« Un homme, Gérard Monate, connaît bien le policier, ses problèmes et ses doutes. À quarante-huit ans, ce titi parisien de forte corpulence est le secrétaire général de la Fédération autonome des syndicats de police. À elle seule, la fédération regroupe 70 % des effectifs en tenue sur le territoire.

« Aujourd'hui, Gérard Monate fait le point sur la police dans un livre qui vient de paraître aux éditions Épi : *La Police : pour qui ? avec qui ?* Il est bon de le lire, pour se persuader qu'il y a encore des hommes, et non des moindres, qui posent autrement qu'en termes de répression les problèmes de la police. Des hommes qui voudraient que le policier soit, enfin, un policier-citoyen.

« Là encore, il s'agit d'idées que le programme du PS défend en réaffirmant le principe posé par la Déclaration des droits de l'homme : "Cette force [publique] est instituée pour l'avantage de tous et non pour l'utilité de ceux auxquels elle est confiée[1]." » À ce stade, il faut préciser que Nicolas Brimo assure n'avoir « jamais adhéré à un parti politique » et n'avoir « jamais été militant du PS »[2]. À lire sa prose, et cela n'a rien d'honteux, on est obligé de convenir que, s'il n'était pas adhérant du PS, il en était passionnément militant, contrairement à ce qu'il soutient. Outre le fait qu'il était, comme tous les journalistes de *L'Unité*, rémunéré par le PS.

À la mort du militant maoïste Pierre Overney, tué par un vigile en février 1972, à l'usine de Renault de Boulogne-Billancourt, Nicolas Brimo commence à s'intéresser aux « flics du patronat », sujet d'un futur livre. « Aucune déprédation n'a été commise par les gauchistes dans les ateliers[3] » affirme-t-il. Le vigile a tiré « presque de sang-froid ». Brimo dénonce « les flicards » de l'usine. « Les outrances des

1. *L'Unité*, 14 janvier 1972.
2. Courrier de Nicolas Brimo aux auteurs du 27 octobre 2008.
3. *L'Unité*, 3 mars 1972. Les citations qui suivent sont extraites du même article.

maoïstes aidant, il leur est facile de rendre les gauchistes responsables de toutes leurs médiocrités, analyse-t-il. Au-delà du drame de vendredi dernier, c'est tout le problème des polices patronales qui se pose. Rien d'étonnant alors que le bureau exécutif du Parti socialiste demande immédiatement au groupe parlementaire de déposer une proposition de résolution, tendant à la constitution d'une commission d'enquête sur l'existence et les activités de polices patronales, milices privées et autres groupes parallèles armés. » « Pour exiger la dissolution des polices patronales, milices privées et groupes armés, le Parti socialiste organise un grand meeting lundi 6 mars, à 21 heures, à la Mutualité. Avec François Mitterrand, Georges Sarre et Robert Lucente, secrétaire de la section d'entreprise de la régie Renault. » Signé Brimo.

À ses débuts, Brimo fait dans *L'Unité* jusqu'à dix papiers par mois. Il s'intéresse aux arrière-plans politiques de l'affaire Aranda révélée par le *Canard*[1]. Il couvre aussi l'affaire de la grâce présidentielle accordée par Georges Pompidou à Paul Touvier. Il consacrera de nombreux articles à l'ancien chef de la milice lyonnaise. Mais il suit déjà François Mitterrand. Il est « l'envoyé spécial de *L'Unité* » derrière le premier secrétaire du PS, lors de la campagne électorale des cantonales, en 1973. Morceaux choisis de cet article de Brimo intitulé « En suivant Mitterrand[2] » : « II est 20 heures et le va-et-vient des essuie-glaces ne chasse pas toute la pluie qui tombe sur la voiture. Sur la route de Caen, ce samedi soir, un vent glacial risque de vite transformer la pluie en neige. Mais il faut bien rouler. Les derniers virages dans Caen. Devant la salle des expositions, plus de 2 000 voitures sont sagement rangées dans les parkings, sous l'œil d'agents pour une fois débonnaires. À l'intérieur, sous

1. Voir chapitre « L'archange aux mains pleines », p. 106.

2. Nicolas Brimo, « En suivant Mitterrand », *L'Unité*, 2 mars 1973. La citation qui suit est extraite de cet article.

les poutrelles d'acier jaune et gris, plus de 3 000 personnes. François Mitterrand devrait arriver vers 21 heures. Dehors il tombe toujours des cordes.

« Derrière le rideau gris de la tribune et les immenses affiches vertes du Parti socialiste, le responsable de la réunion, Louis Mexandeau, candidat du PS à Caen, discute avec les autres candidats de la Basse-Normandie – c'est-à-dire de l'Orne, du Calvados et de la Manche. Ils savent déjà, par le téléphone, que Mitterrand sera en retard et qu'il roule quelque part entre Limoges et Caen.

« Le périple de Mitterrand en cette fin de campagne électorale, où il faut panacher les réunions à travers la France, les entretiens télévisés avec Maurice Séveno, les débats radiophoniques et quelques autres occupations, ressemble fort à un grand cirque. À un rodéo à base de trains, d'avions et de routes plus ou moins praticables.

« Parti de Lyon pour Limoges le samedi matin par le train, Mitterrand y est venu apporter son soutien à Georges Sarre. Un avion soigneusement minuté devait aller le cueillir à Limoges. Mais la grève des aiguilleurs du ciel et la décision du ministre Robert Galley de mettre en place un dispositif de remplacement fourni par l'armée de l'air ont supprimé tous les vols prévus. Seuls les avions du Glam (Groupement des liaisons aériennes ministérielles) peuvent décoller. Ainsi les éminences du régime seront-elles ce soir à l'heure. Quant à François Mitterrand, il devra changer trois fois de voiture entre Limoges et Caen !

« Mais ici, Mexandeau sait que Mitterrand aura au mieux une heure et demie de retard. Dans la salle, sur les chaises en bois, les spectateurs s'impatientent. De jeunes lycéens assis à terre tapent dans leurs mains. Alors, il faut se débrouiller, annoncer le retard à la salle. Les candidats s'installent à la tribune, Mexandeau les présente un à un. Louis Darinot, candidat à Cherbourg, explique chapitre par chapitre le Programme commun. Une sorte de petite leçon qui n'est pas inutile, alors que le monde politique ne vit que depuis neuf mois en fonction de l'accord de juin 1972. Mexandeau prend à son tour la parole, il explique "le choix très clair des élections". Le souci de renouvellement du Parti socialiste. Ici, le ciment a pris entre les anciens SFIO, les conventionnels et les nouveaux membres du PS. Et puis, de temps en temps, les regards se tournent vers les portes. Le reflet des phares jaunes des voitures qui ne s'arrêtent toujours pas... Une haie se forme soudain au fond de la salle : il est 23 heures et Mitterrand arrive enfin.

« Tout le monde se lève, applaudit. Une écharpe autour du cou, Mitterrand gagne vite la tribune. Les traits tirés, la voix brisée par de trop nombreux meetings, il commence son discours, qui s'ordonne autour de trois thèmes : la majorité, la gauche, la France. Le discours que Mitterrand prononce depuis plus de deux mois procède toujours de ce schéma, mais s'adapte à chaque auditoire.

« "La majorité, elle se cherche. Elle n'a pas de programme, parce qu'elle n'a pas de perspectives. Mais j'ajouterai : elle a le Programme commun, heureusement pour elle." La salle sourit. Applaudit.

« [...] Puis vient la question directe, essentielle même : "La France est riche. Est-ce que les Français le sont ?" En d'autres termes, a qui profite la croissance ? Et Mitterrand montre que les banques, les industriels, ces 10 000 actionnaires à qui la France appartient, se partagent l'essentiel de cette croissance que l'on nous dit, que l'on nous promet mirifique.

« Mexandeau se lève et passe au premier secrétaire du PS un petit papier vert : à Lisieux, la salle est pleine, et Henri Delisie, maire de Mézidon et candidat du PS, attend Mitterrand. S'il n'y avait pas eu ces grèves, il aurait dû être là-bas à... 18 h 30 ! Mais la salle est restée. Alors à 23 h 30, Mitterrand sait qu'après Caen, il y aura aussi Lisieux. [...]

« Le discours politique, c'est aussi une leçon de politique. Il y a la même différence entre les discours de Mitterrand en janvier et février 1973 et ceux de 1965 qu'entre deux de ses livres, *Le Coup d'État permanent* et *La Rose au poing*. Car son langage, son discours évolue. Par contre, un discours de Jean Lecanuet n'a en rien varié de 1965 à 1973 – on pourrait même ajouter : de la guerre froide à 1973.

« Les applaudissements saluent la fin du discours. La salle se lève. Il est temps de repartir, il est minuit et là-bas, à Lisieux, une salle pleine à craquer attend encore le premier secrétaire du PS. Dehors, il pleut et il fait très froid.

« Demain, Mitterrand parlera au Mans et dans l'Allier. Nous sommes tous physiquement épuisés. Lui n'en a pas le droit. Il parlera encore et, en deux jours, il aura expliqué une politique et un choix à plus de 12 000 personnes. C'est peu, si l'on compare ces chiffres à ceux de l'écoute d'une émission de télévision. C'est énorme, si l'on pense à la force d'explication et d'émotion que cela représente [1]. »

À la fin de ses articles, Brimo cite souvent Mitterrand. Même quand Mitterrand n'est pas le sujet. À l'occasion de la sortie du documentaire, *Français, si vous saviez* [2], à propos des « silences » du Premier ministre Pierre Messmer [3], il a toujours une petite citation du premier secrétaire de derrière les fagots. En 1974, il choisit de citer plus fréquemment le *Canard*. « Grâce au *Canard enchaîné*, le nouveau ministre de l'Intérieur s'est vu décerner un sobriquet : "Château Chirac". Il le doit au fait de n'avoir pas, le plus légalement du monde, payé d'impôts pendant deux ans. Son château était classé monument historique. »

Lors de la campagne présidentielle de mai 1974, consécutive au décès du président Georges Pompidou, Nicolas Brimo prend ses quartiers au siège de campagne de François Mitterrand, à la tour Montparnasse. « Claude Estier nous a demandé, à Brimo et à moi, de réaliser le bulletin quotidien de la campagne de Mitterrand, se souvient Jean-Loup

---

1. Nicolas Brimo, « L'homme du château », *L'Unité*, 14 mars 1974.
2. Le 8 mars 1973.
3. Le 13 avril 1973.

Reverier. C'était une petite agence d'infos : on rédigeait l'événementiel des réunions et des rendez-vous[1]. » C'est dans les couloirs de la tour Montparnasse que Nicolas Brimo rencontre une jeune femme, Kathleen Evin, sa future épouse. « Elle était la collaboratrice de Claude Perdriel qui, lui, était chargé des finances de la campagne, et de ce fait elle approchait souvent Mitterrand », précise Reverier. Plus tard, les Brimo passeront pour des intimes du président Mitterrand, Kathleen Evin ayant été son attachée de presse à de diverses occasions. Plusieurs de l'équipe du *Canard* se souviennent d'une photo la montrant d'ailleurs, avec son mari, en compagnie du président dans sa résidence landaise de Latche.

Durant la campagne présidentielle de 1974, Nicolas Brimo enquête aussi pour *L'Unité* sur « les feuilles anti-Mitterrand » diffusées massivement – et secrètement – par le patronat, à travers l'Union des industries métallurgiques et minières (UIMM), déjà. Les journaux pirates s'appellent *France Matin*, *Liberté et progrès socia*, *Spécial enseignant*, *Lettre confidentielle aux cadres supérieurs*. Brimo « démasque » les auteurs de ces « torchons » – des dissidents d'Ordre nouveau – entre les deux tours de la présidentielle[2]. « Certains d'entre nous avaient choisi de travailler à *L'Unité* parce que cela correspondait à une vision politico-militante, juge Guy Perrimond. Ils venaient parce que le PS se reconstituait. Lors de la présidentielle de 1974, j'ai passé, moi aussi, la moitié de mon temps au siège de campagne de la tour Montparnasse – en 1981 également. Mais en 1974, la présidentielle est arrivée un peu tôt pour Mitterrand[3]. »

Giscard est élu. Les gaullistes battus, Brimo pronostique dans *L'Unité* qu'il distribuera les portefeuilles à « des technocrates » : « Des noms circulent, inconnus du grand public,

1. Entretien avec l'auteur, 3 septembre 2008.
2. *L'Unité*, 3, 10 et 17 mai 1974.
3. Entretien avec l'auteur, 15 septembre 2008.

écrit-il. Ce petit jeu a au moins le mérite de distraire les classes politique et journalistique. » Apparemment, Nicolas Brimo est encore loin d'imaginer qu'il animera plus tard, et pendant longtemps, la page 2 du *Canard*, distraction numéro un des « classes politique et journalistique »...

En novembre 1974, il publie un premier article sur la dérive mafieuse d'un groupe d'employés de Peugeot à Sochaux[1]. En janvier 1975, c'est le « gang de Peugeot », qui reprend certains éléments révélés par le *Canard* deux ans plus tôt. Et, en avril, c'est un dossier en trois volets, cosigné dans *L'Unité* par Nicolas Brimo et... Claude Angeli : « Les truands du patronat ». Il s'agit des bonnes feuilles du livre qu'ils publient ensemble chez Maspero : *Une milice patronale : Peugeot*[2].

Suivant de loin en loin la politique du ministère de l'Intérieur, Brimo n'oublie pas Gérard Monate et son syndicat policier, une source particulièrement utile aux journalistes de gauche[3]. Une bavure lors d'un guet-apens policier ? « Gérard Monate, secrétaire général de la Fédération autonome des syndicats de police résume parfaitement l'affaire en déclarant : "La somme des fautes commises est significative du manque de maturité de ces policiers, maturité indispensable à ce type d'opération." Et les solutions sont à trouver du côté de la fédération autonome de Monate »...

En juin 1975, *L'Unité*, bien informée, révèle l'existence d'un centre d'écoutes téléphoniques à Boullay-les-Troux. En rappelant « l'affaire des micros du *Canard* », Brimo interpelle – avec Mitterrand – le ministre de l'Intérieur, Michel Poniatowski. « Eh bien ! pour une fois, nous prenons Poniatowski au mot, écrit-il. Qu'il organise, comme François Mitterrand l'a immédiatement demandé au

---

1. Nicolas Brimo, « Drôles de pistolets », *L'Unité*, 29 novembre 1974.

2. Nicolas Brimo, Claude Angeli et Marc-Rémy Donnallin, *Une milice patronale : Peugeot*, Maspero, 1975.

3. Dans *La Face cachée du Monde* (Mille et Une Nuits, 2003), Pierre Péan et Philippe Cohen ont consacré un chapitre aux relations étroites tissées par Edwy Plenel avec la FASP.

président de l'Assemblée nationale, Edgar Faure, une visite de ce centre par une commission d'enquête parlementaire et nous croirons en sa bonne foi. Précision : il est inutile de déménager quelques jours auparavant les trois analyseurs de trafic d'une capacité de 2 048 lignes téléphoniques, dont Poniatowski a pris bien soin de ne pas parler à l'Assemblée nationale. Ce genre d'enfantillage finit toujours par se savoir[1]. » Brimo a commencé à durcir sa plume. « À une conférence de rédaction de *L'Unité*, il avait annoncé, très sérieusement : "La semaine prochaine je veux me faire Ponia[2]" », se souvient Reverier.

Ses liens avec Angeli, le livre en commun, les infos politiques qu'il fait passer, finissent par faire connaître Nicolas Brimo au *Canard*. « Nicolas était adapté à l'esprit du *Canard*, estime Perrimond. Il a le sens de l'humour et il sait rester muet comme une tombe. Il sait garder ses informateurs. Il ne trahit pas ses sources. Par ailleurs, de par ses origines sociales, il n'était pas en décalage avec le monde politique[3]. » Claude Estier est lui aussi proche du journal satirique. En 1962, dans son livre *La Gauche hebdomadaire*, Claude Estier avait consacré un très long développement au *Canard*[4]. « Comme journaliste, Estier était dans les rouages du *Canard* depuis longtemps », juge Deligny. Plus que cela même, selon un rapport des Renseignements généraux rendu public en 1980, le nom d'Estier figurait « parmi les informateurs appointés par *Le Canard enchaîné*[5] ». Le départ de Brimo de *L'Unité* vers le *Canard* n'était pas pour lui déplaire. « Avec Serge Richard, nous avons fourni au *Canard* deux de nos journalistes[6] », se félicite Estier.

---

1. Nicolas Brimo, « Poniatowski ne dit pas tout », *L'Unité*, 13 juin 1975.
2. Entretien avec l'auteur, 3 septembre 2008.
3. Entretien avec l'auteur, 15 septembre 2008.
4. Claude Estier, *La Gauche hebdomadaire*, Armand Colin, 1962.
5. Christian Plume et Xavier Pasquini, *Une enquête de police sur Le Canard enchaîné*, *op. cit.*
6. Entretien avec l'auteur, 10 juillet 2008.

13

Giscarat

Un travail d'orfèvre. Une belle série journalistique, comme une série télé d'aujourd'hui. Un parfum de scandale, de honte, et de déshonneur. Un président qui mord la poussière. Une odeur de poudre et de mauvais fric. Les diamants de Giscard... On est au cœur de la grande légende du *Canard*. « Son » affaire. Sa « belle affaire ». La plus aboutie, la plus emblématique de cette fin des années 1970, sur fond de second choc pétrolier, de montée du chômage et de lente agonie des trente glorieuses. Comment l'affaire est-elle née ? Comment le *Canard* a organisé sa mise en scène, puis l'orchestration des « suites » ? Comment le pouvoir de l'époque tel un lièvre pris au collet a resserré les liens en tentant de se sortir de la nasse ? Trente ans plus tard, chez Giscard comme au sein de l'hebdomadaire, les deux camps se cramponnent à leur vérité officielle de l'époque. Dans ses mémoires, *Le Pouvoir et la Vie*[1], l'ancien président de la République assure que les documents du *Canard* n'étaient que « des faux », forgés « au fur et à mesure des besoins de

1. Valéry Giscard d'Estaing, *Le Pouvoir et la Vie*, t. II : *L'affrontement*, Cie 12, 1991.

publication » par Roger Delpey, « un personnage provenant des milieux nationalistes d'extrême droite »... Reprenant ces mêmes affirmations, en août 2007, seize ans plus tard, *L'Express* écope d'un droit de réponse sanglant du *Canard* : « C'est faux, écrit Louis-Marie Horeau, droit dans ses bottes pour le compte de l'hebdomadaire, rejetant toute idée de falsification [...] L'identité du véritable informateur du *Canard* est connue : il s'agit d'un diplomate français alors en poste à Bangui et aujourd'hui décédé [1]. » Là aussi, une vérité partielle. Que cachait donc l'affaire ? Une manip à base de faux, ou la révélation spontanée d'un fonctionnaire écœuré ? Laquelle des deux versions est la bonne ? Celle de l'ancien président ou celle du journal ? Le dessous des cartes, on va le voir, révèle de la malice dans chaque camp...

C'est Pierre Péan qui, le premier, tombe sur les fameuses pierres précieuses et va dénicher l'affaire. À l'inverse des journalistes du *Canard*, qui prennent exceptionnellement l'avion pour partir en reportage, Péan, lui, est un baroudeur. Une tête chercheuse. Il en a même le look. Éternel blouson de motard, physique de videur de boîte de nuit, inséparable de sa grosse cylindrée, Péan, dès qu'il parle, tranche avec ses allures de gros dur et laisse s'exprimer le timide qu'il est vraiment. Un mélange imparable, physique de voyou et manières de gentleman, pour faire parler les gens. Il a fait ça toute sa vie, avec des barbouzes en Afrique, les collabos en France, puis passant aux chefs d'État, finissant en confesseur de Mitterrand et de Chirac, après avoir mis à nu TF1 et *Le Monde* dans des enquêtes au vitriol et souvent contestées. Comme tous ceux qui ont des amis puissants et fidèles, Péan a aussi des ennemis rancuniers. Il lui a fallu du temps pour apprendre à vivre avec. Pour l'heure, on est en août 1977.

Pierre Péan est à Bangui. Il prépare un livre sur Bokassa qui doit paraître en novembre, pour le couronnement du nouvel

1. « Le Canard enchaîné nous écrit », *L'Express*, 9 août 2007.

empereur de Centrafrique. « À plusieurs reprises au cours de mon enquête sur place, j'entends parler de la remise par Bokassa de diamants à des personnalités politiques françaises, et notamment à Valéry Giscard d'Estaing[1] », raconte le journaliste. Mais, sur place, impossible de vérifier la « rumeur de Bangui ». Péan rentre bredouille à Paris. Le 15 septembre 1977, il toque à la porte du CIES, le Centre international des étudiants et stagiaires, un organisme dépendant du ministère de la Coopération, dont les bureaux sont situés rue de la Grange-aux-Belles, à deux pas de la gare de l'Est. Le secrétaire général du CIES connaît bien le Centrafrique. Maurice Espinasse y a séjourné d'octobre 1963 à mai 1974. D'abord directeur de l'École nationale d'administration, l'ENA locale, il fut ensuite conseiller spécial de Bokassa, allant même jusqu'à occuper le bureau le plus proche de celui du président. Ancien résistant, gaulliste convaincu, Espinasse n'hésite pas, au fil des années, à s'opposer, de plus en plus ouvertement, à Bokassa lui-même. Il lui déconseille de se nommer « maréchal » et « président à vie ». En 1973, durant l'été, le fonctionnaire français rentre à Paris avec la ferme intention de ne plus retourner en Centrafrique. C'est Pierre Messmer, alors Premier ministre, raconte Péan, qui doit le convaincre de « retourner à son poste ». « Rien n'y sera plus comme avant. Il nourrit une amertume grandissante à l'égard de Bokassa et surtout des politiciens français dont il constate la complaisance à l'égard du président centrafricain. Il était à Bangui en avril 1973 quand Bokassa a remis la première plaquette de diamants à VGE encore ministre des Finances[2]. » En septembre 1977, face à Péan, Espinasse est intarissable. Il confirme les « cadeaux » et assure que Giscard en a reçu. Maurice Espinasse a même une preuve de ce qu'il avance. Un papier, signé Bokassa. Mais pour l'heure, il refuse de le confier

1. Entretien avec l'auteur, 14 mai 2008.

2. Pierre Péan, « Diamants de Giscard : les mémoires qui flanchent », *Libération*, 22 mai 1991.

à l'enquêteur. Péan boucle son livre, *Bokassa Ier*, sans pouvoir allumer la bombe. Il en dessine seulement les contours : « La faiblesse des politiciens de la Ve République a l'égard de Bokassa a peut-être une autre raison. Pas déterminante, mais complémentaire. Le chef de l'État centrafricain a le cadeau facile. Et comme chacun sait, il entretient l'amitié [...] À notre connaissance, seul le général de Gaulle a refusé les "plaques" de diamants de Bokassa. De nombreux français, ministres y compris, n'ont pas eu ce scrupule. L'un d'eux acceptait même à chacun de ses voyages à Bangui, une ou plusieurs plaques d'une valeur certaine. Disons qu'un piètre expert pourrait vendre toutes les pierres reçues par ce personnage quelques millions de francs (nouveaux)... sans compter, dans le lot, les diamants reçus par les membres de sa famille[1]. »

À la sortie du livre de Péan, en 1977, zéro remous. Personne n'ira chercher qui se cache derrière ce « ministre français » qui, avec sa famille, aurait collecté pour quelques millions de francs de pierres centrafricaines. Faute de preuves, difficile d'aller plus loin. « J'en ai parlé à Claude Angeli, qui était comme un fou avec cette histoire et pendant des mois m'a tanné pour que je "travaille" Espinasse et qu'il nous confie son document[2] », confie Péan. Le journaliste-écrivain l'admet lui-même, il n'est pas un rapide. Il cuisine Espinasse à son rythme. Angeli s'impatiente. Demande à voir le fonctionnaire. Les trois hommes déjeunent ensemble, mais le résultat est toujours le même. Maurice Espinasse n'a pas envie de « balancer », par peur de représailles sans doute et par réticence de devoir franchir le Rubicon en devenant une source du *Canard enchaîné*. Les deux journalistes vont devoir patienter presque deux ans.

Le 21 septembre 1979, les paras français et les hommes du SDECE atterrissent à Bangui avec le « remplaçant » de Bokassa Ier. L'opération Barracuda, décidée par Paris, est un

1. Pierre Péan, *Bokassa Ier*, Alain Moreau, 1977.
2. Entretien avec l'auteur, 14 mai 2008.

succès sur toute la ligne. David Dacko, poussé dans l'avion militaire à Villacoublay, fait officiellement « appel » à l'armée française, une fois sur le sol centrafricain, pour l'aider à renverser le « tyran ». Accusé de cannibalisme sur des enfants, Bokassa a été lâché par son « cousin », le président Valéry Giscard d'Estaing. En quelques heures, les services secrets français mettent la main sur les archives impériales du palais de Berengo. Ces archives, à en croire Bokassa lui-même, auraient été susceptibles de porter atteinte à la vie privée du président de la République française mais auraient permis aussi de dresser la liste des cadeaux, en pierres et en défenses d'éléphant, qu'il aurait obtenues, ainsi que des membres de sa famille. Celui que Giscard considérait comme son « garde-chasse » est congédié et mis à l'abri d'abord au Tchad puis en Côte d'Ivoire, dans une villa sur les hauteurs d'Abidjan. Fin de l'aventure impériale locale. En destituant Bokassa, Giscard pensait-il se mettre à l'abri des bavardages et des rumeurs véhiculées depuis deux ans, notamment par le livre de Péan ? Si tel était le cas, il va échouer. Ses archives sont à l'abri en France, dans les coffres-forts de la Piscine, boulevard Mortier... Un document, un seul, a échappé à la rafle. C'est celui que détient toujours, à Paris, Maurice Espinasse.

« Trois journalistes, sur place à Bangui, ont quand même mis la main sur quelques papiers retrouvés dans une allée du palais impérial, se souvient Péan. Le 8 octobre 1979, ils les communiquent à Angeli[1]. » Le rédacteur en chef du *Canard enchaîné* a entre les mains des documents « oubliés » par les services secrets français, et qui, en fait, ne présentent pas beaucoup d'intérêt. Mais il va voir là le moyen de « décrocher » le seul document qui vaille, celui que, à Paris, Espinasse refuse de lâcher. Angeli appelle Péan et le convainc de tenter l'opération. Il s'agit d'expliquer au fonctionnaire réticent que son document aurait pu être « découvert » parmi ceux retrouvés à Berengo. Un pieux mensonge, destiné à cacher la source, tout

1. Entretien avec l'auteur, 14 mai 2008.

en crédibilisant l'histoire. « J'organise le lundi un déjeuner à trois au restaurant La Vézère », raconte Péan. En deux heures, les deux journalistes parviennent à leurs fins. Le document d'Espinasse est entre leurs mains. Quatre lignes : « Veuillez remettre à Mme Dimitri, secrétaire à la présidence de la République, une plaquette de trente (30) carats environ destinés à M. Giscard d'Estaing, ministre des Finances de la République française. » Les quatre lignes, datées de 1973, sont signées « Général Jean-Bedel Bokassa, président de la République centrafricaine ». La bombe est prête.

Elle va éclater dès le lendemain de la remise du document, le 10 octobre 1979. « Quand Giscard empochait les diamants de Bokassa » barre le haut de la une du *Canard*. Le surtitre est souligné : « Un document qui a échappé aux barbouzes françaises ». Maurice Espinasse peut être soulagé : le document publié en haut de page 3 du *Canard* a bien été « retrouvé » en Centrafrique. Titrée « Pourquoi Giscard a organisé le casse des archives de Bokassa », et signée d'Angeli seul, la page entière raconte les cadeaux qu'aurait reçus le président français, deux membres de sa famille, et d'autres personnalités françaises. Valeur estimée des diamants : « 100 millions de centimes », soit un million de francs. C'est Péan, en appelant un diamantaire d'Anvers, qui a obtenu cette estimation « à la louche ». « Tout cela est révoltant, médiocre, et garanti d'époque. C'est giscardien », conclut Angeli, dans la plus pure tradition moraliste de l'hebdomadaire. Pour l'heure, l'expression « les diamants de Giscard » n'a pas encore été inventée. Mais l'Élysée est bel et bien sous pression. Le jour de la sortie du *Canard*, *Le Monde*, qui, en septembre 1979, avait donné la parole à un ancien ambassadeur en Centrafrique se souvenant d'avoir vu des personnalités quitter le pays avec des pépites ou des diamants, déplore, dans un éditorial intitulé « La vérité et l'honneur », l'absence de réaction du chef de l'État face au papier du *Canard*. « La seule mise au point possible, écrit Jacques Fauvet, le patron du journal, consisterait à annoncer que le cadeau royal a été retourné à l'envoyeur. » Le soir même l'Élysée diffuse un communiqué : « Les échanges de cadeaux de caractère traditionnel, notamment lors des visites de membres du gouvernement dans les États étrangers, n'ont, en aucun cas, ni le caractère ni la valeur qui ont été mentionnés par certains organes de presse à propos du Centrafrique. » Les hommes du président glissent sous le manteau que le document publié par le *Canard* pourrait être « un faux » et contestent la valeur estimée d'un « million de francs » avancée pour la plaquette de diamants. La semaine suivante, le *Canard* revient à la charge. « Giscard et ses diamants (suite) ». Toute la page 2 est consacrée à l'effervescence politique que provoque l'affaire. « Giscarat, vedette du petit écrin » reprend les interrogations suscitées. Mais, en page 3, pas de nouveaux documents sur les diamants. En troisième semaine, le 24 octobre, même scénario. Le *Canard* remplit trois pages sur l'affaire, dont une page rebaptisée « La mare aux diams », mais toujours pas de nouvelles billes. En une, un gros encadré avec le logo du *Canard*, réservé pour les grandes occasions, s'excuse presque de n'avoir rien de neuf : « À propos de l'affaire des diamants, on nous demande de tous côtés : “le canard” publiera-t-il de nouvelles révélations, de nouvelles précisions ? Réponse : le moment venu et dans des circonstances qui répondent à la confiance que lui font ses lecteurs », prévient l'hebdomadaire. Près d'un mois après les quatre lignes qui ont mis le feu à la maison Giscard, le *Canard* est au régime sec.

Le président de la République peut contre-attaquer à la télévision : « Je ne vous cache pas qu'il est assez désobligeant pour moi de répondre à des questions de cette nature. Je peux vous dire que déjà, ces dernières années, de nombreux cadeaux ont été envoyés à des œuvres de bienfaisance, qui le savent et qui, d'ailleurs, m'en envoient par écrit le témoignage, ou à des musées, où ils sont, à l'heure actuelle, présentés. [...] Enfin, à la question que vous m'avez posée sur la valeur de ce que j'aurais reçu comme ministre des Finances, j'oppose un démenti catégorique et, j'ajoute, méprisant. » Le « million » ne passe pas...

Le 31 octobre, le journal titre « Les petits cailloux grecs de Giscard », et n'a rien d'autre à se mettre sous la dent que la reprise d'une enquête du *Nouvel Obs* sur un terrain prétendument acheté en Grèce par le président en exercice. Aucun rapport avec les diamants... toujours pas de nouveaux documents. Pire, Robert Boulin a été retrouvé mort dans un étang[1], et le *Canard* réaffirme en pleine tempête qu'il n'a fait que son travail. Ça tangue.

Il faut attendre le 5 décembre pour que le journal remette le couvert. C'est alors un festival de titres en une : « Un nouveau document signé Bokassa », « Encore plus de diamants pour Giscard », « C'est l'Élysée ou les galeries Laplaquette ? », « Ne méprise pas qui veut ». La page 3 reproduit un nouveau document signé Bokassa, maréchal de la République centrafricaine, avec du papier à en-tête « président à vie » : « Nous prescrivons à M. le ministre d'État, délégué à la présidence de la République, de s'informer auprès du comptoir national du diamant de l'état d'avancement de la préparation des plaquettes destinées à M. Giscard d'Estaing, président de la République française et de rendre compte de cette mission dans les meilleurs délais. » Cette fois-ci, Giscard est accusé d'avoir bel et bien reçu des diamants, et après son accession à l'Élysée. L'article signé Claude Angeli est cette fois-ci truffé de détails : « Le 11 juillet 1974, comme le montre notre document, Bokassa veille à la préparation d'un nouveau cadeau pour Giscard. Un cadeau plus somptueux encore que d'habitude. Le "cher parent" vient d'être élu président de la République française : il recevra donc plusieurs plaquettes de diamants et non plus une seule comme auparavant. [...] Ces quelques plaquettes, dont la valeur est certainement fort respectable [cette fois-ci le *Canard* ne se mouille plus sur l'estimation des diamants], seront remises à Giscard lors de la

1. Voir chapitre « Robert Boulin, suicidé dans une mare », p. 186.

visite que Bokassa se prépare alors à effectuer en France. » Selon Angeli, Bokassa reçoit VGE le 16 septembre 1974, dans une de ses résidences en Sologne. L'investigateur du *Canard* raconte la « cérémonie de remise des cadeaux » comme s'il y était : « Les diamants, dont certains sont assez gros ont été déposés sur un meuble. À côté des plaquettes, sur lesquelles ces diamants sont présentés, et à côté des écrins, trônent quatre belles défenses d'éléphants entourées de cadeaux de moindre prix. Tout est prévu, les cadeaux encombrants seront mis en caisse et acheminés vers Paris par la route. Les diamants, eux, ne pèsent pas trop lourd. Giscard pourra se charger personnellement de leur transport. L'hélicoptère rejoindra donc la capitale avec à son bord un président nanti de ses précieuses pierres. » Un encadré en bas de page récapitule toutes les remises de diamants supposées : en 1970, à l'occasion d'un safari ; en 1972, toujours lors d'une visite privée ; en avril 1973, comme l'indiquait le document à l'origine de l'affaire ; en septembre 1974, lors de la visite de Bokassa en France ; du 5 au 8 mars 1975, lors de la visite du président français en Centrafrique.

L'Élysée dément aussitôt la « véracité des documents publiés par le *Canard* »... Le président, cette fois, n'a guère d'échappatoires. C'est la curée. Patrick Rougelet, alors commissaire aux Renseignements généraux, se souvient de l'affaire. Jeune commissaire en poste à Antony, il avait été chargé, dès juillet 1979, de « traiter » Sylvestre Bangui, un ancien ambassadeur de Bokassa alors en exil en France. Dès le mois d'août, soit avant l'opération Barracuda, Bangui avait fait des révélations au commissaire des RG sur l'existence de cadeaux en diamants. Dans une note manuscrite, à l'écriture tremblante, le jeune Rougelet avait averti le patron des RG de l'existence de « cadeaux de l'empereur Bokassa à M. le président de la République ». Raymond Cham, à la tête des RG, avait déchiré la note et conseillé à son commissaire de partir en vacances. À l'époque, pas question pour les Renseignements généraux de jouer contre le camp du pouvoir en place.

Rougelet n'avait d'ailleurs aucune preuve, seulement le témoignage de Bangui. Quand éclatera l'affaire, Cham demandera à Rougelet de reconstituer sa note. Mais les fuites, à l'époque, ne viendront pas des RG. « Ce n'était ni l'ambiance, ni les mœurs de l'époque », affirme Rougelet[1] aujourd'hui. Mais alors d'où vient la deuxième vague de documents publiés par le *Canard* en décembre ? Pierre Péan assure que Maurice Espinasse n'en avait gardé par-devers lui qu'un seul. Celui qu'il lui avait remis. Et les autres ? La DST, à l'époque, cherche, elle aussi. Le service de contre-espionnage file Péan, qui, à moto, est difficile à suivre…

Deux mois après les premières révélations, l'Élysée convoque les journalistes pour les informer, sous le sceau du secret, de la conviction du président sur l'affaire. « Les documents du *Canard enchaîné* sur les diamants sont des faux ! Après Pierre Hunt, porte-parole de l'Élysée, c'est Giscard lui-même qui a livré, mardi dernier, cette confidence à quelques journalistes, indique *Libération*, le 17 décembre 1979. Pour leur culture personnelle bien entendu, ce petit secret ne devant pas être publié. Il s'est malheureusement trouvé quelques journalistes bavards[2]. » Il faut dire que toute la presse est présente… *France-Soir*, *Le Quotidien de Paris*, *L'Aurore*, France Inter, *Le Figaro*, *Le Nouvel Observateur*, *Paris-Match* et *Le Monde*. Giscard assure que l'en-tête du papier à lettres de l'empereur n'est pas conforme. Et que l'estimation de la valeur des pierres par le *Canard* n'est pas correcte. « Toutes ces manœuvres pour le moins maladroites montrent l'embarras du chef de l'État, poursuit *Libé*. Ses démentis et ceux de son entourage ne sont toujours qu'officieux. La version officielle reste encore aujourd'hui celle

---

1. Révoqué de la police, cet ex-commissaire n'a cessé de dénoncer la dérive des RG sous l'ère d'Yves Bertrand, notamment dans un livre retentissant : Patrick Rougelet, *RG, la machine à scandales*, Albin Michel, 1997.

2. « Giscard : “Les documents du *Canard* sont faux” », *Libération*, 17 décembre 1979.

contenue dans les déclarations ambiguës faites lors de l'entretien télévisé du 27 novembre. Le seul vrai démenti du chef de l'État ne concerne que la valeur des diamants qu'il a reçus [1]. » Le choix par l'Élysée d'un certain silence, accompagné de commérages, se justifie aussi par la crainte de nouveaux articles. « L'Élysée s'attend à ce que le *Canard* publie de nouvelles révélations dans les prochaines semaines », certifie *Libé*.

Quelques mois plus tard, le 10 mai 1980, la DST interpelle Roger Delpey à sa sortie de l'ambassade de Libye à Paris. Ancien d'Indochine, comme Bokassa, auteur du best-seller *Soldats de la boue*, Delpey, un grognard du gaullisme et un proche de Jacques Foccart, se fait coffrer pour « intelligence avec une puissance ennemie ». Les hommes du contre-espionnage sont en fait sur la piste des documents de Bokassa. En perquisitionnant chez Delpey, les policiers tombent sur des classeurs de documents centrafricains, soit une partie des archives destinées à l'opération Revanche, le plan orchestrant la vengeance de l'empereur déchu à l'encontre du président français. Les scellés 22, 35 et 36 détaillent les remises de diamants effectués par Bokassa à Giscard [2]. Devant la DST, Delpey assure que les originaux lui « ont été remis en Centrafrique par Bokassa » et que les photocopies ont été effectuées par lui-même. C'est sa ligne de défense. Durant ses deux cents jours de prison, il n'en variera pas. Défendu par Roland Dumas et Christian Charrière-Bournazel, les avocats du *Canard*, Delpey « l'embastillé de Giscard », dénonce une opération de police politique. « Ne pensez-vous pas, interroge Dumas lors d'un interrogatoire, qu'il est davantage question de la personne privée du chef de l'État que de son action diplomatique ? » La DST, officiellement, sortira bredouille. Impossible de confondre Delpey dans une quelconque manipulation. Quoi qu'il en soit, pendant ces deux cents jours dans

1. *Ibid.*
2. Cités par Roger Faligot et Pascal Krop dans *DST, police secrète*, Flammarion, 1999.

la cellule 115 de la prison de la Santé – future cellule de Maurice Papon, de Didier Schuller et d'Alfred Sirven… –, Delpey était hors jeu.

En septembre 1980, le *Canard* reprend brièvement la main en réalisant l'interview de Bokassa lui-même : « Quand je parle, je parle[1] ». Un entretien téléphonique enregistré. « Bokassa appelle le *Canard* le 9 septembre à 18 h 30, depuis l'appartement où il est assigné à résidence. Il accepte que ses déclarations soient enregistrées et publiées. La conversation durera environ une heure. »

La question centrale est la première posée par les journalistes.

Canard : « Tous les documents qui ont été publiés par le *Canard*, vous les authentifiez ? »

Bokassa : « J'atteste ! [...] C'est du vrai ! [...] Mon avocat ou mes avocats ne vous ont pas attaqués, c'est parce que c'est vrai. Si c'était faux vous auriez eu affaire avec… »

Canard : « Giscard d'Estaing n'a jamais fait de réponse claire et précise sur cette question… »

Bokassa : « On dit en proverbe français : Qui ne dit mot consent ! »

Canard : « Votre ancienne secrétaire, Mme Dimitri, avait été sollicitée pour témoigner (en faveur des cousins François et Jacques Giscard) que ces documents n'étaient pas authentiques. Et Mme Dimitri a refusé de témoigner… »

Bokassa : « Oui, exactement mais elle ne pouvait pas témoigner. Le refus de témoigner prouve qu'elle est de mon côté. [...] C'est pour cela qu'elle n'a rien voulu dire, parce que c'est vrai. Ça c'est vrai et j'ai encore d'autres preuves plus fortes. »

Au passage, l'empereur déchu se plaint de l'évaporation de sa fortune, lors de sa chute : un pot de diamants – contenant 14 000 diamants – a disparu, ainsi qu'un sac diplomatique avec fermeture à chiffre – qui en contenait encore 2 700. Nouvelle question du *Canard* :

1. *Le Canard enchaîné*, 17 septembre 1980.

Canard : « Avez-vous très souvent remis des diamants à Valéry Giscard d'Estaing ? »

Bokassa : « Oui. Trois fois au président et une fois à sa femme. Ça fait quatre fois. [...] Ainsi qu'à ses cousins [...]. Vous ne pouvez pas imaginer ce que j'ai remis à cette famille-là. Je vous assure, vous ne pouvez pas imaginer. »

Bokassa confirme qu'il a offert des diamants à d'autres personnalités. Mais il refuse d'en donner les noms, en dévoilant un peu de ses motivations : « Ce n'est pas tout le monde qui m'a fait du mal. Moi je ne veux pas citer ça, je me refuse. Ce n'est pas tout le monde qui m'a fait du mal », répète-t-il.

On le verra, l'affaire des diamants restera l'un des principaux aiguillons du *Canard* contre Giscard jusqu'à la veille de la présidentielle de 1981. Trente ans plus tard, qui avait raison ? C'est Pierre Péan, à l'origine de l'affaire, qui va en découvrir la clé : « Il y a deux affaires des diamants. La première, c'est celle que j'amène, avec le témoignage et le document de Maurice Espinasse[1]. » Péan, au lendemain de la publication des mémoires de Giscard, révélera d'ailleurs le nom de sa source. Pour tordre le cou à la thèse de Giscard affirmant que les documents étaient faux et en provenance de Roger Delpey. Maurice Espinasse, mort en 1989 à l'âge de soixante-six ans, avait pu pendant dix ans vivre caché dans l'ombre de l'affaire. Péan avait tenu parole, malgré les filatures de la DST et les enquêtes du pouvoir, son identité n'aura jamais été découverte. Dans une page publiée par *Libération*, Pierre Péan raconte « La première affaire des diamants[2] », mais se garde d'évoquer la suite. Ce qu'il appelle aujourd'hui « la deuxième affaire ». C'est-à-dire la rafale des documents suivants, publiés à partir de décembre 1979. « Je savais qu'Angeli était en contact avec Delpey, mais il se gardait bien de me le dire, admet Péan. Quand j'ai vu fleurir les nouveaux documents, j'ai bien compris qu'ils venaient d'ailleurs,

1. Entretien avec l'auteur, 14 mai 2008.
2. *Libération*, 22 mai 1991.

puisque Espinasse nous avait confié le seul papier qu'il possédait[1]. » La version officielle du *Canard* est un peu différente. On la trouve résumée par Claude Angeli à l'historien Laurent Martin : « C'est Pierre Péan qui m'a fait rencontrer celui qui va être notre informateur principal sur cette affaire, Maurice Espinasse. C'était un haut fonctionnaire à la coopération ; il avait appartenu au cabinet de Bokassa. Il savait tout ce qui s'était passé. Je l'ai rencontré vers 1976 ou 1977. Mais il ne voulait encore rien dire. Puis quand il y a eu le coup d'État, j'ai eu des documents par trois journalistes (de *L'Express*, du *Monde*, et du *Matin de Paris*) qui les avait retrouvés dans le palais présidentiel auparavant nettoyé par les militaires français. C'étaient des lettres de Bokassa à Giscard, qui lui donnaient du « cher cousin, cher parent », etc. Avec ces documents, j'ai convaincu Espinasse de nous donner les siens et de nous raconter ce qu'il avait vu. C'est comme ça qu'on a pu lancer cette affaire[2]. » Espinasse en informateur principal. Roger Delpey n'apparaît même pas dans le film. Questionné par les auteurs en octobre 2008, Claude Angeli évolue : « Maurice Espinasse est celui qui nous a fourni, à Péan et à moi, le premier document sur les diamants. Cela faisait plus d'un an que nous savions qu'il le détenait. Roger Delpey n'est intervenu qu'ensuite[3] », admet-il aujourd'hui.

L'Élysée avait donc raison de soupçonner Roger Delpey d'être la taupe de la deuxième affaire. Mais d'où venaient ces nouveaux documents tombés du ciel ? Péan mettra vingt ans à le découvrir. Jusqu'au printemps 2008 où, de fil en aiguille, il va tomber sur un homme de l'ombre et un survivant de toute l'histoire. André Le M. n'a jamais été cité jusqu'à ce jour dans cette affaire. Dans les années 1970, cet entrepreneur vendait des moteurs de bateaux Suzuki à la foire de Paris quand il a vu

---

1. *Ibid.*
2. Entretien de Laurent Martin avec Claude Angeli, 28 juillet 1999, cité dans Laurent Martin, *Le Canard enchaîné ou les Fortunes de la vertu*, *op. cit.*
3. Courrier de Claude Angeli aux auteurs, 17 octobre 2008.

débouler sur son stand deux hommes de Centrafrique. Ils cherchaient des bateaux pour organiser une patrouille fluviale. Et ils les voulaient tout de suite, et payaient cash. Le M. se retrouve à Bangui. Il y monte des sociétés, et fera la connaissance de Delpey. « Après Barracuda, il a quitté le pays et il est resté dans le sillage de Delpey… Il s'est retrouvé avec lui à Abidjan, dans la maison de Bokassa », raconte Péan. Le M. l'assure : l'empereur déchu n'avait plus un seul document avec lui… Mais il lui restait des papiers à en-tête. « Il était évidemment furieux contre Giscard, et voulait se venger… C'est là qu'a été décidé de refaire des documents, signés de lui, qui seraient livrés au *Canard* », raconte Péan. En clair, des « vraies-fausses » preuves auraient donc été rédigées, depuis Abidjan, pour faire tomber un peu plus le président français. Giscard n'avait donc pas totalement tort quand il affirmait que les papiers du *Canard* étaient des faux… Même si, Bokassa le jurait et Le M. avec lui, il avait bel et bien remis les diamants en question. Attendant, au volant d'une voiture, Delpey devant l'ambassade de Libye, le jour où il a été arrêté, le 10 mai 1980, Le M. s'est discrètement éclipsé pour ne plus jamais faire parler de lui.

À la fin de ses jours, Roger Delpey, ruiné et tout juste sorti d'un imbroglio conjugal, a été hébergé par Jacques Foccart dans sa résidence secondaire. C'est dire si les réseaux gaullistes, ceux qui, en mai 1981, collaient des autocollants en forme de diamant sur les affiches électorales de Giscard, n'ont jamais été très loin. Pour partie des « faux », mais authentiques dans ce qu'ils décrivaient, ces documents auront donc eu raison du successeur de Pompidou. Reste une question : le *Canard*, informé que Péan avait mis deux ans pour trouver le document d'Espinasse, savait-il que les liasses qui lui sont parvenues ensuite étaient de fabrication douteuse ? Pierre Péan sourit à la question. « Joker », dit-il. Une façon comme une autre de répondre.

14

Robert Boulin, suicidé dans une mare

Robert Boulin « assassiné »... Quand, le 30 octobre 1979 au petit matin, le corps du ministre du Travail est retrouvé dans un étang de la forêt de Rambouillet, la presse est illico accusée de l'avoir poussé à bout. En particulier *Le Canard enchaîné*. Quelques heures après la découverte du corps, et avant même son autopsie, le parquet de Versailles proclame sa vérité judiciaire : Boulin s'est suicidé. Aussitôt, c'est l'hallali. Jacques Chaban-Delmas, président de l'Assemblée nationale et compagnon de route de Robert Boulin, affirme à la radio qu'il a été moralement « assassiné » par la presse. Sans plus attendre, l'AFP publie une dépêche au titre explicite : « Mort Boulin, une nouvelle affaire Salengro ? » Une référence à cet ancien ministre du Front populaire acculé au suicide par une campagne de presse haineuse, sur fond d'antisémitisme. Le Conseil des ministres publie un communiqué expliquant que Boulin « n'a pas pu résister à la campagne harcelante dont il était l'objet ». Georges Marchais, secrétaire général du PCF, en profite également pour régler ses comptes avec les journalistes – qui avaient eu le toupet de rappeler son séjour en Allemagne sous l'Occupation. Dans un éditorial de *L'Humanité*, le directeur du quotidien communiste n'hésite pas à écrire : « La campagne du *Canard* a abouti à la mort d'un homme [*sic !*] Et ce journal l'âme en paix dit qu'il continuera, c'est-à-dire qu'il recommencera. » Dans les couloirs de l'Assemblée, le député giscardien Roger Chinaud se frotte les mains : « Le *Canard* est allé trop loin, il s'est suicidé en tuant Boulin. »

Cette chasse au *Canard* ne dure que vingt-quatre heures. Car, dès le lendemain, est rendue publique la lettre rédigée avant sa mort par Robert Boulin, envoyée à divers journaux et responsables. Un « J'accuse » posthume où le ministre s'en prend à « certains milieux politiques où hélas [ses] propres amis ne sont pas exclus ». Estimant avoir été plongé « dans un panier de crabes où [il] n'a rien à faire », Robert Boulin vise explicitement Alain Peyrefitte, « garde des Sceaux plus préoccupé de sa carrière que du bon fonctionnement de l'instruction ». Chaban doit faire machine arrière. Boulin n'a plus été « assassiné » par la presse, mais par « celui qui a communiqué le dossier, car c'est celui-là qui avait sûrement l'intention de nuire, de détruire ».

Le « dossier » en question, c'est l'affaire dite de Ramatuelle. Promoteur immobilier, Henri Tournet possédait 36 hectares à quelques kilomètres de Saint-Tropez[1]. Il envisage d'y construire des villas, mais encore faut-il obtenir un permis de construire. La préfecture du Var donne un temps son accord, en 1967, puis se rétracte en 1973, car le projet de construction serait de « nature à compromettre le caractère boisé des terrains ». Robert Boulin entre en scène un an plus tard : en 1974, il achète à Henri Tournet une parcelle de deux hectares pour la modique somme de 40 000 francs. Histoire de monnayer ses faveurs auprès de l'administration ? De fait, Robert Boulin écrira au préfet du Var afin d'appuyer la demande de permis de construire. Nouveau refus, à cette

1. Il sera condamné par défaut à quinze ans de prison, alors qu'il coulait des jours heureux à Ibiza. Un magistrat français viendra lui rendre visite pour l'interroger sur la mort de Robert Boulin.

curiosité près : seule la parcelle de deux hectares appartenant à Robert Boulin obtiendra une autorisation.

Là ne réside pas vraiment le fond de l'affaire de Ramatuelle. L'enquête pénale vise essentiellement le fait qu'Henri Tournet a réalisé l'exploit de vendre à deux reprises les mêmes terrains. Une première fois à des hommes d'affaires normands : grâce à la complicité d'un notaire, la cession ne sera pas enregistrée bien que le vendeur en ait encaissé – et conservé – la somme de 2 millions de francs. Une seconde fois en 1973, à une société suisse, Holitour, qui appartient à un ami de Tournet : une sorte d'opération camouflage destinée à éviter la saisie des terrains. La justice pénale enquête alors sur cette double vente frauduleuse, le dossier étant confié à un jeune juge d'instruction de Caen, encore peu connu mais qui le deviendra : Renaud Van Ruymbeke. Sans complexes, celui-ci perquisitionne et incarcère Henry Tournet en juin 1979. Un mois plus tard, le promoteur est libéré sous caution et commence à s'agiter, menace de faire des révélations si personne en haut lieu ne vient à son secours. Dans sa lettre posthume, Robert Boulin le traitera de « maître chanteur ».

C'est dans ces circonstances que paraissent, à l'automne 1979, une série d'articles portant sur l'implication de Boulin dans l'affaire de Ramatuelle, pourtant secondaire par rapport à l'arnaque initiale de Tournet. Dans l'ordre, *Minute* du 17 octobre titré « Boulin a fait une belle boulette » ; le *Canard* du 24 octobre titré « Les permis très édifiants de M. le ministre Boulin » ; *Le Monde* du 27 octobre, concluant prudemment qu'il s'est laissé aller « à quelques imprudences dans des opérations dont chacune des phases apparaissait en son temps parfaitement logique et limpide ».

Dans cette trilogie, *Minute* explique que Boulin s'est fait « adroitement pigeonner », et l'article du *Canard* est le plus fouillé journalistiquement. On ne peut le soupçonner de s'acharner particulièrement sur Robert Boulin, du moins pas plus que sur les autres hiérarques giscardiens de l'époque, d'autant que l'intéressé avait accepté de rencontrer préalablement deux journalistes de l'hebdomadaire satirique, Roland Jacquard et Claude Roire, qui avaient ainsi pu faire état de ses mises au point[1]. « Initialement, des lettres anonymes étaient arrivées au *Canard*, se souvient Jacquard. Ces courriers dénonçaient Tournet, sur le thème "cherchez bien et vous allez tomber sur le protecteur de Tournet"... On a demandé des précisions à l'un de ses correspondants locaux. Et puis, le *Canard* a vu Tournet qui a donné lui-même des choses[2]. » Contrairement à celui de *Minute*, qui restait évasif, l'article du *Canard* présente des preuves : deux documents. Sur papier ministériel, une lettre de Boulin à « son cher ami Tournet », pour l'informer de ses démarches auprès du préfet du Var afin d'« appuyer sa requête » au sujet des permis de construire de 26 villas à Ramatuelle. Et une seconde lettre de Boulin, intervenant en faveur de l'attribution à Tournet du grade de commandeur de la Légion d'honneur. La preuve qu'ils étaient liés. Sans oublier une photo de « la résidence de Robert Boulin dans les collines boisées de Ramatuelle ». « Reste au juge à poser à M. le ministre au moins quatre questions », conclut l'article du *Canard*. Voici les trois premières : « Comment a-t-il fait pour payer son terrain trois fois moins cher que les premiers acquéreurs ? Pourquoi est-il intervenu avec tant d'insistance pour faciliter l'opération immobilière ? Comment explique-t-il qu'il ait obtenu à lui tout seul un permis pour une zone inconstructible ? » « Voilà qui permettrait au juge de recueillir une belle déposition », suggère le *Canard*.

Paradoxalement, l'article suivant du *Monde*, très modéré, semble l'avoir davantage bouleversé. Sa dernière matinée sur terre, Robert Boulin l'a consacrée à mettre au point un droit

1. Dans le *Canard*, l'article est signé par Claude Roire et Roland Laurent, pseudonyme de Roland Jacquard.
2. Entretien avec l'auteur, 19 juillet 2007.

de réponse adressé au quotidien du soir. Des années plus tard, la justice française affirmera à propos de son « suicide », que « le fait déterminant devait être l'article publié dans *Le Monde*, qui l'avait marqué à l'extrême dans un contexte politique qu'il ressentait comme ne lui étant pas favorable[1] ».

L'annonce du décès désoriente l'équipe du *Canard*. « Ç'a été un gros choc psychologique, se souvient Jacquard. À l'arrivée de cette dépêche, les secrétaires, les journalistes, tout le monde était effondré, catastrophé[2]. » Claude Roire est à l'imprimerie lorsque la nouvelle tombe. « J'étais effondré qu'un type soit mort à cause d'un papier que j'avais écrit, se souvient le journaliste. Les confrères des télés sont venus à l'imprimerie. Ils demandaient : "Où est l'auteur de l'article ?" Devant moi, Angeli et Fressoz répondaient : "Il n'est pas là"... J'avais préparé un deuxième papier pour lui voler encore dans les plumes. Peu après, on a appris que Boulin avait de nombreux problèmes personnels[3]. » « La campagne "C'est le *Canard* qui l'a tué" faisait très mal, poursuit Jacquard. Le *Canard* s'est recroquevillé en position de tortue des légions romaine[4]. » Jean Clémentin rassure ses troupes : « On ne se suicide pas à cause d'un article de presse. » La semaine suivante, Roger Fressoz, le directeur du *Canard*, publie rien de moins que deux éditoriaux, en une, pour contrer les accusateurs : « Le *Canard* passe aux aveux. Oui, c'est nous qui avons assassiné Robert Boulin [...]. Oui, c'est nous qui nous sommes communiqué le dossier à nous-mêmes après l'avoir, bien entendu, fabriqué de toutes pièces. Oui, c'est nous qui avons tenu la main du malheureux Boulin pour l'obliger à écrire, sous notre dictée, ses dernières lettres dans lesquelles, non content de crier sa

1. Arrêt de la cour d'appel de Paris, chambre d'accusation, du 24 mars 1992.
2. Entretien avec l'auteur, 19 juillet 2007.
3. Entretien avec l'auteur, 12 septembre 2008.
4. Entretien avec l'auteur, 19 juillet 2007.

détresse, il crie ses accusations. C'est nous qui l'avons contraint d'accabler de ses calomnies son innocent compagnon, le carriériste Peyrefitte, son juge d'instruction et, juges autrement plus impitoyables, ses amis politiques du RPR [1]. »

Fin de l'affaire Boulin ? Pas tout à fait puisque, en 1983, sa famille réclame une réouverture de l'enquête. Après avoir cru au suicide, elle porte plainte contre X pour homicide volontaire. La veuve et ses enfants se fondent essentiellement sur les ratés de la première enquête ayant validé le suicide. Ils n'ont aucune preuve d'un éventuel assassinat, ni même le mobile d'un tel acte, mais trop de vices de procédure ont été commis pour ne pas être tenté d'y voir malice.

En vrac : le crâne de Robert Boulin n'a pas été autopsié, sur ordre du procureur de la République, lequel tentera en vain de faire croire que c'est la famille du défunt qui l'aurait exigé ; son corps est embaumé à la seule initiative de son chef de cabinet, sans demander l'avis de la famille, empêchant *de facto* toute autopsie ultérieure ; les organes et viscères, un temps conservés pour analyse à l'Institut médico-légal, ont été remis début 1983 au cimetière de Thiais : l'usage est en effet de ne les conserver que trois ans, sauf qu'ils ont été enfouis dans la fosse commune, et non pas dans le caveau de Robert Boulin. On ne retrouvera jamais ses poumons, qui auraient pourtant permis, en examinant la quantité d'eau qu'ils contenaient, s'il est bien mort noyé dans 50 centimètres d'eau ou s'il est décédé avant de se retrouver dans l'étang. Restent les prélèvements dits « anatomo-pathologiques », entreposés dans un réfrigérateur sous la garde du Pr Lebreton : en 1986, profitant de son départ du laboratoire, la préfecture de police prendra l'initiative de les déstocker en 1986, direction la fosse commune de Thiais…

Autant dire que, lorsque le corps de Robert Boulin est exhumé, les enquêteurs ne risquent pas de trouver quoi que

1. *Le Canard enchaîné*, 7 novembre 1979.

ce soit. Sur son visage, on découvre bien plusieurs entailles, dont une fracture d'un centimètre, pouvant laisser croire qu'il aurait été frappé avant de mourir. Mais les policiers ayant découvert le cadavre dans l'étang du Rompu puis ramené le corps sur la berge, soutiennent que, le fond du plan d'eau étant parsemé de pierres et de branches, c'est lors de cette manipulation que le visage aurait été abîmé… Un gros point d'achoppement demeure, à propos des « lividités cadavériques » : il s'agit de traces de sang qui, lorsque le cœur cesse de battre, et donc d'alimenter la circulation sanguine, sont soumises à la pesanteur. Cela permet alors de deviner la position du corps au moment du décès : si les lividités cadavériques sont sur le ventre, c'est donc qu'il est mort sur le ventre.

Robert Boulin a été découvert en position dite du « prieur mahométan » : accroupi, la tête pendant en avant. Mais avec des lividités cadavériques au niveau du dos, laissant entendre qu'il aurait pu être tué couché sur le dos avant d'être traîné dans l'étang. Un débat d'experts s'est depuis engagé sur la durée de fixation des fameuses lividités cadavériques. Les partisans de la thèse du suicide soutiennent que cela peut prendre plus de six heures : le corps de Robert Boulin ayant été officiellement découvert à 8 h 30 du matin, puis allongé sur le dos au bord de l'étang et maintenu en cette position jusqu'à son examen médical au cours de l'après-midi, le sang se serait naturellement concentré sur le dos après la mort. Pour les partisans de l'homicide, la durée de fixation ne saurait excéder trois heures : ils prennent au mot le procureur de la République de l'époque, qui avait modifié l'état civil de feu Robert Boulin pour faire remonter son décès, non pas le 30 octobre au petit matin, mais la veille à 20 heures. Pourquoi 20 heures, alors que rien ne permet de dater l'heure du décès ? Pour éviter que les enquêteurs ne soient obligés de se pencher sur son éventuel emploi du temps au cours de la soirée… Cela arrange aussi les tenants de l'assassinat : si

Robert Boulin est mort si tôt, ses lividités cadavériques seraient définitivement fixées au petit matin.

Le Canard enchaîné aurait pu faire son miel de ces polémiques juridico-politico-médicales. Il n'en sera rien : l'hebdomadaire campera d'entrée, et pour toujours, sur la thèse du suicide. Pourquoi pas ? Sauf que son ardeur à dénoncer les journaux qui pensent différemment en devient presque suspecte. Le 18 janvier 1984, après la seconde autopsie du corps, Louis-Marie Horeau, sous le titre « Rien à faire pour refaire une affaire », ironise sur ses petits camarades : « L'affaire Boulin aura ainsi fourni à bon nombre de confrères l'occasion de porter bien haut le flambeau... de l'art journalistique. Au moment de la mort du ministre de Giscard, aucun organe de presse, à l'exception du *Monde* [il oublie *Minute*], n'avait enquêté sur l'imbroglio des terrains de Ramatuelle. Ce qui n'a pas alors empêché certains de ces confrères de couvrir le *Canard* d'injures et de le rendre responsable du suicide. Sans enquête, sans preuves, sans précautions. Aujourd'hui, les mêmes semblent avoir décidé que Boulin a été assassiné. Ils changent d'avis. Sans enquête, sans preuves, sans précautions. »

Sauf que, parmi ces confrères, il y a James Sarazin, auteur de l'enquête du *Monde* d'octobre 1979 sur l'affaire de Ramatuelle, qui, passé à *L'Express*, écrira un long article titré « Le faux suicide de Robert Boulin [1] ». *Le Monde* lui-même titrera : « Les insuffisances des expertises médico-légales ; affaire Boulin : suspicion sur un suicide [2] ».

La clé de l'affaire Boulin, selon le *Canard*, se résume à sa lettre posthume, envoyée à une dizaine d'exemplaires la veille de se donner la mort. Elle commence ainsi : « Messieurs, j'ai décidé de mettre fin à mes jours. » Et s'achève par ces mots : « Que ma famille, si unie et que l'on commence à attaquer scandaleusement, se rassure encore davantage dans

---

1. *L'Express*, 8 janvier 1988.
2. *Le Monde*, 8 janvier 1988.

le souvenir, non altéré, que je pourrai laisser, où j'ai servi l'État et mon pays avec passion et désintéressement. » Si elle paraît assez explicite, les partisans de la thèse de l'homicide s'étonnent de la disparition du ruban de la machine à écrire sur laquelle Boulin aurait tapé sa lettre, et de l'absence de toute version originale, les exemplaires envoyés par la poste étant des copies : cela laisse une petite probabilité à l'existence d'une manipulation. « Le texte de cette lettre reprend les termes d'un projet de droit de réponse au *Monde*. Seule la première phrase, non alignée et dégagée du texte, se rapporte au suicide, ainsi que le dernier feuillet de quelques lignes. La famille de Robert Boulin affirme qu'il s'agit d'un montage », souligne un de ces communiqués.

Robert Boulin a également laissé, dans sa voiture garée près de l'étang, un petit mot manuscrit : « Embrassez éperdument ma femme, le seul grand amour de ma vie – courage pour les enfants. » Mais l'écriture, sous l'emprise du Valium ingéré – volontairement ou pas – n'est pas reconnaissable à cent pour cent. Élément écrit plus probant : dans sa corbeille à papier, on a retrouvé un brouillon déchiré de sa lettre, comprenant cette phrase supplémentaire : « J'envisage de me noyer dans un étang de la forêt de Rambouillet où j'aimais beaucoup faire du cheval. »

La position du *Canard*, qui n'en démordra jamais, tient en ce raisonnement par l'absurde. « Il suffit d'imaginer rien qu'un instant les tours de force de l'assassin. Il lui faut s'introduire en douce au domicile et dans le bureau de Robert Boulin pour taper, sur sa machine personnelle, les sept longues lettres dans lesquelles le ministre annonce son suicide. Il lui faut laisser dans la corbeille un brouillon donnant les indications sur le futur lieu de son forfait. L'assassin doit aussi imiter la signature et l'écriture du ministre, car certaines des lettres portent des annotations manuscrites. Ou alors il faut obliger Robert Boulin à faire ce travail sous la menace. Puis il lui faut encore enlever le ministre et le laisser se promener à Montfort-l'Amaury, ou un passant le reconnaît quelques heures avant sa mort. Enfin, l'assassin doit poster les lettres et tuer ensuite seulement Robert Boulin, non sans lui faire auparavant prendre du Valium. Essayez de proposer ce scénario à un éditeur de mauvais polars, vous n'avez aucune chance [1]. »

En décembre 1992, la Cour de cassation clôt la plainte pour homicide par un non-lieu. Une première vérité judiciaire est établie : Robert Boulin s'est suicidé. Mais cette décision ouvre aussi une période de dix ans durant laquelle sa famille peut réclamer la réouverture de l'enquête pour faits nouveaux. En 2002, elle ne s'en est pas privée, en parallèle de la publication d'enquêtes de journalistes. En 1999 dans le magazine *Golias* [2], Francis Christophe, ancien de l'AFP, revient longuement sur les nombreux et étranges va-et-vient au domicile de Robert Boulin, transformé en moulin à vent, le soir de sa disparition : les uns arrivent à l'improviste, d'autres s'éclipsent sans crier gare. Disparaîtront ainsi quatre mystérieux dossiers que le ministre avait pris soin de ramener chez lui en début d'après-midi. L'un concernait une affaire Elf, connue plus tard sous l'appellation des « avions renifleurs » – des escrocs ayant vendu très cher à la compagnie pétrolière un moyen de détection totalement bidon.

En 2007, un journaliste de France Inter, Benoît Collombat, publie chez Fayard *Un homme à abattre, contre-enquête sur la mort de Robert Boulin*. Il fait témoigner Raymond Barre, Premier ministre au moment des faits, qui affirme avoir été informé du décès de Robert Boulin pendant la nuit du 29 au 30 octobre 1979, bien avant la découverte officielle du corps au petit matin. Le parquet de Paris rejettera ce « fait nouveau » au motif que Barre, décédé depuis, aurait « confondu dans sa mémoire l'annonce de la

1. Louis-Marie Horeau, « Rien à faire pour refaire une affaire », *Le Canard enchaîné*, 18 janvier 1984.
2. *Golias*, novembre-décembre 1999.

disparition inquiétante et l'annonce de la découverte de son cadavre ». Yann Gaillard, alors directeur de cabinet de Robert Boulin et actuel sénateur de l'Aube, témoigne également avoir été averti dans la nuit du décès du ministre, dans son livre *Adieu Colbert* publié chez Christian Bourgois en 2000 : « Je me retrouve vers 2 heures du matin dans le bureau du directeur de cabinet du Premier ministre. Le téléphone sonne. Pendant qu'il parle, je vois son visage, comment dire ? se décrocher, blanchir. Il me dit sur un ton absent : "On a retrouvé le corps." » Témoignage aussitôt retoqué par le parquet, au motif que Gaillard avait déjà témoigné en ce sens dès 1984 : ce n'est donc pas un « fait nouveau »... Un troisième témoin, Guy Aubert, ami de Robert Boulin, aurait affirmé le soir même à sa famille – vers 19 h 30, selon elle – qu'il serait mort. Aubert est aujourd'hui décédé, mais Philippe Mestre, ancien directeur de cabinet à Matignon, est bien vivant : il conteste les témoignages de Barre et Gaillard. Quant à Valéry Giscard d'Estaing, il prétend, au risque de l'invraisemblance, avoir été alerté du décès de son ministre à 11 h 30 du matin.

Tous ces éléments auraient pu au moins titiller la curiosité du *Canard*. Bien au contraire, Louis-Marie Horeau reprend sa plus belle plume pour descendre en flammes un documentaire de Canal Plus diffusé en juin 2003, sans même l'avoir visionné. « Je n'ai pas besoin de le voir pour savoir que c'est des conneries », lance-t-il, en conférence de rédaction. Sans enquête, sans preuves, sans précautions, pour reprendre ses propres mots imprimés vingt ans plus tôt...

Fabienne Boulin, fille de l'ancien ministre qui a repris le flambeau procédural, s'étonne du « systématisme » du *Canard enchaîné*, ne « tenant pas compte des faits nouveaux ». Elle a une explication, qui vaut ce qu'elle vaut : « Le *Canard* a été instrumentalisé au départ et ne veut pas le reconnaître. Il a pris un parti et ne veut pas reculer, au risque de s'embourber. »

Dans un article du 27 juin 2007, titré « Pas d'eau à son Boulin », alors même que le parquet général venait de rouvrir l'enquête sur le décès de Robert Boulin, il martèle, presque mot pour mot, son antienne : « Il faut rendre hommage appuyé à l'assassin. Ou plutôt aux assassins, car ils sont nombreux et talentueux. Ils ont écrit eux-mêmes les lettres, dactylographiées sur la machine personnelle de Robert Boulin. Ils ont imité l'écriture du ministre pour les ajouts. Ensuite ils ont envoyé une équipe dans un centre de tri postal des Yvelines pour récupérer les vraies lettres postées par Boulin à Montfort-l'Amaury quelques heures avant sa mort et les remplacer par les fausses annonçant son suicide. Un complice a volé le Valium et déposé dans la corbeille le faux brouillon de la fausse lettre. Avant de déposer le faux mot d'adieu dans la voiture, de noyer le ministre dans moins d'un mètre d'eau, non sans l'avoir préalablement drogué au Valium. Sans oublier l'action d'une autre équipe chargée de récupérer des dossiers compromettants. Il y a quelques journalistes qui défendent ce scénario le plus sérieusement du monde. »

Dans ce morceau de bravoure, le *Canard* affecte *a contrario* de croire qu'une expertise aurait authentifié le fait que les lettres aient été tapées sur la machine personnelle de Robert Boulin, alors que son ruban (conservant la mémoire des caractères frappés) a curieusement disparu ; que le ministre aurait lui-même déposé les lettres à la poste, alors que le seul témoin disponible se contente d'affirmer l'avoir vu marcher dans la rue. On aura connu le *Canard* plus sceptique en d'autres occasions. S'emmêlant les palmes, il ironise enfin sur l'hypothèse d'un homme « noyé dans moins d'un mètre d'eau, préalablement drogué au Valium ». Sur ce point au moins, il rejoint les tenants de l'assassinat.

15

Les francs-maçons se rebiffent

Christian Plume, pigiste au *Canard* dans les années 1960, feuillette son carnet. Plume est son vrai nom. Il est camarguais. En 1961, il a noté son épitaphe : « Il gît ici le pauvre PLUME. Il vainquit le sort importun. Car il fit – du moins l'on présume – un nom propre d'un nom commun. » Finalement, Plume n'appréciait pas trop l'ambiance du *Canard*. « Abandonné *Canard* presque complètement : petits esprits et vieux tics », écrit-il un jour. En mai 1980, Plume fait paraître avec Xavier Pasquini *Une enquête de police sur Le Canard enchaîné*[1]. Ils publient *in extenso* un rapport des Renseignements généraux de la préfecture de police sur le *Canard*, écrit huit ans plus tôt, en juin 1972. Ce document contient 33 fiches de police des collaborateurs du journal, et 54 fiches concernant des pigistes, ou présumés tels. Le rapport étudie en outre les « causes de la longévité » du *Canard*, son « avenir », et surtout la « source de ses informations ».

Parmi les causes de la longévité, il y avait – selon la police de 1972 –, « l'esprit frondeur et non conformiste » : « *Le*

1. Christian Plume et Xavier Pasquini, *Une enquête de police sur Le Canard enchaîné*, *op. cit.*

Canard enchaîné ne soutient pas une ligne définie. Aucun pouvoir ne trouve grâce auprès de ses collaborateurs. Journal sans parti, il n'a personne à ménager. Il attaque la droite comme la gauche, il est volontiers anticommuniste, réservé à l'égard du Parti socialiste, critique à propos du PSU, sceptique quant au radicalisme. Il n'aime ni les États-Unis, ni l'URSS et considère le tiers-monde comme aussi condamnable que les anciennes métropoles. *Le Canard enchaîné* entretient ainsi la méfiance des Français envers les partis politiques. Il provoque la curiosité en leur faisant connaître des informations confidentielles qui peuvent se révéler véridiques par la suite. »

Le rapport des RG cible tout particulièrement les journalistes communistes ou ex-communistes du *Canard* : « Cependant, avec l'arrivée d'hommes comme Claude Angeli, l'orientation politique du *Canard enchaîné* s'est modifiée, le style est devenu franchement polémique et pourrait risquer à la longue, d'aller à l'encontre des goûts de sa clientèle habituelle. Ainsi le Français "gaulois et railleur" ne se retrouverait plus dans un hebdomadaire abandonnant la satire pour la polémique progauchiste. »

Dans leur préface, Plume et Pasquini abondent dans le même sens. Avec Angeli, « un faucon s'est installé dans la couvée de canards », assurent-ils. Angeli est « le Fouquier-Tinville du *Canard* ». « Avant la guerre, le *Canard* égratignait mais ne tuait pas. Il ne laissait rien passer mais restait dans les limites de la saine insolence, écrivent Plume et Pasquini. [...] Jamais le *Canard* n'avait torpillé un ministère ou ruiné la carrière politique d'un haut personnage. » Et de citer la « carrière ruinée » de Chaban-Delmas et la mort de Robert Boulin. « Angeli amenait au *Canard* une nouvelle dimension. Avant lui, le *Canard* lançait des pétards de 14 juillet. Avec Angeli, il se mit au cocktail Molotov. D'abord, il amena au *Canard* un nouveau procédé qu'on pourrait appeler, plus concrètement, le photocopisme. [...]

À partir du moment où il s'installa au canard, la photocopie se mit à fleurir dans chaque numéro. »

Journalistes tous les deux, auteurs de plusieurs livres en commun, Christian Plume et Xavier Pasquini – décédé en 2000 [1] – étaient aussi francs-maçons. « Je suis dans les hauts grades de la maçonnerie, confie Christian Plume. Pasquini, lui, était devenu Grand Maître adjoint. Il serait devenu Grand Maître, c'est sûr. Au *Canard*, Lap était maçon et il s'en occupait. Treno n'était pas d'accord sans être pour autant communiste [2]. » Xavier Pasquini fréquentait certains journalistes du *Canard*, avant de devenir chroniqueur à *Charlie Hebdo*, et il avait même offert le « rapport de police » à la rédaction, avant de décider de le publier dans un ouvrage. « Pasquini venait souvent déjeuner avec nous, se souvient Alain Grandremy, secrétaire de rédaction du *Canard*, lui aussi maçon déclaré. Un jour, il a obtenu ce rapport des RG et il m'a prié de le transmettre à Angeli. Il contenait beaucoup d'erreurs, mais le *Canard* aurait pu en faire un article de page 4. Angeli n'en a pas voulu. Il m'a dit : "Cela ne nous intéresse pas." Plus tard, lorsque le rapport est paru sous forme de livre, j'ai été sur la sellette, et j'ai été obligé de faire un petit rapport que j'ai transmis à Roger Fressoz. On m'a reproché d'être proche de Pasquini [3]. »

Lorsqu'il récupère le manuscrit, l'éditeur Jean Picollec, bien connu des journalistes du *Canard* pour avoir travaillé chez Alain Moreau, est impressionné par les mises en garde menaçantes qu'il reçoit, mais il passe outre. « J'ai eu 16 ou 17 procès, raconte-t-il. Les gens du *Canard* n'ont pas porté plainte, mais ils ont encouragé leurs informateurs à le faire. Ils m'ont accusé d'être stipendié par Valéry Giscard

1. Xavier Pasquini est décédé lors d'un convent d'une crise cardiaque, alors que le Grand Orient était mis en cause pour avoir servi d'intermédiaire entre le gouvernement et des nationalistes corses.

2. Entretien avec l'auteur, 31 mai 2008.

3. Entretien avec l'auteur, 2 août 2007.

d'Estaing. Ce qui les ennuyait, c'était que Jean Montaldo, collaborateur de *Minute*, apparaisse parmi leurs informateurs. J'étais presque tous les deux jours au tribunal. Mais je n'ai pas eu un seul procès au fond. J'ai su que ce dossier des Renseignements généraux n'existait qu'en trois exemplaires, et qu'un seul était manquant. La fuite venait d'un préfet. Xavier Pasquini avait obtenu ce dossier par une filière maçonnique[1]. »

La franc-maçonnerie réglait-elle des comptes aux journalistes de sensibilité communiste à travers le livre de Plume et Pasquini ? Possible. En tout cas, les deux journalistes étaient bien placés pour démentir les rumeurs d'une affiliation d'Angeli au Grand Orient.

« Un rapport des Renseignements généraux prétendit que Claude Angeli était membre de la loge maçonnique "Les Amitiés d'Alain" du Grand Orient de France, écrivent-ils. Marcellin [le ministre de l'Intérieur] donna l'ordre de "chercher" dans cette direction et s'aperçut vite qu'il faisait fausse route. Une note intérieure du GO fit savoir qu'Angeli n'appartenait pas à son obédience et qu'il y avait sans doute confusion de patronyme[2]. »

Au *Canard*, l'engagement maçonnique de tel ou tel journaliste restait discret, sans être totalement secret. « Nous étions trois ou quatre francs-maçons, explique Grandremy. Fressoz craignait que cela soit une source d'intox. Un jour, j'avais modifié un article d'Angeli sur un convent. Il avait écrit "très cher frère" au lieu de "très illustre frère". Angeli avait remarqué ma correction, et m'avait dit : "C'est toi qui as corrigé ça ? T'es franc-maçon, toi !" » Grandremy se souvient aussi des petites manies de Lap. « Il disait : "Bonjour, les hommes ! Tant pis si je me trompe." Il disait à chacun : "Bonjour, mon frère." Et à moi : "Bonjour Alain !" »

---

1. Entretien avec l'auteur, 6 mai 2008.
2. Christian Plume et Xavier Pasquini, *Une enquête de police au Canard enchaîné*, *op. cit.*

« Deux des principaux dirigeants du *Canard* étaient maçons, assure l'investigateur Henri Deligny. Des journalistes se prévalaient de liens à travers des ateliers. Ce courant d'influence jouait un rôle dans les contacts entretenus avec certains syndicats de police, à travers Gérard Monate, par exemple. Mais la présence de Roland Dumas était tout aussi déterminante [1]. »

Une grande majorité de frères se contentent d'assister deux fois par mois à un dîner-débat entre amis, le décorum en plus. D'autres, une minorité mais influente, jouent des réseaux ainsi créés, mélangeant allégrement le sacré et le profane. L'ancien Petit Poète du *Canard*, Roland Bacri, résume assez bien la première catégorie, ces maçons à la bonne franquette. Dans son *Journal d'un râleur* [2], il raconte sa brève expérience au sein du Grand Orient de France.

« L'an dernier, René Bizeau, chef des correcteurs à l'imprimerie du *Canard*, était venu passer le week-end avec sa femme et ses filles.

– Tu veux savoir pourquoi je t'appelle toujours “mon frère” ? Parce que tu es, sans le savoir, franc-maçon.

– Moi ? Ti'es fou ?

– Je suis on ne peut plus sérieux. Vénérable d'une loge “Terre des Hommes”, je te parraine moi-même. Rendez-vous mercredi à 8 h 30 rue Cadet. »

Bacri se retrouve maçon presque à son insu. Il raconte amusé sa première « tenue » en loge : « Entrée dans l'immeuble, premier étonnement : au mur les cartes d'identité de tous les frères, tampon, timbre préfecture de police, tout. Moi qui croyais société secrète à la Cagliostro d'Alexandre Dumas. Bon ! Première séance, pas de procession de conjurés à la lueur des torches. Roulement de tambour, *La Marseillaise*, tous debout… On est en république,

1. Entretien cité. L'appartenance de Gérard Monate et de Roland Dumas au Grand Orient sont connues.

2. Roland Bacri, *Journal d'un râleur*, Éditions du Félin, 1996.

c'est vrai. Ah ! Mozart quand même, l'huissier de séance clame : "Il est minuit, mes frères !" 21 heures, c'est vrai, mais comme on doit tous se lever de bonne heure pour travailler le lendemain… »

Bacri n'est resté que trois jours en maçonnerie. « Chaque mercredi, 100 kilomètres aller-retour pour *Allons z'enfants*… Je suis au *Canard*, tout de même. Écouter les doléances, légitimes je sais, du prolétariat, ça m'apporte quoi ? Mais je serai, pardi, avec eux, au premier rang même, le jour où il faudra reprendre la Bastille. »

Quand le *Canard* s'intéresse à la franc-maçonnerie, c'est d'abord par antigiscardisme. En février 1977, Michel Gaillard révèle comment Giscard a tenté de se faire initier à la Grande Loge de France. Pas comme n'importe quel maçon de base : hors de question pour lui de se faire bander les yeux, de courber humblement la tête puis d'effectuer un saut dans l'inconnu – selon le rituel, l'impétrant doit réellement « sauter » dans le noir. VGE envisage tout simplement de se faire initier en son palais de l'Élysée, comme naguère Frédéric II de Prusse en son château de Potsdam, et directement au 33e degré. L'info du *Canard* fait lamentablement capoter le projet : « Nos révélations ont provoqué un boucan de tous les diables à l'Élysée, à l'Intérieur et en d'autres lieux bénis. » Dans le microcosme maçonnique, on ne se pose qu'une seule question : qui a balancé l'information au *Canard* ? Les projecteurs se braquent sur le frère Victor Chapot, conseiller à l'Élysée, en charge notamment du financement des campagnes électorales. Membre de la GLF chargé de l'initiation présidentielle, il se serait montré trop bavard auprès de Michel Baroin, ancien commissaire des RG, dignitaire du GO (obédience concurrente) dont il deviendra plus tard le Grand Maître. Gaillard raconte l'anecdote : « Les 33 membres du Conseil de l'ordre du Grand Orient n'ont pas été étonnés non plus. En effet, le 8 janvier dernier, Michel Baroin, collaborateur d'Edgar Faure, avait tenu devant ses membres les propos suivants :

“J’ai une importante communication à vous faire. Mon ami Victor Chapot, qui est intime avec le président de la République et avec qui je vais fréquemment à la pêche, vient de m’annoncer que Giscard a décidé d’entrer en maçonnerie.” La pêche, c’est instructif. »

Souci de ne pas trop mouiller le GO comme étant l’informateur du *Canard* ? Gaillard brouille ensuite les pistes en impliquant cette fois la GLNF, autre obédience concurrente marquée à droite. « À vrai dire, les dirigeants de la Grande Loge nationale française (ne pas confondre avec la Grande Loge tout court) n’ont pas été très surpris par les informations du *Canard*. Depuis quelques semaines déjà, l’un d’entre eux, Eugène Chambon, marchand de bois et copain de Roger Frey (garde des Sceaux, NDLR), leur avait annoncé que Giscard avait l’intention de se convertir à la franc-maçonnerie. » On voit ici que Michel Gaillard a ses entrées dans toutes les obédiences, mais qu’il semble ignorer qu’on ne dit pas « convertir », comme en religion, mais « initier »… Michel Bassi, alors porte-parole de l’Élysée et membre de la GLNF, a une explication plus péremptoire sur le scoop du *Canard* : « C’est un coup fourré des francs-maçons prochiraquiens qui cherchent à nuire au chef de l’État. »

Bien des années plus tard, en mai 1993, le *Canard* remet le couvert à propos de Hassan II : « Le roi du Maroc veut se payer un tablier de franc-maçon ». Et de raconter en détail comment le monarque envisage la chose : « Pas question pour un souverain de commencer, dans la hiérarchie franc-maçonne, comme simple “apprenti”, ce serait contraire à son rang. » Et d’administrer cette piqûre de rappel à VGE : « Giscard avait eu la même exigence au début de son septennat. Il s’était alors heurté à un refus poli mais ferme de toutes les grandes obédiences, même celles qui lui étaient politiquement favorables. »

Ce qui, du point de vue du *Canard*, doit s’entendre comme un compliment.

Le journal reste finalement très discret sur la franc-maçonnerie. Dans les années 1990, le *Canard* mentionnera avec parcimonie l'appartenance à la GLF ou à la GLNF des nombreux protagonistes des affaires politico-financières. Alain Guédé, l'un des deux journalistes qui suivaient ces dossiers, est lui-même membre du Grand Orient [1]. En 1995, un putsch ourdi en coulisse au Grand Orient ne fait qu'un articulet, quand de longs articles fleurissent sur le sujet dans la presse. Des convents houleux, le GO en connaîtra bien d'autres par la suite. « Le *Canard* pourrait quand même en parler », regrette un membre de l'obédience.

1. Il sera plus exhaustif sur la franc-maçonnerie dans les affaires dans ses livres, coécrits avec Hervé Liffran : *La Razzia, enquête sur les fausses factures et les affaires immobilières du RPR*, Stock, 1995, et *Péril sur la chiraquie*, Stock, 1996.

16

Le canardeur

Ce n'était un secret pour personne : l'avocat du *Canard* faisait de la politique. Roland Dumas s'en cachait d'autant moins qu'il était ce qu'on appelle un « élu de la nation ». Il avait été jeune journaliste à l'Agefi (Agence économique et financière), avant de devenir avocat et député[1] puis de cumuler souvent ces deux dernières occupations, jouant avec les nombreuses passerelles qu'offraient déjà les « affaires ». « La politique se déplaçait de ses enceintes traditionnelles pour s'installer dans les cabinets des juges d'instruction et les palais de justice[2] », explique-t-il lui-même dans son autobiographie. Son travail auprès du *Canard* a duré douze ans. Ses résultats ont dépassé toutes ses espérances. « Je me suis fait, pour leur compte, les trois présidents de la République successifs, se félicite Roland Dumas,

1. En 1956, il est élu député de la Haute-Vienne, présenté par l'Union démocratique et socialiste de la Résistance, formation de François Mitterrand. Il est réélu député (Fédération de la gauche démocrate et socialiste) en mars 1967. Il siège jusqu'en juin 1968. Dans les années 1970, il est réélu député (PS) de Gironde en mars 1973, et siège à l'Assemblée jusqu'en mars 1978. Il est réélu député en juin 1981, mars 1986, juin 1988.

2. Roland Dumas, *Le Fil et la Pelote*, Plon, 1996.

dans son bureau, quai de Bourbon, à Paris. De Gaulle, Pompidou et Giscard[1]. » Dumas marque une pose, et explicite son décompte : « De Gaulle avec l'affaire de "la commode à Foccart", Pompidou avec les micros, et Giscard avec les diamants. Je me suis mis tous les présidents de la République à dos aussi, cela amusait beaucoup Mitterrand… » « Qu'est-ce que me veut ce juriste vétilleux ? », aurait demandé le général de Gaulle… « Qu'est-ce que vous m'avez fait souffrir… », lui aurait confié par la suite Valéry Giscard d'Estaing à l'Assemblée nationale.

Quand Robert Boulay, un ami journaliste, introduit Roland Dumas au *Canard* en 1969, Jacques Foccart, l'ex-conseiller du président de la République, ex-secrétaire général des affaires africaines et malgaches, vient de déposer plainte contre l'hebdomadaire. Et Roger Fressoz, le futur directeur, cherche des renforts pour ce procès en diffamation qui émane du pouvoir.

C'est une petite colonne de la page 2, intitulée « La commode à Foccart[2] », qui a provoqué la colère du dignitaire gaulliste. L'histoire ressemble à un gag. Elle se déroule après le départ du général de Gaulle de l'Élysée en avril 1969, période où l'intérim de la présidence de la République est assurée par Alain Poher, président du Sénat. Le papier paraît entre les deux tours de la présidentielle.

« En visitant un peu le mobilier de l'Élysée, les fonctionnaires travaillant avec Poher ont eu l'idée saugrenue d'ouvrir une commode en pseudo-Louis XV dans le bureau naguère occupé par Foccart. Cette commode était curieusement aménagée : elle était pleine d'appareils électroniques d'enregistrement. » De ce meuble sortaient des fils qui conduisaient à des « micros disposés dans toutes les pièces du palais présidentiel jusques et y compris dans le bureau de

1. Entretien avec l'auteur, 24 juillet 2008.

2. « La commode à Foccart », *Le Canard enchaîné*, 4 juin 1969. Les citations qui suivent sont extraites du même article.

de Gaulle ». La « commode à Foccart » était équipée de « quelques boutons idoines et d'une manette » permettant au conseiller du président « d'enregistrer à volonté toute conversation qui se tenait dans n'importe quelle pièce de l'Élysée ». Une commode miraculeuse… D'après le *Canard*, « les propos tenus dans le propre bureau de de Gaulle étaient écoutés et enregistrés par Foccart ».

Dès le lendemain de la présidentielle, alors qu'Alain Poher a été remplacé à l'Élysée par Georges Pompidou, Foccart, réinstallé dans ses fonctions de conseiller, va au procès. Le 23 juillet 1969, le *Canard* publie l'assignation. Il y est demandé au tribunal de constater que « cette volonté de nuire, de jeter le discrédit sur M. Foccart, et de le dénigrer, ainsi que l'intoxication faite autour de son nom et de ses activités réelles, sans autre fondement que l'imagination des rédacteurs du journal *Le Canard enchaîné* sont inadmissibles ». Foccart réclame 120 000 francs de dommages et intérêts. La plainte est reçue comme une déclaration de guerre. « Admettons, puisqu'il s'en défend, admettons qu'il n'est et n'a jamais été le chef de polices parallèles, ni l'éminence grise du général, admettons que tout cela ne soit que de l'intoxication. Mais alors qu'est donc M. Foccart et à quoi sert-il ? ironise Treno, le directeur du *Canard*. Pour quelle tâche était-il, et est-il encore, rétribué, aux frais des contribuables ? Secrétaire général pour la communauté ? Quelle bonne blague ! » Dans les numéros qui suivent, le *Canard* passe à l'offensive. Oubliée, l'histoire de la commode. Chaque semaine, sur des pages entières, c'est : « L'affaire Foccart », « Cette atmosphère barbouze, cette allure policière » (30 juillet 1969), « L'éminence veut dégonfler » (6 août), « Du côté de la barbouze est la toute-puissance » (13 août), « L'œil était dans la barbe » (20 août), « L'Afrique aux affreux » (27 août), « Le bazar de l'Élysée » (3 septembre), « Les godillots sont lourds dans le SAC » (10 septembre), « Grandeur et servitude d'une éminence grise » (17 septembre). Un rouleau compresseur. Dumas prépare le procès avec le même entrain. La commode devient secondaire. « Foccart avait fait installer ce petit meuble pour communiquer avec de Gaulle, qui ne voulait pas être dérangé, explique Dumas aujourd'hui. Le *Canard* avait écrit "Foccart écoute le général". Je n'ai jamais pensé que Foccart écoutait le général [1]. »

Le jour du procès, le *Canard* a rempli la salle d'audience de la première chambre civile. Les plaidoiries durent cinq heures. Celle de Dumas va remplir une demi-page du *Canard* [2]. La première estocade est la bonne. Foccart a attaqué le *Canard* au civil. Or, comme citoyen chargé d'un service public, il aurait dû demander réparation en correctionnelle. Foccart sera débouté pour cette raison. Mais Dumas s'occupe d'éclaircir un peu le *curriculum vitæ* de l'éminence grise. Il révèle à l'audience que Foccart a fait de l'import-export pendant la guerre, qu'il n'est pas diplômé de l'École des hautes études commerciales comme il le prétend. Il souligne que Foccart a eu « la main sur les services de renseignements », et qu'il a bien « disposé de fonds secrets ». Et Dumas de rappeler au tribunal les affaires où l'on a vu mentionner son nom : complots en Guinée, au Cameroun, sans oublier l'enquête sur l'assassinat de l'opposant marocain Mehdi Ben Barka, et ce mot retrouvé alors : « Foccart est au parfum. » Écœuré par cette défense offensive ou même « de rupture » selon la formule consacrée, l'avocat de Foccart, lâche : « Tout porte à penser que le *Canard* a des tentacules dans certains ministères. »

Dumas s'amuse bien. « Lorsque M. Poher est arrivé à l'Élysée, il est de notoriété publique qu'il n'a trouvé personne, plaide-t-il, qu'il n'a trouvé ni documents ni argent, que le bureau présidentiel était vide, les tiroirs vides et – détail assez cocasse – on n'avait laissé sur la table

1. Entretien avec l'auteur, 24 juillet 2008.

2. « Me Roland Dumas : M. Foccart est un commerçant avisé », *Le Canard enchaîné*, 17 décembre 1969.

présidentielle que la médaille d'or des JO de Grenoble. » Dumas se défend de vouloir faire un « forum politique ». Il défend juste le *Canard*. Et si, d'aventure, le tribunal civil renvoyait l'affaire devant le tribunal correctionnel, il demanderait « à M. Poher de venir », ce dernier s'est déclaré « tout disposé à témoigner ». Marcellin, le ministre de l'Intérieur, serait aussi convié. « Nous demanderons aussi au général de Gaulle de venir », lance Dumas, bravache.

Il gagne, et sans avoir à apporter la preuve de l'existence de la commode magique... Le tribunal civil se déclare incompétent. « C'était le procès d'une face cachée, et peut-être la moins avouable, du régime d'alors [1] », résume Roland Dumas dans son autobiographie.

Alors qu'il plaide pour le *Canard*, il a déjà pris un « ticket d'entrée [2] » dans l'affaire Markovic. Garde du corps d'Alain Delon, Stevan Markovic a été retrouvé mort dans une décharge, le 1er octobre 1968. Et l'enquête pourrait se révéler explosive, si l'on en croit les rumeurs qui font de la victime l'animateur de « parties fines », où l'on aurait vu Claude Pompidou, la femme de l'ancien Premier ministre, futur président de la République. « Si manipulation il y avait, elle s'était produite avant mon entrée dans l'affaire », signale Dumas, devenu l'avocat du frère de la victime, partie civile, le 10 novembre 1968, après qu'un premier témoin, détenu pour vol, a prononcé le nom de Pompidou. Dans un billet manuscrit, Markovic avait dénoncé préventivement Alain Delon et son associé François Marcantoni, déjà condamné dans une affaire de droit commun, comme responsables s'il lui arrivait quelque chose. « L'affaire était alimentée par des rumeurs, des apparitions de documents, dont l'authenticité était plus que douteuse, et la tentation fut grande, compte tenu de mes attaches politiques, de me faire porter la

---

1. Roland Dumas, *Le Fil et la Pelote*, *op. cit.*

2. L'expression est de Roland Dumas, *ibid.* Les citations qui suivent sont extraites du même ouvrage.

responsabilité de cette exploitation, rapporte Dumas. La vérité est que Georges Pompidou se trouvait sous les feux croisés d'une extrême droite sans scrupule et d'une partie du clan gaulliste qui ne lui pardonnait pas sa déclaration de Rome, dans laquelle il voyait la cause du départ du général de Gaulle. Je fus moi-même approché par des amis de la Résistance, en Corrèze, qui se faisaient les intermédiaires de membres du Service d'action civique (SAC) venus m'offrir leur aide, si je le souhaitais, pour abattre politiquement Georges Pompidou. Je les ai naturellement éconduits. »

Les services spéciaux contribuent aussi à la manipulation en donnant crédit à des montages photographiques en circulation. C'est l'ancien ministre Michel Jobert qui révéla que Pompidou, devenu président de la République, avait dans sa poche « une feuille gainée de cuir », sur laquelle figurait « la liste de ceux qui par sottise, méchanceté, ou intérêt piétinèrent son honneur ». François Marcantoni est détenu plusieurs mois, avant de bénéficier sept ans plus tard d'un non-lieu. Un enterrement judiciaire dénoncé par le *Canard*, qui publie sur une pleine page, grâce à Dumas, le réquisitoire de non-lieu devant la chambre d'accusation de la cour d'appel : « L'affaire Markovic, comment s'en débarrasser » et « Une histoire pleine de trous ». « D'un minable et banal fait divers, l'assassinat de Markovic s'est rapidement transformé en affaire d'État et en complot politique, commente Michel Gaillard, dans le *Canard* quelques semaines avant que la chambre d'accusation ne prononce le non-lieu le 12 janvier 1976. Des photos obscènes circulent sous le manteau et sont gracieusement distribuées aux journalistes, aux politiciens et aux hommes d'affaires. Ces photos truquées visent aussi bien Georges que Claude Pompidou. À l'époque, ni feu Capitant, alors garde des Sceaux, ni Couve de Murville, Premier ministre, ni même de Gaulle n'interviendront pour arrêter le flot d'"ordures" et de "saloperies", (comme disait Pompidou) qui déferlent sur l'ancien Premier ministre. Au contraire même. »

« Dans l'affaire Markovic, mon mobile était d'un ordre que je dirai républicain, analyse Roland Dumas en 1977. On ne peut, au nom de la raison d'État, interdire au pouvoir judiciaire de faire son devoir ; quelles que soient les personnes en cause, rois, ministres, grandes vedettes, on n'a pas le droit d'étouffer une affaire. Mon acharnement vient de là. [...] Un meurtre, un cadavre. On a des preuves, en tout cas des quasi-certitudes. Si l'on fait obstacle au cours de la justice sous prétexte que les gens en cause sont plus intéressants que la victime, c'est la négation de toute égalité devant la loi, la reconnaissance du droit qu'a le plus fort de tuer [1]. »

L'affaire Aranda est un autre dossier hautement politique, qui va sévèrement secouer les hiérarques gaullistes [2]. Dumas se souvient du commentaire de Mitterrand : « J'espère que l'on retrouvera M. Aranda *vivant* »... L'avocat l'avait non seulement retrouvé, mais pris pour client. Avec Gabriel Aranda, il récupère cette fois un informateur du *Canard*, qui le place au cœur des turpitudes du régime. « On s'était imaginé qu'il avait plus de choses, confie Dumas. Mais l'affaire a fait jurisprudence puisque le parquet avait ouvert l'information pour "vol" alors qu'Aranda ne disposait que de photocopies : nous avons fait la démonstration que le "vol" était la prise d'un élément matériel. Et qu'il n'en était rien dans le cas d'Aranda, puisqu'il s'agissait de photocopies. Il a donc obtenu un non-lieu [3]. » La légère déception politique est compensée par une belle victoire judiciaire, même si Aranda ne réapparaît plus en France...

La découverte, en décembre 1973, du fric-frac des agents de la DST venus poser des micros dans les futurs locaux du *Canard* est l'occasion, pour Dumas, d'aller plus loin : faire ouvrir une enquête. « Jamais, depuis sa création, *Le Canard*

---

1. Roland Dumas, *Les Avocats*, Grasset, 1977.
2. Voir chapitre « L'archange aux mains pleines », p. 106.
3. Entretien avec l'auteur, 24 juillet 2008.

enchaîné n'avait porté plainte, son humeur le portant à se défier de la justice plutôt qu'à lui demander aide et réparation, constate-t-il. Je fis observer qu'ouvrir une procédure était la seule façon d'accéder au dossier et de couper court à l'humour involontaire du Premier ministre Pierre Messmer, selon lequel il s'agissait d'un canular mis en scène par le journal lui-même pour se faire de la publicité[1]. » Dumas dépose donc une plainte contre X pour « violation de domicile » et « atteinte à la vie privée ». Le juge chargé de l'affaire, Alain Bernard, se rend aussitôt sur place, ordonne une perquisition l'immeuble voisin, plusieurs fois. Des photos le montrent sur place, suivi de Roland Dumas.

« Je savais que je risquais de me heurter au grand service de l'État qui était en cause, à la DST, à cette super-police qui ne manquerait pas de réagir solidairement, raconte-t-il en 1977, que j'aurais contre moi un immense réseau indistinct dont on imagine mal la puissance et les ramifications, avec son énorme budget, ses moyens de liaison, ses techniciens, ses spécialistes, ses privilèges, ses protections, tout cela couvert par le secret de la défense nationale. J'ai reçu des lettres de menaces, anonymes, des lettres signées, et qui faisaient appel à ma sagesse. J'ai eu l'impression qu'il se passait des choses bizarres dans mon courrier – ne parlons pas de mon téléphone –, ma concierge a eu de la visite, tout cela assez maladroit et mou. Mais enfin j'aurais pu m'arrêter aux ennuis, aux inconvénients, penser à ma famille, à ma carrière, à ma promotion dans l'ordre de la Légion d'honneur, que sais-je ? Tout ce qu'on me demandait était de me tenir tranquille. Je n'avais qu'à laisser tomber, nul n'en aurait rien su. Question de conscience[2]. »

Si l'enquête du *Canard* permet très vite d'identifier une partie des agents impliqués, le juge reçoit des explications tronquées sur la présence de fonctionnaires de police dans

---

1. Roland Dumas, *Le Fil et la Pelote*, *op. cit.*
2. Roland Dumas, *Les Avocats*, *op. cit.*

les environs, ce soir-là, puis se voit opposer le « nécessaire secret qui doit permettre le fonctionnement du service ». Cette bataille dure plusieurs années. Malgré de nombreuses demandes d'actes, Dumas peine à combattre le « processus d'escamotage ». Alors que la justice conteste l'application du secret-défense, l'administration policière met son veto à l'audition de ses fonctionnaires. Le nouveau juge Hubert Pinsseau conteste la « violation de domicile » au motif que la rédaction du *Canard* n'était pas encore installée dans ses nouveaux locaux, et la « tentative d'atteinte à la vie privée » par le caractère non opérationnel de la future sonorisation. Et surtout que les « journalistes ne peuvent et ne pourraient avoir dans un local professionnel que des conversations d'ordre politique, général ou professionnel » : *exit* la vie privée. L'affaire est « barrée d'un coup de Pinsseau [1] », selon l'expression du *Canard*. « Dix fois, vingt fois, j'ai arraché l'affaire Markovic, l'affaire (des micros) du *Canard* au tombeau où on cherche à les enterrer toutes vives [2] », commente Dumas. La cour d'appel approuve Pinsseau, et déboute le *Canard*, en juillet 1977. Mais Roland Dumas obtient que l'arrêt soit cassé, et la procédure annulée, après avoir découvert que le juge Bernard avait eu entre les mains un autre dossier impliquant la DST au moment des faits. Hélas, la chambre d'accusation de la cour d'appel d'Amiens, qui récupère le dossier, constate l'extinction de l'action publique, en octobre 1978. Un ultime pourvoi est rejeté. « L'enterrement est enfin consommé : après six ans, deux mois et quatre jours, il n'existait plus juridiquement d'affaire des micros, rapporte Dumas. Il n'est pas sûr que le pouvoir politique, acharné à camoufler la vérité, en soit sorti indemne [3]. »

Lorsque, le 24 décembre 1976, le prince Jean de Broglie, ancien secrétaire d'État, meurt assassiné à Paris, le parfum

1. *Le Canard enchaîné*, 5 janvier 1977.
2. *Ibid.*
3. Roland Dumas, *Le Fil et la Pelote*, *op. cit.*

d'un nouveau scandale se fait sentir. Quelques jours après, le ministre de l'Intérieur annonce, lors d'une conférence de presse, un « coup de filet complet ». Les deux hommes à qui le prince avait prêté de l'argent, et le meurtrier. Dumas devient l'avocat de Guy Simoné, le policier soupçonné d'avoir fourni l'arme du crime. « Un jour, le juge Guy Floch, chargé de l'affaire de Broglie m'a demandé rendez-vous, et a débarqué à mon cabinet, se souvient Dumas. Il m'a dit : "Vous êtes le doyen des avocats du dossier, je viens vous faire part d'une nouvelle incroyable." Un commissaire venait de lui dévoiler l'existence d'un rapport de police, rédigé trois mois avant le meurtre, et faisant état d'un projet d'assassinat de Jean de Broglie. La police était donc prévenue[1]. » Pour l'affaire, c'est un tournant considérable. « Je compris sur-le-champ l'intérêt de cette révélation, et celui de la confidence qui m'était faite[2] », écrira Dumas. Outre qu'il dévoile un dysfonctionnement policier qui a coûté la vie à l'ancien ministre, le rapport explique la rapidité avec laquelle les autorités ont pu démasquer leurs suspects, et surtout le meurtrier lui-même.

Le Canard enchaîné est averti. Un article évoque d'ailleurs l'existence du mystérieux rapport, mais il l'attribue aux Renseignements généraux alors qu'il vient de la PJ. C'est en mars 1980 seulement que Georges Marion, journaliste d'investigation fraîchement arrivé, parvient à récupérer le rapport de l'inspecteur Michel Roux, de la 10e brigade territoriale, auprès d'une de ses sources[3]. « C'est quand j'amène le rapport que tout s'éclaire, se souvient Marion. Et on fonce chez Dumas. » Un supplément d'information est décidé. L'affaire fait tellement de bruit qu'elle rebondit au Parlement, où les socialistes obtiennent la création d'une

1. Entretien avec l'auteur, 24 juillet 2008.

2. Roland Dumas, *Le Fil et la Pelote*, *op. cit.*

3. L'épisode est relaté par Georges Marion, *Profession fouille-merde*, Le Seuil, 2008.

commission d'enquête, dès le mois d'avril. Devant elle, Jean Ducret, l'ancien patron de la PJ parisienne, reconnaît avoir transmis le rapport au directeur central de la PJ. Dès lors, la nouvelle question est de savoir s'ils avaient informé le ministre de l'Intérieur des menaces d'assassinat d'un député. Ils prétendaient que non… Mais le pouvoir refuse d'envisager l'audition de l'auteur du rapport. En juillet 1980, Roland Dumas fait venir Georges Marion à son cabinet. Pierre Joxe, alors vice-président du groupe socialiste à l'Assemblée nationale, est présent, entouré de collaborateurs. « On veut faire entendre Roux, annonce Dumas à Marion. Est-ce que tu accepterais de nous mettre en relation avec lui[1] ? ». D'une cabine téléphonique voisine, le journaliste appelle aussitôt le policier. Il le convainc de venir sur l'heure. Roland Dumas, Pierre Joxe, et ses amis l'emmènent au Palais-Bourbon où un huissier va enregistrer ses déclarations. L'audition est ainsi imposée, et validée. « Cette affaire fut exploitée politiquement, par l'opposition, rapporte Georges Marion à l'historien Laurent Martin. Une cellule fut constituée autour de Mitterrand, pour voir le meilleur parti que l'on pouvait en tirer. Les infos du *Canard* passaient à Mitterrand, via Dumas, qui était le défenseur du journal. Ce n'était pas un complot, dans la mesure où l'affaire ne fut pas créée dans une intention politique ; il y eut d'abord l'affaire et ensuite l'exploitation. Nous, au *Canard*, on voulait la peau de Giscard[2]. »

« Les choses n'en restèrent pas là, se rappelle Dumas. Le ministre de l'Intérieur de l'époque, Michel Poniatowski, dut venir s'expliquer au cours d'une séance tumultueuse de la cour d'assises [lors du procès de l'affaire à l'automne 1981]. De sordide qu'elle était, l'affaire était devenue politique en raison du mauvais fonctionnement des services placés sous

1. Entretien de l'auteur avec Georges Marion, 21 juillet 2008.

2. Entretien de Laurent Martin avec Georges Marion, 14 décembre 1998. Cité en annexe de la thèse de Laurent Martin.

ses ordres [1]. » Aux assises, le client de Dumas, Guy Simoné, écope finalement de dix ans de prison.

« L'affaire des diamants a été une campagne formidable [2] », confie Roland Dumas. La plus belle peut-être... L'avocat est appelé à la rescousse sur un double front. Deux cousins de Giscard, accusés d'avoir reçu des diamants, ont déposé plainte en diffamation contre le *Canard*, et Roger Delpey, l'un des informateurs du *Canard*, incarcéré préventivement en mai 1980, a besoin d'un avocat. Valéry Giscard d'Estaing avait fait contester par ses collaborateurs l'authenticité des documents publiés par le *Canard* [3], mais il n'avait pas déposé plainte contre lui après l'article dévastateur du 10 octobre 1979 qui lance l'affaire. Michel Poniatowski, le ministre de l'Intérieur, avait signalé que « le président de la République ne pouvait dialoguer avec un journal satirique ». La procédure lancée par les cousins, François, président de la Banque française pour le commerce extérieur (BFCE), et Jacques, directeur financier au Commissariat à l'énergie atomique (CEA), était présentée par le *Canard* comme une forme de rattrapage peu glorieux. « Il envoie ses cousins », se moque le journal. « La faute de Giscard a été de demander à ses cousins de déposer plainte, estime Dumas. C'était un peu ridicule, tiré par les cheveux. Cela avait donné lieu à une discussion au sein même de l'Élysée. Mais le président voulait absolument faire condamner le *Canard* [4]. »

Le 5 mars 1980, la pièce « Les cousins et le *Canard* » est donc suivie par de nombreux lecteurs. Et racontée par le menu la semaine suivante, assortie d'un dessin de Cardon représentant Dumas [5]. L'avocat tente de faire valoir

---

1. Roland Dumas, *Le Fil et la Pelote*, *op. cit.*
2. Entretien avec l'auteur, 24 juillet 2008.
3. « Giscard : "Les documents du *Canard* sont des faux" », art. cit. Voir chapitre « Giscarat », p. 171.
4. Entretien avec l'auteur, 24 juillet 2008.
5. « Les rieurs étaient du bon côté », *Le Canard enchaîné*, 12 mars 1980. Les citations suivantes sont extraites du même article.

l'incompétence du tribunal, comme avec Foccart, dix ans plus tôt. Les cousins ont attaqué au civil, et Dumas soutient qu'en leur qualité de fonctionnaires, grands commis de l'État, ils auraient dû engager des poursuites en correctionnelle. Cela permettrait de faire comparaître des témoins, expose-t-il, avant de suggérer ainsi l'audition de l'empereur déchu. « Nos clients se considèrent comme des personnes privées, rétorque l'avocat des Giscard. Ils ne sont pas chargés d'un service public. Cela regarde donc le civil[1]. » Les cousins, qui ont réclamé 200 000 francs chacun, ont fait l'erreur d'annoncer avant l'audience qu'ils verseraient l'argent à la Croix-Rouge. « Cette annonce pouvait être interprétée comme une tentative de pression, par définition illégale, sur le tribunal[2] », commentera Dumas. Les avocats des Giscard font donc machine arrière pour ne demander qu'un franc symbolique. À l'audience, François Giscard d'Estaing reconnaît ses faiblesses, ou même ses « bêtises ». En 1976, il a accepté une décoration de Bokassa, après une partie de chasse. Et, en 1978, il n'a pas refusé non plus la nationalité centrafricaine offerte par l'empereur.

« Où y a-t-il de la diffamation à avoir dit que la famille du président de la République a reçu des diamants ? plaide Roland Dumas. Le "fidèle des fidèles", Michel Poniatowski, n'a-t-il pas déclaré que recevoir des cadeaux était, de la part d'un chef d'État, une pratique courante, une tradition remontant au XVIe siècle ? Il n'est donc ni injurieux ni diffamatoire de dire qu'ils ont été acceptés. De plus, l'article du *Canard* ne dit à aucun moment que ces cadeaux ont été sollicités par leurs bénéficiaires, ou qu'il s'est agi d'une compromission. » On songe, rétrospectivement, au procès subi par Dumas au sujet des cadeaux reçus de sa compagne, vingt ans plus tard…

1. *Ibid.*
2. Roland Dumas, *Le Fil et la Pelote*, *op. cit.*

En attendant, le *Canard* fanfaronne encore en publiant deux documents, barrés de la signature de Bokassa, et précisant pour François et Jacques le nombre de plaquettes de diamants reçues [1]. Tous deux datés du 31 août 1979, authentifiés par la griffe de Bokassa, ces feuillets se présentent comme des notes de synthèse. Cette « comptabilité tardive » justifiée, selon le *Canard*, par un « recensement des cadeaux offerts aux hommes d'État, aux ministres et aux personnalités français » effectué à la demande de Bokassa. Roland Dumas a remis des photocopies au tribunal. « Les hommes du président devraient donc se méfier à tant parler de "faux", il vont finir un jour par bégayer, avertit Claude Angeli. L'obsession les guette, le ridicule aussi [2]. » « Bokassa a signé des documents, ils sont donc authentiques, mais ça a dû être sollicité [3] », convient Roland Dumas aujourd'hui. Trois semaines plus tard, le tribunal déboutait Jacques Giscard d'Estaing considérant que « le simple fait d'écrire qu'il avait reçu des diamants n'était pas diffamatoire », mais il condamnait le *Canard* pour diffamation, et un franc de dommages et intérêts, concernant les diamants reçus par François Giscard d'Estaing, puisque le journal suggérait un « service rendu » par le président de la BFCE à l'empereur Bokassa. Ils font appel. Et obtiennent, cette fois, tous deux gain de cause en décembre 1980.

Entre-temps, Roland Dumas s'est emparé du dossier de Roger Delpey, l'informateur, à la demande du *Canard*. « Son affaire s'est trouvée directement liée à celle des diamants de Bokassa, explique-t-il. Roger Delpey, vieux baroudeur gaulliste de bon aloi, soutenu par le SAC, avait entrepris d'écrire un livre, véritable roman-feuilleton du Centrafrique et de son chef d'État, qui se prenait pour

1. Six plaquettes pour François – de 15 à 20 diamants chacune – et une seule pour Jacques.

2. « Les cousins et le parent terrible », *Le Canard enchaîné*, 12 mars 1980.

3. Entretien avec l'auteur, 24 juillet 2008.

Napoléon Ier et s'était autosacré empereur. Son projet déplut en haut lieu. Il fut interpellé, inculpé, incarcéré[1]. » Après son incarcération à la Santé, et par reconnaissance, Roger Delpey ira jusqu'à accompagner Dumas dans sa campagne électorale en Dordogne.

Dumas devient l'homme de toutes les affaires du *Canard*. Et lorsque Nicolas Brimo a fini d'accoucher Michel Slitinsky, premier plaignant de l'affaire Papon, il appelle naturellement Roland Dumas. « C'est moi qui ai déposé pour eux la première plainte contre Papon. Après avoir recueilli les déclarations de Slitinsky, Brimo m'a téléphoné, et je lui ai dit envoie-le-moi, on va déposer une plainte », se souvient l'avocat, qui dit s'être ensuite heurté aux soutiens de Papon chez les résistants.

À la victoire de François Mitterrand à la présidentielle, et après s'être « fait » les trois présidents précédents, Roland Dumas s'attendait à être appelé au gouvernement. Il avait tellement suivi, et servi, Mitterrand. Dès sa première élection comme député en 1956, lorsqu'il s'inscrit au groupe parlementaire du futur président[2]. « J'admirais l'œuvre, j'admirais le tempérament de cet homme exceptionnellement doué pour la chose publique, confie-t-il, et je dois dire que ce qui apparaissait aux yeux de certains comme ses défauts me séduisait plutôt[3]. » Il est son avocat dans l'affaire de l'attentat de l'Observatoire, en 1959[4]. Il négocie secrètement pour lui avec les communistes en 1965. Au sein de la FGDS, il va porter le titre d'« assistant du président Mitterrand ». « Mes fonctions sont, à dessein, très vaguement définies. Je servirai tout à la fois d'éclaireur, d'émissaire, de fondé de pouvoir, de *sherpa*

1. Roland Dumas, *Le Fil et la Pelote*, *op. cit.*

2. De l'UDSR, Union démocratique et socialiste de la Résistance.

3. Roland Dumas, *Le Fil et la Pelote*, *op. cit.* Les citations qui suivent sont extraites du même ouvrage.

4. Mitterrand, dont la voiture a été mitraillée, connaissait l'auteur de l'attentat, Roger Pesquet. Il est poursuivi pour « outrage à magistrat » pour avoir caché ces rencontres.

comme on dit depuis la conquête de l'Everest. » Dumas joue les hommes de l'ombre jusque dans les coulisses du congrès fondateur du Parti socialiste à Épinay en 1971. Mais il n'a pas la meilleure place auprès de Mitterrand, à qui la légende prête « deux avocats », « Badinter pour le droit, et Dumas pour le tordu[1] »...

Le 21 mai 1981, Roland Dumas s'installe pourtant dans la voiture présidentielle sur le chemin du Panthéon, où Mitterrand va déposer symboliquement trois roses : une sur la tombe de Jean Moulin, une sur celle de Jean Jaurès et la troisième sur celle de Victor Schoelcher. Il n'a pas eu le temps de « changer de costume ». « C'est ainsi que je figure sur toutes les photos de l'époque dans une tenue beige clair qui tranche sur le gris et le bleu des costumes de mes compagnons. » C'est peu dire. Sur les photos de la foule entourant Mitterrand rue Soufflot, on ne voit que lui. La pluie menace pourtant. « Avec François Mitterrand et Pierre Mauroy, nous traversons à nouveau Paris, en direction de l'Élysée, d'où le futur Premier ministre rejoint directement Matignon, explique Dumas. Rue du Faubourg-Saint-Honoré, André Rousselet, qui sera directeur de cabinet du président, est déjà là. Nous entrons dans un palais désert. Pas de fonctionnaires, pas d'huissiers ; aucun des appareils téléphoniques ne répond. Nous ouvrons des portes et finissons par trouver la salle de bains. Nous en profitons pour enlever nos vestes et nos chemises détrempées et pour nous essuyer avec les serviettes encore en place. Nous nous retrouverons pour un dîner intime[2]. »

Lorsqu'il découvre qu'il n'est pas du premier gouvernement Mauroy – contrairement à Robert Badinter – sa déception est immense. Le président n'est pas dupe. A-t-il voulu éviter de trop marquer son premier gouvernement avec l'avocat trublion, celui du *Canard*, du frère Markovic, d'Aranda, de Simoné, de Delpey... ? On ne sait. « Mitterrand

---

1. Un bon mot attribué à un intime de Mitterrand, Roger-Patrice Pelat.
2. Roland Dumas, *Le Fil et la Pelote*, *op. cit.*

m'a pris à part, se souvient Dumas. Il m'a dit prenez patience. Vous entrerez au gouvernement un jour[1]. » Aux dires de ses proches, Dumas, peu satisfait par la promesse, ronge son frein.

C'est en novembre 1981, lors du procès des meurtriers présumés du prince de Broglie où il défend Guy Simoné, qu'une nouvelle affaire très délicate est soudain proposée à Roland Dumas. « Pendant le procès, Me Paul Lombard, qui défendait Pierre de Varga, me dit : "J'ai là un client, Marcel Francisci, qui voudrait te confier un dossier[2]" », se rappelle Dumas. Conseiller général de Corse-du-Sud, Francisci est le patron à Paris du cercle de jeux Haussmann, fermé par Gaston Defferre quelques mois plus tôt. « Je reçois Francisci, et il m'explique l'histoire de son cercle, poursuit Dumas. Puis j'ai le réflexe de demander son avis à un policier de ma connaissance. Je lui dis : "Vous connaissez Francisci ? Il me propose de m'occuper de ses affaires…" Le policier me répond : "N'y touchez pas ! Il aura des histoires." Je fais une démarche quand même auprès de Defferre, qui me fait dire lui aussi : "Ne faites rien." À ce moment-là, Francisci téléphonait tous les jours à mon cabinet, il était éconduit, mais il enregistrait ses appels. Et un beau jour, il est tué. » Dans la nuit du 14 au 15 janvier 1982, vers 2 heures du matin, Francisci meurt exécuté de deux balles reçues dans le thorax et une dans le front, tirée à bout portant. Il avait déjà échappé à un plasticage, ayant fait deux victimes, en 1967, et à un mitraillage, l'année suivante. Les morts violentes s'étaient accumulées autour de lui dans les années 1960. Dénoncé par des agents des stups américains comme un « gros bonnet » de la French Connection, Francisci est surnommé « Mr Heroin » dans la presse américaine[3]. Et ses plaintes en diffamation outre-Atlantique n'y changent rien. Aussi la presse française ne se

1. Entretien avec l'auteur, 24 juillet 2008.
2. *Ibid.*
3. « Un gros bonnet », *Le Monde*, 17-18 janvier 1982.

gêne plus pour annoncer « L'enterrement d'un parrain », tout en évoquant les démêlés récents de Francisci avec les autorités au sujet de son cercle, en juillet 1981. « Refusant de se plier à une nouvelle réglementation sur la répartition des bénéfices des salles et le statut des "fermages" des cercles, il avait vu le Cercle Haussmann suspendu par M. Gaston Defferre, après des menaces répétées de l'ancien ministre de l'Intérieur, M. Christian Bonnet, écrit *Le Monde*. Il s'apprêtait à solliciter une nouvelle autorisation. Le "roi des jeux" avait sans doute perdu de solides soutiens auprès de la place Beauvau [1]. » Il en cherchait précisément chez Roland Dumas. Le jeudi 5 mars, à la surprise générale, juges et policiers perquisitionnent aux cabinets de Dumas et de Lombard. Explication du *Monde* : « Ces perquisitions font suite à la découverte, le 15 janvier, dans l'une des poches de Marcel Francisci, d'une bande magnétique sur laquelle la victime avait enregistré certaines conversations téléphoniques qu'elle avait eues entre novembre et fin décembre, avec Me Paul Lombard [2]. » Résultat de la perquisition : « Il existerait un dossier au nom de M. Francisci aussi bien chez Me Lombard que chez Me Dumas, mais ces dossiers seraient pratiquement vides. »

Pour Dumas, l'opération judiciaire exige une réponse rapide, et musclée. Mais l'avocat a besoin d'aide. Il se tourne vers le *Canard* et Claude Angeli. « J'ai vu Angeli un soir chez lui et là on a mis au point un communiqué, confie Roland Dumas. Angeli n'avait pas été mêlé à ce dossier, mais il était de bon conseil [3]. »

Effectivement, alors que *Le Monde* révèle, le 9 mars 1982, le verbatim des enregistrements de conversations téléphoniques entre Paul Lombard et Marcel Francisci, un

1. Philippe Boggio, « L'assassinat de Marcel Francisci. Les enquêteurs ne privilégient aucune piste », *Le Monde*, 17-18 janvier 1982.

2. « Les perquisitions chez Mes Dumas et Lombard. Des pièces mineures ont été trouvées au nom de Marcel Francisci », *Le Monde*, 7-8 mars 1982.

3. Entretien avec l'auteur, 24 juillet 2008. En réponse à nos questions, Claude Angeli nous a précisé qu'il n'avait « pas rédigé le communiqué en son nom ».

communiqué de Roland Dumas annonce, en bonne place, la contre-offensive de l'avocat du *Canard* : « Me Dumas : je ne suis jamais intervenu ». Intitulé « Vous avez eu nos complices[1] ? », le verbatim n'est pas probant pour autant. Mais il est très troublant... Les deux hommes parlent à demi-mots. Ils codent leurs confidences.

Lombard – évoquant Dumas : « Il est d'accord naturellement pour s'en occuper. Il réclame 50 000 balles de provision, et pour le reste, il dit : "Je fais tout à fait confiance à mon interlocuteur. Nous nous entendrons, il n'y a aucun problème." »

Francisci : « Bon, mais quand il dit je m'occuperai, c'est quand ? »

Lombard : « Tout de suite. »

Francisci : « Tout de suite ? »

Lombard : « Entre nous, c'est relativement plus raisonnable que je ne pensais. »

Francisci : « Bon, ce qu'il dit, il veut 50 000 francs de provision. Pour le reste, qu'est-ce qu'il dit ? »

Lombard : « Pour le reste il m'a dit : "Je fais tout à fait confiance à mon interlocuteur de l'autre jour, je suis persuadé que nous trouverons un terrain d'entente." Voilà, sans problème, qu'il m'a dit. »

Francisci donne son accord. Mais il rappelle le jour suivant.

Lombard : « Bon alors que je vous mette au courant des dernières évolutions de notre ami Roland, vous voyez ce que je veux dire ? »

Francisci : « Oui, oui. »

Lombard : « Il a rendez-vous avec le principal intéressé et il voudrait bien vous voir mardi, si c'est possible. »

Francisci : « Oui. Tout est possible, je n'avais pas de nouvelles voilà pourquoi je me suis permis de vous appeler ici. »

1. *Le Monde*, 9 mars 1982.

Lombard : « Oui, vous avez bien fait de m'appeler, parce que j'ai... comment pourrais-je vous dire ? Je l'ai vu très longuement moi-même à plusieurs reprises. Il a entrepris les négociations comme il avait promis de le faire, et au sein d'abord de l'administration, vous voyez ce que je veux dire ? Et il voit le principal intéressé lundi soir ou mardi matin. [...] »

Francisci : « Oui, mais il a eu un écho déjà ? [...] »

Lombard : « Écoutez, il est très... C'est un garçon qui n'annonce pas à découvert. Il m'a l'air optimiste et il a l'air de penser que la mission dont il s'est chargé va être couronnée de succès. »

Plus tard, Francisci se plaint de ne pas réussir à joindre Dumas. En fin de bande, il annonce : « À présent, je n'ai plus de nouvelles de Me Lombard et encore moins de Me Dumas. Nous sommes aujourd'hui le 5 janvier 1982. Terminé. »

Que dit le fameux communiqué mis au point par Claude Angeli et Roland Dumas ?

« Certains des articles que je viens de lire laissent entendre que M. Francisci aurait cherché non pas des avocats mais des intermédiaires pour intervenir en sa faveur auprès du ministre de l'Intérieur et obtenir ainsi la réouverture de ses maisons de jeu, en même temps que la fin de certains de ses ennuis. C'est mal me connaître que d'imaginer que j'aurais pu un seul instant me prêter à ce genre d'intervention auprès de mes amis politiques, et pis encore, les monnayer.

« Il a été établi publiquement de façon indiscutable que M. Francisci n'a pu me joindre au téléphone, alors qu'il a essayé de le faire un grand nombre de fois, comme la presse l'a souligné.

« Le ministère de l'Intérieur et tous ses services peuvent confirmer que je ne suis jamais intervenu auprès d'eux en faveur de M. Francisci. Il est du reste absurde d'imaginer que M. Gaston Defferre, que je connais fort bien depuis vingt-cinq ans, puisse un seul instant accueillir ce genre d'intervention alors qu'au surplus il a démontré, dès le lendemain de sa prise de fonctions, sa volonté personnelle de mettre bon ordre dans le milieu parisien des jeux. »

Dumas certifie que n'ayant eu « aucune étude, aucune recherche, aucun travail à entreprendre », il n'a perçu « aucun honoraire, ni aucune somme d'argent ». Il précise qu'il n'a pas été entendu par la brigade criminelle, et que le dossier Francisci trouvé chez lui n'a été ouvert qu'après sa mort pour y classer une lettre au bâtonnier et au juge d'instruction.

Il conclut en s'en prenant à la presse : « Je manifeste toutefois un certain étonnement devant la rapidité avec laquelle des organes de presse ont été informés de manière à la fois partielle et tendancieuse sans égard pour le secret dont les avocats sont, par état, dépositaires. J'en déduis que les auteurs de ces distributions d'informations tronquées ne sont pas dépourvus de toute arrière-pensée politique. »

En prêtant la main à Roland Dumas, Claude Angeli franchit le Rubicon. Il le sait. Il s'en ouvre d'ailleurs lui-même à Edwy Plenel, en 1997, au moment de l'affaire Rougeot. Angeli et Plenel se retrouvent dans un café voisin du *Monde* pour discuter de la mise en accusation du *Canard* dans l'affaire Yann Piat et la thèse d'André Rougeot selon laquelle des hommes politiques varois avaient commandité le meurtre. C'est dans ces circonstances qu'Angeli a spontanément confié à Plenel, comme un lourd secret, qu'il avait le sentiment d'avoir dérapé en rédigeant ce communiqué pour Roland Dumas, quinze ans auparavant.

Le lendemain de la publication du communiqué de Dumas dans *Le Monde*, Claude Angeli enfonce pourtant le clou dans le *Canard*[1]. « Deux thèses rigoureusement contradictoires s'affrontent à propos des récents développements de l'affaire Francisci », annonce-t-il. Celle du juge d'instruction

1. « Le grand jeu posthume de Marcel Francisci », *Le Canard enchaîné*, 10 mars 1982. Les citations qui suivent sont extraites du même article.

Guy Joly, qui « semble croire que deux avocats, Me Roland Dumas (qui est par ailleurs l'avocat du *Canard*) et Paul Lombard ont outrepassé leur rôle et utilisé leurs relations politiques pour intervenir auprès de Gaston Defferre en faveur de Marcel Francisci ». Le juge en est « tellement convaincu » qu'il n'a « pas hésité » à perquisitionner chez les avocats. Et la thèse de Dumas et Lombard, qui affirment n'être jamais sortis de leur rôle. « Francisci pense sans doute que s'il devient le client de deux avocats proches du nouveau pouvoir, il n'aura plus d'ennuis », concède Angeli. Mais les enregistrements auxquels il a procédé sont-ils concluants ? « Sur cette bande magnétique, il n'y a pas trace d'une conversation avec Roland Dumas. Chaque fois que Francisci appelle son cabinet, il n'obtient que les secrétaires de Me Dumas. » Lombard a « répliqué » n'avoir « contacté aucune personnalité politique au sujet de ce dossier ». Sans s'appesantir une seconde sur l'ambiguïté des verbatims publiés par *Le Monde*, Angeli reprend un paragraphe entier du communiqué de presse de Dumas concernant Defferre. Et Defferre lui-même a confirmé qu'il n'était jamais intervenu. Enfin, il convient aussi de citer *in extenso* un unique extrait des verbatims – le dernier : celui par lequel Francisci signale qu'il n'a plus aucune nouvelle des deux avocats. Le seul mystère restant donc « la publicité faite à cette affaire », Claude Angeli avance deux hypothèses : « On parle d'un règlement de comptes au sein même de la majorité, et, d'autre part, de la volonté chez certains policiers de la PJ de jouer un coup contre Defferre et ses amis. »

Un article écrit comme une plaidoirie – mais peut-être que Roland Dumas lui-même y a contribué ?

Deux jours plus tard, lors d'un meeting électoral pour les élections cantonales, Gaston Defferre choisit d'enfoncer le clou à sa façon : en provoquant un tollé politique. « J'en ai reçu des lettres de ces messieurs de la droite qui avaient tellement l'habitude de voler au secours de M. Francisci que tout naturellement ils m'ont écrit ! Un jour, j'aurai peut-être l'occasion de donner les noms de ces messieurs [1] », menace-t-il. Et puis encore : « Il faut dire que ces cercles, cela rapporte beaucoup d'argent. D'abord à la Ville de Paris. Je vais faire vérifier, mais je crois que cela se chiffre par milliards d'anciens francs. Cela a peut-être rapporté beaucoup d'argent à d'autres, à certains partis politiques, aux protecteurs, aux amis, aux complices de Marcel Francisci. À Chirac, à Pons, à Pasqua ». Pons, Pasqua protestent. Chirac dépose plainte pour « atteinte à l'honneur et à la considération en diffamation » tout en estimant que les « accusations totalement dépourvues de fondement de Gaston Defferre » résultaient de « son affolement personnel ».

Le premier septennat de Mitterrand démarrait très fort. Et *Le Canard enchaîné* aussi. En décembre 1983, Roland Dumas quittait son purgatoire pour intégrer le gouvernement, nommé ministre aux Affaires européennes en remplacement d'André Chandernagor. En bas de sa première page, le *Canard* se fend d'un salut amical intitulé « Promotion et émotion ». Lap a dessiné un canard enchaîné portant la robe d'avocat avec un petit chapeau, ouvrant un « code du *Canard* ». « Roland Dumas ministre ? Dans cet avatar, nous, au *Canard*, on perd entièrement un avocat. Et puis qui sait ? Le ministre sera peut-être amené un jour à nous poursuivre. Au nom de la raison d'État. Il ne nous restera plus qu'à prendre un avocat… C'est gai. »

Jolie déclaration d'intention. On sait aujourd'hui que le *Canard*, bien embarrassé, retrouvera sur son chemin son ancien avocat le jour venu de l'affaire Elf.

1. « La plainte de M. Chirac contre M. Defferre », *Le Monde* du 14-15 mars 1982. Les citations qui suivent sont extraites du même article.

II

Le journal qui s'enchaîne (1981-1995)

C'étaient les années Mitterrand. La Bastille. Dumas en costume beige devant le Panthéon. Badinter à la tribune de l'Assemblée. Fabius, plus jeune Premier ministre de France. Une génération. Puis le revers de la médaille. Les écoutes de l'Élysée. Le Rainbow Warrior *coulé dans le port d'Auckland. L'argent des partis. L'ami Pelat. Le suicide d'un ancien Premier ministre, un 1er Mai. Un* Canard *gêné aux entournures. Bloqué dans ses élans. Frileux. Grincheux. À contre-emploi.*

17

Le *Canard* à Tonton

« Le dimanche 10 mai 1981 au soir, on a fêté la victoire de Mitterrand au champagne, dans les bureaux du *Canard*, se souvient Claude-Marie Vadrot. Sa victoire correspondait à ce que nous attendions [1]. » La France de gauche est dans la rue. Et, bien au-delà, la défaite de Giscard en réjouit un certain nombre. Le *Canard* s'est engagé. Il a fait campagne. Et il a contribué à tourner la page du giscardisme. « OUI, dimanche c'était la fête, écrit Roger Fressoz, trois jours plus tard. Comme un 14 Juillet électoral. Cette joie spontanément éclose sur le pavé des rues, cette liesse soudaine, cette euphorie profonde après un si long accablement, ces cortèges, ces farandoles de gens heureux qui se congratulaient, qui voyaient la nuit en rose, tout ce bonheur d'un soir donne la mesure de l'espérance soulevée par la victoire de Mitterrand [2]. »

Début 1981, grâce à Nicolas Brimo et Claude Estier, Serge Richard, rédacteur en chef de *L'Unité*, a rejoint le journal satirique, tout en continuant de signer plusieurs fois par

1. Entretien avec l'auteur, 7 mai 2008.
2. *Le Canard enchaîné*, 13 mai 1981.

mois des articles, souvent de cinéma, dans l'hebdomadaire du Parti socialiste. Arrivé au *Canard*, il se spécialise quelques mois sur les petites turpitudes de la famille Giscard : « Fils, gendres, nièces, tous au turbin [1] » et il épingle « Riton Giscard », coupable d'avoir hébergé le journal *Loir-et-Cher Hebdo* au siège local de l'UDF, et puis Hervé Giscard, un cousin du président, « superviseur » d'une multinationale qui organise « avec son aide » les licenciements en France [2]. À côté de ces nombreux petits sujets censés égratigner Giscard chaque semaine, le *Canard* maintient allumé le foyer des « affaires » en cours : de Broglie et surtout les diamants. « Giscard, on voulait se le payer, explique Georges Marion, en charge de l'affaire de Broglie. Si j'ai fait de l'investigation sur les affaires, c'est parce que je voulais la peau de Giscard. Dans les faits, je ramassais tout ce qui pouvait nuire à Giscard. Venant de *Rouge* [le journal de la Ligue communiste révolutionnaire], et ayant derrière moi vingt ans d'activisme à l'extrême gauche, j'étais dans l'attitude du militant qui cherche à faire de la politique autrement. » En février 1981, le combat journalistique rejoint explicitement la campagne électorale : « Giscard candidat, le compte à rebours de la fusée "diamants" [3] ». « Dans quelques semaines, Giscard candidat va devoir sortir du flou et s'expliquer sur ces pierres précieuses et autres cadeaux, écrit Claude-Marie Vadrot. Les faire montrer à la télé ou dire ce qu'ils sont devenus. Difficile d'éviter le fantôme de Bokassa quand on regarde la France au fond des yeux [4]. » On attend de pied ferme l'émission politique qui fera chuter Giscard : le grand débat prévu le 10 mars peut-être.

1. *Le Canard enchaîné*, 28 janvier 1981.
2. « Un cousin de Giscard saisi par la débauche », *Le Canard enchaîné*, 18 février 1981.
3. *Le Canard enchaîné*, 11 février 1981.
4. *Ibid.*

Ce jour-là, le président affirme à la télévision qu'il a reversé le produit de la vente des diamants à la Croix-Rouge centrafricaine. Aussitôt, le *Canard* interroge ses responsables par télégramme, et la réponse ne tarde pas à lui arriver : « aucun don » n'a été reçu. Le « télégramme de Bangui » est reproduit en une. « Moins il a de cheveux, plus il a de toupet », titre le journal qui, dans son éditorial, baptise Giscard « le diamenteur ». Non seulement, Giscard n'a pas donné de précision – et pour cause, se dit-on – sur son remboursement, mais il a évoqué la « bassesse » et la « lâcheté » des journaux qui l'ont mis en cause. « Un personnage de son rang devrait avoir plus de sang-froid, écrit Roger Fressoz. L'insulte ne remplace pas la vérité. Injure ne vaut pas preuve[1]. » La semaine suivante, le journal fait mine d'enfoncer le clou : « L'affaire des diamants : des "explications" qui ne valent pas un carat[2] ». En réalité, le *Canard* doit avouer que le « diamenteur » a fini par apporter des précisions : un versement a bien été effectué par Giscard le 4 février à la Croix-Rouge, et le président centrafricain l'a même confirmé. Cet argent est bien arrivé sur place, par la voie diplomatique, mais il n'a pas été transmis à l'organisation humanitaire : il est à sa disposition. Rien de surprenant à lire le *Canard*, qui « avait tout simplement écrit que ce versement n'était pas parvenu à son destinataire ». Pour retomber sur ses pattes, et sans reconnaître que, au moins cette fois, Giscard n'avait pas menti, le journal fait le récit des lenteurs de communication de l'Élysée, et des ricanements de la majorité devant le montant reversé par Giscard. *Le Monde* l'a précisé : le chèque est de 44 522 francs[3]. « Si je comprends bien, ce n'étaient pas les documents du *Canard* qui étaient des faux mais les diamants », aurait dit Chaban.

---

1. « Le diamenteur », *Le Canard enchaîné*, 18 mars 1981.
2. *Le Canard enchaîné*, 25 mars 1981.
3. Le *Canard* ne le mentionne pas.

Les menaces sur la parution du livre de Roger Delpey maintiennent simultanément l'affaire vivante. Dans « Menaces de mort autour des documents Bokassa », Claude Angeli révèle les pressions subies par Delpey, sa femme, et le dépositaire de ses documents[1]. Puis dans « Ces documents gênants ne doivent pas paraître », il dresse un panorama des 187 documents cachés par l'écrivain[2]. Mais l'avocat suisse qui les a mis à l'abri ne veut plus les faire sortir, à cause des menaces qu'il a reçues…

La semaine du premier tour de la présidentielle, la consigne du *Canard* est dépourvue d'ambiguïté. Le journal appelle à contrer le président sortant : « Le bon choix : ôtez Giscard ». Dans son éditorial, Roger Fressoz frappe dur[3].

« Le mauvais citoyen candidat poursuit au ras des pissenlits, qui est encore plus nain que le ras des pâquerettes, une campagne électorale qu'il aura personnellement abaissée à un niveau rampant de médiocrité politique et de petitesse morale. »

« Pitoyable, piteux, Giscard l'est comme il ne l'a jamais été, plus inquiet, plus menacé, plus proche de la débâcle, de la défaite. »

« C'est le mauvais joueur, le truqueur qui transparaît. Attention, cet homme est prêt à beaucoup, sinon à tout, pour se tirer de ce mauvais pas. Et ce mauvais pas l'amène à révéler la vraie nature de son personnage et celle de son régime. »

« La France doit se débarrasser de Giscard pour des raisons politiques, parce que son action a échoué, parce qu'il a épuisé son crédit, parce qu'il n'ouvre aucune espérance, et parce que l'alternance est l'aspiration normale d'une démocratie. Elle doit s'en débarrasser aussi pour des raisons

---

1. *Le Canard enchaîné*, 11 mars 1981.
2. *Le Canard enchaîné*, 18 mars 1981.
3. « Un premier bon tour à lui jouer », *Le Canard enchaîné*, 22 avril 1981. Les citations qui suivent sont extraites du même article.

morales, par mesure d'hygiène et de salubrité publiques. À propos d'aucun autre président de la République on ne s'est jamais posé les questions que l'on se pose à propos de Giscard : les rapports avec Bokassa, les diamants, les archives de Centrafrique, les boursicotages et tant d'autres choses encore. »

« Il mérite tout simplement de se voir signifier le plus démocratiquement du monde son congé, avec prière de ne plus y revenir. »

Le chemin est donc tracé, et assez énergiquement. Une phrase de cet édito engagé rappelle à certains journalistes un autre faux pas du *Canard*. Il mentionne un célèbre truand, Urbain Giaume, récemment sorti de prison. « La libération de Giaume en pleine campagne électorale – pour services rendus ou pour services à rendre ? – rappelle à point nommé que la haute et la basse politique et le grand banditisme font parfois bon ménage dans cette république des princes, qui, quoi qu'il advienne, restera immortalisée par l'affaire de Broglie. » En 1977, le *Canard* avait publié une ancienne photo de Giscard jouant aux boules avec le maire de Nice, Jacques Médecin, accompagné du même truand à l'arrière-plan [1]. « Le personnage marqué d'une croix au second plan qui surveille le cochonnet est un supporter non moins passionné de Giscard, et un ami de Médecin : le nommé Urbain Giaume. » Depuis Giaume a été arrêté. La police lui reproche « d'avoir introduit aux USA entre 1969 et 1974 près d'une tonne d'héroïne raffinée [2] », écrit le *Canard*. Malheureusement, l'homme de la photo n'était pas Giaume. « Le personnage qui figure sur le cliché est, paraît-il, un important poissonnier niçois, doit rectifier le journal quinze jours plus tard. Il n'est en rien concerné par l'affaire

1. « Il n'était pas à Carpentras », *Le Canard enchaîné*, 13 juillet 1977.

2. L'article n'est pas signé, mais c'est Nicolas Brimo qui tenait la chronique des relations du maire de Nice, Jacques Médecin. Voir « Médecin marron », *Le Canard enchaîné*, 16 mars 1977.

Giaume. Nous nous excusons platement auprès de lui pour cette fâcheuse queue de poisson[1]. » Le *Canard* s'excuse aussi auprès des lecteurs, mais son « Pan sur le bec ! » s'arrête là. « Nous n'avons, même en cherchant bien, aucune excuse à présenter à M. Médecin », proclame le journal. Le maire de Nice a aussitôt déposé plainte. Il a déclaré ne connaître le trafiquant de drogue « ni d'Ève ni d'Adam [...] Eh bien le *Canard* s'inscrit en faux contre l'affirmation de M. Médecin. Le maire de Nice connaissait bel et bien le trafiquant Giaume, et si ce n'est ni d'Ève ni d'Adam, de bien d'autres façons. Et sur ce point, qui est le plus important, le *Canard* persiste et signe. » Le faux pas conduit le *Canard* à consacrer chaque semaine, durant deux mois, une pleine page d'enquête à Médecin...

Au premier tour de la présidentielle, François Mitterrand recueille 25,85 % des voix, trois points derrière Giscard. Aussi, le *Canard* du 29 avril choisit d'envoyer un avertissement au Parti communiste français (15,35 % des voix) : « Que la direction du PCF choisisse, d'une manière ou d'une autre, [...] de faire battre Mitterrand, à la fois pour punir l'ex-partenaire de l'Union de la gauche de sa brillante performance du 26 avril et pour se venger de sa propre déconvenue, et Giscard pourra remercier celui qui se proclamait "le seul candidat anti-Giscard" d'avoir assuré sa réélection au nez et à la barbe du "peuple de gauche". [...] Pour barrer la route du changement, poursuit Roger Fressoz, Giscard ne dispose plus que d'une arme, l'épouvantail, et d'un parti, celui de la peur[2]. » C'est le joyeux mot d'ordre du *Canard* du 6 mai 1981 : « Deuxième tour : envoyez-le valser ».

Ce jour-là, le *Canard* révèle aussi que Maurice Papon, ministre du Budget de Valéry Giscard d'Estaing, a signé pendant la guerre, entre 1942 et 1944, des réquisitions pour le

1. *Le Canard enchaîné*, 23 juillet 1973. Les citations qui suivent sont extraites du même article.

2. *Le Canard enchaîné*, 29 avril 1981.

transport de 1 690 Juifs, bordelais et réfugiés, vers les camps d'extermination en Allemagne. C'est l'affaire Papon [1] qui fait irruption dans la campagne – sous la plume de Nicolas Brimo. Cette « fusée »-là, complètement inattendue, a été mise au point, on le saura plus tard, en quinze jours grâce à Michel Slitinsky, fils de déporté, et découvreur des documents.

Par la suite, la direction du *Canard* oubliera son engagement, et ses nombreux appels à voter. À la question « Avez-vous, en tant que directeur, appelé à voter pour Mitterrand ? » Roger Fressoz répondra en 1995 : « Non, non, et non, c'est un principe. Au *Canard*, l'idée de donner une consigne nous rebute. Nous ne voulons pas empiéter sur la liberté de nos lecteurs : ce sont de grands garçons qui votent comme ils l'entendent [2]. »

Le 10 mai 1981, François Mitterrand est élu quatrième président de la Vᵉ République avec 51,76 % des voix et une avance d'un peu plus d'un million de voix. Le *Canard* se félicite que Giscard, l'adversaire, soit « renvoyé comme un malpropre [3] ». La victoire est l'occasion d'une ultime charge contre le « monarque irrévocablement contrarié et renversé ». « De cette déroute, le vaincu, quelque commisération naturelle qu'on puisse avoir pour les vaincus, ne sort pas grandi, écrit Fressoz. [...] La greffe du giscardisme n'a heureusement pas pris sur l'organisme de Mme la France. » Conclusion de Fressoz : « Mais quel travail il a devant lui Mitterrand : dégiscardiser l'État, ne pas tomber dans les erreurs de tempérament de son prédécesseur, républicaniser la Cinquième. Vaste programme. »

Passé la victoire, une lourde interrogation plombe les ailes du *Canard*. Comment rester satirique avec le nouveau pouvoir ? Difficile. Le journal a toutes sortes de craintes tant il est

1. Voir chapitre « De Papon à Bousquet, l'oubli », p. 282.
2. Antoine Perraud, « La patte du *Canard* », art. cit.
3. « Renvoyé comme un malpropre », *Le Canard enchaîné*, 13 mai 1981. Les citations qui suivent sont extraites de la même source.

proche du nouveau président de la République. Comme le signale cet appel humoristique et affectueux, dès le 20 mai 1981 : « Mitterrand, reste François ! » On s'en amuse : « Déjà un scandale : Mitterrand vient de toucher un mandat. » Mais l'ancien pouvoir reste intéressant. Une destruction de dossiers au ministère de l'Intérieur, c'est : « L'État Giscard efface ses traces ». On se préoccupe aussi des risques d'une fuite des capitaux, des « attaques contre le franc ». Mais le *Canard* n'a aucune envie de broyer du noir :

« Il y a un nouveau ministère qui a un air de coquin de printemps, avec son nom mutin, c'est celui du Temps libre, écrit Fressoz. C'est-à-dire si l'on comprend bien du bon temps. Sur la lancée, on aurait pu créer un ministère du Beau Temps : "Mitterrand, du soleil !" [...] Avec la grosse brassée des 42 portefeuilles, le jardinier en chef de l'Élysée, aidé de son adjoint Mauroy, a composé un ample bouquet foisonnant, mais aux tons subtils, savamment dégradés et harmonisés aux diverses nuances et tendances du multiple PS [1]. »

Le journal cherche ses personnages.

« Mitterrand a prévenu Mauroy : il ne veut pas s'occuper des petits problèmes quotidiens, lit-on en page 2, le 27 mai. C'est au Premier ministre de les régler. En attendant, ce dernier trouve que Mitterrand se renferme et qu'il prend de plus en plus de "hauteur". Dans l'opposition, certains appellent déjà le nouveau chef de l'État : "César", ou l'"Imperator". Au PS, en revanche, les dirigeants continuent quand il n'est pas là à l'appeler "Tonton". C'est quand même plus sympa. »

En effet... Pour l'instant, le *Canard* n'a pas encore adopté ce surnom affectueux.

Il se plaint des consignes de silence vis-à-vis de la presse données par le nouveau pouvoir, mais il se fait très conciliant. Un « proche collaborateur du chef de l'État [2] » s'est permis de

---

1. *Le Canard enchaîné*, 27 mai 1981.

2. « Les muets du sérail », *Le Canard enchaîné*, 3 juin 1981. Les citations suivantes sont extraites de la même source.

dire « qu'on ne retrouve pas ça dans *Le Canard enchaîné* ». Le *Canard* commente : « Certes, on comprend les motivations des socialistes mais ce n'est pas en jouant les aphones qu'ils prouveront leur civisme et leur sens de l'État. » Le journal rapporte l'ascension de Solutré par Mitterrand et ses fidèles. « Le Saint-Esprit socialiste a soufflé sur la roche, et tout au moins au-dessus de Solutré, il n'a pas apporté la pluie. »

Aussitôt après la « vague rose » des législatives : le *Canard*, aux anges, titre encore « Aux charmes, nouveaux citoyens ». « Déjà un scandale ! On va tenir des promesses. » « Où va-t-on si les gouvernements se mettent à prendre leurs engagements au sérieux ? » ironise Fressoz.

Fin juillet 1981, sous une photo de Mitterrand sortant du Conseil des ministres, cette légende amoureuse, où l'on finit par ne plus reconnaître le *Canard* :

« Mains dans les poches, semblant siffloter un air joyeux, après le dernier Conseil des ministres, voilà un président décontracté dans les allées du pouvoir. "Que faire ?" demandait Lénine. "Pourquoi pas une petite sieste", pourrait répondre Mitterrand. Suggestion transmise au ministère du Temps libre[1]. »

Fin août, on apprend que Mitterrand est « mécontent de son personnel », à la suite de déclarations inopportunes de ses ministres : Charles Hernu sur le service militaire, Claude Cheysson sur le vote des immigrés, Jacques Delors et Laurent Fabius sur le déficit budgétaire. « À l'Élysée, où rares sont les collaborateurs à qui le président n'a pas passé un savon, il y en a qui, vu sa charmante humeur, lui ont trouvé un nouveau surnom : "Napoléon[2]" », lit-on page 2. Et plus loin : « Le président va être obligé de monter au créneau plus tôt que prévu : Mauroy n'a pas servi assez de bouclier. » C'est ce que disent des conseillers de Mitterrand avant la conférence de presse que

1. « Après le père tranquille, le père peinard ! », *Le Canard enchaîné*, 22 juillet 1981.
2. *Le Canard enchaîné*, 26 août 1981.

« Tonton Napoléon » doit donner à la mi-septembre. Le surnom finit par s'insinuer. Pour diminuer les bavardages inutiles, Bérégovoy a été chargé par « Tonton » d'annoncer à l'avance que le Conseil des ministres serait écourté. Le *Canard* en profite pour présenter aux lecteurs des nouveaux venus à l'Élysée, bien connus à *L'Unité* : c'est le cas de François de Grossouvre, chargé des secteurs sensibles, et des services secrets. « Vieil ami du président, ce passionné de jumping, qui possède une grosse fortune personnelle, est le seul collaborateur de Mitterrand à porter une particule. Fausse, il est vrai. »

Le *Canard* est sous le charme de « François le bienheureux ». « Il y a parmi nous un homme heureux. Superlativement. Suprêmement. Supérieurement heureux. En un mot et en deux syllabes, heu-reux. C'est Mitterrand, tel qu'on l'a vu baigné dans son jubilant et majestueux bonheur le jour de sa conférence de presse. [...] Comment ne pas approuver tout ce que l'heureux président a annoncé qu'il ferait de bon, de beau, de juste, de généreux, d'équitable, de libéral, de progressiste, de démocratique – de socialiste – tout au long de son septennat, au-dedans comme au-dehors, pour le développement économique et social, pour la réduction des inégalités ? La liste de ses projets est grandiose, impressionnante, convaincante [1]. » Le *Canard* est fan, groupie, pour tout dire, il adhère à Mitterrand. La critique pointe son nez, mais elle est pour les autres. Pierre Mauroy en premier. « Heureux François, pauvre Pierre ! » s'écrie le journal. Le Premier ministre qu'il surnomme désormais « Gros Quinquin » se « coltine l'intendance ». « Ce n'est pas drôle d'aller tous les jours au charbon, même si on a eu des mineurs de fond dans sa famille. » Le journal publie un classement des ministres par les principaux collaborateurs de Mitterrand : « Quand l'Élysée note les ministres [2] ». Pierre Mauroy et Gaston Defferre s'en tirent bien. Mais Michel Rocard (Plan), Jack Lang (Culture), André

1. *Le Canard enchaîné*, 30 septembre.
2. Le 4 novembre 1981.

Labarrère (Parlement), Michel Jobert (Commerce extérieur) sont classés « moyens ». Pierre Dreyfus (Industrie), Edmond Hervé (Énergie), Nicole Questiaux (Solidarité), Georges Fillioud (Communication), Jean-Pierre Cot (Coopération), Alain Savary (Éducation nationale) sont classés « mauvais ». André Chandernagor (Affaires européennes), Louis Le Pensec (Mer), Jean Auroux (Travail), François Autain (Travailleurs immigrés), Roger Quilliot (Logement) André Henry (Temps libre) sont même « très mauvais ».

« Un mystère : la place de Robert Badinter (Justice), note le journal. Mitterrand n'a pas laissé deviner ses sentiments à propos de son ami, mais certains conseillers de l'Élysée mettraient bien volontiers le garde des Sceaux au piquet. Il a, selon eux, deux défauts majeurs : son incapacité à gérer au jour le jour son ministère et son "formalisme juridique". »

Des discussions s'engagent au *Canard*. « On ne peut pas continuer à taper sur la gauche comme on l'a fait sur la droite[1] » estimait Claude-Marie Vadrot. « La proximité avec la présidence pouvait faire oublier certaines affaires, mais la mécanique du *Canard* fonctionnait contre la gauche », juge-t-il. Malgré cela, en feuilletant sa collection, le lecteur peut constater, à la seule lecture des titres, la grande, l'immense, faiblesse du *Canard* pour Mitterrand. En 1982, le surnom de son personnage favori, jusqu'alors cantonné dans des allusions de page 2, finit peu à peu par s'imposer dans ses titres :

« Le PS prépare les élections tontonales »
« Tonton en Israël : il est attendu comme le Messie »
« Mitterrand sur tous les fronts »
« Décentralisation : Mitterrand corrige la copie de Defferre »
« Tonton, le premier parti de France »
« Dévaluation : Tonton fais gaffe à ton franc-parler »

1. Entretien avec l'auteur, 7 mai 2008. Les citations suivantes sont extraites du même entretien.

« Le message de Tonton : finie, la vie de château ! »

« Tonton fait des progrès en arabe »

« Hé, Tonton, ton taux !

« L'art d'être Tonton »

« Tonton au poste : la force tranquille antiterroriste » (Après l'attentat de la rue des Rosiers.)

« Comment Tonton s'est laissé éblouir par un gendarme »

« Tonton à l'oncle Sam : et ta sœur ? »

« Nous avons un pape : "Vive SS Tonton Ier" »

« Petit Tonton Noël »

« Tonton c'est le grand Remanitou » (Après les municipales de 1983.)

« La campagne de Russie de Tonton Ier » (Après l'expulsion d'agents soviétiques.)

« Delors assomme, Tonton assume »

« Tonton maltraité : Delors refuse toujours de lui obéir »

« Mitterrand plane déjà au sommet »

« Tonton s'expose en première ligne »

« Mitterrand à Noah : moi aussi j'ai de beaux revers »

Interrogé en 2008 sur les lacunes des informations diffusées par le *Canard* sur François Mitterrand, en particulier sur sa « période collaborationniste », Claude Angeli a prétendu que « tout n'était pas su [1] ». « Là on peut estimer qu'il y a un défaut dans la presse française, a-t-il assuré. Avant chaque élection à la présidence, il devrait y avoir une enquête précise des journaux sur les candidats. Aux États-Unis, ils font des enquêtes assez serrées sur les candidats à la présidentielle, et, avant l'élection de 81, c'est vrai qu'on aurait dû faire une enquête à la Péan, ça on l'a pas fait [2]. »

Ni avant ni d'ailleurs après l'élection.

1. Entretien de Guillaume Erner avec Claude Angeli, « J'ai mes sources », France Inter, diffusé le 20 août 2008.

2. Entretien cité.

18

Dans les petits papiers du pouvoir

Janvier 1983. Cérémonie des vœux à la presse au ministère de l'Intérieur. Pour le journaliste du *Monde* en charge des affaires de police, c'est une première. Edwy Plenel a quitté la rubrique « Éducation » l'été précédent et a été affecté à celle-là. Il est aussitôt sur la brèche. Le 9 août 1982 une bombe a explosé en plein Paris, rue des Rosiers. Trois morts, 24 blessés. Huit jours plus tard, François Mitterrand s'exprime devant les Français : « Les extrémistes de tous bords entendent frapper la France parce qu'elle est le principal acteur de paix dans le conflit qui se déroule actuellement au Proche-Orient... J'entends organiser le pays, les services publics, les services de police de telle sorte que ce terrorisme soit enfin puni. Aussi, sur proposition du Premier ministre et sous l'autorité du ministre d'État chargé de l'Intérieur, un secrétaire d'État à la Sécurité publique sera nommé dans l'heure qui suit. De plus, en liaison avec le ministre d'État chargé de l'Intérieur et le secrétaire d'État à la Sécurité publique, une mission de coordination, d'information et d'action contre le terrorisme sera confiée au chef d'escadron de la gendarmerie, M. Prouteau, qui travaille déjà, comme vous le savez, à mes côtés. »

Le commandant Prouteau vient de faire son entrée sur scène. Les services habituels en charge du contre-espionnage reculent d'une case. L'Élysée aura son « M. Antiterrorisme ». Il ne va pas chômer. Le 28 août suivant, le GIGN du capitaine Barril perquisitionne à Vincennes dans un appartement où logent des Irlandais. Trois militants soupçonnés d'appartenir à une organisation terroriste sont arrêtés. Des armes et des explosifs sont découverts dans l'appartement. La « riposte » de l'Élysée au terrorisme ne s'est pas fait attendre.

En ce début janvier 1983, Plenel laisse traîner ses oreilles au buffet de la place Beauvau. Le petit nouveau du secteur police écoute et observe. Il se glisse dans un groupe, verre à la main, en arc de cercle autour de Frédéric Thiriez, qui n'est pas encore le patron du foot français qu'il est devenu, mais pour l'heure un simple membre du cabinet de Gaston Defferre. L'ambiance chaleureuse et l'alcool du buffet aidant, Thiriez disserte sur les affaires de police du moment devant une poignée de journalistes spécialisés. « L'explosif, je sais qui l'a mis à Vincennes », lâche le conseiller devant son auditoire. Comme quoi les scoops peuvent aussi venir en coin de buffet quand on ne les attend pas. Plenel tique et note la phrase dans son carnet. Il se met en chasse, persuadé depuis des semaines, comme d'autres, que quelque chose cloche dans cette affaire d'Irlandais. Dans la foulée, le journaliste du *Monde* obtient un rendez-vous avec une source judiciaire haut placée. Le magistrat, persuadé lui aussi que l'affaire cache quelque chose, met Plenel sur la piste. « Ce dossier ne tient pas, assure-t-il à l'enquêteur du *Monde*. J'en ai parlé à Marion, du *Canard enchaîné*, il y a un mois et il n'a toujours rien fait, si vous le connaissez, allez le voir. » Cela tombe à pic, Plenel connaît bien Marion, même s'ils ne se sont pas vus depuis plusieurs années.

En septembre 1982, le *Canard* a évoqué les incohérences du dossier, mais sur un registre satirique : « Première grande bataille contre le terrorisme[1] », « Super-gendarme, super-guignol[2] ». « L'arrestation en fanfare des trois Irlandais » pose question. Des activistes ont « gentiment filé entre les doigts de la police française ». Le GIGN n'a « pas prévenu les petits camarades des autres services ». « Bizarrement, plus personne ne parle des fameux documents "écrits en arabe" trouvés chez les Irlandais et qui excitaient les gendarmes. » La quantité d'explosifs saisie a « subi de curieuses fluctuations » passant de 500 kilos à 500 grammes. Quant aux « photos » dont faisaient état les enquêteurs, « ils en frémissent encore, il s'agissait de scènes de famille, de vacances à la mer ». Mais toutes ces judicieuses interrogations du *Canard* sont précédées d'un long prologue sur l'embarras de François Mitterrand.

« C'est un faux pas, a commenté Tonton, depuis sa propriété des Landes, en voyant la tournure plutôt minable que prenait le coup d'éclat du GIGN », signale, au préalable, le journal du 1er septembre. « Mitterrand vient de demander à son chef d'état-major particulier, le général Jean Saulnier, de réfléchir à une refonte complète des services de renseignements français, lit-on le 9 septembre. Avec l'arrestation tapageuse des Irlandais, qui sombre dans le ridicule, Tonton commence à trouver urgent de faire un peu le ménage. » Mieux : l'Élysée « s'est fait piéger ». Il a même « donné l'impression de se laisser manipuler ou de se prêter à des opérations tordues ». Piégé ?

« Après l'opération du GIGN dans l'immeuble de Vincennes où se cachaient les "terroristes", l'intox continue joyeusement à l'Élysée. Mitterrand apprend que des armes, des explosifs et des documents importants, dont "certains en arabe" ont été saisis. Et l'on gamberge sur l'idée du démantèlement d'un réseau "international". Tonton ne résiste plus et, sur la foi de ces informations sensationnelles, il accepte la

1. *Le Canard enchaîné*, 1 septembre 1982.
2. *Le Canard enchaîné*, 8 septembre 1982.

suggestion de Jean-Louis Bianco, secrétaire général de l'Élysée de publier le fameux communiqué. » Un communiqué arguant d'arrestations « jugées importantes dans les milieux du terrorisme international ». Tonton s'est fait embarquer… Pour le capitaine Paul Barril, l'un des responsables de la cellule, ces articles sont limpides, au moins aujourd'hui : « Le *Canard* protégeait le président en canardant l'entourage, explique-t-il. J'en ai eu la certitude quand, alors que j'avais été mandaté pour négocier avec Action Directe, j'ai vu paraître dans le *Canard* un document que j'avais remis à Jean-Marc Rouillan, qui ne pouvait venir que de l'Élysée [1]. »

En ce début d'année 1983, après avoir reçu ces premières confidences, Edwy Plenel appelle Georges Marion qui lui fixe un rendez-vous dans un bistrot non loi du *Canard*. Marion et Plenel se connaissent depuis leur passage à la Ligue communiste révolutionnaire au début des années 1970. Candidat de la LCR dans le 5e arrondissement de Paris, aux municipales de 1971, Georges Marion y avait essuyé sa première et dernière déroute électorale, flanqué de Plenel comme directeur de campagne. De quoi forger une solide « amitié militante ». Né en 1943, à Nice, dans un milieu d'ouvriers juifs d'Europe centrale et communistes, Georges Marion a travaillé à *Rouge* de 1976 à 1978. Ancien du Centre de sociologie et d'innovation, spécialiste des questions judiciaires et policières, il y traite de faits divers. Marion pige aussi pour *Le Canard enchaîné* depuis 1979. Il a apporté un important listing de logements de la Ville de Paris, en 1980. La même année, il s'est emparé de l'affaire de Broglie, en révélant le rapport de l'inspecteur Roux. « Je connaissais Claude Angeli. C'est lui qui m'a formé. Il avait un carnet d'adresses très impressionnant, il connaissait beaucoup de monde. Je lui ai dit que je voulais travailler pour le *Canard*, il a dit "D'accord, apporte-nous des

1. Entretien avec l'auteur, 23 octobre 2008.

affaires." Il m'a d'abord fait entrer au *Nouvel Observateur*, en 1979, mais la conception du journalisme d'investigation au *Nouvel Obs* n'était pas la mienne, il fallait enrober les choses, et moi je voulais combattre, dénoncer[1]. » Angeli lui prend des piges, puis l'embauche définitivement en 1981. Pour Plenel, de neuf ans le cadet de Marion, il faut comprendre pourquoi le *Canard* n'a rien fait sur les Irlandais. Les explications d'un « aîné » reconnu dans les affaires policières devraient lui permettre d'avancer sur son enquête. « Plenel a toujours eu une admiration pour Marion, raconte un de leurs proches de l'époque. Marion a toujours représenté pour Edwy ce qui se faisait de mieux en matière de journalisme d'enquête. Il avait de très bonnes sources, il savait les faire parler, fouiner, dénicher les choses, et il comprenait tout, tout de suite. » Ce jour-là, Marion, face à Plenel, n'y va pas par quatre chemins : « Bien sûr, j'ai tout sur les Irlandais. Bien sûr, c'est une manip. Mais le *Canard* ne veut pas y aller. Alors, toi, fonce ! »

Le 1er février 1983, Plenel signe à la une du *Monde* son premier scoop à la rubrique police : « Les fausses manœuvres des gendarmes de l'Élysée ».

« Procédure bâclée, récits confus, témoignages contradictoires, preuves suspectes… Cinq mois après l'arrestation, le dossier judiciaire, toujours à l'instruction, est l'objet d'une rumeur insistante : non seulement il ne s'agit pas de "super-terroristes" internationaux, au contraire de ce que laissa entendre alors un communiqué de l'Élysée, mais, de plus, pour justifier ces arrestations intempestives, "on" aurait fait du zèle [...]. En clair, "on" aurait fabriqué des preuves matérielles – explosifs notamment – de façon à démontrer les liens des trois inculpés avec un attentat en préparation. L'accusation est grave. D'autant plus qu'elle s'en prend aux "super-gendarmes" du GIGN dont le chef, M. Christian

1. Entretien de Laurent Martin avec Georges Marion, 14 décembre 1998, cité en annexe de la thèse de Laurent Martin.

Prouteau, conseiller technique à l'Élysée, est un collaborateur direct de M. Mitterrand. L'enquête que nous publions démontre que la rumeur s'appuie sur des faits troublants. Reste à savoir si cette embrouille cache la légèreté de militaires plus au fait d'actions commando que de procédures judiciaires, ou une opération trouble destinée à faire du résultat, coûte que coûte, dans la lutte antiterroriste [1]. »

À la lecture de ces lignes, l'Élysée tremble mais Marion jubile, un peu comme jubilent les journalistes qui donnent au *Canard* les infos qu'ils ne peuvent passer dans leur propre journal. Mais, cette fois-ci, c'est une jubilation à front renversé. Le *Canard* vient de rater un scoop. Ce n'est pas le dernier. Pour l'heure, *Le Monde* ne désigne pas qui se cache derrière ce « on » qui aurait posé les explosifs. Il faudra attendre encore plusieurs mois pour désigner le capitaine Barril lui-même. Mais le poison du doute s'est niché dans l'affaire des Irlandais. Un poison à diffusion lente. Au passage, un tandem vient de se reformer. Plenel et Marion vont désormais travailler en « équipe ».

Finalement, le *Canard* préfère les affaires de droite. En juin 1983, il accorde toute la place nécessaire à Pierre Péan, lorsque celui-ci arrive avec « la tragique histoire des avions renifleurs qui ne reniflaient rien [2] » : l'escroquerie qui aurait coûté un milliard de francs à la société Elf-Aquitaine, un superbe dossier qui mouille quelques représentants du personnel politique dans une ruineuse et ubuesque expérience de prospection pétrolière. Pourtant, la révélation, signée Jérôme Canard, fait un flop. Une brève dans *Le Monde*, précisément. Pas une ligne dans *Libération*. L'affaire s'était nouée en 1975, les premiers fonds avaient été versés par Elf en 1976 jusqu'en 1979. « Le projet X est alors connu et couvert par l'Élysée (où Giscard règne encore), par les Finances, le Sdece [les services spéciaux] et le ministère de la défense,

---

1. *Le Monde*, 1er février 1983.
2. *Le Canard enchaîné*, 22 juin 1983.

écrit Péan. En 1979, le Sdece envoie plusieurs agents à l'étranger pour tenter de découvrir les ramifications internationales de cette escroquerie. Il faut, paraît-il, distinguer deux niveaux dans le "projet X". D'un côté des savants et des ingénieurs qui croyaient de bonne foi à ce « truc génial ». De l'autre des promoteurs qui ont monté une escroquerie. » Réduit aux hypothèses, le *Canard* mentionne celle d'un fonctionnaire qui pronostique qu'« on arrivera jusqu'à la banque Ambrosiano et jusqu'à l'Opus Dei [1]. »

« Il s'agissait d'un procédé qui devait permettre de détecter depuis le ciel les gisements pétroliers et d'en évaluer l'importance grâce à un avion renifleur bourré d'appareils électroniques, résume *Le Monde*. La direction des impôts qui estimerait que "cette escroquerie" a entraîné une curieuse sortie de capitaux, aurait l'intention d'opérer sur l'ERAP, holding d'État qui détient les actions d'Elf-Aquitaine, un redressement fiscal de 500 millions de francs [2]. » *Le Monde* se fait aussi l'écho de la réponse d'Elf qui assure encore que « tout n'a pas été négatif » avec ses renifleurs. « Une manière de dire que le procédé n'est guère performant, et que, peut-être, quelques intermédiaires en ont profité », analyse le quotidien.

En tout cas, le dossier tombe au moment précis où le P-DG d'Elf saute. L'ancien ministre gaulliste Albin Chalandon, maintenu à son poste à l'arrivée de la gauche en mai 1981, est remplacé par Michel Pecqueur, administrateur général du Commissariat à l'énergie atomique. Rien à voir avec l'affaire des renifleurs, d'après le *Canard*. « Albin en faisait trop. Et quand le patron d'Elf a carrément envoyé bouler Laurent Fabius, en repoussant le projet d'accord avec Total, Tonton a commencé à voir rouge [3]. » Mais les

1. *Ibid.*
2. *Le Monde*, 23 juin 1983.
3. « Le débarquement du super-pétrolier », *Le Canard enchaîné*, 22 juin 1983.

renifleurs intéressent beaucoup le pouvoir socialiste. En 1981, Mitterrand qui a été informé par Chalandon, sous le sceau du secret, ne bouge pas. Mais comme le signale le *Canard*, le président socialiste « laisse tout de même son ministre du Budget, Laurent Fabius à l'époque, déclencher une enquête fiscale dans le groupe pétrolier. Car la direction des impôts estime que cette escroquerie a entraîné une curieuse sortie de capitaux[1] ».

La première enquête fiscale a débuté en septembre 1982. « Les vérificateurs ont constaté que l'entreprise avait transféré à l'étranger un demi-milliard de francs environ, comptabilisé comme "frais d'études, de recherches et de documentation technique" au titre des exercices 1978 et 1980[2] », résumera le successeur de Laurent Fabius au budget, Henri Emmanuelli. En décembre 1982, un premier rapport de la Direction générale des impôts (DGI) est remis à Laurent Fabius, alors secrétaire d'État au Budget. Et, en mars 1983, lorsque Henri Emmanuelli arrive au Budget, les soupçons gouvernementaux sont au moins à la hauteur des redressements fiscaux d'Elf-Aquitaine – 547 millions de francs[3]. En juillet puis septembre 1983, Emmanuelli rencontre le P-DG de l'ERAP, l'établissement-holding d'Elf-Aquitaine. Insatisfait des réponses, il mandate la DGI pour une nouvelle enquête. Le rapport de la Direction des vérifications nationales et internationales lui est remis le 18 octobre 1983. Mais le montage juridique et financier continue de soulever « nombre d'interrogations ». « 100 milliards d'anciens francs » ont été transférés en Suisse au bénéfice de sociétés domiciliées au Panamá, au Liechtenstein et aux Nouvelles-Hébrides. « Compte tenu du montant exceptionnel des sommes versées, rapproché de la nullité scientifique des

1. *Le Canard enchaîné*, 22 juin 1983.

2. Lettre d'Henri Emmanuelli au P-DG de l'ERAP, Pierre Boisson, 16 décembre 1983.

3. Notifiés les 27 décembre 1982 et 11 janvier 1983.

résultats obtenus, force est de s'interroger de nouveau sur la destination finale de ces sommes », conclut Emmanuelli, dans un courrier au patron de l'ERAP.

« L'affaire des renifleurs nous a été servie par Henri Emmanuelli qui était au Budget, se souvient le journaliste Thierry Pfister, alors conseiller de Pierre Mauroy. Emmanuelli est venu à Matignon apporter le dossier à Mauroy, non sans l'avoir communiqué au *Canard*. [...] Il croyait avoir trouvé le mode de financement de la droite. En réalité, c'était une escroquerie, non pas banale, mais classique. J'ai dû avoir le dossier, un mardi. Et j'ai constaté que c'était dans le *Canard* du mercredi [1]. »

Henri Emmanuelli a trouvé un autre argument, politique, pour déclencher le scandale [2]. Cet argument figurait déjà dans le papier du *Canard*, au mois de juin. La Cour des comptes s'est penchée sur l'affaire, mais très curieusement on ne trouve plus trace de ses travaux, y compris au sommet de l'État. Auteur du « pré-rapport » sur le sujet, le conseiller François Giquel, questionné par Péan, semble « frappé d'amnésie ». « Et pourtant comme son pré-rapport a mystérieusement disparu, le gouvernement l'a prié de le "reconstituer à partir de ses notes", signalait le *Canard*, en juin 1983. Henri Emmanuelli, qui s'est fait préciser les choses, utilise ce levier. « Ce rapport – qui était sans doute en fait le seul document complet existant sur l'exécution de ces contrats – n'existait qu'en un très petit nombre d'exemplaires. Deux d'entre eux, remis en mains propres par M. Beck, premier président de la Cour des comptes, à M. Barre, Premier ministre, en janvier 1981, ne figurait plus dans les dossiers de l'État. La totalité des autres, conservée par M. Beck, a été détruite par ses soins, lorsqu'il quitta la première présidence, en novembre 1982 [3]. »

1. Entretien avec l'auteur, 17 juillet 2008.
2. Contacté, Henri Emmanuelli n'a pas donné suite.
3. Lettre d'Henri Emmanuelli au P-DG de l'ERAP, 16 décembre 1983.

Le 15 décembre 1983, le secrétaire d'État au Budget demande au président de la Cour des comptes « de bien vouloir faire reconstituer le rapport détruit ». Le lendemain, il écrit au P-DG de l'ERAP. Le 19 décembre, le *Canard* boucle son édition spéciale « renifleurs », et annonce en une : « Une affaire d'État : la disparition, à la Cour des comptes, d'un document très gênant pour Giscard et Barre ». En page intérieure : « La Cour des comptes transformée en cour des Miracles ». Nicolas Brimo annonce le calendrier de l'affaire d'État : « Cette affaire de rapport envolé va être rendue publique le mercredi 21 décembre au cours de la réunion du conseil d'administration de l'ERAP ». « Pour qu'un des plus hauts magistrats accepte de se prêter à un jeu pareil, ce ne peut être qu'au nom d'une certaine raison d'État. Il fallait que les secrets à cacher soient vraiment de taille », conclut Brimo citant un conseiller.

Ce mercredi, jour de sortie du *Canard*, et du CA de l'ERAP, Emmanuelli rend publiques ses accusations devant l'Assemblée nationale. Il annonce qu'il a demandé au président de la Cour des comptes « d'essayer de faire reconstituer le rapport détruit par un de ses prédécesseurs ». Et il paraphrase presque le *Canard*... « Il faut que ce rapport contienne des informations bien capitales pour qu'un des plus hauts magistrats de ce pays ait pu faire cet acte sans précédent. [...] Il me semble tout à fait inacceptable qu'un ancien premier président de la Cour des comptes considère comme normal de détruire un rapport pour quelque raison que ce soit[1] », conclut-il. Emporté par son élan, Emmanuelli accuse l'ancien président de la Cour des comptes de « forfaiture ». Il déclenche une tempête politique. Bernard Beck assume. « C'est une affaire qui sortait tout à fait des normes, répond l'ancien premier président. La Cour des comptes n'est pas au-dessus de l'intérêt national. J'ai estimé

1. « De la forfaiture à l'escroquerie », *Le Monde*, 23 décembre 1983.

que le mieux était de détruire toute trace de ce rapport[1]. » Le scandale a pris son envol. Au *Canard*, Nicolas Brimo, le plus proche de la présidence, a pris le dossier en main, et signé l'article principal. « J'avais réalisé la première enquête, tout seul, avec mes propres sources, se souvient Pierre Péan, et par la suite tout a été traité en direct par Emmanuelli avec Brimo. Je n'ai été que consultant sur les articles suivants[2]. »

Dès le jeudi soir, l'ancien président Valéry Giscard d'Estaing riposte au journal du soir d'Antenne 2. « On laisse entendre qu'un rapport a été remis à M. Raymond Barre et qu'un autre m'a été remis à moi-même, déclare-t-il. Et que donc, au fond, si on a fait détruire ce rapport, c'est qu'on avait sans doute peur de ce qu'il racontait[3]. » Soudain, Giscard présente un dossier aux caméras. « Ce rapport détruit le voici. Et je demande au cameraman de le montrer aux Françaises et aux Français. » Joli coup de théâtre. Un émissaire de Raymond Barre remet un exemplaire du rapport « détruit » au directeur de cabinet de Mauroy. Mais la polémique va continuer. Raymond Barre se plaint, par communiqué, que le Premier ministre ait, « contrairement aux principes les plus élémentaires », laissé un secrétaire d'État se livrer à une « opération politique basse et indigne[4] ». Jacques Chirac parle de « pure calomnie ». François Léotard assure que « la gauche cherche désormais dans les poubelles ce qu'elle ne trouve plus dans les urnes ». Jacques Dominati accuse la « poignée de roquets » qui ont osé attaquer Giscard. Même l'association des magistrats de la Cour des comptes déclare sa stupeur devant l'accusation de « forfaiture » portée par un secrétaire d'État en exercice contre un des siens. La semaine suivante, le *Canard* va dévoiler le compte rendu d'une réunion de Raymond Barre avec Bernard Beck. « L'opération

1. *Le Monde*, 22 décembre.
2. Entretien avec l'auteur, 21 septembre 2008.
3. Propos repris par *Libération*, 23 décembre 1983.
4. *Libération*, 24/25 décembre 1983.

étouffoir » – l'expression est du *Canard* – consiste à garder leur « caractère secret » aux opérations. Mieux, le Premier ministre, « demande en conséquence à la Cour [...] de ne faire figurer aucune indication sur les opérations précitées dans des rapports ou documents appelés à une quelconque diffusion [1] ». Le compte rendu « très secret » est de Bernard Beck.

« Le dossier m'avait été transmis, poursuit Thierry Pfister. Lionel Jospin, Pierre Mauroy et François Mitterrand en avaient parlé pendant leur déjeuner du mardi. Lionel Jospin m'avait envoyé l'un de ses conseillers, un physicien, pour examiner le dossier au plan scientifique... C'était Claude Allègre. Il y avait encore un doute sur la nature même de l'invention scientifique [2]. »

Rendu public par Mauroy, le rapport est intégralement publié dans *Libération*, début janvier [3]. Le procureur général Pierre Arpaillange fait ouvrir une information judiciaire contre X visant des faits de recel, qui s'enlisera dans les sables d'un non-lieu. Pierre Péan en fait un livre [4]. Tandis qu'une commission d'enquête parlementaire auditionne à tout va, jusqu'à l'automne 1984. Convoqué le 18 septembre 1984 par cette commission, Valéry Giscard d'Estaing obtient le quitus de François Mitterrand pour ne pas s'y rendre. Le président socialiste signale au président de l'Assemblée nationale, Louis Mermaz, que « la responsabilité du président de la République ne peut être mise en cause devant le Parlement », et que « cette immunité s'applique au président non seulement pendant toute la durée de ses fonctions, mais également au-delà pour les faits qui se sont produits pendant qu'il les exerçait ». Revenant sur l'affaire

1. *Le Canard enchaîné*, 28 décembre 1983.
2. Entretien avec l'auteur, 17 juillet 2008.
3. « Le rapport intégral de la Cour des comptes », *Libération*, le 4 janvier 1984.
4. Pierre Péan, *V, l'affaire des avions renifleurs*, Fayard, 1984.

en 2003, Albin Chalandon, qui n'avait fait que reprendre et solder le dossier des renifleurs chez Elf, écarte l'« hypothèse politico-médiatique » d'une caisse noire ou de financements politiques. Aucune sortie de fonds suspecte n'ayant effectivement été détectée du côté de l'« inventeur », Aldo Bonassoli, et de son acolyte, Alain de Villegas. « Pour Elf-ERAP, l'opération s'est soldée par une perte de 360 millions de francs, soit la moitié du chiffre établi par la Cour des comptes (700 millions), estime Chalandon, et beaucoup moins que la perte évaluée avec légèreté par la commission d'enquête parlementaire (plus d'un milliard) [1]. » Cela faisait quand même beaucoup d'argent, et un secret d'État peu reluisant.

1. Albin Chalandon, dans une note de synthèse personnelle, 5 février 2003.

19

Greenpeace : le *Canard* berné

Vendredi 13 septembre 1985, à la table tranquille d'un restaurant, quelque part dans Paris. Edwy Plenel et Georges Marion ont rendez-vous pour dîner avec le « consul ». C'est le nom qu'ils ont donné à leur informateur. Les deux investigateurs, du *Monde* et du *Canard*, ne le savent pas encore, mais cette date va leur porter chance. Ces deux années à suivre la police les ont rapprochés. À telle enseigne, qu'Edwy Plenel a accepté de coordonner un dossier du *Canard* sur la police [1]. Dans deux heures, Plenel et Marion auront en main le scoop de la décennie. Le premier en fera la pierre angulaire de toute sa carrière. Le second, avec le *Canard*, son plus gros ratage. Avec qui les deux compères dînent ce soir-là ? Pas question de leur poser la question. Ni l'un ni l'autre n'y répondront. « C'était un informateur que l'on avait en commun tous les deux, se souvient Georges Marion. On l'avait vu plusieurs fois à deux, puis des fois l'un, des fois l'autre. Là, cette semaine, c'est à son initiative

1. Entretien de Georges Marion avec l'auteur, 6 mai 2008. Plenel renoncera et ce dossier : « Attention sécurité ! » sera finalement coordonné par Georges Marion, après son départ du *Canard*. Il paraît en avril 1986.

qu'on dînait à trois. Je crois que pour des raisons de commodité de son emploi du temps, il avait préféré nous voir ensemble [1]. » « Il n'était ni ministre, ni membre d'un cabinet ministériel, encore moins engagé politiquement. Simplement républicain, ce qui n'est déjà pas si mal [2] », assure Plenel. Mais une chose est sûre, puisqu'à elle seule elle va provoquer une tempête, c'était une source très bien placée. Suffisamment en tout cas pour en savoir un rayon sur les deux charges d'explosifs qui en cet été 1985 font trembler la République.

Les deux charges ont explosé le 10 juillet précédent dans le port d'Auckland. La première, légère, avait pour but de faire fuir les occupants du bateau de Greenpeace. Elle a eu l'effet inverse, faisant revenir à bord, pour sauver ses appareils, un photographe de l'organisation écologiste. La seconde avait pour vocation de couler le bateau. Elle y est parvenue, mais tuant au passage le photographe de Greenpeace. À Paris, les journaux vont mettre un petit moment à réagir. Vacances obligent. Le 12 juillet, la police néo-zélandaise a interpellé un couple qu'on surnommera les « faux époux » Turenge, Alain Mafart et Dominique Prieur, porteurs de faux passeports suisses, mais la nouvelle n'est pas parvenue aux médias. Le même jour, l'attentat fait la une de *Libération* qui évoque, durant quelques jours un « jeu de pistes » compliqué, et une foule de scénarios : la « piste française », celle des « chasseurs de baleines » et des « soldats perdus ». Rien de précis. La police néo-zélandaise, elle, ne désarme pas. L'affaire, exactement comme une sauce en cuisine, va prendre lentement. Des bouteilles de plongée « *made in* France » ont été retrouvées. Le 23 juillet, les faux époux, finalement incarcérés une semaine plus tôt, sont inculpés de « meurtre, incendie volontaire et association de malfaiteurs ».

1. Entretien cité.
2. Edwy Plenel, *Les Mots volés*, Stock, 1997.

Le 8 août, *L'Événement du jeudi* et *VSD* évoquent, les premiers, l'hypothèse d'une implication française. Citant une source néo-zélandaise, *L'Événement* mentionne sa certitude d'une « complicité d'officiers français », et *VSD* signale au conditionnel que, selon les Britanniques, « Sophie Turenge », « la femme du couple interpellé », pourrait être un « capitaine de la DGSE ». Paris enclenche une opération parapluie. François Mitterrand adresse une lettre au chef de l'État du bout du monde. Il lui fait part de la « détermination de la France à faire toute la lumière » sur l'affaire. Michel Vauzelle, le porte-parole de l'Élysée, ajoute que la « fermeté de l'État doit être totale » et qu'une « enquête rigoureuse » a été demandée à Bernard Tricot, « un haut fonctionnaire irréprochable », ancien secrétaire général de l'Élysée sous de Gaulle.

Le 10 août, Edwy Plenel, dans *Le Monde*, rédige un long papier de synthèse : « Les policiers reprennent les recherches au départ ». Le journaliste du *Monde* livre les éléments du « puzzle Greenpeace » et le « brouillard » qui entoure l'attentat contre le *Rainbow Warrior*. « Une conclusion est déjà acquise, écrit-il, l'opération a été montée à Paris. » Mais par qui ? Plenel évoque une série d'hypothèses, liées au pedigree des acteurs déjà identifiés. Pour l'heure, deux « équipes » sont connues : les faux époux Turenge d'un côté, mais qui nient être français. De l'autre coté, les quatre passagers du voilier *L'Ouvéa*. Volatilisés, mais leurs noms, plus ou moins exacts, circulent dans les rédactions parisiennes. Plenel évoque aussi une piste, celle de René Dulac, « grand prestataire de mercenaires, ancien adjoint de Bob Denard, qui aurait constitué l'équipe de l'attentat ». « Tels sont les éléments en possession des enquêteurs. Ils permettent d'établir que cette équipe très spéciale évolue aux confins des mercenaires et des activistes et que, de ce fait, elle eut sans doute des liens avec les services spéciaux français dans le passé. Quant à la responsabilité directe de ceux-ci dans l'attentat, rien ne la confirme en l'état actuel », conclut Plenel en ce début août. Bref, beaucoup de pistes, de gros soupçons, mais pas encore de scandale d'État. Le 14 août, dans le *Canard*, Claude Angeli est lui aussi contraint à une série de spéculations. « Les véritables noms des deux officiers français capturés en Nouvelle-Zélande seraient Alain Tourand et Françoise Verlon », commence-t-il. Mauvaise info. Alain Mafart et Dominique Prieur n'ont pas encore été totalement démasqués... Angeli évoque des « conseillers » de l'Élysée qui « redoutent le pire » ou qui se demandent si « un responsable de haut niveau a été assez con pour donner l'ordre de couler ce bateau ». La réponse du rédacteur en chef du *Canard* est dans le paragraphe suivant, lorsqu'il cite un « défenseur de la maison » DGSE : « Nous n'avons pas encore tout compris. Il y a un mélange de vrai et de faux dans ce qu'on entend et ce qu'on lit. La probabilité la plus forte est qu'il y a eu deux opérations (celle du couple arrêté qui aurait simplement fait du renseignement et celle des "marins" de *L'Ouvéa*). Dans le "service", personne d'important, même de niveau moyen, n'est impliqué dans cette affaire. Mais on n'est jamais complètement tranquille... »

Claude Angeli évoque l'hypothèse de la « poussette » : celle d'un « service secret qui manipule un deuxième service secret pour véroler un troisième ou un quatrième service secret ». « Les Australiens ou les Néo-Zélandais, par exemple, très hostiles aux expériences nucléaires françaises dans le pacifique, auraient travaillé main dans la main, sous l'œil des Britanniques qui les informaient et comptaient les points marqués contre Paris. »

La semaine suivante, alors que *L'Express* révèle à son tour l'identité d'un des agents présents sur *L'Ouvéa*, le rédacteur en chef du *Canard* aligne toujours une série d'hypothèses : « L'échec de ce raid dans le Pacifique Sud, beaucoup l'attribuent au travail d'une "taupe" qui aurait tout balancé à ses employeurs britanniques. Lesquels auraient ensuite affranchi leurs amis néo-zélandais. Pour les uns, la "taupe" nage dans la Piscine. Pour d'autres langues de vipère, elle se cache à la DST. Toujours sans preuve, une troisième rumeur la décrit vivant à l'Élysée. De nationalité étrangère, secrétaire et habilitée à lire les documents "secret-défense", elle travaille dans un service proche de l'équipe présidentielle [1] », écrit-il. Bigre ! À lire ces lignes, avec le recul des années, une évidence s'impose : Claude Angeli, en ce début d'affaire Greenpeace, est intoxiqué. Il épouse au plus près la défense des services secrets français. Ses « hypothèses » confortent toutes la thèse d'une « manip » dans laquelle les espions de Paris seraient plus victimes que coupables. Jusque-là, pourquoi pas. En pleine brume, il est même assez normal que les services cherchent à brouiller les pistes qui mènent tout droit à eux. Reste à savoir comment, ensuite, se sortir d'une intoxication dont on est victime. Six jours plus tard, « Le rapport de M. Bernard Tricot dégage la responsabilité des services secrets français », annonce *Le Monde*. Mais, au lieu de calmer le jeu, comme c'était apparemment son but, le rapport Tricot va faire empirer les soupçons. « L'insoupçonnable, comme l'appelle le *Canard* dans son édition du 28 août, n'a pas identifié les coupables mais a trouvé tous les innocents. » Angeli, comme le reste de la presse, raille les conclusions du rapporteur « tricoluche ». Tricot défend la thèse selon laquelle ni Prieur, ni Mafart, n'ont pu poser les bombes, pas plus que les marins de *L'Ouvéa*. Ironie de l'histoire, on sait aujourd'hui que Tricot disait, sur ce point, la vérité. Les marins de *L'Ouvéa* étaient déjà repartis quand les deux bombes ont explosé. Quant aux faux époux Turenge, ils sont incapables de faire de la plongée, ils n'ont donc pas pu poser les bombes. Les journaux en sont réduits à la même conclusion : le rapport Tricot sent fort la « manip », mais personne n'est à même de comprendre qui a posé les deux bombes.

1. *Le Canard enchaîné*, 21 août 1985.

Selon Jean-Marie Pontaut, l'enquêteur de *L'Express*, l'Élysée et la Défense espèrent encore « tenir la presse ». Un « ultime barrage » est fixé, rapporte-t-il : « Au-delà, la situation n'est pas tenable : "Ces officiers étaient en mission d'information, ils n'ont jamais coulé le *Rainbow Warrior*. Personne n'a jamais donné un ordre aussi 'débile'. Les services français sont victimes d'un coup monté, d'une provocation ou d'un complot. [...] Mais la DGSE et le pouvoir ne sont pas coupables", répète-t-on comme une antienne. Maintenant, il n'y a plus rien à voir. Circulez [1] ! »

Le 4 septembre, le *Canard* nage toujours en plein bleu Pacifique. Et continue de désorienter ses lecteurs. En une : « Greenpeace : la DGSE aurait sous-loué ses nageurs de combat... ». En page 3, l'article de Claude Angeli tente poussivement de dédouaner les patrons de la Piscine. « C'est la Direction du centre d'expérimentations nucléaires et le commandement des forces armées du Sud-Pacifique qui ont été les maîtres d'œuvre de l'attentat contre le navire de Greenpeace », écrit l'enquêteur de l'hebdomadaire, citant « des militaires, des membres de la DGSE, et des anciens de la Piscine ». Trois sources apparemment différentes mais qui véhiculent une même ânerie : « Selon ces techniciens de métier, la DGSE n'aurait joué que les "prestataires de services", le Manpower en barbouzeries diverses. La direction de la "Piscine" aurait [tiens, un conditionnel !] prêté ses "nageurs de combat" aux militaires du Pacifique (officiellement pour une mission de renseignement)... ensuite tout aurait déraillé. Si c'est bien là "l'histoire dans l'histoire", la DGSE n'a pas commis la faute principale. »

L'étau se resserre autour des services secrets bien français. Mais la DGSE, via le *Canard*, livre le nom d'un dernier lampiste en pâture : l'amiral Henri Fages. Cet ancien patron de la Direction du centre d'expérimentations nucléaires se voit ainsi accusé d'avoir tout simplement commandé des nageurs

1. Jacques Derogy et Jean-Marie Pontaut, *Investigation passion*, *op. cit.*

de combat à la DGSE, puis d'avoir pris l'initiative de leur faire poser les deux bombes... Une explication tout aussi bancale que le rapport Tricoluche, mais véhiculée cette fois par le *Canard* lui-même.

Le premier chaînon manquant va sortir dans *Le Canard enchaîné* du 11 septembre. Mais si mal que personne ne le verra. Ce jour-là, rien en une. Mais une bien curieuse brève en page 3.

« Selon certains renseignements, ceux qui ont posé les bombes et coulé le *Rainbow Warrior* ne seraient pas tout bien pesé Alain Mafart (en taule) et les trois marins barbouzes de *L'Ouvéa* (en cavale) », écrit le journal. Jusque-là, rien de neuf sous le soleil depuis le rapport Tricot. La suite de la brève comporte un début de piste : « ... mais une troisième équipe de plongeurs. Une équipe française qui, elle, serait passée inaperçue. Exploit remarquable, si l'on ose dire. »

Pour faire suite à ce qui va être l'information numéro un de la semaine suivante, le *Canard* ne se prive pas d'un bon mot : « On n'arrête pas le progrès dans le style "brasse coulée à la française". Mais pourquoi n'a-t-on pas chargé trois porte-avions de couler le rafiot de Greenpeace ? »

En deux lignes, dans un coin, sans se rendre vraiment compte de la portée des mots, le *Canard* vient d'écrire qu'une troisième équipe de marins français a coulé le *Rainbow Warrior*. Il y en a un, à la lecture de ces lignes, qui bondit. C'est Edwy Plenel. Claude Angeli l'avait appelé chez lui, avant ce bouclage du *Canard*. Au téléphone, Plenel avait lâché à Angeli qu'il travaillait sur l'hypothèse d'une « troisième équipe » composée de militaires français. Plenel qui, à l'époque, était écouté par la cellule de l'Élysée, avait inventé l'expression pour donner sa consistance au scandale. Il tombe des nues à la lecture de la brève du *Canard* qui reprend les termes de sa conversation avec Angeli...

Ce 11 septembre 1985, l'information en bref ne provoque d'ailleurs aucun commentaire. « Angeli a dû lancer cela sans y croire vraiment, décode aujourd'hui Georges Marion. Il n'avait aucune bille, il en a fait une brève… et c'est tombé à l'eau. Et si Plenel avait su que l'information était d'importance, il ne l'aurait pas dite non plus. On vivait quand même dans un climat de concurrence entre journaux, c'était assez tendu à qui sortirait les infos [1]. » C'est dans ce contexte que le « consul » donne rendez-vous à dîner aux deux complices pour le vendredi soir. On est le 13 septembre 1985.

« Moi je ne travaillais pas sur Greenpeace, se souvient Marion, c'était le dossier d'Angeli. Au cours du dîner, on a parlé de choses et d'autres, et c'est venu au cours de la soirée… En sortant du restaurant on savait qu'on avait un scoop. » Les deux journalistes viennent d'apprendre de leur source que les poseurs de bombes, qu'ils baptisent « troisième équipe » en référence aux deux autres déjà connues, étaient bien des nageurs de combat français de la DGSE. Autrement dit, que l'affaire Greenpeace est une affaire d'État bien franco-française, que d'éventuels mercenaires n'ont rien à voir là-dedans, pas plus que tout autre service secret, britannique, néo-zélandais ou américain. « On a discuté longtemps avec Plenel en rentrant, se souvient Marion. La question est compliquée. Au *Canard* on paraît le mercredi. Plenel peut sortir l'info dans son journal de samedi, de lundi, ou de mardi. De toute façon, je ne peux pas avoir le scoop. Dans ce cas de figure, admet Marion avec le recul, une pointe de regret dans la voix, il n'y a pas de place pour les petits arrangements entre amis. » Plenel acceptera néanmoins de retarder au plus tard son papier. Il sortira dans *Le Monde* de mardi midi. À l'heure où le *Canard* sera sous presse, une demi-journée avant sa propre sortie dans les rédactions. Rentrant chez lui dans la nuit, Georges Marion rédige à l'attention de Claude Angeli une longue note sur ce

1. Entretien avec l'auteur, 6 mai 2008. Les citations suivantes sont extraites de la même source.

qu'il vient d'apprendre. Il précise que Plenel était avec lui et que le journaliste du *Monde* en sait tout autant.

Le samedi après-midi, Marion et Angeli se retrouvent pour en discuter. Angeli bougonne. « C'est emmerdant, je vais gratter », commente l'investigateur du *Canard*. Effectivement c'est « emmerdant ». L'existence d'une troisième équipe bien française contredit tous ses papiers précédents. Au passage, l'existence de cette « troisième équipe » démontre qu'Angeli, jusque-là, s'est bel et bien fait intoxiquer par ses sources qui lui ont « vendu » une série de thèses toutes aussi farfelues les unes que les autres sur « les Britanniques », « la poussette », ou même l'amiral Fages du fin fond du Pacifique. « Moi, j'ai fait un papier avec la troisième équipe que j'ai remis à Angeli le lundi matin, poursuit Marion. Il l'a pris, et il a disparu. Je ne l'ai revu que le soir. » Pendant toute la journée du lundi, le rédacteur en chef du *Canard* part à la pêche auprès de ses sources. Il rentre au journal en fin d'après-midi. « Il m'a dit que ça ne tenait pas, qu'il avait autre chose, et qu'il faisait le papier seul », poursuit Marion. Entre les deux hommes, la tension commence à monter. Le mardi 17 septembre au matin, quand le bouclage du *Canard* commence, Georges Marion découvre le texte de son confrère. Et s'arrache les cheveux. « Il n'y avait rien sur la troisième équipe, mais à la place, une histoire folle »... La nouvelle thèse d'Angeli contredit celle d'une troisième équipe de nageurs français, mais réaffirme qu'une mission française de reconnaissance sur place aurait été « doublée par des agents étrangers, probablement britanniques ». « Ce jour-là, on s'est vraiment engueulés », raconte Georges Marion. En ce début de matinée, celui qui voit l'or de son scoop se transformer en plomb refuse de cosigner le texte d'Angeli. La donne va changer *in extremis*. « *Le Monde* a fait quelque chose qu'il n'avait jamais fait : dès la fin de matinée, le journal a prévenu les radios et les agences de ce qu'il sortait dans l'après-midi. Du coup, les premières dépêches sur le scoop sont tombées alors qu'on était au marbre, en train d'envoyer les textes du *Canard* », se souvient Marion.

Le papier du *Monde*, avec les infos du « consul », est bigrement efficace. « Le *Rainbow Warrior* aurait été coulé par une troisième équipe de militaires français », titre le journal en une. Deux nageurs de combat français auraient perpétré l'attentat. D'entrée de jeu, le journal du soir s'interroge : « Qui, si les auteurs de cet attentat sont bien français, leur en a donné l'ordre ? » En une page intérieure titrée « Le chaînon manquant », Plenel reprend toute l'affaire et met par terre les conclusions du rapport Tricot. C'est la panique au marbre du *Canard*. Angeli, devant le raz de marée déclenché par Plenel, est obligé de faire machine arrière. Plus question, devant l'avalanche, de maintenir seul sa version ridicule d'une équipe « probablement britannique » ayant coulé le navire de Greenpeace au nez et à la barbe d'une mission de « reconnaissance » française. Le rédacteur en chef du *Canard* décide donc, *in extremis*, de couper la poire en deux. « Il a repris mon papier sur la troisième équipe, qu'il a entièrement réécrit et a coupé le sien puis les a assemblés côte à côte en haut de page 3 », se souvient Marion. L'ensemble, maintenant que l'on connaît la fin du film, donne un résultat assez baroque.

En une, le *Canard*, ce jour du scoop du *Monde*, titre : « Tonton et Joxe n'ont pas le même dossier sur l'attentat ». Le lecteur non initié se demande alors ce que vient faire Joxe, ministre de l'Intérieur, à ce stade. Est-ce pour se démarquer des « informateurs » du duo Plenel-Marion, réputés proches de la place Beauvau ? Le titre de la page 3 est prudent lui aussi : « De nouveaux nageurs de combat font surface ». Rien n'indique qu'ils sont français, ce qui est pourtant l'information du jour.

« Le débat tourne autour de la troisième équipe de plongeurs français. Deux dossiers : l'un à l'Élysée, l'autre chez Joxe. Aucun ne grandit l'image de la France éternelle et tous deux prouvent que le rapport de Bernard Tricot ne vaut pas tripette. Et qu'on lui a menti. »

À gauche, le papier signé Georges Marion, réécrit par Angeli. « La présence en Nouvelle-Calédonie d'une troisième équipe de "nageurs" français, révélée par le *Canard* de la semaine dernière est de plus en plus admise par les gens au parfum », commence l'article. La « révélation » évoquée, on l'a vu, est la simple brève prise avec des pincettes de la semaine précédente... La suite de l'article évoque bizarrement deux thèses, celle de l'Élysée qui est développée dans le texte signé d'Angeli à côté, et celle d'« autres initiés » qui affirment que la troisième équipe était bien composée de nageurs français. Qui sont ces « autres initiés » ? S'agit-il des hommes de Joxe, comme semble l'évoquer le titre de une ? Le reste de l'article signé Marion n'évoque aucun détail, si ce n'est la bisbille entre les enquêteurs de la PJ, sous les ordres de l'Intérieur, et la DGSE, ces derniers accusant les policiers de « collaboration » avec les enquêteurs néo-zélandais. Le papier de droite, titré « Dans le dossier de Mitterrand », reprend en détail la thèse développée par Angeli depuis plusieurs semaines. « La folle histoire des innocents qui n'ont pas eu le temps d'être coupables », prévient le surtitre. L'article résume en quatre points les conclusions du rapport qui est censé se trouver sur le bureau du président de la République. Point un : « Aucun ordre n'a été donné de couler le *Rainbow Warrior*. » Cette affirmation, en cette journée de scandale, tombe à pic. Elle dédouane l'Élysée. Au passage, l'amiral Fages est toujours soupçonné d'avoir réclamé une « mission de renseignement » dans le Pacifique. Point deux : « Un colonel de la DIRCEN, la Direction du centre d'expérimentations nucléaires, a demandé à la DGSE de confier principalement cette mission de renseignement à des "nageurs de combat". » Point trois : il y aurait eu une sorte de cafouillage. Angeli évoque sans rire et sans conditionnel « la dilution des responsabilités dans les services secrets », et « l'ambiguïté d'une note remise à Hernu par l'amiral Fages ». La suite est carrément loufoque : « L'ordre de couler le *Rainbow Warrior* a été donné par la DIRCEN aux "nageurs des commandos" de marine. Date prévue : entre le 11 et le 12 juillet. Or le navire a été saboté vingt-quatre heures plus tôt. » Autrement dit, après avoir expliqué à ses lecteurs qu'aucun ordre n'a été donné de couler le navire écologiste, le journaliste du *Canard* voudrait faire croire qu'un subalterne du fin fond du Pacifique, interprétant mal les ordres d'une mission de « renseignement », aurait pourtant fini par appuyer sur le bouton. Ce n'est pas tout. Le point quatre de la fable est une apothéose : « Conclusion : des militaires français ont reçu un ordre qu'ils n'ont pas exécuté. L'attentat a été commis par des agents étrangers, très probablement britanniques, dans le but de porter atteinte aux "intérêts" français dans le Pacifique Sud. Ils auraient profité de la présence en Nouvelle-Zélande de plusieurs membres de la DGSE. »

Un chef-d'œuvre d'intoxication. Dos au mur, les « informateurs » de Claude Angeli ont échafaudé un scénario tellement complexe qu'il résonne à lui seul comme un aveu... Obligés d'admettre la présence d'équipes de nageurs de combat sur place, ils en viennent à admettre qu'un ordre aurait bien été donné de couler le bateau mais que finalement il n'a pas été exécuté... à cause d'une équipe étrangère qui – tel un coucou dans un nid d'espions – aurait fait le boulot juste avant dans le but de « nuire aux intérêts de la France ». On voit l'imagination dont sont capables les agents du pouvoir lorsqu'ils sont aculés. Bien sûr, Claude Angeli semble lui-même avoir un peu de mal à avaler la pilule : « Ce scénario est particulièrement compliqué, discutable et, surtout, difficile à digérer, admet-il, comme gêné d'en avoir infligé la lecture à ses lecteurs. Mais si c'est ça la vie... et la vérité, ajoute-t-il. Ce dossier explicatif fourni à Mitterrand a au moins un mérite... À la surprise générale, il lave de tout péché les gens de la DGSE. » Au pire, selon cette thèse, « des officiers français paraissent assez maladroits pour s'être fait doubler sur le fil. Comme à Waterloo », conclut Angeli. Plus bêtes qu'assassins. Seul hic, interrogé vingt ans plus tard sur cette fable, Pierre Joxe n'en démord pas : « On a su très rapidement qu'il s'agissait de militaires français qui avaient coulé le bateau. Je l'ai dit à Mitterrand qui est entré dans une grande colère. Je reste persuadé qu'il n'avait pas donné l'ordre, mais on a su très vite qu'il s'agissait de nos troupes. Notre problème était d'éviter que certains se fassent prendre, et que ceux qui l'avaient été fassent le moins de prison possible [1]. »

Difficile donc de croire qu'un dossier remis à Mitterrand, en ce mois de septembre, ait pu évoquer sérieusement la thèse d'une opération britannique infiltrée... La fable livrée par le *Canard* à ses lecteurs a tout d'une intox de haut vol. Ce soir-là, Angeli et Plenel se retrouvent sur un plateau de FR3 au journal de la nuit. Le journaliste du *Monde* revient sur sa troisième équipe française. Celui du *Canard* évoque les Anglais. C'est bien un « Waterloo », comme l'écrit Angeli dans sa chute. Un Waterloo pour le journalisme d'enquête au *Canard*. « J'ai compris ce jour-là que je devais quitter ce journal, admet aujourd'hui Georges Marion. Nos relations avec Angeli se sont détériorées, on ne se supportait plus [2]. »

Souvent accusés d'avoir été « manipulés » par Joxe, Plenel et Marion se sont toujours défendus d'avoir eu le ministre de l'Intérieur comme source de la troisième équipe. Pierre Joxe, lui-même, dément avoir parlé aux journalistes d'une affaire en cours, et ce, malgré ses rapports amicaux avec Marion, qu'il a connu au début des années 1970. Guy Perrimond, alors conseiller technique au cabinet de Pierre Joxe, est tout aussi catégorique. « L'auteur de l'article m'a appelé, confie-t-il. Il m'a lu son article. Je lui ai dit : "C'est une belle construction intellectuelle." Une opération a eu lieu. Deux

1. Entretien avec l'auteur, 4 juin 2008.
2. Entretien avec l'auteur, 6 mai 2008.

personnes se font arrêter. Un bateau est passé par là. Si l'on vous dit ils n'étaient pas seuls, vous concluez : la troisième équipe. Mais vous n'avez en réalité qu'une seule et même équipe sur cette opération. Donc vous ne faites que relancer un débat, au plan de la politique intérieure. Après cette publication, les questions à se poser sont : Ça gêne qui ? Ça va aider qui ? Il est rare qu'un journaliste trouve un scoop par hasard. La plupart du temps, c'est la gorge profonde qui choisit le journaliste, en fonction de ses intérêts. Le journaliste fait son job, et il dira le "consul", l'"archevêque" m'a informé... Aucun journal ne résiste à ses sources. Une source est bonne et, un jour, elle manipule. Comment voulez-vous vérifier qu'il y a une troisième équipe, si votre source ne vous donne aucune précision ? Le journal doit croire en sa source [1]. »

Récemment, un ouvrage s'est hasardé à livrer une énième hypothèse sur la gorge profonde de Plenel et Marion : Pierre Verbrugghe, alors directeur général de la police nationale [2]. Ce dernier a « refusé de commenter [3] ».

Personne, en revanche, ne s'est interrogé sur la source de Claude Angeli, qui jusqu'à la dernière heure s'est employée à lui faire écrire un leurre. « La DGSE et l'Élysée ont intoxiqué un max..., admet Marion. Qui exactement, je ne sais pas [4]. » Dans son livre *L'Œil du pouvoir*, Gilles Ménage, alors directeur adjoint de cabinet à l'Élysée, évoque une drôle d'hypothèse. Il assure qu'un de ses « plus proches collaborateurs à l'Élysée » était en contact avec Claude Angeli. Selon Ménage, ce collaborateur se serait ouvert auprès du rédacteur en chef du *Canard* de l'hypothèse d'une troisième équipe. « Claude Angeli évoqua alors auprès d'Edwy Plenel

1. Entretien avec l'auteur, 15 septembre 2008.
2. Laurent Huberson, *Enquête sur Edwy Plenel, de la légende noire du complot trotskiste au chevalier blanc de l'investigation*, Le Cherche-Midi, 2008.
3. Entretien de Verbrugghe avec l'auteur, 16 septembre 2008.
4. Entretien avec l'auteur, 6 mai 2008.

l'existence d'une "troisième équipe" qu'il tenait de l'entourage du président, donnant ainsi à son interlocuteur une confirmation[1]. »

La lecture des articles d'Angeli démontre au contraire que, jusqu'à la dernière heure, il n'a pas cru à l'existence de la troisième équipe de nageurs français. Difficile d'imaginer qu'il puisse avoir informé Plenel. Par contre, Claude Angeli a certainement été intoxiqué par ce « très proche collaborateur de Gilles Ménage », comme en témoigne la publication, le jour du scoop du *Monde*, d'un rapport à François Mitterrand dont personne n'a plus jamais entendu parler par la suite, mettant l'Élysée hors de cause. Autre possibilité, des sources proches de la Défense. « Bien avant qu'il ne devienne ministre, Charles Hernu avait longtemps été un des informateurs du journal, certifie Georges Marion. C'était un proche du *Canard.* » A-t-il intoxiqué lui aussi pour sauver les militaires français ? Possible. Quoi qu'il en soit, Hernu sera contraint à la démission dans la foulée du scoop du *Monde*. Si la version d'Angeli avait prospéré dans l'opinion... peut-être en aurait-il été autrement.

J'ai eu le tort et je le reconnais volontiers, confesse aujourd'hui Claude Angeli, d'accorder du crédit à un document des services français qui voulait dédouaner la DGSE[2]. » Il ajoute aussi avoir « écrit (et le *Canard* a été le seul dans ce cas) plusieurs articles critiquant le refus, par la droite comme par la gauche, de nier une commission d'enquête sur l'affaire.

Le lendemain de la parution du *Monde*, mercredi 18 septembre, Charles Hernu convoque la presse. Selon Jean-Marie Pontaut, qui se prépare à prolonger, dans *L'Express*, les révélations du quotidien du soir, le ministre apparaît « déchaîné ». Il dénonce « la campagne de calomnies menée contre des responsables militaires ». « Il rappelle ensuite les trois points de son communiqué de la veille, résume

1. Gilles Ménage, *L'Œil du pouvoir*, Fayard, 1999.
2. Courrier de Claude Angeli aux auteurs, 17 octobre 2008.

Pontaut : aucun service n'a reçu l'ordre de commettre l'attentat ; la DGSE n'avait pas d'autres agents sur place que ceux qu'on connaît ; si on lui a menti, il en tirera les conséquences[1]. » La révélation du *Monde* reste fragile. « Si vous ne publiez pas les noms des hommes de la troisième équipe, c'est que vous n'avez pas de preuves, alors je vous attaque en diffamation[2] », aurait déclaré Hernu à un journaliste du *Monde.* Ironie de l'histoire, ce dernier, Jacques Isnard, rubricard chargé de la défense du quotidien du soir, est aussi, secrètement, un collaborateur du *Canard*[3].

Mais, dans les vingt-quatre heures qui suivent, *L'Express* est en mesure de donner vie à la troisième équipe, en identifiant par les initiales de leurs noms, et leurs grades, deux nageurs de combats de la base d'Aspretto. La veille de la sortie de l'hebdomadaire, *Le Monde* fait savoir que « *L'Express* confirme l'existence de la troisième équipe ». Vendredi matin, Laurent Fabius annonce la démission du ministre de la Défense.

Le soir de la démission d'Hernu, Plenel et Marion s'appellent. Les hommes de l'Élysée les écoutent. « Tu savoures ? » lui demande le journaliste du *Monde*, selon les transcriptions, partielles et orientées, effectuées par les hommes de la cellule. Les barbouzes de l'Élysée n'ont pas consigné la réponse de Georges Marion. On la devine.

Dans les semaines qui suivent, toujours en septembre 1985, le même Georges Marion décroche une autre révélation de « première grandeur ». Mais il ne veut pas la publier dans le *Canard.* C'est le contrecoup de l'affaire Greenpeace. L'épilogue de l'affaire des Irlandais sera pour *Le Monde*, et son camarade Plenel. Le chaînon manquant de l'affaire s'appelle Bernard Jégat. Il peut certifier que le capitaine

---

1. Jacques Derogy et Jean-Marie Pontaut, *Investigation passion*, *op. cit.*
2. *Ibid.*
3. Il a lui-même relu et coordonné *Les Dossiers du Canard* sur l'armée. Entretien de l'auteur avec Pascal Krop, 27 mai 2008.

Barril a placé les armes et les explosifs chez les Irlandais en 1982, et donc démolir tout le montage mis en place par la cellule de l'Élysée. « J'ai apporté Jégat à Plenel, raconte Marion. Je lui ai fait une longue note. » *Le Monde* du 3 octobre, démasque, en livrant la vérité de Jégat, toute la supercherie. L'affaire des Irlandais devient une des plaies de la présidence. « Je ne voulais pas donner l'affaire au *Canard*. Je savais qu'Angeli ne la prendrait pas [1] », explique Marion. Et pour cause... Le *Canard* avait déjà laissé filer les premiers doutes.

« On ne m'avait refusé aucun article, écrit Marion dans son autobiographie, mais on ne m'avait pas non plus encouragé à en écrire. Lors des conférences de rédaction, le sujet était simplement accueilli avec une petite moue, comme s'il ne s'agissait que des aventures lassantes de gendarmes incompétents et excités, pas plus, pas moins. Inutile de passer l'hiver dessus. Insensiblement, je m'étais coulé dans le moule de l'opinion majoritaire, proposant de-ci de-là, un article, mais sans autrement insister [2]. »

Pourquoi un tel refus ? Jégat, dix-huit mois auparavant, avait envoyé une cassette d'aveux à Jean-François Kahn, fondateur de *L'Événement du jeudi*. Kahn avait confié la cassette à Péan. Péan n'y avait pas cru à la première lecture, puis était allé voir Prouteau... qui lui avait tout confirmé. « Si vous publiez quoi que ce soit, Jégat est un homme mort », avait aussi assuré le patron de la cellule antiterroriste de l'Élysée. Ni Kahn ni Péan n'avaient estimé devoir passer outre cet avertissement. La suite leur a prouvé qu'ils avaient tort. Jégat, en révélant l'affaire dans les colonnes du *Monde*, et en allant voir le juge le jour même, s'assurait au contraire une immunité totale.

Deux scoops ratés en moins d'un mois. Beau score pour le journal qui prétend les aligner tous. Georges Marion va

---

1. Entretien avec l'auteur, 6 mai 2008.
2. Georges Marion, *Profession fouille-merde*, *op. cit.*

quitter le *Canard* pour *Le Monde.* Il est reçu par Roger Fressoz, qui lui suggère de changer d'avis. « Tandis qu'il me parlait, j'apercevais dans le mur, derrière son fauteuil, les trous qu'y avaient laissés les "plombiers" lorsque, douze ans plus tôt, ils avaient été surpris en train d'y poser les micros, raconte Marion[1]. Par dérision, une plaque commémorait ce chapitre célèbre de l'histoire de la presse française. Ces micros, me disais-je, avaient joué leur rôle dans mon désir de rejoindre le *Canard*, et j'étais maintenant sur le départ dépité et déçu. Roger Fressoz et moi étions tous deux mal à l'aise et la conversation ne s'éternisa guère. »

À vrai dire, Marion n'en « pouvait plus ». *Rainbow Warrior* et Irlandais de Vincennes, dans les deux cas, il avait été en première ligne... mais sans pouvoir exploiter ses informations pourtant explosives. Point commun des deux histoires, elles menaçaient directement l'Élysée de François Mitterrand.

1. *Ibid.*

20

Un problème de feux rouges

« Rappelons une chose. Le Carrefour du développement, avec ses fausses factures, qui l'a révélé ? Eh bien c'est le *Canard*, c'est votre serviteur[1] », assure Claude Angeli. Questionné sur les rapports du *Canard* avec le pouvoir socialiste (« On a accusé le *Canard* d'être mitterrandolâtre... »), le premier investigateur du journal trouve cette seule réponse, incongrue. Le *Canard* n'a pas révélé l'affaire du Carrefour du développement. C'est Michel Aurillac, ministre à la Coopération du gouvernement Chirac, sous la première cohabitation, qui, découvrant le gouffre financier laissé par l'association Carrefour du développement, déclenche l'affaire par sa plainte déposée le 28 mai 1986. Deux mois après celle de la trésorière du Carrefour. En retard sur tous les journaux, le *Canard* l'évoque le 18 juin 1986.

« Lorsque Michel Aurillac, successeur de Nucci, s'installe à la coopération, il apprend que la Cour des comptes s'intéresse à son ministère et il flaire très vite le bon coup

1. Entretien de Guillaume Erner avec Claude Angeli. « J'ai mes sources », France Inter, diffusé le 20 août 2008.

politique. C'est lui qui appuie sur l'accélérateur et transforme l'enquête en début de scandale [1]. » Le juge Jean-Pierre Michau est nommé. Le trésorier de l'association, l'ancien chef de cabinet de Nucci, met les voiles. Le *Canard* met en avant le règlement de comptes politique. Ce coup de la « bande à Chirac » inquiète les socialistes. Et le *Canard* le reconnaît en dissimulant à peine ses sources : « Deux anciens ministres socialistes et quelques collaborateurs de Tonton susurrent même que cette histoire est vraiment tordue et que leur petit camarade [Christian Nucci] a été pour le moins imprudent [2]. » Fin juin, *Le Monde* va révéler une note de synthèse rédigée par Chalier sur sa gestion. On évoque déjà les 51 millions de francs débloqués pour le sommet de Bujumbura, 5 millions partis sur l'achat d'un château dans le Cher, et des frais de réception ou d'activités politiques... Le 9 juillet, le *Canard* dévoile des factures de transport établies par des transitaires pour permettre au ministère de la Coopération de récupérer des fonds en liquide [3]. « Des sociétés étaient priées de ristourner la monnaie », avance le *Canard.* Une facture d'un million de francs est présentée, avec des réserves : « Cette douloureuse correspond-elle à des vrais services ou est-elle le fruit d'une imagination fertile ? » Le journal n'ose trancher. « Cette facture est peut-être bien réelle et limpide. On l'espère. Mais on aimerait être rassuré. » La semaine suivante, par contre, il tranche et se distingue en faisant intervenir – encore lui – Henri Emmanuelli, le compagnon des avions renifleurs, ex-secrétaire d'État au Budget.

« Les truanderies de l'équipe Chalier ont été découvertes en 1985, par la Direction des douanes, qui a aussitôt averti le

---

1. « La bande à Chirac guette les socialistes au Carrefour », *Le Canard enchaîné*, 18 juin 1986.

2. *Ibid.*

3. « La caisse noire du Carrefour du développement était de belle facture », *Le Canard enchaîné*, 9 juillet 1986.

secrétaire d'État au Budget. Lequel a tiré le signal d'alarme, mais sans succès [1]. »

« Yves Chalier, chef de cabinet du ministre de la Coopération Christian Nucci, se fait remettre des sommes en liquide par un transporteur. » Voilà en résumé, le contenu d'une note que la Direction des douanes a remise en juin 1985 à son « tuteur » le secrétaire d'État socialiste au Budget, Henri Emmanuelli », écrit Angeli. Le transporteur avait avoué aux douaniers qu'il avait ristourné 1,8 million de francs en liquide à Chalier.

« Frédéric Saint-Geours, directeur de cabinet d'Emmanuelli, convoque aussitôt Chalier. Qui veut rassurer tout le monde : "C'est pour financer le sommet franco-africain de Bujumbura", dit-il. On lui demande des précisions sur toutes ces acrobaties : il ne les donnera jamais. Christian Nucci confirme : les explications fournies par Chalier, affirme-t-il, c'est la vérité vraie. Henri Emmanuelli trouve cependant le procédé un peu cavalier et tire le signal d'alarme. » On est au cabinet Emmanuelli, on pense et on respire Emmanuelli.

« Si Emmanuelli l'a tiré assez fort, ce signal d'alarme, si Fabius et l'Élysée ont été informés, et si pendant un an aucune "précaution" (ou sanction) n'a été prise pour éviter le scandale et le ridicule, c'est à douter de la santé mentale de quelques socialistes éminents. Car au train où allait Chalier le déraillement était imminent [2]. » « Les feux rouges » n'avaient pas fonctionné.

Claude Angeli signale qu'Alain Juppé, nouveau ministre RPR du Budget, a récupéré le dossier, et qu'il « se régale ». C'est « un des plaisirs de l'alternance », conclut-il.

L'affaire du Carrefour suivra son cours judiciaire, et c'est Jean-Marie Pontaut à *L'Express* qui la relancera, en

1. « Les feux rouges ne fonctionnaient pas au Carrefour du développement », *Le Canard enchaîné*, 23 juillet 1986.

2. *Ibid.* Les citations suivantes sont extraites du même article.

novembre 1986, avec l'interview d'Yves Chalier révélant qu'il a reçu un vrai-faux passeport d'un émissaire de Charles Pasqua[1]. L'affaire oblique à droite. Le *Canard* s'est d'ailleurs employé avec acharnement tout l'été 1986 à rééquilibrer les compteurs dans cette direction.

« L'homme du Carrefour montre aussi une petite rue à droite » (30 juillet). « Les fausses factures électorales du ministre du Budget Alain Juppé » (13 août). Le *Canard* a récupéré des rapports fiscaux d'avant l'alternance – d'une source que l'on peut imaginer. Perquisitionnant chez un imprimeur, en décembre 1985, les agents du fisc sont tombés sur une « liasse de factures ». « Parmi les heureux bénéficiaires de ces factures figurent un certain Alain Juppé. » « Quand Ricard et Pernod offraient une tournée à l'UDF. Alain Juppé jure qu'il a payé ses affiches mais le fisc parle de fraude » (20 août). « Une fausse facture de 24 briques pour la bande à Léo » (3 septembre). Une ou plusieurs sources ont décidé d'offrir au *Canard* les tuyaux qui lui manquaient...

On l'apprend, en 1986, le *Canard* s'était vu signaler aussi des feux rouges. Un ordre de ne pas publier. C'était avant le changement de majorité. Le 28 février 1986, les journalistes Daniel Jubert et Jean-Pierre Beuve révèlent dans la *Presse de la Manche* le départ depuis Cherbourg à destination de l'Iran de cargos chargés d'obus, en août et septembre 1985, et janvier 1986, en violation de l'embargo. Partant de Cherbourg, les cargos munis de faux certificats de destination partent vers le port de Bandar Abbas. Un scoop de première grandeur. La société Luchaire exporte ainsi illégalement des armes vers l'Iran depuis 1982. Dans le *Canard* du 5 mars, Claude Angeli embraye aussitôt, dans un petit article

1. Il s'agit d'un des commissaires mis en cause dans l'affaire des micros du *Canard*, Jacques Delebois, devenu contrôleur général au Service de coopération technique international de la police (SCTIP).

explicatif : « Paris et Téhéran cachaient un trafic explosif [1] ». Il précise que la fausse destination finale des navires était la Thaïlande. « L'hypocrisie était totale et le gouvernement français couvert. D'une part, il valait mieux ne pas froisser les amis irakiens qui nous achètent beaucoup d'armes et n'ont pas envie de recevoir des obus français sur le coin de la figure. D'autre part, il fallait tenter de raccrocher les wagons avec les Iraniens qui n'achètent presque plus rien en France et commercent beaucoup avec la Grande-Bretagne et l'Allemagne. La guerre finira bien un jour et ces deux pays alliés seront mieux placés pour participer à la reconstruction de l'Iran. Mauvais pour nos futures exportations. » Claude Angeli livre, mot pour mot, les explications gouvernementales. « La France n'est pas seule à jouer avec le feu, dit-on pour s'excuser au Quai d'Orsay. » Et qui est au Quai d'Orsay ? Roland Dumas… Après un an passé comme secrétaire d'État aux Affaires européennes auprès du ministre Claude Cheysson, l'ancien avocat du *Canard* est ministre des Relations extérieures depuis 1984…

Le 13 mars 1986, le ministre de la Défense, Paul Quilès, dépose plainte pour infraction à la législation du commerce des armes de guerre. Mais la cohabitation, encore elle, conduit le gouvernement Chirac, et le nouveau ministre André Giraud, à ordonner une enquête au contrôleur général des armées, Jean-François Barba. Le rapport est classifié. L'enquête judiciaire démarre lentement, entravée par le secret d'État. Le rapport Barba est finalement révélé par *Le Figaro*, un an et demi plus tard, en novembre 1987 [2]. Deux phrases inattendues égratignent sévèrement le *Canard* :

« À la fin du mois de décembre 1985, M. de Narbonne (directeur général de Luchaire) a reçu des journalistes du *Canard enchaîné* qui lui ont dit avoir de sérieuses

1. *Le Canard enchaîné*, 5 mars 1986. Les citations qui suivent sont extraites du même numéro.
2. Le 4 novembre 1987.

informations sur l'affaire. M. Dewavrin (P-DG de Luchaire) est intervenu par l'intermédiaire de M. Falcoz auprès du ministre des Relations extérieures ; celui-ci a pu éviter la parution d'un article. »

Le jour de la publication du rapport Barba dans *Le Figaro*, le *Canard* doit reconnaître une partie des faits dans un communiqué. Il s'apprêtait effectivement à publier et a renoncé à le faire à la suite d'une intervention de Roland Dumas.

« Le *Canard* n'a pas l'habitude d'admettre une pression et encore moins d'y céder. Dans le cas de l'affaire Luchaire, en décembre 1985, nous avons appris que Roland Dumas, alors ministre des Relations extérieures, était en pleine négociation pour la libération des otages (échange de terroristes détenus en France contre tous les Français détenus à Beyrouth). Il nous en a effectivement parlé et nous avons décidé de différer la publication de notre enquête réalisée par deux journalistes. Et uniquement pour préserver la vie des otages. Si c'était à refaire, pour ne pas compromettre une négociation avec l'Iran, notre choix serait le même. Notre enquête a finalement été publiée dans les colonnes du *Canard* quelques jours après la parution dans *La Presse de la Manche* du premier article sur l'affaire Luchaire [1]. »

Le *Canard* oublie que le rapport Barba ne parle pas des otages du Liban [2]. Et que l'homme qui serait intervenu auprès de Roland Dumas, Paul-André Falcoz, patron de bureaux d'études proche de Charles Hernu, était l'un des intermédiaires commerciaux de la firme Luchaire. Il n'était nullement engagé dans les négociations pour la libération des otages. Le journal s'en tire donc par une pirouette.

1. *Le Monde*, 5 novembre 1987.

2. Les premiers otages français du Liban, les diplomates Marcel Fontaine et Marcel Carton et le journaliste Jean-Paul Kauffmann ont été enlevés au printemps 1985, par le jihad islamique, qui exige l'arrêt du soutien militaire français à l'Irak. Ils seront libérés en mai 1988.

Roland Dumas ne manque pas de confirmer la version du *Canard*. Il aurait effectivement « pris sur lui » alors qu'il était ministre des Relations extérieures, de « prier *Le Canard enchaîné* de différer la publication d'une enquête » sur les ventes d'armes à l'Iran, pour ne pas porter préjudice à des négociations en cours concernant les otages du Liban [1].

Dans son édition suivante, le *Canard* ajoute quelques explications à son communiqué [2]. Le *Canard* avait parlé des livraisons d'armes de Luchaire, avant tout le monde, huit mois plus tôt... dans une brève. Puis en décembre 1985, « après une enquête approfondie », deux journalistes s'étaient effectivement rendus chez Luchaire, où ils rencontrèrent Guy de Narbonne, directeur général, « qui refusa en fait de répondre à toute question ». « Quelques jours plus tard, nous apprenions, ainsi que d'autres journalistes, qu'une négociation était menée, notamment par Roland Dumas, pour échanger le terroriste Anis Naccache, détenu en France, contre tous les otages français. Nous avons pris contact avec Dumas qui nous a fait savoir que cet échange pouvait avoir lieu dans les semaines qui suivaient. C'est alors qu'il nous a demandé de différer la parution de notre enquête pour ne pas compromettre et la négociation et l'échange. Nous l'avons accepté pour des raisons humanitaires évidentes. »

Toujours fidèle à l'Élysée, le *Canard* met brillamment en scène la répudiation de Charles Hernu. « Hernu commence à trouver Tonton flingueur » ; « Ce n'est plus le rapport Barba, c'est l'affaire Barbu » ; « Mitterrand se dit victime d'un obus de confiance ».

« À l'Élysée, personne n'ose dire ou imaginer quand le numéro un va, quand il parlera – et s'il parle –, briser les reins d'Hernu : ce n'est pas le genre de la maison. Mais en

1. *Le Monde*, 5 novembre 1987.

2. « Pourquoi le *Canard* a différé la publication de son enquête », *Le Canard enchaîné*, 11 novembre 1987.

attendant un éventuel discours du chef, on pratique la protection rapprochée. En voici un signe : “Tout s’est passé au niveau du ministère de la Défense et pas plus haut”, affirment certains conseillers élyséens, tout prêts à lâcher Hernu, son équipe, ses amis [1]. » On promet que la justice « établira les responsabilités de chacun ». L’affaire se terminera par un non-lieu général imposé par le nouveau pouvoir socialiste, en juin 1989.

1. « Mitterrand se dit victime d’un obus de confiance », *Le Canard enchaîné*, 11 novembre 1987.

21

De Papon à Bousquet, l'oubli

« Papon, aide de camps ». Seize ans après l'avoir lu, on se rappelle encore de ce titre, et du scoop, du *Canard*. Le 6 mai 1981, le journal révélait le rôle de Maurice Papon, ancien préfet de police, alors ministre du Budget, dans la déportation des Juifs de Bordeaux, en 1942. Le 8 octobre 1997, alors que s'ouvre, enfin, le procès de Papon, on reparle de l'article clé, celui par lequel le scandale est arrivé. L'indispensable article. C'est un coup de fil de Michel Slitinsky qui a mis le *Canard* en mouvement.

Si la vie de Maurice Papon a basculé le 6 mai 1981, entre les deux tours de l'élection présidentielle, celle de Michel Slitinsky a connu son tournant le 19 octobre 1942. Ce jour-là, il n'a que dix-sept ans, et parvient à s'échapper par les toits. Les Allemands ne l'auront pas. Abraham, son père, Juif d'origine ukrainienne, son frère [1], sa tante, ne reviendront jamais d'Auschwitz. Après guerre, il a intenté un premier procès contre des policiers responsables de l'arrestation, que sa sœur Alice avait reconnus par hasard. La procédure échoue. Quarante ans plus tard, il est toujours sur la trace

1. Son frère a été arrêté un an plus tôt à Paris.

des responsables. Auteur de deux livres sur la Résistance, *Trois filles et vingt garçons*, en 1969, et *La Résistance en Gironde*, en 1972, Slitinsky, ancien résistant lui-même, directeur commercial d'une société dans la région bordelaise, glane périodiquement les documents dans les fonds d'archives.

« J'avais déjà récupéré des documents en Allemagne qui étaient secondaires, se souvient Slitinsky. Mais j'avais sympathisé avec Jean Cavignac, responsable des archives départementales de Gironde, qui m'a signalé un jour qu'il avait récupéré un stock d'archives d'un dépôt de la préfecture, et il m'a proposé de les trier. Il y avait 1 800 dossiers. J'y suis resté trois mois. J'ai constitué un fonds d'archives qui m'a donné la nausée. J'étais embarrassé parce que j'avais des pièces signées de Papon, mais je n'avais pas encore découvert l'organigramme de la préfecture. C'est dans les archives de l'imprimerie d'Annemasse que j'ai retrouvé ce document qui précisait les responsabilités de Papon [1]. »

Aux archives, Slitinsky rencontre aussi l'historien Michel Bergès qui prépare une thèse sur la police sous Vichy. « Initialement Slitinsky et Bergès [2] ont travaillé ensemble, se souvient un acteur de la procédure. Cavignac, qui par ailleurs était à *Lutte ouvrière*, leur avait ouvert les portes, et leur avait donné accès aux archives non classées de la préfecture. À l'insu de la direction des archives, bien entendu. Bergès a sorti des stocks de documents par paquets, dont il a fait plusieurs jeux de photocopies. » Slitinsky parvient donc à constituer un premier dossier sur l'ancien préfet comprenant près de 700 documents. Non seulement l'ancien résistant est un « lecteur fidèle » du *Canard*, mais il lui est arrivé de prêter son concours au journal, et plus précisément à

1. Entretien avec l'auteur, 15 septembre 2008.

2. Les deux hommes s'éloignent radicalement lors de la procédure, Michel Bergès deviendra même l'un des témoins de la défense de Maurice Papon à son procès.

Claude Angeli. « Je l'avais aidé lorsqu'il avait enquêté sur Charles Tillon, ce député communiste, ancien résistant, en bisbille avec le Parti. Angeli m'avait demandé de l'informer si je trouvais des cas d'évasion de capitaux... J'ai également fait des papiers sur Chaban et la Résistance[1]. » En ce début de 1981, Michel Slitinsky tombe sur des échos du *Canard* concernant Papon. « C'étaient des choses anodines mais, en lecteur attentif, j'ai compris qu'il y avait anguille sous roche. J'ai appelé Angeli pour lui demander ce qui se passait et pourquoi ils avaient ciblé Papon. Angeli m'a dit qu'ils avaient un contrôle fiscal... Je lui ai alors aussitôt parlé du rôle de Papon pendant la guerre, et il ne m'a pas cru une seconde. » Le rôle de Papon pendant la guerre ? En 1981, il y a de quoi douter. Ancien préfet de police de Paris, puis ministre de Giscard, Maurice Papon s'est construit un passé de résistant et de haut fonctionnaire irréprochable. Pour l'heure, ils sont seulement quelques-uns à Bordeaux à connaître l'autre visage du préfet. En février 1981, un stock de nouveaux documents du service des étrangers de la préfecture vient d'être découvert par le trio.

Slitinsky insiste. Il a des documents signés de la main de Papon lorsqu'il était en poste à la préfecture de la Gironde. « Dans ce genre de dossier, vous jouez les blancs ou les noirs. J'ai préféré avoir l'appui des médias et de donner l'affaire au *Canard* », raconte-t-il. Claude Angeli décide de lui envoyer Nicolas Brimo. « Il est arrivé chez moi à Bordeaux et je lui ai tout expliqué. Au début ç'a été une grande surprise et il m'a pris pour un guignol. Ça ne passait pas. Tout le monde était hésitant. » Brimo revient le week-end suivant. Slitinsky, méfiant, lui demande de louer une voiture et les deux hommes se donnent un rendez-vous secret au cours duquel le journaliste du *Canard* doit suivre discrètement le Bordelais jusque dans les Landes, et une maison de

1. Entretien avec l'auteur, 6 mai 2008. Les citations qui suivent sont extraites du même entretien.

campagne au calme. « On a passé le week-end à travailler. J'avais de tels documents accablants contre Papon... »

La présidentielle approchait. « Cela s'est fait en deux temps, rapporte Gérard Boulanger, futur avocat des parties civiles. Nicolas Brimo qui est historien de formation a pris connaissance du dossier courant mars. Et puis le *Canard* a pris une décision politique. A fait un choix rédactionnel. Celui de publier entre les deux tours de l'élection. La position politique de Brimo et sa proximité avec Mitterrand ont joué un rôle décisif. Il voulait que la gauche gagne. Il est allé voir Mitterrand lors d'un de ses derniers meetings de campagne et Mitterrand lui a donné son feu vert. C'était une très grosse affaire, et je sais que Brimo se demandait si cela ne risquait pas d'être contre-productif[1]. »

Le *Canard* lâche la bombe, le mercredi 6 mai 1981. Entre les deux tours. « Quand un ami de Giscard faisait déporter des Juifs », titre le journal sur sa une. Giscard est habilement ciblé. Le dimanche suivant, Mitterrand est élu.

Malgré les années passées, Michel Slitinsky se souvient amèrement de ces semaines de mai 1981. Âgé de quatre-vingt-trois ans en 2008, le résistant sort de l'hôpital après un petit accident vasculaire. Mais sa mémoire de ces journées est intacte. Comme indélébile. « Je me suis fait avoir... J'ai mis du temps, mais j'ai compris que tout cela c'était un moyen d'aider François Mitterrand[2]. » Selon Slitinsky, Nicolas Brimo aurait exprimé crûment l'objectif électoral du scoop. « Il m'a dit que Mitterrand était d'accord pour qu'on sorte l'affaire, que cela allait déplacer 200 000 voix juives et 50 000 voix de pieds-noirs. Il m'a même dit que Mitterrand m'inviterait à Latche. » Le journaliste qui se défend d'avoir tenu de tels propos[3] aurait pourtant apporté au candidat

1. Entretien avec l'auteur, 16 septembre 2008.
2. Entretien avec l'auteur, 6 mai 2008.
3. Cité par Bernard Violet, *Le Dossier Papon*, Flammarion, 1997. « Du pipeau intégral », déclare Nicolas Brimo à l'auteur.

socialiste, rue de Bièvre, un exemplaire fraîchement imprimé du *Canard* juste avant son débat télévisé avec Giscard, le 5 mai.

La semaine suivante, le journal poursuit sa publication des documents : « Les bons choix aryens de M. Papon ». Le *Canard* signale que, « sans la moindre gêne apparente, le ministre du Budget et ex-député RPR du Cher », a « présidé deux cérémonies pour fêter le 8 mai 1945 ». « La première s'est tenue à Paris, rue de Rivoli ; la seconde dans sa commune, à Saint-Amand-Montrond. Il fallait le faire, après l'article paru dans le *Canard* de la semaine dernière, où nous racontions les exploits sous l'Occupation du futur ministre de Giscard. » « À la suite de l'article, poursuit le *Canard*, Maurice Papon a pondu un communiqué pour le moins embarrassé. Sans nier l'authenticité des documents publiés, sans s'expliquer sur son rôle dans les déportations, il y parle de "trucage" et de "manœuvres électorales". C'est un peu court. » Documents à l'appui, le *Canard* démonte point par point les déclarations du ministre du Budget « sortant ». Dans un encadré « Des poux et des hommes », le journal s'étonne aussi d'une déclaration de Papon au *Monde*, du 7 mai 1981 : « *Le Canard enchaîné*, chez qui j'ai fait opérer un contrôle fiscal, me cherche des poux dans la tête. » Le journal assure que si un contrôle fiscal a bien eu lieu fin 1980, c'est sur sa demande, et « non pas à l'initiative de l'administration ».

Le 20 mai, le *Canard* raille la constitution d'un jury d'honneur demandé par Papon, et dont la présidente, la résistante Marie-Madeleine Fourcade, aurait été désignée par Papon lui-même. « Si les mémoires ont des trous, les documents, eux, ne sont pas mangés aux mites. » Deux nouveaux fac-similés agrémentent le texte. « Sur les 1 690 Juifs de Bordeaux, déportés sous le règne de Maurice Papon, un seul, semble-t-il, est revenu des camps de la mort, écrit Nicolas Brimo. Il a téléphoné au *Canard* la semaine dernière pour nous remercier d'avoir révélé le rôle de Papon, dont il se souvenait d'ailleurs très bien. »

Mitterrand président, c'était la certitude pour Michel Slitinsky que l'affaire Papon serait jugée un jour. Malgré les démentis de l'intéressé. Pourtant, Slitinsky s'inquiète. Il a raison. La justice va mettre seize ans à juger l'ancien préfet. « Je me suis toujours méfié des politiques. J'avais d'ailleurs demandé aux membres de l'association de familles de victimes de s'interdire toute comparaison politique et de ne pas faire état publiquement de leurs préférences. » La première alerte vient de Roland Dumas. L'avocat du *Canard*, qui n'a pas été nommé ministre dans le premier gouvernement Mauroy, fait le voyage de Bordeaux à l'été 1981. « Il m'a demandé de venir le chercher à l'avion et m'a emmené dans sa maison de Saint-Selve. Je lui ai montré le dossier et lui ai remis une centaine de photocopies de pièces d'archives », raconte Slitinsky.

Dans la foulée, Dumas est interrogé par le jury d'honneur, composé aussi de résistants, qui doit examiner le dossier Papon. « Marie-Madeleine Fourcade a prétendu que, face au jury, tout le monde avait demandé l'abandon des poursuites, sauf Serge Klarsfeld, se souvient Slitinsky. J'étais étonné de ne pas voir mentionné le nom de Dumas. J'étais assez interloqué. Plus tard, lorsque je lui ai demandé des explications, il m'a paru assez gêné. Il m'a assuré que le jury ne lui avait rien demandé, parce qu'il savait qu'il était opposé à Papon. J'ai ensuite appelé Brimo qui lui aussi était très embarrassé pour me répondre... J'ai compris. Comme ils étaient socialistes, j'ai réalisé qu'il se passait quelque chose de grave. Plus tard, j'ai su que Mitterrand, une fois installé à l'Élysée, avait reçu des amis de Papon. J'ai su qu'il leur avait donné des assurances qu'il n'y aurait pas de procès. J'ai aussi été choqué quand j'ai entendu Kiejman, qui était proche de Mitterrand, déclarer qu'un procès n'était pas nécessaire et qu'il valait mieux écrire l'histoire. »

Roland Dumas, lui, affirme s'être « heurté à tous [s]es amis de la Résistance » en soutenant les premières plaintes contre Papon. « Je considérais que Papon était un vrai coupable pour son rôle dans l'Occupation, assure-t-il. On s'est aperçu grâce à Slitinsky, que la préfecture n'avait pas détruit ses dossiers, mais les avait cachés [1]. »

Roland Dumas se prépare à entrer dans l'affaire, mais il en est dissuadé, localement, à cause de sa proximité avec Mitterrand. « Cela aurait tué la procédure, estime un avocat des parties civiles. Nous ne voulions pas d'une proximité avec le pouvoir, qui politise le dossier. »

Fin 1981, le jury d'honneur concède à Papon une qualité de résistant, tout en signalant qu'il a pris part à la persécution des Juifs. En décembre 1981 et mai 1982, les premières plaintes pour « crimes contre l'humanité » sont déposées pour des familles des victimes, par Mes Gérard Boulanger et Serge Klarsfeld. « On nous a fait régulièrement le reproche d'avoir fait un coup politique en 1981, explique Me Boulanger. Mais lorsque nous déposons plainte, il n'y avait plus d'échéances électorales [2]. »

En janvier 1983, Maurice Papon est inculpé. Le *Canard*, ignorant les positions ambiguës de Mitterrand, voire son hostilité à un procès Papon, continue d'en faire un dossier qui accable la droite. « On constate que les amis politiques de Papon ne se précipitent pas pour lui accorder leur soutien, écrit Nicolas Brimo. Seul Jacques Chaban-Delmas a fait un geste en déclarant le dimanche 23 janvier au journal *Sud-Ouest*, qu'il avait toujours considéré Maurice Papon comme un résistant. Giscard, Barre et Chirac eux, ont toujours gardé un silence éloquent sinon fraternel. Ce ne sont pourtant pas les occasions de parler qui leur manquent en ce moment [3]. »

---

1. Entretien avec l'auteur, 24 juillet 2008.
2. Entretien avec l'auteur, 16 septembre 2008.
3. Nicolas Brimo, « Papon résiste encore », *Le Canard enchaîné*, 26 janvier 1983.

Les tentatives d'obstruction se multiplient. L'inculpé s'est empressé de déposer plainte contre les parties civiles pour « dénonciation calomnieuse ». Lorsque la procédure est annulée en 1987 et repart à l'instruction, le *Canard* n'hésite pas à accuser, discrètement, le gouvernement de cohabitation d'y être pour quelque chose. « Nouvelle intervention de Chalandon dans le cours de la justice, alors que, dans toutes ses déclarations aux journalistes, il jure de ne donner aucune instruction aux magistrats. Il s'agit cette fois du cas de Maurice Papon, ex-ministre du Budget de Giscard. [...] Inculpé en 1983 de "crimes contre l'humanité", Papon a eu la satisfaction, le 11 février dernier, de voir quatre années d'instruction annulées pour "vice de procédure". Il a fallu ensuite plus de six mois pour qu'un nouveau juge bordelais soit désigné. La procédure judiciaire était actuellement en train de reprendre mais c'était sans compter sur la vigilance de Chalandon et de son directeur de cabinet. Le 1er décembre dernier, sur ordre du cabinet de Chalandon, le procureur général de Bordeaux dépose un réquisitoire de trois lignes... devant la chambre d'accusation de la cour d'appel. Il lui demande d'ordonner "une expertise historique" dans l'affaire Papon. Avantage de cette manœuvre : quelques mois supplémentaires gagnés à la veille de l'élection présidentielle [1]. »

Le *Canard* explique que la droite, seule, freine, et pour d'obscures raisons électorales. Or trois magistrats instructeurs vont se succéder dans le dossier... Il faudra attendre 1994 pour comprendre que ces lenteurs procédurales viennent aussi du sommet de l'État. « C'est vrai, déclare François Mitterrand à Jean-Pierre Elkabbach, j'ai donné aux ministres l'instruction de freiner ce genre de procès... Pour ne pas raviver les divisions nationales [2]. » Un des avocats des parties civiles, Me Gérard Boulanger, s'aperçoit incidemment de la

1. *Le Canard enchaîné*, 9 décembre 1987.

2. Interview de François Mitterrand par Jean-Pierre Elkabbach, sur France 2, 12 septembre 1994.

position de Mitterrand lors d'un dîner des « parrains de SOS-Racisme » en 1987. Il voit arriver le président de la République accompagné de Nicolas Brimo et de sa femme Kathleen Evin. « Julien Dray m'a présenté à François Mitterrand comme l'animateur de la Confédération des avocats européens démocrates, se souvient Gérard Boulanger. Et j'ai ajouté "et avocat des parties civiles dans l'affaire Papon", c'est alors que François Mitterrand m'a tourné le dos. Il ne voulait pas entendre parler de ça. » Nicolas Brimo n'apparaît alors dans le sillage de Mitterrand qu'aux côtés de son épouse, attachée de presse du président candidat. Le journaliste du *Canard* minimise ses « relations personnelles » avec Mitterrand : « Depuis le jour de son élection, nos rencontres ont été rares : moins d'une par an et toujours en présence d'autres journalistes. Je n'ai jamais été invité dans ses voyages, contrairement à beaucoup de consœurs et confrères, et je n'ai jamais fait partie de ses "visiteurs du soir", comme certains directeurs de journaux. En réalité, j'ai d'autant moins fréquenté l'Élysée sous son règne qu'à l'époque, je "travaillais" essentiellement sur le patronat et la droite[1]. »

En 1990, un procès intenté par Maurice Papon au *Nouvel Observateur*[2] fait apparaître soudain la nature des appuis de l'ancien préfet. Louis-Marie Horeau en fait le récit dans le *Canard* sous le titre « Papon déporte ses accusateurs en correctionnelle ». Un « étrange document » a été versé aux débats par les avocats de Maurice Papon. C'est un compte rendu d'une entrevue accordée par François Mitterrand à un comité de défense de Papon le 13 juillet 1988.

« Ce jour-là, après avoir écouté ses éminents visiteurs, dont Bourgès-Maunoury, ancien président du Conseil, Soustelle, ancien ministre, Charles Verny, vice-président du

1. Courrier de Nicolas Brimo aux auteurs, 27 octobre 2008.

2. Maurice Papon avait menacé *Le Canard enchaîné* d'une plainte, mais ne l'a finalement jamais déposée.

Comité d'action de la Résistance, Tonton a qualifié les poursuites engagées contre Papon de "règlement de comptes politiques" [1] », rapporte Louis-Marie Horeau.

« Il est bien surprenant, a rajouté en substance Mitterrand – du moins si l'on en croit ce compte rendu rédigé par ses visiteurs –, que l'on ait mis près de quarante ans à découvrir la "prétendue culpabilité" d'un homme qu'il considère comme "un fonctionnaire de qualité et très compétent". Pour clore l'entretien, Tonton a assuré à ses interlocuteurs qu'il "s'entretiendrait de cette affaire avec le garde des Sceaux" (à l'époque Arpaillange) afin que celui-ci "mette de l'ordre dans ce dossier". »

À la lecture du document, le journaliste conclut : « On comprend mieux le traitement très spécial dont a bénéficié ce dossier judiciaire. Tout comme le peu d'ardeur dont fait preuve le parquet dans les poursuites contre Bousquet, délégué pour la police de Vichy. La cause est entendue. L'Élysée ne veut pas de procès de la collaboration. Le demi-ministre Kiejman s'est fait, il y a peu, le porte-parole de cette volonté du Très-Haut, en opposant à un éventuel procès Bousquet, la nécessité de préserver la "paix civile". » Cinglant. Tellement cinglant que la semaine suivante, le même Horeau fait machine arrière :

« Des amis de Papon ont voulu enfermer Tonton dans leur camp [2]. » « Emportés par leurs ardeurs, les amis de Maurice Papon en ont fait un peu trop », explique le journaliste, revenant sur le compte rendu de la réunion de Mitterrand avec l'association des défenseurs de Papon. « C'est ainsi que le *Canard* de la semaine dernière a évoqué le contenu plutôt surprenant de ce document, sans soupçonner

1. Louis-Marie Horeau, « Papon déporte ses accusateurs en correctionnelle », *Le Canard enchaîné*, 12 décembre 1990. Les citations qui suivent sont extraites du même article.

2. *Le Canard enchaîné*, 19 décembre 1990. Les citations qui suivent sont extraites du même article.

une quelconque manipulation. Le *Canard* a été abusé par un témoignage dont la qualité, la précision et la production en justice ne laissaient pas de place au doute », assure Louis-Marie Horeau. On avait soupçonné que l'Élysée accordait à Papon « un soutien qui n'était pas seulement moral ». Falsification, écrit le *Canard*.

Un premier membre éminent de la délégation, Charles Verny, le président du Comité d'action de la Résistance, a téléphoné et « n'a pas reconnu les propos de François Mitterrand ». Mitterrand n'a jamais parlé d'un « règlement de comptes politique », et il n'a porté « aucune appréciation sur la culpabilité ou l'innocence de Papon ». Du coup, le *Canard* a mené sa petite enquête auprès d'autres membres de la délégation. Jean Morin, ancien préfet et directeur du personnel du ministère de l'Intérieur, dit lui aussi avoir été « choqué » par la rédaction et la « diffusion » du compte rendu. Gaston Cusin, un autre membre, se dit lui aussi perturbé qu'un compte rendu ait été écrit et diffusé. Lui aussi insiste pour dire que le texte ne lui a pas été soumis et qu'il ne l'a pas signé. « Moins catégoriques » que Verny, les deux autres témoins jettent « un sérieux doute sur la réalité des propos mis dans la bouche de Mitterrand ».

Dans un encadré, on devine que l'article de la semaine précédente a fait grand bruit à l'Élysée : « Tonton reste sans voix[1] ». Le journal donne les réactions « d'un proche du président » qui, évidemment, dément les propos attribués à Mitterrand. Malgré ses fortes réticences sur la tenue éventuelle d'un procès de la collaboration, il ne fait pas partie du « club des pays qui défendent Papon ». Tout rentre dans l'ordre. « Tonton », au moins pour le *Canard*, n'aurait pas ralenti, ni freiné, ni rien empêché dans l'affaire Papon. Une ligne qui aujourd'hui fait sourire Serge Klarsfeld. « En 1990, j'ai attaqué François Mitterrand quand il a viré Arpaillange du ministère de la Justice parce que ce dernier était favorable

1. *Le Canard enchaîné*, 19 décembre 1990.

au renvoi de Maurice Papon devant les assises. Nallet et Kiejman, ses successeurs, étaient sur la ligne d'un renvoi devant la Haute Cour... Après il y a eu l'épisode où le juge d'instruction a demandé une expertise historique, alors que pour le procès Barbie, il n'en avait pas été besoin. Ensuite le juge a été promu, et il a fallu qu'un nouveau magistrat se mette à la procédure... Mitterrand a ralenti toute cette affaire, pour moi c'est certain [1]. »

Un autre homme en est sûr, c'est Michel Slitinsky. « Dès 1983, quand je finissais mon livre sur l'affaire, mon éditeur, Alain Moreau, m'avait dit que Mitterrand faisait tout pour retarder le procès. À la même époque, j'avais aussi l'impression que le *Canard* m'avait laissé tomber [2]. » Michel Slitinsky se souvient d'avoir envoyé à l'époque une série d'articles sur le développement de l'affaire Papon. « Ils ne passaient pas. Quand mon propre livre est sorti, en 1983, j'ai dû insister pour que le *Canard* fasse un article. Ils ont fini par faire un petit encadré sur deux colonnes. Sans plus. J'ai compris qu'ils avaient des ficelles qui les reliaient à l'Élysée. Je posais trop de questions gênantes. »

Les articles du *Canard* continuent de traiter l'affaire Papon comme une « affaire » de droite. « Aujourd'hui, un procès Papon serait une belle occasion pour tous les anciens responsables RPR de venir à la barre du tribunal jouer les témoins de moralité. Sans parler de Barre et Giscard [3] », assure le journal en avril 1994. En 1995, après l'aveu par Mitterrand lui-même de son hostilité à un procès, le *Canard* continue, une fois Chirac élu, d'imputer les lenteurs de la justice au seul RPR. Il signale que Gérard Boulanger, dans le quotidien *InfoMatin*, a rappelé l'appartenance de Maurice Papon au RPR, et qu'il n'a « pas oublié que c'est sous la

1. Entretien avec l'auteur, 31 juillet 2008.
2. Entretien avec l'auteur, 6 mai 2008.
3. « Douze ans après, Pasqua découvre le dossier Papon », *Le Canard enchaîné*, 27 avril 1994.

première cohabitation et Albin Chalandon que le dossier avait été annulé une première fois ». Le *Canard* enfonce le clou : « Comme si, sous Chirac Premier ministre, la justice n'avait pas été aussi indépendante que sous Chirac président de la République ! Surtout quand il s'agit de juger un ancien ministre RPR poursuivi pour crimes contre l'humanité [1]. » Pas un mot sur les réserves de l'ancien président socialiste.

Durant ces années d'attente d'un procès Papon, un autre homme se faufile dans les allées du pouvoir. René Bousquet, ancien secrétaire général de la police de Vichy. En 1991, le journaliste Stéphane Denis dans *Le Roman de l'argent* [2] signale le premier les liens du collaborateur avec François Mitterrand. Dans son enquête, il souligne que Bousquet avait été candidat en 1958 aux législatives, soutenu par l'UDSR, le parti de Mitterrand. « Les deux hommes ne se sont jamais perdus de vue depuis 1942, assure Stéphane Denis. Leurs relations étaient épisodiques mais constantes. [...] Le mouvement de prisonniers de guerre qu'animait Mitterrand témoigna favorablement au procès de juin 1949. Mitterrand présenta même à l'époque, en tant que secrétaire d'État à la présidence du Conseil sous Henri Queuille, un texte de loi portant amnistie générale des faits et actes commis sous l'Occupation. Sur cette ligne-là, il n'a jamais varié. Par la suite, le combat politique et les nécessités de financer les candidatures antigaullistes rapprochèrent régulièrement les deux hommes. Je ne crois pas qu'ils soient intimes ni même liés, mais dans le vocabulaire de Mitterrand, Bousquet est un "ami" [3]. »

---

1. « L'affaire Papon et la justice escargot », *Le Canard enchaîné*, 9 août 1995.
2. Stéphane Denis, *Le Roman de l'argent*, Albin Michel, 1988.
3. *L'Événement du jeudi*, 18 avril 1991. L'enquête de Pierre Péan démontrera le contraire, les deux hommes n'auraient été présentés qu'après la guerre.

Stéphane Denis présente aussi le témoignage d'un collaborateur de Mitterrand à l'Élysée qui, juste après 1981, retrouva le président dans un restaurant face à Bousquet. « Dans la voiture que les ramène à l'Élysée, le collaborateur abasourdi questionne Mitterrand : "Vous savez avec qui vous avez déjeuné ?" Alors Mitterrand avance la main comme il fait souvent pour sceller un pacte : "René Bousquet ? Ne vous inquiétez pas, c'est un ami : il a rendu des services" », raconte Denis. Tous les ingrédients sont donc réunis, dès 1991, pour remonter la piste. Le *Canard* ne prend pas le train.

Michel Slitinsky l'a bien vu : « Au début des années 1980, j'ai eu assez vite des rumeurs concernant Mitterrand et Bousquet, et j'en ai parlé à Claude Angeli, et à Nicolas Brimo... raconte-t-il. Cela ne semblait pas les intéresser. J'avais rencontré des gens qui m'avaient dit que Mitterrand avait eu quand il était à l'Intérieur un proche de Bousquet à son cabinet. À chaque fois, je tombais sur un mur. Brimo n'était pas capable de me répondre. Sa femme à l'époque, Kathleen Evin, était assez proche de Mitterrand. J'ai eu l'impression qu'il ne pouvait pas l'attaquer et qu'il ne pouvait pas non plus être clair avec moi. Brimo ne voulait pas prendre position sur le volet des affinités Mitterrand-Bousquet. J'en ai aussi parlé à Claude Angeli, là aussi c'était motus et bouche cousue. On prétendait que ce n'était pas sûr... »

L'affaire Bousquet avait pourtant démarré le 28 octobre 1978, dans *L'Express*, par l'interview de l'ancien commissaire général aux Questions juives de Vichy, Louis Darquier de Pellepoix, condamné à mort par contumace à la Libération[1]. « À Auschwitz, on n'a gazé que des poux, affirme Darquier, haine intacte encore chevillée au corps. La grande rafle, déclare-t-il au sujet du Vél'd'hiv', c'est Bousquet qui l'a organisée. De A à Z. Bousquet était le chef de la police. C'est lui qui a tout fait. » Une nouvelle affaire commence. Elle va

1. Il avait été retrouvé en Espagne par le journaliste Philippe Ganier-Raymond.

traîner. À partir de ce 28 octobre 1978, René Bousquet, qui s'était organisé une existence bien tranquille depuis la Libération, ne va plus dormir sereinement. Pendant l'Occupation, cet ancien fonctionnaire radical-socialiste avait suivi Laval à Vichy. Secrétaire général de la police d'avril 1942 à décembre 1943, il était parvenu, en 1949, à obtenir un demi-acquittement de la Haute Cour de justice. Condamné à la dégradation nationale, il avait été relevé le même jour de sa condamnation en raison « de services rendus à la Résistance ». Le procès passé, il était parvenu à se faire oublier dans le monde des affaires. À la banque Indosuez, puis à *La Dépêche du Midi*, le quotidien de Toulouse de la famille Baylet, fief des radicaux. Les accusations de Darquier de Pellepoix mettent l'avocat Serge Klarsfeld, infatigable chasseur de nazis, sur la brèche. Le semi-acquittement de Bousquet à la Libération empêchant Klarsfeld de déposer plainte directement contre lui, il va déposer plainte pour « crime contre l'humanité » contre Jean Leguay, ancien délégué du secrétaire général à la police.

Le *Canard*, en deux papiers de 1978, rend compte des balbutiements de l'affaire Bouquet. Reprenant – en les citant – les révélations de *L'Express*, dans un premier article du 8 novembre 1978, il révèle le contenu d'une lettre d'avril 1943 de Bousquet au général SS Oberg saluant l'« intelligence » et la « compréhension » du général Heydrich[1]. Sur le thème « il n'y avait pas que Darquier de Pellepoix », le *Canard* épingle simultanément un élu lyonnais et le patron de presse Robert Hersant, pour des écrits collaborateurs et antisémites. « Toute modestie mise à part, je suis l'auteur de l'article du *Canard* (8 novembre 1978) qui a lancé l'affaire [Bousquet] et qui a amené Serge Klarsfeld à déposer la première plainte en justice[2] », nous a signalé Nicolas Brimo, exagérant cette fois son rôle. René Bousquet, secrétaire général à la police sous

1. « Trois messieurs bien arrivés », *Le Canard enchaîné*, 8 novembre 1978.
2. Courrier de Nicolas Brimo aux auteurs, 27 octobre 2008.

Pétain, est devenu un grand homme d'affaires », souligne encore le *Canard*, le 15 novembre 1978. « Comme son ex-subordonné Leguay, Bousquet est notamment l'un des directeurs de la banque d'Indochine et il occupe un siège d'administrateur dans la compagnie aérienne UTA... dont le président est Antoine Veil, mari de Simone Veil. Le monde est petit », signale l'hebdomadaire. Pas si petit que ça. Antoine Veil, à compter de 1978, refusera de siéger dans le même conseil que Bousquet, et, sur pression des syndicats, l'ancien vichyste sera obligé de quitter son fauteuil en décembre 1978. En janvier suivant, il quittera aussi Indosuez. « À la suite de l'article [du *Canard*], René Bousquet dû démissionner de ses fonctions », assure Brimo [1].

Klarsfeld enclenche une nouvelle bataille, qui va le conduire dans des archives allemandes, et dans les méandres judiciaires sans fin. Sans le *Canard*.

« Ils ne se sont jamais intéressés à l'affaire Bousquet, confie-t-il. *Le Monde*, *Libération* et *Le Matin* étaient en pointe et nous ont aidés. Le *Canard* jamais... On ne peut pas dire qu'ils nous aient été hostiles, mais ils ne se sont jamais intéressés à ce dossier, c'est tout [2]. »

S'appuyant sur des archives relatives à la déportation de 194 enfants de six départements du sud de la France, l'association des Fils et Filles de déportés juifs de France de Serge Klarsfeld dépose une plainte contre Bousquet pour « crimes contre l'humanité » en 1989 [3]. Le *Canard* joue à contretemps. Alors que *Le Monde* monte au créneau, l'hebdomadaire qui dénonça « l'aide de camps » se fait pour le moins timide – dans un petit papier de deux colonnes : « Aux accusations brutales lancées contre Mitterrand [« accusé d'indulgence à l'égard de Vichy » par Serge Klarsfeld] et contre le

1. Entretien cité.

2. Entretien avec l'auteur, 31 juillet 2008.

3. Avec la Fédération nationale des déportés et internés résistants et patriotes et la Ligue des droits de l'homme.

garde des Sceaux, juridiquement responsable des réquisitions du parquet général, ne répond qu'un silence gêné, ou, au mieux, des considérations fumeuses sur la complexité de la procédure. Il serait pourtant facile au gouvernement de montrer sa volonté politique [...] Il n'y a aucune difficulté insurmontable pour juger Bousquet. La seule question est : veut-on ce procès ? Et c'est précisément la question à laquelle aucune autorité politique n'ose répondre [1]. »

L'auteur de l'article, Nicolas Brimo encore, soutient qu'il dénonçait « les manœuvres de l'Élysée pour empêcher le procès Bousquet [2] ». La mise en cause de l'Élysée est pourtant subliminale. Le *Canard* soutient le procès. Discrètement. Il ne fait pas campagne. Bousquet est inculpé en janvier 1991. C'est un autre hebdomadaire, *Le Point*, qui venait de révéler un document accablant selon lequel Bousquet aurait révélé aux Allemands des écoutes pirates de la Résistance entre Paris et Berlin. Le réseau est décapité et ses membres déportés. Le 16 juillet 1992, pour le cinquantième anniversaire de la rafle du Vél'd'hiv', des manifestants se pressent sous les fenêtres parisiennes de l'« ami » de Mitterrand. Un « comité Vél'd'hiv' » demande au président de la République la reconnaissance par l'État français de sa responsabilité dans la déportation des Juifs. Le *Canard* se fend alors d'un article explicatif sur les « embarras et les contorsions juridiques » de Mitterrand. « La répugnance de Mitterrand à évoquer cette période est en tout cas manifeste, écrit Louis-Marie Horeau. Il aurait sans doute suffi pour éviter la polémique de ces derniers jours qu'il consente à condamner, en quelques phrases, les crimes de Vichy. "Il l'a déjà fait à de nombreuses reprises" rappellent ses conseillers à l'Élysée, également irrités par ce débat "sans objet". En privé, Tonton va d'ailleurs beaucoup plus loin que dans ses déclarations à l'intention des Français. "La République n'est

---

1. *Le Canard enchaîné*, 24 octobre 1990.
2. Courrier de Nicolas Brimo aux auteurs, 24 octobre 2008.

pas coupable, a-t-il confié à ses proches. Bien sûr, elle est peut-être responsable. Mais on ne peut pas dire ces choses-là en ce moment. La tache de Vichy ne sera peut-être jamais lavée, mais je ne vais pas décréter une journée nationale de la honte. Aucune nation ne le ferait." Et toujours impérial, Tonton ajoute qu'il "n'accepte pas la demande comminatoire de ce comité"... [1]. »

Mitterrand est embarrassé mais c'est le *Canard* qui se contorsionne. Pas un mot sur l'histoire personnelle du président. René Bousquet, quant à lui, est finalement assassiné, le 8 juin 1993. Dans un petit article non signé, le *Canard* déplore que l'assassin ait « définitivement privé René Bousquet d'un éventuel procès, et peut-être de la leçon d'histoire que les victimes en attendaient ». « Mais son procès n'était toujours pas programmé. De savants juristes pronostiquaient le report indéfini de l'audience grâce aux ressources de la procédure, à la mauvaise volonté des juges et à la passivité du pouvoir – notamment de l'Élysée. » Le journal rapporte l'ancienne déclaration de Georges Kiejman, ministre délégué auprès du garde des Sceaux, qui « avait traduit publiquement la pensée de Mitterrand en déclarant qu'il était important de « préserver la paix civile » en évitant de « rouvrir ces vieilles blessures ». Le *Canard*, lui, n'ouvre aucun débat fâcheux, en se gardant de mentionner une seule fois l'amitié du président de la République pour l'ancien secrétaire général de la police de Vichy – évoquée publiquement deux ans plus tôt par Stéphane Denis.

C'est Pierre Péan, ami et ancien collaborateur du *Canard*, qui, en septembre 1994, relance, malgré lui, « l'affaire Mitterrand-Bousquet ». Son livre *Une jeunesse française* [2] est un livre autorisé. Péan a pu rencontrer Mitterrand à sept

---

1. Louis-Marie Horeau, « Vél'd'hiv' : les embarras de Mitterrand et ses contorsions juridiques », *Le Canard enchaîné*, 22 juillet 1992.

2. Pierre Péan, *Une jeunesse française, François Mitterrand 1934-1947*, Fayard, 1994.

reprises pour rédiger l'histoire officielle du futur président sous l'Occupation. Quand il s'attelle à ce travail, Péan sait qu'un autre auteur, Pascale Froment, cornaquée par Edwy Plenel dans la collection « Au vif » chez Stock, est déjà sur les rangs. Pascale Froment a déjà mis la main sur la fameuse photo des époux Mitterrand à Latche, face à Bousquet. Une photo banale parue dans *Le Point* en 1974 lors d'un reportage sur le candidat socialiste en campagne électorale. À l'époque, personne ne savait qui était Bousquet. C'était avant l'interview de Darquier de Pellepoix... Mais Pascale Froment, sa bombe en main, aurait tardé, selon Péan. Peut-être précisément à cause d'une « prise en main » par l'Élysée, qui lui a fait miroiter un entretien avec le président. Un entretien qui ne viendra en fait que des mois après... En tout cas après ceux de Péan. Edwy Plenel a le sentiment que l'Élysée a ainsi « géré » l'affaire en douceur, empêchant des révélations plus gênantes.

En ce début septembre 1994, quand il a entre les mains le livre de l'ex-enquêteur fétiche du *Canard*, Edwy Plenel s'isole une nuit entière pour écrire le papier qui paraîtra dans *Le Monde* du lendemain. Grâce aux recherches de Pascale Froment, Plenel connaît déjà bien le dossier, et toutes les zones sensibles. Il va pouvoir appuyer là où ça fait mal. « Les secrets de jeunesse de François Mitterrand » titre *Le Monde* du 2 septembre 1994. « L'écrivain Pierre Péan révèle les engagements nationalistes et pétainistes du futur président », lâche le sous-titre. Plenel chute sur une des révélations du livre de Péan, la scène du 12 décembre 1986, lors des obsèques de Jean-Paul Martin, proche collaborateur de Bousquet à Vichy, « qu'il a présenté à Mitterrand en 1949 ». « Un groupe de fidèles se retrouve à Paris auprès de la dépouille mortelle de cet homme qui fut l'un des instruments de la politique policière de Vichy. Il y a là notamment René Bousquet et... François et Danièle Mitterrand », alors président en exercice. Danièle distribue des roses. Le président fait ouvrir le cercueil et quérir un drapeau tricolore. Malheureusement, aucune photo de la scène ne permettra de figer cet instant. Bousquet ? « C'était un homme d'une carrure exceptionnelle. Je l'ai trouvé plutôt sympathique, direct, presque brutal. Je le voyais avec plaisir... » dira Mitterrand à Péan. Sous la plume de Plenel, les liens du président et de Bousquet apparaissent sous leur vrai jour : dangereux.

L'affaire va faire l'actualité pendant deux mois. Les socialistes, la communauté juive, et l'opinion publique dans son ensemble, vont se diviser sur le rôle de Mitterrand pendant la guerre. Le *Canard* ne participera ni au débat, ni aux révélations de cette affaire-là. Le 7 septembre 1994, une semaine après la sortie du livre, le journal se fend d'une critique assez plate du Péan : « L'incertain si gros triomphe... », titre le journal en pages intérieures. « De la droite nationale extrême à la Résistance, en passant par le pétainisme et le giraudisme, adoubé par le gaullisme, c'est le fulgurant trajet du jeune François Mitterrand, retracé minutieusement dans le livre de Pierre Péan », annonce le surtitre. Sur trois colonnes, une lecture sans beaucoup d'analyse de l'ouvrage. « Après avoir lu ce livre honnête et passionnant, informé et détaché, où l'auteur nous laisse libres de juger cet homme qu'il ne déteste point, selon nos "critères d'analyses, nos convictions, voire nos préjugés"... Après tout en 1981, conclut Dominique Durand, l'auteur de cette critique, la "génération Mitterrand", par millions, prit pour un homme neuf celui qui évoquait, début 1943, son goût de l'incertain qui l'emporte, l'incertain si gros de triomphe... »

« Mitterrand et Vichy : le choc », titre le même jour Jean Daniel, dans son édito du *Nouvel Observateur*. Les historiens se déchaînent, notamment pour pointer une à une les imprécisions de Mitterrand sur son parcours. Tous les journaux donnent de la voix. Le 12 septembre, face à la caméra de Jean-Pierre Elkabbach sur France 2, Mitterrand s'explique « sans convaincre », titrent les quotidiens du lendemain. En représailles d'une affaire qu'ils estiment montée en épingle par *Le Monde*, les hommes du président réduisent leurs abonnements au journal du soir. Michel Charasse, au détour d'une émission de radio, s'explique en disant : « Il ne nous est pas apparu utile de continuer à lire ce journal qui n'est plus dans la ligne déontologique qui avait été fixée par son fondateur, Hubert Beuve-Méry ». Charasse poursuit : « J'hésite, évidemment, à avancer le nom d'Hubert Beuve-Méry, parce que je ne voudrais pas que les dirigeants du *Monde* me traitent de pétainiste puisque Hubert Beuve-Méry a été dans le camp du maréchal Pétain »... Une perfidie que *Le Monde* corrige en détaillant le rôle exact de son fondateur. C'est l'époque où le PS se fracture en deux entre les inconditionnels de l'héritage et ceux qui réclament la part d'inventaire du mitterrandisme. Le *Canard* ne s'aventure pas dans ces « polémiques ». « Au *Canard*, ils n'ont jamais vraiment voulu toucher à Mitterrand. Il y avait comme une barrière », assure Michel Slitinsky. L'ancien résistant n'a pas revu Claude Angeli ni Nicolas Brimo depuis ces années 1980. « Je n'ai vu ni l'un ni l'autre au procès Papon... »

Maurice Papon a été condamné en 1998 à dix ans de réclusion pour complicité de crimes contre l'humanité. Incarcéré trois ans après une piteuse cavale en Suisse, il sera libéré pour raisons médicales. Il est décédé à quatre-vingt-seize ans en février 2007.

« Mitterrand ne s'est jamais caché qu'il connaissait Bousquet, mais il a toujours contesté que c'était un ami, juge Roland Dumas. La version de Mitterrand était : "Bousquet avait été acquitté après guerre. On ne savait rien de ce qu'il avait fait pour la rafle du Vél'd'hiv'[1]." » Pourtant, Mitterrand n'avait pas pu ignorer les déclarations de Darquier de Pellepoix à son sujet, ni même, bien sûr, le démarrage de l'affaire en 1978. L'homme, qui l'avait même soutenu financièrement lors de la campagne présidentielle de 1974, sera

1. Entretien avec l'auteur, 24 juillet 2008.

reçu plus tard à l'Élysée… pour « parler politique ». Mais « Bousquet, aide de camps » n'était pas une manchette. Pour ce qui concerne le *Canard*, Nicolas Brimo signale qu'il a consacré 35 articles à l'affaire Papon entre 1981 et 1994, et 16 à l'affaire Bousquet. « Comme exemple du désengagement du *Canard*, vous auriez pu trouver mieux [1] », écrit-il. Comme exemple d'engagement aussi…

1. Courrier de Nicolas Brimo aux auteurs, 27 octobre 2008.

22

Une attestation de Mitterrand

Entre François Mitterrand et *Le Canard enchaîné*, il y avait quelque chose de plus que l'amitié ou la fidélité – même indéfectible – de certains journalistes. Comme un secret de famille. Ce secret affleurait dans un ou deux livres. Mais nul n'y avait jamais vraiment prêté attention. D'ailleurs, les auteurs de ces livres ignoraient qu'ils articulaient la destinée de Mitterrand et celle du journal satirique. En publiant *Une jeunesse française*[1], en 1994, Pierre Péan a fait partie de ces messagers involontaires. Son enquête sur la jeunesse de Mitterrand lui a fait rencontrer bien des personnages obscurs entre 1934 et 1947. Des militants d'extrême droite. Des prisonniers de guerre. Des journalistes. Des fonctionnaires. Des collaborateurs et aussi des résistants... Un certain Robert Gaillard apparaît, page 117 du livre de Pierre Péan. Celui-ci est loin d'imaginer qu'il a un rapport quelconque avec *Le Canard enchaîné*, et son nouveau directeur, Michel Gaillard, nommé un an plus tôt, en 1993, en remplacement de Roger Fressoz.

---

1. Pierre Péan, *Une jeunesse française*, *op. cit.*

Comme l'écrit Péan, Robert Gaillard est un écrivain qui a été « parqué au stalag » avec Mitterrand, et qui a raconté sa vie de prisonnier, sous la forme d'un journal de 1940 à 1942 : *Mes évasions*. Il est arrivé au stalag IX A du camp de Ziegenhain, en mai 1941. « Il y a François Mitterrand, futur secrétaire d'ambassade, nourri des Grecs et des Romains, qui dirige, avec l'abbé Delattre, le petit journal du camp, *L'Éphémère* [1] », écrit Gaillard, le 8 juillet 1941. Péan mentionne *Mes évasions* à trois reprises seulement. Page 117, Robert Gaillard faisant parler Mitterrand blessé par un éclat d'obus : « Quand je suis tombé, meurtri, sanglant et choqué, je n'ai pas perdu toute ma littérature. J'ai continué à être un acteur. Il y avait un Mitterrand intact et sauf qui regardait, navré, désespéré, un autre Mitterrand blessé. Je n'arrivais pas à comprendre qu'une telle chose ait pu m'arriver à moi ! à moi ! J'en étais suffoqué et offensé. » Page 152, Péan reprend Gaillard relevant le goût de Mitterrand pour l'aristocratie : « Mon ami Mitterrand, le futur diplomate, a le culte intime de l'aristocratie, mais il explique qu'il entend par aristocratie cette élévation de pensée qui distingue les créatures d'élite. »

Enfin, Pierre Péan signale aussi que Mitterrand, revenu de captivité, publie dans *Le Figaro* du 8 avril 1942, un « grand article » sur le livre de Robert Gaillard, qui a obtenu le prix de l'Académie française. La première édition de *Mes évasions* paraît avec une préface de Paul Marion, ministre de la Propagande de Vichy. « Mitterrand explique notamment que ce livre existe grâce à lui car, non seulement, il a assuré l'auteur "de l'intérêt et du profit que trouverait un large public dans des pages si véridiques", mais c'est lui qui a apporté le manuscrit à la censure du stalag, dont il revint sans incident [2]. »

1. Robert Gaillard, *Mes évasions*, Dumas, 1946.

2. Pierre Péan, *Une jeunesse française*, *op. cit.* Les citations qui suivent sont extraites du même ouvrage.

Une note agrémente cette dernière évocation de Robert Gaillard :

« Gaillard va quitter le stalag IX A dans des conditions peu honorables et tiendra à la mi-1942 la rubrique “Prisonnier” dans le journal *Révolution nationale*, l’organe du MSR[1] de Deloncle, financé par le patron de l’Oréal Eugène Schueller. François Mitterrand continuera à le voir épisodiquement. »

« Dans mes entretiens pour écrire ce livre, j’étais tombé sur un autre détenu, un docteur, qui avait gardé une dent contre Gaillard, se souvient Pierre Péan. Pour sortir du camp plus vite que d’autres, ce dernier avait fait croire qu’il était père d’une famille nombreuse, et avait donc pu obtenir son billet de sortie à la place d’un autre… À la sortie du livre, j’ai été très attaqué, notamment par *Le Monde*, mais le *Canard* m’a soutenu. Je crois que personne n’avait fait attention à cette note de bas de page, ni fait le moindre rapprochement. Ce n’est que deux ans plus tard, en lisant un papier de *Minute* que le ciel m’est tombé sur la tête[2]. » L’article en question lui apprend que le compagnon de Mitterrand n’est autre que le père de Michel Gaillard.

Péan « tombe de l’armoire ». « Je n’avais évidemment pas fait le rapprochement, et si je l’avais fait, je me serais sûrement épargné cette note de bas de page », confie-t-il. Elle va alors lui valoir ses premiers ennuis avec le journal. « J’ai vu Gaillard, et je lui ai proposé de mener une petite enquête et de l’en tenir informé. En fait, il n’a pas donné suite. Il était terriblement mal à l’aise. » Péan comprend qu’avec ses vieux complices de la rue Saint-Honoré, rien ne sera jamais plus comme avant.

Robert Gaillard n’était pas seulement le père de l’actuel directeur du *Canard*, Michel Gaillard. C’était un grand ami du *Canard*. Ses livres sont d’ailleurs présentés dans le film

---

1. Mouvement social-révolutionnaire.
2. Entretien avec l’auteur, 14 mai 2008.

documentaire de Bernard Buissat *Aux quatre coin-coins du Canard*, en 1987. Selon la légende, il aurait renfloué le journal au moment de sa relance par Ernest Raynaud, dit Treno. « Tout le monde disait que Robert Gaillard avait aidé le *Canard*[1] », assure Roland Bacri. « Une pure galéjade !, commente Michel Gaillard. Je le regrette d'ailleurs infiniment car je serais aujourd'hui propriétaire d'une partie du *Canard* et je pourrais, à l'instar des Maréchal, faire part de mes dernières volontés : que mes actions reviennent à ma mort aux salariés du *Canard*. J'ai bien conscience d'avoir raté une place dans l'histoire de la presse[2]. »

Arrivé en 1956 au journal, Bacri s'était en tout cas réjoui de faire la connaissance de Robert Gaillard dont il avait dévoré certains romans d'aventures et de pirates. « Ça l'avait touché que j'ai rapporté tous ses livres d'Alger : *Marie des Isles*, *Marie-Galante*, *40 000 Kilomètres d'aventure...*[3] », se souvient Bacri. C'est par dizaines que les romans de Robert Gaillard se comptent alors dans les librairies, et les gares. L'écrivain introduit son fils, Michel, dans la maison. « Peu de temps après mes débuts, Treno a fait entrer Michel Gaillard, son filleul, le fils d'un Gaillard qui était journaliste et écrivain, a confié Françoise Fuzier dite Paco, l'ancienne secrétaire du *Canard*, à l'historien Laurent Martin. Je devais le former au secrétariat de rédaction. Il avait environ vingt-quatre ans. Comment il est devenu directeur ? Ça s'est fait normalement. Les mots ne sont pas compris de la même façon. Il était directeur, mais c'était surtout pour mettre

1. Entretien avec l'auteur, 25 juin 2008.

2. Courrier de Michel Gaillard aux auteurs, 17 octobre 2008.

3. Il publiera à jet continu, jusqu'au milieu des années 1970, pour l'essentiel chez Fleuve Noir, outre sa série *Marie des Isles* : *Capitaine Le Fort*, *L'Homme de la Jamaïque*, *L'Héritier des isles*, *Les Aventures de Jacques Mervel, gentleman des tropiques*, *Sirène du Pacifique*, *La Volupté et la Haine*, *Gentilshommes d'aventure*, *Les Conjurés de Managua*, *La Conquérante Catalina*, *L'Ouest sauvage...*

quelqu'un de confiance[1]. » Cette arrivée, très recommandée, n'est pas taboue pour Michel Gaillard. « Mon père lisait très régulièrement le *Canard*, de A à Z, a-t-il expliqué à Laurent Martin. Il donnait parfois des échos sur la vie politique de la Côte d'Azur. [...] Journaliste et écrivain, [il] m'a inculqué la passion du secrétariat de rédaction. Il connaissait beaucoup de monde dans la presse parisienne. Il connaissait Treno. Un jour de juin 1966, Treno lui dit qu'il était très ennuyé : un secrétaire de rédaction venait de mourir. Le premier secrétaire de rédaction s'appelait Max de Caminel, que mon père connaissait. Mon père s'offrit à aider Max, m'emmenant avec lui au mois d'août. En septembre, Treno me proposa de rester. J'ai donc abandonné mes études de lettres. On me proposa vite de faire autre chose que la mise en page. L'équipe était réduite, il y avait beaucoup de possibilités. J'ouvrais le courrier, je recevais les visiteurs. Je fis mon premier reportage politique à Toulouse[2]. »

« Michel Gaillard était tout petit, il ne faisait rien, se souvient Bacri. Son père m'avait dit qu'il voulait l'éloigner de ses mauvaises fréquentations à Nice. On l'a envoyé suivre les séances de l'Assemblée nationale[3]. » À la mort de Treno, après trois ou quatre ans d'expérience, le fils Gaillard est « bombardé » chef des infos au moment de la querelle de succession entre Jean Clémentin et Roger Fressoz. « Clémentin avait sûrement trouvé pratique de me nommer chef des infos, note Gaillard. Les choses n'étaient jamais dites, c'était une bagarre qu'on ne comprenait pas. » Comme on l'a vu, Clémentin sort battu. Fressoz s'adjoint Claude Angeli pour les enquêtes, et Michel Gaillard pour « La Mare aux Canards ». Il ne pourra rien y faire. Malgré les arrivées et les départs, il restera « le fils de Robert ». Jean Égen l'écrit dans *Messieurs du Canard* : « Michel Gaillard, trente ans à

---

1. Entretien avec Laurent Martin, 6 février 1995.
2. Entretien avec Laurent Martin, 27 mars 1998.
3. Entretien avec l'auteur, 25 juin 2008.

peine, fils de Robert, est le chef des informations. Il est nyctalope et possède un incomparable odorat. Lorsque, alerté par un parfum de pourriture, il se faufile dans un souterrain, on a beau multiplier les pièges, les trappes, les cloisons à déclic et les déodorants, il avance infailliblement vers la source des exhalaisons[1]. » Évidemment, Égen est en plein fantasme. En réalité, Gaillard est fragile. Sa place d'animateur du *Canard* n'est pas assurée. « Que Michel Gaillard ait pu faire toute sa carrière au *Canard* reste pour moi un mystère complet, assure Claude-Marie Vadrot. À mon arrivée, fin 1974, c'est lui joue le rôle principal après Fressoz. C'est visible toute la semaine et pendant les conférences de rédaction, le mercredi après-midi. Il sera secondé, supplanté, par Angeli, dont la surface d'investigation va rendre beaucoup plus de services au journal[2]. » La légitimité rédactionnelle de Gaillard est souvent contestée, elle le sera d'autant plus à sa nomination comme directeur, en 1993. « Michel ne fait pas d'édito, constate un journaliste. Dans la tradition du *Canard*, le directeur a toujours fait un édito. Pour des raisons qui n'ont pas été exprimées, Michel ne veut pas faire d'édito. Il lit tous les papiers. Il réécrit. Il écrit les nécros – celles de Vautier et de Fressoz –, mais ça s'arrête là. »

L'autre livre qui fournit, sans le dire, une passerelle entre François Mitterrand et le *Canard*, c'est *Une enquête de police sur Le Canard enchaîné* de Christian Plume et Xavier Pasquini[3]. L'enquête des Renseignements généraux qu'ils publient intégralement comporte les fiches de Michel et de Robert Gaillard. Celle de Michel n'apprend rien, hormis peut-être les « sentiments de profonde hostilité à l'égard de la police » qui lui sont prêtés. La fiche de Robert Gaillard, par contre, fait deux pages.

1. Jean Égen, *Messieurs du Canard*, *op. cit.*
2. Entretien avec l'auteur, 7 mai 2008.
3. Christian Plume et Xavier Pasquini, *Une enquête de police sur Le Canard enchaîné*, *op. cit.*

Il est connu comme « pigiste au *Canard enchaîné* ». Il a débuté dans le journalisme en 1927, dans *La Presse*, puis *L'Ami du peuple*, *Le Quotidien*, *L'Écho d'Alger*, dont il a été le correspondant parisien.

« En 1943, il a été nommé directeur du service littéraire au Commissariat au reclassement des prisonniers de guerre.

« Lauréat de plusieurs prix littéraires, M. Gaillard a obtenu notamment, en 1942, le prix Renaudot pour son roman *Les Liens de chaîne* et a été couronné par l'Académie française pour son ouvrage *Mes évasions*. »

Suivent la liste de ses livres – déjà nombreux en 1972 –, les sociétés d'auteurs dont il est membre, ses décorations (Légion d'honneur, Mérite, Arts et Lettres...), et les éventuelles condamnations ou poursuites. Pour Robert Gaillard, il n'y a qu'une affaire, ancienne, et classée.

« Aux archives de la police judiciaire, M. Gaillard Robert est titulaire du dossier F 359.578 pour avoir fait l'objet, en janvier 1945, d'une enquête aux conclusions favorables à la demande du commissariat près la cour de justice, relative à son comportement sous l'Occupation. »

Le Commissariat aux prisonniers ? C'est justement là où François Mitterrand, passé sa dernière évasion, s'installe en juin 1942, comme « fonctionnaire maréchaliste », selon l'expression de Pierre Péan. Quant au dossier d'épuration de Robert Gaillard, il attire d'autant plus l'attention que l'écrivain a décroché deux prix littéraires, dont le Renaudot, en pleine Occupation.

C'est un dossier qui n'a pas été ouvert depuis soixante-trois ans. Précieusement conservé dans un rayonnage des Archives nationales, dans une épaisse enveloppe, le dossier de Robert Gaillard devant la cour de justice du département de la Seine a effectivement été « classé » en janvier 1945. Il est rempli d'attestations, de procès-verbaux. De petits papiers volants, gribouillés, tamponnés.

Robert Gaillard a été arrêté le 22 décembre 1944. La veille, c'est la commission d'épuration du comité local de libération du 14e arrondissement de Paris qui a diffusé un « ordre d'arrestation » à son nom, « avec police ». Motif : « collaboration ».

Le commissaire du quartier, Guy Pezet, résume l'affaire :

« M. Gaillard Robert est parti de son appartement, 2, rue Achille-Luchaire, Paris 14e, avec sa femme et son enfant, en recommandant à sa concierge de ne donner à personne sa nouvelle adresse. Celle-ci était : hôtel de la Boule d'or. Le Lude (Sarthe).

« Son départ coïncide avec le débarquement des alliés en Normandie.

« Il est reparu quinze jours après la libération, armé, habillé en FFI, et accompagné de deux FFI.

« Il est monté chez lui environ une demi-heure.

« La police est venue demander des renseignements sur Robert Gaillard, il y a environ un mois.

« Robert Gaillard est le cofondateur du journal *Germinal.*

« Il était lié avec Masson, ancien commissaire aux prisonniers rapatriés de Vichy.

« Masson était l'intime de Darnand.

Cette bande (Masson-Goujon-Gaillard) a fait l'objet d'un article du *Parisien libéré* du 14 septembre 1944 qui posait la question : “Où est Robert Gaillard ?” »

Robert Gaillard est interpellé chez lui par deux inspecteurs du commissariat du 14e. D'autres policiers retournent fouiller son appartement. C'est la femme de Gaillard qui ouvre. Ils fouillent le deux pièces cuisine, mais ne découvrent « aucun document suspect ». « Dans la salle à manger, est placé sur une chaise un uniforme de sous-lieutenant de l'armée française », relève un inspecteur.

Au commissariat, l'interrogatoire de Gaillard commence. L'article du *Parisien libéré* est sur la table. « L'épuration ne doit pas être une plaisanterie », lit-on au dessus d'une notule assassine. « Où est André Masson, ancien commissaire aux prisonniers rapatriés ? André Masson [...] dont Laval disait en l'entendant brailler à Wagram “qu'il bouffait encore plus qu'il ne gueulait". Car Masson "bouffait", en compagnie des copains, l'argent des prisonniers. Éblouis, il y en est qui doivent se souvenir encore des bombes étourdissantes, rue Meyerbeer, dans le cabinet de M. le commissaire. Robert Gaillard y conduisait, dit-on, jusque dans les bras de Masson, la future vedette du film qu'on devait tirer des *Liens de chaîne*, et dont il avait par avance reçu le prix. Où est Robert Gaillard, cofondateur de *Germinal* ? Où sont Fourneau et Goujon, les durs du mouvement Masson ? [...] 12 millions seraient restés dans les poches de la "bande à Masson". On en parlait, hier, avec prudence car Masson était commissaire du pouvoir et intime de Darnand. Mais aujourd'hui, si du point de vue politique notre justice croit n'avoir rien à reprocher à Masson et à ses acolytes peut-être que, du simple point de vue du droit commun... [1]. »

Avant toute chose, Robert Gaillard tient à préciser qu'il a un homonyme en Belgique, également écrivain... Oui, il était « au courant de l'article du *Parisien libéré* ». Il a même aussitôt envoyé une lettre à son directeur, en lui exposant « les services » qu'il avait « rendus à la Résistance ».

« À l'époque, j'avais fourni plusieurs rapports par semaine à M. François Mitterrand, *alias* Morland, secrétaire général du Mouvement national des prisonniers de guerre et déportés, et à M. Louis-Jean Finot du groupe "Résistance". [...] Dénoncé par la Gestapo et sur le point d'être arrêté, j'ai quitté Paris le 15 mai pour Le Lude (Sarthe). »

Sur place, il s'enrôle dans la Résistance, assure-t-il : « Jusqu'à l'époque du débarquement, je me suis occupé de l'armement des résistants. » Par la suite, il a été nommé délégué militaire adjoint à Tours, avec le grade de sous-lieutenant. Gaillard fournit quelques noms. Il précise qu'il n'est pas le cofondateur du journal *Germinal*. « J'ai simplement écrit à la demande de Claude Jamet, que je ne connaissais

1. *Le Parisien libéré*, 14 septembre 1944.

d'ailleurs pas, deux articles », explique-t-il. Puis il est réinterrogé sur ces « rapports secrets » transmis à la Résistance.

« À la demande de M. François Mitterrand, j'ai travaillé à entrer le plus possible en contact avec M. André Masson, ce qui n'a pas été facile car j'ai été le seul fonctionnaire à ne pas vouloir adhérer au mouvement Prisonniers créé par Masson. »

Pour répondre au *Parisien libéré*, Gaillard confie qu'il a bien organisé un déjeuner aux Champs-Élysées avec la vedette pressentie de son film, une actrice très en vue [1], que Masson voulait rencontrer. Mais le film ne s'est pas fait. Masson exigeait qu'on fasse une « adroite publicité » pour son mouvement Prisonniers. Gaillard explique aussi son arrivée au Commissariat aux prisonniers.

« Lorsque j'eus obtenu, fin 1942, le prix Théophraste-Renaudot pour mon livre *Liens de chaîne*, le commissaire aux prisonniers, Maurice Pinot, m'offrit de m'occuper d'un service pour la défense auprès des éditeurs des œuvres des écrivains prisonniers. J'acceptai, mais M. Pinot ayant été révoqué au début de janvier 1943, son successeur, M. Masson, m'offrit le même poste que j'acceptai. J'ai appartenu au Commissariat aux prisonniers de janvier 1943 à mai 1944. »

Il précise qu'il n'a « jamais appartenu à aucun parti politique », qu'il n'a fait que tenir la rubrique « Prisonniers » dans *Aujourd'hui*, puis d'écrire des articles littéraires, çà et là.

« Enfin, j'ai publié quelques articles littéraires dans *France-Europe* avec l'autorisation de M. François Mitterrand. »

Robert Gaillard a réussi à citer trois fois le nom de Mitterrand durant son interrogatoire. Le dossier est transmis à la cour de justice par le commissaire Pezet.

1. Lise Delamare.

C'est l'inspecteur Orsoni, de la PJ, qui reprend le dossier, et vérifie un à un les « alibis » de Gaillard. La plupart des personnes citées lui remettent des attestations qui sont jointes au dossier.

La première est la plus importante. C'est celle de François Mitterrand bien sûr : datée du 8 janvier 1945, elle est tapée sur du papier à en-tête du Mouvement national des prisonniers de guerre et déportés (MNPGD) qu'il préside.

« Attestation.

« Au Commissariat général aux prisonniers, Robert Gaillard m'a fourni des rapports sur les malversations commises dans l'entourage d'André Masson dans cet organisme.

« Il m'a également fourni des notes secrètes d'information émanant du cabinet Laval.

« Lors de son entrée au journal *France-Europe*, je lui ai donné l'assurance qu'en raison des services qu'il pourrait nous y rendre, il ne se le verrait pas un jour reproché.

« J'ai connu Robert Gaillard en captivité. Il y a toujours manifesté des sentiments patriotiques indiscutables.

« Le Président :

« F. Mitterrand »

Cette simple lettre vaudrait quitus. Mais il y en a d'autres. Louis-Jean Finot, qui certifie que Robert Gaillard, revenant de captivité, n'avait « pas caché ses sentiments antiallemands », et avait raconté les « rudes représailles » subies dans son camp « parce qu'il avait été un collaborateur du ministre Georges Mandel ».

« Par la suite nous nous rencontrâmes très fréquemment et Robert Gaillard put à maintes reprises me donner des renseignements intéressants. Il me fit connaître François Mitterrand (Morland dans la Résistance) avec qui il travaillait plus spécialement et auprès de qui il prenait conseil pour son activité littéraire. »

Finot avait suivi aussi les publications de Gaillard. Il était en mesure d'assurer que ce dernier « surveilla les malversations » commises au Commissariat aux prisonniers, et « les fit connaître à la Résistance ».

Un certain Jean Mayette, ancien directeur des services intérieurs du Commissariat aux prisonniers, qui a connu Gaillard en janvier 1943, délivre aussi une attestation.

« Dès que nous nous sommes mieux connus, Robert Gaillard ne m'a pas démenti qu'il fournissait à des gens de la Résistance des renseignements sur le commissariat. Je lui ai moi-même dès lors fourni des informations, tant sur ce qui se passait au commissariat que ce que je pouvais apprendre sur ce qui se faisait et se disait dans l'entourage des ministres de Vichy.

« Il m'a été facile de constater que Robert Gaillard travaillait beaucoup avec F. Mitterrand, d'autant plus qu'à diverses reprises il lui a été reproché devant moi d'avoir des relations avec lui, d'avoir dîné avec lui, et j'ai pu assister à une espèce d'interrogatoire, qui lui fut imposé sur Mitterrand. On a même essayé de l'émouvoir en lui annonçant qu'il avait été arrêté. [...]

« Vers le mois d'avril 1944, Robert Gaillard a démissionné du commissariat par une lettre retentissante rendue publique dans laquelle il reprochait au commissaire de laisser s'accomplir des malversations s'élevant à plusieurs millions. Quelques jours plus tard, ayant moi-même surpris une conversation, je le prévins qu'il avait été dénoncé à un Allemand, ainsi que Mitterrand. Robert Gaillard me demanda de l'aider à fuir avec sa famille. Je lui procurais des fiches d'admission de chemin de fer et l'aidai à partir. Robert Gaillard se réfugia dans un petit village de la Sarthe où il avait un ami. »

Deux militaires sont entendus sur l'enrôlement de Gaillard dans la Sarthe, où il a, semble-t-il, rendu de « bons services ». L'inspecteur Orsoni réunit aussi les articles écrits par Gaillard. Le ministère de l'Information en a délivré une liste partielle, en signalant que « les renseignements recueillis sur le nommé Gaillard sont défavorables ». « Il aurait été un collaborateur notoire et recevait très souvent Georges Suarez à sa table », signale-t-on. Suarez, directeur de l'hebdomadaire *Aujourd'hui*, est l'un des rares journalistes collaborateurs condamnés à mort à la Libération. La concierge de Gaillard témoignera qu'il « recevait habituellement à son domicile le journaliste Georges Suarez ». Les journaux et publications auxquelles Gaillard a collaboré sont nombreux : *Aujourd'hui*, *Paris-Soir*, *La Gerbe*, *France-Europe*, *Les Nouveaux Temps*, *Révolution nationale*, *Germinal*. Les policiers constituent une liste d'articles publiés, et tentent d'en faire un classement.

C'est dans ces journaux qu'on peut se faire une idée de son engagement. Après avoir quitté, comme Mitterrand, le stalag IX A, Robert Gaillard réapparaît à Paris, comme journaliste, dans l'hebdomadaire *Révolution nationale*. Ce journal a été « l'organe de combat » du Mouvement social-révolutionnaire, avant de se muer – en mai 1942 – en « hebdomadaire politique et littéraire » – avec les mêmes collaborateurs. « Un chef, un parti, une nation », clame l'hebdomadaire sur six colonnes, en février 1941. « Au lieu précis que nous occupons, il n'y a pas de place pour un autre que nous » lance Eugène Deloncle, l'un des cofondateurs de La Cagoule. « Dans le peuple français, les vertus traditionnelles de nos races de base aryanisées vivent toujours, écrit Georges Soulès, mais de façon parfois souterraine et latente. Parfois, comme aujourd'hui, ces vertus sont atrophiées. Mais elles peuvent toujours, nous en sommes certains, être régénérées : il suffit de le vouloir. [...] Le MSR est un parti raciste, c'est pour cela qu'il est populaire. C'est pour cela aussi qu'il se fonde sur les assises les plus solides de la nation[1]. »

En juin 1942, *Révolution nationale* publie un « Hommage à Darquier de Pellepoix », le commissaire général aux

1. *Révolution nationale*, 1er février 1941.

questions juives : « Darquier a bien mérité. Bien mérité de ses camarades de combat. Lui comme nous, il appelait cette lutte un combat. Il s'écriait : les bons Juifs sont peut-être plus dangereux que les autres. Quant à moi, je fais la guerre et je refuse de faire des différences entre les envahisseurs. Je tire dans le tas. Comme on respire mieux en se rappelant ces phrases, ces phrases d'homme ! Pour lui, il y avait l'invasion des Juifs. Certains se déguisaient en catholiques, en naturalisés ; mais il refusait de se laisser tromper. Il les traitait en bloc, en ennemis [1]. » Dans ces colonnes, Darquier de Pellepoix est le « sauveteur ». On le supplie de publier ses interventions « en brochure pour les jeunes Français ». Parfois on n'écrit même plus « juif » mais « youtre ». Les caricatures antisémites font cinq colonnes. Le 11 juillet 1942, cinq jours avant les premières rafles de Juifs à Paris, Robert Gaillard y publie son premier article dans une nouvelle rubrique : « Nos prisonniers ». On y apprend que l'ami de Mitterrand a eu « l'occasion de lire en trois mois quelque 300 manuscrits de prisonniers ». Il a donc sûrement déjà pris contact avec le service littéraire du Commissariat aux prisonniers, qu'il dirigera en 1943.

« L'art y est souvent hésitant, le talent n'a pas également armé toutes les plumes, mais on reste stupéfait devant l'immense espoir que referment ces pages. [...] Ces heures de méditation, dans des conditions qui obligent l'être à mieux écouter son cœur, ne peuvent qu'apporter un enrichissement dont nous profiterons tous, la Révolution nationale en particulier, à leur retour. »

Au fil des semaines, Robert Gaillard plaide en faveur de « la relève » : l'engagement de travailleurs volontaires en Allemagne conditionne les libérations de prisonniers de guerre [2] – « Des droits et des devoirs », « Relevez-les ! » En

1. *Révolution nationale*, 21 juin 1942.

2. Un prisonnier est libéré moyennant l'envoi de trois travailleurs. La relève préfigure le service du travail obligatoire créé en février 1943.

août 1942, il réclame la peine de mort pour ceux qui volent les colis des prisonniers. « Les faits divers nous montrent bien quel aspect farce peut prendre un pays qui parle de Révolution nationale, quand tout le monde s'endort, quand les magistrats jouent les guignols [...]. Deux chefs de train, arrêtés pour vol de colis de prisonniers, n'ont été détenus que quarante-huit heures avant de reprendre leur travail. Enfin, songe-t-on aux privations que s'imposent les familles pour arriver à remplir un cartonnage de trois kilos ? C'est un double vol qu'ont commis ces personnages. Mais plus coupables qu'eux sont les juges. On réclame la peine de mort pour les voleurs de colis de prisonniers. Et on finira par réclamer la peine de mort également pour ceux qui auront été complices [1]. »

La mort, le journal la réclame aussi pour les Juifs. Début septembre 1942, une caricature antisémite est sous-titrée « Et la corde est toujours sans pendu ». À côté de ce dessin, *Révolution nationale* annonce qu'elle va publier en feuilleton un « roman d'aventures » de Robert Gaillard, *La Severa*. Dans sa rubrique, Gaillard salue l'ouverture des maisons du prisonnier dans le Nord et le Pas-de-Calais. « Ces départements qui portent leurs blessures ouvertes et sur lesquelles il n'a encore été mis aucun pansement, fournissent le plus bel exemple de charité et d'entraide que réclame la Révolution nationale pour être et exister [2]. » Sous cette chronique, un article « Nice en Judée » dénonce « l'effarante exhibition de Sémites de tous poils (au sens propre) et de tous ramages » sur une plage de Nice. Deux semaines plus tard, *Révolution nationale* publie une « liste de ces amis des Juifs » ayant soutenu le journal *Le Droit de vivre*, en 1936. « On aimerait terminer par la formule consacrée : tout ce joli monde a été envoyé au dépôt. Hélas ! »

1. « La peine de mort ! », *Révolution nationale*, 15 août 1942.
2. « Souffrir pour devenir plus charitable », *Révolution nationale*, 5 septembre 1942.

Le 10 octobre 1942, Robert Gaillard rédige lui-même l'éditorial de *Révolution nationale*. Ce texte permet de mesurer l'esprit « résistant » ou « antiallemand » qu'on lui prêtera plus tard. Il l'intitule « L'âge de la méduse », parce que « le Français » lui paraît être « entré résolument et allégrement dans l'ère de l'invertébré ».

« Aujourd'hui que les dépêches d'agence nous apprennent que les Américains débarquent des troupes au Congo français, occupé par de Gaulle, au Cameroun, au Liberia, et dans la Sierra Leone, on ne peut s'empêcher de penser qu'il est bien dommage de ne pas avoir neutralisé, alors qu'il en était temps, ces enclaves qui peuvent servir de base à une invasion progressive du continent africain. De ces terres d'Afrique occidentale, qui regorgent de troupes anglo-saxonnes, peut partir, d'un instant à l'autre, une terrible offensive. [...] Son empire perdu, la France n'a plus rien, et la menace qui plane sur l'Afrique est d'une si extrême gravité qu'elle peut, du jour au lendemain, si nous n'avons pas le réflexe assez vif, si nous tardons, si nous perdons notre temps, si nous ne rejetons pas nos incertitudes, bref si nous ne jouons pas la carte, la menace peut, dis-je, rayer des atlas du monde, jusqu'au nom de France. Cela va-t-il réveiller la méduse qui rêve entre deux eaux ? Espérons-le. Souhaitons-le. Bon, il faut donc défendre l'empire. Il faut le défendre, pour tous nos moyens, et par tous les moyens. »

Deux ans plus tard, l'homme s'occupera des parachutages alliés... Jusqu'à la fin de l'année 1942, Robert Gaillard continuera à nourrir sa chronique des prisonniers dans *Révolution nationale*. Il menace au passage d'expédition punitive, les journalistes qui se moquent des prisonniers (« Il y a des salauds [1] »). « J'aimerais que fussent donnés des ordres qui boucleront le becs de trop haut parleurs », lance-t-il durement.

1. *Révolution nationale*, 17 octobre 1942.

Simultanément, dès le mois de septembre 1942, il est aussi recruté par Georges Suarez, le directeur du quotidien *Aujourd'hui*. Ses premiers articles concernent le ravitaillement[1], puis il couvre l'actualité du retour des prisonniers, sa spécialité. Non pas qu'*Aujourd'hui* soit moins politique que *Révolution nationale*. L'éditorial de Georges Suarez, le 10 septembre 1942, le montre assez bien : « Une arme pour la France : l'otage ». « Nous sommes désarmés, dira-t-on. Pas tant que cela. Faute d'armes, nous avons des moyens. Les Juifs qui ripaillent sur la Côte d'Azur, les sujets britanniques et américains qui complotent dans les palaces, les provocateurs gaullistes qui acclament les massacreurs feraient de fameux otages pour un gouvernement décidé à mettre un point final aux crimes de l'aviation britannique. » Il est sûr que pour l'opinion publique, les « individus » comme ceux qui ont insulté le maréchal Pétain « seraient mieux à leur place dans un camp de concentration qu'en liberté ».

Aujourd'hui collabore sur huit colonnes à la une, comme l'atteste sa manchette le 1er octobre 1942 : « LE FÜHRER DRESSE LE BILAN d'une année de combats victorieux ; "Un monde ancien a été amené à s'écrouler : aucun État bourgeois ne survivra à cette guerre" ». Ou encore celle du 12 novembre 1942 qui annonce « UN MESSAGE DU FÜHRER AUX FRANÇAIS ».

Pendant ce temps, Robert Gaillard, envoyé spécial d'*Aujourd'hui*, écrit de nombreux articles sur le retour des prisonniers, depuis leurs gares d'arrivée, généralement Compiègne. « Relève ! C'est notre mot. Il représente la grande œuvre entreprise par le président Pierre Laval. C'est le mot de la collaboration et de l'Europe nouvelle », s'écrie

---

1. « Quand le cuivre se transmue en vin », 8 septembre ; « La répartition du beurre et la constitution du stock de pommes de terre font des mécontents », 19 septembre ; « Pommes de terre, pâtes alimentaires et matières grasses sont les premiers soucis du ravitaillement », 8 octobre.

un préfet. À la fin de ce discours, les cris éclatent : « Vive la France ! Vive le Maréchal ! Vive Laval ! » Réception « émouvante [1] », dit Gaillard. En novembre, il se dit « émerveillé » par le travail de distribution de colis de Noël aux prisonniers. « Profitons de l'occasion qui nous est offerte pour réclamer de nouveau les plus sévères sanctions contre les voleurs de paquets [2]. »

Les arrivées à Compiègne se suivent et se ressemblent. Mais, le 21 décembre, c'est Robert Gaillard lui-même qui fait la une de son journal, où il apparaît même en photo, cigarette aux lèvres : « Le Théophraste-Renaudot à notre collaborateur Robert Gaillard ».

« Toute la rédaction d'*Aujourd'hui* est heureuse et fière de compter parmi ses membres – et pour la seconde fois – le lauréat du Renaudot dont on sait le beau palmarès. Robert Gaillard est élu pour un roman : *Les Liens de chaîne* (que l'on n'a pas manqué non plus de signaler à nos lecteurs) qui est un livre d'un mouvement vif, alerte, s'agissant d'un livre où l'on retrouve les qualités de l'homme, ce don d'animer, ce don de voir [...] qui sont les dons même du conteur-né et du journaliste de classe. Il collabore également à *Comedia*, et à *Révolution nationale*. » Une autre gazette antisémite, *Les Nouveaux Temps*, salue aussi l'attribution du prix à Gaillard, pour *Les Liens de chaîne*, « qui est un excellent roman [...]. Roman de guerre et de captivité, mûri par ce bon et jeune écrivain dans la tristesse du stalag [3]. »

Le journal *France-Europe* enfin, « l'organe de l'Unité française pour la révolution nationale », signale « un prix mérité [4] ». « En décernant son prix à notre excellent confrère Robert Gaillard, le jury du Théophraste-Renaudot a couronné

1. *Aujourd'hui*, 10 octobre 1942.
2. *Aujourd'hui*, 21 novembre 1942.
3. *Les Nouveaux temps*, 20 décembre 1942.
4. *France-Europe*, 24 décembre 1942. Les citations qui suivent sont extraites de la même source.

non seulement un écrivain de talent, mais aussi un Français courageux et clairvoyant. » Ce même jour, et alors que les convois pour Auschwitz partent, remplis de Juifs raflés depuis le mois de juin, *France-Europe* titre : « JUIFS... hors de France ! » « Il y a deux ans nous réclamions des arrestations massives [...]. Aujourd'hui, les deux tiers de la population sont enjuivés, consciemment ou inconsciemment. » Un « pogrom » aux conséquences imprévisibles risque de se produire, assure *France-Europe*. « Un moyen d'y parer consiste à séparer les Juifs une bonne fois pour toutes du reste de la population. Aucune considération sentimentale ne peut prévaloir devant le mal déjà fait et à faire. »

En janvier 1943, la révocation du commissaire général aux prisonniers Maurice Pinot entraîne la démission, par solidarité, de François Mitterrand. Pinot, qui s'estime « chassé », quoique fidèle au maréchal Pétain, refuse l'embrigadement politique des anciens prisonniers[1]. Dans *France-Europe*, le nouveau commissaire, André Masson, est justement célébré pour cette idée : « Un homme, un programme, un chef. André Masson avec les anciens prisonniers peut et doit donner à la Révolution nationale l'impulsion qui lui a jusqu'ici manqué[2]. » « Il manquait aux rapatriés un chef qui soit un révolutionnaire. Le Maréchal et M. Pierre Laval viennent de leur en désigner un, et c'est sans doute une impulsion décisive qui vient d'être donnée à la Révolution nationale. [...] Ce qui manquait c'était l'âme des Stalag, l'âme du peuple. » C'est Masson qui nomme Robert Gaillard responsable du service littéraire du commissariat ; trois mois plus tard, en avril 1943, Masson crée le mouvement Prisonniers.

1. Pierre Péan, *Une jeunesse française*, *op. cit.*
2. *France-Europe*, 30 janvier 1943.

Célébré une nouvelle fois en une de *France-Europe* en octobre 1943 [1], Robert Gaillard rejoint finalement ce journal pour sa chronique littéraire « À travers les livres », mais il se garde alors de toute prise de position politique. Se contentant de chroniquer les livres parus, ou ses auteurs préférés. Toujours des romans. Robert Gaillard n'évoque plus la Révolution nationale. Ni l'empire à défendre. Il dit son hostilité au cinéma. « J'ai fréquenté ces derniers temps ces "milieux" de cinéma, écrit-il. Après chaque contact, je n'avais qu'une idée, sauter dans ma baignoire comme au casse-pipe quand on avait bien pataugé dans la bouillasse et la merdaille. » « Je me borne à lire chaque semaine les critiques dramatiques et cinématographiques de *Révolution nationale*, de *La Gerbe*, et de *Je suis partout*, c'est ma manière de me tenir au courant et mes confrères mettent dans leurs considérations un grain de sel qui me réjouit l'œsophage [2]. » Plus de politique, il aime *Visages de corsaires*, ou encore *L'Or du Cristobal* [3]. Il a eu la grippe, et il a adoré *Guignol's Band* de Céline. Il disserte sur la « littérature et l'art », « pèlerins et prophètes », l'« esprit français »...

Les policiers chargés par la cour de justice du département de la Seine de l'examen des articles de Robert Gaillard concluent qu'ils semblent n'avoir « aucune tendance politique, ni collaborationniste ». Leur rapport au commissaire du gouvernement près la cour se contente d'exposer les déclarations à décharge. Aucune vérification n'a été entreprise. Et aucun témoin entendu, hormis ceux désignés par Robert Gaillard. Le rapport est transmis, le 31 janvier 1945, avec les attestations signées. Sans commentaire, ni analyse. L'attestation de François Mitterrand est le premier document qu'on y trouve. Un mot manuscrit, un seul, signale la

1. « Robert Gaillard nous parle de la Severa, la gitane maudite », *France-Europe*, 9 octobre 1943.
2. *France-Europe*, 4 février 1944.
3. *France-Europe*, 16 mars 1944.

conclusion du commissaire du gouvernement : « classer ». François Mitterrand avait donc sorti Robert Gaillard d'affaire. Difficile d'imaginer ce qui lui serait arrivé sans la précieuse attestation du président du Mouvement national des prisonniers de guerre et déportés. Si la commission de la presse du Conseil national de la Résistance avait établi une liste de 93 personnes à poursuivre, plusieurs centaines de journalistes ont effectivement été incarcérés à la Libération [1]. Et cinq d'entre eux ont été condamnés à mort et exécutés, dont Georges Suarez. Impossible de dire si ce compagnonnage de stalag, cette rencontre au Commissariat aux prisonniers, et enfin cette attestation en forme de sauf-conduit délivrée après guerre avaient constitué ou pas des gages d'amitié ou de fidélité, pour Robert Gaillard et François Mitterrand.

Refusant de nous rencontrer pour évoquer ces épisodes passés, Michel Gaillard nous a fait parvenir cette brève explication sur son père : « Il a été prisonnier dans le même stalag que Mitterrand et, plus tard, il a fait partie de son réseau de résistance. Après la guerre, ils ont correspondu un moment puis se sont totalement perdus de vue. De mon côté, je n'ai jamais rencontré Mitterrand [2]. » Au moment de terminer ce livre, dans un bref échange téléphonique, Michel Gaillard évoquera les « ennuis » de son père à la Libération, soulignant à juste titre qu'il avait été « blanchi totalement ». « Mon père a même reçu une médaille de la résistance polonaise. Quoi qu'il en soit, je ne suis pas responsable de mon père, mais je ne l'ai jamais vu déraper, a-t-il souligné. J'ai même été élevé dans la haine du boche [3]. » Dont acte.

1. Eva Berg Gravensten, *La Quatrième Arme, la presse française sous l'Occupation*, Esprit ouvert, 2001.
2. Courrier de Michel Gaillard aux auteurs, 17 octobre 2008.
3. Cette communication a eu lieu le 30 octobre 2008.

23

« Nous, on veut bien ! »

La collaboration était un malaise ancien pour le *Canard*. Un malaise bien français que l'engagement politique de Nicolas Brimo ou de Claude Angeli ne pouvait ni compenser, ni effacer, et qui expliquait aussi les compagnonnages, les silences, les impasses. L'explication est à trouver soixante-huit ans en arrière. Pendant l'Occupation.

Maurice Maréchal, le fondateur du *Canard*, meurt à Vichy, le 15 février 1942, d'une longue maladie. Le *Canard* a cessé de paraître près de deux ans plus tôt, le 5 juin 1940, une semaine avant l'entrée des troupes allemandes dans Paris. Mais ses journalistes se sont, dans leur majorité, dispersés dans la presse parisienne. Collaboratrice. « Que de retournements de veste dans la presse ! » s'indigne, dans son journal intime Jean Galtier-Boissière, ancien du *Canard* et fondateur du très droitier *Crapouillot*, le 26 juin 1941. « Un pacifiste intégral est secrétaire de rédaction du *Matin* nazi. Un autre est rédacteur à *L'Œuvre* de Déat. Suarez qui a vitupéré Hitler pendant dix ans est rédacteur en chef de l'hitlérien *Aujourd'hui*. Luc Durtain qui fut bolchevisant n'hésite pas à signer aux *Nouveaux Temps*, journal d'affaires allemand de Luchaire [1]. »

---

1. Jean Galtier-Boissière, *Journal 1940-1950*, Quai Voltaire, 1992.

Durant les premiers mois de la guerre, Galtier-Boissière avait rejoint Henri Jeanson, lui aussi ancien du *Canard*, à la rédaction d'*Aujourd'hui*, de septembre à novembre 1940, avant de se tenir à l'écart de la presse collaboratrice. Le 20 décembre 1941, il s'en prend à l'équipe de son ancien journal.

« Lorsque je quittai le *Canard* où l'on entendait censurer mes papiers, un petit cloporte de rédaction fut chargé de répondre aux fidèles lecteurs qui demandaient où j'écrivais qu'il convenait de me chercher du côté de *L'Émancipation nationale* de Doriot ou du *Matin* de Bunau-Varilla.

« Quelques années ont passé, la guerre est venue et j'ai refusé de faire paraître *Le Crapouillot* sous l'Occupation. Que sont devenus par contre les "purs" du *Canard* ? Si Pierre Bénard ne s'est pas mouillé, André Guérin est aujourd'hui rédacteur en chef de *L'Œuvre* de Déat où il a retrouvé La Fouchardière, mis jadis à la porte par Maréchal et l'objecteur de conscience René Gérin. Auguste Nardy, gérant du *Canard*, signe dans la même feuille des reportages du plus mauvais aloi. Pedro dessine à *Je suis partout*. Quant à Jules Rivet, le grand indépendant à lavallière, l'anar des anars, ce brave Jules qui, pendant vingt ans, a vitupéré la grande presse pourrie… Il a un contrat au *Petit Parisien*. Oh pas celui des infâmes capitalistes Dupuy, mais *Le Petit Parisien* des hitlériens Jeantet et Laubreaux, le plus emboché des journaux boches de Paris. "C'est tout", comme disait ce vieux *Canard* du bon temps [1]. »

En réalité, l'ex-rédacteur en chef du *Canard*, Pierre Bénard est parti travailler à Clermont-Ferrand, au journal *La Montagne*, et ce, jusqu'en août 1943. Et il se « mouille » en intégrant la Résistance qui le recrute au printemps 1944 pour réaliser le journal clandestin *Défense de la France*. Il collabore aussi aux *Lettres françaises* clandestines. Mais avec André Sauger, Bénard est au *Canard* l'exception qui

1. *Ibid.*

confirme la règle. Le *Canard* a couvé plus de collaborateurs que de héros. Des chroniqueurs du *Canard*, Henri Jeanson a été le plus rapide à s'engager. En prenant la direction du quotidien *Aujourd'hui*, le 10 septembre 1940, il clame haut et fort son parti pris en faveur de la collaboration. « Pendant des années, les grandes tribunes de la grande presse ont été occupées, monopolisées par les émissaires de l'imposture, écrit-il. Les journaux des 200 familles qui composaient la république des camarades nous ont traité d'apatrides et de défaitistes, leurs policiers nous ont arrêtés, leurs juges nous ont condamnés, mais leur défaite nous a libérés. Cette défaite n'a pas libéré que nous. Elle aura ceci de bon qu'elle a aussi libéré la France des trusts, des banques et des radicaux-socialistes[1]. » La « raison d'être » d'*Aujourd'hui* est claire : « Nous voulons qu'*Aujourd'hui* participe activement à la renaissance française, explique le quotidien. Le peuple doit savoir que la guerre actuelle est une guerre constructive, qu'il aurait pu éviter s'il avait eu le courage nécessaire pour se débarrasser d'un gouvernement et d'une administration indigne. [...] L'Allemagne a compris la première et ne pouvant discuter avec la ploutocratie et le capitalisme taré, elle a préparé la croisade de l'émancipation des peuples d'Europe. [...] Il ne suffit pas de liquider les hommes (politiciens fonctionnaires, francs-maçons et ploutocrates israélites), il faut détruire leur œuvre de mort pour la nation laborieuse[2]. » Dans sa nouvelle gazette, Henri Jeanson prône donc « l'entente totale avec l'Allemagne ». « L'animateur [d'*Aujourd'hui*] venait du *Canard enchaîné* et du *Crapouillot*, tous les deux sabordés, explique Pascal Ory, ses dialogues de films étaient dans toutes les oreilles, les longs mois de prison auxquels il avait goûté pendant la "drôle de guerre" pour propagande pacifiste pouvaient servir de garantie. Ses attaques contre l'ordre moral de Vichy ne

1. « Vérité mon beau souci », *Aujourd'hui*, 10 octobre 1940.
2. « Aujourd'hui : sa raison d'être », *Aujourd'hui*, le 10 octobre 1940.

suffiraient pas à lui attirer les foudres de la *Propaganda*[1], qui en a suscité bien d'autres. Mais qu'il refuse de chanter les louanges de Montoire, et l'on voit bien que l'on a fait fausse route. Jeanson sera congédié, plus tard incarcéré[2]. »

Cette glissade collaboratrice s'expliquait-elle par le pacifisme inscrit dans les gènes du *Canard* ? Ce sera la thèse, dans les années 1950, de Jean Dutourd, judicieusement signalée par l'historien Laurent Martin[3] : « Au *Canard enchaîné*, ce flambeau de l'intelligence, revient la gloire d'avoir énoncé la devise de la France actuelle : "Nous, on veut bien !" Formule ironique et désabusée, que l'on prononce avec un haussement d'épaules devant le spectacle du monde, parole de sage, qui conjugue à merveille, au prix d'une faute de français, l'indulgence et le mépris. Hélas ! *Le Canard enchaîné*, sans le savoir, avait trouvé la devise de l'esclavage. À force de répéter : "Nous, on veut bien !" on a *bien voulu* perdre la guerre, être occupé, être déshonoré, être foulé aux pieds ; on a bien voulu les chambres à gaz et le camp de Buchenwald, et le reste. Lira-t-on un jour dans un journal, entendra-t-on un jour, crié par quelques millions de personnes : "Nous, on ne veut pas" ? "La guerre n'est pas si onéreuse que la servitude", disait Vauvenargues. Vieille vérité que chaque événement confirme. Il faut toujours choisir entre Verdun et Dachau[4]. » L'antisémitisme avait fait aussi son apparition dans les colonnes du *Canard* d'avant guerre. « *Le Droit de vivre* [le journal de la LICA, Ligue internationale contre l'antisémitisme] polémique durement avec les journalistes de gauche qui flirtent sournoisement avec l'antisémitisme, et pour partie avec le nazisme : parmi lesquels Jules Rivet, l'anarcho-pacifiste du

1. La *Propaganda Staffel*, service allemand de contrôle de la presse.
2. Pascal Ory, *Les Collaborateurs 1940-1945*, Le Seuil, 1977.
3. Laurent Martin, *Le Canard enchaîné ou les Fortunes de la vertu*, *op. cit.*
4. Jean Dutourd, *Les Taxis de la Marne*, Gallimard, 1956.

Canard enchaîné ; Alexandre Breffort, le pacifiste intégral de *La Patrie humaine* [1] », signale l'historien Simon Epstein.

Ancien chauffeur de taxi, chroniqueur au *Canard* avant guerre, Breffort prit un autre chemin que Rivet en quittant la France, dès le mois d'août 1939 pour la Belgique, puis la Hollande et la Norvège. De retour à Paris, il fera quatre mois de prison pour insoumission en 1942, sans qu'on sache ce qu'il devient jusqu'en 1945.

De son côté, Ernest Raynaud, dit Treno, rédacteur avant guerre et futur directeur du *Canard*, mobilisé et fait prisonnier par les Allemands, réussit à s'évader en 1941. Ce passé de prisonnier le rapprochera sûrement de Robert Gaillard. À son retour en France, Treno rejoint à *Guignol*, un petit hebdomadaire « humoristique » lyonnais ronéotypé, une autre plume du *Canard* d'avant, Roger Salardenne, jusqu'à la fin de la guerre [2]. On trouve dans *Guignol* des nouvelles des prisonniers lyonnais du stalag IX, mais surtout une chronique de la vie quotidienne à Lyon – sans aucune allusion politique : rations de tabac, de viande, ramassage des enfants, la mode des chapeaux féminins, et autres « potins régionaux ». « Tel quel, le cas de Treno nous entraîne déjà vers les redoutables questions que pose la collaboration à des organes de presse visés par la censure allemande et/ou française entre 1940 et 1944, analyse Laurent Martin. Tout collaborateur à de tels journaux était-il un "collaborateur" ? Plus généralement, suffit-il d'avoir participé de près ou de loin à une entreprise liée directement ou indirectement à l'occupant allemand pour être taxé de pronazisme ou de pétainisme [3] ? » Martin suggère de distinguer la collaboration « chaude » de la collaboration « froide ». Difficile.

1. Simon Epstein, *Un paradoxe français, antiracistes dans la collaboration, antisémites dans la Résistance*, Albin Michel, 2008.

2. Il eut à la fin de la guerre des contacts avec la Résistance, selon l'entretien accordé par son fils à Laurent Martin.

3. Laurent Martin, *Le Canard enchaîné ou les Fortunes de la vertu*, *op. cit.*

Même au sujet des dessinateurs. « Monier et Ferjac dessinèrent des albums pour enfants pour l'éditeur Gründ et des illustrations, expose Martin. Ferjac et Picq firent de la scène [...]. D'autres dessinateurs allèrent jusqu'à la collaboration "chaude" : Firck, Pruvost, Pedro, Bour, Dubosc travaillèrent pour des journaux de zone Nord comme de zone Sud, et s'ils "contribuèrent fort discrètement à la vague d'antisémitisme qui agita les journaux, [ils] s'attaquèrent aux alliés responsables de la poursuite du conflit [1]". »

À la reparution du *Canard*, le 6 septembre 1944, peu après la libération de Paris, il était logique que Pierre Bénard, son rédacteur en chef résistant, reprenne la plume. Il rendit hommage au fondateur Maurice Maréchal qui n'était plus de la partie. « Il fut un de ceux qui ne désespérèrent jamais, écrit Bénard. Il était l'homme le plus généreux et le plus simple. Ce journal, c'était son esprit. S'il n'écrivait pas tous les articles, il les inspirait tous. Et aujourd'hui encore, en livrant notre copie aux typos, nous nous demandons : "Qu'en penserait Maréchal" ? »

Jeanne Maréchal, sa femme, est d'ailleurs la directrice du journal qui reparaît. Bénard prévient les lecteurs que toutes les signatures ne sont pas encore de retour. « Celle de Treno, par exemple, qui échappé d'un camp de prisonniers, doit se trouver encore dans la région lyonnaise. Celle de Buzelin, qui préféra à une brillante collaboration dans la presse parisienne un modeste emploi dans un bureau de ravitaillement provincial. Celle de Jean Effel qui est quelque part dans le Massif central. [...] Par contre, il y a celles que vous ne reverrez pas, avertit Bénard. Celles-là, elles ont trop servi depuis quatre ans. Il est normal, en effet, de donner à ceux qui pendant cette période on tant travaillé, un juste repos. »

1. Thèse de Christian Delporte : *Dessinateurs de presse et dessin politique en France des années 1920 à la Libération*, Institut d'études politiques, Paris, 1991, citée par Laurent Martin, *Le Canard enchaîné ou les Fortunes de la vertu*, *op. cit.*.

Pour l'heure, seul Henri Jeanson fait exception. « L'Occupation nous a rapprochés, écrit-il. En octobre 1940, Henri Jeanson avait eu l'idée, peut-être un peu naïve, l'armistice signé, qu'on pouvait fonder un journal libre à Paris. Après quelques numéros, il s'aperçut de son erreur. Et lorsqu'on exigea de lui – le mois de novembre avait à peine commencé – un article en faveur de la collaboration, il refusa et s'en alla. Cela lui valut, grâce aux bons soins de la Gestapo, deux séjours prolongés au Cherche-Midi, en même temps qu'il lui était interdit – à lui, l'auteur de *Pépé le Moko* et d'*Entrée des artistes* – de travailler désormais pour le cinéma, avec défense de s'appeler Jeanson. Il nous plaît aujourd'hui d'être les premiers à lui rendre sa signature[1]. »

« Pierre Bénard a liquidé les anciens piliers du *Canard* de Maurice Maréchal : Jules Rivet, André Guérin, Auguste Nardy coupables d'avoir collaboré à *L'Œuvre* de Déat ou au *Petit Parisien* d'Alain Laubreaux[2] », remarque Galtier-Boissière dans son journal.

L'épuration frappe donc le *Canard*. André Guérin, échotier et chroniqueur du *Canard* avant guerre avec « L'ami Bidasse », devenu rédacteur en chef de *L'Œuvre* est inculpé d'« intelligence avec l'ennemi » en juillet 1945, mais son dossier est classé sans suite après instruction. Jules Rivet, le chroniqueur de « Lettres ou pas lettres » est épuré pendant cinq ans pour sa collaboration au *Petit Parisien*. Les dessinateurs sont aussi touchés. Robert Pick est suspendu pendant un an. Jacques Pruvost écope de deux ans de suspension. Suspendu aussi, René Dubosc est condamné à cinq ans de privation de droits civiques[3]. D'autres dessinateurs s'évaporent. Et certains journalistes se font oublier. On peut élargir le champ et signaler qu'un autre ancien du *Canard* – plus

1. « Propos pour nos lecteurs », *Le Canard enchaîné* du 6 septembre 1944. Les suivantes suivantes sont extraites de la même source.

2. Jean Galtier-Boissière, *Journal 1940-1950*, *op. cit.*

3. Laurent Martin, *Le Canard enchaîné ou les Fortunes de la vertu*, *op. cit.*

ancien – fut très lourdement condamné. Henri Béraud, arrivé au *Canard* en 1917, devenu dans les années 1930 l'un des piliers de l'antisémite *Gringoire* jusqu'en 1943, puis à *L'Œuvre*, est condamné à mort pour le même chef d'accusation d'« intelligence avec l'ennemi ». Finalement gracié par de Gaulle, Béraud est remis en liberté en 1950.

Mais dans les années qui suivent, un autre courant vient s'ajouter : d'anciens journalistes collaborateurs vont intégrer le *Canard*. Fervent militant autonomiste, puis national-socialiste, breton, Morvan Lebesque rejoint la rédaction en 1952. Il avait écrit avant guerre dans des revues bretonnes issues de la mouvance nationaliste, il était devenu en 1940, rédacteur en chef de *L'Heure bretonne*, avant d'aller travailler au *Petit Parisien* et à *Je suis partout*. On le voit signer des reportages placés en première page, à côté des communiqués allemands et des dernières annonces d'Hitler[1]. À *Je suis partout*, Lebesque devient le secrétaire d'Alain Laubreaux, l'un des plus fidèles à « la ligne extrémiste et nazie de l'hebdomadaire[2] », le « plus misérable des mouchards de *Je suis partout*[3] », selon l'expression de Galtier-Boissière. Laubreaux sera condamné à mort par contumace en 1947, mais il trouvera refuge en Espagne. Cela n'empêche pas Morvan Lebesque de devenir quelques années plus tard l'un des chroniqueurs les plus populaires du *Canard*.

En 1961, le journaliste Christian Plume remarque, dans son journal, combien l'équipe se moque de Lebesque. « Fin de la révolte d'Alger : on respire. Lundi, *Le Canard enchaîné* était en état d'alerte. De 11 heures à 17 heures, on a palabré. Treno avait l'air de ne pas savoir ce qu'il devait penser. Morvan Lebesque était vert de peur à l'idée que les paras pourraient venir. Lui qui écrit Justice, Marine, Guerre

---

1. *Le Petit Parisien*, octobre 1940.
2. Simon Epstein, *Un paradoxe français, antiracistes dans la collaboration, antisémites dans la Résistance*, *op. cit.*
3. Jean Galtier-Boissière, *Journal 1940-1950*, *op. cit.*

avec des grandes lettres est parti péteux. Panique sur la capitale ! murmure Grousset. Et : "Je sue partout". Pourquoi il a peur, me dit Fressoz (André Ribaud, « La Cour ») puisque ce seraient des Allemands qui viendraient… Le régiment de paras révolté étant de la Légion étrangère[1]… » « Je sue partout » : une fine allusion à la collaboration de Morvan Lebesque.

Et Morvan Lebesque n'est pas seul. Arrivé en 1955, Moisan, le célébrissime dessinateur de « La Cour », qui moquera de Gaulle et ses ministres sur une fresque d'une demi-page du *Canard*, a collaboré, entre autres journaux, lui aussi à *L'Œuvre* de Marcel Déat en 1943. En une, les dessins de Moisan côtoient alors les éditos de Déat, des récits à la gloire de la milice ou de l'armée allemande. Il a rejoint là plusieurs « anciens » de l'équipe Maréchal : André Guérin, rédacteur en chef, et Georges de La Fouchardière, chroniqueur de « Hors d'œuvre ». Mais dans le *Canard* d'après, on s'en amuse. « Un jour au repas de midi, il y a une engueulade entre Fressoz et Moisan, raconte le dessinateur Escaro à Laurent Martin. Moisan lance des trucs méchants contre Fressoz. Il y a un silence. Et Lap de sortir : "On entendrait passer un bombardier de la *Luftwaffe*." […] Vis-à-vis de l'extérieur, le journal afficha toujours une solidarité sans faille envers ceux des siens qui s'étaient compromis durant la Seconde Guerre mondiale[2] », précise Laurent Martin. « Le *Canard* a recueilli des anciens copains d'avant guerre qui avaient eu des ennuis et ne trouvaient plus à écrire ou à dessiner, commente l'ancien investigateur Henri Deligny. Une partie de la rédaction se rappelait de ce que Morvan Lebesque ou Moisan avaient écrit ou dessiné pendant la guerre. Certains en jouaient, dans le sens où l'on pouvait facilement les faire taire. Ils savaient ce qu'ils perdraient,

1. Journal personnel de Christian Plume.
2. Laurent Martin, *Le Canard enchaîné ou les Fortunes de la vertu*, *op. cit.*

par exemple, s'ils la ramenaient sur l'administration du journal[1]. »

Utile, moqué ou ignoré, ce passé collaborateur d'une partie des journalistes – ceux d'avant, comme ceux d'après – n'a jamais fait débat au *Canard*. Bien des ambiguïtés politiques s'ensuivirent. Parmi « les grandes pattes du *Canard* » célébrées dans le numéro spécial des soixante ans[2], on retrouve Henri Jeanson. « Henri Jeanson a donné à vingt-deux ans son premier papier au *Canard*, et son dernier juste avant sa mort quarante-huit ans plus tard, après quelques intermittences. "Ce sera mon bonheur, a-t-il déclaré en 1954, d'avoir collaboré au *Canard*[3]." » Le compagnon de route, scénariste mythique, pacifiste sincère, n'avait fait qu'animer un journal aux tout débuts de l'Occupation... *Aujourd'hui*, du 10 septembre au 22 novembre... Et pourtant, en 1956, voilà que cette « grande patte du *Canard* » signe la préface d'un livre de Paul Rassinier, fondateur, en France, du courant négationniste : *Le Parlement aux mains des banques. Les preuves*[4]. « J'aime beaucoup Rassinier, écrit Jeanson. Je l'aime beaucoup parce que, sans perte de sang-froid, sans grandiloquence, le plus simplement du monde, Rassinier vit selon le mot de Zola, indigné. Indigné mais tranquille, car sûr de son fait. »

« Dans le petit ouvrage que voici, Rassinier nous offre du Parlement une image fidèle jusqu'à abjection. Le bref réquisitoire est le fruit d'une lente patience [...]. Il ne se lit que narines pincées car il s'en dégage de méphitiques puanteurs. Cela sent l'haleine de cancéreux, l'urine de fauve, la soutane bréneuse, la sueur de chéquard, le pet d'escroc, la chiure de flic, le cérumen trafiqué, le dessous-de-table et le dessous de

1. Entretien avec l'auteur, 9 juin 2008.

2. Supplément au *Canard enchaîné*, 5 mars 1986.

3. *Ibid.*

4. Numéro spécial de *À contre-courant*, « Le Parlement aux mains des banques. Les preuves », octobre-novembre 1956.

bras, le bouc merdeux, la poignée de main moite, l'entérite et la dent creuse. Cela sent la IVe République. » Plus loin encore : « Les partis politiques n'existent, en apparence, que pour l'extérieur. À l'intérieur du Parlement ils se fondent en un vaste gang [...]. Les betteraviers, les bouilleurs de cru, les propriétaires d'écurie de course, les Lazard, les Worms, les Rothschild, les distributeurs de publicité se sont substitués à la République. [...] La République sera sauvée le jour où, sur le fronton de la Chambre, on inscrira ces mots : "Prison d'État" et où l'on interdira aux parlementaires d'en sortir. »

En réalité, le livre de Rassinier n'est qu'un opuscule antisémite, qui cible tout particulièrement les familles Servan-Schreiber et Dassault, et leurs réseaux politiques. « Je n'ai aucun scrupule à avouer que, de tous les antisémites, l'espèce la plus abominable est le Juif antisémite qui, généralement, commence par ne plus oser porter son nom : un Bloch qui devient un Bloch-Dassault, puis Dassault tout court, me paraît être le symbole par excellence de la lâcheté. Les Servan-Schreiber, eux, ne sont Servan que depuis le 5 novembre 1952 et par décret : dans quelques années, il se pourrait qu'ils fussent à leur tour Servan tout court. [...] À titre d'indication, dans ma famille, nous sommes tous, Rassinier de père en fils [1]. » « *Le Parlement aux mains des banques* apparaît comme une vulgaire imitation des *Financiers qui mènent le monde* de Coston, avec un format, une articulation et une optique différents [2] », explique l'historien Florent Brayard. Le coup de cœur de Jeanson pour Rassinier fut discuté par Treno, puis vite oublié... Plus tard, la publication d'*Une enquête de police sur Le Canard enchaîné* ravivera d'autres souvenirs. Ceux de Jean Clémentin, l'investigateur des années 1960 et 1970, « parti – selon la police – travailler volontairement en Allemagne, en 1943,

1. Florent Brayard, *Comment l'idée vint à M. Rassinier, naissance du révisionnisme*, Fayard, 1996.
2. *Ibid.*

d'où il est revenu le 8 mai 1945 », peu avant de contracter « un engagement à la 3e division d'infanterie coloniale de Saigon [1] ». Et ceux de Robert Gaillard, l'ami de Treno, et le père du futur directeur…

1. Selon Escaro, interrogé par Laurent Martin, Jean Clémentin serait devenu « interprète entre les Allemands et les Français », pendant la guerre, puis détenu dans une affaire anodine d'indélicatesse. Il se serait engagé dans l'armée « par confort et goût de l'aventure ».

24

Bérégovoy : le *Canard* est-il un chien ?

Nous sommes en février 1993. Hervé Martin est au *Canard* depuis mai 1991, soit dix-huit mois à peine. C'est encore un novice, même s'il a déjà une vingtaine d'années d'expérience professionnelle derrière lui. « Le *Canard* est une tribu, on ne commence à exister qu'après dix ans d'ancienneté[1] », explique-t-il. Avant d'arriver là, il a été journaliste à l'AFP pendant seize ans. « Je suis passé par le service des informations générales et par celui de l'économie. J'avais la double casquette économie et reporter. J'avais pour mission à l'agence de faire la question économique du jour. Il fallait au quotidien déterminer la question, que j'enquête dessus, et que je restitue cette matière économique en termes simples. Le *Canard* est venu me chercher et ça s'est fait en quinze jours. » L'hebdomadaire, jusque-là, n'avait pas vraiment de rubrique économie. « En 1991, on sentait les affaires arriver, admet Hervé Martin. Ils voulaient quelqu'un pour de l'enquête en économie qui n'écrive pas comme *Les Échos*, mais soit compréhensible par tous. » Le journaliste d'agence sort « l'affaire des fonds

1. Entretien avec l'auteur, 27 septembre 2008.

turbo », une énorme arnaque de fraude fiscale. C'est aussi l'époque où, au Mans, le juge Thierry Jean-Pierre décortique une série de fausses factures dans le monde du bâtiment. L'enquête a démarré en mars 1992, lorsque le directeur licencié d'une filiale de la société de BTP Heulin, s'est mis à sortir les premières fausses factures. Le juge du Mans a d'abord enquêté sur le « roi de la Défense », Christian Pellerin, et l'aménagement de sa propriété en Sologne. Il est ensuite tombé sur des travaux effectués chez Roger-Patrice Pelat, le compagnon de captivité de Mitterrand. Le juge découvre aussi que la Compagnie générale du bâtiment et de la construction (CBC), dont Heulin est une filiale, a effectué des travaux chez Pelat sans les avoir facturés à l'intéressé. De fil en aiguille, Thierry Jean-Pierre comprend que le proche de Mitterrand a joué de son influence pour permettre à CBC d'obtenir un prêt afin de décrocher un contrat en Corée du Nord, concernant la construction d'un vaste complexe hôtelier. Le nom de Pelat, longtemps inconnu du grand public, était déjà apparu dans l'affaire Péchiney. Thierry Jean-Pierre, bête noire du ministère de la Justice sous Mitterrand, déniche donc le fameux chèque d'un million de francs que Pelat a signé pour Bérégovoy.

Hervé Martin est ennuyé. Il veut bien parler de son scoop sur le prêt Bérégovoy, mais pas sans laisser de traces écrites. Il demande à ce qu'on lui pose des questions noir sur blanc et exige de pouvoir prendre le temps d'y répondre par écrit. Avant d'accepter cette rencontre, il a pris l'avis de son directeur, Michel Gaillard, et lui a fait part de son intention de procéder par échanges écrits. Au lendemain de ce rendez-vous, il est retourné voir Michel Gaillard, et lui a montré les questions. Très occupé les jours suivants, il n'a pas eu le temps d'y répondre. Une semaine après, Hervé Martin reste embarrassé. « Le *Canard* est mon employeur, je ne suis pas contre la démarche de faire un livre sur le *Canard*, mais je veux répondre par écrit parce que je veux faire attention à ce que je dis. Je veux être sûr que tout soit d'équerre. Et je ne veux pas témoigner autrement qu'à visage découvert. » Toutes les semaines, depuis mai 1991 qu'il y est en charge des affaires économiques au *Canard*, Hervé Martin sollicite pourtant des banquiers pour qu'ils parlent de leur établissement ou des fonctionnaires pour qu'ils parlent de leur administration. Sources qui n'exigent pas de répondre à des questions par écrit, après aval de leur employeur, le patron de la banque ou le ministre du Budget. « Ce n'est pas pareil, je garantis l'anonymat à mes sources, alors que là je veux parler à visage découvert », bredouille-t-il. Drôle de journal, qui se contenterait de réponses écrites et validées par les employeurs de ses informateurs. Les questions posées à Hervé Martin étaient pourtant simples :

« L'information concernant le prêt Bérégovoy était-elle apparue longtemps avant sa publication ? »

« Comment aviez-vous traité l'information ? »

« Est-ce que vous aviez compris que cette information était gênante à traiter pour le *Canard* ? »

« Est-ce qu'il y avait eu des résistances en interne ? »

« Plus généralement, est-ce que vous aviez conscience des liens particuliers entre le *Canard* et François Mitterrand ? »

Et quelques autres questions sur la façon dont avait été décidée la publication de l'affaire Bérégovoy. Aucune de ces questions, dont la liste a été discutée et établie au préalable au cours d'une conversation informelle [1], n'avait eu l'air de le surprendre ni de le choquer. Rien que des choses factuelles, des questions auxquelles Hervé Martin aurait pu répondre facilement. Mais dans les conditions qu'il a imposées, c'est une autre paire de manches. Forcément.

Le chèque d'un million de francs de Pelat au Premier ministre fait la une du *Canard*, le 3 février 1993. Une demi-journée avant *Le Monde*. « Affaire Pelat : ce chèque d'un million qui empoisonne Bérégovoy ».

1. Entretien avec l'auteur, 27 septembre 2008.

L'information tient dans un seul paragraphe : « Béré est, à son tour, victime des juges chasseurs de ministres. Un chèque d'un million de francs, à l'ordre de M. et Mme Bérégovoy et signé en septembre 1986 par feu Patrice Pelat, l'ami de Tonton compromis dans l'affaire Péchiney, vient de se retrouver entre les mains du juge d'instruction Thierry Jean-Pierre. Ce chèque correspond à un "prêt amical" et sans intérêt (ce qui équivaut à un cadeau de 120 000 francs par an) accordé par Pelat à Béré pour l'aider à acheter son appartement parisien. Le juge a également saisi, chez le notaire de Pelat, une reconnaissance de dette du même montant, signée par Béré. »

Le reste du papier raconte l'affaire Heulin. Un encadré, dans l'article qui occupe le tiers de la page 3, donne la position du Premier ministre. « Tout est parfaitement clair », a-t-il assuré au *Canard*. La tempête va s'abattre sur Bérégovoy avec le papier du *Monde* du lendemain, repris par tous les autres journaux et les télés.

La semaine suivante, le *Canard* se gausse en une : « Diên Biên Phu, Pelat... Pour Tonton une cuvette... Pour Béré une casserole ! » « Comment va Béré ? Il a l'air un peu emprunté ! » Mais le journal revient sur le sujet, en milieu de page 3 : « Béré perd le moral et se perd dans ses explications ». Le haut de la page est occupé par « Un noël de milliardaire pour Chirac », un papier qui raconte le voyage dans le sultanat d'Oman du futur président, avec une note d'hôtel de 112 000 francs. En dessous, l'article sur Béré reprend en détail la défense du Premier ministre, exposée lors de sa conférence de presse, et revient sur le récit fait au juge Jean-Pierre par la famille Pelat. Le prêt aurait été à demi remboursé par des livres anciens et œuvres d'art, puis par un chèque d'un demi-million de francs, signé deux mois auparavant. En fin d'article, il est aussi question de l'intervention de Pelat, pour obtenir de l'État une autorisation au prêt nécessaire à CBC lors de son chantier en Corée du Nord. En une, ce 10 février, un appel signale que « Béré craque devant Tonton », et renvoie sur un petit papier de haut de page 2, « Tonton sort son mouchoir ». « On a frôlé le drame sentimental à l'Élysée », commence le *Canard*. L'écho raconte que, le mardi précédent, le journal fraîchement imprimé, Bérégovoy se serait rendu à l'Élysée « les larmes aux yeux » pour remettre sa démission à François Mitterrand. « Le Premier ministre était "trop triste", selon le président. Il était totalement cassé. Il ne me parlait que de sa carrière ruinée. Il voulait partir pour la Nièvre et s'y cloîtrer. » « Mitterrand, qui en a vu d'autres, a tenté de consoler le déprimé, poursuit le journal. En lui expliquant notamment que "celui qui conduit les affaires est naturellement très exposé". » À lire *le Canard*, le président ne semble guère concerné par les ennuis de son Premier ministre… Le journal n'est pas tendre avec les seconds couteaux, même quand ils sont Premiers ministres. Dans sa page des échos politiques, Béré est une tête de Turc. Chacun s'en rend compte. Et tout le monde n'apprécie pas, même au *Canard*. « Le jour où le *Canard* s'est moqué des chaussettes de Béré, il s'est conduit comme on se comporte dans les beaux quartiers », juge l'ancien secrétaire de rédaction Gilbert Florès.

En troisième semaine, le *Canard* revient sur l'affaire avec un petit article. « Béré blanchi par son garde des Sceaux ». Non signé, l'articulet raconte que le ministère de la Justice estime que le prêt Pelat « ne présente aucun caractère frauduleux susceptible de constituer une infraction pénale ». Le haut de la page 3 est occupé ce jour-là par une campagne de publicité à Paris sur *La Tentation de Venise*, le dernier livre d'Alain Juppé. « Juppé se fait offrir 270 000 francs de pub par Decaux, fournisseur favori de la Ville de Paris ». En fait, hormis l'article initial, sur l'existence du chèque Pelat, le *Canard* n'a plus enquêté sur les relations Pelat-Bérégovoy et les éventuelles interventions du ministre des Finances de Mitterrand dans les différentes affaires Pelat. « On n'aime pas taper sur un homme à terre », admet Hervé Martin. Une explication d'autant plus courte que le journal n'a pas l'habitude de « lâcher » ses proies : Giscard, Tiberi, Léotard en savent quelque chose pour ne citer qu'eux. Et que les relations financières entre

Bérégovoy et Pelat étaient en fait multiples. On sait aujourd'hui que de nombreuses libéralités ont été accordées par l'ami de Mitterrand à la famille de son Premier ministre. La prise en charge financière de vacances pour le couple Bérégovoy, entre 1982 et 1989, les versements d'argent effectués à sa fille, dont Pelat s'est porté caution bancaire, lui offrant aussi des billets d'avion. Des découverts bancaires importants auprès de la SDBO, une filiale du Crédit Lyonnais, ont aussi été repérés sur les comptes Bérégovoy, dont un de 199 737 francs au mois d'avril 1993, d'autres prêts d'argent aux membres de sa famille, et différentes « aides ponctuelles » accordées à Béré lui-même[1]. Comme si Bérégovoy, passé le moment du scoop initial, n'était pas un sujet d'enquête. Avec la Mairie de Paris, ou les affaires Chirac, et celles les faux électeurs, le *Canard* a souvent su mobiliser des équipes de journalistes, il a publié des feuilletons pendant des semaines, creusé des sillons indépendamment des enquêtes judiciaires… Pas avec Bérégovoy. Pourtant, il y avait matière. Hervé Martin, son scoop passé, est parti en vacances au Vietnam. C'est de Hanoi qu'il a appris, trois mois plus tard, le suicide de Pierre Bérégovoy, sur la berge d'un canal à Nevers.

Le journal a-t-il été victime, là encore, de ses réticences à taper sur les hommes de Mitterrand ? Hervé Martin s'en défend, même s'il concède, avant de se rétracter, qu'il avait vite compris, en arrivant au *Canard*, que les relations avec l'Élysée étaient « complexes ». « *Le Canard enchaîné* est avant tout un journal où l'on aime sortir des coups, on est des journalistes ! Je l'aimais bien Béré, pas le personnage mais sa politique, et il n'y a pas eu de réticences particulières à sortir cette affaire[2] », assure-t-il. La mort de Bérégovoy rend, de fait, toute enquête impossible pendant plusieurs années. Le jour de ses obsèques, le mardi 4 mai 1993, François Mitterrand, sur le parvis de l'église de Nevers, s'en prend violemment « aux chiens » :

1. Jacques Follorou, *Bérégovoy, le dernier secret*, Fayard, 2008.
2. Entretien avec l'auteur, 4 octobre 2008.

« Toutes les explications du monde ne justifieront pas que l'on ait pu livrer aux chiens l'honneur d'un homme et finalement sa vie au prix d'un double manquement de ses accusateurs aux lois fondamentales de notre République, celles qui protègent la dignité et la liberté de chacun d'entre nous. » Edwy Plenel en fera un livre, *Un temps de chien*[1]. Le *Canard*, dans son édito du jour même : « Qui lynche qui ? », n'évoque pas la phrase de Mitterrand. « On accordera à certains amis politiques très proches de Pierre Bérégovoy l'excuse de leur chagrin et de l'émotion du moment », écrit le journal, en expliquant avoir fait correctement son travail. François Léotard par contre, auteur d'une tribune dans *Le Monde*, a droit à une volée de bois vert : « Un ministre en exercice, le gentilhomme de Fréjus, trouvant l'hospitalité au *Monde*, a publié un article d'une insondable bassesse dans lequel il règle ses comptes avec le *Canard*. Sur le ton faux noble d'un Montherlant de pacotille il désigne notre journal organe du "fascisme élégant" [!] comme le coupable du "meurtre" de Pierre Bérégovoy. Laissons ce pauvre type à son triste faux nez », raille le journal.

C'est un fait, l'hebdomadaire n'a pas tremblé avant de sortir le chèque Pelat, même s'il n'a ensuite lancé aucune enquête sur le Premier ministre. Reste à savoir quelle était la place de Pierre Bérégovoy dans l'entourage de Mitterrand. En mai 2008, quinze ans après la mort de l'ancien président socialiste, Bernard Debré, le médecin qui avait opéré Mitterrand de sa prostate, s'est livré à des confidences inédites au micro de RMC : « Bérégovoy était détesté de Mitterrand. Je vais vous dire une chose que je n'ai jamais dite nulle part. Mitterrand, pour des raisons que je n'ai pas à décrire mais que vous savez, un jour, m'a dit, alors que j'allais recevoir Bérégovoy dans mon service : "Vous l'aimez ?" J'ai dit : "Monsieur le président, je n'ai pas à aimer ou ne pas aimer, je suis chef de service, je suis respectueux de l'État." Il m'a dit : "Moi, je ne l'aime

1. Edwy Plenel, *Un temps de chien*, Stock, 1994.

pas." Ça, je crois que Bérégovoy le savait et qu'il était très triste de conduire le PS à la défaite et d'en être accusé par le président. Il s'était voué au président corps et âme. Bérégovoy n'avait pas cette cuirasse parce que c'était un pur. Ce n'était pas un vrai politicien et il avait devant lui un Mitterrand qui était une arsouille, qui était vraiment méchant avec lui... » Le *Canard*, au lendemain de la mort de Bérégovoy, était revenu sur les drôles de relations du Premier ministre et du président. « Tonton lui-même le prenait moins facilement au téléphone et Béré s'en était plaint. Averti par quelques responsables socialistes, Mitterrand a appelé lui-même Béré jeudi après-midi vers 16 heures et lui a parlé environ une demi-heure avant de prendre rendez-vous pour le 3 mai en fin d'après-midi à l'Élysée. » Selon le *Canard*, citant un « proche » du président, ce dernier n'aurait « pas senti l'urgence ». Mitterrand une nouvelle fois « blanchi » en quelque sorte.

En ce printemps 1993, les temps sont durs pour l'Élysée. Outre l'affaire Bérégovoy qui, via Pelat, menaçait de braquer à nouveau les projecteurs sur Mitterrand, sort dans *Libération*, le 12 mars 1993, un listing accablant dans l'affaire des écoutes de l'Élysée. Le feuilleton va durer des années. Ce sera sans le *Canard*. Aucun de ses journalistes ne fait partie des « cibles » directement placées sur écoute entre 1983 et 1986 par les gendarmes de l'Élysée. Mais ce n'est évidemment pas la question. Le *Canard* qui a fait des articles par dizaines pendant cinq ans – de 1973 à 1978 – pour dénoncer à juste titre l'affaire de micros posés par la DST dans ses bureaux, ne voit pas de raison de s'engager cette fois. Le lendemain de la une de *Libé* sur le listing informatique des 114 demandes de branchements téléphoniques, *le Monde* fait deux pages dans son édition du week-end du 13 mars. Le *Canard* du 17, lui, prend aussitôt du recul : « Des écoutes qui dépassent l'entendement ». Un drôle d'article, mi-chèvre mi-choux, comme si l'hebdomadaire ne croyait qu'à moitié à l'histoire.

« Si ces embarras et les mines déconfites prouvent que les écoutes de journalistes par l'Élysée étaient possibles, et même vraisemblables, il n'est pas établi qu'il faille prendre pour argent comptant les documents publiés, affirme le journal. Plusieurs signes incitent même à la circonspection. D'abord la présentation des écoutes, qui ne correspond à rien. Au GIC, le centre d'écoute officiel, les transcriptions sont entièrement écrites à la main. La version publiée par *Libé* a donc été soit retravaillée et saisie sur ordinateur à partir d'un document GIC, soit entièrement élaborée par un service parallèle ou clandestin. Les anciens responsables de la cellule élyséenne penchent, bien entendu, pour cette dernière hypothèse. Et à l'appui de cette thèse, les savants techniciens affirment que les marques et tampons ne correspondent pas à ceux portés sur les documents qui avaient cours à l'époque. »

Le *Canard* démonte donc le scoop de *Libération*, avec des arguments sortis tout droit des « anciens responsables de la cellule ». Un travail en défense des équipes de l'Élysée.

« Autre mystère, plus épais encore, poursuit le journal pour enfoncer le clou du doute. La présence sur les transcriptions du nom, presque en clair, de l'ancien commissaire supposé responsable de la pose des "branchements", Pierre-Yves Gilleron. Même le plus stupide des flics débutants ne commettrait pas une telle bourde. De là à penser à un faux... »

L'affaire sera traitée par les autres journaux. En premier lieu *Le Monde* et *Libé*, puis *Le Point*, qui fera plusieurs couvertures sur le sujet, révélant la liste des 1 348 personnes écoutées. Même pendant le procès de l'affaire, neuf ans plus tard, le *Canard*, contrairement aux autres titres qui suivent l'audience, prendra un angle assez proche de celui des défenseurs des hommes de Mitterrand. « C'était un peu téléphoné, écrit Louis-Marie Horeau : le procès des écoutes de l'Élysée s'enlise dans le néant juridique. » « Jusqu'en 1991, affirme-t-il, date du vote de la loi Rocard sur les "interceptions de sécurité", toutes les écoutes administratives sans aucune exception étaient hors la loi et couvertes par le secret-défense. » Horeau affirme que les écoutes n'étaient pas « illégales » mais simplement « illégitimes ». « Pas facile pour le tribunal de se lancer dans cette distinction assez peu juridique », avance-t-il. La semaine suivante, même article, même tonalité : « Aujourd'hui, les juges vont devoir sanctionner les débordements d'un système qui, officiellement, n'existait pas. Nul ne songe à reprocher aux responsables de l'époque la mise sur écoute, pourtant illégale, du terroriste Carlos. Mais celle de Carole Bouquet, ou de journalistes du *Monde* et du *Canard* [même si aucun journaliste du *Canard*, sauf Georges Marion avant son départ, et Claude Angeli, incidemment pour avoir été en contact avec une des "cibles", n'a fait l'objet d'écoutes]. Où placer la barre de l'interdit, puisque, théoriquement, tout était interdit ? On sait que lorsque les bornes sont franchies, il n'y a plus de limites. Mais, là, il n'y avait ni bornes ni limites. Le tribunal va devoir les inventer. »

Là encore, comme souvent quand le *Canard* ne s'intéresse pas une affaire, il décide de dénigrer l'enquête judiciaire. Ç'a été le cas avec l'affaire Elf, ou même avec l'affaire Clearstream, deux dossiers sur lesquels le *Canard* n'a pas été le plus agressif. La ligne de l'hebdomadaire est alors de se poser en « juriste » du dossier. Eva Joly et Laurence Vichnievsky, baptisées les « pétroleuses », ne savaient pas enquêter selon le *Canard*. « Zig et Puce », le méchant surnom des juges Jean-Marie d'Huy et Henri Pons, ne savaient pas enquêter non plus. Le tribunal de l'affaire des écoutes va devoir « inventer », selon le *Canard*, toujours aussi indulgent avec les super-gendarmes de l'Élysée. À l'arrivée, le tribunal n'inventera rien. Il dira simplement le droit, en condamnant les protagonistes des écoutes à des peines avec sursis et des amendes. Mais Mitterrand était mort depuis plusieurs années.

III

Le journal en crise (1996-2008)

C'étaient les années Chirac. La lente agonie du mitterrandisme. Le retour de Jospin et du droit d'inventaire. Le feuilleton de l'affaire Elf. Encore des souvenirs de Tonton. C'était le vrai temps des affaires françaises. C'était le temps où le Canard *a bien failli sauter avec l'affaire Rougeot. Un président du Conseil constitutionnel acculé à la démission... Un ami du* Canard *renvoyé en correctionnelle. La naissance d'Internet et le déclin du papier. Des années de crise.*

25

Chirac tête de Turc

Pour le coup, le *Canard* n'a pas raté grand-chose. Cette fois-ci, pas l'ombre d'un ami de Mitterrand en ligne de mire. Un seul clan, celui des chiraquiens de la Mairie de Paris. Ça commence en 1995, en pleine campagne présidentielle fratricide entre les deux amis de trente ans, Édouard Balladur et Jacques Chirac. L'histoire est archiconnue. Bercy déclenche un contrôle fiscal sur l'entreprise de Francis Poullain, un des financiers présumés de la campagne chiraquienne à la présidentielle qui s'annonce. Est-ce le balladurien Nicolas Sarkozy, alors au Budget, qui lance le coup pour torpiller les financements du maire de Paris ? Le juge Éric Halphen lui-même en a toujours été persuadé. Sarkozy s'en est toujours défendu, expliquant que c'est sous Michel Charasse que les ennuis fiscaux de Poullain avaient commencé. Quoi qu'il en soit, ce grain de sable fiscal, par réaction en chaîne, va provoquer un feu d'artifice d'affaires parisiennes. Jusqu'à une douzaine d'instructions vont occuper les gazettes et les tribunaux à partir de cette campagne présidentielle. L'affaire des HLM de Paris, conduite par Éric Halphen, en vedette américaine. Elle va faire des petits inattendus dans les Hauts-de-Seine. Cela donnera l'affaire Schuller, puis la bourde lorsque le camp Pasqua se brûlera en voulant éteindre l'affaire par des écoutes illégales. Le *Canard* est toujours là. Schuller passera sept ans en cavale et Balladur sera accroché au pire moment de sa campagne. Dégât collatéral. Halphen ira de rebondissement en rebondissement, découvrant le rapport de Xavière Tiberi sur la francophonie dans l'Essonne, puis les travaux du fils Tiberi dans une HLM de la ville. Le *Canard* révélera l'équipée de l'hélicoptère envoyé piteusement dans l'Himalaya à la recherche du procureur Laurent Davenas en plein trekking pour lui faire arrêter les poursuites contre Xavière Tiberi. La cassette posthume de Jean-Claude Méry déclenchera une ultime tornade, avec ses fameux « 5 millions » remis à Michel Roussin en présence de Jacques Chirac. « Abracadabrantesque », dira le président.

À côté de cette enquête locomotive, une myriade de dossiers jumeaux : l'appartement HLM de Juppé, rue Jacob. Le Premier ministre sera obligé de déménager. Une série d'enquêtes sur les pots-de-vin dans les marchés publics, au conseil régional d'Île-de-France, et une rafale d'enquêtes sur les emplois fictifs de la Ville de Paris et du RPR. Cette dernière vaudra à Juppé une condamnation à un an d'inéligibilité et sa démission, au profit de Nicolas Sarkozy, du poste de président de l'UMP. Quant à l'affaire des emplois fictifs de la Ville de Paris, c'est la seule qui vaudra à Chirac, après son départ de l'Élysée, des ennuis judiciaires et une mise en examen toujours en cours qui pourrait se solder, sait-on jamais, par le procès d'un ancien président de la République.

Point commun de tous ses dossiers ? Le *Canard* n'en a raté aucun. Des centaines d'articles consacrés à la Ville de Paris. Méticuleux, souvent en avance par rapport aux découvertes judiciaires, attentif à toute actualité concernant les avancées des juges. À l'évidence, pour le *Canard*, les affaires de la Ville de Paris étaient une priorité. Un détail ne trompe pas : le juge Éric Halphen, pourtant égratigné à plusieurs reprises par la chambre de l'instruction, pour des erreurs de procédure (imaginaires ou pas, peu importe ici), au point même de se voir retirer son dossier dans la dernière ligne droite, n'a jamais écopé, dans les colonnes du journal, des papiers vengeurs qui ont souvent esquinté les magistrats mal en cour au sein du journal, comme Eva Joly, Laurence Vichnievsky, Jean-Marie d'Huy, Henri Pons, ou même Renaud Van Ruymbeke ou Philippe Courroye. « Je n'ai jamais eu à me plaindre du *Canard*, ils ont toujours été très corrects avec moi [1] », admet Éric Halphen pourtant attentif, lors de ses enquêtes, à ce qui était écrit sur son travail. « Hervé Liffran, qui a suivi ces dossiers, avait toujours dans le journal la place qu'il voulait, ça ne coinçait jamais », raconte un de ses collègues. C'est dire si Chirac, pour l'hebdomadaire, a été pendant des années une sorte de ligne éditoriale à lui tout seul.

Pour alimenter sa rubrique, le *Canard* avait plusieurs atouts. D'abord une proximité avec les avocats qui bataillaient contre la Ville de Paris. Arnaud Montebourg, avocat dans l'affaire des HLM de l'ancien numéro 2 de l'OPAC, François Ciolina, n'a jamais caché ses sympathies pour l'hebdomadaire dont il était par ailleurs l'avocat. Montebourg, qui n'avait pas peur de s'exposer personnellement dans ces dossiers, est l'un des premiers à être monté au créneau dans l'affaire de l'appartement Juppé. Il a aussi convaincu le haut fonctionnaire de l'OPAC, François Ciolina, de jouer les repentis et d'alimenter la machine judiciaire et médiatique. Quand Montebourg a laissé tomber sa robe pour briguer ses premiers mandats sous les couleurs du PS, Jean-Marc Fédida, un assidu des pots du *Canard*, a pris la relève dans la même veine de défense. Moins connu, mais tout aussi efficace dans ces combats judiciaires, Me Pierre-François Divier, longtemps installé aux Gobelins dans un petit appartement dans les étages, a aussi ferraillé, dans l'ombre, pour faire aboutir les dossiers. C'est lui, quasiment

1. Entretien avec l'auteur, 5 octobre 2008.

seul, qui a obtenu les premières enquêtes sur les électeurs fantômes de la Ville de Paris. Se substituant à la mairie de Jean Tiberi, qui ne voulait pas déposer plainte contre elle-même, Divier et un militant écologiste sont parvenus à faire vivre l'enquête pendant des années, afin qu'elle débouche sur le procès des faux électeurs du 3e, puis en 2009, sauf ultime rebondissement, sur ceux du 5e arrondissement de Jean Tiberi. Ces avocats n'ont jamais fermé la porte aux enquêteurs du *Canard.* « C'était même une obligation de ferrailler sur le terrain médiatique, tellement les enquêtes judiciaires étaient fragiles et l'avenir incertain », admet un de ces spécialistes, réticent à livrer ses « secrets de fabrication de l'information ».

En avril 1997, Claude Angeli met brièvement son grain de sel dans l'histoire. « J'ai reçu un coup de fil de Claude Angeli à mon domicile, se souvient l'élue socialiste Annie Cohen-Solal. “Vous êtes bien la candidate socialiste dans le 5e ? me demande-t-il. On sort demain une grande enquête. Ça peut être intéressant pour vous… Venez ce soir vers 22 h 30, rue Saint-Honoré.” J'y suis allée après un collage d'affiches. Au *Canard*, il m'emmène dans un bureau vide, où il me présente Hervé Liffran, qui vient me montrer des maquettes qu'il était en train de corriger. Je vois “4 000 faux électeurs chez Tiberi”. J'ai lu le papier intégralement. Je pensais que Tiberi allait attaquer en diffamation immédiatement, mais non. Ce premier papier était très complet : des noms de faux électeurs étaient donnés. Dès le jour de parution, j'ai fait une petite dépêche pour annoncer que je déposais plainte pour fraude électorale. Après coup, j'ai appris qu'Angeli habitait le 5e, et qu'il était à l'origine de l'affaire. Sa concierge étant tombée malade, il lui avait proposé de distribuer le courrier. C'est alors qu'il a reçu des lettres à des noms de personnes qui n'habitaient pas l'immeuble, et qui étaient domiciliées chez un certain Mathieu. Une demi-douzaine[1]. » Des

1. Entretien avec l'auteur, 22 juillet 2008.

anecdotes de ce genre, Annie Cohen-Solal en avait collecté elle aussi un certain nombre. « Hervé Liffran avait pris la liste électorale, et l'avait comparée avec les listes d'habitants des adresses sociales, poursuit-elle. Il a aussi constaté que le taux d'inscription sur les listes électorales était supérieur de dix points à celui de tout Paris. On arrivait, dans le 5e arrondissement, aux alentours de 85 % d'électeurs inscrits, contre 70 % pour le reste de l'agglomération. Pourquoi cet arrondissement aurait-il eu plus d'inscrits qu'ailleurs ? Sans *Le Canard enchaîné*, l'affaire ne serait pas sortie. C'est d'ailleurs aussi le *Canard* qui a donné le chiffre de 4 000 faux électeurs[1]. » Cette fois encore, le *Canard* avait eu recours à des étudiants et des petites mains pour effectuer des décomptes systématiques, comme en 1982, lorsqu'il analysa la liste des locataires de l'office HLM, en la comparant au Who's Who, et en fournissant un plan détaillé localisant les logements des « gâtés de Chiractown ».

Autre atout du *Canard*, ses sources au sein de l'hôtel de ville de Paris, où le clan RPR, divisé, doit faire avec une opposition de plus en plus efficace. « Hervé Liffran s'est toujours bien entendu avec Delanoë », admet aujourd'hui un de ses collègues au sein du journal. Non pas que le futur maire de Paris ne soit soupçonnable d'avoir jamais alimenté la chronique judiciaire, mais sa bonne connaissance de l'appareil municipal a pu être un atout. Et la traque efficace du *Canard* dans les dossiers de la ville a fini par faire boule de neige. Quand un journal est en pointe dans une affaire, c'est naturellement vers lui que se tournent ceux qui ont envie de parler. Un exemple : Daniel Rozencweig, un ancien gendarme aujourd'hui décédé et longtemps employé à l'inspection de la ville, est carrément venu frapper à la porte du journal pour révéler spontanément que son chef effectuait des écoutes illégales au sein de la mairie.

1. *Ibid.*

Pendant des années, pas une semaine ne s'est écoulée sans que le *Canard* n'apporte sa nouveauté dans le feuilleton municipal. Un seul exemple parmi mille, cette page pleine du 16 juin 1998 où toute la ligne du journal concernant les affaires de la ville se trouve résumée : « L'accumulation des marchés truqués, des cadeaux, des faux électeurs et des emplois fictifs bat tous les records, écrivent Hervé Liffran et Alain Guédé. Dix magistrats remontent la chaîne des responsabilités présentes et passées. Pas moins de 12 instructions judiciaires convergent aujourd'hui sur l'Hôtel de Ville de Jean Tiberi et son célèbre prédécesseur. Les mises en examen ne se comptent plus. En vrac, trois anciens trésoriers du RPR (et leur adjoint, la célèbre Louise-Yvonne Casetta), plusieurs hauts fonctionnaires de l'Hôtel de Ville, des responsables des bureaux d'études et des dizaines de dirigeants d'entreprises amies. Des marchés publics ont été truqués, des listes électorales trafiquées, des emplois occupés par des salariés fantômes, des HLM distribuées aux copains, des logements de luxe attribués à Chirac ou à ses proches. La liste des exploits est infinie. Mais l'ancien maire de Paris ne s'est, paraît-il, jamais aperçu de rien. Prise isolément, chacune des affaires parisiennes n'est pas forcément pendable pour l'ex-maire Chirac. D'autres élus, de tout bord, ont agi de même dans leur ville ou leur département. Mais les dirigeants de la capitale, qui disposent aujourd'hui d'un budget d'environ 32 milliards ont vraiment fait un effort pour accumuler les casseroles. Depuis longtemps, Chirac s'inquiète des juges qui s'intéressent à lui. En 1992, il avait demandé à son cabinet de nettoyer les dossiers les plus douteux. Mais ses collaborateurs n'avaient pas trouvé, alors, de lessive miracle. En 1995, une note sera demandée par l'Élysée a un membre du cabinet de Toubon, le magistrat Dominique Henri Matarin. [...] Aujourd'hui, les digues montées par Toubon pour modérer les ardeurs des juges menacent de rompre. L'ex-directeur de cabinet de Chirac à l'Hôtel de Ville, Michel Roussin, ainsi que ses anciens adjoints Jean

Tiberi et Alain Juppé se retrouvent désormais aux premières loges. Et le tabou est levé. Dans l'affaire des emplois fictifs, deux chiraquiens au moins, dont l'ancien ministre RPR Robert Galley, évoquent ouvertement le rôle joué par l'ancien maire de Paris. »

Un véritable papier-programme pour les juges. Dix ans plus tard, le grand soir de la magistrature ne s'est pas vraiment abattu sur la chiraquie parisienne. Bien sûr, Delanoë a raflé la ville face à un tandem Tiberi-Seguin divisé. Mais les affaires n'ont empêché Jacques Chirac ni d'être élu en 1995, ni réélu en 2002. Alain Juppé a encaissé stoïquement ses deux condamnations, en première instance, puis en appel, sans jamais taper sur son ancien patron. Et Michel Roussin, au procès des lycées d'Île-de-France, n'a pas non plus mis Chirac en cause. Et au final, l'affaire des HLM n'accouchera que d'une souris judiciaire. Sur les 49 personnes renvoyées devant le tribunal, 11 ont été relaxées, en juillet 2006, et 38 ont été condamnées à des peines allant de six mois à deux ans avec sursis. Georges Pérol, l'ancien patron de l'OPAC, écopant de deux ans avec sursis et 20 000 euros d'amende, et son adjoint Ciolina de six mois avec sursis sans amende. Et, sur les 12 affaires évoquées en détail ce 16 juin 1998 par le *Canard*, plusieurs se sont terminées en queue de poisson ou en relaxe. Beaucoup de bruit pour rien ?

Pour les chiraquiens convaincus, « le *Canard* a mené campagne ». Pierre Péan résume ainsi les années Chirac : « Au cours de ses deux mandats, le tapage autour des "affaires" a plus souvent fait la une des journaux que l'évocation de ses actes et a, du coup, brouillé et minimisé leur portée. Contrairement à ses prédécesseurs, Chirac n'a eu droit à aucun "état de grâce". Dès le premier jour, il n'a cessé d'être traîné dans la boue comme si les élites médiatico-politiques, après s'être enthousiasmées pour Édouard Balladur, lui en voulaient d'avoir cassé leur beau jouet, et par mesure de rétorsion, contestaient la légitimité d'un homme qu'elles n'avaient cessé de "ringardiser". Cet effet de brouillage des “affaires”, le rejet des élites, s’ajoutant au jeu de massacre “ordinaire”, pratiqué par les médias pour fustiger tous les protagonistes de la vie politique, encouragés dans cette attitude par les politiciens eux-mêmes, rendent difficile, voire impossible, un jugement serein sur l’action de Jacques Chirac. Avant même qu’il ne prenne place dans le fauteuil présidentiel, toute la mécanique judiciaire qui devait “plomber” ses deux mandats était en marche[1]. » Péan, on l’a vu, tord ensuite le cou à la rumeur du compte japonais, un sujet de prédilection du seul *Canard*. « Si les faits se révélaient exacts, ils constitueraient non seulement le plus important scandale de la Ve République, mais sans doute l’un des plus grands scandales de toute l’histoire de la République, puisqu’il s’agirait d’un enrichissement personnel portant sur quelque 45 millions d’euros ! raille Péan. Encore faut-il, avant de hurler avec les loups, être sûr que ce plus gros scoop depuis l’avènement de la Ve République s’appuie sur un faisceau de preuves inattaquables[2]. » Pour Péan, ce terreau des affaires a pu prospérer pour une raison simple, et plutôt à l’honneur de l’ancien président : il avait décidé, quoi qu’il arrive, de ne jamais attaquer en justice un journal.

À l’inverse de cette thèse, pour d’autres, le *Canard* a fait son travail correctement. « Si les enquêtes n’ont pas débouché sur des condamnations c’est qu’elles ont toujours été torpillées soit directement par la chancellerie aux ordres du RPR, soit que nous n’avions pas les moyens d’enquêter, soit que ces dossiers se sont enlisés dans le temps », résume un ancien juge, pour lequel, quels que soient leurs débouchés devant les tribunaux, ces affaires ont eu le mérite de « mettre fin à de vieilles pratiques ».

L’histoire tranchera. Les historiens se chargeront de dresser le bilan des années Chirac. Une chose est sûre

1. Pierre Péan, *L’Inconnu de l’Élysée*, *op. cit.*
2. *Ibid.*

maintenant que Jacques Chirac a quitté l'Élysée après douze ans, le *Canard*, pas plus que les autres journaux, ne sera pas parvenu, à l'instar du *Washington Post*, au grand soir journalistique que constitue la démission d'un président en exercice.

26

L'intruse

Selon son directeur de recherche, Micheline Mehanna était une étudiante « très sûre d'elle-même », « déterminée », mais sûrement « un peu naïve ». Le 19 mars 1996, elle se rend au *Canard enchaîné*, avec six exemplaires de son mémoire consacré à l'hebdomadaire satirique, qu'elle dépose, ainsi qu'une disquette – au cas où le *Canard* voudrait diffuser son travail plus largement. Naïveté : elle n'imagine pas un instant que le journal va remuer ciel et terre pour s'opposer à sa soutenance et enterrer son mémoire. Mais elle n'ignore pas non plus que c'est un brûlot. Un exemplaire est destiné personnellement à Michel Gaillard, le directeur. C'est lui qu'elle a rencontré le premier quand elle a commencé ses recherches, un an et demi plus tôt, le 1er décembre 1994. Jusqu'en juin de l'année suivante, à raison d'un ou deux entretiens par semaine, Micheline Mehanna a fini par interviewer 51 personnes, tout personnel confondu. Elle s'est donc fait accepter. « Elle a procédé de manière très consciencieuse, se souvient un journaliste. Elle a vu tout le personnel. Elle disait : "Parlez-moi du *Canard*, de ce que vous faites." Elle ne relançait presque pas les gens. C'était une espèce de psychanalyse sauvage. Moi j'y suis allé mais j'ai demandé un deuxième entretien. Elle n'en a pas tenu compte, d'ailleurs. Ce qui l'intéressait, c'était la spontanéité. Et tout le monde a accepté, sauf une personne, le secrétaire général de la rédaction (Jacques Lamalle). » « C'est la première fois que je vois quelqu'un de si tenace, faire les choses de façon scientifique », déclare un des patrons du *Canard* à Mehanna.

Le mémoire qu'elle dépose au journal est intitulé « L'idéologie du *Canard enchaîné*, la dérision politique par le rire et l'investigation ». C'est un premier jet. « Initialement, elle s'intéressait au rire en politique, explique Philippe Braud, son directeur de recherche à l'université Paris I. Et elle voulait travailler, en interne, avec les gens du *Canard enchaîné*. Y compris sur le climat psychologique qui régnait au *Canard*. Connaissant un peu ce journal, je pensais qu'elle n'avait aucune chance de faire du vrai terrain. Mais elle est revenue triomphante, en me disant qu'elle avait engagé les entretiens. Et d'après les transcriptions que j'avais pu voir, son matériau était extrêmement intéressant. Mais j'essayais d'orienter sa recherche plutôt sur les enjeux de pouvoir [1]. »

Ce faisant, Micheline Mehanna n'ignorait pas qu'elle inversait les rôles. Qu'elle enquêtait, en particulier, sur des enquêteurs. Difficile... Elle laissait l'interviewé choisir le lieu de l'entretien. « Les investigateurs ont privilégié spontanément un espace clos, remarque-t-elle. Tandis que les journalistes de la seconde partie du journal, les saltimbanques, à l'inverse, n'avaient aucune prédilection pour les entretiens à huis clos. » Ça les « étouffe », ils sont « claustrophobes », ils trouvent les locaux « sombres », « lugubres », et qu'« on serait beaucoup mieux dans un café pour parler ». L'étudiante note méticuleusement les postures des interviewés. Claude Angeli préfère le face-à-face. Nicolas Brimo a opté pour le trois-quarts face. Michel Gaillard a accordé deux entretiens. Et le reste du personnel a suivi. « Ces entretiens se font, en quelque sorte, avec la bénédiction des dirigeants, constate l'étudiante. Ils

1. Entretien avec l'auteur, 30 avril 2008.

sont institutionnalisés et font partie de la politique de communication du *Canard enchaîné*. Cette étape de l'enquête fut tolérée. Elle faisait partie d'un processus habituel, normal et fréquent. Une sorte de visite guidée [...]. Ma présence ne suscitait aucune réaction particulière. Elle n'était pas encore ressentie comme une intrusion. » Mais bientôt, on prit conscience que quelque chose était différent : la durée. D'ordinaire, les étudiants étaient plus rapides. Certains s'interrogent. « La méfiance fut la seule manifestation constante à mon égard, poursuit Micheline Mehanna. Elle a plusieurs origines. Tout d'abord la nature du travail des investigateurs. Cette nécessité de préserver l'anonymat de leurs informateurs a engendré avec le temps une suspicion croissante à l'égard de toute personne extérieure au groupe. Et puis surtout, le mot "enquête" a un sens précis ici. Le terme informateur est également problématique [...]. La question qui intéresse les autres "enquêteurs", m'a-t-on dit, et surtout les Renseignements généraux, est celle de savoir *qui* les informe, qui sont les informateurs du *Canard*. D'habitude, ce que l'on cherche à savoir, à déterminer, ce sont les sources de leurs informations. Ne pas s'intéresser à l'identité de leurs informateurs peut sembler "curieux", "étrange", "bizarre", "inhabituel". »

Et si tel n'est pas le sujet, à quoi s'intéresse donc Micheline ? « Ce qui a le plus troublé les journalistes, remarque un interviewé, c'est que vous leur disiez que vous ne lisiez pas la presse, que vous ne lisiez pas le *Canard*. Ils ne comprenaient pas comment vous pouviez faire une enquête sur le *Canard* et ne pas le lire. Vous n'aviez pas de questionnaire, ils jugeaient ça étrange. » « Je trouve vos questions saugrenues, dit un autre, sans lien avec le sujet de départ [le rire et la politique]. J'arrive difficilement à faire le lien. Je ne vois pas toujours où vous voulez en venir. Les entretiens ont l'air anodins mais, en parlant, on réfléchit, on est poussé à réfléchir. »

Après ceux qui ont accepté de parler « par effet de chaîne », ceux qui voulaient vérifier si elle « travaillait pour les RG », sont venus ceux qui souhaitaient « faire passer un message » : « exprimer certaines difficultés, dire leur malaise, leur douleur, leur mécontentement, leur déception ». « C'était touchant et troublant malgré la méfiance que je leur inspirais », remarque-t-elle.

Échanges de l'étudiante avec un journaliste :

Journaliste : « Vous travaillez pour les RG ? »

Étudiante : « Je ne travaille ni pour les RG, ni pour la DST, ni pour la DGSE. C'est une question qu'on me pose assez souvent, vous êtes paranoïaque ? »

Journaliste : « Je ne suis pas paranoïaque et je n'ai jamais pensé que vous travailliez pour les RG. Depuis le début je vous trouve sympathique, et je n'ai pas changé d'opinion, mais ce sont des journalistes qui m'ont demandé : qu'est-ce qu'elle fout là ? Elle est sûrement des RG… »

Un autre :

« Chaque fois qu'il y a une visite au *Canard*, on demande, c'était qui ? Ils ont peur des espions. Ils pensent qu'on les espionne. […] N'oubliez pas l'affaire des micros. »

Sa « consigne de départ », comme elle l'écrit, se référait à une étude des manifestations du rire dans les différentes rubriques. Mais un autre fil conducteur s'est imposé. Elle a constaté, chez les salariés du *Canard*, une « mythification du passé, la volonté consciente ou inconsciente de ne pas détruire le mythe, de le préserver ». Le *Canard* serait une légende vivante. « Le caractère répétitif de la référence à cette histoire est comparable à un processus d'endoctrinement. » Dans une parenthèse, elle résume : « Le repli sur soi, la peur de l'extérieur, le devoir de réserve, l'absence de publicité, la misogynie, le goût du secret sont des éléments qui renforcent le mythe [1]. »

---

1. Micheline Mehanna, *Le Mode de production du* Canard enchaîné, *approche microsociologique*, mémoire, université Paris I, 1996. Les citations qui suivent sont extraites de la même source.

Mais la « construction mythique » véhiculée par l'équipe du *Canard* est plus fragile qu'il n'y paraît. « Le *Canard* est un journal satirique paraissant le mercredi, il est aussi un journal "d'information et d'investigation", relève Micheline Mehanna. Or satire et investigation ne sont pas intrinsèquement liées. Les concilier ne va pas de soi. La paranoïa développée par les investigateurs et qui s'étend à tous les collaborateurs du *Canard* n'est pas compatible avec le rire qui s'exprimerait à travers les dessins, la culture, les échos, l'indignation et... les enquêtes. Le rôle des jeux de mots est essentiel pour homogénéiser l'ensemble. » L'histoire officielle de l'hebdomadaire est intériorisée. Les fractures cachées. « La seule discontinuité qui lui est reconnue correspond à l'évolution du *Canard* dans le sens de l'information et de l'investigation. Cette révolution a entraîné un avant et un maintenant, l'opposition entre rire et investigation. »

Question à l'équipe du *Canard* : « N'y a-t-il pas décalage entre l'image du *Canard* et la réalité ? »

« Le *Canard* est enchaîné... Sans jeu de mots. Le *Canard* est très paternaliste. Le *Canard* a toujours été conventionnel. Ce qui est en totale contradiction avec l'image qu'il se donne. L'image véhiculée du *Canard* repose sur l'idée que, au *Canard*, il n'y a pas de hiérarchie, qu'il n'y a pas de patron qui dicte sa loi, que tout le monde est sur le même plan, qu'il y règne une entente et une harmonie parfaites. Les rédacteurs du *Canard* s'expriment dans une langue de bois. »

« L'image que le *Canard* veut donner de lui est un mythe. Il y a un malaise. Les gens se plaignent. Il n'y a pas de syndicats au *Canard*. Les secrétaires ne font pas grève parce que le directeur ne le veut pas. Elles sont maltraitées. Le *Canard* refuse d'assister à des festivals, de se mêler au public, il est très distant, méprisant vis-à-vis du lecteur. Le *Canard* plane dans sa tour d'ivoire. Dès qu'un autre journal satirique tente de sortir, il lui tire dans les pattes. Une scission en deux du *Canard* lui serait favorable. »

« Les journalistes du *Canard* se déplacent peu. Ils baignent tellement dans la politique que ce n'est pas un lieu de débat. Ils sont piégés car le *Canard* est une institution, avec la pesanteur des quatre-vingts années, des strates de l'histoire. Les conversations se réfèrent aux histoires passées. C'est pesant. Ils parlent des pères fondateurs. Tout est grillagé, figé. »

« C'est une petite équipe. La moyenne d'âge est élevée. C'est une petite société fermée – les scoops, les secrets, les informations, les obligent à être fermés. Les autres fantasment sur le *Canard*, ils écrivent "Cher caneton", "Mes salutations palmipédiques", "Je t'envoie mon coin-coin affectueux". Les rédacteurs, eux, sont au service d'une entité fantasmée. Ils sont les héritiers d'une tradition ricaneuse. Les gens racontent comment ils ont été embauchés, le passage est important. C'est une confrérie. »

« "Les Guignols de l'info" les font rire mais ils n'arrivent pas à faire des choses aussi mordantes. La tradition leur profite. Ça roule. C'est une formule de journal au point, mais, depuis Coluche, le niveau de la satire a augmenté. Eux, ils sont restés au ton d'agressivité des années 1950. Ils n'arrivent pas à s'adapter. »

Devant Micheline Mehanna, les journalistes n'hésitent pas à se dire « déçus du *Canard* », de son évolution. Certains regrettent que le journal soit écrit « pour les hommes politiques ». D'autres en profitent pour décrier le fonctionnement interne, une « dictature ». On parle du « manque de communication » puis des « tornades » d'un chef, des « cris » et du « terrorisme » d'un autre. D'un « mépris » pour les collaborateurs du journal. Selon Micheline Mehanna, l'existence de deux groupes distincts de journalistes, les investigateurs et les saltimbanques, cloisonne et hiérarchise un peu plus. « Cette hiérarchie est comparable au système des castes en Inde, juge-t-elle. Le passage d'une "caste" à l'autre est inconcevable au *Canard enchaîné*. » Autre signe de hiérarchisation, la signature très aléatoire des articles. « Le *Canard* est un “moule” terrible, un “milieu où l’on est immergé”. Les termes de castration et de mutilation des collaborateurs sont récurrents, relève Micheline Mehanna. Le *Canard* est une société fermée. »

Michel Gaillard s’aperçoit très vite que le mémoire de Micheline Mehanna s’est transformé en cahier de doléances, voire en réquisitoire, d’une partie de l’équipe du *Canard* contre lui.

27

Les ciseaux de Michel Gaillard

Durant les années de guerre, la censure s'est exercée, durement, contre le *Canard*. Sur certains exemplaires des années 1916 à 1918, on voit les espaces laissés en blanc, avec cette seule mention : « article censuré », « dessin censuré ». Le *Canard* dénonce alors « Anastasie, la fille naturelle de Séraphine inquisition ». Elle frappe jusqu'en 1919, Anastasie, repointe ses ciseaux en 1939, puis réapparaît pendant la guerre d'Algérie, sous la forme de saisies pures et simples. Le *Canard* lutte contre la censure qui frappe les autres aussi, « contre toutes les censures » même. Il publie ainsi, en mars 1958, une double page de Jean-Paul Sartre censurée dans *L'Express*, en fac-similé. Une quarantaine d'années plus tard, le *Canard*, semble avoir oublié son histoire avec la censure. N'acceptant pas la critique, voici qu'il se réconcilie avec Anastasie... et qu'il appelle de ses vœux, comment dire, la non-parution, la non-soutenance, la censure d'un mémoire d'université.

Le 22 février 1996, Micheline Mehanna reçoit à son domicile une lettre recommandée avec accusé de réception. C'est une mise en demeure de Me Bernard Dartevelle, l'avocat de Sylvie Caster. La journaliste a réagi quelques jours plus tôt, le 16 février, par fax, à la lecture du chapitre sur la misogynie au *Canard*, en apportant des correctifs et en soulignant l'aspect « diffamatoire » des propos tenus par différents confrères à son sujet. Mais l'avocat n'hésite pas à formuler déjà les premiers soupçons d'imposture. « Mme Caster me dit que vous vous êtes présentée à elle, il y a plusieurs mois, comme une universitaire travaillant à une thèse de philosophie traitant de la satire, que vous qualifierez par la suite de thèse de sociologie politique. C'est, semble-t-il, en cette qualité affichée et dans cet objectif prétendu que vous avez rencontré plusieurs membres de la rédaction du *Canard enchaîné.* » « Pour résumer, je suis accusée d'afficher une qualité usurpée, d'avancer un objectif qui n'est pas le mien », s'étonnera l'étudiante, qui a pourtant remis dès le premier jour une lettre de son professeur de sociologie politique au *Canard*.

L'avocat reproche à Micheline Mehanna d'avoir « fait tenir » à des membres de la rédaction des propos diffamatoires et injurieux envers Sylvie Caster. « La parution d'une thèse d'université vaut publication au sens de la loi du 29 juillet 1881, de telle sorte qu'elle est susceptible d'engager votre responsabilité, y compris pénale », prévient-il, avant d'inviter Micheline Mehanna à « renoncer à la publication de tout écrit diffamatoire ».

Enfin, nouvel et dernier avertissement : « Ma cliente me dit que le travail que vous lui avez soumis, dans sa forme et son fond, relève plus du manuscrit d'un livre que d'une thèse universitaire de sociologie politique, vous comprendrez certainement que toutes les conséquences de droit seront tirées s'il devait apparaître que toute la vérité n'a pas été dite, dès l'origine, sur la destination de votre travail. »

Micheline Mehanna annexera la lettre de Me Dartevelle à son mémoire, y ajoutant ce commentaire : « L'avocat en arrive tout simplement à écrire une lettre d'intimidation, de "prévention" sur une "affaire" dont il n'a pas la moindre information exacte », écrit-elle. Ce courrier est un

« nouveau paramètre à prendre en considération », juge-t-elle sobrement[1].

Après avoir reçu le mémoire, la direction du *Canard* met quinze jours à réagir. Le 2 avril, Michel Gaillard, directeur de l'hebdomadaire, écrit au directeur de recherche, Philippe Braud. C'est un canardage.

« Est-il bien conforme à l'éthique universitaire de s'introduire dans un groupe au moyen d'un mensonge, et en dissimulant le véritable objet du travail en cours ? interroge-t-il. Pour ma part, je considère que ce procédé est indigne, et qu'il s'apparente à un abus de confiance. Le *Canard* se réserve d'en tirer, le cas échéant, toutes les conséquences. »

Michel Gaillard se plaint que le titre, d'ailleurs provisoire, du mémoire ne corresponde pas à l'objectif annoncé. Jamais on ne lui aurait dit qu'il s'agissait d'une enquête de psychologie sociale. Il découvre que « la consigne de départ a évolué ». Il souligne, citant le mémoire de Mehanna, que « l'objectif visé était d'essayer d'entrer dans l'univers mental d'un groupe, de déceler ses mécanismes, de s'intéresser à son histoire, à la façon dont il reconstruit et interprète son passé, à l'image qu'il veut donner, à sa structure interne, à son mode de fonctionnement, à sa hiérarchie et aux rapports de force qu'il instaure enfin et surtout à ses contradictions ». Ce résumé établit donc le machiavélisme du projet de l'étudiante.

Les propos des membres de l'équipe retranscrits par Mehanna apparaissent à Michel Gaillard « parfaitement incohérents », voire même « décousus », « vides de sens ». Les collaborateurs du *Canard* souffriraient-ils tous d'une « lourde déficience mentale » ? ironise-t-il. Plus sérieusement, les transcriptions « souffrent d'insuffisances graves ». « Des propos humoristiques ou qui se voulaient tels ont été pris au premier degré. D'autres ont été interprétés de

1. Sylvie Caster et son avocat ne donneront pas suite à ces avertissements.

travers. En tout cas, plusieurs collaborateurs du *Canard* ont eu le sentiment d'avoir été d'abord trompés, puis trahis. »

Quant aux propos qui lui sont personnellement attribués, le directeur du *Canard* juge qu'ils ont perdu « toute forme de nuance », qu'ils ont été « déformés », « retournés ». « Mme Mehanna torture certaines phrases que j'ai (presque) prononcées pour me faire dire l'inverse. » Et tout ça pour justifier ses « conclusions hasardeuses ». Des phrases « presque prononcées » ! Avec de pareils démentis, Gaillard mériterait probablement un « mur du çon » dans ses propres colonnes.

Le directeur du *Canard* explique au professeur de sociologie politique que son étudiante s'est trop impliquée, qu'elle a perdu la nécessaire distance scientifique. « Son intérêt pour la misogynie au *Canard* en est un exemple. » Le sujet aurait « mérité une approche plus lucide ». « Mme Mehanna a le droit de préférer les aigreurs et les petites querelles aux manifestations de bonne humeur et aux propos des gens heureux, écrit Michel Gaillard. Mais est-ce bien la marque d'une démarche scientifique que de se consacrer aux uns sans même évoquer l'existence des autres ? »

« En résumé, le travail qui m'a été soumis m'apparaît comme déloyal dans son élaboration, partial dans sa démarche et fallacieux dans son contenu. Je vous serais obligé de me tenir informé de la suite que vous entendez donner à ces observations », conclut, comminatoire, le directeur du *Canard*.

Quelques semaines plus tôt, Philippe Braud avait déjà été informé par Micheline Mehanna des remous qu'avait provoqués la remise de son mémoire. Il avait sermonné son étudiante. « Il ne faut pas diffuser un mémoire d'étape, lui avait-il reproché, jamais. C'est trop imprudent. » Elle lui explique qu'elle s'était engagée à le faire… Elle n'a fait que tenir sa parole. Philippe Braud lui suggère des modifications dans le plan, dont elle acceptera de tenir compte. Le 16 avril, elle s'engage à corriger son travail dans le sens des objections de son professeur. Elle envoie, le 13 mai, un nouveau plan manuscrit et le nouveau titre : « Le mode de production du *Canard enchaîné*, approche microsociologique ». Plus *soft* que « L'idéologie du *Canard enchaîné*, la dérision politique par le rire et l'investigation ». « Le *Canard* a cherché à la disqualifier, commente Philippe Braud. Je n'étais pas dupe. Son matériel était riche, ses conclusions claires. Elle décrivait un milieu sexiste, où chacun luttait contre l'autre, les hiérarchies étaient rigides, le fonctionnement presque totalitaire : les gens avaient peur. Je suis convaincu que le *Canard* ne voulait pas que l'on publie des choses désagréables sur lui. »

Un mois plus tard, le professeur répond d'ailleurs très fermement à Gaillard : « Il n'est pas dans mes habitudes de laisser des tiers s'immiscer dans mes relations professionnelles de direction de recherche, écrit-il. En l'espèce, le projet poursuivi par Mlle Mehanna. De deux choses l'une : soit ce mémoire sera conforme aux critères d'appréciation universitaires et il sera soutenu ; soit il ne le sera pas et le travail devra être repris. Mais, bien entendu, la décision sera prise en refusant toute pression extérieure et toute censure. S'il s'avérait qu'il enfreint les dispositions légales et réglementaires en vigueur, les plaignants légitimes pourraient faire valoir toutes les voies de droit existantes. Et le juge, dans sa sagesse, trancherait… »

Il envoie une copie à Mehanna. « Voici les doubles de lettres que je me suis résigné à envoyer en réponse. Ne vous laissez pas intimider. Faites un très bon mémoire. Et les retombées seront positives pour vous. »

Mais Michel Gaillard répond par une pression plus explicite, et en recommandé cette fois. « Il n'est nullement dans nos intentions d'exercer des pressions, écrit-il au préalable, encore moins de solliciter une censure comme vous l'écrivez de façon désobligeante. *Le Canard enchaîné* a fait l'objet de nombreuses études universitaires, en France et à l'étranger. Certaines étaient fort critiques et décapantes. Nous n'y avons vu qu'occasions utiles de remise en cause. Il serait pour le moins paradoxal et pour tout dire ridicule qu'un journal satirique s'oppose à ce que la satire s'exerce à son détriment. » Il ne demande que « de la loyauté et de l'exactitude ». « Le procédé qui a consisté à s'introduire dans l'équipe du *Canard* au prix d'un mensonge sur la nature du travail entrepris soulève une question de principe », répète-t-il.

« Quand bien même le travail de votre étudiante serait paré de tous les mérites, cette méthode deviendrait-elle acceptable au regard des règles universitaires, et plus simplement de la morale ? » Dénonçant les « distorsions », les « contresens » dans les propos rapportés, Michel Gaillard voudrait que l'on admette que « les exigences du travail universitaire » rejoignent celle du journalisme. Tout en signalant que « la faculté sera seule juge du contenu du mémoire », Michel Gaillard conclut en espérant que ses « quelques éléments de réflexion » seront « portés à la connaissance du jury qui se penchera sur le mémoire ».

Mais il se produit un rebondissement. En juin et juillet, plusieurs articles paraissent dans *Minute*, qui obtient et publie la première lettre de Michel Gaillard à Philippe Braud, comme des extraits du chapitre sur la misogynie au *Canard*. Dans l'ignorance des courroies de transmission entre les deux journaux (voir chapitre suivant : « Une citadelle sans femmes ») ou de leurs contacts policiers communs, Philippe Braud et Micheline Mehanna s'interrogeront longuement sur l'origine de cette fuite. Philippe Braud y voit une pression supplémentaire. « J'ai senti qu'on cherchait à me déstabiliser un peu plus en me faisant apparaître dans *Minute*, mais ça ne m'a pas influencé, raconte-t-il. Les appels téléphoniques émanant du *Canard* n'ont pas cessé jusqu'en septembre. Pierre Birnbaum, professeur référent de Mehanna, membre du jury de la soutenance, Jean-Claude Colliard, le directeur du département de sciences politiques, et Yves Jegouzo, le président de l'université Paris I, ont été contactés eux aussi. »

« Je suis universitaire, écrit-il à un collègue en septembre. En tant que directeur de recherche je ne peux pas tolérer les pressions qui s'exercent de l'extérieur pour censurer un travail qui obéit par ailleurs aux canons académiques. On essaie de faire tomber cette étudiante et de discréditer son travail en évoquant les publications de *Minute*. Il y a effectivement matière à réfléchir sur certaines méthodes qui peuvent être employées pour faire taire. »

La soutenance de Micheline Mehanna a lieu le 24 septembre 1996. La nouvelle version ne fait plus apparaître certains intitulés de chapitre ou de partie, comme « La misogynie au *Canard enchaîné* », « Le rire et l'investigation », « Le lien établi spontanément entre l'homosexualité et l'absence de femmes », « Au *Canard* on ne licencie pas, on écœure ». Mais on retrouve, intégralement, dans la nouvelle version, le texte de ces chapitres. Le *Canard* n'ira pas plus loin. Après un passage à vide, Micheline Mehanna abandonne l'idée d'entreprendre une thèse de sciences politiques. Dans un commentaire destiné à clore sa synthèse des événements, elle dit sa profonde déception.

« Rien ou presque ne change dans le contenu du mémoire entre la première et la deuxième version, si ce n'est le titre du travail – et ce détail est d'une importance capitale – et les titres généraux des parties ainsi que la disposition des chapitres dans le plan d'ensemble. La question de l'idéologie, au sens strict du terme, a été éliminée de la deuxième version. » Micheline Mehanna se réorientera vers la psychologie clinique.

28

Une citadelle sans femmes

Le *Canard* aurait-il un problème avec les femmes ? Arrivée en 1985 de *Charlie Hebdo*, Sylvie Caster était, en 1995, au moment des entretiens de Micheline Mehanna, la seule femme journaliste permanente de la rédaction du journal, sur un effectif de 50 salariés (Brigitte Rossigneux, chargée des questions de défense, ayant son bureau à l'ancien siège du journal, rue des Petits-Pères, d'où elle coordonnait les suppléments des *Dossiers du Canard*). Mais depuis longtemps, l'hebdomadaire faisait quand même semblant d'avoir des femmes journalistes dans ses rangs. « Valentine de Coincoin et Jeanne Lacane étaient des hommes qui écrivaient en faisant croire qu'ils étaient des femmes, explique Sylvie Caster à Micheline Mehanna. DD (Dominique Durand) a pendant des années signé Jeanne Lacane. Et les lecteurs étaient persuadés que c'était une femme. Je suis entrée au *Canard* dans ce contexte-là. Jamais de femmes qui y écrivaient auparavant. Mais une tradition d'hommes qui se faisaient passer pour des femmes. À l'évidence, c'est très particulier. Cette citadelle sans femmes. Et ces coin-coin, ces lacanes. Ces identités de "femmes" on ne peut plus *Canard*, Coincoin, Lacane, la femme qui n'écrit pas, c'est interdit. Mais l'homme se libère sous une identité travestie. »

Dominique Durand confie à l'étudiante qu'il a pris beaucoup de plaisir à écrire « Le courrier de Jeanne Lacane ». Cette rubrique initialement psy, « branchée », a évolué vers « certains sujets tabous pour les autres rédacteurs ». « Les homosexuels étaient appelés pédés, travelos. Cette rubrique m'a permis par exemple, par l'intermédiaire d'une prostituée, de découvrir ce milieu », rapporte Durand.

« Bernard Thomas et moi avons trouvé le titre de la chronique de Jeanne Lacane lors d'un bouclage à l'imprimerie de la rue du Faubourg-Montmartre, raconte Alain Grandremy. "Jeanne" en référence à la chanson de Brassens, "La cane de Jeanne", "Lacane" en allusion à Jacques Lacan, pour justifier le côté psy souvent abordé dans le courrier. Les deux ou trois premières chroniques ont été rédigées par Jean-François Bizot (d'*Actuel*) et Bernard Thomas. Ensuite Dominique Durand est devenu Jeanne sans discontinuer. » Par le passé, Jérôme Gauthier, *alias* Clément Ledoux, de son vrai nom Pierre Châtelain-Tailhade, avait été l'auteur des billets signés Valentine de Coincoin. On avait pu lire « Les recettes de Cousine Douille ». Dans un plus lointain passé, Robert Dieudonné écrivait sur la mode sous la signature d'Emma Ridigui, Alexandre Breffort signait Rididine, ou encore Irma La Douce. Les journalistes du *Canard* préféraient les consœurs sur mesure. Certes, l'épouse du fondateur du journal, Jeanne Maréchal, a été durant vingt ans la directrice de la publication, mais c'était au lendemain de la Libération, trois ans après la disparition de celui-là. Pilier de l'actionnariat, la veuve de Maurice Maréchal n'a pas écrit dans le *Canard*.

Micheline Mehanna était donc arrivée en terrain miné. Et certains journalistes n'hésitaient pas à lui demander si elle avait couché avec le directeur, ou avec l'administrateur, pour se voir ouvrir les portes du *Canard*. Mais ce n'était pas de la misogynie. Juste une habitude.

« Micheline, la lecture de votre chapitre sur la “misogynie au *Canard*” a été pour moi d’une grande violence, écrit Sylvie Caster. Il m’a effondrée pendant plusieurs jours. C’est un climat collectif si hostile à mon égard. Si haineux. Ces voix anonymes qui me discréditent, ce sont des personnes que je vois toutes les semaines. Des personnes que je connais depuis des années ! Imaginez l’effet que cela produit quand on les découvre en corbeaux.

« Lors de notre conversation au Béarn, ce café à Gambetta, vous m’avez dit que c’était Dominique Durand, “celui qui avait beaucoup fait pour moi” qui me traite d’“expérience non concluante”. [...] Quant à Michel Gaillard, avec qui j’ai eu beaucoup de difficultés que je dois gérer avec le plus de *self-control* possible, lui vous disait que j’étais une “chieuse”. Un “écrivain” et pas une “journaliste”. D’ailleurs même pas un écrivain.

« Vous avez pu remarquer que j’ai pas mal de difficultés au *Canard enchaîné*. Mais cela m’en surajoute une de voir ces insultes prendre visage. Et d’avoir à rencontrer leurs auteurs, d’avoir à leur parler “comme si de rien n’était”. Parfois, je doute ou je veux encore douter qu’ils m’aient ainsi déniée en tout.

« La lecture de votre travail m’a fait un effet très pénible. Ce dénigrement collectif. Par des voix anonymes. C’est effrayant. J’aimerais que vous disiez si c’est bien Gaillard, Bernard et Dominique qui vous ont tenu de tels propos. Afin que je sache où j’en suis. Avec ceux que je vois et avec qui je parle tous les lundis. »

Micheline Mehanna n’a pas vraiment pu rassurer Sylvie Caster. D’ailleurs, la journaliste a fini par annoncer à Michel Gaillard qu’elle saisissait le Syndicat national des journalistes (SNJ) du dossier, et des « conditions » qui lui « étaient faites dans le journal ». Elle s’est plainte aussi du courrier envoyé par son directeur à Philippe Braud. « J’ai trouvé ton courrier inadmissible à mon égard, écrit-elle à Michel Gaillard. Ainsi donc, d’après toi, ces interviewés anonymes qui se répandaient contre moi auraient seulement été piégés par une étudiante déloyale. Ils se sont avant tout largement piégés eux-mêmes. En faisant preuve qu'ils pouvaient aller jusqu'à tenir publiquement devant une personne extérieure des propos injurieux et destructeurs à mon encontre, sous le couvert de l'anonymat. [...] Et ce, au *Canard enchaîné* qui a pour image et réputation de dénoncer les pratiques scandaleuses chez les autres. »

Dans le mémoire soutenu par Micheline Mehanna, une version officielle portant le tampon de l'université, et n'ayant finalement fait l'objet d'aucune contestation, ni plainte d'aucune sorte, on retrouve les propos qui ont tant blessé la journaliste, mentionnée sous un « X » forcément reconnaissable.

« X est la caution du *Canard*. J'ai beaucoup fait avec A. pour la faire entrer au *Canard*. C'est une expérience non concluante. Elle croit qu'il y a un complot contre elle. Elle est braquée et ne dit rien. Il y a eu d'autres expériences de ce genre non concluantes [...] de femmes engagées au *Canard*. »

« La misogynie au *Canard* est collective et X en est le bouc émissaire. Tout lui retombe dessus. Ça empêche les problèmes entre eux. Ce sont des salauds et des lâches. Il suffirait que quelqu'un dise à M. G. qu'il exagère pour que les choses s'arrangent mais elle est très isolée et personne ne la soutient. Elle est blessée et elle ne mérite pas ça. C'est une lâcheté collective. Pour le *Canard*, une femme ne doit pas écrire en première page, ni en première partie. »

« On a engagé deux journalistes femmes. L'expérience a échoué. La seule femme au *Canard* est féministe à outrance. [...] C'est vrai, nous sommes misogynes au *Canard*. »

L'étudiante : « Pourquoi il n'y a pas de femmes au *Canard* ? »

Un journaliste : « Les femmes sont moins déconnantes que nous. X n'est pas drôle, elle est acide. J'ai mon opinion à ce sujet mais je la garde pour moi. »

Réponse d'un autre journaliste à la même question : « Je trouve ça honteux. C'est scandaleux. C'est une énigme pour moi. Je ne comprends pas pourquoi. Il ne peut pas y avoir de bonnes raisons, d'arguments valables. J'ai cru qu'avec le changement de directeur, les choses évolueraient, que le poids de la tradition diminuerait. Un journaliste homosexuel a été engagé récemment, chose qui ne se serait jamais produite il y a quelque temps. »

Certains parlent d'une conséquence de l'absence des femmes en politique. Deux autres justifient la situation : « Le *Canard* est un peu macho. On est entre mecs, une bande de copains. On se connaît depuis trente, trente-cinq ans, on déjeune entre nous, puis on fait une partie de poker, sans les épouses. »

« J'ai de bonnes relations avec les secrétaires. Et puis, il y a l'histoire du journal. Il a été créé pendant la guerre, dans les tranchées où il n'y avait pas de femmes [...]. C'est franchouillard, on est bien entre nous. Le *Canard* a embauché un homosexuel qui se revendique comme tel. C'est exceptionnel et même extraordinaire de la part du *Canard*. »

Micheline Mehanna signale la fréquence du lien établi spontanément par ses interviewés entre l'absence des femmes au *Canard* et l'engagement « récent » d'un journaliste homosexuel. Une seconde preuve, sûrement, que le *Canard* est alors en retard d'au moins vingt-cinq ans. Le mouvement des femmes ? Les droits des homosexuels ? Depuis les années 1970, le *Canard* regarde de loin. Très loin. « Beaucoup de journalistes reconnaissent ouvertement cette misogynie qu'ils revendiquent, analyse Mehanna. Leur tentative de se justifier est purement formelle. C'est une question d'image. J'étais une femme, et par courtoisie, par politesse, il fallait trouver des raisons. D'autres étaient gênés et prenaient conscience d'un état qui s'avérait moins anodin que prévu. Ils se posaient des questions. Le *Canard* est un journal "machiste", "on est entre mecs", "une bande de copains", "entre nous". L'analogie avec les milieux militaires, politiques et cléricaux est d'autant plus troublante que ce sont les cibles favorites du *Canard*. Le vocabulaire employé renvoie à un univers fermé, à une société close dont l'accès semble régi par des conditions rigoureuses. »

En réponse au journaliste qui prétendait bien s'entendre avec les secrétaires, l'une d'elles confie à Mehanna qu'il y a une « distance » entre la rédaction et l'administration. « Nous, on travaille entre femmes, confie-t-elle. Nous sommes quatre secrétaires, deux personnes pour l'abonnement et deux comptables. Les secrétaires travaillent au premier étage, les rédacteurs au second. À l'heure du déjeuner, chacun déjeune de son côté. Il n'y a pas de mélange. Il y a en fait peu de contact. » Dans l'esprit *Canard*, confraternité ne veut pas dire communauté.

À la fin de son enquête, Micheline Mehanna s'est demandé si Sylvie Caster avait choisi le titre de sa rubrique, « Calamity Caster ».

« Non, bien sûr. Il est ridicule, répond la journaliste. J'ai essayé de le faire changer. Il y a une femme qui écrit dans le *Canard* et c'est une calamité… Mon nom apparaît deux fois dans le journal. En bas de l'article, il y a mon nom véritable qui est le signe de mon identité, de ma personne. Et en haut de l'article, le discrédit, le nez rouge dont on m'affuble : "calamité". En somme c'est écrit tous les jours dans le journal. Il y a Sylvie telle qu'elle est, et le fantasme de la calamité. Parce que c'est signaler ouvertement, sans s'en rendre compte, qu'on a un problème avec les femmes et un problème calamiteux avec les femmes qui écrivent. Le problème sera réglé quand le *Canard*, ce *Canard* collectif, sera capable d'accepter que les femmes existent, que ça n'est pas un scandale horrible, un attentat, qu'elles puissent faire elles aussi du bon travail. »

Difficile. Sylvie Caster a finalement quitté le *Canard*. Michel Gaillard ne s'était pas déplacé à la commission arbitrale réunie à la demande du SNJ. Le journal a décidé de licencier la journaliste, en lui versant les indemnités légales.

« Avec Sylvie, la négociation s'est faite à l'amiable, et s'est terminée par un accord [1] », indique Michel Gaillard.

Dix ans plus tard, les effectifs féminins au sein de la rédaction ont plus que doublé. Outre Brigitte Rossigneux, toujours chargée de la défense, la direction a confié la rubrique « Couac » – naguère entre les mains de Patrice Vartin – à Isabelle Barré, et une nouvelle rubrique « Coups de barre » à Dominique Simonnot, qui prolonge ainsi les « carnets de justice », qu'elle tenait à *Libération* jusqu'en 2006.

1. Courrier de Michel Gaillard aux auteurs, 17 octobre 2008.

29

La cassette

Escaro avait songé acheter des forêts avec l'argent du *Canard*. Les commissaires aux comptes avaient suggéré d'investir dans l'achat d'une imprimerie. Puis d'un nouveau siège social, avenue de l'Opéra. Mais le *Canard* n'a finalement rien acquis. Le journal pourrait aussi se procurer son papier sur un an, en le payant cash, il économiserait 30 %, mais il ne le fait pas non plus [1]. En 1995, Yves Droumaguet, commissaire aux comptes de l'entreprise de 1964 à 1993, s'est dit « effaré de l'évolution de sa situation nette » : « Les bénéfices sont placés en grande quantité faute d'investissement. [...] Je connais peu d'entreprises qui pourraient supporter une telle masse de liquidités [2]. »

Le *Canard* est riche. Vraiment riche. De plus en plus riche. En 2008, il dispose de 91,7 millions d'euros de réserves. La presse qui reprend, parfois chaque semaine, les informations de l'hebdomadaire, s'intéresse très rarement à

---

1. Micheline Mehanna, *Le Mode de production du* Canard enchaîné, *approche microsociologique*, *op. cit.*

2. Entretien de Laurent Martin avec Yves Droumaguet, cité en annexe de la thèse de Laurent Martin.

l'entreprise qui l'édite, à sa gestion, à son argent. Comme à sa situation sociale d'ailleurs. On admire ses résultats. Exemple dans *Challenges* : « L'hebdo satirique dort sur un matelas douillet [...] de quoi vivre trois ans sur sa seule trésorerie, sans sortir un numéro [...]. Le *Canard* couve ses œufs d'or [...]. En fait de stratégie, le *Canard* ne revendique rien d'autre que la fidélité à une identité définie au début de la Première Guerre mondiale [1]. »

Le *Canard* lui-même évite généralement de parler de sa gestion. Le lecteur, le visiteur et le journaliste disposent, pour toute information, d'un article publié chaque année dans le *Canard*, la dernière semaine du mois d'août, en page 4. Cet article, le lecteur l'aura à peine remarqué, porte toujours le même titre : « Les comptes du *Canard* ». Son introduction est toujours la même. « Comme chaque année, *Le Canard enchaîné* publie l'intégralité de ses comptes ». Intégralité est beaucoup dire. Les chiffres ne remplissent qu'un dixième de la page. « Voici, comparés à ceux de l'exercice précédent, le bilan et le compte de résultat de l'année, approuvés par l'assemblée générale des actionnaires » précise le journal. Cependant le lecteur attentif peut y dénicher les chiffres clés de la santé financière du journal.

6,2 millions d'euros de bénéfice net en 2007 ; 7,7 millions d'euros en 2006 ; 5,9 millions en 2005 ; 4,9 millions en 2004 ; 4,7 en 2003...

Il faut revenir aux premières années de la gauche au pouvoir (de 1982 à 1985) pour constater que les bénéfices du *Canard* étaient alors retombés à un niveau presque nul [2].

En 2006, le *Canard* a enregistré une plus-value exceptionnelle en vendant des bons du Trésor arrivés à échéance.

---

1. « Le *Canard* mijote dans son jus », *Challenges*, 11 septembre 2008.

2. Les bénéfices en 1981 avaient atteint 5,96 millions de francs – pour une moyenne de 557 233 exemplaires vendus. En 1982, les bénéfices plongent à 0,10 million de francs ; en 1983, 0,03 ; en 1984, 0,04 ; en 1985, 0,03. Les bénéfices sont de retour en 1986 à hauteur de 7,56 millions de francs.

« La trésorerie est placée sur des placements de bons pères de famille, relatait Yves Droumaguet. À une certaine époque, il y avait autant de produits financiers que de produits d'exploitation. Le *Canard* a rétabli une proportion plus favorable. Les produits d'exploitation représentent [en 1995] entre 30 et 40 % du résultat d'exploitation [1]. » En 2007, son portefeuille de valeurs mobilières était en majorité composé de sicav [2].

La diversification est l'un des interdits du *Canard*. Elle avait été tentée par son fondateur Maurice Maréchal trois ans après la création de l'hebdomadaire, avec le lancement, et l'échec, du *Quotidien de Paris* en février 1918. La seconde tentative, en avril 1924, avec *Le Pélican*, un autre hebdomadaire, échoue aussi. Ces plantages s'inscrivent dans l'histoire du journal. Avant de quitter le *Canard* en 1975, l'investigateur Jean Deligny utilisa sa qualité d'actionnaire pour suggérer, sans succès, que le *Canard* apporte un soutien financier à certains confrères. « J'avais fait la proposition incidente de prélever un dixième des fonds affectés aux réserves, qui représentaient plusieurs centaines de millions de francs, et de répartir cette somme à des journaux qui recherchaient des fonds, comme *Libération*, *Le Libertaire*, et *Gardarem lo Larzac*, raconte-t-il. Mon idée a fait l'objet d'une discussion très timide par les actionnaires, puis elle a été balayée d'un revers de main. Mais j'ai été aussitôt considéré comme un actionnaire en marge, dans une position d'hérétique. D'autant plus que je n'avais pas approuvé le procès-verbal de la séance [3]. » En mai 2006, un journaliste de *Libération*, invité à la soirée annuelle du *Canard*, ose approcher Nicolas Brimo, l'administrateur du journal, pour lui

1. Entretien de Laurent Martin avec Yves Droumaguet, cité en annexe de la thèse de Laurent Martin.

2. En euros. Sicav CNP : 14 865 000 ; titres NMPP : 300 000 ; titres CFC : 152 000 ; titres coopérative Faximpress : 152 000 ; titres coopératives SAPHP/SPPP : 1 540 000 ; titres Bred : 8 539 000.

3. Entretien avec l'auteur, 20 juin 2008.

demander si le *Canard* ne pourrait pas entrer dans le capital du quotidien en crise. Nicolas Brimo clôt aussitôt la conversation. « On n'a pas envie de crever avec vous », lance-t-il, fanfaron.

La seule diversification du *Canard* aura donc été la publication régulière d'almanachs, reprenant les dessins de l'année écoulée. Dans les années 1950, l'hebdomadaire publie aussi les *Dico Canard* » de l'année, de petits fascicules, parfois thématiques. Le lancement en 1981 d'un premier numéro des *Dossiers du Canard*, entièrement réalisé par les journalistes maison, peu avant l'élection présidentielle, « Giscard la monarchie contrariée [1] », se révèle assez lucrative avec 400 000 exemplaires vendus (18 francs le numéro). Dès lors, la direction a renouvelé l'expérience, pour installer leur produit, largement concocté par des pigistes, à raison de trois ou quatre numéros par an.

Le *Canard* préfère donc laisser fructifier son magot chez les banquiers. « Le bénéfice a été entièrement affecté aux réserves, conformément à nos usages, et à notre volonté de renforcer l'indépendance du journal », lit-on chaque année dans l'article sur la santé de l'hebdomadaire. En 1993, lesdites réserves s'élevaient déjà à 160 millions de francs – l'équivalent d'un an de chiffre d'affaires. Aujourd'hui, leur montant est cinq fois plus élevé. « Depuis que le *Canard* a failli tomber dans les bras du groupe Hachette en 1953, on s'est juré de ne compter que sur nos bénéfices pour rester indépendants [2] », explique alors Michel Gaillard au *Nouvel Économiste*.

« Depuis la fin des années 1960, le *Canard* a toujours gagné de l'argent, sauf en 1982, où l'on a trop tardé à augmenter le prix, explique Nicolas Brimo à l'historien Laurent Martin, en 1995. On a un gros matelas financier. Il se monte

1. Avril 1981.

2. Vincent Nouzille, « Un si gentil petit *Canard* », *Le Nouvel Économiste*, « Le Cahier samedi », 26 novembre 1993.

à peu près à une année de chiffres d'affaires. On ne possède pas d'actions pour des raisons déontologiques. Pas de sicav placées à l'étranger… Ce sont des dépôts à terme dans de grands établissements bancaires (dans les années 1950, des bons du Trésor). Nos réserves n'ont jamais été entamées pour des investissements. Le journal doit être rentable en exploitation[1]. »

« On peut toujours augmenter le prix de vente, mais sinon, pas question d'accepter la pub, pas question non plus d'accepter des actionnaires extérieurs[2] », certifiait l'ancien directeur, Roger Fressoz, en 1989.

Arrivé fin 1970, Philippe Tesson s'est dit frappé par l'étroitesse du *Canard*, de son équipe et de ses locaux, rue des Petits-Pères. « Et puis l'argent est venu, explique Tesson. Il a été dépensé de manière presque voyante. Un côté parvenu. Il y avait aussi cette inquiétude : pourvu qu'on ne nous accuse pas d'être devenus riches, d'avoir trahi. Une chimie de bonne et mauvaise conscience[3]. » En 1978, l'argent est visible. C'est Georges Marion qui le confie : « Quand je suis arrivé au *Canard*, je fus époustouflé par la qualité des restaurants qu'ils s'offraient. Il y avait beaucoup d'argent et c'était très nouveau pour moi, qui, depuis vingt ans, vivais avec très peu d'argent. J'ai constaté qu'on pouvait être contestataire et vivre bourgeoisement[4]. »

La sauvegarde de l'indépendance du journal est restée la justification officielle de l'autarcie. Le succès du *Canard*, pour Roger Fressoz, tenait à la stabilité de sa formule. Un hebdomadaire peu coûteux réalisé dans les conditions d'un

---

1. Entretien de Laurent Martin avec Nicolas Brimo, cité en annexe de la thèse de Laurent Martin.

2. « Un *Canard* atypique dans la mare des médias », *Stratégies*, 6 février 1989.

3. Entretien de Laurent Martin avec Philippe Tesson, cité en annexe de la thèse de Laurent Martin.

4. Entretien de Laurent Martin avec Georges Marion, cité en annexe de la thèse de Laurent Martin.

quotidien. « Un accroissement de pagination nous obligerait de tout revoir : le déroulé des rubriques, les délais de fabrication. Et nous obligerait notamment, à prévoir, à l'instar des autres hebdos, des pages dites "froides". De quoi sans doute dérouter les lecteurs habitués à nous lire frais comme un quotidien. Un journal doit garder son identité. Par exemple, nous avons beaucoup de lecteurs communs avec *Le Monde*. Or autant lorsqu'ils achètent *Le Monde*, ils veulent de l'épaisseur, de la quantité, autant quand ils achètent le *Canard*, ils veulent autre chose [1]. »

« La presse a longtemps entretenu un mauvais rapport avec l'argent, assure Jean-François Julliard, arrivé en 1985 au *Canard*. Il y avait une espèce d'insouciance, on ne regardait pas les frais, ce qui explique aussi les déboires d'une partie de la presse notamment quotidienne : *Libé*, *Le Monde* et même *Le Figaro*. Au *Canard*, on ne regarde pas le comptable comme un intrus [2]. » On fait même beaucoup appel à lui [3]. « Depuis Maurice Maréchal (le fondateur du *Canard*), le journal appartient aux rédacteurs, certifie Jean-François Julliard. En cas de décès, les actions sont réparties entre les autres journalistes. Elles ne peuvent être vendues. » En réalité, la famille de Maurice Maréchal a détenu la majorité des actions jusqu'au début des années 1970. Depuis, la société anonyme Les Éditions Maréchal-Le *Canard* enchaîné a mis en place un système de répartition des actions parmi les plus opaques qui soient.

---

1. Entretien de Laurent Martin avec Roger Fressoz, cité en annexe de la thèse de Laurent Martin.

2. « Un gallinacé en pleine forme », *US Magazine*, journal du SNES, 23 février 2008.

3. « Tous les journalistes utilisaient également mes compétences comptables à leur profit », a confié Droumaguet, qui se penchait sur les dettes et les pensions alimentaires des uns et des autres, allant jusqu'à téléphoner au receveur des impôts pour rééchelonner des paiements.

30

Petits arrangements entre amis

« Vous ne saurez pas qui détient les actions du *Canard* », avertit un ancien. Difficile à croire. Et pourtant, en sortant au greffe du tribunal du commerce de Paris, avec la copie du dossier 58B9332 des Éditions Maréchal-Le *Canard* enchaîné, on doit convenir que le sujet est difficile. D'abord, il n'est précisé nulle part que le capital est détenu par ses rédacteurs, ses journalistes ou, plus largement, son équipe. Ce qui contredit bien des légendes. Le 21 juin 2000, la société a porté son capital à 100 000 euros. Ce capital est divisé en 1 000 actions de 100 euros chacune. Article 10 : « La cession des actions s'opère à l'égard de la société et des tiers par un virement du compte du cédant au compte du cessionnaire sur production d'un ordre de mouvement. Ce mouvement est préalablement inscrit sur un registre, tenu chronologiquement, dit “registre des mouvements” [...]. La société établit la liste des actionnaires avec indication du nombre d'actions détenues et du domicile déclaré par chacun d'eux, préalablement à toute assemblée et au moins une fois par trimestre. »

Une liste, un registre, et un pouvoir apparemment dévolu aux seuls administrateurs. « La cession des actions ne pourra s'effectuer au profit d'une personne déjà actionnaire qu'avec l'agrément du conseil d'administration. » En cas de décès, il est prévu que les héritiers peuvent faire connaître la personne à laquelle ils voudraient attribuer les actions de leur proche, mais le conseil d'administration garde un droit de préemption en cas de désaccord... Les actions sont donc incessibles, et reviennent aux administrateurs du *Canard*.

Une seconde société, la société civile LCE, qui n'apparaît pas dans les statuts de la SA, complète le dispositif. Sans la nommer, Nicolas Brimo en a justifié l'existence à l'historien Laurent Martin : « La structure du journal est la suivante : une société anonyme, dont la majeure partie du personnel est actionnaire : c'est la société d'exploitation qui fait la totalité du chiffre d'affaires. La société civile [qui] possède le titre, et dans laquelle figurent les responsables du journal. Ils possèdent les parts de la société, qui ne rapportent aucun dividende[1]. » Selon Brimo, cette structure est le « moyen de protéger le capital et l'indépendance » ; c'est aussi, d'après lui, « le vœu écrit des fondateurs », « sans force légale, mais que respecte tout employé du *Canard* ».

Laurent Martin, dont le travail s'est échelonné sur plusieurs années, a pu avoir accès aux archives du journal, y compris à sa comptabilité. « C'est une marque de confiance que peu de journaux accordent, cela m'a été très précieux », souligne-t-il, tout en précisant que deux points sont « restés opaques[2] » :

1 – Les rémunérations. « Je n'ai pu en avoir connaissance que jusqu'à la fin des années 1970, explique-t-il. Et quand j'ai posé la question, on m'a répondu : "Il n'y a pas de données là-dessus." "Cela n'entre pas dans votre travail." C'est une règle interne : seulement deux ou trois personnes savent combien gagnent les autres[3]. »

---

1. Entretien de Laurent Martin avec Nicolas Brimo, cité en annexe de la thèse de Laurent Martin.
2. Entretien avec l'auteur, 10 juillet 2008.
3. *Ibid.*

2 – L'actionnariat. « Les actions sont distribuées de manière gratuite, mais combien de parts sont distribuées à chacun, je n'ai pas obtenu de renseignements à ce sujet. La question de savoir d'où vient l'argent me semble plus importante. La garantie économique, financière de l'indépendance d'un organe de presse m'importe davantage que la manière dont cet argent est géré en interne, combien gagne tel ou tel, etc. De ce point de vue, le *Canard* est plus *clean* que beaucoup de ses confrères [1]. »

Fondé par Maurice Maréchal et sa femme en 1915, *Le Canard enchaîné* est à l'origine une société familiale. Son modèle évolue au redémarrage du titre en 1945. Maurice Maréchal étant décédé en 1942, c'est sa veuve, Jeanne Maréchal qui prend le contrôle de la société éditrice. Elle en détient 54,1 % des actions. Pierre Bénard, ancien journaliste à *L'Œuvre*, devenu rédacteur en chef du *Canard* avant guerre, en acquiert 25 %. Résistant incontestable, Bénard s'affirme comme le directeur de l'après-guerre. Le reste de l'actionnariat est émietté entre 28 personnes dont des journalistes : Alexandre Breffort, futur pilier de la rédaction, Henri Monnier, Yves Grosrichard, Ernest Raynaud, dit Treno, le futur directeur, André Sauger, Henri Jeanson, le dessinateur François Lejeune, dit Jean Effel, et des proches de Jeanne Maréchal. Ces parts n'excédant pas 1 % chacune. C'est Pierre Bénard qui installe la société civile avec pour seule associée Jeanne Maréchal, copropriétaire du titre avant-guerre [2].

En 1953, Jeanne Maréchal repousse l'offensive et les offres du groupe Franpar [3] – c'est-à-dire de Hachette – alors soutenu par plusieurs membres de l'équipe – Yves Grosrichard, Henri Rochon et Maurice Felut. Parmi les fantômes du

---

1. *Ibid.*

2. À la Libération, l'autorisation de paraître était donnée à des personnes physiques et non morales. Faute de temps pour s'assurer que parmi les actionnaires ne figuraient pas d'anciens collaborateurs. (Précision fournie par *Le Canard enchaîné* aux auteurs, courrier du 17 octobre 2008.)

3. Alors éditeur, entre autres, de *France-Soir* et *Paris-Presse*.

journal, on se souviendra longtemps de « l'ogre » qui voulait dévorer le *Canard*. Jean Égen, lyrique : « Il y a plus d'une façon d'affaiblir un journal. Avec des complicités intérieures [...], lorsqu'il commence à battre de l'aile, l'ogre se met à travailler Jeanne Maréchal : "On vous l'achète et on vous le sauve !" Mais Jeanne est la mère du *Canard*. Une mère ne vend pas son enfant. Surtout pas à un ogre[1]. » « En 1953, le groupe Franpar-Hachette a acquis des promesses de ventes d'actions de la SA auprès de journalistes et d'un administrateur du *Canard*, l'opération s'est terminée en fiasco parce qu'il était impossible d'acheter le titre logé dans la société civile », précise aujourd'hui Michel Gaillard[2].

Secondée par Treno et André Sauger, et grâce à la reprise des ventes, Jeanne Maréchal reste donc maîtresse des lieux, jusqu'à son décès en 1967. Roger Fressoz, le futur directeur, fait son entrée au conseil d'administration, un an plus tôt. Mais, Jeanne Maréchal disparue, ses nièces Madeleine Prunier et Andrée Malladot héritent normalement de ses parts dans la société anonyme. En 1969, elles détiennent chacune 295 actions sur 1 000. Treno, le directeur, en a 88. Fressoz, son successeur, n'en a que 48. Le restant est émietté entre 18 actionnaires. Les nièces font leur apparition aux conseils d'administration des Éditions Maréchal-Le *Canard* enchaîné, comme scrutatrices... Madeleine Prunier y figure régulièrement jusqu'en 1994. Fille d'un frère de Jeanne Maréchal, elle avait été embauchée après guerre, comme secrétaire, au *Canard*, avant de devenir inspectrice des ventes dans le Sud-Ouest, en 1966, puis, de nouveau, secrétaire administrative.

Entre-temps, quelques bouleversements ont lieu. La société civile propriétaire du titre a été sécurisée par une association. En décembre 1987, Roger Fressoz, le directeur, dépose les statuts d'une association loi 1901, qu'il préside. L'association

1. Jean Égen, *Messieurs du Canard*, *op. cit.*
2. Courrier de Michel Gaillard aux auteurs, 17 octobre 2008.

Maurice-Maréchal[1] a pour but de défendre « les intérêts de la presse » et ceux du *Canard enchaîné* en particulier. La famille du fondateur est présente, mais l'« association » est en réalité complètement fermée : pour en être membre actif, il faut bénéficier de l'agrément de trois membres, être agréé par le conseil d'administration et être salarié du *Canard*, trois conditions cumulatives. Évidemment, on n'hérite pas de la condition d'adhérent, précisent curieusement les statuts. Par contre, la perte de sa « condition de salarié » fait perdre celle d'adhérent. Lors de sa création, les dirigeants du *Canard* et la famille Maréchal font apport à l'association de leurs parts dans la société civile. Ces apports nous renseignent assez précisément sur le pouvoir des uns et des autres en 1987[2]. « Dans la société civile, il n'y avait que deux associés. Mme Maréchal remplacée par Robert Treno puis Roger Fressoz et Pierre Bénard remplacé par André Sauger puis André Escaro, explique Michel Gaillard. L'association qui est devenue en 1987 associée de la société civile, sous Fressoz-Escaro, et qui en détient 97 % des parts, a permis d'ouvrir la gestion de la société civile aux principaux et aux plus anciens collaborateurs du *Canard* (l'association compte 4 salariés du *Canard enchaîné* et 4 ex-salariés)[3]. »

La famille Maréchal s'est donc diluée gracieusement, en vertu du testament des fondateurs. « Il n'y a eu aucun accord financier avec les héritières de Jeanne Maréchal, précise Michel Gaillard. À leur départ en retraite, elles ont remis leurs actions à la société anonyme ainsi que Maurice et Jeanne Maréchal en avaient exprimé le désir dans leur testament[4]. »

1. Présidée par Roger Fressoz, l'association a pour vice-président Gabriel Macé, pour trésorier André Escaro et pour secrétaire Michel Gaillard, le futur directeur.

2. Roger Fressoz : 3 199 parts, Gabriel Macé : 2 799 parts, André Escaro : 2 399 parts, Michel Gaillard : 2 100 parts, Jean Clémentin : 1 000 parts, Claude Angeli : 1 000 parts, Madeleine Prunier : 200 parts, Andrée Rat : 2 300 parts.

3. Courrier de Michel Gaillard aux auteurs, 17 octobre 2008.

4. *Ibid.*

Fressoz évoque publiquement ce tournant, en 1988, mais sans faire allusion à l'association qu'il vient de créer. « Le capital est détenu à 100 % par l'équipe du *Canard*, déclare-t-il à *Médias*. Nous sommes aujourd'hui 34 actionnaires. Gabriel Macé [rédacteur en chef] et moi possédons respectivement 12 et 13 % du journal. Pendant des années, c'est la famille du fondateur, Maurice Maréchal, qui détenait la majorité du capital. Actuellement, les parts sont obligatoirement cédées lors d'un départ du journal[1]. »

L'évolution de la répartition du pouvoir au sein du journal est perceptible dans l'association, qui coopte en son sein Nicolas Brimo et Erik Emptaz en 1993[2]. La direction se recompose encore en 1998 – date de la dernière modification déclarée en préfecture –, par la nomination de Michel Gaillard, nouveau directeur du journal, nouveau président de l'association[3]. Entre-temps, c'est un cabinet d'avocats fiscalistes qui s'est chargé de notifier les modifications à la préfecture. Une preuve, s'il en fallait, que cette association est aussi une affaire de gros sous. Le pouvoir au sein de l'association est complété par celui que les dirigeants se partagent au sein de la société civile. Michel Gaillard, Claude Angeli, Nicolas Brimo et l'association en sont les quatre administrateurs. Le *Canard* est donc triplement verrouillé. La société anonyme au sein de laquelle on est éventuellement coopté est verrouillée par la société civile propriétaire du titre, elle-même verrouillée par l'association.

« Le point central est de savoir qui a pris en main les délégations d'actions de la société anonyme, explique un ancien journaliste. Le *Canard* est devenu une société d'hommes de

---

1. « Le *Canard* pond des œufs d'or », *Médias*, 20 juillet 1988.

2. Dans l'ordre, les administrateurs sont alors : Roger Fressoz, André Escaro, Michel Gaillard, Madeleine Prunier, Andrée Rat, Claude Angeli, Nicolas Brimo, Erik Emptaz.

3. Dans l'ordre, les administrateurs deviennent : Michel Gaillard, Nicolas Brimo, André Escaro, Claude Angeli, Erik Emptaz, Claude Roire, Andrée Rat, Madeleine Prunier.

paille, où seuls les administrateurs peuvent gérer les actions et contrôler les assemblées générales. Les AG se terminent par des votes qui sont purement artificiels. Mais la difficulté est d'éclaircir comment s'effectue la distribution des actions au sein du personnel. Il y a celui qui, en nom, les détient, et celui qui, en nom, les accepte. » Selon de nombreux témoignages jusqu'au début des années 1980, lorsque la direction délivre ses actions, elle demande à son nouvel actionnaire salarié de signer un blanc-seing. « C'est un document que l'on vous fait signer selon lequel vous acceptez la cession de tant d'actions du *Canard*. Il y a un blanc pour y indiquer le cas échéant le nom d'un futur bénéficiaire. De cette façon, si vous ne marchez pas droit ou si vous quittez l'entreprise, que vous vouliez ou non vous défaire de vos actions, l'administrateur prend votre lettre, remplit le blanc par le nom d'un autre. Et l'on vous oppose que vous avez accepté la cession. » Plusieurs départs conflictuels ont mis au jour ce genre de liberté prise pas le *Canard*. Henri Deligny et, plus récemment, Roland Bacri ont saisi les tribunaux, sans succès. Deligny s'est vu opposer le document qu'il avait signé en blanc. Il n'a rien pu y faire. Arrivé en 1956, Bacri, lui, n'avait pas signé de blanc-seing pour la bonne raison que le caractère incessible des actions n'avait pas encore été institué. Pour cette raison, les dirigeants du *Canard* lui ont donc demandé, en 1999, de signer une lettre de renonciation au moment de sa mise à la retraite. Explication de Michel Gaillard : « Les actions du *Canard* sont non cessibles et sans valeur. Il existe, en outre, un engagement écrit par lequel l'actionnaire, qui a reçu gratuitement ses actions, s'engage à les restituer à la SA, à la première demande, et en tout cas, à son départ de l'entreprise[1]. »

Cette spécificité des actions du *Canard* ne va pas sans poser quelques problèmes juridiques. « L'administration a accepté que les actions restent non cessibles, à condition qu'elles ne

1. Courrier de Michel Gaillard aux auteurs, 17 octobre 2008.

donnent pas lieu à rémunération ni dividende[1] », explique Laurent Martin. La valorisation du patrimoine ne peut donc jamais se faire. La part du capital que l'on possède ne vaut rien. Sans revenu du capital, y a-t-il un capital ? Le *Canard* a donc inventé un système hors du capital mais tout autant pyramidal et opaque.

Les départs négociés permettent généralement aux salariés de céder, contre une prime, leurs actions. Mais tous les salariés n'en ont pas, soit parce que la direction ne leur en a pas offert, soit parce qu'ils n'en ont pas voulu. « J'ai toujours refusé par principe d'avoir des actions du *Canard*, raconte Claude-Marie Vadrot, resté dix ans dans l'entreprise. Il ne s'agissait pas d'une coopérative. Je leur disais : "Si vous mettez le *Canard* en coopérative, oui. Mais pas sous cette forme bâtarde de double société, avec des papiers signés en blanc." J'ai dit non, et ça n'a posé de problème à personne. À moi non plus, je touchais 18 mois de salaire par an[2]. »

Les journalistes actionnaires de base ignorent totalement le nombre d'actions détenues par leurs collègues. « J'ai eu un nombre limité d'actions, dit un journaliste. Un papier sur lequel il était stipulé que j'avais sept actions. Ces actions forment un pot, partagé entre tous, y compris le petit personnel. Lorsqu'il y a un décès, une démission, ou un départ en retraite, des actions se libèrent et elles sont redistribuées. Mais il y a une culture du secret autour de cela. Cette répartition est, en réalité, fonction de la cote d'amour, de l'ancienneté, et du rôle dans le journal. Seul Roger Fressoz a gardé une action après son départ. » Roland Bacri s'est souvenu d'un mot de Gabriel Macé : « Le jour où je meurs tes actions vont monter »... En réalité, elles n'ont pas augmenté ! Lors du procès engagé par Bacri devant les prud'hommes[3], les

1. Entretien avec l'auteur, 10 juillet 2008.
2. Entretien avec l'auteur, 7 mai 2008.
3. Voir chapitre « Roland Bacri a de la visite », p. 432.

responsables du *Canard* ont refusé de produire « le registre des actions » par « souci de confidentialité ».

C'est la culture maison qui le suggère : les salariés vivent dans l'idée – fausse – qu'ils sont dans une « coopérative ». Une structure qui protège et empêche toutes les incursions. Mais qui reste obscure dans son fonctionnement. « Je ne sais pas combien j'ai eu d'actions, confie Gilbert Florès, secrétaire de rédaction pendant vingt ans. Ce que j'ai pu avoir, c'est sur un papier que j'ai dû signer... En sachant que cela retomberait dans le pot commun [1]. »

Bien que son capital ne soit pas cessible, ni rétribué, le *Canard* « nourrit bien son monde ».

Ainsi, tous les ans, les journalistes et les patrons reçoivent, dans un esprit de partage, des « chocolats ». Ce moment est généralement très apprécié, même par les réfractaires. La « coopérative » n'offre pas de vrais chocolats, mais de généreuses gratifications, distribuées au personnel, devant un buffet bien garni.

« Le rituel est immuable, raconte un journaliste. La remise des "chocolats" a lieu dans la foulée de l'assemblée générale, dans la salle du troisième étage, la salle des dessinateurs. Pendant toute la journée, Michel Gaillard fait la même blague : "Je ne suis pas sûr d'être réélu cette année..." Autrefois, la maison offrait vraiment une boîte de chocolats à ses employés. Les boîtes ont été remplacées par une enveloppe. Le restaurateur du coin livre des bouteilles de grands crus classés et des pâtés, des saucissons et de la charcutaille en pagaille. Tout le monde est là ou presque : une quarantaine de personnes. La comptable, une dame un peu forte, a préparé des enveloppes nominatives. Ça commence à 18 heures. Ce n'est pas une distribution à proprement parler. La comptable passe discuter avec chacun et lui remet son enveloppe. Dans le temps, il paraît qu'il y avait du liquide à l'intérieur.

1. Entretien avec l'auteur, 16 juillet 2008.

Aujourd'hui c'est un chèque. "Votre gratification de juin 2008." Les gens qui veulent savoir ce qu'ils ont touché cette année doivent aller aux chiottes pour ouvrir la lettre. Parfois, c'est le défilé. Les gens la glissent dans la poche. Personne ne bronche. En 2007, un nouveau avait crié : "800 euros !" Il avait jeté un froid. Personne ne fait cela. André Rollin s'était plaint de sa prime aussi. Apparemment, la gratification va de 1 à 10. Les gens ne disent pas aux autres ce qu'ils ont dans leur enveloppe. Ça fonctionne au secret. C'est "la soirée" de Michel Gaillard. Il va de groupe en groupe et s'assure que tout le monde est content. C'est son rituel. »

Les journalistes du *Canard* sont parmi « les mieux payés » de la place de Paris, et ils le savent bien. « Les rédacteurs ont un salaire fixe – le salaire moyen se situant aux alentours de 3 750 euros – trois mois de salaire double et une prime versée en deux fois. » Leur salaire est généralement doublé. Et 7 500 euros n'est encore qu'un salaire mensuel moyen d'un journaliste confirmé[1]. Selon nos informations, les dirigeants du *Canard*, quant à eux, émergent à hauteur de 200 000 euros net annuels. Ce qui les place dans la fourchette des meilleures rémunérations de la « grande presse ». « Comment, quand on gagne autant d'argent, peut-on rester près des gens qui nous lisent, s'interroge un journaliste. Une partie du lectorat est composée de petits salaires. »

L'ancien rédacteur en chef Jean Clémentin s'en était ému, lors d'un conseil d'administration, en 1985 :

« Certains salaires, tout compris – la mensualité et les primes – sont énormes, et du reste inconnus de l'ensemble du personnel. De combien le budget du *Canard* s'enrichirait-il si les plus hauts salaires étaient plafonnés à 50 000 francs par mois ? Au *Canard* qui se veut une maison de verre, les questions d'argent sont taboues, traitées avec le même mystère que

---

1. La masse salariale de 2007 est de 6 478 868 euros. Rapportée aux 80 salariés, cela donne un salaire mensuel moyen de 6 748 euros.

les primes des fonctionnaires des Finances dont nous nous sommes si souvent amusés et indignés [1]. »

Ce secret est évidemment paradoxal pour un journal qui milite pour la transparence des revenus et de l'impôt des politiques ou des industriels. Inutile de dire que la transparence des salaires n'est pas un concept qui, en interne, a retenu l'attention des dirigeants du *Canard*. La bonne fortune du canard a permis aux administrateurs de placer 10 millions de francs en 2007 sur la création d'une retraite « chapeau ». La paix sociale semble assurée par la taille de l'entreprise. « Outre les 25 rédacteurs, et le staff d'illustrateurs, nous travaillons régulièrement avec une quarantaine de pigistes et une centaine de journalistes non fixes [2] », précise Gabriel Macé, en 1988. L'entreprise affiche aujourd'hui 81 salariés, que le *Canard* dispense d'un comité d'entreprise (CE). « Le P-DG – en l'occurrence moi – signe tous les ans un constat de carence, explique Michel Gaillard. Ce document, adressé à l'administration, constate qu'aucun salarié ne s'est porté candidat à l'élection d'un comité d'entreprise. Il faut croire que les salariés du *Canard*, qui en sont aussi les actionnaires et élisent chaque année les membres du conseil d'administration, n'éprouvent pas le besoin d'être représentés dans d'autres organes [3]. »

Journaliste syndiqué, Claude-Marie Vadrot découvre à son arrivée en 1974 que le *Canard* n'a pas de CE. À *L'Aurore*, candidat sur la liste du Syndicat national des journalistes, il avait été élu représentant du personnel et secrétaire du comité d'entreprise. « Escaro m'a dit ça ne sert à rien, et puis on n'est pas le nombre de salariés qui impose d'en avoir un [4] », se souvient Vadrot. C'est en effet au-delà de 50 salariés, que la loi oblige les entreprises à créer un CE. « Pendant un moment, il

1. Lettre de Jean Clémentin, extrait publié par *L'Esprit libre*, novembre 1994.
2. *Médias*, 20 juillet 1988.
3. Courrier de Michel Gaillard aux auteurs, 17 octobre 2008.
4. Entretien avec l'auteur, 16 juillet 2008.

n'y avait pas le nombre suffisant, concède Alain Grandremy, ancien secrétaire de rédaction. Par la suite, le cap des 50 salariés a été dépassé, et la direction établissait un procès-verbal de carence, qui stipulait que le personnel consulté ne souhaitait pas la création d'un comité d'entreprise. André Escaro disait qu'un CE modifierait tout notre comportement vis-à-vis du personnel. Au *Canard*, on est tous égaux, mais certains le sont plus que d'autres. »

« C'est une coopérative, où certains sont plus coopérateurs que d'autres, s'amuse Gilbert Florès. Les gens se disaient aussi qu'un comité d'entreprise risquait de leur faire perdre certains avantages. Qu'ils seraient payés moins, infiniment moins. Les primes n'auraient peut-être pas lieu d'être. Les horaires de travail risquaient d'être plus contraignants. Un certain nombre de salariés se contentaient d'être présents deux à trois jours par semaine. Et lorsqu'ils travaillaient pour *Les Dossiers du Canard*, ils étaient payés en plus. L'idée générale était que chacun trouvait son compte dans l'opacité[1]. » Certains apprécient. C'est le cas de Claude Roire, journaliste économique venu de *L'Express* en 1976 et nommé trésorier de l'association en fin de carrière[2]. « Quand je suis arrivé, j'étais persuadé qu'ils étaient tous francs-maçons et qu'il y avait des règles secrètes, se souvient Claude Roire. Qu'il y avait une structure apparente, et une structure cachée. Tant que tu n'es pas de la confrérie, tu as l'impression que c'est mystérieux. Mais ça ne l'est pas. En réalité, au *Canard*, on peut parler au patron comme avec un pote. Il n'y a pas de structure de dialogue collectif, mais les reproches se règlent entre nous, entre quat'z-yeux. C'est très agréable. On a un rapport personnel avec les quatre dirigeants – Gaillard, Brimo, Angeli, Emptaz –, ou l'un des quatre. J'y vois les bons côtés de la petite entreprise[3]. »

---

1. Entretien avec l'auteur, 16 juillet 2008.
2. Claude Roire a pris sa retraite en avril 2008.
3. Entretien avec l'auteur, 12 septembre 2008.

31

Meurtre de Yann Piat, un « polar » de Jérôme Canard

« Je suis l'œil dans la tombe, ça les emmerde. » Dix ans après avoir quitté le *Canard*, André Rougeot vit dans une petite ferme joliment aménagée non loin de Limoges, à deux pas d'Oradour-sur-Glane. « Normal, pour un limogé [1]... » Il peint des sexes féminins en gros plan sur fond de paysages célèbres. Venise. Le désert. L'Espagne. Son œuvre, *Le Tour du monde en 80 contre-jours*, est encore en cours. Rougeot passe ses journées à l'étage, dans les combles aménagés en atelier, où il prend en photo ses modèles avant de les peindre. Les restaurants des environs lui ont acheté des toiles et, parfois, il expose. Cet ancien militant communiste, né à Champigny-sur-Marne, la ville de Georges Marchais, s'est confectionné un petit nid douillet loin de Paris, où il vit avec sa femme, fonctionnaire de police aux Renseignements généraux, qui elle aussi sera bientôt en retraite. Dans l'entrée, un drapeau français, « pour les grandes occasions », et cette une du *Parisien*, encadrée, « L'affaire Rougeot », dont il ne regrette rien. « Pâlot », comme le surnommait Claude

1. Entretiens avec l'auteur, 24-25 avril 2008.

Angeli, a gardé de ses dix ans au *Canard* un sens intact de la formule assassine et réserve sa plus belle dent à son ami et ancien camarade : « Je dois tout à Claude Angeli. Pendant trente-six ans, il m'a toujours aidé… jusqu'à ce coup de poignard dans le dos au moment de mon affaire. » Rougeot marque une pause pour appuyer sa chute : « Dans le haut du dos quand même, je précise. » La formule l'amuse. À ses pieds, des charentaises bien sûr. « Je n'aime pas les chaussures, cela me donne de l'asthme. » Les charentaises sont à l'affaire Rougeot ce que les bottines de Roland Dumas furent à l'affaire Elf. Un symbole sur mesure. Il a suffi que son « informateur », « Jojon », apparaisse sur France 2 avec ses pantoufles matelassées pour qu'en une seule image le mystérieux « général », inspirateur de six articles tonitruants du *Canard* et du livre *L'Affaire Yann Piat, des assassins au cœur du pouvoir*[1], vire au Grand Guignol. À eux deux, André Rougeot et Jojon ont bien failli avoir la peau de l'hebdomadaire. « Ça s'est cristallisé sur le bouquin, mais y en avait moins dans le bouquin que dans les papiers du *Canard* », assure Rougeot. Il s'en est fallu d'un cheveu…

« Je suis né un lundi de Pâques, j'ai démarré l'armée à la Toussaint, et j'ai commencé au *Canard* un 14 Juillet. » André Rougeot aime les dates. « Ma famille était communiste, chez moi on avait fait la Résistance dans la SNCF et le jour de la mort de Staline, j'ai pleuré avec mon père en lisant *L'Huma*. Ma mère nous a ramenés sur terre en disant : “Regardez ces deux imbéciles.” » À quinze ans, le jeune André veut devenir journaliste. Il écrit à *Paris-Match* qui lui répond que « pour devenir journaliste, il faut avoir des relations ». « Je me suis donc rabattu sur *L'Avant-Garde*, le seul journal où j'en avais. C'est Claude Angeli, qui a onze ans de plus que mois, qui m'a confié mon premier papier. » Rougeot en garde de bons souvenirs. « Les soirs de bouclage, on s'amusait à

1. André Rougeot et Jean-Michel Verne, *L'Affaire Yann Piat, des assassins au cœur du pouvoir*, Flammarion, 1997.

réveiller les bourgeois au téléphone. Claude appelait un numéro au hasard dans le 16e, demandait à la femme qui décrochait si elle avait un fils. Si elle en avait un, Claude, se faisant passer pour un policier, nous disait : “Arrêtez de taper, j’ai retrouvé la mère” et nous, à côté on faisait du bruit, tout le monde se marrait. Depuis cette époque, je n’ai plus jamais vu Angeli rire. » Après *L’Avant-Garde*, Rougeot part faire le bidasse, puis Angeli le réengage à *Nous les garçons et les filles*. C’est encore « Angelo », « le chef », ou « le grand sifflet » comme il l’appelle (« J’aurais dû l’appeler Iago ») qui le fait embaucher à Tourisme et Travail, un organisme de la galaxie du Parti communiste français. Par la suite, Rougeot part une dizaine d’années dans le Sud, à Arles, où l’embauche *La Dépêche arlésienne*, puis remonte vers Paris, à *L’Huma*, où il signe sous le pseudo de « Rodo » du nom de son fils Rodolphe. En 1984, Angeli le fait engager par Polac à « Droit de réponse ». « Quand je suis remonté à Paris, Claude s’était porté caution pour mon appartement. À l’époque, on se voyait presque tous les samedis soir. On allait dîner avec nos femmes, ou on allait au ciné, et après on jouait au flipper. Souvent, il testait ses projets de papiers sur nous. Mais quand je suis entré au *Canard*, on a presque aussitôt arrêté de se voir en dehors. » André Rougeot est engagé au sein de l’hebdomadaire en 1985, après le départ de Georges Marion, pour suivre les affaires de police. « Au *Canard*, il n’aiment pas les flics… Il y a plein de sujets dont ils ne voulaient pas entendre parler. Au début des années 1990, je leur dis un jour en conférence de rédaction qu’il y a une agression au couteau par semaine à Paris. Pas de réaction. Quelque temps après, je dis qu’on est passé à quatre. Ils m’ont traité de Front national… Ensuite, quand c’est passé à une par quartier de Paris, je suis revenu à la charge. Gaillard m’a dit : “Tu nous emmerdes, les apaches aussi se tapaient dessus au couteau.” Après, ç’a été les SDF… Je leur donne le vrai chiffre du nombre de sans domicile fixe en France. J’entends encore Angeli soupirer les bras ballant : “Mais Pâlot, tu ne te rends pas compte de ce que tu dis !" Une autre fois je rentre de Grenoble et je leur raconte qu'il y a eu 100 bagnoles incendiées dans l'année. Angeli m'a traité de fou et de malade ! Je les sentais un peu dépassés, ne voyant pas grand-chose du monde réel. À l'époque, j'étais franchement le seul à prendre l'avion pour un reportage. Tout le système consiste pour eux à ne pas bouger des environs du journal. » Mobile, Rougeot déniche quelques scandales : « Quand j'ai ramené l'affaire des écoutes sauvages au sein de la Mairie de Paris, ils n'en voulaient pas au début. Dans ce genre de situation, Angeli a aussi une phrase fétiche : "On ne discute pas avec les brouettes, on les pousse." » Rougeot organise aussi des déjeuners pour « le chef ». Il lui présente Yves Bertrand, le patron des RG, qui à son tour organisera un déjeuner avec Raymond Marcellin. « On aurait dit une réunion d'anciens combattants après la guerre froide », se souvient Rougeot. Angeli déjeune aussi avec Massoni, sous les auspices de Rougeot. « On critiquait Massoni d'avoir été nommé préfet de l'Aube, je lui ai dit qu'il valait mieux avoir été nommé préfet de l'Aube que du crépuscule... »

Pâlot, pendant ces années, travaille aussi sur l'affaire Carrefour du développement. « C'est moi qui voyais tout le monde, je passais mon temps dehors, parfois en banlieue jusqu'à 11 heures du soir, et je ramenais tout à Angeli qui écrivait les papiers. Un an avant que n'éclate l'affaire Bérégovoy, j'avais aussi rencontré un flic à Nevers qui m'avait parlé de ces histoires d'argent. Le policier était au courant de tout. Au journal, j'en parle à Angeli en rentrant. Il m'a répondu : "Si tu enquêtes là-dessus, il ne faut pas que cela te gêne dans ton travail", j'avais compris. » En langage Angeli, selon Rougeot, cela voulait dire « laisse tomber ». À cette période, le « commissaire Rougeot », comme on l'appelle au *Canard*, travaille aussi sur Jacques Médecin et révèle des transferts suspects entre le Japon et les États-Unis. « Ça leur plaisait, Médecin, on pouvait y aller... Y avait des sujets comme ça. De façon générale on dit que le *Canard* fait trembler la République, mais c'est faux. C'est plutôt, par moments, la République qui branle dans le manche. » Rougeot travaille aussi sur l'espionnage du congrès du PS par les Renseignements généraux. « Liffran avait eu un tuyau et Angeli m'a demandé d'aller voir du côté des flics. » Il se met aussi derrière François Léotard et enquête sur sa maison du Var, sa « gentilhommière », comme le *Canard* la baptisera. « Tout ce qui touche aux affaires financières, c'est compliqué de le traiter au *Canard*, raconte Rougeot. D'abord parce que pendant très longtemps ils n'y comprenaient rien, ensuite parce que dans des textes courts de deux feuillets, c'est difficile à raconter de façon simple. » Bref, Rougeot vivote, dans l'ombre du « chef ». Jusqu'au 25 février 1994.

Ce soir-là, la députée UDF-PR du Var, Yann Piat, est assassinée près de son domicile d'Hyères. Le lendemain matin, la France se réveille en songeant à Palerme. L'émotion est énorme. Un député abattu ! La police parviendra-t-elle à arrêter les assassins et les commanditaires ? Oui. Et plus vite que prévu. En juin, le juge Thierry Rolland et les policiers en charge de l'affaire démantèlent la « bande du Macama », un bar-restaurant du port d'Hyères qui appartient à Gérard Finale. Lucien Ferri reconnaît avoir tiré sur Yann Piat et Marco Di Caro avoir conduit la moto. L'affaire a été rondement menée. Des petites frappes locales se sont prises pour des parrains et ont voulu éliminer une « gêneuse ». Simple. Trop simple. Et trop rapide. La machine à échafauder des contre-scénarios va se mettre en route. C'est désormais un grand classique : une théorie du complot est toujours tapie derrière chaque vérité officielle. Au lendemain du 11 septembre 2001, n'a-t-on pas dit que les Américains avaient eux-mêmes fait sauter le Pentagone ? Dans le Var, malgré les arrestations de la bande du Macama, les esprits s'échauffent... Jusqu'à ce juillet 1996, vers 17 heures. Le téléphone sonne au *Canard enchaîné*. André Rougeot décroche. La conversation va durer trois quarts d'heure et va faire basculer la vie de Pâlot.

« Ça s'est passé exactement comme je l'ai raconté dans le livre, assure Rougeot aujourd'hui encore. Je suis allé les voir... » Le 24 juillet suivant, premier article de la série dans le *Canard*. Haut de page 3 : « Des barbouzes militaires en savaient plus que les policiers sur le meurtre de Yann Piat ». Sous-titre : « Des écoutes téléphoniques, un 357 magnum de la police, une vieille 404 noire, une moto de plus, un avion qui emporte aussitôt un élu du Var : et voilà le travail... » Alors que l'instruction du juge Rolland touche à son terme, l'article signé Rougeot aligne les « révélations ».

« Quand Yann Piat a été assassinée, le 25 février 1994, son téléphone était sur écoute depuis plusieurs mois. Elle avait été branchée à la demande d'un service de l'armée. »

Le *Canard* ne dit pas lequel. Mais il indique que les « barbouzes militaires » avaient ainsi appris qu'une « blanchisserie », autrement dit une opération homo, était en cours. Ces écoutes révéleraient aussi, selon le *Canard*, le mobile du crime : Yann Piat aurait en effet découvert que des affairistes locaux et des « investisseurs mafieux » projetaient de construire une marina dans le golfe de Saint-Tropez.

« À en croire les lecteurs des écoutes téléphoniques, l'imprudente Yann Piat aurait dénoncé ces troubles projets à des amis politiques qu'elle croyait sûrs. Hélas ! Certains d'entre eux marchaient dans ces combines. »

Un mois avant sa mort, la députée aurait reçu la visite d'un émissaire mystérieux dont les « militaires barbouzes » connaîtraient le nom, venu lui expliquer les risques qu'elle encourrait si elle déballait ses dossiers. Autre « révélation », le revolver du crime aurait carrément été repêché par des plongeurs de la marine, 17 jours après l'assassinat. Ce 357 magnum, selon Rougeot, proviendrait d'un lot fabriqué par la police, et aurait appartenu à un gardien de la paix du Var. Son percuteur, « phénomène rarissime, laisse une double trace sur les douilles. Comme par un fait exprès, cette trace se retrouve bizarrement sur l'unique douille découverte sur les lieux du meurtre », écrit-il. Rougeot suggère aussi qu'une autre équipe de tueurs était présente sur place. Il conclut en assurant que le soir de l'assassinat, deux « petits avions de tourisme ont décollé du terrain de La Môle, à 32 kilomètres d'Hyères ». « Direction l'Italie. »

« Le contrôle aérien militaire dispose des caractéristiques de ces appareils ainsi que leurs plans de vol. Ils ont même les noms des occupants, parmi lesquels un élu du Var. »

Si le *Canard* dit vrai, c'est toute l'enquête Yann Piat qui doit être reprise à zéro. La semaine suivante, Rougeot remet le couvert : « Les barbouzes militaires et l'affaire Piat (suite) ». Cette fois, Rougeot est plus précis sur le mystérieux émissaire qui serait venu voir la députée un mois avant sa mort : « Un élu du PR », écrit-il. Il lui aurait laissé par mégarde « un dossier détaillé et chiffré concernant des opérations immobilières prévues sur les terrains militaires mis en vente par le ministre de la Défense d'alors, François Léotard ». Rougeot assure aussi que Yann Piat était en contact avec les frères Saincené, « suicidés dix semaines après la mort de la députée ». Les deux frères, découverts morts dans le garage d'une villa à Tourtour dans le Var se seraient suicidés avec le gaz d'échappement de leur propre voiture. Nouveau détail du jour : les deux frères Saincené auraient eu un ordinateur acheté d'occasion à l'armée doté d'une « mémoire inerte ». Toujours selon le *Canard* « les enquêteurs de l'armée ont récupéré les mémoires inertes. Et en ont tiré six disquettes, plus une de résumé ». Ces disquettes parleraient d'un « homme d'affaires sicilien ».

Deux articles au vitriol, quasiment sans conditionnel. Avec des précisions redoutables. Des détails vérifiables : la marine a-t-elle récupéré un 357 magnum 17 jours après la mort de Piat ? Un avion a-t-il décollé de La Môle le soir du meurtre ? Quel élu PR du Var était à bord ? Des ordinateurs de l'armée sont-ils vendus aux enchères avec une « mémoire inerte » ? Le juge Thierry Rolland décide d'en avoir le cœur net. Il monte à Paris. Et sonne à la porte du *Canard*. Mal lui en prend. L'hebdomadaire réagit comme un seul homme.

« Lorsque j'arrive au journal, je retrouve Claude Angeli, mon rédacteur en chef, et Nicolas Brimo, journaliste politique et administrateur de la société d'édition. Nous nous concertons pour la forme : pas question de donner quoi que ce soit au juge[1]. » « C'est la première fois depuis la création du *Canard* qu'un juge pose les pieds dans nos locaux sans y avoir été invité », écrit la direction de l'hebdomadaire dans un communiqué. Pourtant Thierry Rolland ne vient pas chercher des sources, mais des documents. « Je ne vous demande pas de me donner le nom de vos informateurs, mais donnez-moi au moins les documents qui prouvent ce que vous avez écrit », explique-t-il. Devant le refus général, le juge menace de perquisitionner. « Je vous préviens, vous allez au clash », menace Angeli. Nicolas Brimo désigne un autre bureau que le sien, celui de Patrice Lestrohan, et l'équipée judiciaire partira sans le moindre papier à se mettre sous la dent. Pas plus que chez Rougeot. Le *Canard* devait-il s'opposer à cette perquisition ? « C'est un dogme au sein du journal. Pas question d'aider les flics, encore moins les juges, décode un journaliste maison. Reste que dans ce cas de figure, où il s'agissait de savoir si oui ou non on avait un début de preuve de ce qu'on avançait, ce dogme ne nous a pas rendu service. » Effectivement, la venue du juge Rolland, traité de « petit juge » dans le livre de Rougeot, n'avait rien d'un travail d'espionnage sur le *Canard* lui-même. Le magistrat n'était pas venu poser d'écoute, ou mener un dossier à charge contre le journal. Il était venu demander au journaliste auteur de deux articles au vitriol sur une affaire de meurtre contre un élu s'il avait des éléments concrets, tout en protégeant le secret des sources, lui permettant de faire avancer sa recherche de la vérité. À l'époque, le reste de la presse ne bouge pas non plus. Le communiqué du *Canard*, le jour même, donne le ton, indigné : « C'est la première fois

1. André Rougeot et Jean-Michel Verne, *L'Affaire Yann Piat, des assassins au cœur du pouvoir*, *op. cit.*

dans l'histoire du *Canard* que ses locaux font l'objet d'une perquisition et qu'un de ses journalistes est victime d'un tel procédé. Faut-il préciser que les commanditaires de l'assassinat de Yann Piat ne se cachent pas dans les tiroirs des bureaux du *Canard enchaîné* ni sous le lit d'un de ses journalistes [1] ? » « C'est proprement inadmissible, déclare Claude Angeli à *L'Humanité* [2]. N'ayant pas obtenu de résultats au siège du journal, le juge a demandé au journaliste André Rougeot de le conduire à son domicile, où il a procédé à une seconde perquisition pendant deux heures et consulté son agenda. Tous les journalistes sont concernés. Où va-t-on, interroge-t-il, si n'importe quel juge, n'importe quel policier peut débouler dans le bureau d'un journaliste ? »

Fermez le ban. En venant sonner à la porte du journal, le juge essuie une volée de bois vert. Il aurait pu, involontairement, provoquer au sein de la rédaction un réflexe de prudence. Voire un débat. Pour savoir sur quels éléments reposaient l'enquête Rougeot. Qui sait alors si la suite aurait été la même ? « Cela a grogné un peu aux conférences de rédaction suivantes, se souvient Rougeot. Mais Angeli a calmé toutes les inquiétudes. Il a dit qu'il avait vérifié et que c'était moi qui avais raison. Cela a suffi à calmer les hésitants. » L'article suivant, du 11 septembre 1996, va aller plus loin encore : « Les noms de deux vedettes de la majorité dans un document "oublié" sur l'assassinat de Yann Piat », titre le *Canard*. « Un magistrat et des barbouzes militaires l'ont en main depuis deux ans », assure le sous-titre. Rougeot écrit que dans les ordinateurs des frères Saincené figurent les noms des deux commanditaires. Qu'un expert ayant réussi à réveiller la mémoire des ordinateurs a remis un document à « un haut magistrat de la cour d'appel d'Aix ». Et que des « officiers de la Direction du renseignement militaire (DRM) sont entrés en possession d'un document identique ».

1. Communiqué du 1er août 1996.
2. Jeanne Llabres, *L'Humanité*, 3 août 1996.

Rougeot, dans ce troisième article, donne une autre précision sur le mystérieux visiteur qu'aurait reçu Yann Piat un mois avant sa mort. Dans le deuxième papier il s'agissait d'un « élu du Var ». Cette fois-ci, il s'agit « de l'une des deux vedettes de la majorité », « la plus petite pointure des deux », précise même l'article. Autre « révélation » contenue dans l'ordinateur réveillé, le nom d'un des assassins présumés qui court toujours : « Un Aixois qui a jadis appartenu aux commandos Delta de l'OAS, puis au Parti des forces nouvelles et enfin, au milieu des années 1980, aux commandos Charles-Martel, spécialisé dans les ratonnades. » *Le Monde*, le soir même, cite les informations du *Canard*, avec prudence. « Le juge avait conclu au suicide des frères Saincené et rendu un non-lieu », précise le quotidien. Rien dans la presse – alors que les enquêteurs des autres journaux tentent de vérifier au moins une des nombreuses pistes avancées par le *Canard* –, ne vient étayer sa thèse.

Le 25 septembre, nouvel article de Rougeot en haut de page 3 de l'hebdomadaire. « Depuis le meurtre de Yann Piat c'est l'enquête qu'on assassine », titre le *Canard*. « Documents oubliés, mémoire informatique endormie, témoins négligés. La justice est pressée d'en finir. Seules les barbouzes qui mettent en cause deux vedettes politiques sont recherchées », avance le sous-titre. Le juge Thierry Rolland vient de clore son dossier. Le *Canard*, désormais, est bien seul avec ses « barbouzes ». Pourtant, le 2 octobre, nouvel article. « L'histoire d'un mystérieux revolver dans l'affaire Piat ». « Un 357 magnum qui aurait servi au meurtre de la députée du Var pourrait être vendu aux enchères », annonce le *Canard*. Rougeot raconte que des militaires de la DRM avaient envoyé au procureur général de Toulon, André Ride, le fameux revolver découvert par la marine 17 jours après le meurtre. « Quand le colis est arrivé au tribunal, curieusement, “il n'a intéressé personne”. » Un magistrat (qui n'est pas le juge Thierry Rolland) répliquera même que, selon les gens de la DRM, ce flingue « ne ferait pas avancer l'enquête ». Toujours selon Rougeot, qui a eu le procureur Ride au téléphone, mais qui ne se souvient pas de l'épisode, la marine s'apprêterait donc à vendre l'arme aux Domaines. Le 9 octobre, Rougeot remet une nouvelle fois le couvert. Mêmes éléments. Il répète une fois de plus que les clés pour comprendre l'affaire Piat se trouvent bel et bien dans l'ordinateur des Saincené et qu'un expert informatique a proposé de casser la dernière couche de la mémoire…

Malgré cette avalanche de détails, il ne se passe apparemment rien. La plupart des autres journaux hésitent encore à prendre parti dans ce bras de fer à distance entre le juge Rolland et le *Canard*. Sauf *Le Point*. Dans son édition du 12 octobre, sous la plume de Jean Guisnel, son spécialiste des affaires de défense, et de son investigateur Pascal Irastorza, le magazine reprend une à une les pièces du puzzle Rougeot. C'est un assassinat en règle. « La description des deux commanditaires politiques est à ce point transparente que *Minute* va jusqu'à divulguer les noms de François Léotard et Jean-Claude Gaudin », écrivent les journalistes du *Point*. En clair, un an avant que le livre de Rougeot et Verne ne sorte en librairie, il ne fait aucun doute que le *Canard*, dans sa série de l'été 1996, a déjà démasqué les deux élus. « Nous sommes allés au bout des investigations, résume un policier, excédé, cité par *Le Point*. Toutes les pistes ont été exploitées, sans aucune retenue. » Au ministère de la Défense, où Guisnel a ses entrées, l'affaire provoque des « haussements d'épaules ». « De source proche de la DRM, on a affirmé au *Point* que les récents rebondissements de cette affaire reposent sur des éléments "fabriqués". "Tout est inventé", résume un officier connaissant bien le dossier. » Le démenti de la Défense est « formel » sur les capacités de la DRM à se livrer aux prétendues expertises informatiques. Même démenti complet sur les capacités de ce service à s'autosaisir d'une affaire politico-française. *Le Point* qualifie l'hypothèse du *Canard* de « complètement loufoque, délirante même ! » Ça a le mérite d'être clair.

Mais le *Canard* décide de défendre sa thèse. Dans son édition suivante, un article, signé Jérôme Canard, tord le cou aux critiques du *Point*. « Pourquoi prétendre, afin de le démentir, que le *Canard* a parlé d'une enquête ordonnée par la Direction du renseignement militaire (DRM) ? Alors que nous avons toujours écrit qu'il s'agit d'une investigation menée, à leur initiative, par une équipe parallèle d'officiers de la DRM violemment opposés à certains élus du Var. Le *Canard* les connaît, les a rencontrés, mais pas *Le Point* », se défend l'hebdomadaire. Même démenti sur l'expertise informatique : « Le *Canard* connaît le nom de cet expert, sait parfaitement ce qu'il a trouvé dans la mémoire informatique et *Le Point* en revanche l'ignore. » Balle au centre. Elle va y rester un an. Le temps, pour Rougeot, de confectionner sa nouvelle bombe.

Jusque-là, ni Jean-Claude Gaudin, ni François Léotard, les « deux vedettes de la majorité », n'ont bougé. En ce mois d'octobre 1997, sort chez Flammarion un petit brûlot [1]. Rougeot s'est mis en tandem avec Jean-Michel Verne, son « pigiste » habituel sur la Côte. Journaliste indépendant, Verne, a alors quarante et un ans, pige pour *France-Soir*, *VSD* et *Le Progrès de Lyon*. Il a suivi l'affaire Piat, et a écrit tous les chapitres du livre sauf ceux qui reprennent les dialogues avec le « général ». C'est la grande nouveauté de l'ouvrage par rapport aux articles de l'été précédent. Cette fois-ci, Rougeot a mis en scène ses « révélations ». Rien de bien neuf, mais l'affaire se lit comme un roman avec un personnage clé, mi-enquêteur de terrain, mi-Sherlock Holmes : le « général ». « Tout cela ne tient pas debout », assure ce personnage en quatrième de couverture du livre, à propos de l'enquête officielle sur la mort de Piat. « Qui parle ? Un général de la Direction du renseignement militaire qui a contacté André Rougeot, journaliste au *Canard enchaîné*. Et

1. André Rougeot et Jean-Michel Verne, *L'Affaire Yann Piat, des assassins au cœur du pouvoir*, *op. cit.*

de lui préciser que son service était informé, grâce à des écoutes téléphoniques, que des contrats pesaient sur les victimes (NDLR : Yann Piat et les frères Saincené). Et ce, parce que ces dernières détenaient des documents compromettants sur deux élus du Parti républicain. Selon lui, les commanditaires des meurtres sont deux vedettes de l'ancienne majorité, qu'il surnomme "l'Encornet" et "Trottinette". Il affirme même que ses services, très bien équipés et performants, possèdent des photos du fameux "Encornet" en compagnie de chefs mafieux à Corleone, en Sicile. » Flammarion fait les choses en grand. Le livre, en quelques jours, inonde toute la presse. La semaine de la sortie, en page 2, une critique non signée [1] présente le livre dans le *Canard* :

« Affaire Piat : un polar assassin. C'est un véritable événement qu'a créé la sortie en librairie du livre d'André Rougeot, journaliste au *Canard* et de Jean-Michel Verne... La thèse qu'exposent les auteurs n'est pas nouvelle puisque le *Canard* en avait publié l'essentiel au cours de l'été 1996. Mais elle est proprement stupéfiante... La justice aurait pu, depuis plus d'un an, explorer cette piste aux allures d'affaire d'État. Le juge a préféré aller son bonhomme de chemin jusqu'à l'ordonnance de clôture. Une enquête bâclée, des expertises balistiques approximatives, des témoins oubliés, des vérifications négligées, des experts sous influence, il ne manque aucun ingrédient pour assurer la crédibilité... d'une enquête parallèle. Mais le juge n'a pas trouvé le temps d'étudier la question. Pas plus qu'il ne s'est penché sur les affirmations de "barbouzes" militaires qui ont glissé à l'oreille de Rougeot de fracassantes hypothèses sur l'arme du crime qui aurait été repêchée au fond de la Méditerranée... Une histoire à donner le tournis. Mais qui a, au moins, le mérite du charme romanesque... Car Rougeot raconte son enquête – inachevée – comme un polar... Les dialogues sont dignes d'un film noir américain. »

1. « Affaire Piat : un polar assassin », *Le Canard enchaîné*, 8 octobre 1997.

Le *Canard* garde donc son cap et continue de faire corps avec Pâlot. « La thèse qu'exposent les auteurs du livre n'est pas nouvelle », admet le journal. Rougeot et Verne, rencontrés à l'époque dans un bistrot en face de leur éditeur, semblent sereins. Verne avance d'entrée qu'il n'a eu aucun contact avec le général. Rougeot refuse de donner les véritables noms de l'Encornet et de Trottinette. Pourtant, cette fois-ci, ils circulent. Il suffit de lire *Le Point* du 12 octobre 1996. Le reste de la presse se met en branle : « Les incroyables révélations sur l'assassinat de Yann Piat », *L'Événement du jeudi* ; « La piste du scandale », *Le Figaro* ; « Le livre qui va faire scandale », *Le Journal du dimanche* ; « Les troubles accusations d'une "gorge profonde" », *Libération*. France Inter, invitant les auteurs un matin, va déclencher la riposte. En se rasant, François Léotard décide de contre-attaquer. Sa tribune, dans *Le Monde* du 8 octobre, est cinglante. « Le ministère de la boue »... « Une incroyable théorie d'impudeur et d'indignité a été construite par la voie d'un livre autour de ce meurtre, commence-t-il. Cette théorie ajoute à la mort d'une femme un sentiment de nausée dont le pays tout entier ne pourra pas se débarrasser facilement si la vérité n'est pas, de nouveau, recherchée. Oui, je le confesse, j'ai honte. J'ai honte, un instant, d'être de ce pays-là. J'ai honte pour ceux qui font profession de découvrir la vérité et qui s'accommodent, sans déplaisir, de la voir jetée ainsi, avec tant de désinvolture, dans le cul-de-basse-fosse du scandale... » La riposte de l'ancien ministre de la Défense est à la hauteur de l'accusation. « Quand aura-t-on la volonté d'empêcher que l'on utilise le beau principe de la liberté de la presse pour protéger de leurs propres turpitudes les tartufes, les imposteurs ou les truqueurs ?... Qu'attend le ministère de la Justice pour ordonner que soient ouvertes de nouvelles procédures judiciaires ? Qu'attend le ministère de la Défense pour prendre la parole au nom de militaires ridiculisés ou humiliés ? Qu'attend le Premier ministre pour lever le secret-défense sur un sujet où il n'a aucune raison de s'appliquer ? » s'interroge Léotard. Il est vrai que, depuis la salve du *Canard* de l'année précédente, ceux-là n'ont guère bougé. Son interrogation suivante est plus codée : « Qu'attend le ministre de l'Intérieur pour mettre un terme à l'activité d'un service administratif qui est devenu, au fil du temps, le studio glauque où se fabriquent les ridicules montages de l'indignité nationale ? » La phrase n'est pas faite pour le lecteur lambda du *Monde*. Elle s'adresse au contraire à quelques spécialistes. Le « service administratif » que vise Léotard en ce jour d'immense colère, s'appelle les Renseignements généraux. Depuis des mois, « Léo » soupçonne les RG, et leur patron, Yves Bertrand, ainsi que Jean-Charles Marchiani, l'ex-préfet du Var, d'alimenter contre lui cabales et « enquêtes ». Jean-Michel Verne, dans un livre postérieur à l'affaire, accréditera la thèse de la manipulation, lui aussi. « Tout ceci nous renvoie au rôle tenu par l'ex-patron des Renseignements généraux, Yves Bertrand, écrit-il. Il demeure obscur. André qui était très proche du patron des RG affirme dans le livre avoir rendu compte à ce dernier de l'avancée de son enquête. Yves Bertrand semble l'avoir lui aussi conforté dans sa démarche. Pourtant, il s'est bien gardé de témoigner à notre procès [1]. » « Rougeot se confortait tout seul, juge Yves Bertrand aujourd'hui. Son livre, il ne l'a montré ni à Angeli ni à moi. C'est lui qui avait une source fantaisiste [2]. »

Malgré cela, l'ancien patron des RG restera en contact tant avec Angeli qu'avec Rougeot, au moins jusqu'en 2002 [3].

À la rédaction du *Canard*, l'inquiétude commence à monter. *Le Parisien* du 9 octobre fait sa manchette sur « L'affaire Rougeot » et signale en titre intérieur : « Rougeot soutenu par le *Canard* ». « Il faut savoir », ordonne l'édito

1. Jean-Michel Verne, *L'Affaire Yann Piat, retour sur une manipulation*, Privé, 2006.
2. Entretien avec l'auteur, 25 octobre 2008.
3. Les carnets d'Yves Bertrand attestent de ces rendez-vous.

de Noël Couëdel, le patron de la rédaction. *Le Monde* du lendemain est plus nuancé : « Malaise au sein de la rédaction du *Canard enchaîné* ». Selon le quotidien du soir, l'équipe du *Canard* est « déroutée », « abasourdie » voire « atterrée » par le livre. Des journalistes anonymes de l'hebdomadaire assurent que Rougeot a « pété les plombs »... Tout d'un coup, le *Canard* prend ses distances. « La rédaction a découvert le livre la semaine dernière grâce aux bonnes feuilles publiées par un hebdomadaire », écrit *Le Monde.* « En juillet, raconte Rougeot, j'avais vu Angeli avant de remettre le manuscrit à l'éditeur et je lui avais proposé de le lire. Les livres de Liffran et Guédé sur Chirac avaient été relus je crois, c'est pour cela que je lui ai proposé. Il m'a dit que ce n'était pas nécessaire... » Le livre est sorti avec deux dédicaces : « À Claude Angeli, rédacteur en chef au *Canard enchaîné* et au général XXX 34SA XXXXX ». Cette fois-ci, les plaintes partent. Léotard et Gaudin ont décidé d'attaquer. Cela va être la curée.

« Le jour du bordel, Gaillard me dit : "Tu vas faire un papier sur le bouquin", raconte Rougeot. J'étais pas très chaud. Je suis allé voir Angeli, il m'a dit : "Viens Pâlot, on va boire un verre", et on est descendus. » Pour André Rougeot, le vent tourne. Face à son vieux camarade, dans le bistrot d'en face, il y va de sa petite larme. « Pour l'impressionner », corrige-t-il. C'est Louis-Marie Horeau qui se colle à l'écriture d'une page entière du journal, signée « Une enquête de Jérôme Canard ». « Des pans entiers de l'affaire Piat laissés de côté par la justice », titre l'hebdomadaire. Cinq papiers différents meublent la page entière. « Des barbouzes à la trappe » reprend les hypothèses de l'été précédent et s'interroge sur l'immobilisme du juge Rolland. Rien de bien neuf. Toujours aucune preuve en provenance de Rougeot ou de son général. Mais le journal, pour l'heure, ce 15 octobre, va aussi prendre ses distances avec Pâlot. « La chasse au *Canard* », signé de Michel Gaillard, entame le découplage de Rougeot avec l'hebdomadaire. « Ne tournons pas autour de la mare, commence le directeur. À travers le livre *L'Affaire Yann Piat* d'André Rougeot et Jean-Michel Verne, c'est *Le Canard enchaîné* que certains voudraient plumer. » Bigre, la patrie est en danger. Gaillard sonne le tocsin et dénonce « l'amalgame entre l'hebdomadaire et le bouquin ». « Objection, riposte-t-il. Le *Canard*, c'est le *Canard* et le livre, c'est le livre. » Si Gaillard admet que son journaliste s'est appuyé sur son enquête de l'année passée, il assure que son « polar n'a pas été publié par le *Canard* et ne l'aurait pas été sous cette forme ».

« On comprendra dès lors que nous assumions pleinement le contenu des six articles parus dans nos colonnes du 24 juillet au 2 octobre 1996, mais rien de plus. » Gaillard assure que ces « articles distanciés, mesurés, pointaient, comme on le rappelle en page 4, les zones d'ombres de l'enquête officielle, ses bizarreries, ses multiples faiblesses et incohérences. » Un beau numéro d'équilibriste, puisque, comme on l'a vu, sur la base des six articles en question, les enquêteurs du *Point*, un an auparavant, avaient déjà démasqué Léotard et Gaudin comme étant les deux « vedettes de la majorité » désignées. « Ces articles n'ont fait l'objet d'aucune plainte, ni même d'une seule réponse, assure le patron du *Canard*. Nous sommes allés aussi loin que possible, à la limite, mais pas au-delà. » « Dans nos colonnes, les personnages mis en cause n'étaient pas identifiables », continue-t-il. C'est faux, mais dans la tempête de cet automne 1997, tout le monde va l'oublier. « Quant à certains bons confrères, conclut Gaillard, à l'adresse de ceux qui seraient tentés de faire des rapprochements douloureux, experts en déontologie, ils ont sans doute raison d'ouvrir un débat. Mais peut-être seraient-ils plus convaincants en faisant preuve de retenue. La profession de moraliste est du genre périlleux. »

Un monument cette chute. Toute la ligne du *Canard enchaîné* y est résumée. On n'enquête pas sur nous ! L'intimidation sera efficace. Rares sont ceux qui oseront s'en prendre au *Canard* alors qu'à l'évidence, « il y en avait tout autant dans les papiers que dans le livre », comme l'assure Rougeot. Effectivement, la profession de moraliste est du genre périlleux. Mais le moraliste en chef de la presse française, le *Canard* lui-même, déteste que d'autres jouent son rôle à ses dépens. La presse dans son ensemble, on va le voir, va accepter de laisser le *Canard* tranquille et de ne pas toucher à ses plumes.

Chez Flammarion, la riposte va donc se préparer seule. Les deux ministres ont déposé une plainte en référé pour demander en urgence des suppressions de passages entiers du livre. Rougeot est prié d'apporter ses billes. « Après un bouclage, on est allés avec Claude chez Flammarion où j'avais amené les six ou sept cassettes de mes enregistrements, se souvient Rougeot. Ils ont mis une cassette au hasard. C'était Jojon en train de chanter *L'Internationale* en russe. Cela a un peu cassé l'ambiance. » La suite sera un calvaire pour les deux auteurs. D'autant que *Le Monde*, jusque-là prudent, va devoir entrer dans la danse. Edwy Plenel, devant l'avalanche de réactions, décide de lancer une contre-enquête sur la thèse Rougeot-le *Canard*. « On savait déjà depuis la série de l'année précédente que tout cela ne collait pas, se souvient un ancien du *Monde*. Mais quand le livre est sorti, Edwy a commandé qu'on reprenne tout à zéro pour voir s'il y avait quelque chose de sérieux là-dedans. On s'est très vite rendu compte, tant avec le juge, le parquet, que chez les militaires, qui avaient déjà enquêté, que tout, mais vraiment tout, était foireux. »

Le patron du *Monde* va se retrouver dans une position délicate. Au-delà du *Canard*, c'est le travail d'enquête des journalistes qui fait débat. « Edwy s'est trouvé dans la situation de devoir démonter l'enquête de Rougeot pour sauver l'esprit d'investigation, raconte un de ses proches. Celui qui avait laissé publier cela, c'était quand même Angeli, pas n'importe qui... » Le patron du *Monde* et le rédacteur en chef du *Canard* décident d'une rencontre. La scène va se passer mi-octobre dans un bistrot à deux pas du *Monde*, sur les hauteurs du Panthéon. Angeli arrive abattu. « C'était un homme cassé », dira Plenel à un de ses amis. Au-delà du cas Rougeot dont, à l'évidence, Claude Angeli sait déjà qu'il s'agit d'une cause perdue, le rédacteur en chef livre ce jour-là à Plenel un de ses secrets sur Roland Dumas. De cette rencontre, Angeli apprend que *Le Monde* va publier dans les jours qui viennent une contre-enquête sur l'affaire. Et que rien ne vient conforter la thèse Rougeot. Autrement dit, que le journal du soir va sonner l'hallali. Et va mettre un terme définitif aux élucubrations publiées à partir du 24 juillet 1996 dans le *Canard*. Angeli comprend vite. S'il veut sauver son poste, sa réputation, et finalement son journal, il va devoir, avant la publication de ce dossier du *Monde*, couper définitivement les ponts avec son ami Pâlot. Il propose une interview. Plenel accepte. Elle paraîtra dans *Le Monde* du 17 octobre. « Dans un entretien au *Monde*, prévient le sous-titre, Claude Angeli, rédacteur en chef de l'hebdomadaire, critique l'ouvrage et n'accorde aucune foi à la thèse présentée. Il estime qu'un de ses auteurs, André Rougeot, a été "sous l'influence d'une équipe". » Pâlot est mort.

Deux semaines après la publication du livre, c'est une véritable exécution en direct pour Rougeot. « On ne peut pas comparer ce qui n'est pas comparable, commence Angeli. Les articles que nous avons publiés ont consisté à relater ce que disaient les informateurs à l'un de nos journalistes [...]. Nous avons publié ces éléments avec toute la prudence et la distance requises, en évoquant l'hypothèse, avancée par ces sources, de l'existence de commanditaires politiques, que nous avons simplement qualifiés de "vedettes politiques" de la région Provence-Alpes-Côte-d'Azur. À l'inverse des auteurs du livre, notre propos n'a jamais été de désigner tel ou tel élu, mais de mettre en évidence les multiples incohérences de l'enquête. » Angeli répète que le livre a été réalisé « en dehors » du *Canard*. Il se défend aussi d'avoir apporté la moindre confirmation à Rougeot. « André Rougeot n'a pu que mal comprendre. Je me souviens très bien lui avoir dit que je venais d'apprendre qu'une enquête interne à l'armée était en cours, après la publication du premier article dans *Le Canard enchaîné*, pour identifier ses sources. Je ne savais rien de plus. » Rougeot se trompe donc quand il assure, aujourd'hui encore, qu'Angeli a dû, plusieurs fois, apporter sa caution pour que ses papiers sur l'affaire passent. « Angeli disait : "J'ai vérifié, c'est Pâlot qui a raison" », martèle Rougeot, qui a vécu cette interview au *Monde* comme un « coup de poignard dans le dos ». D'autant, comme on l'a vu, que la ligne de défense du *Canard* est plutôt bancale :

1) Les deux vedettes de la majorité étaient identifiables, et ont été identifiées, dès 1996 ;

2) Comment admettre qu'un travail journalistique sérieux consisterait simplement, comme le prétend Angeli, à « évoquer l'hypothèse avancée par des sources » ?

Rien, dans les six articles de Rougeot n'était ni vérifié, ni recoupé par rapport à ses sources. Au contraire, les démentis en provenance du procureur, du juge, et du ministère de la Défense étaient soigneusement raillés si ce n'est carrément tus. C'est donc plus d'un an auparavant que l'enquête Rougeot aurait dû être recadrée, vérifiée, recoupée, et, au final, en l'état, interdite... Pour un journal qui se pose en champion de l'investigation, cette enquête était contraire à toutes les règles. C'est une chose de recevoir des documents et de les publier. C'en est une autre que de croiser des sources et de mener ses propres investigations sur la durée. Deux métiers différents. Aux États-Unis, où le journalisme d'enquête est roi, un journal pris la main dans le sac d'une telle bavure y aurait laissé sa chemise. Le travail de Rougeot, au *Canard*, était assez inédit. Il avait décidé de reprendre une enquête judiciaire dont il ne partageait pas les conclusions. Dans ses papiers, il menait sa propre enquête. Il travaillait ses sources au fil des semaines. Mais il ne recoupait rien. Pire, il éliminait tout ce qui ne collait pas avec sa thèse. Le crash était certain. Le *Canard* ne doit qu'à ses capacités d'intimidation, tant vis-à-vis des autres journaux que vis-à-vis des politiques, que l'accident n'ait pas eu lieu un an plus tôt. Avec un garde des Sceaux qui aurait exigé la vérité, avec un ministre de la Défense qui aurait défendu l'honneur de ses militaires de la DRM, avec un parquet, des juges et des policiers qui n'auraient pas supporté de voir leur enquête piétinée, avec d'autres journaux (hormis *Le Point*) qui se seraient fait un devoir de vérifier, l'enquête du *Canard* aurait été démontée un an plus tôt. Pourquoi cela ne s'est-il pas produit ? C'est toute la puissance d'intimidation du *Canard* – tant vis-à-vis des autres rédactions, où il compte de si nombreux collaborateurs rémunérés, que vis-à-vis des politiques, qui savent à quoi s'attendre s'ils se montrent hostiles – qui a joué. Interdit d'enquêter sur l'enquêteur... Tous ceux qui ont été victimes de *fatwa* du *Canard* en savent quelque chose. Les « moralistes » se sont tus... Les enquêteurs aussi.

Pâlot, mais il est trop tard, va devoir assumer seul. « J'ai appelé Angeli le jour de l'interview du *Monde*, en lui disant qu'il fallait que je le voie, il m'a dit de passer vers 18 heures, mais quand je suis arrivé au journal, il n'était déjà plus là. Je suis tombé sur Gaillard qui m'a dit qu'il ne savait pas pourquoi Claude avait fait cela, et de me "démerder" avec lui. Je n'ai jamais pu en discuter... » Le dossier du *Monde* sort le 25 octobre. Il met en pièces une à une toutes les pistes de l'affaire. Plenel, dans un édito qui accompagne cette exécution journalistique d'un travail journalistique, défend *Le Canard enchaîné*, allié indispensable de la démocratie.

Pour Rougeot, les ennuis vont redoubler. Sous la pression de son éditeur, il a fini par lâcher le nom de Jojon comme étant l'une des voix parlant sur ses cassettes. Deux jours plus tard, toutes les caméras de télé et tous les micros sont devant la villa varoise de Jacques Jojon. Le « général », en charentaises, admet avoir rencontré Rougeot, ainsi qu'un groupe d'amis... « Êtes-vous le mystérieux général ? – Ma position est de vous répondre non. Rougeot s'est servi de conversations que nous avons eues avec plusieurs personnes à partir de 1996 », explique-t-il. Se présentant comme « ingénieur informaticien en retraite », atteint de sclérose en plaques, Jojon est en fait un banal employé commercial, déjà connu de la justice pour escroquerie (il se faisait passer pour conseiller fiscal ou… général en retraite). Plus question de lutter. Flammarion retirera carrément le livre de la vente. L'addition sera à la hauteur du scandale. Salée. « Ça m'a coûté au total 150 000 euros », estime André Rougeot. Autant pour l'éditeur et pour Jean-Michel Verne qui n'y était pour presque rien. Ce dernier en fera d'ailleurs un livre : *L'Affaire Yann Piat, retour sur une manipulation*[1]. Une déroute. D'autant que la justice, tant dans le cadre de l'affaire Piat que dans celui de l'affaire Saincené, a rouvert des enquêtes. Aucune trace de « mémoire espionne » dans l'ordinateur des Saincené. Aucune trace d'une quelconque arme du crime retrouvée par la marine. Aucune deuxième équipe sur place le soir du meurtre. Les hommes du Macama seront condamnés sans que rien ne vienne ébranler la vérité judiciaire du juge Rolland.

André Rougeot, entre les séances devant les tribunaux, retrouve le chemin de son bureau. L'ambiance autour de lui est morose. « Pendant un an, je suis venu le matin, je mangeais tout seul à midi, je revenais l'après-midi, et le soir je rentrais chez moi… Un jour Angeli m'a demandé de venir le voir. Il m'a emmené dans le bureau du premier étage où l'on allait être seuls et m'a dit que je ne pouvais plus signer dans le journal. Je lui ai répondu que je passais tous les jours devant le Père-Lachaise, et qu'il était plein de gens qui avaient signé et qui ne signaient plus… Ça l'a scié. Le tout pour moi c'était d'être vivant. » Pendant un an, à chaque conférence de rédaction, André Rougeot s'assoit à la table. « Angeli passe la parole au mec qui est avant moi, puis au

1. Jean-Michel Verne, *L'Affaire Yann Piat, retour sur une manipulation*, *op. cit.* « C'est la première fois depuis Gutenberg qu'un type fait un livre pour dire qu'il est con et qu'il en a la preuve », raille Rougeot.

suivant en me sautant… J'étais devenu invisible. J'ai proposé un tas de papiers qui ne sont pas passés. J'ai eu même envie de faire un livre : *Tout ce que vous auriez su si je n'avais pas été au placard*. J'ai dû faire une brève en un an. La brève la plus chère de l'histoire de la presse. » Les mois passent. Personne n'ose apparemment « virer » Rougeot. « Ils attendaient que je parte, je crois. Quand on a discuté de mon licenciement avec Gaillard, il m'a emmené boire un café en face. Il m'a dit que j'étais un "coriace" et que je tenais bon. » En décembre 1998, Rougeot fait ses valises sans tambour ni trompette. « Gaillard en partant m'a proposé de continuer de piger si je voulais… » Rougeot rend ses cinq parts de la société et décampe avec un chèque. Mais sans un mot d'Angeli. « Au moment de l'affaire, sa femme m'avait fait passer un petit message qui disait que s'il ne le faisait pas il allait se faire engueuler »…

Dix ans plus tard. Mai 2008. Rougeot évite Paris. « Je suis repassé une fois au journal et Angeli et Gaillard ont filé au deuxième étage direct pour m'éviter. J'ai croisé Brigitte Rossigneux qui m'a lancé qu'elle allait voir des flics en me demandant si elle devait "leur rouler une pelle pour moi". Je lui ai dit : "Non merci, j'ai ce qu'il faut à la maison et j'en ai assez roulé aux gendarmes à ta place." » Ambiance. Rougeot peint. Mais n'a pas oublié. Son Jojon ? « C'était un leurre, je ne pouvais pas dire qui était le vrai général », qu'il appelle aujourd'hui « le vieux ». Rougeot maintient sa thèse du complot que la justice a rejetée à plusieurs reprises. Rougeot se cramponne à ses fantômes. Le *Canard* a survécu à l'affaire. Lui, « l'œil dans la tombe », promet de refaire parler de lui. Un jour. « Après la mort de certains… »

32

« Ils ont fait le minimum »

En novembre 1997, une nouvelle affaire, nullement fantasmée, démarre. Une amie de Roland Dumas, le président du Conseil constitutionnel, dort en prison. Tous les journaux s'agitent, à l'exception du *Canard*. Le *Canard* résiste au courant. Il tourne le dos au concert médiatique. Et il a une raison particulière, presque personnelle, de se tenir à l'écart. La mise en cause de Christine Deviers-Joncour dans l'affaire Elf, préfigurant celle de Dumas lui-même, place sa direction en mauvaise posture vis-à-vis de l'ami, de l'avocat fidèle, du ministre de Mitterrand. L'embarras est palpable. Compréhensible. Comme avocat, Roland Dumas a représenté le *Canard* devant les tribunaux durant plus d'une dizaine d'années [1]. En novembre 1998, Louis-Marie Horeau, ironisant sur les journaux qui ont « fait du sort de Dumas un sujet d'éditoriaux, de polémiques, de controverses », a admis le malaise, un an après le début de l'affaire, dans un édito du *Canard* : « Ah, ah ! Voyez ce journal, si prompt à redresser les torts, qui fait plume soyeuse et palme câline pour un avocat qui fut son avocat et reste son ami !... C'est un bien

1. Voir chapitre « Le canardeur », p. 206.

vilain crime, en effet, que d'avoir des amis. Roland Dumas fut, rappelons-le pour nos lecteurs les plus jeunes, notre avocat attitré jusqu'en 1980. Sans rien oublier, rien renier de cette époque, cela ne nous oblige pas à être son avocat aujourd'hui[1]. »

Le *Canard* n'était donc pas l'avocat de l'ancien ministre de François Mitterrand. Le *Canard* cherchait, peut-être, la bonne distance… Engagé dans une bataille – qui va durer deux ans – pour son maintien à la présidence du Conseil constitutionnel, Roland Dumas, lui, sait gré au *Canard* de n'avoir pas suivi les autres journaux. « Le *Canard* n'a pas participé à la "campagne" du *Monde* contre moi, se félicite l'avocat. Ils ont fait le minimum[2]. »

Par le nombre de personnes mises en cause, les conflits d'intérêts entre eux, la technicité des détournements, les batailles de procédures, l'affaire Elf était sûrement difficile à suivre et l'erreur d'appréciation vite arrivée. Mais les articles du *Canard* relevaient d'une stratégie à long terme assez lisible.

1. Les juges étaient contestés et diabolisés.
2. Les autres suspects souvent marginalisés et ridiculisés.
3. Seul Roland Dumas semblait se défendre avec de solides arguments.

Observée sur six ans, à compter de l'incarcération de l'amie en 1997 jusqu'au procès en appel en 2003, cette présentation orientée des faits pouvait se comprendre en interne comme une application de la méthode Coué à l'affaire Elf. Le lecteur du *Canard* qui s'attendait à suivre, comme avant, la piste de l'indélicatesse, devait s'habituer à regarder ailleurs… Le lecteur du *Canard*, coutumier des questions aux ministres et aux présidents, voyait son journal répondre à leur place : « Circulez y a rien à voir ! » Il suffit de feuilleter le dossier des articles du *Canard* consacrés à l'affaire pour s'en

1. *Le Canard enchaîné*, 11 novembre 1998.
2. Entretien avec l'auteur, 24 juillet 2008.

convaincre. Cela commence délicatement. Par une forme d'omerta. Pour commencer, rien ne vaut le silence.

Du 5 au 15 novembre 1997, toute la presse s'est fait l'écho de l'incarcération de Christine Deviers-Joncour. Alors que le nom de Roland Dumas apparaît presque aussitôt dans les journaux, et se lit sur certains titres [1], le *Canard* ne dit mot. Le 28 novembre, il ne mentionne discrètement le nom de Deviers-Joncour qu'au détour d'un article sur les salaires de complaisance versés par la filiale d'Elf en Suisse [2]. Début décembre, les journaux dévoilent, en rafale, l'embrouillamini des frégates de Taiwan : l'affaire a valu à l'amie de Dumas une commission de 45 millions de francs, c'est beaucoup pour l'attachée de presse qu'elle prétend être… [3]. Roland Dumas dénonce très vite « une campagne de calomnie destinée à [le] compromettre », dans un communiqué, le 5 décembre. Son avocat, Me Christian Charrière-Bournazel – tiens : c'est aussi un avocat du *Canard* –, rend publique une plainte pour « violation du secret de l'instruction ». Des plaintes ne tardent pas à être déposée contre les journaux. Premiers touchés, *Le Parisien* et *Le Monde*.

Mais le *Canard* attend encore, trois semaines, pour livrer son premier article explicatif. « Du pétrole à la vente de frégates, les deux juges d'Elf veulent toucher à tout [4] » titre le *Canard*, déjà critique.

« La rumeur en court au Palais de justice, les deux magistrates semblent obnubilées par la personnalité de Roland Dumas », avertit Nicolas Beau. « Christine Joncour a usé de

---

1. *Le Parisien*, 5 novembre 1997 : « Eva Joly veut entendre Roland Dumas » ; *Le Point*, 8 novembre : « Les relations de Roland Dumas » ; *Le Journal du dimanche*, 9 novembre : « Eva Joly vise Roland Dumas ».

2. Nicolas Beau, « Les gisements secrets du groupe Elf », *Le Canard enchaîné*, 28 novembre 1997.

3. *Le Parisien*, 3 décembre 1997 : « Roland Dumas en ligne de mire » ; *Libération*, 5 décembre : « L'affaire des frégates menace Roland Dumas » ; *Le Monde*, 5 décembre : « Un lien est établi entre l'affaire Elf et la vente par Thomson de frégates à Taiwan ».

4. *Le Canard enchaîné*, 24 décembre 1997.

ses relations pour amener le gouvernement français à accepter le principe de la vente des frégates [à Taiwan], explique-t-on dans son entourage. Mais elle n'y est pas parvenue : Roland Dumas ayant toujours été opposé à cette vente de frégates. Une somme de 45 millions versée pour une démarche infructueuse. Voilà qui surprend. » Avec des juges « touche à tout » et « obnubilées », pour le *Canard* l'affaire est mal partie.

Pourtant les juges continuent. Mardi 27 janvier 1998, elles perquisitionnent au domicile, et, rue de Bièvre, au cabinet d'avocat du président du Conseil constitutionnel. « Deux juges ébranlent le Conseil constitutionnel », résume la manchette du *Monde*, qui, dès le 31 janvier, dans un éditorial, en appelle à la démission de Roland Dumas [1]. La semaine suivante, le *Canard* monte finalement au créneau sur une pleine page. Une enquête ? Non. Il dénonce « Les invraisemblances de l'affaire des frégates et d'un versement de 65 millions sans motif valable [2]. » « La juge Eva Joly espère trouver dans les banques suisses les clés de l'énigme. Et des raisons d'impliquer Roland Dumas, lit-on. Suivant cette piste [des frégates], les deux magistrates ont cherché, sans succès pour l'instant, à atteindre Roland Dumas, à l'époque ministre des Affaires étrangères », note Nicolas Beau.

« Le feuilleton Elf-Thomson-vedettes taiwanaises était presque parfait, ironise Louis-Marie Horeau. Il y manquait un parfum politique un peu enlevé, avec la mise en cause d'une personnalité de premier plan. La descente des juges Joly et Vichnievsky chez Roland Dumas a comblé cette lacune. Au revoir l'affaire Elf. Voici l'affaire Dumas [3]. » Les juges nourrissent donc leur feuilleton.

---

1. « Un conseil en péril », *Le Monde*, 31 janvier 1998.

2. « Les invraissemblances de l'affaire des frégates et d'un versement de 65 millions sans motif valable », *Le Canard enchaîné*, 4 février 1998.

3. « Pendant ce temps-là Dumas refait ses comptes », *Le Canard enchaîné*, 4 février 1998. Les citations qui suivent sont extraites du même article.

« Ce moment était attendu avec une impatience non dissimulée par les deux magistrates, assure Horeau. On sait que pour le moment les deux duettistes de choc n'ont pas beaucoup progressé sur le dossier dont elles sont saisies. »

Dans l'affaire des frégates, la « position de Dumas paraît plutôt solide », résume, sans parti pris aucun, le journaliste. « L'idée selon laquelle il aurait pu profiter d'une partie des commissions versées à son amie Christine Joncour, pour prix de son influence sur le marché des vedettes vendues par Thomson à Taiwan, est battue en brèche. » « Un document prouve » que « jusqu'au dernier moment, il s'y est opposé ». Ce document n'est pas présenté, ni expliqué. « S'il a touché quelque chose, Dumas ne l'avait vraiment pas mérité », ironise un témoin. « Dans ce dossier on n'est pas à une incohérence près », juge le journaliste.

L'autre affaire, celle du compte en banque de l'avocat et « des mouvements d'argent liquide qui embarrassent Dumas », mérite les explications du *Canard*.

« Sur les virements en provenance du Gabon, Dumas est en mesure de produire un contrat de conseil en bonne et due forme, conclu alors qu'il n'était plus ministre et pas encore président du Conseil constitutionnel. » Nulle question à poser bien sûr sur ce « contrat en bonne et due forme »... Il n'est pas non plus présenté ni expliqué. Mais « pour les versements en liquide, les explications sont plus délicates ». « Amateur d'art, avocat fortuné, chargé des successions Picasso et Giacometti notamment, Dumas a pu vendre des œuvres, dans la discrétion, et en oubliant peut-être l'administration fiscale. » Péché véniel, semble dire le *Canard*, qui a pourtant fait pendant vingt-cinq ans œuvre de transparence fiscale sur les revenus d'un certain nombre de ministres... « Ces infractions seraient prescrites, pénalement mais pas politiquement. » « C'est bien là que le bât blesse : dans la meilleure hypothèse, si les affaires Elf et autres vedettes le laissent indemne, le soupçon aura fait son œuvre. »

Résumons : les juges « cherchent sans succès » à « atteindre » Dumas. Les « duettistes de choc », « impatientes » louves du palais, n'ont pas « progressé », mais Dumas pourrait rester victime du soupçon. Au sujet de son ex-avocat, le *Canard* a perdu sa velléité d'enquête.

Un mois plus tard, on apprend la prochaine convocation par les juges du président du Conseil constitutionnel. Alors que *Libération* est visé à son tour par une plainte de Roland Dumas [1], le *Canard* décide de taper du poing sur la table : « Les juges s'obstinent sur la piste Dumas [2] », titre l'hebdomadaire. Les juges sont « un peu déçues » que l'ancien P-DG d'Elf ne les aide pas à coincer leur « gibier vedette ». Cette fois c'est l'anonyme Jérôme Canard qui plaide : « Eva Joly et Laurence Vichnievsky semblent donc pousser leurs feux vers l'entourage de Roland Dumas pour tenter d'établir une étroite "complicité" entre les divers protagonistes de l'affaire Elf. Leur dernière stratégie consisterait à démontrer que les liens entre Dumas et Christine Deviers-Joncour expliquent seuls la décision du groupe Elf de verser au total plus de 60,5 millions à cette dernière. Cette hypothèse, que rien ne vient encore étayer, n'est pas la première sur laquelle les juges aient travaillé. Dans leur chasse au Dumas, elles ont déjà changé plusieurs fois leur fusil d'épaule. »

Et Jérôme Canard d'ironiser sur la dernière cartouche des juges : la carte bleue de l'amie de Dumas. « En épluchant les débits, les juges espéraient trouver une liste de fastueux cadeaux dont Dumas aurait pu bénéficier sans s'interroger. Il y a bien eu cette paire de chaussures à 11 000 francs, popularisée par *Le Point*. C'est assez pour rire, pas assez pour

---

1. Cette plainte est annoncée le 6 mars, après la parution des procès-verbaux d'interrogatoire de Deviers-Joncour. Me Charrière dénonce une « diffamation par insinuation ».

2. *Le Canard enchaîné*, 11 mars 1998. Les citations qui suivent sont extraites du même article.

établir, en grandes pompes, une “complicité d’abus de biens sociaux”. » Assez pour en rire…

En une du *Canard*, c’est Erik Emptaz qui livre ses intenses réflexions juridiques aux lecteurs.

« Avant même d’avoir posé le pied dans le bureau des deux juges qui l’ont convoqué, le voilà [Roland Dumas] déjà virtuellement mis en examen. On glose sur la fameuse “présomption d’innocence” mais chacun sait, à commencer par le présumé innocent, qu’il s’agit dans les faits d’une présomption de culpabilité. La loi a transformé l’“inculpé” en “mis en examen”, mais la terminologie ne change rien : derrière la langue de bois de la justice, le poids des mots reste d’abord celui du soupçon qui pèse sur le justiciable concerné. Il convient de le déplorer mais pour Dumas le mal est fait. Celui qui, avant de troquer la robe pour le costume de député, puis de ministre a été douze années durant l’avocat du “*Canard*”, se retrouve au centre de l’affaire Elf[1]. »

Nouvel argument : les commissions chez Elf étaient de l’ordre de 800 millions de francs ; celle des frégates, de l’ordre de 2,5 milliards de francs… « Ces sommes deviennent immatérielles, et c’est sans doute pour cela qu’une paire de chaussures à 11 000 francs, dont le prix, fût-il élevé, est une babiole au regard du reste, confine au symbole et ramène les pieds sur terre. Ces chaussures en soi ne font évidemment en rien de Roland Dumas un coupable, mais elles sont devenues emblématiques d’une affaire qui le désigne au soupçon alors qu’il n’a pas été entendu, ni mis en examen. »

« S’il est coupable, c’est très grave. S’il n’est pas coupable, c’est encore plus grave », fait remarquer avec pertinence le président du RPR Philippe Séguin, en se gaussant des socialistes qui n’ont pas le soutien trop chaleureux pour l’héritier de la mitterrandie[2].

---

1. *Le Canard enchaîné*, 11 mars 1998.
2. *Ibid.*

Dans sa défense de Dumas, Erik Emptaz va jusqu'à chercher et saluer les propos du président du RPR. Plaider en faveur du respect de la « présomption d'innocence » dans les colonnes du *Canard* relève pourtant du gag. Si la présomption d'innocence avait été respectée à la lettre par le *Canard*, il n'aurait pas fait paraître ses enquêtes lors de l'affaire des diamants pour éviter le « poids du soupçon » au président Giscard d'Estaing... La présomption d'innocence aurait interdit de nombreuses manchettes et bien des feuilletons politico-financiers au *Canard*. Ne parlons pas des « justiciables » François Léotard et Jean-Claude Gaudin « désignés au soupçon » dans l'assassinat de Yann Piat...

Entre-temps, Dumas, convoqué pour sa mise en examen, se fait excuser pour raisons médicales. Une expertise est demandée. « Conclusion du médecin dépêché dans le Sud-Ouest : comme ses avocats l'avaient affirmé, Roland Dumas ne peut toujours pas se déplacer [1] », fait savoir Nicolas Beau. Le président du Conseil constitutionnel est finalement mis en examen, à domicile, par les juges qui se déplacent dans sa propriété bordelaise. Et c'est l'occasion pour Louis-Marie Horeau d'un examen juridique approfondi. Malgré les poursuites engagées contre lui, Roland Dumas serait « sur la liste d'attente [2] ». C'est le procureur de la République qui est critiqué. « Il a décidé de ne rien décider dans l'affaire Dumas », s'inquiète Horeau. Le président du Conseil constitutionnel a justement été mis en examen pour recel d'abus de biens sociaux et complicité. Le recel concerne les cadeaux reçus. « Si l'on en reste là, la récolte est un peu maigre », assure le journaliste. Mais la complicité élargit le champ aux avantages demandés et obtenus par Dumas pour « sa protégée » : carte de crédit, salaires et commissions.

1. Nicolas Beau, « Les juges de l'affaire Elf risquent la surchauffe », *Le Canard enchaîné*, 15 avril 1998.

2. *Le Canard enchaîné*, 6 mai 1998. Les citations qui suivent sont extraites du même article.

« À supposer que les faits soient établis – ce qui n'est pas le cas –, la question se pose alors de savoir qui avait assez d'influence sur le bras droit du P-DG d'Elf pour obtenir de telles faveurs ? L'avocat Roland Dumas, en semi-retraite ? Ou Roland Dumas, le ministre des Affaires étrangères ? La compétence de la Cour de justice de la République ne semble faire guère de doute. »

Après avoir soutenu que le dossier était vide, le *Canard* juge qu'il pourrait donc être examiné par la Cour de justice. Bizarre non ? Pour un dossier vide… Mais cela tombe assez bien puisque c'est une demande de Roland Dumas lui-même. « C'est la Cour de justice qui récupérera la boîte à chaussures », conclut-il.

À l'automne, la sortie de *La Putain de la République*, premier tome des confessions de Deviers-Joncour[1], fait l'effet d'une nouvelle bombe. Le débat sur une démission du président du Conseil constitutionnel est relancé. L'ancien président Giscard d'Estaing demande à Jacques Chirac de « donner l'indication ». En attendant, « il serait sage que M. Dumas s'abstienne », lance-t-il, sur Europe 1. C'est le moment choisi par le *Canard* pour revendiquer bien haut son droit d'avoir des « amis » et de les garder. Le journal s'amuse de « la question qui enfièvre le monde politique ». Cette démission de la présidence du Conseil constitutionnel est hors sujet pour le *Canard*. Même pas en discussion. Concernant les frégates, « le dossier est vide ». Pour le reste, « les deux juges devront peut-être se contenter de quelques notes de restaurant, et des fameuses bottines sur mesure, à 11 000 francs la paire. Un peu juste pour inscrire le cinquième personnage de l'État à leur tableau de chasse, et pour

1. La sortie du livre est vite relayée par *Le Monde* : « Le secret de l'affaire Dumas », *Le Monde*, 30 octobre 1998.

le contraindre à la démission[1] ». Il y a bien pire pour Dumas. Ses « petits secrets » ont été « jetés sur la place publique ». Passons sur l'argent salissant, « au moins fiscalement ». « On peut se désoler » de voir la presse « sérieuse » se délecter à la une « de la vie privée du vieux séducteur ». « On ne peut plus ignorer que cette femme, fastueusement rétribuée par Elf, était au côté de l'homme d'État en service commandé. » Les lobbies étaient à l'œuvre. Rien ne prouve que Dumas leur ait cédé, mais devait-il accepter leur présence et les pressions « jusque sous la couette » ? Le *Canard* choisit donc de gentiment réprimander Dumas. Sa conclusion est amicale : « la justice l'a loupé », les politiques ne vont « pas le rater ». L'hebdomadaire semble s'adresser à Dumas : « Roland Dumas le sait bien : du temps de sa splendeur, un de ses adversaires en eût-il fait le quart que le mordant Dumas aurait fait son affaire de lui faire mordre la poussière. » On n'ose pas non plus imaginer ce qu'aurait fait le mordant *Canard*...

En mars 1999, Deviers-Joncour, changeant d'avocat, décide d'accabler plus nettement Roland Dumas. Elle révèle lui avoir offert des statuettes, et assure qu'il « savait », entre autres pour l'appartement, l'embauche, l'argent... La polémique et les appels à sa démission reprennent. Dumas doit finalement lâcher prise. Mais c'est une mise en congé, pas encore la démission. Et Roland Dumas peut encore compter sur le *Canard*. « Ce sera dur, très dur, de tenir, leur a-t-il déclaré. Ce sont ses derniers soutiens qui n'ont pas tenu[2]. » Le *Canard* déplore le « lâchage » de Chirac, celui de Jospin. Et d'autres. « Un silence qui a laissé le vieil éléphant mitterrandien parfaitement seul. » « Ce dernier est lâché par tout le

1. Louis-Marie Horeau, « Roland Dumas sur le chemin des dames », *Le Canard enchaîné*, 11 novembre 1998. Les citations qui suivent sont extraites du même article.

2. « Dumas, après les Berlutti, les pantoufles », *Le Canard enchaîné*, 24 mars 1999.

monde, déplore Erik Emptaz. *Exit* donc Dumas, l'ami abandonné s'est "mis en congé". Il a laissé son fauteuil, a "pris du recul" en entrant dans le placard [1]. » Presque un an plus tard, au moment de son renvoi devant le tribunal correctionnel, Roland Dumas résiste encore à la démission, pour s'y soumettre en mars. Faute d'effectuer la moindre enquête sur son « ami », le *Canard* se contente d'éditorialiser, de loin en loin. Jusqu'au procès. « Sur chaque grief, l'ancien avocat est décidé à se battre pied à pied [2] », annonce le journal.

Le *Canard* n'a donc pas cessé d'argumenter, de tordre les faits, de les minimiser, pour sortir son ancien avocat des mailles du filet. Et cette position tournait pourtant le dos à quatre-vingts ans d'impertinence face aux pouvoirs, de gauche comme de droite. Le *Canard* au secours d'un ministre ! Y avait-il eu seulement un précédent ? Sûrement pas d'aussi explicite.

La justice « l'a loupé », mais elle va quand même juger Roland Dumas, et même le condamner, en première instance, à six mois de prison ferme. Pour le *Canard*, c'est un autre scandale. « Dumas, Le Floch-Prigent, Sirven, puissants parmi les puissants, sont à terre, sonnés, K-O. Réjouissons-nous : ces condamnations annoncent, paraît-il, l'avènement d'une ère nouvelle, ironise Louis-Marie Horeau. Les juges sont désormais indépendants, insensibles aux pressions, impitoyables aux forts, cléments aux malheureux. Le chemin a été rude pour parvenir à cette mise à mort symbolique de la justice asservie [3]. »

Le *Canard* prend désormais la défense des deux autres « grands » de l'affaire Elf, anciens patrons du groupe, Le Floch et Sirven. Les contrevérités fleurissent. Exemples : « Loïk Le Floch-Prigent, assommé par trois ans et demi de

1. « Le boulevard de la République », *Le Canard enchaîné*, 24 mars 1999.
2. « Un vaudeville d'État », *Le Canard enchaîné*, 21 janvier 2001.
3. « La justice en grandes pompes », *Le Canard enchaîné*, 6 juin 2001. Les citations qui suivent sont extraites du même article.

prison ferme, a été condamné sans qu'il soit démontré qu'il avait donné l'ordre de payer les commissions distribuées par Sirven. L'instruction n'a même pas tenté de reconstituer le circuit de l'argent. » C'est une fausse information : des tomes entiers consacrés aux investigations financières – notamment les recherches bancaires en Suisse – figurent au dossier.

« Le Floch et Sirven sont condamnés pour morgue, pour exécution des basses œuvres de la République et pour un train de vie insolent. Rien de tout cela ne figure dans le Code pénal. » Le train de vie insolent – maisons de maître, hôtel particulier – se nourrissait pourtant de l'argent détourné, mais le *Canard* l'oublie. Le *Canard* défend, pardonne, excuse et blanchit.

« Dumas est condamné pour avoir eu une maîtresse et s'être fait entretenir avec légèreté, voire avec muflerie. Il est condamné surtout pour avoir manipulé beaucoup d'argent liquide sur ses comptes et donné une image détestable de ses hautes fonctions. Rien de tout cela ne figure dans le Code pénal. » Une fausse affaire. Un jugement qui n'en est pas un. « Le tribunal n'a pas rendu un jugement, il a prononcé un sermon. » Les juges ont déjà trop de travail. Conclusion du *Canard* : « S'ils laissaient la morale aux moralistes ? »

Les vœux du *Canard* semblent finalement exaucés, en 2003, lorsque la cour d'appel relaxe l'ancien président du Conseil constitutionnel, tout en jugeant son comportement « blâmable ». Mais cette appréciation, glissée dans un arrêt, hérisse encore le poil des amis de Roland Dumas. « Au fond, ils ont enfin raison : Dumas était sans doute "blâmable". Mais ce n'était pas à la justice d'en décider. En l'écrivant dans un arrêt, ces magistrats parachèvent, sans doute involontairement, le total désastre judiciaire [1]. »

En blâmant une dernière fois les juges, le *Canard* parachève, lui, une belle séquence de bourrage de crâne.

---

1. « La justice en haut Dumas », *Le Canard enchaîné*, 5 février 2003.

33

Roland Bacri a de la visite

« Je suis né pour marcher en *Canard*[1]... », confie Roland Bacri, dit Roro de Bab el-Oued, le « Petit Poète » du *Canard*. Son visage s'éclaire. Il sourit. Dans son grand appartement moderne, la solitude se lit un peu partout. Dans les magazines entassés près du fauteuil. Le cendrier plein de cigarillos. Deux fruits. Le fauteuil installé face à la télévision. Le bureau tout près. Et des livres. Ses livres, un peu partout. À portée de main. Et la poussière aussi que la femme de ménage n'a pas eu le temps d'enlever. Cela fait bientôt dix ans qu'il a été mis à la retraite. Mais il n'y croit toujours qu'à moitié. Il attend. « Quand j'étais scout, j'étais le canard Gonayour, poursuit Bacri. On ne pouvait pas m'empêcher de courir. Mon prof avait dit : "Le petit Bacri doit faire tout ce que font ses petits camarades." » Voilà comment il a surmonté la maladie de Little, et l'épreuve des multiples opérations qui l'ont fait marcher en tournant les jambes à l'aide d'une canne. Il avait des « astuces ». Il faisait « rigoler tout le monde ».

1. Entretien avec l'auteur, 11 juillet 2007.

En 1944, il envoie un poème au concours du premier numéro du *Canard sauvage*, un hebdo d'Alger. Il décroche le premier prix : un billet de loterie, mais surtout une collaboration assurée. Ses premiers papiers paraissent, signé Rol Bac. Après guerre, c'est *Le Canard enchaîné* qu'il lit consciencieusement avant d'aller à la banque où il est employé. C'est le *Sauvage* en cent fois mieux. Il *savait* qu'il entrerait au *Canard enchaîné*, et avant ses trente ans en plus. Il se l'était juré. Ces journalistes, souvent écrivains, qui plus est antimilitaristes, anticléricaux, ont la liberté, le ton, l'insolence qui lui plaisent. « Au secours, les cons nous cernent », s'exclame Jeanson. Bacri adhère. Et le *Canard* fait des poèmes éditos depuis 1915. Il écrit. En 1953, son premier poème posté au *Canard* lui vaut une lettre de Breffort : « Votre poème, que je trouvais fort bienvenu, a failli passer, et finalement a fait place à un papier d'une inutilité flagrante. » Sans désespérer, Bacri le poste cinq fois de suite. À son cinquième envoi, il est à la une de l'hebdo : « Les œufs de l'amour et du hasard ». En 1956, il reçoit une lettre de Treno qui suggère qu'une collaboration régulière serait possible s'il habitait Paris. Il déboule aussitôt avec sa femme. Pile, le 1er avril, jour de ses trente ans. *Mektoub*. Et il emprunte la rue de la Banque – métier qu'il vient de quitter –, en face de la Bourse, pour rejoindre le *Canard*, rue des Petits-Pères.

Il s'installe, ponctuant les pages du palmipède de sa vision singulière de l'actu : en vers. Il a trouvé des manchettes, des blagues, des calembours.

Un 14 Juillet…
Quand l'armée défile
  et les chars déboulent
    au milieu des foules
      débiles des villes
je me défoule
sur ces mabouls

Allez l'armée de terre
Allez l'armée de mer
Allez l'armée de l'air
Allez comme la poudre
Allez vous faire foudre

Cela colle bien à l'esprit de l'équipe. « Le *Canard* faisait des canulars », se souvient Bacri. Le dessinateur Henri Monier avait créé l'Association des douze travaux d'Hercule, dont le premier chantier avait été d'aller pisser sur la flamme du Soldat inconnu pour l'éteindre. Les journalistes sont coffrés, puis relâchés, et l'association rapidement dissoute. Plus tard, au moment de l'entrée du directeur du *Figaro* à l'Académie française, Jeanson, Monier, Breffort et des amis se rendent devant l'immeuble du quotidien. Au milieu de la rue, ils font mine de lui remettre une épée en tubes d'aspirine.

Certains de ses poèmes d'actu restent dans les mémoires. En juin 1986, il signale à sa façon le silence de Pierre Pellerin, le chef du service de protection contre les rayons ionisants, au sujet des retombées radioactives de la catastrophe de Tchernobyl :

Pourquoi qui voit rin ?
Pourquoi qui dit rin ?
Pourquoi qui fait rin ?
Sappelerin.

Des recueils paraissent. Des livres aussi. Une vingtaine. *Et alors ? et oilà !*, *Les Pensées*, *L'Obsédé textuel*... Bacri crée une collection, « Refus d'obtempérer », chez Pauvert. Il y publie les textes des chansons de Boris Vian. Il va aussi, durant quelques mois, diriger *Le Crapouillot*, racheté par Pauvert en 1965. « Jusqu'à soixante-treize ans, j'ai eu une vie rêvée alors que tout le monde pensait que j'avais une vie épouvantable », s'émerveille Bacri. À soixante-treize ans il était, comme d'autres plumes historiques, toujours salarié du *Canard*.

À l'automne 1999, Roland Bacri est à l'hôpital, pour une nouvelle opération orthopédique qui s'annonce compliquée. « J'y étais depuis deux mois. Pas un copain du *Canard* ne m'a appelé. C'est moi qui ai téléphoné. Ah oui, il faut qu'on vienne... » Claude Roire et son père, Jean Roire, se rendent auprès de lui, accompagnés du directeur Michel Gaillard. Bacri se plaint de l'absence de visites, et Gaillard l'approuve, en promettant d'« engueuler » les autres. Plus tard, le 19 novembre 1999, Michel Gaillard retourne à l'hôpital, avec quelqu'un d'autre, Erik Emptaz, rédacteur en chef de la deuxième partie du journal. C'est le directeur qui est là, accompagné de son chef de service. Gaillard remet à Bacri une lettre « en mains propres » selon la formule consacrée. « Je dois t'informer que nous envisageons de procéder à ta mise en retraite », indique ce courrier. « Nous avons décidé de te mettre à la retraite », traduit Gaillard qui ajoute : « Tu dois remettre tes actions. » Michel Gaillard exige de Bacri qu'il signe une lettre par laquelle il consent à la rétrocession de 19 des 20 actions du *Canard* qui lui avaient été attribuées. Sur son lit d'hôpital, Bacri proteste. Mais il signe.

La fois suivante, c'est chez lui que Gaillard et Emptaz font une visite de courtoisie à Bacri. Gaillard s'inquiète de ce que Bacri a raconté au journal. Certains se demandent ce qui s'est passé... Le directeur lui annonce que sa mise à la retraite sera effective le 15 mars suivant, et qu'il pourra bénéficier d'une retraite à taux plein. « Ce que je voudrais, c'est le détail de mes indemnités, se plaint Bacri. J'ai quarante-quatre ans de *Canard*. » Houleux. Leur dernier échange a lieu par téléphone. Bacri insiste. « Gaillard m'a dit : "Tu m'emmerdes, tu ne sais pas la chance que tu as et tout l'argent que tu as gagné depuis quarante ans avec tes petits poèmes de merde." »

Quatre ans plus tôt, Gaillard préfaçait le dernier livre de Bacri, *Le Journal d'un râleur*. Dans cette préface, Gaillard confiait qu'il n'est pas doué pour manier l'encensoir. Mais il flattait l'incoercible envie de rire de Bacri. Il s'inclinait devant le journaliste, le camarade, l'ami. « Tonton Bacri a aujourd'hui soixante-dix ans, dont trente de Bab el-Oued et quarante de *Canard*. Ça marque son homme évidemment. À Alger on l'appelait Roro. Au *Canard*, c'est le Petit Poète. Certes Roro de Bab el-Oued a parfois tendance à colorier la réalité mais c'est toujours pour la bonne cause, pour faire rire et parce qu'il prend naturellement l'existence du bon côté. Au point que dans *Le Journal d'un râleur*, il ne râle pas vraiment. Il est bien trop gentil pour ça. Il s'amuse de tout, même de ses déboires. Et surtout, il s'amuse avec les mots en les tordant [...]. Oilà Tonton, pardonne-moi, si je n'ai pas écrit que, le Petit Poète, il est immense. »

Bacri comprend un certain nombre de choses. « Pourquoi le *Canard* n'a aucune structure syndicale ? » s'indigne-t-il. Il était le seul handicapé. Il se souvient aussi. Le « départ » du chansonnier Charles Bernard en 1984. « Devant moi, Erik Emptaz a dit à Charles Bernard : "On ne passe plus ton conte. – Ah bon ? Et pourquoi ? a demandé Bernard. – Les lecteurs du *Canard* s'en foutent des histoires de poèmes de la guerre de 14", a répondu Emptaz. Bernard n'a pas dit un mot. Il est parti et il a envoyé une lettre de démission à Fressoz. »

En mai 1997, questionné par Laurent Martin, Bacri ne cachait pas un certain désappointement. « Il y a eu un changement d'esprit à partir du début des années 1970, un esprit gestionnaire s'est imposé. Ils sont devenus des gestionnaires, près de leurs sous. Le *Canard* est moins drôle qu'avant. Grousset le dirait aussi d'une autre manière. Michel Gaillard est le premier directeur qui n'écrit pas, qui ne signe pas. Aujourd'hui Grousset en veut à tout le monde. Yvan [Audouard] va partir, aigri comme tout. » Bacri aussi se faisait du mauvais sang. « Je travaillais sur les calembours et les manchettes. Mes articles ne passaient plus dès lors qu'ils étaient signés Roro de Bab el-Oued ou Roland Bacri. Emptaz se moquait de mes protestations en me disant : "Allez toi, tu es le petit poète maudit du *Canard*"... Un couvercle est tombé sur le *Canard*. Une omerta. Un ami m'a dit : "Michel ne veut plus que j'ai des contacts téléphoniques avec toi." »

Roland Bacri saisit le conseil des prud'hommes, en mai 2002, pour « non-respect de la procédure de licenciement », « rupture abusive » et « traitement discriminatoire ». Il ne dépose pas plainte comme il aurait pu le faire pour contester la signature qui lui a été arrachée à l'hôpital concernant ses actions. Il demandera aux prud'hommes le paiement d'une indemnité de 2 000 euros « en réparation du manque à gagner de la cession de vingt actions [1] ». Il insiste sur la situation précaire dans laquelle il se trouvait, à la fois hospitalisé et en instance de divorce, dans un « état physique et psychique particulièrement diminué ». Il plaide la discrimination parce que le *Canard* a gardé d'autres septuagénaires. Yvan Audouard, né en 1914, est resté jusqu'à quatre-vingts ans [2]. Si l'ancien directeur Roger Fressoz a pris sa retraite à soixante-dix ans, André Escaro, né en avril 1928, Jean-Paul Grousset, né en décembre 1930, ou même Claude Angeli, né en juin 1931, ont continué, après leurs soixante-dix ans, à exercer leurs fonctions au *Canard* [3]. Le Petit Poète découvre les attestations établies contre lui par Nicolas Brimo – l'administrateur délégué, et responsable de la page 2 – et Louis-Marie Horeau – journaliste chargé de la justice. Ils certifient tous les deux que Bacri n'a pas été pris par surprise, au contraire : « J'ai connu Roland Bacri lors de mon entrée au *Canard* en 1972, écrit Brimo. Nous avons alors

1. La valeur nominale de l'action étant fixée à 100 euros.
2. Yvan Audouard est décédé en mars 2004.
3. Tous trois étaient toujours en poste en juillet 2008, respectivement âgés de quatre-vingts, soixante-dix-huit et soixante-dix-sept ans.

découvert que nous avions des amis communs. À plusieurs reprises nous avons déjeuné en tête à tête avec mon épouse. Nous avons été invités à dîner chez Roland et Rebecca, son épouse d'alors. J'avoue être terriblement déçu par l'attitude de Roland. En effet, il savait parfaitement que son départ à la retraite était préparé. Malgré nos liens d'amitié, il ne m'a pas expliqué que tel n'était pas son désir. Mieux, c'est à sa demande que notre P-DG, Michel Gaillard, a accepté d'en retarder la date, jusqu'à la fin 1999, en raison des problèmes matrimoniaux que Roland connaissait alors [1]. »

« J'ai toujours eu des relations amicales avec Roland Bacri, notamment depuis un voyage que nous avons fait ensemble à Alger, la ville de son enfance, en 1984, écrit Horeau. Il lui arrivait souvent de me consulter pour des problèmes personnels, en raison de mes supposées compétences juridiques. C'est ce qu'il a fait à plusieurs reprises en 1999, alors qu'il vivait un divorce difficile. Au cours d'un déjeuner en tête à tête, au Montegrosso, restaurant de la rue de l'Échelle, je me souviens qu'il avait également évoqué son prochain départ à la retraite et sa demande de retarder un peu l'échéance, demande à laquelle le journal avait accédé au printemps 1999. Les relations entre Roland Bacri et l'ensemble de l'équipe du *Canard* étaient excellentes, et son départ, qui n'était un secret pour personne, nullement conflictuel. Pour des raisons que je ne m'explique pas, et à mon grand regret, Roland Bacri a coupé les ponts avec toute l'équipe, et je n'ai jamais pu reprendre contact. »

On s'en doute, ces lettres n'ont pas été affichées dans les couloirs du *Canard*. Elles dissuaderaient les salariés d'aller déjeuner avec les dirigeants du journal le midi... évidemment, en l'absence de structures représentatives et d'élus du personnel, les discussions tournent court. En juin 2003, les prud'hommes déboutent Bacri de la totalité de ses

1. Documents versés à la procédure. Les citations qui suivent sont extraites de la même source.

demandes. Après appel, il est encore débouté par la chambre sociale de la cour d'appel, en octobre 2005. À la lecture d'un document de synthèse, certifié conforme par Nicolas Brimo, sur les départs en retraite, la chambre juge que l'« usage » du dépassement de l'âge de la retraite invoqué par Bacri n'est pas démontré. Les témoignages de Brimo et d'Horeau ajoutés à celui de la comptable semblent « concordants ». Roland Bacri renonce à se pourvoir en cassation.

« Ainsi que les témoignages l'ont attesté lors du procès, Roland Bacri aurait dû partir en retraite plus d'un an avant sa retraite effective, a répondu Michel Gaillard aux auteurs. Ses ennuis matrimoniaux et la perspective de son opération nous ont conduits à la différer. Car la direction du *Canard* n'a pas le cœur aussi sec que vous semblez le croire. Ce n'est d'ailleurs qu'à la fin de sa rééducation que Bacri a été invité, à 74 ans, à faire valoir ses droits à la retraite. Il a attaqué en justice le *Canard*. Il a perdu aux prud'hommes comme en appel[1]. »

« Je vais être le seul à ne pas mourir au *Canard*, se plaint-il. Il n'y a plus de poète au *Canard*. » Entre 2005 et 2008, aidé par un informaticien, il crée un site. C'est « Roland Bacri Point Comme[2] », pour y diffuser ses poèmes chaque semaine, un « webdomadaire paressant le samedi ». Certains poèmes sont signés « Le Petit Poète, plus du *Canard enchaîné*, de l'Internet ». Il a un peu de mal à le faire fonctionner. « Un jeune c'est quoi ? Un je-ne-sais-quoi. Je ne veux plus du vieux. C'est du neuf qu'il nouveau. »

1. Courrier de Michel Gaillard aux auteurs, 17 octobre 2008.
2. www.rolandbacri.com.

34

Les télégrammes de Gorge profonde

« Si vous voulez, le *Canard*, ce sont des oreilles, la porte est toujours ouverte[1]. » La phrase est de Claude Angeli, évoquant les sources du journal, en 1989. Il y a, expliquait-il, « des journalistes amis, des lecteurs, des hommes politiques », et « cela dépasse les clivages politiques[2] ». Il n'évoquait pas ses sources secrètes. Sauf exception : on avait vu le *Canard* reconnaître que ses journalistes étaient allés voir, en 1987, le ministre des Affaires étrangères Roland Dumas, ancien avocat du journal, au sujet de la très délicate affaire Luchaire. Des taupes, le *Canard* en a évidemment eu un certain nombre, et de très haut niveau. Elles pouvaient compter sur l'oreille du *Canard* et sa discrétion absolue, y compris bien sûr, et en premier lieu dans ses articles. Comme l'a raconté Bob Woodward, l'ancien journaliste du *Washington Post*, l'identité de Deep Throat – Gorge profonde – sa source anonyme dans l'affaire du Watergate

1. *Stratégies*, 6 février 1989.
2. *Ibid.*

n'était connue que de six personnes[1], et encore était-ce beaucoup.

En 2003, lors du déclenchement de la guerre en Irak, le *Canard* surprend un peu ses lecteurs avertis. Claude Angeli semble s'affranchir des règles de prudence dues à une source… L'investigateur, rédacteur en chef du *Canard* ne cesse de faire parler « un haut fonctionnaire du Quai d'Orsay », publie des extraits d'une dizaine de télégrammes diplomatiques – ces documents internes appelés « td » –, et pour finir un document confidentiel-défense évoquant une coopération militaire avec le nouveau pouvoir irakien. Fin 2003, le Quai d'Orsay, n'en pouvant plus, dépose plainte pour « atteinte à la sûreté de l'État ».

L'avalanche a commencé quelques semaines avant la guerre d'Irak. Début février 2003, Claude Angeli fait parler un « interprète des petits secrets du Quai d'Orsay ».

« Les positions défendues par la France sont bien reçues à travers le monde, affirme un haut fonctionnaire du Quai d'Orsay habilité à lire les dépêches de ses collègues ambassadeurs. Il est aisé d'en comprendre les raisons : nous sommes opposés à une guerre préventive, mais partisans du désarmement de l'Irak. Décidés aussi à voir les inspecteurs poursuivre encore leur travail sur place, et sans complaisance avec Saddam[2]. »

Rien de bien secret, mais on relève que l'interlocuteur du *Canard* est « habilité à lire les télégrammes »… Les semaines suivantes, c'est « un diplomate » qui ouvre les papiers d'Angeli. Le 12 février, il s'étonne que Colin Powell se soit fait ainsi « abuser ». Le 19 février, il estime qu'il est

1. Son collègue Carl Bernstein, sa femme, deux patrons du *Washington Post*, un fonctionnaire du département de la Justice et lui-même. Bob Woodward, *Gorge profonde*, Denoël, 2005.

2. « Chirac et Villepin se flattent de dresser la listes des États hostiles à la guerre », *Le Canard enchaîné*, 5 février 2003.

« difficile d'imaginer l'esprit de croisade qui règne au Pentagone et à la Maison-Blanche ».

Le 19 mars, le *Canard* publie son premier « td » signé de l'ambassadeur de France à Londres, Gérard Errera. Le document est du 11 mars.

« Erreur d'appréciation de notre position, écrit-il. À force de répéter, à des fins de propagande, que la France finirait par se rallier, les responsables britanniques ont fini par s'en persuader eux-mêmes. [...] À force d'attribuer notre attitude à la recherche d'une posture antiaméricaine, poursuit l'ambassadeur de France à Londres, ils [les dirigeants britanniques] n'ont pas voulu mesurer notre détermination. Celle-ci les a conduits à comprendre enfin que notre position repose sur des questions de principe [1]. »

Le 2 avril deux nouveaux « td » sont mentionnés par Angeli. Un télégramme du Quai d'Orsay aux ambassades leur demandant de « faire connaître le discours de Villepin ». L'autre de Jean-David Levitte, ambassadeur de France à Washington : « La semaine dernière, il a en effet adressé à Chirac et à Villepin un télégramme titré "Les illusions perdues". Il y confronte les *objectifs* affichés naguère par l'équipe Bush (disparition de Saddam et de son régime) avec les *moyens limités* accordés aux militaires. C'est à croire qu'il aurait fallu, à son avis, lancer 500 000 hommes à l'assaut de Bassora et de Bagdad. Enfin l'ambassadeur évoque *l'ivresse de la puissance* qui a conduit les dirigeants américains à oublier *la vraie nature de la guerre* [2]. »

Une semaine plus tard, ce sont les propos d'« un diplomate français excédé par les menaces américaines et la violence des faucons envers la France » que retranscrit Angeli. « Comment les Américains et les Britanniques vont-ils

---

1. Claude Angeli, « Bush s'essuie les pieds sur l'ONU », *Le Canard enchaîné*, 19 mars 2003.

2. Claude Angeli, « Une guerre de riches concoctée par des arrogants », *Le Canard enchaîné*, 2 avril 2003.

pouvoir justifier cette guerre ? […] Où sont les armes de destruction massive, chimiques ou biologiques ? Où sont les vecteurs – missiles, avions ou canons – qui auraient permis d'en faire un usage massif ? Car il ne s'agit pas de lancer un seul missile ou un obus chimique pour faire de nombreuses victimes. Et si les Américains affirment avoir découvert quelque chose dans le genre ou des produits prohibés, mieux vaudrait une enquête internationale pour vérifier leurs dires [1]. »

Le « diplomate du Quai » continue à parler. Il n'arrête pas. « Les Américains vont désormais nous emmerder partout », explique-t-il, de plus en plus familier, via la plume d'Angeli, le 30 avril.

Et les « td » continuent de sortir sous la plume du rédacteur en chef du *Canard*. Le 28 mai : « "Au regard de l'histoire, nous avons raison." C'est dans un style grandiloquent une des formules contenues dans un récent télégramme adressé par le Quai d'Orsay aux diplomates français en poste à l'étranger. » Début juillet, Angeli révèle le contenu d'un rapport adressé par un fonctionnaire français « à Chirac et Villepin ». Il s'agit des confidences d'un « Américain pas tranquille », rien de moins que celle d'une « "gorge profonde" profrançaise à Washington ». On apprend que « la Maison-Blanche est consciente des risques d'enlisement irakien », que « si des forces militaires ou des moyens financiers supplémentaires s'avèrent nécessaires, ils seront donnés sans compter [2] ». Mais, dans le même article, « un nouveau télégramme », daté du 28 juin, de Jean-David Levitte relatif « aux intentions américaines d'internationaliser l'occupation de l'Irak » attire l'attention : « Il s'agit d'un enjeu politique majeur pour l'équipe Bush. Cela rend plus probable

1. Claude Angeli, « Paris sous le feu des procureurs US », *Le Canard enchaîné*, 9 avril 2003.

2. Claude Angeli, « Une "gorge profonde" profrançaise à Washington », *Le Canard enchaîné*, 9 juillet 2003.

que les États-Unis nous demandent, tôt ou tard, de contribuer à la stabilisation de l'Irak. L'existence d'une planification militaire sur l'Iran et la Corée du Nord n'est pas non plus une surprise [1]. »

Les fuites ne concernent pas que l'Irak. Moins de quinze jours après son envoi, un « td » du Quai d'Orsay annonçant à toutes les ambassades, consulats et services internes « une situation budgétaire d'une difficulté sans précédent » est publié dans le *Canard* [2]. Deux autres télégrammes concernant la position française face à l'éventuelle levée des sanctions contre la Libye sont révélés courant août.

« Sauf à susciter de très vives réactions tant de la part des familles [des victimes de l'attentat contre le DC10 d'UTA] que de l'opinion publique », un vote favorable ou une abstention de la France ne sont « pas envisageables ».

« La France se verrait contrainte de faire obstacle à ce projet (de levée des sanctions) si nos préoccupations ne sont pas prises en compte à Londres et Washington [3]. »

La prose confidentielle de Jean-David Levitte est une nouvelle fois citée, en septembre. Il s'agit encore d'un « récent télégramme », qui signale que l'équipe Bush encaisse « 10 dollars de financement destinés à la réélection de son héros [4] » quand les démocrates collectaient à peine un dollar. Rebelote en octobre, après le passage de Chirac à New York : Jean-David Levitte transmettait au Quai d'Orsay le message suivant : « Le soupçon surgit à nouveau d'une France désireuse de voir les États-Unis échouer en Irak, en leur mettant des bâtons dans les roues au Conseil de sécurité ou en proposant des solutions irréalistes [5]. »

---

1. *Ibid.*
2. « Le Quai d'Orsay au pain sec et à l'eau », *Le Canard enchaîné*, 23 juillet 2003.
3. « Bal des hypocrites autour de ce cher Kadhafi », *Le Canard enchaîné*, 20 août 2003.
4. *Le Canard enchaîné*, 10 septembre 2003.
5. *Le Canard enchaîné*, 22 octobre 2003.

Fin octobre, c'est l'ambassade à Washington qui signale à l'Élysée et au Quai « les relations tendues entre la CIA, la Maison-Blanche et le Pentagone, chacun se renvoyant publiquement la responsabilité de l'absence totale d'armes de destruction massive en Irak [1] ».

En novembre, un rapport concernant les chiffres de la guerre d'Irak implique cette fois les interlocuteurs américains des officiels français présents aux États-Unis. « Des militaires américains, de hauts fonctionnaires du Pentagone et de la CIA se montrent aujourd'hui fort prolixes [2] », assure Claude Angeli, sans indiquer cette fois l'origine précise du compte rendu transmis à l'Élysée et au Quai d'Orsay. « Le nombre de blessés graves approche les 2 200, [...] blessures faciales et pertes de membres sont le lot quotidien. Près de la moitié des blessés sont atteints aux jambes (et la plupart sont sauvés) grâce aux nouveaux gilets de protection et aux équipes médicales mobiles [3]. » Mais le rédacteur en chef du *Canard* n'oublie pas de citer Levitte, via un message adressé à l'Élysée : « Il ne fait plus de doute que la gestion des pertes américaines deviendra un sujet particulièrement embarrassant pour le président Bush alors que la campagne électorale approche. Le temps joue contre lui [4]. »

Le 17 décembre, réapparaît le « haut fonctionnaire du Quai » pour son commentaire éditorialisant : « Nos amis américains tout à la joie de tenir enfin Saddam, en ont vraiment trop fait. [...] Aujourd'hui, Villepin et le président ne peuvent le déclarer publiquement, ce serait mal compris. Cela dit, ils estiment qu'avec ces images refilées aux télévisions, les Américains ont pris des risques. Car y voir Saddam ainsi filmé et humilié, cela devrait renforcer la résistance

---

1. *Le Canard enchaîné*, 29 octobre 2003.

2. « Les chiffres inavouables de la guerre d'Irak », *Le Canard enchaîné*, 19 novembre 2003.

3. *Ibid.*

4. *Ibid.*

à l'occupant en Irak et favoriser les vocations terroristes ailleurs [1]. »

Le feuilleton s'achève, provisoirement, le 24 décembre 2003, par la publication du fac-similé d'une note « confidentiel-défense » datée du 12 décembre et signée du directeur de la coopération militaire au Quai d'Orsay, le vice-amiral Hervé Giraud [2]. Ce document est une « Proposition d'actions pour la formation de militaires et de policiers irakiens ». Concernant la gendarmerie, elle pourrait se charger de la formation en matière de sécurité des personnes et des biens, de police judiciaire, de sécurisation de zones, et de maintien de l'ordre. L'armée de terre se propose pour le génie, la formation au déminage et la reconstruction de bâtiments, mais s'offre aussi à participer à la création d'une nouvelle armée irakienne. Le *Canard* précise que la note a été « adressée à Villepin, via deux membres de son cabinet, Bruno Le Maire et Christophe Farnaud ». « Il s'agit de prouver que l'armée et la gendarmerie pourront mettre un petit pied en Irak si l'Élysée le souhaite. » Pour le Quai d'Orsay, c'est la fuite qui fait déborder le vase. Assez vite, et assez curieusement, les hauts fonctionnaires sont avertis par le cabinet du ministre qu'une plainte a été déposée pour « atteinte à la sûreté de l'État ». Ils sont aussi prévenus que la Direction de la surveillance du territoire procédera à des auditions. C'est Jean-François Ricard, un juge d'instruction spécialisé dans les dossiers antiterroristes qui est désigné. Un an plus tard, seul *L'Express* signale l'ouverture d'une enquête sur des fuites au Quai d'Orsay à l'occasion de la garde à vue d'une collaboratrice du ministère : « La fréquence et la précision d'articles consacrés à la situation en Irak et aux tensions franco-américaines parus dans la presse

---

1. Claude Angeli, « Et si Saddam était encore dangereux ? », *Le Canard enchaîné*, 17 décembre 2003.

2. Claude Angeli, « Un petit pas français en Irak », *Le Canard enchaîné*, 24 décembre 2003. Les citations qui suivent sont extraites du même article.

écrite avaient attiré l'attention de la hiérarchie de la direction ANMO [direction Afrique du Nord-Moyen-Orient], ainsi que des membres du cabinet du ministre. D'où le déclenchement d'une chasse à la "gorge profonde" mésopotamienne. Les soupçons se sont vite portés sur une ancienne contractuelle, qui venait justement de quitter ses fonctions : elle était chargée du suivi du dossier du terrorisme islamiste. Une mission qui l'amenait à rencontrer régulièrement des journalistes. [...] Pour les autorités françaises, ces fuites se révélaient d'autant plus inopportunes qu'elles ont pu alimenter les suspicions de Washington envers un "allié" jugé peu fiable et dont les critiques irritaient au plus haut point[1]. » Un temps mise en examen, l'ancienne contractuelle est finalement mise hors de cause. « J'avais accès aux notes confidentielles DST et DGSE, ainsi qu'aux télégrammes diplomatiques : c'était mon champ d'analyse, explique-t-elle. Par ailleurs, j'avais été conseillère de presse, étant ancienne journaliste moi-même, j'avais donc un carnet d'adresses important dans ce milieu, et des contacts avec la presse, qui m'ont été reprochés. Je rencontrais des journalistes y compris des gens du *Canard*, mais je n'étais pas le lien du Quai avec le *Canard*[2]. » La conseillère du Quai, qui figurait sur les listes d'invités du Pot du *Canard*, est devenue en 2007 l'une des plumes du site Bakchich où elle a rejoint Nicolas Beau, tout en développant une activité d'expertise en matière antiterroriste... pour le ministère de la Défense. La justice, elle, a déclaré forfait. La gorge profonde d'Angeli au Quai d'Orsay reste donc cachée. Quant au *Canard enchaîné*, il n'a pas dit un mot de cette affaire à ses lecteurs.

1. Vincent Hugeux et Éric Pelletier, « Fuites au Quai d'Orsay », *L'Express*, 3 décembre 2004.
2. Entretien avec l'auteur, 2 octobre 2008.

35

Embuscade en Afghanistan : le vrai-faux rapport

« Non seulement nous maintenons nos informations, mais s'il y a des gens qui mentent, et ne disent pas la vérité, ce n'est pas le *Canard*, que ce soit bien clair », martèle Claude Angeli, d'une voix rauque, à la radio. « Le *Canard* crée la polémique » vient d'annoncer France Info, ce 27 août 2008 au matin. « Afghanistan : les fautes que l'état-major camoufle [1] », lit-on à la une du journal au sujet de l'embuscade qui a fait dix morts et vingt et un blessés parmi les militaires français, le 18 août. Mais l'état-major des armées dément ses informations depuis la veille. Le *Canard* n'apprécie pas les démentis. « Nous avons tendance, au *Canard*, à faire plutôt confiance à des témoins, poursuit Angeli, c'est-à-dire à des officiers, sous-officiers, ou soldats qui étaient là-bas sur place et qui témoignent. Y compris un membre de l'état-major des armées à Paris qui, lui, déclare que le piège avait été tendu par l'adversaire, sans doute parce qu'il y avait des fuites, peut-être venant de l'interprète qui

1. Claude Angeli, « Un échec militaire que l'état-major camoufle », *Le Canard enchaîné*, 27 août 2008.

avait disparu. [...] Ce qu'explique ce haut gradé de l'état-major français, c'est que les insurgés avaient préparé des postes de combat, des réserves de munitions, et un armement lourd sur place, mortiers et lance-roquettes. [...] J'ai l'impression qu'il ne valait mieux pas partir puisque l'interprète avait disparu, ou alors il fallait envoyer un avion ou un hélicoptère pour voir la zone. Ensuite, dès le début de l'embuscade, quatre soldats qui vont être tués ont été faits prisonniers, et exécutés par les insurgés. Exécutés. Je suis catégorique. Le ministre sait comme moi. Si moi je le sais par des sources qui sont des sources normales d'un journaliste, le ministre est aussi parfaitement au courant. »

À la radio, le général Christian Baptiste, porte-parole de l'état-major des armées, dément catégoriquement les informations du *Canard*. L'interprète n'aurait pas disparu. « Malheureusement, l'interprète a accompagné la section jusqu'au col, et il a été tué au combat. » D'après l'enquête extrêmement détaillée de l'état-major, « il n'y a pas eu de prisonniers, et ils n'ont pas été exécutés ». Enfin des appuis aériens sont intervenus, et « plusieurs milliers d'obus ont été tirés au profit des soldats engagés ».

Par tradition, le *Canard* ne se laisse pas impressionner. Et en cas de démenti ou de contestation, il faut s'attendre à ce qu'il hausse le ton, voire à ce qu'il balance quelques coups de bec au passage. Une semaine plus tard, Claude Angeli est donc – comme prévu – sur le pont. « Toutes les informations [...], les confidences recueillies auprès des parents des soldats morts ou des blessés rapatriés [...] confirment ce que le *Canard* a écrit le 27 août[1] », écrit-il. « Les démentis apportés par l'état-major et par le ministre de la Défense ne pourront rien changer à cette sinistre réalité », ajoute Angeli. Mais il y a mieux. Une confirmation encore péremptoire.

1. Claude Angeli, « Un rapport au vitriol sur l'embuscade », *Le Canard enchaîné*, 3 septembre 2008. Les citations qui suivent sont extraites du même article.

« Un document dont le *Canard* publie quelques extraits. » « Un rapport au vitriol sur l'embuscade », c'est le titre du rebondissement offert par Angeli.

« Le 20 août, à Kaboul, alors que les combats se sont terminés la veille, à 18 heures, la "FRENIC" (French National Intelligence Cell), une cellule de renseignements français, rédige un rapport de huit feuillets aussitôt adressés à Paris. Destinataires : la direction du renseignement militaire et l'état-major des armées. Rattachés à l'Otan, mais sans être subordonnés au commandement allié, ces officiers transmettent ainsi à leurs chefs un premier récit de l'engagement français, et ils y ajoutent une série de commentaires particulièrement critiques. C'est dire si paraissent aujourd'hui dérisoires, à la lecture de ce document, les réactions de l'état-major, du ministre de la Défense Hervé Morin et de quelques généraux furieux après la parution du *Canard* la semaine dernière. »

Le rapport, publié en fac-similé dans le *Canard*, présente une « chronologie des combats » qui ont duré près de vingt-six heures, suivi d'une rubrique « Interrogations ». Il n'y a aucun en-tête ni aucune signature permettant d'authentifier le document.

Les questions semblent techniques. Les officiers s'interrogent sur les moyens militaires. Quelques fautes d'orthographe traînent ici et là.

« À déguster lentement, ce dernier commentaire à la fin du rapport des officiers français de renseignements : "La population locale appelle 'les pots de chambre' les autorités (afghanes) mises en place par les Occidentaux." Et de conclure à l'intention des politiques et des membres de l'état-major des armées : "Avons-nous vocation à être des cibles au service des 'pots de chambres' ?" Bonne question… »

Rétrospectivement, on s'étonnera qu'Angeli ait employé le mot « commentaire » pour qualifier la conclusion de ce rapport. Conclusion assez triviale au demeurant.

Quelques heures après la sortie du *Canard*, tout s'explique. « Dans l'entourage du ministre de la Défense, on évoque la possibilité d'un "bidonnage" », écrit Jean-Dominique Merchet, de *Libération*, sur son blog « Secret Défense ». Le document provient, selon le *Canard*, de la FRENIC, à Kaboul. Cette cellule de renseignements, formée de deux officiers et de quatre sous-officiers de la Direction du renseignement militaire, travaille pour le compte des autorités françaises et non du commandement allié. Sa mission est l'analyse de la menace, c'est-à-dire le suivi des activités des insurgés talibans. Elle n'est pas responsable du RETEX (retour d'expérience) ni de l'évaluation des opérations de la coalition. À Paris, l'état-major des armées assure que « la FRENIC n'a pas écrit ce document, dont nous n'avons aucune trace, ni à Kaboul, ni à Paris ». Passe encore. Mais le blog « Secret Défense » annonce tout autre chose au sujet du scoop du *Canard*. Son origine est un plagiat.

« L'un des faits les plus troublants est que l'on retrouve des phrases entières de ce document sur un site Internet, y compris les fautes d'orthographe (ainsi le soutien est écrit soutient). Ce site est celui de la Fédération nationale des combattants volontaires (FNCV) et une partie du texte y figure posté sur le blog à la date du 27 août, par un certain "Denis" qui se présente comme un para ayant servi avec Bigeard. La chronologie des événements est également inspirée de celle que l'on retrouve sur le site « Défense ouverte » de Jean Guisnel (*Le Point*), où l'on trouve également des commentaires dans le même sens sous la signature de "BZH". »

Le spécialiste défense de *Libération* conclut gentiment que « le plus important n'est sans doute pas l'origine de ce document », mais « le fond du problème » : « L'opération a-t-elle été bien montée ? »

Le *Canard* a publié des commentaires plagiés. On ouvre le *Canard* du jour et effectivement, on lit ces phrases, avec leurs fautes d'orthographe :

« Durant l'action, où étaient la (ou les) armes collectives en soutient de la reco et les appuis pour fixer l'ennemi ? »

Dans la demi-heure, les internautes sont beaucoup moins indulgents que Merchet : « "Le plus important n'est sans doute pas l'origine de ce document" : c'est certain mais si ce que vous dites est exact, cela a une saveur particulière pour un journal qui se prévaut de ses capacités d'investigation. »

Dans la journée, Jean Guisnel réagit, lui aussi, sur son blog « Défense ouverte ». Il a d'abord passé un coup de fil au ministère de la Défense. L'amiral Xavier Païtard, le chef du cabinet militaire du ministre de la Défense lui a répondu : « Je peux affirmer que ni l'état-major des armées, ni la Direction du renseignement militaire, ni la FRENIC n'ont réalisé ce rapport, et que les textes qu'ils produisent n'ont rien à voir. »

Mais l'autre problème posé par le scoop du *Canard* pour Guisnel, c'est bien sûr sa première partie titrée « Chronologie des combats ». « Elle ressemble de manière troublante à notre propre chronologie mise en ligne le 21 août en fin d'après-midi, explique le journaliste du *Point*. Nous écrivions ce jour-là que nous l'avions "établie à partir de sources crédibles, ainsi que d'éléments d'information transmis aux autorités françaises par des éléments militaires nationaux et étrangers présents en Afghanistan". Or le fac-similé du *Canard* est souvent très proche de notre chronologie, et même identique pour certains passages. Les imprécisions de calcul que nous avons faites, notamment sur le tonnage des munitions transportées par les hélicoptères français, sont fidèlement reproduites. Une source militaire ayant eu accès à des éléments de première main aurait-elle commis cette erreur ? C'est peu probable. »

Et Guisnel en vient aux « interrogations » du vrai-faux rapport des « officiers de la FRENIC ». « Il y a plus troublant encore, poursuit le journaliste. Comme on peut le voir dans la file des commentaires suivant cet article, un des internautes fidèles de notre site, qui signe avec le pseudonyme BZH, pose le 22 août à 9 h 30 des questions précises, par exemple sur "le timing des engagements de riposte, bien avec le peu de matériel à disposition" [*sic*], et demande "où étaient les sections de l'ANA et les forces spéciales américaines". Ces termes, et d'autres, se retrouvent quasi exactement reproduits par notre palmipède préféré. Plus fort encore : sur le site de la Fédération nationale des combattants volontaires, un internaute signant avec le pseudonyme de "Denis" s'interroge le 27 août à midi : "Est-il pensable qu'une opération de reco aussi importante", etc. ? Bingo ! Ce passage, et d'autres, pour certains réécrits et compilés à partir du commentaire initial de BZH, sont produits à l'identique dans le document du *Canard*... ça fait beaucoup ! »

La FNCV a lancé un appel pour retrouver « Denis », coauteur de deux questions du rapport des « officiers de la FRENIC ». Guisnel a pris contact avec BZH. « Ce sexagénaire est un retraité de la marine nationale, ancien informaticien des forces nucléaires stratégiques, qui se dit très étonné de lire sa prose personnelle dans le *Canard*, et encore plus sur le site de la FNCV : "C'est pompé dans les journaux, et en plus ils reprennent ce que j'ai écrit en ajoutant d'autres choses." »

Le journaliste du *Point* a aussitôt téléphoné au *Canard*. « J'ai expliqué à Angeli les choses troublantes, dit-il. J'ai fait ma chronologie des événements à partir de sources diverses, notamment sur les tonnages de munitions. Je me suis planté dans les calculs. J'ai mis plus de deux tonnes, alors qu'on arrive en réalité plutôt à 2,7 tonnes. Si c'est un officier de renseignements qui fait un rapport, il met le chiffre précis. Et j'ai hésité sur des mots... Et je retrouve ça dans le *Canard* ! J'ai senti Angeli ennuyé. Il m'a dit : "Je ne comprends pas... Je vais chercher. Je n'ai aucun doute sur mon informateur [1]." »

1. Entretien avec l'auteur, 4 septembre 2008.

Certains lecteurs du *Canard* s'attendaient à lire un « Pan sur le bec » la semaine suivante. Mais non. Au lieu de ça, on découvre une nouvelle version de l'histoire du « rapport au vitriol sur l'embuscade ». « Un réseau d'officiers contestataires entre Kaboul et Paris. Bien plus mordants que les députés, ils échangent par courriel leurs critiques sur l'engagement français [1]. » On s'alarme, paraît-il, dans les milieux gouvernementaux de la « montée des critiques », « au niveau des officiers supérieurs ». Tout part de là.

« Récente manifestation de ce mécontentement, le document dont le *Canard* a publié quelques extraits, la semaine dernière. L'état-major a démenti qu'il ait été reçu par la Direction du renseignement militaire (DRM). Dont acte : ce rapport rédigé à chaud au lendemain de l'embuscade, sur la base de Tora, par un officier de la FRENIC (French National Intelligence Cell), une cellule de renseignements français, n'a pas été transmis "officiellement" à la DRM. Mais seulement à certains collègues de ce service (qui compte 1 700 spécialistes) et à quelques officiers de haut rang qui l'ont fait circuler. Au nom de la fraternité d'armes qui les unit, et avec l'intention que les faits rapportés soient rendus publics. »

C'est la première réponse du *Canard*, destinée à l'armée : le « rapport » est une initiative individuelle. Normal que les autorités ne l'aient pas reçu. Il « circule » parmi des « centaines » de spécialistes militaires.

« Or une partie importante des informations publiées par le *Canard* sur la "chronologie des combats" et les commentaires joints – dont l'authenticité n'est contestée par personne, et encore moins par l'état-major – étaient déjà parus, mais uniquement sur Internet. Précisément sur des "blogs" que l'auteur de cet article a eu le tort de ne pas consulter : celui de Jean Guisnel spécialiste du *Point*, du figaro.fr, et

---

1. *Le Canard enchaîné*, 10 septembre 2008. Les citations qui suivent sont extraites du même article.

pour certains commentaires, celui de la Fédération nationale des combattants volontaires. Mais pour les défenseurs du "militairement correct", il y a plus inquiétant que ces "fuites" venues d'officiers du renseignement... »

La seconde réponse du *Canard* est pour tous ceux qui ont vu un plagiat là où n'y avait que circulation d'information. Les « commentaires » ou les « fuites », c'est à peu près la même chose. Puisqu'on ne sait plus précisément d'où est parti le « rapport », à destination de qui, ni même finalement qui l'a écrit, le mieux est finalement d'admettre que tout le monde avait déjà sa part de vérité.

Évidemment, personne n'est dupe. S'il y a des gens qui mentent, et ne disent pas la vérité, ce n'est pas le *Canard*, que ce soit bien clair.

36

La « brosse à reluire »... les plumes

« Je ne crois pas que les dirigeants de ce journal aient un véritable intérêt pour la culture. Il n'y a jamais eu de grand critique littéraire. On lit le *Canard* pour ses fameuses pages 2 et 3, pas pour ses chroniques culturelles [1]. » Le journaliste Philippe Tesson, critique dramatique au *Canard enchaîné* de 1970 à 1983, soutient et critique simultanément son ancien journal. On ne peut pas l'arrêter. « Quand je suis entré au *Canard* en 1970, il tirait à 30 000 exemplaires, l'ambiance était anarchique, chaleureuse, amicale. Il y avait une exigence d'écriture, de liberté, pas d'information. La finalité était de donner à jouir. Roger Fressoz dirigeait tout ce petit monde avec bienveillance. Puis le *Canard* s'est transformé à la faveur du dossier Aranda, un document superbement exploité par la direction du journal, les ventes ont explosé. J'étais moins à l'aise. Mais j'ai gardé ma critique de théâtre. Jamais on ne m'a coupé un mot, jamais on n'a discuté mes choix. Même quand le *Canard* est devenu un journal d'enquêtes, il a gardé ses vieux chroniqueurs. Les

1. Entretien avec l'auteur, 16 septembre 2008. La citation qui suit est extraite de la même source.

cons disent que ce serait un drame si *Le Canard enchaîné* disparaissait : pour une fois, je suis d'accord avec eux. La partie de moi-même qui s'y retrouve l'emporte sur celle qui est agacée par l'évolution de ce titre. Fallait-il que le *Canard* devienne un journal de révélations ? Je n'en suis pas sûr. L'idée d'un *Canard enchaîné* libre de toute fonction d'enquête me plaît davantage. Je préférais ses jugements à l'emporte-pièce, sa dérision, ses cris d'humeur. Son caractère purement pamphlétaire, en somme. Du jour où il a commencé l'enquête, le *Canard* a opéré une sorte de transgression de sa légitimité, de sa fonction. Il est devenu normatif, à sa façon. Moi je garde une fidélité pour une forme de journalisme assez gratuit, injuste, d'imprécation. En même temps, je me réjouis que le *Canard* débusque des informations qui ne se disent pas ailleurs. Ça reste un journal utile, salubre, je suis incapable d'en dire du mal. Mais j'ai aussi la nostalgie d'un journal qui jette ses derniers feux. *Le Canard enchaîné* est toujours un peu en porte-à-faux, il est à la fois dans le pamphlet et dans l'enquête. Pourquoi parle-t-on d'opéra et de danse dans le *Canard* ? Parce que Pierre Combescot, point. Il ne faut pas se poser autrement la question. Il y a toujours une controverse entre deux camps résolument hostiles : celui des normatifs, et celui des irrationnels. Je suis plus sensible à la qualité de l'écriture, comme celle de Combescot. Le *Canard* est le champ clos de toutes les passions. Au bout du compte, *Le Canard enchaîné* comme instrument de pouvoir, eh bien oui, c'est salutaire. Parfois le *Canard* m'énerve car il n'est pas juste, pas équitable. Mais c'est tant mieux, sinon il entrerait dans une logique qui le dessécherait. J'ai beaucoup d'indulgence pour *Le Canard enchaîné*. Ce qu'il fait n'est pas commode à faire. »

Au *Canard*, les « investigateurs », en charge de l'actualité politique et sociale, ont effectivement pris le pouvoir, et ils le gardent jalousement. Ils ne se privent pas pour autant d'investir la page 6 pour chroniquer eux aussi des livres à l'occasion. Incombe aux journalistes chargés de la culture, qu'on dit « saltimbanques », de parler « culture », à leur guise ou presque.

« Il y a un décalage entre un *Canard* marginal et en pointe sur la politique, et au contraire très dans la norme pour les rubriques culturelles. J'essaie de le faire évoluer, notamment en parlant davantage des jeunes, des écritures difficiles[1] », reconnaissait André Rollin, chroniqueur littéraire du *Canard* depuis 1980, questionné par Laurent Martin. « La direction trouve qu'André Rollin chronique des livres trop intellos, rapporte une attachée de presse. Du coup, il se retrouve parfois en service commandé, à traiter d'ouvrages dont soi-disant il faut parler parce que tout le monde en parle. »

Exemple, cet article intitulé « Un bouffon et des clones[2] » : « Michel Houellebecq publie son quatrième roman : *La Possibilité d'une île* (Fayard). On en parle ! » Dans une chronique mi-chèvre, mi-chou, André Rollin souligne que « la partie la plus tumultueuse du livre » est « la plus passionnante aussi », avant de regretter que « Houellebecq nous embarque aussi dans une aventure complètement ésotérique et très ennuyeuse (pour le lecteur, comme pour l'image de M. H. ?). [...] Le dommage, c'est que cette *carotte* dure des pages et des pages [...]. Houellebecq n'en a pas moins dans ce livre des mots sur le bonheur, et il n'a pas peur de dire qu'il est parfois heureux ! » Conclusion d'André Rollin : « À quand l'extension du domaine de la joie ? » Difficile de savoir si ce livre vaut vraiment la peine d'être lu... Bon nombre des chroniques littéraires du *Canard* restent ainsi dans le flou : « on en parle », mais on ne dit pas ce qu'on en pense... « Le *Canard* s'est déplumé », regrette un journaliste en place. Ce n'est pas faute de la part

1. Entretien de Laurent Martin avec André Rollin, 17 novembre 1997.
2. André Rollin, « Un bouffon et des clones », *Le Canard enchaîné*, 31 août 2005.

d'André Rollin de vouloir défendre une littérature qui sorte un peu des sentiers battus.

« Michel Gaillard lui met la pression », témoigne un ex-collaborateur du journal. Coincé aux entournures, le chroniqueur ne prenait pas davantage parti à propos du précédent livre de Houellebecq, *Les Particules élémentaires* : « Avec Houellebecq, on ne peut pas rester indifférent. Déjà, son premier roman, *Extension du domaine de la lutte*, en 1994, avait fait sensation. Ce deuxième, près de 400 pages, beaucoup plus ambitieux, va susciter colère ou enthousiasme[1]. » De quel côté se situe Rollin ? Mystère. « Houellebecq est, sans aucun doute, l'électron libre de cette rentrée. Difficile à maîtriser. Et c'est tant mieux ! Ses "particules" en explosant vont faire des ravages[2]. » Rollin sera plus enthousiaste pour *99 francs* de Frédéric Beigbeder qui « se paie le monde de la pub avec un vrai bonheur [...] Sans fausse pub, on en a pour ses 99 francs : juste rapport qualité-prix[3] ! » Le *Canard* finira aussi par chroniquer sur le tard, près de dix mois après sa parution, à l'instar de bon nombre de journaux, le roman de Muriel Barbery, *L'Élégance du hérisson*, que personne n'avait vu venir. « Alors, ce best-seller-à-cause-du-bouche-à-oreille, il vaut le coup ? » se demande Jean-Luc Porquet. Avant de conclure : « Alors évidemment, c'est un rien piquant, ce ton chipie, cette légèreté amelipoulinesque, cet abord décomplexé de la culture comme affaire privée à se concocter en solo et à ne partager qu'avec deux ou trois complices triés sur le volet. Et c'est très d'époque[4]. » De là à dire que c'est vraiment bien, ou vraiment mauvais, faut pas pousser...

D'autres auteurs, clairement estampillés « grand public », voient leurs livres régulièrement chroniqués dans les

1. *Le Canard enchaîné*, 19 août 1998.
2. *Ibid.*
3. *Le Canard enchaîné*, 23 août 2000.
4. *Le Canard enchaîné*, 4 juillet 2007.

colonnes du volatile, généralement avec bienveillance : Amélie Nothomb, Jacques Attali, Jean-François Kahn, Olivier Todd, Éric Fottorino – devenu l'influent patron du *Monde*. « D'un côté, *Le Canard enchaîné* jouit d'une grande liberté financière et éditoriale, de l'autre, il est complètement dépendant de l'image qu'il se fait de ses lecteurs et craint de leur déplaire. D'où la tentation de défendre une littérature sans prétention, mais ce qui veut dire aussi sans ambition, donc peu exigeante [1] », souligne Laurent Martin.

Cependant André Rollin sait aussi se cabrer, jusqu'à étriller le grand Patrick Modiano pour son roman *Inconnues* : « C'est du bel ouvrage comme on dit du bel ennui. C'est du Modiano sans rien de nouveau. Admirable, mais on ne peut s'empêcher de s'arrêter p. 69, où l'on peut lire : "J'étais ailleurs. J'avais l'impression d'entendre un disque rayé." En effet [2]. » L'irrévérence prévaut également pour le premier roman d'Éric Halphen, *Bouillottes* : « un peu tiédasses », ces bouillottes, pour André Rollin qui tacle violemment l'infortuné juge : « Halphen n'est pas Claude Simon [3]. » En 1998, il tombe à bras raccourcis sur *Premier roman* de Mazarine Pingeot : « Une histoire vieillotte d'amours juvéniles, dans un Paris nocturne et ecstasié. C'est branché-ringard, c'est intello-caviar et cucul la praline ! C'est surtout cliché sur cliché, poncif sur poncif. Une écriture de jeune chaisière confite dans le normal, le banal. Et le contentement de soi [4]. » Malheureusement, pareil mordant n'est plus la règle.

« La critique littéraire au *Canard enchaîné* reste dans la prudence, il n'y a pas de véritable liberté d'écriture, aucune audace. Forcément, c'est un journal dont le fonctionnement même exclut les fortes personnalités, les esprits originaux,

1. Entretien avec l'auteur, 30 septembre 2008.
2. *Le Canard enchaîné*, 10 février 1999.
3. *Ibid.*
4. *Le Canard enchaîné*, 8 avril 1998.

indépendants[1] », constate Laurent Martin. Et Roland Bacri d'enfoncer le clou : « Les pages culturelles se réduisent aujourd'hui à des comptes rendus sans saveur. Dire qu'à une époque, je pouvais faire une critique très satirique du livre de Roger Peyrefitte, *Notre amour*, en évoquant joyeusement son homosexualité et en concluant : "C'est une sorte d'encyclopédé" ! Maintenant, les critiques littéraires du *Canard* ressemblent à celles de *Lire*[2]. »

Dans sa rubrique « Plume de *Canard* » – qui signale les ouvrages publiés par les journalistes maison –, le journal laisse, par contre, libre cours à son enthousiasme critique. On croirait souvent lire « La brosse à reluire », fameuse rubrique qui fustige les copinages... Grand spécialiste de l'exercice, le rédacteur en chef Erik Emptaz n'est pas du genre à mégoter sur les compliments. « Yvan (Audouard) écrit d'autant plus juste qu'il ne se prend pas au sérieux. Ne manquez en aucun cas ses aphorismes, ils sont euphorisants[3] ! » écrit-il à propos du livre de son confrère. « Passé maître dans l'art de faire rire avec des sujets qui fâchent, en se payant la tête de tous d'un crayon vif mais jamais pesant, il s'en tire haut la main, même avec les méchants. Lisez *L'Affaire du voile*, c'est vraiment l'affaire du moment[4] », renchérit-il au sujet de l'album de Pétillon, dessinateur vedette du *Canard*. Quand il s'agit des romans de Pierre Combescot, *alias* Luc Décygnes, qui signe dans le *Canard* les articles sur la danse et de l'opéra, Emptaz ne ménage pas sa peine – remarquons au passage qu'ils sont tous deux des auteurs Grasset, comme d'ailleurs le rédacteur en chef Claude Angeli. Ainsi loue-t-il sans réserve *Le Songe de Pharaon* de Pierre Combescot. Quelques réserves de façade, Emptaz commence par dénoncer la « pharaonite aigüe » qui

1. Entretien avec l'auteur, 30 septembre 2008.
2. Entretien avec l'auteur, 25 juin 2008.
3. *Le Canard enchaîné*, 13 mars 2002.
4. *Le Canard enchaîné*, 15 février 2006.

touche tant d'écrivains. « D'où un certain accablement à voir Combescot atteint à son tour. Craintes superflues car le voyage en Égypte de notre baroque ami n'est pas du genre ordinaire ! » Et c'est parti pour la pommade : « On l'aura compris, Luc Décygnes chez Toutankhamon, ce n'est pas une pharaonade de plus, c'est du Combescot grand genre et grand jeu. [...] Un polar lettré, à la fois joyeux et mortifère, érudit et leste, métaphysique et marrant, à avaler comme le fit le serpent Aposis de l'œil du grand Rê : cru et avec voracité [1]. » Rebelote avec *Lansquenet*, que Pierre Combescot publie en 2002 (toujours chez Grasset) : « C'est cruel et violent, carnivore et vénéneux, drôle, pathétique et scabreux, cannibalesque et truculent. Et baroque, évidemment [2]. » Évidemment... Erik Emptaz conclut, toujours aussi inspiré : « Cette folle furia est de bout en bout menée grand train. [...] Combescot a l'art jamais banal de nous emmener visiter l'enfer comme on va au carnaval. Allez-y gaiement [3] ! » Rerebelote avec *Faut-il brûler la Galigaï ?* (encore chez Grasset) : Erik Emptaz encense à nouveau ce roman de Combescot qui « se joue de l'intrigue avec autant de maestria que de l'histoire de France. Dans ce livre où pique Ravaillac, où pointe Richelieu, dans ces pages où l'on trompe, on trucide, on travestit, on ourdit, on estourbit à tout-va, il nous trucule une tragi-comédie flamboyante [4] ». Pierre Combescot saura lui rendre la pareille et c'est lui qui chronique le roman d'Erik Emptaz, *1981*. (Chez Grasset, faut-il le préciser ?) Moins « baroque » qu'à l'accoutumée, Luc Décygnes fait carrément dans la mesure : « Emptaz est incontrôlable. C'est un anarchiste bon teint. Il aime débusquer les faux jetons et les imbéciles [5]. »

1. *Le Canard enchaîné*, 29 avril 1998.
2. *Le Canard enchaîné*, 13 février 2002.
3. *Ibid.*
4. *Le Canard enchaîné*, 14 février 2007.
5. *Le Canard enchaîné*, 23 mai 2007.

La plupart des journalistes du *Canard* étant aussi des « gensdelettres », autant dire qu'il y a embouteillage à la rubrique « Plume de *Canard* »... André Rollin publie-t-il *Quelle soirée*, Dominique Durand lui déclare *illico* son admiration : « Nom de Dieu ! Ça vous énerve, ça vous hérisse, ça vous délacère le bien-écrire, un texte comme ça [...]. Lisez Rollin, ça donne soif et faim[1] ! » Bernard Thomas, journaliste du *Canard* en charge du théâtre et de la télévision, publie-t-il *Les Vies d'Alexandre Jacob 1879-1954*, Jean-Luc Porquet s'empresse d'écrire tout le bien qu'il faut en penser : « Bernard Thomas se régale – et nous avec. Sa plume va, court, vibre, s'émeut, s'enflamme – et nous avec[2]. » Frédéric Pagès publie-t-il *Philosopher ou l'Art de clouer le bec aux femmes*, Erik Emptaz monte derechef au créneau pour agiter l'encensoir : « Nul besoin d'être Sarko, anti-Ségo ou agrégé de philo pour déguster sans plus tarder ce vif et joyeux petit ouvrage où Pagès se penche avec alacrité et concision sur la rude question de son cher JBB, que Nietzsche et Schopenhauer n'auraient pas reniée[3]. » Jean-Luc Porquet publie-t-il *Le Petit Démagogue*, Frédéric Pagès n'a de cesse de louer « cet ouvrage utile et bien troussé[4] ». Patrice Lestrohan publie-t-il une biographie d'Edgar Faure, Nicolas Brimo applaudit d'emblée son « écriture aussi vive que plaisante[5] ». Frédéric Pagès publie-t-il *L'Idiot de la Sorbonne*, il est aussitôt distingué par Patrice Lestrohan qui le remercie d'offrir « un délicat plaisir de lecture : la plus enjouée des histoires picaresques, une frétillante "quête de sens" philosophique à travers l'Europe », assaisonnée « d'une infinité de trouvailles verbales[6] ! »

1. *Le Canard enchaîné*, 23 octobre 2002.
2. *Le Canard enchaîné*, 24 juin 1998.
3. *Le Canard enchaîné*, 20 décembre 2006.
4. *Le Canard enchaîné*, 7 février 2007.
5. *Le Canard enchaîné*, 28 mars 2007.
6. *Le Canard enchaîné*, 29 août 2007.

Quant au dernier livre d'André Rollin, *La Mémoire de l'iceberg*, publié aux éditions Sabine Wespieser, il aura droit pour sa part, toujours en « Plume de *Canard* », à un article délicat de son confrère Igor Capel[1]. C'est le pseudonyme de Philippe de la Genardière, quand il officie comme critique littéraire au *Canard*. Mais la plupart du temps, depuis sept ans, cet écrivain « rewrite » les pages 2 et 3 du journal, deux fois par semaine. Que faire lorsqu'il publie à son tour un roman, *L'Année de l'éclipse*, également chez Sabine Wespieser, sous son vrai nom ? André Rollin, qui a vraiment aimé le livre, choisit de le chroniquer non pas dans « Plume de *Canard* » mais en tête de la page 6, dans « Lettres ou ne pas lettres », signalant juste de façon assez sibylline qu'il s'agit d'un ouvrage de « [leur] collaborateur[2] ». Ce choix aurait fait débat au sein de la rédaction, notamment entre André Rollin et Erik Emptaz dont les rapports ne sont pas des plus cordiaux. Tensions, rivalités, haines recuites… Les « saltimbanques » du *Canard* se disputent âprement leurs prérogatives et préférences. André Rollin n'a pas apprécié *Le Premier Principe, le Second Principe* de Serge Bramly, grand ami d'Erik Emptaz ? Qu'à cela ne tienne, ce dernier profitera de l'absence de son confrère, en congé, pour signer un article dithyrambique sur le roman de Bramly[3].

Simple pluralité de points de vue, pourront objecter d'aucuns… Comme celle qui s'est exprimée sur la biographie de Marguerite Duras par Laure Adler ? André Rollin la considère « fascinée » par son sujet « mais pas idolâtre ». Et de préciser : « Pourquoi bouder son plaisir alors que Laure Adler nous dresse un portrait d'une Duras férocement et merveilleusement humaine ? »

Ce n'est pas l'avis de Nicolas Beau qui, une fois n'est pas coutume, dans la rubrique « Lettres ou ne pas lettres », signe

1. *Le Canard enchaîné*, 31 janvier 2007.
2. *Le Canard enchaîné*, 3 septembre 2008.
3. *Le Canard enchaîné*, 17 septembre 2008.

un encadré offensif sur le livre en question, rapportant les réserves de durassologues émérites sur le travail de Laure Adler. Après avoir regretté qu'elle raconte l'affaire Charles Delval (du nom de ce proche de la Gestapo avec qui Duras a entretenu des relations troubles), sans préciser que Pierre Péan l'avait déjà fait dans son livre sur la jeunesse de Mitterrand, Nicolas Beau conclut férocement : « Adler compare Duras à une *cuisinière de l'écriture*, disons que, pour sa part, elle maîtrise à merveille l'art d'accommoder les restes [1]. »

De même, il semble que la rubrique « Plume de *Canard* » soit à géométrie variable. C'est le cas pour les livres de Stéphanie Mesnier, la compagne de Claude Angeli, qui collabore au journal depuis une dizaine d'années, cosignant parfois de ses initiales les enquêtes menées de concert avec le rédacteur en chef du *Canard*. En 1998, son roman *Coup de soleil* est donc chroniqué dans la rubrique « Plume de *Canard* », par les bons soins de Dominique Durand. « Ce coup de torchon en plein soleil vaut toutes les études sur les turpitudes françaises dans l'ex-domaine réservé africain. ». *Idem* pour son livre à quatre mains avec Claude Angeli, *Chirac père et fille*, loué par André Rollin et un autre livre du tandem, *En basse campagne*, à nouveau défendu par Dominique Durand. Mais, surprise, le roman suivant de Stéphanie Mesnier, *Villa Carmina*, n'est plus traité dans « Plume de *Canard* » et Dominique Durand qui signe l'article – encore lui – se garde bien de préciser les liens de l'auteure avec le *Canard* et son dirigeant. *Idem* pour son roman *L'Espionne et le diplomate*, dont André Rollin ne craint pas d'affirmer que c'est « un ouvrage à mettre, bien évidemment, entre toutes les mains... ». Bien évidemment... Rebelote pour son nouveau roman *Petits désordres au château*, paru le 11 septembre 2008, et que le *Canard* est le premier journal à chroniquer, louant « ce pétulant roman

1. *Le Canard enchaîné*, 2 septembre 1998.

des champs[1] »... toujours pas dans la rubrique « Plume de *Canard* ». Et pourtant, l'argumentaire de l'éditeur ne laisse aucune doute : « Stéphanie Mesnier collabore au *Canard enchaîné* sur les questions de politique étrangère. »

Pour ce qui est du livre de Roland Dumas, *Le Fil et la Pelote*, la question ne se pose pas : l'ancien ministre est « seulement » l'avocat du *Canard*, pas un journaliste maison. Dès lors, pas de « Plume de *Canard* » qui vaille. Jacques Lamalle lui consacre donc un article aimable en tête de page, non sans prévenir au préalable : « On reste un peu sur sa faim, car l'homme, on ne peut plus policé, ne manie pas assez l'irrespect. » Le *Canard* lui donnerait-il l'exemple ? Non, Jacques Lamalle se reprend : « Mais dans ce jeu du je que sont les mémoires, les moments de bonheur ne sont pas rares. » Des mémoires « attachants », bien évidemment[2]... Comme on pouvait le lire un jour dans la rubrique « Écrits et chuchotements » : « Les censeurs sont au chômage mais pour les encenseurs, il y a encore du boulot[3] ! ». Assurément, le *Canard* sait de quoi il parle...

À noter que cette rubrique-là, qui distille toutes sortes d'indiscrétions littéraires, tient souvent du faux nez satirique : le ton, potache, moqueur, ne va pas souvent de pair avec des informations de première main. À l'exception de certains échos plus ou moins exclusifs sur la cuisine des prix littéraires, celle des élections à l'Académie française et sur les combines du monde de l'édition, « Écrits et chuchotements » se contente généralement d'annoncer des parutions, sur la base d'un épluchage minutieux du programme de chaque éditeur ou des épreuves de livres remises en amont aux journalistes littéraires dans bon nombre de journaux.

---

1. *Le Canard enchaîné*, 8 octobre 2008.
2. *Le Canard enchaîné*, 13 septembre 1999.
3. *Le Canard enchaîné*, 4 février 1998.

Il s'agit aussi de railler les écrits des uns et des autres, avec une prédilection pour certains : Alain Peyrefitte, Bernard-Henri Lévy, Claude Allègre, Pierre Assouline, Jean-François Kahn, Jérôme Garcin, Alain Etchegoyen, Élisabeth Teissier, Jacques Salomé (la liste n'est pas exhaustive) font ainsi figure de véritables têtes de Turc. Et c'est ce qui fait dire à Michel-Antoine Burnier : « *Le Canard enchaîné* n'est plus qu'une revue de presse malveillante[1]. » Mais, encore une fois, le *Canard* a des indignations sélectives et tout le monde n'est pas logé à la même enseigne. Deux jours après le décès de Jean-François Revel, le 30 avril 2006, Stéphane Denis se fend d'une lettre de candidature au fauteuil du défunt académicien. L'initiative manque assurément de tact, la secrétaire perpétuelle Hélène Carrère d'Encausse est choquée et le fait savoir à son entourage. L'information remonte jusqu'à André Rollin. Las, Stéphane Denis est un informateur précieux du volatile. Circulez, y'a rien à voir.

Dire que dans un « Écrits et chuchotements[2] », le *Canard* raillait l'argumentaire du livre de Nadine Satrat sur Balzac expliquant que « l'organisation de cette biographie est délibérément chronologique ». Commentaire du journal « Trop d'audace tue l'audace ! » Le volatile a vraiment l'art de se gausser de tout et de tous, sans pour autant en prendre de la graine.

« Dans les pages culturelles du *Canard*, il n'y a jamais de surprises. Elles restent identiques à ce qu'elles étaient dans les années 1970. Mais les chroniqueurs n'ont plus la dent aussi dure qu'autrefois[3] », constate Philippe Tesson. C'est peu dire que les « saltimbanques » ont la plume de plus en plus lisse, s'illustrant davantage dans la louange de leurs obligés que dans un choix critique singulier que pourrait se

1. Entretien avec l'auteur, 22 septembre 2008.

2. *Le Canard enchaîné*, 6 janvier 1999. Les citations qui suivent sont extraites du même article.

3. Entretien avec l'auteur, 16 septembre 2008.

permettre ce journal si libre de voler de ses propres ailes... Mais à quoi bon ? « *Le Canard enchaîné* fait vendre les livres, il est encore très prescripteur, souligne une attachée de presse. Qui plus est, le *Canard* touche un public différent de la presse culturelle, comme *Télérama* et *Elle*, plus masculin aussi. » Plus riche sans doute, à en juger par les livres hors de prix que Jacques Lamalle – entré au *Canard* comme correcteur, avant de devenir rédacteur spécialisé dans les affaires européennes et de l'agroalimentaire – s'est fait une spécialité de chroniquer, et pas seulement à l'occasion des fêtes. Surtout les beaux livres des éditions Citadelles et Mazenod, les plus chers : *L'Art de la Chine* ? 1 180 francs[1]. *L'Art italien de la Renaissance à 1905* ? 1 200 francs[2], *Retables* par Caterina Virdis Limentani et Mari Pietrogiovanna ? 168 euros[3]. *Raphaël* par Pierluigi De Vecchi ? 139 euros[4]. *Matisse, de la couleur à l'architecture* par René Percheron ? 139 euros[5]. *Abbayes et monastères d'Europe* par Bernhard Schütz ? 174 euros[6]. *L'Art des paysages* par Nils Büttner ? 179 euros[7]. Et on en oublie...

Mais Jacques Lamalle, auteur lui-même de guides sur le vin, n'est pas bégueule et pense à ses lecteurs moins fortunés : il chronique *Greco* de Fernando Arias, édité chez Adam Biro, vendu pour la modique somme de 550 francs[8] ; il recommande *Réceptacles*, aux éditions du Musée Dapper, seulement 280 francs[9] et *Anselm Kiefer* de Daniel Arasse aux éditions du Regard, 89,44 euros[10] ; il s'emballe pour *Mémoires de la mer, cinq siècles de trésors et d'aventures*

1. *Le Canard enchaîné*, 16 juin 1997.
2. *Le Canard enchaîné*, 27 janvier 1999.
3. *Le Canard enchaîné*, 27 février 2002.
4. *Le Canard enchaîné*, 29 mai 2002.
5. *Le Canard enchaîné*, 6 juin 2002.
6. *Le Canard enchaîné*, 31 janvier 2007.
7. *Le Canard enchaîné*, 28 mars 2007.
8. *Le Canard enchaîné*, 4 février 1998.
9. *Le Canard enchaîné*, 11 février 1998.
10. *Le Canard enchaîné*, 9 janvier 2002.

sous la direction de Marie-Pierre Demarcq, Jean Martinant de Preneuf et Sophie de Sivry, aux éditions de l'Iconoclaste, juste 74 euros [1] ; il conseille *Kyoto* de Salah Stétié et Alexandre Orloff, coédition Actes Sud et Imprimerie nationale, à peine 89 euros [2] et encore *Les Peintres de Sienne* de Giulietta Chelazzi Dini, Alessandro Angelini et Bernardina Sani, chez Actes Sud, 120 euros quand même [3]. Au moins ces recensions font-elles l'objet d'articles discrets, dans la rubrique fourre-tout « La voie aux chapitres »... André Rollin se targue de décrire dans le *Canard*, « depuis des années », « ce monde de petites combines [4] » qu'est l'édition française. À quand un article sur les « petites combines » maison ?

---

1. *Le Canard enchaîné*, 7 décembre 2005.
2. *Le Canard enchaîné*, 28 décembre 2005.
3. *Le Canard enchaîné*, 16 juin 2006.
4. *Le Canard enchaîné*, 1er novembre 2006.

37

Ceux qui font le journal satirique

Quand on fait de la satire son fonds de commerce, les traits ne sauraient être que d'esprit… Ainsi *Le Canard enchaîné* a-t-il toujours ouvert ses colonnes aux caricaturistes, de Guilac – l'auteur des deux petits canards qui présentent les manchettes du journal depuis ses débuts – à Moisan, à Lap, et puis César, Escaro, Cardon, Pétillon, Lefred-Thouron, Cabu, Kerleroux, Wozniak, Pancho, Brito et consorts aujourd'hui. Pour autant, l'esprit du *Canard* se définit de longue date par la supériorité de l'écrit. « Les dessins étaient déjà importants à mon époque [dans les années 1970-1980] mais les préséances et les privilèges revenaient encore aux articles [1] », confirme Philippe Tesson. Ce qui n'est pas sans provoquer quelque frustration chez les « crayonneurs » du *Canard*…

« C'est plus dur de faire un dessin qu'un article. Un dessin est bon ou mauvais, il n'y a pas à tortiller [2] », estime André Escaro, aujourd'hui à la retraite, même s'il continue à dessiner les cabochons de la page 2. « Subordonner nos dessins

1. Entretien avec l'auteur, 16 septembre 2008.
2. Entretien de Laurent Martin avec André Escaro, 27 juillet 1996.

aux choix de ceux qui écrivent, des rédacteurs qui ne savent pas dessiner, ça colle pas [1] », renchérit un de ses confrères. « La satire a molli, les dessins sont plus petits », constate Kerleroux, dessinateur au *Canard* depuis 1971. « On a l'habitude d'être ostracisés, poursuit-il. Chez *Charlie Hebdo*, ils mettent des textes parmi les dessins ; au *Canard enchaîné*, ils mettent des dessins pour remplir les trous du texte. Mais c'est la formule magique du *Canard* puisqu'elle rapporte de l'or. Depuis que Sarkozy est en campagne et depuis qu'il est au pouvoir, les ventes du *Canard enchaîné* ont augmenté d'au moins 20 %. Les gens pensent que nous sommes les seuls à être vraiment antisarkozystes [2]. » Pétillon, éminente signature de l'hebdomadaire où il collabore depuis 15 ans et dont il est salarié, voit les choses autrement : « À *Charlie Hebdo*, il y a des emplacements fixes réservés aux dessinateurs. Au *Canard*, le texte impose effectivement la maquette mais ça ne veut pas dire pour autant que les dessins sont uniquement illustratifs. Moi, je les considère comme des ponctuations et comme une information supplémentaire [3]. » Un de ses confrères apprécie toutefois que « le *Canard* n'impose pas d'école graphique [4] ».

D'où, certes, une grande liberté. « J'appelle ça "la liberté à double palier" : nous avons la liberté de dessiner ce que nous voulons, les directeurs ont la liberté de choisir les dessins qu'ils veulent, entre 28 et 32 chaque semaine, explique Kerleroux. Le *Canard*, c'est la liberté erratique pour les dessinateurs [5] », résume-t-il. Tous les lundis soir, se joue ainsi le « psychodrame » des dessins : un moment de forte tension car la direction n'explique pas pourquoi elle retient le ou les

---

1. Entretien anonyme avec Micheline Mehanna, cité dans sa thèse *Le Mode de production du* Canard enchaîné, *approche microsociologique*, *op. cit.*
2. Entretien avec l'auteur, 29 septembre 2008.
3. Entretien avec l'auteur, 14 octobre 2008.
4. Entretien anonyme avec Micheline Mehanna, cité dans sa thèse *Le mode de production du* Canard enchaîné, *approche microsociologique*, *op. cit.*
5. Entretien avec l'auteur, 29 septembre 2008.

dessins d'Untel et refuse celui, ou ceux, d'un autre. Les propositions sont variables : pour un Wozniak qui présente rarement plus de quatre dessins, Pétillon une dizaine, Kerleroux en dessine entre 12 et 14 à chaque fois. « Ils ne nous disent jamais pourquoi un dessin est refusé [1] », insiste ce dernier. Plantu en avait déjà fait l'expérience dans sa jeunesse : « J'ai proposé mes dessins au *Canard* pour la première fois le 14 novembre 1973, j'avais vingt-deux ans, je travaillais déjà pour le *Monde* mais j'adorais le *Canard*. J'y ai trouvé des gens très gentils, comme Kerleroux et Yvan Audouard, mais les autres me prenaient de haut et m'ont infligé une sorte de bizutage. Je ne savais jamais pourquoi mes dessins étaient refusés, j'ai trouvé ça trop humiliant. Quelques mois plus tard, j'ai fini par renoncer. Dix ans après, Claude Angeli est venu chez moi pour me débaucher : il ignorait que j'avais déjà travaillé pour le *Canard* [2] ! »

Aujourd'hui encore, les dépits sont fréquents, les rivalités inévitables. « C'est une bagarre continuelle. C'est usant. Il y a des dessinateurs au *Canard* qui ont des migraines, assure un collaborateur. Il y a au *Canard* une jalousie latente. Tous les lundis, chacun compte le nombre de dessins parus, ça devient une obsession [3]. » Le métier de dessinateur est un métier solitaire par définition – à part Kerleroux et Wozniak qui dessinent sur place, les autres dessinateurs ne se rendent au journal que pour montrer leurs dessins, quand ils ne les envoient pas par fax comme c'est le cas de Lefred-Thouron. Mais ce mode de sélection des dessins au *Canard*, sans concertation, avive l'impression du « chacun pour soi ».

« Je pense que s'il y avait des réunions au *Canard*, ça aiderait. Une vraie réunion pour décider sur quoi on va

1. *Ibid.*

2. Entretien avec l'auteur, 23 septembre 2008.

3. Entretien anonyme avec Micheline Mehanna, cité dans sa thèse *Le Mode de production du* Canard enchaîné, *approche microsociologique*, *op. cit.*

s'énerver, comment, qui va en parler[1] », suggère ainsi un collaborateur. Ce n'est pas l'avis de Pétillon : « Le fait de ne pas participer aux choix de la direction est peut-être frustrant mais c'est peut-être aussi ce qui permet aux 12 dessinateurs du *Canard* d'entretenir de bons rapports[2]. » Cette absence de débat explique sans doute le silence assourdissant des dessinateurs du *Canard* dans les colonnes du journal à propos de « l'affaire Siné », qui a opposé en juillet 2008 leur confrère de *Charlie Hebdo* à son directeur, Philippe Val. De même que le *Canard* ne s'est pas véritablement illustré à l'occasion des caricatures de Mahomet. « J'ai quand même fait cinq ou six dessins sur le sujet, précise Kerleroux. On m'en a publié deux, dont un qui montrait un Musulman disant : "Allah est grand, fort et bête[3]." » Quelques années auparavant, un collaborateur déclarait déjà : « Les dessinateurs sont entre les mains des journalistes[4]. » À commencer par Michel Gaillard et Erik Emptaz qui ont généralement le dernier mot. Leur mot d'ordre, justement ? Faire des dessins drôles. Mais « le rire ne doit pas être dérangeant[5] », précise un collaborateur. Qui plus est, il faut que le dessin soit « politiquement correct », c'est-à-dire conforme à l'idéologie du journal. « Le point de vue du *Canard*, c'est un jeu du politicien dérisoire. Chaque fois qu'on peut taper sur les flics, on ne s'en prive pas, mais il y a des tabous. La satire est mesurée, la dérision douce. Il n'y a pas la volonté de descendre la personne, estime un autre. Les jeux de mots sont parfois inspirés mais c'est le degré le plus bas de la satire[6]. » « *Le Canard enchaîné*, c'est l'information traitée sur un mode ironique, rectifie Pétillon, ce qui me va bien puisque

1. *Ibid.*
2. Entretien avec l'auteur, 14 octobre 2008.
3. Entretien avec l'auteur, 29 septembre 2008.
4. Entretien anonyme avec Micheline Mehanna, cité dans sa thèse *Le Mode de production du* Canard enchaîné, *approche microsociologique*, *op. cit.*
5. *Ibid.*
6. *Ibid.*

je suis un ironiste. Cela dit, il peut y avoir des incompatibilité d'humour. Moi, j'aime bien l'absurde, par exemple, mais le sens de l'absurde est assez tempéré au *Canard*[1]. » Autre spécificité des dessins du *Canard* : aucun n'est publié sans légende, alors que, par définition, un dessin n'a pas besoin de légende. Mais la plupart des dessinateurs du journal reconnaissent que ces légendes permettent aux lecteurs de mieux saisir à quoi le dessin fait allusion.

Par ailleurs, certaines enquêtes qui ne sont pas liées à une actualité brûlante et ne trouvent pas de dessin adapté sont soumises à un dessinateur pour l'illustrer. Pour Vazquez de Sola, qui a quitté le journal en 1986, lui reprochant de ne pas rester fidèle à son engagement à gauche, « les dessinateurs sont des journalistes à part entière, avec une spécialité. On ne doit jamais accepter de travailler sous le diktat d'un rédacteur. Il y a eu un dessinateur très habile, qui dessinait sans difficulté 15, 20 dessins, à la commande. Je lui ai dit qu'il devait être plus indépendant, il l'a répété aux chefs et je me suis fait engueuler. Il n'avait pas de talent, juste de l'habileté[2] ». S'agissait-il déjà de Cabu, qui s'est fait une spécialité du dessin d'illustration ? « Si les journalistes lui disent de dessiner un palmier pour bien montrer que le sujet se passe en Arabie Saoudite, il s'exécute. Moi je ne pourrais pas[3] », assure Kerleroux.

Autre motif d'insatisfaction chez les dessinateurs du *Canard enchaîné* : une hiérarchie insidieuse entre eux, établie par la direction au gré de ses choix, souvent incompris car ne répondant pas à des critères précis. Ainsi les dessins de Pétillon, Lefred-Thouron et Cabu sont-ils souvent plus nombreux et davantage mis en valeur que ceux de Kerleroux, Wozniak et Brito.

1. Entretien cité.
2. Entretien de Laurent Martin avec Vazquez de Sola, 6 octobre 1998.
3. Entretien avec l'auteur, 29 septembre 2008.

« Les jours où je suis pessimiste, je trouve ça carrément dégueulasse. Quand je suis optimiste, je me dis juste que c'est dommage[1] », grince Kerleroux, qui est pourtant salarié du *Canard* depuis 1996 – et gagne « plus que Cabu » de son propre aveu. Ce n'est pas le cas de tous les dessinateurs du journal dont certains sont encore rémunérés à la pige. Une pige certes confortable... Façon de faire oublier aux dessinateurs les vexations que le *Canard* leur inflige ?

Sans compter que le volatile n'apprécie guère de voir ses caricaturistes recycler leurs dessins refusés. Jacques Cardon, dessinateur au *Canard* depuis 1979, en sait quelque chose : « En 1981, avec les copains du *Canard*, Kerleroux, Vazquez de Sola, Grandremy, on a fait *Le Père Denis*. On avait des choses à dire, des dessins à passer que le *Canard* refusait ou réduisait à des timbres-poste. Le premier numéro a paru avant les élections de mai 1981, le deuxième après. On était très anti-Giscard. Le troisième numéro avait pour thème les vacances et puis on a arrêté, c'était trop lourd, trop compliqué. Au *Canard*, cette initiative fut très mal vue. Kerleroux, Grandremy s'étaient fait engueuler, Vazquez de Sola était déjà sur le départ. Ils l'ont poussé dehors[2]. » Même réaction irritée de la direction lorsque Cabu a sorti un livre de ses dessins refusés par le *Canard*, intitulé *Les Interdits de Cabu* (Albin Michel, 1990), l'album s'est vendu à près de 300 000 exemplaires. « Cabu dessine très vite, constate un confrère. Il propose chaque semaine au *Canard* une vingtaine de dessins et refourgue ceux qui sont refusés à *Charlie Hebdo*. Même s'ils n'apprécient pas trop cette façon de faire, aucun des deux journaux ne peut s'en passer : Cabu reste une figure historique[3]. » Quand bien même son personnage de « Beauf » qui continue de figurer chaque semaine dans le *Canard* est unanimement considéré comme démodé par la

1. *Ibid.*
2. Entretien de Laurent Martin avec Jacques Cardon, 20 octobre 1998.
3. Entretien avec l'auteur, 5 septembre 2008.

profession... De là à y voir un critère de continuité dans l'identité graphique du journal, sans doute pas.

Laissons à Plantu le mot de la fin : « Effectivement, *Le Canard enchaîné* a changé, mais je trouve que l'esprit de quelqu'un comme Pétillon donne un souffle neuf, il dit quelque chose qui diffère de la tradition du *Canard*, quelque chose de moins chansonnier, de plus subtil. J'aime aussi le côté faussement je-m'en-foutiste de Lefred-Thouron. Plus généralement, je pense qu'il y a un réel problème de la satire en France, une sorte de confort intellectuel : il est plus facile de taper sur Xavière Tiberi que de dénoncer les trafics d'armes. On va le payer un jour[1]... »

---

1. Entretien avec l'auteur, 23 septembre 2008.

38

Le *Canard* a-t-il failli ?

« Si vous cherchez à démontrer que, sous Mitterrand, comme plusieurs de vos interlocuteurs me l'ont affirmé, le *Canard* a failli aux exigences de l'information, vous faites fausse route[1]. » Michel Gaillard conclut ainsi ses réponses laconiques à nos questions. Questions écrites qu'il nous avait demandé en préalable à un entretien, qu'il ne nous a finalement jamais accordé... Manifestement renseigné sur cette enquête par certains de nos interlocuteurs, le directeur du *Canard* nous suggère de « relire dans le *Canard* un paquet d'articles[2] ».

Sa réponse tombe précisément à l'heure de la parution d'un beau livre de fin d'année : *50 ans de dessins, Le Canard*

---

1. Courrier de Michel Gaillard aux auteurs, 17 octobre 2008.

2. « Je vous suggère de relire dans le *Canard* un paquet d'articles. De mémoire : la série d'articles extrêmement violents mettant en cause Mitterrand et son ami Pelat (affaire Vibrachoc en 1983 et 1984) ; l'affaire Carrefour du développement avec la publication de fausses factures et l'implication de Mitterrand avec sa voiture blindée (1984) ; l'affaire Urba, qui a ravagé le PS et mis à nu son financement, et qui a pris naissance dans le *Canard*. Plus l'histoire du sang contaminé (premier document révélateur dans le journal), plus l'affaire Bérégovoy, etc. »

enchaîné, La Ve République en 2 000 dessins, 1958-2008[1]. Un gros livre rouge de cinq kilos. Une bible pour canetons. « La Ve République vient d'avoir cinquante ans et le *Canard* quatre-vingt-treize (mais il paraît beaucoup plus jeune qu'elle !), annonce Michel Gaillard dans sa préface. L'une et l'autre peuvent se vanter – la comparaison s'arrête là – d'être restés fidèles à leurs origines [...]. Et surtout, la fonction du journal est restée identique : débourrer les crânes, démystifier le pouvoir, tous les pouvoirs, politique, économique, militaire, policier, religieux, médiatique. » En feuilletant le livre, les dessins du *Canard* sont effectivement restés insolents et frondeurs. Mais ses articles ? Le gros livre rouge, ponctué de textes sur la Ve République, nous permet de revisiter encore l'histoire officielle du *Canard*[2]. Il nous offre une chronologie des « affaires *Canard* » de ces cinquante ans. Toute la légende que le journal entend développer s'y trouve. Quoi de mieux, pour décoder ce journal, que d'aller voir comment il se met en scène lui-même ? L'ouvrage est intéressant pour tenter de voir si le *Canard* a « failli aux exigences de l'information » sur Mitterrand, pour reprendre l'expression de Michel Gaillard. Concernant les années du premier septennat de Mitterrand, le *Canard* a choisi cinq affaires dans *La Ve République en 2 000 dessins*. L'échantillon est intéressant :

« L'affaire des avions renifleurs : quand Giscard et Barre manquaient de flair » ; « L'affaire Le Pen, Jean-Marie à la torture » ; « L'affaire du Carrefour du développement :

---

1. *50 ans de dessins, Le Canard enchaîné, La Ve République en 2 000 dessins, 1958-2008*, Les Arènes, 2008.

2. Le portrait de Moisan par Fressoz se garde bien sûr d'évoquer les dessins publiés sous l'Occupation. On pouvait sûrement les oublier. De même, les deux films documentaires consacrés au *Canard*, en 1986 et 1994, avançaient tous deux l'épisode des numéros du *Canard* piratés pendant la guerre à Londres, à Paris, par l'occupant, et au Liban, par un réseau de résistants, pour mieux éviter de parler du sort des journalistes du *Canard* devenus collaborateurs.

priorité à droite et à gauche » ; « L'affaire Luchaire : Tonton victime d'un obus de confiance ? » ; « L'affaire Chaumet : Chalandon jongle… avec ses cailloux ! »

Trois affaires ne concernent que la droite (les renifleurs, Le Pen et Chalandon). La quatrième se partage entre gauche et droite (Carrefour du développement) et la dernière (Luchaire) est présentée comme un piège pour Mitterrand. On sait qu'en réalité le *Canard* l'avait initialement étouffée. Dans cette histoire officielle, version *Canard*, rien sur Greenpeace et le sabotage du *Rainbow Warrior*. Rien, non plus, sur les Irlandais de Vincennes et la dérive de la cellule de l'Élysée, qui sont à peine évoqués dans les textes d'introduction. À dire vrai, on l'a vu, le *Canard*, dans ces trois dossiers, n'a jamais été en pointe. Dans son histoire officielle, les voilà carrément glissés sous la moquette. Mitterrand évidemment a été couvé par le *Canard*.

« J'aurais été le patron du *Canard*, on lui aurait envoyé la guerre d'Algérie à la gueule, approuve le journaliste Claude Roire. Mitterrand avait été ministre de l'Intérieur et de la Justice pendant l'Algérie. Mais ce n'était pas le *Canard*, c'était la gauche tout entière qui voulait bien oublier ça. On était militants. Après l'élection présidentielle, l'état de grâce a duré. On a été les premiers sur Vibrachoc, dans l'affaire Pelat, en 1989. Les mitterrandiens avaient intimé l'ordre à la CGE de reprendre à Roger-Patrice Pelat [en 1982] cette boîte qui ne valait pas grand-chose. Mais on se permettait Vibrachoc parce qu'on attaquait Pébereau [1]. »

« L'affaire Péchiney : les pieds dans le Pelat », c'est d'ailleurs l'un des sept dossiers retenus dans *La Ve République en 2 000 dessins* pour le second septennat de Mitterrand. L'affaire suivante nous éloigne de la mitterrandie. C'est « L'affaire Calvet : Le P-DG met un turbo dans son salaire ». En plein conflit social chez Peugeot, le journal avait dévoilé l'augmentation de salaire de Jacques Calvet,

1. Entretien avec l'auteur, 12 septembre 2008.

feuille d'impôts à l'appui. Le *Canard* était brandi par les ouvriers sur les chaînes de montage. S'ensuivra une procédure interminable, engagée par Calvet, mais finalement remportée par le *Canard* devant la Cour européenne des droits de l'homme. « L'affaire du sang contaminé » suit. En avril 1989, le *Canard* publie le premier papier sur la diffusion de lots de sang contaminé par le Centre national de transfusion sanguine quatre ans plus tôt. Cet article, accueilli par « un silence incrédule ou gêné », n'incrimine pas encore les responsables socialistes.

Le second septennat de Mitterrand est une fin de règne. Les luttes internes et les recompositions à gauche font voler en éclats certains pactes politiques et diverses protections.

Ainsi « l'affaire Urba » a « pris naissance dans le *Canard* » comme nous l'a signalé Michel Gaillard. Effectivement, un premier foyer de ce qui va devenir l'incendie Urba, et visant Michel Pezet, candidat du PS à la mairie de Marseille, est révélé, en février 1989, dans les colonnes du *Canard* (« L'affaire Urba : un financement politique "purement local" »).

Le journal révèle que Pezet aurait reçu un million de francs de la SORMAE, la société d'auxiliaire d'entreprise Rhône-Alpes Méditerranée pour financer le magazine *L'Hebdomadaire* qu'il avait lancé à Marseille en avril 1987. Les ennuis judiciaires de Michel Pezet commencent, et annoncent la fin de sa carrière politique. Les méchantes langues marseillaises rendaient Pezet responsable de la mort du vieux maire, en 1986, suite à une réunion municipale tardive où il avait mis Deferre en minorité. Candidat à la mairie de Marseille en 1989, avec l'aval du PS, il avait sur sa route Robert Vigouroux, lui-même soutenu par Edmonde Charles-Roux, la veuve de Gaston Deferre, et Mitterrand en personne.

Avec l'affaire Pezet, le *Canard* rendait en réalité une fois encore service au clan Mitterrand, à un mois des élections. En mars 1989, Robert Vigouroux est élu contre toute attente à la mairie de Marseille. Michel Pezet, condamné en 1998 à une peine avec sursis, mais exonéré d'enrichissement personnel, ne cessera ensuite de dénoncer un complot politique à l'origine de l'affaire Urba : « Au départ c'est une manipulation politique : on a utilisé ce moyen pour détruire l'image de Michel Pezet. Je le dis sans prétention, mais c'est ma conviction : tout commence avec une tentative d'assassinat politique de Michel Pezet... L'enquête a été d'emblée orientée vers ma personne, parce que certains ne voulaient pas de moi comme candidat du PS à la mairie[1]. »

La suite de l'affaire Urba doit presque tout à un policier, Antoine Gaudino, qui y laissera sa carrière de fonctionnaire. « Dès que nous avons eu Pezet dans nos filets, notre hiérarchie, et donc Pierre Joxe, à l'époque ministre de l'Intérieur, nous a encouragés et soutenus alors que la justice essayait de freiner[2]. » Puis Gaudino tombe sur les « cahiers Delcroix », qui consignent toutes les fausses factures du réseau Urba pour financer le PS en avril 1989. Des extraits seront publiés dans le *Canard* en juin 1989. Après une foule de chausse-trappes et de rebondissements, le dossier aboutira finalement, en 1997, à la condamnation d'Henri Emmanuelli, ès qualités d'ancien trésorier du PS, à 18 mois de prison avec sursis. François Mitterrand ne sera jamais inquiété dans ces affaires.

Le compte rendu de « l'affaire des écoutes » de la cellule de l'Élysée dans *La Ve République en 2 000 dessins* est instructif (« L'affaire des écoutes : les grandes oreilles du président »). Le *Canard* exonère encore et toujours Mitterrand dans cette affaire, révélée par *Libération*, en mars 1993 : « Mitterrand lui-même a toujours nié être concerné en quoi que ce soit par ces écoutes téléphoniques qu'il n'aurait jamais consultées, et encore moins demandées. Il jurait qu'il n'y avait jamais eu d'écoutes à l'Élysée. Ce qui était vrai

---

1. Entretien de Michel Pezet, *Le Monde*, 23 mai 1992.
2. Antoine Gaudino, *L'Enquête impossible*, Albin Michel, 1990.

puisque les magnétophones étaient dans les sous-sols de l'Élysée... Toute question sur le sujet avait le don de mettre le président en pétard[1]. »

Avec « L'affaire Béré : le monde politique en noir, c'est pour mieux se blanchir », on s'arrête sur la mort de l'ancien Premier ministre Pierre Bérégovoy. « Le *Canard* avait publié une enquête révélant que Béré, le pur, s'était fait prêter un million de francs... signale *La Ve République en 2 000 dessins*. Lors de l'enterrement de Bérégovoy, les regards se sont tournés, comme du temps de l'affaire Boulin, vers le vilain petit *Canard*, accusé d'avoir parlé de ce qu'il fallait taire. » Le *Canard* rappelle les mots de François Mitterrand sur « l'honneur d'un homme livré aux chiens ». « Mais le *Canard* ne se sent pas visé, il avait informé ses lecteurs et fait son travail, ni plus ni moins. Peu de temps après, Mitterrand fera d'ailleurs savoir au journal que son attaque ne le concerne pas : les "chiens" appartiennent à d'autres journaux, coupables selon lui de s'être acharnés sur Béré. » Le *Canard* hors de cause : les canetons sont soulagés.

Avec l'entrée de Tapie en politique, un bon personnage accède à la page 2 (« L'affaire Tapie : quand le pénal remplace le penalty »), puis à celle des comptes judiciaires du *Canard*. « Le ministre de la Ville, le fort en gueule Bernard Tapie – un héros de l'époque –, doit démissionner quelques mois plus tard en raison de sa mise en examen dans un différend, il est vrai, privé », souligne *La Ve République en 2 000 dessins*.

« La période est délicate pour le président Tonton, poursuit le livre. Moins politiquement (il n'est pas en rivalité avec Balladur) que physiquement. Au dernier trimestre 1994, il est manifestement très affecté par la maladie. C'est le moment choisi par *Match* pour révéler ce qui, pour le

1. *50 ans de dessins, Le Canard enchaîné, La Ve République en 2 000 dessins*, *op. cit.* Les citations qui suivent sont extraites du même ouvrage.

cénacle, n'est qu'un secret de Polichinelle : l'existence de Mazarine, fille de Tonton. »

« On savait pour Mazarine évidemment, confie Claude Roire. Je regrette qu'on n'ait pas traité l'affaire du cheval d'Azerbaïdjan offert à Mitterrand, et avec lequel Mazarine s'entraînait au château de Souzy-la-Briche. C'était un mélange des genres qui concernait la vie publique[1]. »

Mais si l'on continue à feuilleter *La Ve République en 2 000 dessins* on est encore frappé par les oublis de l'histoire officielle.

L'affaire Rougeot et le « polar » sur Yann Piat, du rubricard police du *Canard*, sont bien sûr passés sous silence... Et pourtant, on n'hésite pas à rappeler la perquisition du juge Thierry Rolland venu s'enquérir des sources du journaliste. « Ce magistrat enquête sur l'assassinat de Yann Piat. Et les articles du *Canard* sur le sujet l'intéressent au plus haut point [...]. Conduit devant un bureau recouvert d'une demi-tonne de paperasses – il ignore que ce n'est pas celui d'André Rougeot, l'auteur des articles –, le juge Rolland recule, épouvanté. Et s'en retourne bredouille[2]. » Comme on l'a vu, il n'y avait rien à trouver.

L'affaire des détournements au sein de la Mutuelle des étudiants de France a été bien suivie par le *Canard*, dès son origine, en 1997. « À travers la mise en cause de l'UNEF, de SOS-Racisme, et de syndicalistes qui ont profité du système, c'est tout un pan des pratiques financières de la gauche que dévoile cette affaire », commente le *Canard* dans son livre anniversaire[3]. L'ouvrage mentionne les dirigeants mis en cause, en oubliant Harlem Désir, condamné en 1998 pour des salaires fictifs alors qu'il était président de SOS-Racisme

---

1. Entretien avec l'auteur, 12 septembre 2008.

2. *50 ans de dessins, Le Canard enchaîné, La Ve République en 2 000 dessins*, *op. cit.*

3. *Ibid.*

entre 1986 et 1987. C'est l'ex-gendre d'un des responsables du journal.

Le récit sur l'affaire des ventes d'armes à l'Angola, l'Angolagate, rappelle les poursuites engagées contre Jean-Christophe Mitterrand, Paul-Loup Sulitzer, Jacques Attali, mais il oublie curieusement Jean-Noël Tassez, prévenu comme les autres au procès qui s'est ouvert fin septembre. On s'en souvient : Tassez est un assidu des pots du mardi soir avec le directeur du *Canard*. Mieux, pour le *Canard*, « un gros malaise subsiste » sur ce dossier. « Tout s'est passé en effet comme si l'affaire Falcone avait été utilisée pour atteindre Charles Pasqua et l'empêcher de se présenter à l'Élysée », assure le livre. Pure spéculation.

La page sur la perquisition effectuée au *Canard* le 11 mai 2007 ne rappelle pas au lecteur qu'une perquisition simultanée avait été conduite chez l'avocat de Nicolas Sarkozy. Pas un mot non plus sur le fax qui avait initialement conduit le juge dans les bureaux du journal…

Au sujet de Nicolas Sarkozy, *La Ve République en 2 000 dessins* conclut gentiment : « Plus d'un an après le début du quinquennat, même les plus fervents sarkozystes se posent la même question que l'opposition : comment un si prometteur candidat a-t-il pu devenir un président aussi bling-bling puis aussi couac-couac ? » C'est sûrement ce qui s'appelle « débourrer les crânes » et « démystifier le pouvoir ».

Le *Canard* en a pris l'habitude. Il n'est pas chien.

Épilogue

En crise, le *Canard* ? On n'hésite pas à l'écrire à la fin de cette enquête. Quoi ? *Le Canard enchaîné* ? Celui à la santé financière provocante ? Celui aux 90 millions d'euros de réserve ? Celui qui vend insolemment près de 500 000 exemplaires [1] chaque semaine à ses lecteurs fidèles ? Menacé d'une crise ? Une crise de rire, peut-être... Non. Nous posons très sérieusement le mot crise. Comme lecteurs du *Canard*, et comme journalistes aussi. C'est une crise de l'information marquée par des silences assourdissants (l'affaire Bousquet, l'affaire des écoutes de l'Élysée), de graves dérives (l'affaire Yann Piat), une connivence affichée (l'affaire Dumas), des nouvelles sans lendemain (le compte japonais de Chirac), des fautes escamotées (l'embuscade en Afghanistan), des connivences plus souterraines. Au moment fort de sa mutation investigatrice, à l'époque des micros, le *Canard* jouait déjà de son influence, mais il interpellait durement les pouvoirs... Il osait dire aussi quand il se trompait. Cet épisode est clos.

« Le *Canard* ne peut pas avoir tort. Il perdrait toute sa crédibilité, juge Jean-Marie Pontaut, l'investigateur de

1. OJD 2007.

L'Express. Sa crédibilité repose sur le fait que tout soit vrai. » Entraînés dans la complexité des réseaux de pouvoir mitterrandiens, les dirigeants du *Canard* se sont laissé prendre par les frissons de l'institution. Le *Canard* houspille désormais mollement les pouvoirs, dont il attend même les miettes de sa vie quotidienne (« Le journal de Carla B. »). Il amuse toujours par ses bons mots, mais certains articles ne passent plus pour ne pas fâcher le pouvoir. Les dessinateurs souffrent. Le monde culturel n'est plus interpellé. Et il ne faudrait rien dire. Des journalistes et d'ex-membres de cette équipe nous ont parlé. Mais la direction du *Canard* est restée perchée jusqu'au bout sur sa tour d'ivoire.

Posture difficile. Surannée. L'équipe est réduite, et par cette tradition qui voulait qu'on transmette le graal du *Canard*, quatre générations[1] sont présentes et la plus ancienne est aux manettes. La rédaction est absente du Net où les sites rivaux ont fleuri. Les incursions, on l'a vu, sont proscrites. Même les représentants du personnel le sont ! La mutation est aussi interdite par l'effet des statuts des sociétés du *Canard* qui inscrivent dans le marbre le pouvoir de quelques-uns. La crise de l'information se double donc d'un verrouillage.

Notre constat est dur : le *Canard* boitille sérieusement à l'approche de son centenaire, en 2015. L'investigation avait mis à mal sa force satirique ; la politique a affaibli ses capacités d'investigation. Il reste aux canards à ouvrir leurs becs, et le journal retombera, nous on l'espère, sur ses pattes.

---

1. De trente, quarante-cinq, soixante, soixante-quinze ans.

Remerciements

Aux anciens du *Canard*, Roland Bacri, Sylvie Caster, Henri Deligny, Gilbert Florès, Alain Grandrémy, Christian Plume, Philippe Tesson, Pierre Péan, Claude Roire, Claude-Marie Vadrot, Georges Marion et Vazquez de Sola. Même s'ils ont quitté le journal, pour certains il y a longtemps, et parfois en conflit avec sa ligne éditoriale, ils restent très attachés à leur ancien titre. Merci à « l'homme du café de la Paix », il se reconnaîtra, qui n'a malheureusement pas voulu apparaître.

Merci aussi à Philippe Braud, Roland Jacquard, Pierre Joxe, Pascal Krop, Claude Lecomte, Laurent Martin, Jean Montaldo, Vincent Nouzille, Guy Perrimond, Thierry Pfister, Edwy Plenel, Jean-Marie Pontaut, France Garcia-Ficheux, la belle-fille de Gabriel Macé. Ils ont accepté de livrer leurs analyses sur de « vieilles » affaires liées au *Canard*. D'autres, ici encore, nous ont expressément demandé de ne pas être cités.

Merci surtout aux quelques journalistes du *Canard* actuel qui ont pris le temps d'évoquer leur journal malgré les « risques encourus » et sans lequel ce livre n'aurait pas vu le jour. Ces confrères nous ont demandé de ne pas les mentionner tout en nous apportant leur aide, qu'ils en soient chaleureusement remerciés.

Merci à Delphine Peras, journaliste à *L'Express*, pour son expertise sur le monde des livres vus par le *Canard*.

Table

Pour l'éditeur, le principe est d'utiliser des papiers composés de fibres naturelles, renouvelables, recyclables et fabriquées à partir de bois issus de forêts qui adoptent un système d'aménagement durable.

En outre, l'éditeur attend de ses fournisseurs de papier qu'ils s'inscrivent dans une démarche de certification environnementale reconnue.

Cet ouvrage a été composé
par Facompo à Lisieux (Calvados)

Impression réalisée par
CPI BRODARD ET TAUPIN
La Flèche (Sarthe)

pour le compte des Éditions Stock
31, rue de Fleurus, 75006 Paris
en novembre 2008

Imprimé en France
Dépôt légal : novembre 2008
N° d'édition : 01 – N° d'impression : 49769
54-07-6078/7